HEYNE
BÜCHER

REXANNE BECNEL

DIE BRAUT MIT DER MASKE

Aus dem Amerikanischen
von Norbert Jakober

WILHELM HEYNE VERLAG
MÜNCHEN

HEYNE ROMANE FÜR ›SIE‹
Nr. 04/281

Titel der Originalausgabe
THE MAIDEN BRIDE

Umwelthinweis:
Das Buch wurde auf
chlor- und säurefreiem Papier gedruckt.

Deutsche Erstausgabe 10/99

Printed in France 1999
Umschlagillustration: Pino Daeni/Agentur Schlück
Umschlaggestaltung: Nele Schütz Design, München
Schütz, München
Satz: Pinkuin Satz und Datentechnik, Berlin
Druck und Bindung: Brodard & Taupin

ISBN 3-453-15695-1

Für Dot
Dorothy Madeleine Knobloch Becnel
1913–1996

Prolog:

Geburt

»Lehre dein Kind, seine Eltern zu achten,
führe es hin zu Kirche und Gott.
Sei ihm stets eine gütige Mutter,
und wenn es sein muß, gebrauche den Stock.«

– Tusser (1513)

Maidenstone Castle, Wessex
10. Juni 1135

»Das zweite Kind muß sterben.«

Die Frau, die in dem großen Bett lag, hielt erschrocken den Atem an, was weder Edgar de Valcourt noch seine Mutter, Lady Harriet, bemerkten. Die Hebamme reinigte währenddessen ihre Herrin von den Spuren der langwierigen und schweren Geburt. Zwei Mägde hatten die beiden zarten Geschöpfe gebadet und in Leinentücher gewikkelt. Das Erstgeborene wurde in eine Wiege gelegt.

Für das zweite Kind stand jedoch keine Wiege bereit, und sein Schicksal war es, über das Sir Edgar und Lady Harriet gerade sprachen.

»Du willst meine Tochter töten lassen?« fragte er verständnislos. »Das würdest du so einfach fertigbringen?«

»Ich würde alles tun, um die Familie zu retten«, behauptete die alte Dame, die von dem zornigen Ton ihres Sohnes nicht im geringsten eingeschüchtert wurde. »Jeder weiß doch, daß auf solchen Kindern, die zusammen zur Welt kommen, ein Fluch lastet – sie haben nur *eine* Seele. In früheren Zeiten hätte man *beide* ertränkt. Du solltest froh sein, daß ich solche heidnischen Praktiken nicht befürworte. Nein, mit solchem Aberglauben habe ich nichts zu tun.« In ihrem Blick zeigte sich die Empörung darüber, daß er ihr überhaupt zu widersprechen wagte – handelte es sich doch um eine häusliche Angelegenheit, von der er gewiß nichts verstand. »Das erste Kind trägt alles Gute ihrer gemeinsamen Seele in sich, und deshalb ist es sinnvoll, es am Leben zu lassen. Das Mädchen wird uns allen hier auf Maidenstone Castle große Freude bereiten, und dir selbst wird es ein Trost im Alter sein. Aber das zweite ...« Sie hielt einen Augenblick inne und starrte das winzige Geschöpf derart haßerfüllt an, daß die Magd, die es im Arm hielt, erschrokken einen Schritt zurückwich. »Das zweite Kind ist verflucht – es hat eine schwarze Seele. Frag den Priester, er wird es dir bestätigen.« Sie, blickte ihrem – Sohn gerade in die Augen. »Wir haben keine andere Wahl. Es ist das beste für das Kind und für die Familie, wenn du es noch heute tötest«

»Aber ... es verstößt gegen die Gesetze Gottes, ein Kind zu töten ... Außerdem ziemt es sich nicht für einen Ritter ...«

»Du willst mir doch nicht weismachen, mein Sohn, daß du in deinem Dienst für König Stephen und Gott niemals Frauen und Kinder getötet hast?«

»Natürlich habe ich das getan. Aber das war etwas anderes – das war im Krieg.«

»Und was denkst du, ist das hier? Das ist ein heiliger Krieg, ein Krieg gegen den Teufel selbst!« Sie griff nach dem Rosenkranz, den sie bei sich trug, und fuchtelte ihm damit vor dem Gesicht herum, so als handelte es sich um eine göttliche Waffe gegen die Verderbnis der Welt – und er wich einen Schritt zurück. »Du tötest damit nichts anderes als den Keim des Teufels, den das Kind in sich trägt.« Und in verächtlichem Ton fügte sie hinzu: »Wenn du nicht den Mut dazu hast, dann werde ich mich selbst darum kümmern.«

»Nein!«

Der Schrei seiner Ehefrau war zwar nur schwach, doch Edgar hatte ihn sehr wohl vernommen — und er wandte sich ihr mit einiger Erleichterung zu. Wenn es um Kriegsangelegenheiten, um Land und Macht ging, dann war er nie um eine Antwort verlegen. Er hatte auch schwierige Entscheidungen stets ohne Zögern getroffen und war immer bereit gewesen, die Konsequenzen zu tragen. Diese Entschlußkraft, die sogar König Stephen in seiner Auseinandersetzung mit der Tochter des alten Königs Henry, Matilda, zugute gekommen war, hatte ihm letztlich auch Maidenstone Castle eingebracht, mitsamt den riesigen Ländereien, die dazugehörten. Als Stephens Gefolgsmann war es ihm stets gut ergangen; er hatte eine reiche und wunderschöne Frau geheiratet, die ihm bereits zwei Söhne geschenkt hatte. Doch die Geburt dieser Zwillingstöchter war eine Sache, die ihn etwas tiefer traf.

»Edgar, bitte«, flehte Lady Ella mit flüsternder Stimme, so daß sich alle Anwesenden in dem dunklen, überheizten Zimmer ihr zuwandten. Ihr Mann war froh, sich von dem vorwurfsvollen Gesicht seiner Mutter schnell abwenden zu können.

»Es ist ja nur zu unserem Besten«, murmelte er und nahm ihre schlaffe Hand in die seine. »Wir werden das erstgeborene Kind ja behalten …«

»Ich will sie beide behalten. Laß es nicht zu, daß sie mein Kind tötet. Bitte … laß es nicht zu …«

Tränen traten ihr in die Augen und strömten über ihr blasses Gesicht, um sich in ihrem blonden Haar zu verlieren. Sie war so wunderschön, und es gab kaum etwas, das er nicht getan hatte, um ein Lächeln auf ihre Lippen zu zaubern. Schon vor längerer Zeit war ihm der Gedanke gekommen, daß seine Mutter sie vielleicht gern haben könnte, wenn er seine Frau nicht so sehr lieben würde.

»Beruhige dich doch. Du brauchst jetzt viel Ruhe, damit du dann das Kind stillen kannst …«

»Die *beiden* Kinder. Nicht eines, sondern alle beide«, beharrte sie. »Wir sind zweifach gesegnet, Edgar, daß uns gleich zwei Töchter geschenkt wurden. Sag mir, wie sehen sie denn aus?«

»Sie sehen aus … wie Babys eben«, antwortete er achselzuckend. Mehr hätte er auch nicht sagen können – hatte er sie doch nur sehr flüchtig angesehen, nachdem er erfahren hatte, daß es keine Söhne waren.

»Bring sie mir«, bat sie ihn und drückte seine Hand. »Ich möchte meine Töchter sehen.«

»Bringt ihr nur das eine Kind«, befahl Lady Harriet und hielt die Magd zurück, die das zweite Kind im Arm hielt.

»Nein, beide«, flehte Ella und starrte in Edgars unentschlossenes Gesicht. »Ich habe dir schon zwei Söhne geschenkt«, erinnerte sie ihn mit flüsternder Stimme, so daß nur er sie hören konnte. Jetzt kannst du etwas für *mich* tun, indem du mir *beide* Töchter läßt.«

Er zögerte für einen Augenblick. Die Kirche billigte es nicht, wenn man ein Baby tötete – wenngleich er es ja einfach im Wald aussetzen könnte. Doch dann könnte man es auch gleich töten. Er spürte, wie Ellas Hand sich fester um die seine schloß. »Ich werde dir noch weitere Söhne schenken, Edgar – prächtige Söhne, auf die du stolz sein kannst. Nur mußt du mir jetzt meine Töchter lassen.«

Sie blickte ihn mit glühenden Augen an, während ihre Hand leicht über sein Handgelenk strich. Sein Körper reagierte augenblicklich auf die Berührung – immerhin waren Wochen vergangen, seit sie zum letztenmal das Bett mit ihm geteilt hatte. Wenn er ihr diesen Gefallen nicht tat, dann würde sie sehr lange um das Kind trauern – so wie sie es nach dem Tod ihres erstgeborenen Kindes, eines Mädchens, getan hatte. Es verging fast ein Jahr, ehe sie sich ihm wieder zuwandte. Er erinnerte sich an die vielen Nächte des unerfüllten Verlangens – und wußte, daß er so etwas nie wieder mitmachen wollte.

»Du sollst beide Töchter haben«, versprach er ihr, einer plötzlichen Eingebung folgend. Als er ihr zitterndes Lächeln sah und die Freudentränen, die ihr in den Augen standen, war er stolz, diese Entscheidung getroffen zu haben. Er hatte es wieder einmal geschafft, seine wunderbare Frau glücklich zu machen.

Seine Mutter stieß einen unverständlichen Fluch aus, den er jedoch nicht beachtete, während er auszurechnen versuchte, wie lange es wohl dauern mochte, bis Ella wieder das Bett mit ihm teilte. Auf sein Zeichen wurden beide Kinder zu seiner Frau gebracht, und als sie ihre Brüste entblößte, um die Kleinen zu stillen, hatte er das sichere Gefühl, keine vierzehn Tage mehr auf sie warten zu können.

Doch als er – zufrieden mit sich selbst – das Zimmer verließ, um eine Magd aufzusuchen, die seiner wunderschönen Frau annähernd ähnlich sah, kam seine Mutter hinter ihm her.

»Du bist ein Narr, daß du dich von dem dummen Ding leiten läßt, das du zwischen den Beinen hast!« stieß sie ärgerlich hervor.

»Sie ist meine Ehefrau«, brummte er nur. Er hatte keine Lust, wieder einmal zwischen seiner Frau und seiner Mutter zu stehen.

»Sie ist deine Ehefrau«, wiederholte sie in verächtlichem Ton. »Und ihr verfluchtes Kind wird eines Tages dein Verderben sein!«

»Ich habe mich entschieden! Und jetzt geh und laß uns in Ruhe!« brüllte er und eilte an ihr vorbei, während die Lust, von der er soeben noch erfüllt gewesen war, ihn wieder verließ.

Doch Lady Harriet hatte den Zorn ihres Sohnes noch nie gefürchtet, und so gab sie auch jetzt nicht klein bei. »Du solltest das zweite Kind zumindest brandmarken. Sie sehen einander so ähnlich – du mußt es mit einem Zeichen versehen, damit wir später wissen, vor welchem Kind wir uns in acht nehmen müssen!«

Edgar eilte ins Zimmer seiner Frau zurück, als sie schlief, und befahl den Kindermädchen, ihm beide Mädchen zu bringen. Er begutachtete das erstgeborene der beiden, für das seine Frau den Namen Beatrix ausgesucht hatte; mit seinen vollen Wangen, den dunklen Augen und dem hellen Haarflaum war es vom anderen Kind, das noch keinen Namen hatte, nicht zu unterscheiden. Selbst die Fältchen in den Ohren waren bei beiden gleich. Da er keinerlei Merkmale fand, um die beiden auseinanderzuhalten, tat Sir Edgar, was seine Mutter von ihm verlangt hatte. Er hielt seinen Siegelring über die Kerzenflamme, und als das Metall heiß war, drückte er den Ring dem Kleinen auf die zarte Haut des Beines.

Der laute Schrei des Babies weckte sein Schwesterchen auf, das ebenfalls zu schreien begann. Dennoch tat Edgar de Valcourt, was er sich vorgenommen hatte, ohne mit der Wimper zu zucken. Erst als der Geruch von verbranntem Fleisch ihm in die Nase stieg, zog er den Ring zurück, um zu sehen, was er angerichtet hatte.

Die zarte Haut des einen Beines wurde von einer häßlichen Wunde verunziert. Dieser Anblick ließ ihn zusammen mit dem verzweifelten Geschrei, das die beiden Neugeborenen nun von sich gaben, an leidende Seelen denken, die im ewigen Feuer der Hölle schmorten. Die Vorstellung ließ ihn erschaudern, und für einen Augenblick überlegte er, ob er dem Wunsch seiner Mutter nicht doch nachkommen und das Kind töten sollte – für den Fall, daß an dem Aberglauben doch etwas dran sein sollte.

In diesem Augenblick drehte sich seine Frau im Bett um, und er ließ den Gedanken wieder fallen. Ella würde ihm das nie verzeihen. Sie würde lange um das Kind trauern und es ihm noch länger übelnehmen.

Er übergab das Baby der Magd, die ihn mit großen Augen ansah, und warf ihr einen warnenden Blick zu. Dann drehte er sich um und verließ das Zimmer.

Er hatte sowohl seiner Frau als auch seiner Mutter gegeben, was sie von ihm verlangten. Und wenn sie damit nicht zufrieden waren, dann sollten sie ihn kennenlernen. Irgendwann war auch seine Geduld einmal am Ende.

Tage des Erwachens

»Denn nur das ist dein,
was dein König dir gibt.«

Crowley, um 1550

1

Maidenstone Castle, Wessex
April 1153

Sie wußte, daß die Burg nicht allzulange zu halten sein würde. Zu viele Soldaten waren es, die über den Hügel kamen. Es war wie ein nicht enden wollender Strom, der unaufhaltsam näher rückte, und über allem wehte das rote Banner, auf dem zwei kämpfende schwarze Bären zu erkennen waren.

Doch Linnea de Valcourt tat, als sähe sie die Übermacht nicht, die sich auf das Schloß zubewegte, und spuckte trotzig über die Zinnen hinunter. »Diese Narren. Sie verschwenden doch bloß ihre Zeit – und ihr Blut«, stellte sie mit einer Zuversicht fest, die sie nicht wirklich empfand. »Henry von Anjou kann Maidenstone Castle niemals einnehmen, genausowenig wie irgendeine andere Burg in Wessex oder in Britannien«, fügte sie mit jugendlichem Trotz hinzu.

»Sie haben schon einen großen Teil von Wessex eingenommen«, murmelte Sir Hugh, der Hauptmann der Burgwache, während er auf die feindliche Übermacht hinunterblickte.

»Aber Maidenstone Castle werden sie nicht einnehmen«, erwiderte Linnea. Im nächsten Augenblick ließ sie ihr Mut ein wenig im Stich, und in etwas zögerlichem Ton fügte sie hinzu: »Oder?«

Sir Hugh wandte den Blick nicht von dem feindlichen Heer, das fast schon das Dorf erreicht hatte. Die Dorfbewohner mit ihren Kindern flüchteten in ihrer Angst zur Burg herauf. Sie trugen gerade soviel Proviant mit sich, wie sie in aller Eile zusammensammeln konnten, nachdem die Nachricht vom Vordringen des feindlichen Heeres sie aus ihrem Alltag gerissen hatte. Linnea sah, wie die Gesichtsmuskeln des Mannes arbeiteten.

»Zieht die Brücke hoch«, brummte er dem Soldaten zu, der neben ihm stand.

»Nein! Noch nicht!« rief Linnea empört, ohne nachzudenken.

Doch Sir Hughs harter Blick hielt sie davon ab, weitere Einwände zu machen. »Verschwinde von den Zinnen, du bringst uns bloß Unglück hier oben!« Als die umstehenden Soldaten sie ebenfalls mit strengem Blick anstarrten, machte sie ein ziemlich betretenes Gesicht, so daß Sir Hugh in etwas milderem Ton hinzufügte: »Geh zu deiner Schwester in den Saal hinunter«, wies er sie an. »Und sag deiner Großmutter, ich gebe euch Bescheid, wenn es etwas Neues gibt.«

Linnea nickte und hob ihren Rock aus grobem Leinen mit einer Hand hoch, ehe sie die steile Treppe hinunterstieg, die in den Burghof führte. Er hatte es bestimmt nicht so gemeint, was er sagte, das wußte sie genau. Er war gewiß bloß ein wenig angespannt wegen der bevorstehenden Schlacht. Sir Hugh war nicht wie so viele andere auf Maidenstone, die sie mit argwöhnischen Augen betrachteten. Er bekreuzigte sich nicht, wenn sie ihm unerwartet über den Weg lief. An seiner Gereiztheit war bloß dieser verdammte Krieg schuld, der zwischen König Stephen und diesem normannischen Eindringling, Henry Plantagenet, tobte. Zuerst seine Mutter Matilda, und jetzt Henry, ihr Sohn – warum konnten diese ständig kriegführenden Adeligen die Einwohner von Wessex nicht in Frieden lassen, fragte sie sich, während das Knirschen der Zahnräder und das Quietschen der Ketten darauf hinwiesen, daß die neugebaute Brücke von Maidenstone langsam hochgezogen wurde.

Im nächsten Augenblick waren Schreie der Verzweiflung zu hören, die von den Dorfbewohnern stammten, die schutzlos außerhalb der Burgmauern bleiben mußten. Währenddessen trug der Wind den Geruch von Rauch heran. Sie hatten das Dorf in Brand gesetzt, ging es Linnea durch den Kopf. Diese Barbaren brannten die Häuser der unschuldigen Bewohner von Maidenstone nieder!

»Dafür sollt ihr alle in der Hölle schmoren!« murmelte Linnea, gleichermaßen von Wut und tiefem Mitleid erfüllt. »In der Hölle sollt ihr braten, ihr, die ihr hinter dem Banner mit den schwarzen Bären herlauft!« rief sie und wünschte sich nichts sehnlicher, als daß sie tatsächlich über die Kräfte verfügte, die so viele ihr zuschrieben. Wenn sie wirklich die Macht hätte, diese Eindringlinge zur Hölle zu schicken, dann würde sie es in diesem Augenblick tun, ohne auch nur mit der Wimper zu zucken. Sie würde sie ins ewige Feuer schicken und dadurch ihre Heimat und die Menschen, die hier lebten, retten.

Und die Menschen würden sie dafür lieben, dachte sie und träumte für einen Augenblick davon, wie es wäre, wenn sie eine wirklich große Tat vollbringen könnte, damit die Menschen von Maidenstone sie endlich anerkennen würden …

»Aus dem Weg«, fuhr eine grobe Stimme sie an und brachte sie auf diese Weise unsanft auf den Boden der Tatsachen zurück.

Sie eilte die letzten Stufen der Treppe hinunter, während ein Soldat der Burgwache dicht hinter ihr herlief. Er hatte offensichtlich sofort gesehen, daß sie es war, und nicht ihre Zwillingsschwester Beatrix – doch angesichts ihrer einfacheren Kleider passierte es ohnehin nur selten, daß man sie mit Beatrix verwechselte. Aber Beatrix trug nicht nur feinere Kleider, sie würde auch niemals so unvernünftig sein, sich während der Vorbereitungen auf eine Schlacht draußen aufzuhalten. So etwas Dummes konnte nur Linnea einfallen. Beatrix war bestimmt drinnen im Saal, um verängstigte Dorfbewohner zu beruhigen oder sich um die Küche oder eine andere wichtige häusliche Angelegenheit zu kümmern.

Im Burghof hielt Linnea inne und überlegte, wo sie sich während der bevorstehenden Belagerung aufhalten sollte. Auf der anderen Seite des Hofes sah sie ihre Großmutter auf der obersten Stufe vor dem großen Saal stehen, auf ihren Gehstock gestützt, wobei sie mit der anderen Hand gestikulierend Anordnungen erteilte.

Sie würde nicht in den Saal gehen, entschloß sich Linnea. Ihre Großmutter, Lady Harriet, konnte den Anblick ihrer jüngeren Enkeltochter selbst dann kaum ertragen, wenn sie bei bester Laune war; am heutigen Tag jedoch würde sie wohl nicht imstande sein, ihre Gefühle im Zaum zu halten und sich zu beherrschen, wie sie das sonst zumeist tat.

Im nächsten Augenblick hörte Linnea die rauhe Stimme ihres Vaters, und nachdem sie im Gewühl der durcheinanderlaufenden Menschen eine ganze Weile nach ihm suchte, erspähte sie ihn schließlich auf dem Wehrgang der östlichen Brustwehr, wo er die Verteidigung der Burg in die Hand nahm, indem er seine Männer mit Worten und Gesten anwies, ihre Position zu beziehen.

Er war mit einem ledernen Gewand bekleidet, auf dem das Familienwappen der de Valcourt prangte – ein goldener Greif vor blauem Hintergrund. Dazu trug er einen kurzen blauen Umhang, und um die etwas füllige Leibesmitte einen schweren, mit Gold verzierten Gürtel, so daß man ihm auch rein äußerlich ansah, welch mächtiger Ritter er war – ein Mann, dessen Tapferkeit, Schlauheit und Kraft unübertroffen waren. Sie selbst kannte ihn eher als einen Mann, der mehr Zeit mit Essen und Trinken verbrachte als mit Kriegsvorbereitungen und Schlachten, was jedoch einzig und allein daran lag, daß in den vergangenen zehn Jahren nichts anderes von ihm verlangt worden war. Sie war zu jung, um sich an jene Jahre erinnern zu können, als er noch für König Stephen gekämpft und ihm geholfen hatte, der Tochter des alten Königs die Krone zu entreißen. Doch sie hatte sehr wohl all die Geschichten über seinen Wagemut gehört – Geschichten, die man sich in langen Winternächten immer wieder erzählte. Und so wußte sie, daß er einst von König Stephen zum Ritter geschlagen worden war, lange bevor Stephen König wurde, und daß er in Stephens Elitetruppen gekämpft hatte. Für seine Treue erhielt er schließlich Stephens zweite Cousine Ella zur Frau, die als die schönste Frau weit und breit galt. Kurz nach dem Tod des alten Königs hatte er dann Maidenstone Castle eingenommen und die Burg gegen alle Versuche Matildas, sie zurückzuerobern, verteidigt.

Heute jedoch schien es, als würde Matildas Sohn mit bedeutend mehr Nachdruck als seine Mutter versuchen, die Burg und das ganze Land an sich zu reißen.

Linnea zog sich in einen verborgenen Winkel in der Nähe des Kräutergartens zurück. Im Burghof herrschte ein dichtes Gewühl von Menschen, Hunden und unruhigen Kühen. Der Staub, der in dem Durcheinander aufgewühlt wurde, drang ihr in die Kehle und trieb ihr Tränen in die Augen. Doch sie wandte den Blick nicht von ihrem geliebten Vater ab.

Wenn doch nur Maynard hier wäre, dachte sie, während sie beobachtete, wie ihr Vater an Sir Hughs Seite trat, so daß sie gemeinsam auf die rasch heranziehenden feindlichen Truppen hinunterblickten. Ihr Bruder konnte ein widerlicher und lästiger Flegel sein, aber er war ein Ritter von außerordentlichen Fähigkeiten und genauso tapfer wie sein Vater.

Maynard befand sich jedoch in Melcombe Regis, wo auch der Großteil ihres Heeres von Rittern, Bogenschützen und Fußsoldaten stationiert war. Die Verteidigung von Maidenstone lag somit ausschließlich in den Händen der

Burgwache sowie jener Dorfbewohner, die sich noch ins Innere der Burgmauern hatten retten können, bevor die Zugbrücke hochgezogen wurde.

Linnea spürte, wie es ihr vor Angst eiskalt den Rücken hinunterlief. Auch wenn es ihr schwerfiel, es sich einzugestehen – Maidenstone hatte wohl kaum eine Chance, diese Schlacht zu gewinnen.

Nein, sie hatten keine Chance, dachte sie und verließ ihren Winkel. Großmutters Zorn war in diesem Moment unwichtig. Sie mußte Beatrix finden, um bei ihr zu sein, wenn das Undenkbare tatsächlich eintrat. Beatrix würde jemanden brauchen, der sie beschützte – und wie immer würde Linnea alles tun, um ihrer geliebten Schwester beizustehen.

Sie hob ihre Röcke auf nicht sehr damenhafte Weise hoch und rannte quer über den Burghof, wobei sie aufgeregten Dorfbewohnern und verängstigten Kindern ausweichen mußte. Der Rauch war immer stärker wahrzunehmen, genauso wie das Jammern und Wehklagen innerhalb und außerhalb der Burgmauern.

Das mußte das Ende der Welt sein, dachte sie, während sie immer mehr von der allgemeinen Panik angesteckt wurde. Sie saßen mitten in der Hölle fest, und der schwarze Bär draußen vor den Toren war der Teufel selbst, der sie alle holen kam.

Axton de la Manse saß auf seinem prächtigen Streitroß vor den Toren des Dorfes und betrachtete die mächtigen Steinmauern von Maidenstone Castle. Schwarze Rauchwolken stiegen zum Himmel auf und ließen die Heimat seiner Kindheit wie eine Flammenhölle erscheinen. Doch es waren nur Scheunen und Nebengebäude, die er anzünden hatte lassen, außerdem das eine oder andere Geschäft und Lagergebäude, wenn sie sich an einer strategisch wichtigen Stelle befanden. Das hatte jedoch völlig ausgereicht, um die armen Dorfbewohner in Angst und Schrecken zu versetzen, und es hatte gewiß auch Edgar de Valcourt und seine ganze niederträchtige Familie gehörig eingeschüchtert.

»Die Dorfbewohner sitzen in der Falle – zwischen uns und dem Burggraben«, sagte Sir Reynold, Axtons Hauptmann und gleichzeitig sein engster Vertrauter.

Axton nickte. »Laßt das Feuer nicht ausgehen, bis sie die Brücke herunterlassen und das Tor öffnen. Und bringt de Valcourts Sohn nach vorne, damit sie ihn sehen können.«

»Er ist immer noch bewußtlos und mittlerweile mehr tot als lebendig.«

»Er hat tapfer gekämpft – für einen de Valcourt«, sagte Axton achselzuckend. »Wenn er sterben sollte, dann würde das auch nichts am Ausgang der ganzen Sache ändern.« Es bereitete ihm große Genugtuung, daß er selbst es gewesen war, der Maynard de Valcourt mit einem mächtigen Schwerthieb außer Gefecht gesetzt hatte. Axton und Reynold hatten in vielen Schlachten Seite an Seite gekämpft, und sie hatten dabei manch einen kühnen Mitstreiter verloren. Aber das war eben das Schicksal eines Ritters. Tapfer zu kämpfen und dann auf dem Feld der Ehre zu sterben – das war alles, was Axton und Reynold je vom Leben erwartet hatten.

Bis zu diesem Tag.

Nun fühlte er plötzlich den Wunsch, alt zu werden und irgendwann Schwert und Lanze beiseite zu legen. Er hatte die feste Absicht, noch an diesem Tag sein Zuhause zurückzugewinnen. Natürlich würde er weiterhin verpflichtet sein, für seinen König zu kämpfen, wenn es nötig war, oder ihm das Schildgeld zu zahlen, um sich dadurch vom Kriegsdienst freizukaufen – aber er hatte auf jeden Fall vor, sich ab nun in Maidenstone niederzulassen. Und mit ihm sollten die wenigen Menschen hier leben, die von seiner Familie noch übrig waren, damit sie gemeinsam all das wieder in Besitz nehmen konnten, was ihnen vor so vielen Jahren entrissen worden war.

Dennoch würde es nie wieder so sein, wie es einmal war.

Seine lederbewehrte Hand schloß sich fester um die Zügel, und sein Streitroß tänzelte aufgeregt im Kreis. Ach, wenn doch nur sein Vater jetzt hier sein könnte, um den

Triumph auszukosten, der so lange auf sich hatte warten lassen. Und auch seine Brüder William und Yves hätten es verdient, an diesem großen Ereignis teilzuhaben.

Doch sie waren nicht mehr bei ihm. Er war der einzige Ritter, der aus seiner Familie noch am Leben war. Das bedeutete, daß er den Triumph für sie alle auskosten mußte, sagte er sich, während der Karren, auf dem der junge de Valcourt lag, rumpelnd vorwärts geschoben wurde. Er würde den Sieg vierfach feiern – für sich genauso wie für seinen Vater und seine beiden Brüder. Er würde für vier essen und trinken und danach vier Weiber im Bett haben.

Ein grimmiges Lächeln huschte über sein Gesicht. Es war viele Wochen her, seit er zum letztenmal mit einer Frau zusammen war. Wenn er nicht so verdammt müde wäre, dann würde er sich heute nacht tatsächlich vier Weiber ins Bett kommen lassen.

Er blickte zu den Burgmauern auf. Bald würden sie sich ergeben. Es war nur noch eine Frage der Zeit – und diese Gewißheit drängte alle Gedanken an Frauen wieder beiseite. Der große Augenblick stand unmittelbar bevor, in dem er selbst triumphieren und de Valcourt stürzen würde.

»Er hat Sir Maynard …«

»Er hat den jungen Herrn in seiner Gewalt …«

»Sir Maynard ist diesem gemeinen Bastard in die Hände gefallen …«

Die Nachricht verbreitete sich rasch von der Brustwehr in den Burghof hinunter und bis zu dem Saal, wo Lady Harriet von ihrem Platz auf dem Podium aus Anordnungen gab. Es war einfach unfaßbar: Maynard lag draußen vor dem Burggraben auf einem Karren – offensichtlich schwer verwundet –, und jedermann konnte sein schlimmes Schicksal mitverfolgen.

Sie mußten nur die Zugbrücke hinunterlassen und die Burg somit aufgeben, um sich um ihren Helden kümmern zu können.

Auch Linnea hörte die bittere Nachricht, und sie reagierte genauso darauf wie alle anderen. Die geringe Hoffnung, die noch geblieben war, löste sich augenblicklich in nichts auf. Ohne ihren Bruder und sein Heer gab es keine Möglichkeit mehr, die feindlichen Horden aufzuhalten, die draußen vor den Mauern der Burg auf ihre Chance warteten. Solange er irgendwo im Land für König Stephen gekämpft hatte, bestand noch Hoffnung, daß Maynard von ihrer Notlage gehört hätte und ihnen zu Hilfe geeilt wäre. Sie hätten einer Belagerung mindestens einige Wochen standhalten können, wenn es nur irgendeine Aussicht auf Rettung gegeben hätte.

Doch nun lag ihre letzte Hoffnung am Boden zerstört draußen auf einem Karren.

»Der arme Maynard«, flüsterte Linnea und drückte die Hand ihrer Schwester.

»Wir müssen für ihn beten«, gab Beatrix flüsternd zurück, und so folgte Linnea ihrem Beispiel und senkte den Kopf, um mit ihrer Schwester für ihren älteren Bruder zu beten, der seinen beiden Schwestern nie auch nur die geringste Aufmerksamkeit geschenkt hatte – außer um gelegentlich seiner ›verfluchten Schwester‹, wie er Linnea nannte, etwas in die Schuhe zu schieben, was er selbst angestellt hatte. Das konnte er stets sehr gut als Kind, so daß Linnea manch eine Tracht Prügel hatte einstecken müssen, die eigentlich ihm gebührt hätte.

Aber das spielte an diesem Tag keine Rolle, sagte sich Linnea und versuchte sich auf die flehenden Worte zu konzentrieren, die Beatrix zum Himmel schickte. »Bitte, Herr, rette unseren geliebten Bruder. Rette unser Zuhause und unsere Familie sowie auch das ganze Volk vor den niederträchtigen Horden, die uns angreifen. Bitte, Herr, hilf deinen ergebenen Dienern in der Stunde der Not …«

Es war ein endloser Strom von Worten, die sich mit dem Gemurmel der anderen vermischten, die ebenfalls ihre Gebete zum Himmel richteten. Plötzlich wurde die Doppeltür aufgestoßen, und Sir Edgar trat schwankenden Schrittes ein. Es war augenblicklich still im Saal.

Linnea hatte auch zuvor schon Mühe gehabt, ihre Angst im Zaum zu halten, doch als sie den entsetzten Gesichtsausdruck ihres Vaters sah, erschrak sie zutiefst. Sie hatte ihren Vater oft zornig gesehen, und sie wußte auch, wie er aussah, wenn er traurig oder betroffen war. Sie hatte ihn in seiner Wut erlebt und auch, wenn er stockbetrunken war. Aber es war das erstemal, daß sie Angst in seinen Augen sah. Es war mehr als nur Angst – er schien am Boden zerstört zu sein.

»Macht Platz für meinen Herrn. Platz da!« rief Sir John, der Seneschall, während er die Leute mit Händen und Füßen zur Seite schob, damit Sir Edgar zu seiner Familie gelangen konnte. Angst und Entsetzen ließen eine lähmende Stille entstehen.

Linnea und Beatrix saßen dicht aneinandergeschmiegt neben ihrer Großmutter. Sie stand auf ihren Stock gestützt da und sah zu, wie ihr Sohn taumelnden Schrittes näherkam.

Für einen Augenblick empfand Linnea tatsächlich so etwas wie Bewunderung für ihre Großmutter. Lady Harriet hatte sie seit jeher gequält. Nie hatte Linnea auch nur ein freundliches Wort von der Mutter ihres Vaters gehört. Lady Harriets ganze Zuneigung galt Maynard, und in etwas geringerem Maße auch Beatrix, während sie für Linnea nie etwas übrig hatte.

Doch in diesem Augenblick war Lady Harriets Härte und Unnachgiebigkeit durchaus nicht fehl am Platz. Linnea sah, wie Mutter und Sohn sich gegenüberstanden – und ihr war augenblicklich klar, wer der Stärkere der beiden war.

»Sie haben ihn ... sie haben Maynard«, bekräftigte Sir Edgar mit entsetzter Miene. »Sie haben ihn, und er ist schwer verwundet. Er liegt draußen auf einem Schweinekarren, damit alle ihn sehen können ...«

Seine Stimme stockte, und er bedeckte seine Augen mit der zitternden Hand. Linnea spürte, wie ihr die Tränen in die Augen traten, vor lauter Schmerz darüber, ihren Vater derart am Boden zerstört zu sehen.

»Der arme Maynard. Der arme Maynard«, flüsterte Beatrix und drückte Linneas Hand noch fester.

Doch Lady Harriet stand unbewegt da. »Wer ist der Schuft, den Henry geschickt hat, um uns anzugreifen? Wer ist dieser Teufel, der gekommen ist, um unsere Söhne zu töten und unsere Töchter zu schänden?«

Sir Edgar ließ die Hand von den Augen sinken und hob sein verhärmtes Gesicht, um seiner Mutter in die zornfunkelnden Augen zu blicken. Linnea beugte sich ein wenig vor, um besser hören zu können, wenngleich sie den Namen des feindlichen Ritters ohnehin nicht kennen würde. Sie und Beatrix erfuhren nie etwas von dem, was in der Welt vor sich ging. Die wenigen Dinge, die Linnea wußte, hatte sie hier und dort aufgeschnappt – sehr oft dann, wenn es ihr gelang, sich von ihrer Arbeit davonzustehlen und sich im Dorf herumzutreiben.

Es wunderte sie deshalb gar nicht, daß ihr der Name, den Sir Edgar aussprach, nicht gleich bekannt war. »Es ist de la Manse«, sagte er. »Ich habe ihn an seinem Banner erkannt.«

»De la Manse«, stieß ihre Großmutter mit großen Augen hervor, während sich ihre knorrigen Hände fester um den geschnitzten Gehstock schlossen. »De la Manse«, wiederholte sie in so verächtlichem Ton, als wäre es ein Fluch, den sie ausstieß. Und in diesem Augenblick fiel Linnea wieder ein, woher sie diesen Namen kannte.

De la Manse. Das war jene Familie, die auf Maidenstone Castle gelebt hatte, bevor König Stephen die Burg ihrem Vater für dessen treue Dienste überließ. Jene Familie, die Matildas Anspruch auf den Thron in all den Jahren von der Normandie aus unterstützt hatte und die mit besonderer Verbissenheit darum kämpfen würde, Maidenstone Castle zurückzugewinnen.

»De la Manse.« Wie ein Lauffeuer breitete sich der Name im Saal aus. »De la Manse.«

»Ruhe!« rief Lady Harriet mit kreischender Stimme und ließ ihren Stock auf den Fußboden knallen, wie sie es immer tat, wenn sie wütend war. Sie starrte mit zorniger Miene auf das verängstigte Volk hinunter, so daß augenblicklich Stille eintrat. Es gab kaum einen unter ihnen, der nicht irgendwann den Zorn der alten Frau zu spüren bekommen hätte.

»Wir müssen Maynard unbedingt retten«, stellte sie fest. »Komm mit«, forderte sie ihren Sohn auf.

Als er nicht sofort auf ihre Aufforderung reagierte, zog sie ihn am Ärmel: »Na los, komm schon, Edgar!« wiederholte sie.

Linnea sah den beiden nach, wobei ihre Großmutter – obwohl sie sich auf den Stock stützen mußte – einen äußerst entschlossenen Eindruck machte, während ihr Vater wie ein gebrochener Mann neben ihr hertrottete. Sir John ging hinter ihnen her, wobei er vor Sorge die Hände rang.

Sie empfand zwar Mitleid mit ihrem Vater – dennoch wünschte sie sich, er hätte wenigstens halb soviel Haltung und Mut gezeigt wie seine Mutter.

»Wir müssen noch inniger beten«, flüsterte Beatrix, als die drei auf der Treppe verschwanden, die steil nach oben führte. Aber Linnea hatte etwas anderes im Sinn, und sie löste sich aus Beatrix' Hand.

»Ich muß nachsehen, was da vor sich geht«, sagte sie zu ihrer Schwester und huschte an der ältlichen Frau des Seneschalls und dessen gelähmtem Sohn vorbei. Dann schob sie sich durch die nun wieder lauter werdende Menschenmenge, um zur Tür zu gelangen.

»Warte!« rief Beatrix ihr nach. »Warte auf mich!« Doch als Beatrix sich erhob, um ihr hinterherzueilen, wurde sie alle paar Schritte aufgehalten und mit Fragen bestürmt.

»Was soll nun aus uns werden, Mylady?«

»Wird Sir Edgar uns retten?«

»Wird unser Sir Maynard überleben?«

Jedesmal, wenn sie aufgehalten wurde, versuchte Beatrix die drängenden Fragen zu beantworten und die Menschen zu beruhigen. Linnea hingegen mußte keine einzige Frage beantworten. Einerseits war sie erleichtert darüber, denn sie hätte keine Antwort gewußt – doch auf der anderen Seite kam eine altbekannte Sehnsucht in ihr hoch. Man wandte sich niemals an sie, nur an ihre schöne und allzeit freundliche Schwester Beatrix. Denn schließlich galt Beatrix als besonders reine Seele, während man Linnea als schwarze Seele ansah. Beatrix war demnach, so dachte man, mit lauter guten Eigenschaften gesegnet, während auf Linnea ein Fluch lastete. Und obwohl sich Linnea längst mit ihrem Schicksal abgefunden hatte, gab es doch Augenblicke, wo der Schmerz sie unerwartet überkam.

Doch ihrer Schwester konnte sie wegen alldem keinen Vorwurf machen, denn sie konnte ja nichts dafür, daß sie als erste geboren worden war – genauso wie Linnea nichts dafür konnte, daß sie als zweite zur Welt gekommen war. Gott hatte es ebenso eingerichtet, und darum mußte sie sich fügen und gegen die Launen ankämpfen, die hin und wieder in ihr hochkamen. Manche dieser Launen waren leicht zu beherrschen. So konnte sie zum Beispiel auch dann stets ordentlich gehen, wenn sie einmal den Drang verspürte, ausgelassen zu springen. Und es gelang ihr auch dann, sich auf ihre verschiedenen Arbeiten zu konzentrieren, wenn sie vielleicht lieber im Garten gesessen wäre, um einfach vor sich hin zu träumen oder auf der Laute zu üben.

Manchmal jedoch war es ihr einfach unmöglich, ihre wahre Natur zu unterdrücken – so wie in diesem Augenblick. Sie wußte, daß sie eigentlich hier im Saal bleiben sollte, um den anderen zu helfen – dennoch gab es nichts auf der Welt, was sie davon abhalten hätte können, zurück auf die Brustwehr zu gehen.

Sie warf noch einen kurzen Blick zu ihrer Schwester zurück, ehe sie eine der riesigen Eichenholztüren aufstieß, die in den Hof hinaus führten.

Der Rauch war noch stärker geworden – er war wie eine dunkle Wolke, die, kaum daß sie ein wenig nachließ, sofort wieder neue Nahrung zu bekommen schien. Unter den Dorfbewohnern sowie der Burgwache herrschte nunmehr blankes Entsetzen. Zweifellos war es Sir Edgars Niedergeschlagenheit, die ihnen am meisten zu schaffen machte. Doch als Linnea auf einer Leiter an der östlichen Mauer hochkletterte und dann zum Nordturm eilte, sah sie schließlich den wahren Grund für die Verzweiflung, die überall herrschte und von der vor allem ihr Vater völlig erfüllt war.

Auf dem freien Feld zwischen dem schmalen Burggraben und den nächstgelegenen Gebäuden des Dorfes hatte ein riesiges Heer seine Zelte aufgeschlagen. Auch die Karren mit dem Nachschub, die stets dem Heer nachfolgten, kamen bereits herbei. Ihr fiel ein prächtiges weißes Zelt auf, das soeben aufgestellt wurde. An den vier Ecken prangte ein Banner.

Es war gewiß das Zelt ihres Anführers, dieses de la Manse. Er machte es sich hier bequem, während er das Dorf hinter sich niederbrennen ließ!

Die armen Dorfbewohner, die nicht mehr Einlaß ins Innere der Burg gefunden hatten, wurden direkt unter Linneas Aussichtspunkt zusammengetrieben. Bewacht wurden sie von zwei Rittern zu Pferd sowie mehreren gut bewaffneten Fußsoldaten. Doch die Männer, Frauen und Kinder des Dorfes zeigten ohnehin nur wenig Neigung, zu flüchten, was Linnea nur zu gut verstand. Wohin hätten sie auch flüchten sollen? Und wovon sollten sie leben?

Aber wo war nur Maynard? Sie beugte sich zwischen zwei Zinnen nach vorn, um das Durcheinander besser überblicken zu können. Vielleicht hatte sich ihr Vater ja geirrt; vielleicht war alles bloß ein Gerücht, das sich bald als falsch herausstellen würde.

Dann fiel ihr Blick auf einen kleinen Karren, der wohl normalerweise dazu diente, Schweine oder Gemüse zu befördern, und sie erstarrte augenblicklich. Auf dem Karren sah sie einen Mann regungslos auf dem Rücken liegen.

Vielleicht war es ja gar nicht er, dachte sie, während ihr Herz heftig zu pochen begann. Daß er in den blauen Umhang der de Valcourts eingehüllt war, bewies noch gar nichts.

Dann bewegte sich der Mann und drehte den Kopf zur Seite, und obwohl es durch den Rauch nicht ganz deutlich zu erkennen war, sah sie schließlich sein blondes Haar. Es war genau die Haarfarbe ihrer Mutter und auch die von Linnea selbst.

Ihr Herz schien stillzustehen. Es war tatsächlich Maynard. O Gott, es stimmte also, was man sich erzählte.

»Du solltest nicht hier oben sein!«

Linnea drehte sich nicht einmal um, als sie Sir Hughs vorwurfsvolle Stimme hörte. »Er lebt noch!« rief sie entsetzt. »Soll das heißen, daß sie ihn hier sterben lassen, ohne ihm zu helfen? Wollen sie es denn nicht zulassen, daß wir uns um seine Wunden kümmern?«

Sir Hugh trat neben sie und blickte auf die unwirklich scheinende Szene hinunter. »Er ist ihre größte Waffe. Wir müssen uns ergeben, wenn wir sein Leben retten wollen.«

Linnea schluckte erst einmal und blickte ihn fassungslos an. »Und *werden* wir uns ergeben?«

Die Antwort kam nicht von Sir Hugh, sondern von einem Pagen, der rasch herbeigeeilt kam. »Mylady sagt ...« Er unterbrach sich, um erst einmal zu Atem zu kommen. »Ich meine, Lord *Edgar* sagt, daß wir die weiße Fahne hissen sollen.«

Linnea verfolgte mit großen Augen, wie Sir Hugh nickte und dann zweien seiner Männer ein Zeichen gab, um die weiße Fahne über der rauhen Steinmauer zu hissen. Sie konnte nicht sehen, wie der weiße Stoff sich nach unten entrollte, doch sie konnte es sich gut vorstellen – es mußte wohl wie ein Leichentuch sein, das entrollt wurde, so daß der Tote zum Vorschein kam. Nur daß es an diesem Tag kein Mensch war, der zu Grabe getragen wurde, sondern das Leben ihrer Familie auf Maidenstone Castle.

Im nächsten Augenblick waren Jubelrufe von dem Angreifer und erleichterte Seufzer von den Dorfbewohnern zu hören. Linnea sah einen jungen Reiter von dem weißen Zelt weggaloppieren. Das Banner der de la Manse hielt er wie eine Trophäe in der Hand. Die beiden schwarzen Bären, die auf dem leuchtend roten Stoff zu erkennen waren, standen auf den Hinterbeinen und schienen miteinander zu kämpfen, während das Banner im Wind flatterte.

Der Junge ritt zum Burggraben herauf und ließ sein prachtvolles Streitroß im Kreis gehen, während die Zugbrücke langsam niederging. Linnea war so außer sich vor Zorn und Angst, daß sie betete, der Junge möge vom Pferd fallen und im Burggraben ertrinken. Dieser eingebildete Bengel!

Doch während sich ihr Zorn gegen den Jungen richtete, wußte sie sehr wohl, daß es ein anderer war, den sie fürchten mußte – dieser de la Manse, der sich darauf vorbereitete, sein ehemaliges Zuhause wieder an sich zu reißen, und der für die de Valcourt gewiß nichts anderes als Haß empfand.

Sie starrte auf das große weiße Zelt hinunter und versuchte ihn sich vorzustellen – diesen Mann, den ihr Vater vor achtzehn Jahren besiegt hatte. Sie war damals noch gar nicht auf der Welt gewesen, und doch, das wußte sie, war dieses Ereignis für ihr gesamtes Leben von entscheidender Bedeutung.

Sie spürte, wie die Angst in ihr hochkroch. Die Brücke war beinahe unten, und der Rauch verzog sich langsam. Sie sollte jetzt wohl zu ihrer Schwester und ihrem Vater gehen. Sie sollten alle zusammensein in diesem Augenblick, ihr ganzes Leben in tausend Stücke zerbrach.

2

»Sie sind wie Hunde, die jetzt den Schwanz einziehen.«

Trotz der einander widerstrebenden Gefühle, die ihn bewegten, mußte Axton über Peters Bemerkung lachen. Es war so offensichtlich, wie aufgeregt sein Bruder war. Es war das erstemal, daß der Junge mit dem Krieg in Berührung kam, das erstemal, daß er weit weg von zu Hause als

Schildknappe seines großen Bruders unterwegs war. Eigentlich hätte er von jemand anderem zum Ritter ausgebildet werden müssen – doch seine Mutter hatte zu große Angst um ihn. Sie war ohnehin dagegen, daß Peter überhaupt Ritter wurde, da sie doch zuvor schon ihren Mann und zwei Söhne im Krieg verloren hatte.

Aber Peter war so fest entschlossen, Ritter zu werden, daß ihre Mutter schließlich einwilligte. Sie bestand jedoch darauf, jene Ritter, die ihn ausbilden würden, selbst auszusuchen. In ihren Augen war ihr jüngster Sohn am besten bei seinem einzigen Bruder aufgehoben, der noch lebte – bei Axton.

Axton war zunächst ein wenig skeptisch gewesen, aber nachdem Peter jetzt ein Jahr als Schildknappe für ihn tätig war, betrachtete er den Versuch als durchaus gelungen. Wie sich zeigte, war sein jüngster Bruder viel besser für das Ritterdasein geeignet, als es seine beiden anderen Brüder William und Yves gewesen waren. Er war einfach schneller und entschlossener und verfügte bereits über eine große Geschicklichkeit im Umgang mit Schwert und Lanze. Darüber hinaus konnte er ausgezeichnet mit Pferden umgehen.

Was lag also näher, als Peter zur Belagerung von Maidenstone Castle mitzunehmen – jenem Ort, wo der Junge eigentlich hätte aufwachsen sollen. Außerdem war Axton auf die Idee gekommen, Peter als Unterhändler für die Übergabe der Burg auszuwählen. Er war der einzige der vier de-la-Manse-Brüder, der nie einen Fuß in ihr früheres Zuhause gesetzt hatte, da er erst während ihres erzwungenen Exils in der Normandie zur Welt gekommen war. Darüber hinaus wußte Axton, daß es eine Demütigung für de Valcourt bedeuten würde, wenn er mit einem jungen Burschen, einem Schildknappen, verhandeln mußte.

Axton betrachtete das rot-schwarze Banner, das munter im Wind flatterte, während die Zugbrücke langsam niederging. Er schwor sich, daß dies nicht bei der einzigen Demütigung bleiben würde, die de Valcourt hinzunehmen hätte.

Leider war es ihm verwehrt, den Mann und seinen Sohn auf der Stelle zu töten – es sei denn, es blieb ihm keine andere Wahl. Diese Anweisung hatte Henry ihm mitgegeben. Nun, im Getümmel der Schlacht konnte viel passieren – aber jetzt, wo de Valcourt sich so rasch ergeben hatte, herrschten natürlich andere Gesetze. Nach der Übergabe der Burg würden sie seinem Schutz, beziehungsweise dem des Herzogs der Normandie, unterstehen. Axton ballte die Hände zu Fäusten, als er daran dachte, wie absurd die Situation doch war. Da hatte er seinen ärgsten Feind in seiner Hand und durfte sich doch Henrys Befehl nicht widersetzen, um den Frieden im Land nicht zu gefährden!

Gewiß, der Junge würde wohl an seinen Verletzungen sterben. Axton war erstaunt, daß er überhaupt noch lebte.

Was den Vater betraf, so konnte Axton nicht gut die Waffe gegen ihn erheben – es sei denn, der alte Mann forderte ihn dazu heraus.

Wenn es nur ein Fünkchen Gerechtigkeit auf dieser Welt gab, dann würde der alte Bastard genau das tun – aber das war leider sehr unwahrscheinlich. Axton war durch sein Ehrenwort daran gebunden, die Wünsche seines Lehensherrn auszuführen. Wie hatte Matilda, die Tochter des einstigen Königs, doch immer zu ihrem Sohn Henry gesagt – und er hatte es an seine Lords weitergegeben: Tötet die Söhne in der Schlacht, heiratet die Töchter im Frieden und laßt das Land unversehrt. Keine Plünderungen, keine wahllose Verwüstung des Landes, außer wenn dies nötig ist, um die Bevölkerung zu unterwerfen.

Dementsprechend hatte Axton nur so viel von dem Dorf in Brand gesteckt, wie notwendig war, um die Bewohner in Angst und Schrecken zu versetzen; doch er hätte gewiß auch ohne Henrys Weisung nicht anders gehandelt. Dies war seine Heimat, auch wenn er sie als neunjähriger Junge verlassen mußte.

Als der alte König Henry starb, waren Allan de la Manse und seine Frau sowie ihre drei Söhne in der Normandie, um für Henrys Tochter Matilda und seinen Enkel Henry dazusein. Matildas Abwesenheit aus England gab ihrem Vetter Stephen Gelegenheit, den Thron an sich zu reißen – und so eroberten seine Männer alle Festungen des Königs, bevor Matilda eingreifen konnte.

Edgar de Valcourt war nur auf geringen Widerstand gestoßen, als er Maidenstone Castle an sich riß, und Allan de la Manse war anschließend mit seiner Bitte um Gerechtigkeit bei Stephen auf taube Ohren gestoßen. Ihre Familie hatte sich in die Normandie zurückziehen müssen, nachdem Stephen und de Valcourt ihnen ihr Zuhause weggenommen hatten. Doch während der achtzehn langen Jahre im Exil war Maidenstone stets Axtons Zuhause geblieben – zumindest in seinen Gedanken, und auch in denen seiner Eltern. Er hatte nicht die Absicht, die Burg niederzubrennen oder das Land zu verwüsten, genausowenig wie er vorhatte, die Dorfbewohner oder deren Vieh abzuschlachten.

Maidenstone gehörte endlich ihm – und als die Zugbrücke auf den riesigen Stein am Rande des Burggrabens niedersank, war es besiegelt. Er brauchte sein Zuhause nur noch zu betreten, um es wieder in Besitz zu nehmen. De Valcourt konnte seinen Sohn zurückhaben, der mit seinen schweren Verletzungen keine Bedrohung mehr darstellte. Selbst wenn er überleben sollte, würde er bestimmt nie mehr kämpfen können – dazu war sein rechter Arm zu übel zugerichtet.

Doch Axton hatte vor allem vor, die älteste Tochter zu heiraten, falls es eine gab. Er würde sie zur Frau nehmen, gleichgültig ob sie alt oder jung, schön oder häßlich war. Dann würde er dafür sorgen, daß sie so rasch wie möglich schwanger wurde. Erst dann konnte er sicher sein, daß niemand mehr seinen Anspruch auf Maidenstone anzweifeln würde.

Der Junge mit dem Banner führte die Reihen der feindlichen Truppen an, die durch das Tor in den Burghof einmarschierten. Linnea und Beatrix spähten von ihrem gemeinsamen Zimmer aus auf den Hof hinunter. Der Junge war recht stämmig und hatte dunkles lockiges Haar; seine Lippen umspielte ein arrogantes Grinsen, das Linnea geradezu abstoßend fand. Wer war bloß dieser Dreikäsehoch, der ein Heer anführte, als wäre es das Selbstverständlichste auf der Welt? Er mußte wohl der Sohn von diesem de la Manse sein.

Im nächsten Augenblick flog die Tür krachend auf, so daß sie beide hochschreckten. Doch es war nur ihre Großmutter mit Ida, ihrer Magd – und nicht zwei heimtückische Soldaten, wie sie befürchtet hatte.

»Geh weg da, Mädchen. Laß mich sehen«, befahl Lady Harriet. Sie packte Linnea am Arm und schob sie vom Fenster weg.

Linnea trat zur Seite und rieb sich nicht einmal den schmerzenden Arm, wenngleich sie sicher war, daß es einen blauen Fleck geben würde. Sie war es längst gewohnt, daß ihre Großmutter sie auf diese Weise behandelte. Nicht, daß sie sie jemals ernstlich verletzt hätte – nein, wenn ihre Großmutter ihr weh tat, dann heilte es meist sehr schnell wieder. Trotzdem – Beatrix wurde nie so grob behandelt.

Lady Harriet trat neben Beatrix und drückte ihr aufmunternd die Hand.

»Sie bringen Maynard herein. Ich hab's von meiner Kammer aus gesehen. Schau, dort kommt der Karren schon.«

Linnea trat einen Schritt vor und stellte sich auf die Zehenspitzen, um einen Blick auf ihren verwundeten Bruder zu erhaschen – sie sah jedoch nur einen Teil des Karrens.

»Diesen de la Manse soll der Teufel holen!« fluchte Lady Harriet dermaßen wütend, daß die beiden Mädchen erschraken. »Und mit ihm seine ganze verdammte Familie. Vor allem den Jungen da!«

Zumindest in diesem Punkt war Linnea völlig mit ihr einer Meinung. Ja, vor allem dieser Junge. Beatrix versuchte ihre Großmutter zu beruhigen, die am ganzen Leib zitterte – so außer sich war sie vor Wut. »Der Junge ist doch nicht so wichtig …«, begann Beatrix.

»Was du nicht sagst! Dieser Junge ist ein de la Manse, ein Sohn von Allan de la Manse. Und schon allein deshalb ist er unser Erzfeind! Ach, wenn ich nur wüßte, wie ich ihn uns vom Hals schaffen könnte.« Sie schlug mit der Hand auf die steinerne Fensterbank und wandte sich mit bitterer Miene vom Fenster ab. »Er sollte da unten verwundet auf dem Karren liegen und durch die Gegend gefahren werden.« Im nächsten Augenblick blieb ihr eisiger Blick auf Linnea haften – und ihre Miene wurde noch eine Spur grimmiger.

Linnea wich instinktiv zurück, denn sie kannte diesen Blick nur zu gut, weshalb sie ihrer Großmutter auch aus dem Weg ging, wo sie nur konnte. Aber in diesem Moment war es unmöglich, ihr auszuweichen.

»Schuld ist allein der Teufel, den wir unter uns haben«, zischte Lady Harriet. »Jetzt sieht man's wieder, wie recht ich hatte. Zuerst starb dein ältester Bruder im Fieber. Und dann auch deine Mutter und mit ihr viele Männer und Frauen von Maidenstone. Und jetzt bringt deine schwarze Seele erneut Unheil über unsere Familie!«

Hätte Linnea sich nicht mit einem Sprung in Sicherheit gebracht, dann hätte ihre Großmutter sie gewiß mit ihrem Gehstock geschlagen. Sehr früh schon hatte sie gelernt, stets außer Reichweite ihrer Großmutter zu bleiben. Beatrix rang verzweifelt die Hände, während Ida sich bekreuzigte, um sich vor allem Übel zu schützen, das von Linnea ausgehen mochte. Diese kleine Geste drückte all das Mißtrauen aus, das die Menschen auf Maidenstone Linnea entgegenbrachten – und sie schmerzte genauso wie die Grobheit, mit der ihre Großmutter sie behandelte. Doch Linnea zeigte nie jemandem ihren Schmerz – am wenigsten ihrer Großmutter.

Wie immer war es Beatrix, die ihr zu Hilfe kam, indem sie ihre Großmutter am Arm zurückhielt. »Das nützt doch jetzt nichts«, sagte sie. »Wir müssen uns um Maynards Wunden kümmern. Ob sie uns wohl zu ihm lassen? Sie bringen ihn doch in sein Zimmer, oder?«

»Ich habe keine Ahnung, was sie vorhaben«, stieß Lady Harriet hervor. »Das sind Heiden, egal was Pater Martin sagt.« Doch ihr Zorn verrauchte schließlich angesichts der Güte, die Beatrix ausstrahlte. Die alte Frau seufzte, als wäre sie sehr erschöpft. »Edgar erwartet sie im Saal. Dort werden sie ihre Bedingungen stellen. Dann wissen wir Bescheid. Aber glaub nur nicht, daß sie sich nachsichtig zeigen werden.«

Sie blickte Beatrix eindringlich an, und ihre Stimme zitterte einen Augenblick, als sie sagte: »Wir müssen dich vor ihnen schützen, Beatrix. Denn wenn sie erst einmal gesehen haben, wie schön du bist, dann werden schreckliche Dinge passieren.«

»Schreckliche Dinge?« Beatrix' milchweiße Haut wurde noch eine Spur bleicher. »Was meinst du damit?«

»Daß sie dich schänden«, antwortete die alte Dame mit schneidender Stimme. »Das machen alle Heere. Nun, vielleicht kommt dir deine Schönheit und Unschuld ja zugute. Sogar der junge Henry, dieser selbsternannte König, wird einsehen, daß eine Erbin mit deiner Mitgift besser ist ...«

Sie hielt inne und erstarrte förmlich. Linnea hatte den gleichen Gedanken wie ihre Großmutter. Henry würde einsehen, daß eine schöne Jungfrau mit einer stattlichen Mitgift am wertvollsten war, wenn ihre Unschuld bewahrt blieb. Nur würde Beatrix über keine stattliche Mitgift mehr verfügen – jetzt, da alles diesem de la Manse in die Hände fiel. Linnea ging zu ihrer Schwester und legte ihr tröstend den Arm um die Schulter. »Vielleicht können wir ja fliehen«, flüsterte sie und blickte ihre Großmutter erwartungsvoll an.

Lady Harriets Nasenflügel bebten, so als wäre Linneas Vorschlag absolut erbärmlich. Doch bevor sie eine beißende Bemerkung machen konnte, kam Norma, das langjährige Kindermädchen der Zwillinge, ins Zimmer gestürmt.

»Mylord ... Mylord Edgar möchte, daß Ihr zu ihm in den Saal kommt, Mylady«, stieß sie atemlos mit gerötetem Gesicht hervor. Sie war offensichtlich die Treppe herauf gelaufen, was in ihrem Alter und mit ihrer Leibesfülle bestimmt sehr beschwerlich war. Linnea und Beatrix erschraken, als sie die Frau so aufgewühlt sahen.

»Was ist mit Beatrix?« fragte Lady Harriet. »Hat er etwas über sie gesagt?«

»Er hat gemeint, ich soll mit ihr zur Vorratskammer gehen und alle Kräuter holen, die sie braucht, um Maynard zu behandeln. Dann sollen wir uns um ihn kümmern. Der arme Junge soll in die Gesindehäuser gebracht werden.«

Lady Harriet zögerte keine Sekunde. Es war, als würde ihr die Tatsache, daß sie gebraucht wurde, neue Kräfte verleihen. Sie nahm den Schlüsselbund von ihrem Gürtel und warf ihn Beatrix zu. Dann nahm sie ihre Enkeltochter am Arm und führte sie zur Tür. »Ich werde ebenfalls nach Maynard sehen, sobald man meinen Rat nicht mehr braucht. Diese Teufel! Daß sie es wagen, ihn in ein Gesindehaus zu bringen!« Sie spuckte verächtlich aus. »Verflucht sollen sie alle sein!« Dann fiel ihr zorniger Blick auf Linnea. »Du – geh mir aus den Augen. Du hast für heute genug Unheil angerichtet. Ach, hätte Edgar nur auf mich gehört ...«

Sie drehte sich um und ging zur Tür hinaus, so daß nur noch ihr Stock auf dem harten Steinboden zu hören war. Als auch dieses Geräusch verebbt war, hörte Linnea nichts anderes mehr als das Rauschen des Blutes in ihren Ohren. Sie war es gewöhnt, daß man sie zurückwies – doch am heutigen Tag war es viel schwerer zu ertragen als sonst.

Sie wußte, was ihre Großmutter gemeint hatte. Sie wünschte sich, daß man Linnea noch am Tag ihrer Geburt getötet hätte, damit all das Übel, das ihrer Seele innewohnte, keine Möglichkeit habe, in der Welt wirksam zu werden. Auf diese Weise würde der Familie großes Unheil erspart bleiben. Nun, das Unheil war geschehen – und es war anscheinend allein ihre Schuld. Sie schloß die Augen – es bereitete ihr Mühe, sich aufrechtzuhalten, so furchtbar war der Gedanke, daß sie es womöglich gar nicht wert war, am Leben zu sein.

Im nächsten Augenblick spürte sie eine tröstende Hand auf ihrem Arm, und die schwarzen Schatten über ihr verflüchtigten sich ein wenig.

»Es ist nicht deine Schuld«, flüsterte ihr Beatrix voller Überzeugung ins Ohr.

Linnea erbebte im Innersten. Die gute Beatrix. Wenn ihre Schwester in all den Jahren nicht so an sie geglaubt hätte, dann hätte sie nie überleben können. Beatrix konnte zwar kaum etwas tun, um das Mißtrauen der anderen gegenüber ihrer Zwillingsschwester zu zerstreuen, doch allein, daß sie so unerschütterlich an sie glaubte, bedeutete Linnea unendlich viel. Zwischen ihnen beiden bestand eine tiefe Verbundenheit, an der niemand sonst teilhatte. Beatrix war der einzige Mensch, der Linnea liebte, und Linnea liebte ihre Schwester ihrerseits mit einer Hingabe, die manchmal fast beängstigend war.

Und auch in diesem Augenblick waren Beatrix' ermutigende Worte genau das, was Linnea brauchte, um neuen Mut zu schöpfen. Sie blickte in die wunderschönen grünen Augen ihrer Schwester und streichelte ihre runde Wange. »Danke, Bea. Ich danke dir. Aber ich fürchte, es spielt keine Rolle, wessen Schuld es ist – wir stecken auf jeden Fall in großen Schwierigkeiten.«

Beatrix nickte und berührte Linneas Stirn mit der ihren, so wie sie es als Kinder immer getan hatten. Linnea fühlte sich ihrer Schwester so nahe wie schon lange nicht mehr, und ihr Wunsch, diesen über alles geliebten Menschen zu schützen, wurde noch stärker.

Beatrix löste sich schließlich von ihrer Schwester. »Ich muß zu Maynard«, sagte sie.

»Nein! Nein«, entgegnete Linnea und hielt ihre Schwester am Arm zurück. »Du darfst nicht allein in den Burghof gehen, wo doch all diese Männer versammelt sind.«

»Norma begleitet mich ja.« Beatrix blickte zu der Frau hinüber, die sich auf eine Bank niedergelassen hatte und immer noch schwer atmete.

»Nein, Norma wird mich begleiten«, erwiderte Linnea.

»Aber du hast doch gehört, was Großmutter gesagt hat. Du sollst hierbleiben – und ich soll zu Maynard gehen.«

Aber Linnea war fest entschlossen. So große Angst sie auch haben mochte, den blutrünstigen Eindringlingen zu begegnen und die schlimmen Wunden ihres Bruders zu sehen – noch größer wäre ihre Angst gewesen, wenn Beatrix das hätte durchmachen müssen. »Maynard blutet wahrscheinlich stark«, sagte sie. »Und du weißt ja, mir macht das nicht soviel aus wie dir. Es ist besser, wenn *ich* gehe.« *Außerdem ist es meine große Chance, Großmutter zu beweisen, daß das Ganze nicht meine Schuld ist. Wenn ich Maynard retten kann ...*

»Aber was ist, wenn er stirbt?« fragte Beatrix mit zitternder Stimme, so als hätte sie Linneas Gedanken erraten.

Linnea wollte lieber nicht daran denken. »Komm mit, Norma. Wir müssen uns beeilen. Rasch, Bea. Wir müssen unsere Kleider tauschen. Dann sperrst du dich hier ein und öffnest niemandem, außer es ist jemand von uns.«

Beatrix zögerte einen Augenblick, und Linnea wußte, warum. Sie hatten seit vielen Jahren nicht mehr die Rollen getauscht. Nachdem ihre Mutter gestorben war, hatte ihre Großmutter ihnen diesen Streich verboten. Das eine Mal, daß sie es trotzdem getan hatten, wurden sie hart dafür bestraft – das heißt, Linnea wurde hart bestraft. Doch schließlich stimmte Beatrix trotz ihrer Angst zu – wie immer, wenn Linnea einen ihrer gewagten Pläne ausheckte.

Es war schon immer so gewesen; Linnea war die Kühne, Furchtlose und Beatrix die Vorsichtige, die schließlich aber doch ihrer Schwester vertraute. Linnea machte es nichts aus, wenn sie für ihren Ungehorsam bestraft wurde – und sie war auch nicht verbittert darüber, daß Beatrix stets verschont wurde, denn sie wußte ja, daß ihre Schwester nur mitmachte, weil sie sie dazu anstiftete. Nein, es waren nicht allein die ungerechten Bestrafungen, die ihr weh taten – daß sie von der eigenen Familie nicht angenommen und geliebt wurde, daß sie niemals auch nur annähernd so schöne Kleider bekam wie Beatrix.

Linnea schlüpfte aus ihrem schlichten Leinenkleid, das weder mit Borten noch Stickereien verziert war. Das Kleid, das Beatrix ihr reichte, war aus feiner tiefgrüner Wolle. Den Ausschnitt zierte eine goldene Borte, und der schmale Gürtel, den sie trug, stellte allerlei Fabelwesen dar. Sie streifte das wunderschöne Kleid über ihr grobes Hemd und vergaß für einen Augenblick die unglückseligen Umstände, die sie zu diesem Tausch zwangen. Fast hätte sie glauben können, daß sie die erstgeborene Tochter war, wenn sie ein so schönes Kleid trug – und dabei war es bei weitem nicht das beste Stück, das Beatrix besaß. Doch selbst Beatrix' einfachstes Kleid war immer noch feiner als Linneas allerschönstes.

Linnea strich das Kleid glatt, bevor sie sich den Gürtel umband. Erst als sie ihren dicken Zopf zurechtrückte und zu Beatrix hinüberblickte, kehrte sie wieder in die Wirklichkeit zurück.

So sah sie also in ihren einfachen Kleidern aus! Nein, das konnte nicht sein – und für einen Augenblick fürchtete sie, daß ihre List fehlschlagen würde. Denn selbst in diesem schlichten Arbeitskleid sah Beatrix immer noch wunderschön aus. Bestimmt würde man den Schwindel rasch bemerken.

»O Gott«, murmelte Norma plötzlich, während ihr Blick zwischen ihnen beiden hin und her wanderte. »Wenn das Muttermal nicht wäre, an dem man euch beide unterscheiden kann ...«

Sie hielt inne, doch Linnea wurde durch ihre Worte wieder ermutigt. Vielleicht waren die Unterschiede zwischen ihr und ihrer Schwester für die anderen nicht so offensichtlich wie für sie selbst.

»Vergeßt die Schlüssel nicht«, erinnerte Norma im Flüsterton, als hätte sie Angst, irgend jemand könnte sie belauern. Ob sie wohl Lady Harriets Zorn fürchtete – oder mehr den von de la Manse, fragte sich Linnea. Doch die gleiche Frage könnte sie sich auch selbst stellen, dachte sie schaudernd.

»Sei vorsichtig, Schwesterherz«, sagte Beatrix in eindringlichem Ton und nahm Linnea in ihre Arme. »Sag unserem Bruder, daß ich für ihn bete. Und komm schnell wieder zurück.«

Linnea und Norma gingen die gewundene Steintreppe hinab und hielten sich an den Händen, um sich gegenseitig Halt zu geben. Es war irgendwie zu spüren, daß auf Maidenstone nichts mehr so war wie vorher. Auch wenn der Rauch nicht gewesen wäre, der immer noch in der Luft lag, und wenn Linnea nichts von den furchtbaren Ereignissen dieses Tages mitbekommen hätte, dann wäre ihr dennoch nicht entgangen, daß sich etwas Grundlegendes geändert hatte. Die alten Gemäuer der Burg schienen eine eigenartige Spannung auszustrahlen, ein Unbehagen vor dem, was nun kommen würde. Linnea fühlte sich nicht wohler, als sie die Stimmen aus dem Saal hörte; da war keine einzige weibliche Stimme – nur Männer. Wo waren nur die Frauen geblieben?

Sie gingen immer langsamer, je näher sie dem Ende der Treppe kamen. Norma konnte ihre Angst nicht mehr verbergen – doch auch Linnea mußte sich zum Weitergehen zwingen. Aber als sie dann daran dachte, daß Maynards Leiden immer unerträglicher wurden, je mehr Zeit verging, gab sie sich einen Ruck und zog die zögernde Norma mit sich durch den niedrigen Bogen, der in den Saal führte.

Im nächsten Augenblick sah sie den Jungen, diesen verdammten Bengel der de-la-Manse-Sippe. Zusammen mit drei anderen Männern stand er da – starke Ritter allesamt, neben denen er wie ein Zwerg wirkte. Der Anblick dieses eingebildeten Jungen machte Linnea erneut zornig. Wer war er, daß er ihnen ihr Zuhause wegnahm?

Es war, als fühlte er ihren bitterbösen Blick – denn er drehte plötzlich den Kopf in ihre Richtung, so daß ihre Blikke sich trafen.

Verdammt sollst du sein und mit dir deine ganze Sippe, dachte sie bei sich.

Doch unerwarteterweise grinste er plötzlich und zupfte

dann den größten der Ritter am Ärmel. Als der Ritter sich langsam zu ihm hinunterbeugte, um ihm zuzuhören, lief es Linnea eiskalt den Rücken hinunter. Die Männer hatten mit ihrem Vater gesprochen, wie Linnea jetzt erkennen konnte, und auch ihre Großmutter stand bei ihnen. Doch nun war ihre Aufmerksamkeit auf sie gerichtet. Sie konnte zwar nicht hören, was der Mann und der Junge miteinander sprachen, doch Linnea wußte, daß es um sie ging – oder vielmehr um die, die sie zu sein schien. Sie sagte sich, daß sie Beatrix wohl einiges ersparte, wenn sie in ihren Kleidern auftrat – und das gab ihr den Mut, ihr gewagtes Spiel weiterzuspielen.

»Wir sollten uns beeilen«, raunte sie Norma zu. Sie gingen zur Tür, die zur Küche und der Vorratskammer führte. Doch ehe sie ins Freie gelangen konnten, trat ihnen der Junge mit seinem riesigen Wolfshund, den er an seinem Halsband festhielt, in den Weg.

»Beatrix de Valcourt?« fragte er hochmütiger als jeder König. »Seid Ihr Edgar de Valcourts Tochter?«

Linnea richtete sich auf. Ihr Herz pochte wie wild vor Angst und Wut, doch sie antwortete nicht gleich. Sie wußte einfach nicht, was sie sagen sollte.

Gewiß, sie würde lügen müssen. Deshalb hatte sie sich ja verkleidet – um Beatrix vor diesen furchtbaren Kerlen zu schützen. Doch der Zorn und die Angst ließen sie kaum einen klaren Gedanken fassen.

Was sie diesem unverschämten Bengel am liebsten gesagt hätte, war, daß er Schweinemist fressen und sich dann am Turm des Burgtors aufhängen solle. Aber würde Beatrix so etwas sagen? Nein, und genausowenig würde sie ihn einen kleinen Bastard nennen oder ihm androhen, daß sie ihm die Eier abschneiden würde, während er schlief. Nein, Beatrix würde ihn kühl und von oben herab behandeln, wie eine richtige Lady, die sich mit jemandem wie ihm gar nicht abgab.

»Nun?« fragte er. »Ihr habt wohl eure Zunge verschluckt, was?«

Ich werd' dir die deine abschneiden und sie deinem Hund zum Fraß vorwerfen, hätte sie am liebsten gesagt. Doch statt dessen hob sie nur das Kinn noch etwas höher. »Ich bin Lady Beatrix«, sagte sie so kalt wie sie nur konnte. Sie blickte auf ihn herab, als wäre er nichts als ein ekliges Insekt, das man zertrat, wenn es sich nicht rasch aus dem Staub machte.

»Lady Beatrix«, wiederholte er so gedehnt, daß es eher wie eine Beleidigung klang. »Nun, wenn Ihr vielleicht die Güte hättet, uns einen Augenblick Gesellschaft zu leisten.« Er zeigte mit übertriebener Gebärde auf die Gruppe, die mitten im Saal zusammenstand.

Ohne zu antworten, wandte sich Linnea der kleinen Gruppe zu. Überall im Saal wurde es still. Die Dorfbewohner hatte man zwar hinausgeschickt, doch der Großteil des Burgvolks war noch anwesend. Und die schwer bewaffneten Soldaten des feindlichen Heeres, die überall herumstanden, verliehen der Szene etwas nahezu Unwirkliches.

Ihr Vater starrte sie mit einem Ausdruck an, der ihr rätselhaft erschien. Niedergeschlagen? Verzweifelt? Alt, dachte sie schließlich. Er sah ganz einfach alt aus, sogar älter als seine eigene Mutter.

Lady Harriet starrte sie ebenfalls an, doch ihr Gesichtsausdruck war leichter zu deuten. Sie verzehrte sich vor Wut über das, was hier vor sich ging. Doch sie schien auch stolz auf ihre Enkeltochter zu sein. Die alte Frau hob das Kinn, wie um Linnea ein Signal zu senden, und Linnea antwortete auf die gleiche Weise.

Es funktioniert! Sie hält mich auch für Beatrix. Alle halten sie mich für Beatrix! Diese Erkenntnis erfüllte Linnea mit neuem Mut. Sie würde es schon noch erreichen, daß sie alle stolz auf sie waren!

Mit hoch erhobenem Kopf schritt sie durch den Saal. Ihr war bewußt, daß alle Blicke auf sie gerichtet waren. Doch sie sah nur ihre Großmutter – sie allein war es, die ihr Kraft gab. Sie mochte ein hartherziger und abergläubischer Mensch sein, aber sie hatte die Tapferkeit von zehn Männern. Und Linnea würde es ihr gleichtun.

»Mylord«, begann der Junge, an den hochgewachsenen Ritter gerichtet. »Darf ich vorstellen, Lady Beatrix de Valcourt.« Sein koboldhaftes Grinsen wandte sich wieder ihr zu. »Das ist Axton de la Manse, Sohn von Allan de la Manse, nun wieder rechtmäßiger Herr von Maidenstone Castle.«

Herr von Maidenstone Castle? Linneas Augen weiteten sich, als sie den Mann anstarrte. *Er* würde also hier der Herr sein – und nicht dieser eingebildete Junge? Das machte ihre Lage noch ein wenig verzweifelter. Axton de la Manse war ein Mann des Krieges, was nicht zuletzt an dem mächtigen Schwert zu erkennen war, das von seiner Hüfte hing, aber auch in seinem grimmigen Gesicht. Das ließ wahrlich nichts Gutes ahnen. Der Mann sah nicht so aus, als habe er vor, sie mit Nachsicht zu behandeln.

Auch die beiden anderen Ritter musterten Linnea mit kalten, harten Blicken, doch es waren vor allem *seine* Augen, die sie auf sich ruhen fühlte. Seine kalten grauen Augen waren so hart wie die steinernen Mauern von Maidenstone. Diese Augen musterten sie vom Kopf bis zu den Zehen, mit einer Gründlichkeit, die ihr äußerst peinlich war. Sie wußte, was dieser Blick bedeutete, und sie spürte, wie ihr die Röte in die Wangen stieg. Das wiederum ließ die Wut in ihr auflodern.

Dieser schamlose Kerl!

»Lady Beatrix. Ist das Ihre älteste Tochter?« fragte er ihren Vater.

»Ja, Beatrix ist meine Tochter ...«

»Und sie ist noch unverheiratet?« warf de la Manse mit einer Stimme ein, die gar nicht laut war und dennoch jedermanns Aufmerksamkeit auf sich zog. Alle Augen waren auf ihn gerichtet, als er sich wieder Linnea zuwandte.

Niemand beantwortete seine Frage. Das war jedoch, so schien es, Antwort genug – nach dem dummen Grinsen des Jungen zu schließen. Er mußte ein jüngerer Bruder sein, dachte Linnea, und sie stellte fest, daß es ihr leichter fiel, ihn zu betrachten als den großen Ritter. Doch ihr war völlig bewußt, daß ihr wahrer Feind dieser Axton de la Manse war, und nicht der Junge.

Es konnte nur einen Grund geben, warum es ihn interessierte, ob sie verheiratet war. Sie bemühte sich, ihre Nerven im Zaum zu halten.

»Sir, ich möchte mich jetzt um meinen Bruder kümmern. Wenn Ihr gestattet …«, fügte sie in kühlem Ton hinzu, wobei sie hoffte, daß die Angst dahinter nicht allzusehr spürbar wurde. Seine Frage konnte nur eines bedeuten: Er hatte die Absicht, sie – oder vielmehr Beatrix – zu verheiraten. Und wahrscheinlich würde niemand anderer als er selbst der Bräutigam sein!

Er antwortete nur mit einem Achselzucken auf ihre Bitte und wandte sich wieder ihrem Vater zu.

Dieser unverschämte Kerl! Wie gemein von ihm, so nebenbei seine Pläne anzudeuten und sie dann derart unhöflich zu entlassen! Gleichzeitig war Linnea jedoch außerordentlich erleichtert, daß sie nicht selbst der Gegenstand seiner Aufmerksamkeit war. Sie atmete erst einmal durch und blickte zu ihrer Großmutter hinüber. Doch diesmal fand sie auch in ihrem Gesicht nicht die Aufmunterung, die sie suchte. Denn nun sah ihre Großmutter fast genauso niedergeschlagen drein wie ihr Vater.

Lady Harriet wußte wie jeder andere hier im Saal, was die Frage von Axton de la Manse zu bedeuten hatte, und ihre Niedergeschlagenheit bestätigte Linneas Vermutung. Dieser Mann hatte die Absicht, Beatrix zu heiraten – dieser Mann, der mitgeholfen hatte, Stephens Heer zu zerschlagen, und der Maynards Truppen besiegt hatte. Er hatte vor, seinen Anspruch auf Maidenstone dadurch zu untermauern, daß er die älteste Tochter, also die arme Beatrix, zur Frau nahm.

Erst als Norma sie am Ärmel zog, setzte sich Linnea wieder in Bewegung. Die Magd zog sie mit sich, während sie sich einen Weg durch die Menge der Zuschauer bahnten. Erst als die Tür mit einem dumpfen Knall hinter ihnen zufiel und sie die kleine Vorratskammer erreichten, gestattete sich Linnea, an das Unvorstellbare zu denken.

Er wollte sie heiraten – nein, nicht wirklich sie, sondern ihre Schwester.

Gott sei Dank war sie nicht wirklich Beatrix!

Doch die Erleichterung machte im nächsten Augenblick Schuldgefühlen Platz. Arme Beatrix.

»Was werden wir denn brauchen?« fragte Norma. »Sauerampfer natürlich. Und Kampfer?«

Linnea bemühte sich, ihre Angst um sich und ihre Schwester zu verdrängen. »Ja, und außerdem Weidenrinde und Lindensalbe, um die Wunden zu reinigen.«

Sie holten die entsprechenden Fläschchen, Krüge und Beutel, während Linnea überlegte, was sie sonst noch alles brauchen würden, wie etwa Nadel und Zwirn, um die größeren Wunden zu nähen. Die kleine muffige Vorratskammer hatte irgendwie etwas Tröstliches, sie wirkte von all den niederschmetternden Ereignissen unberührt.

Doch es blieb ihnen keine Zeit, die Vertrautheit der engen Kammer zu genießen. Wenn auch die Welt um sie herum aus den Fugen geraten war, so wußte Linnea doch, daß sie nicht die Augen davor verschließen konnte. Zuerst mußte sie sich um Maynard kümmern, ehe sie sich Gedanken darüber machen würde, was sie für Beatrix tun konnte. Sie durfte im Moment einfach nicht daran denken, welch furchtbares Schicksal ihrer Zwillingsschwester drohte – es galt jetzt zunächst einmal, kühlen Kopf zu bewahren.

Maynard lag in einem Winkel des Gesindehauses auf seinem harten Lager aus Stroh. Nur sein Schildknappe und der Stallmeister waren bei ihm. Sie hatten bereits Wasser geholt und die Kleider von den Wunden entfernt. Doch hatten sie – außer Maynard Wasser zum Trinken zu geben – nichts für ihn tun können.

Maynards Körper war mit schwarzen, schmutzigen Krusten von geronnenem Blut übersät. Der niedergeschlagen wirkende Schildknappe war damit beschäftigt, die Fliegen von Maynards geschundenem Körper wegzujagen.

»Geht zur Seite«, wies Norma die beiden Männer an und stellte den Korb mit den Kräutern nieder. Sie wandte sich zu Linnea, deren Gesicht eine für sie ungewöhnliche Härte zeigte. »Sieht schlimm aus«, flüsterte Norma, so als wolle sie diese Tatsache vor dem übel zugerichteten Mann verbergen, der da bewußtlos zwischen ihnen lag.

Es sah tatsächlich schlimm aus, dachte auch Linnea. Sogar nahezu hoffnungslos. Doch immerhin lebte er noch. Sein Brustkorb hob sich ziemlich unregelmäßig, und die Blutungen waren zumindest vorübergehend durch die dikken Verkrustungen gestoppt.

Leider mußten die schmutzigen Krusten wieder entfernt werden.

»Halte seine Beine fest, für den Fall, daß er um sich tritt«, wies Linnea den Stallmeister an und überlegte, wie sie am besten vorgehen sollte. Sie hatte sich schon einige Jahre mit der Heilkunst beschäftigt, aber mit so schweren Verwundungen hatte sie es noch nie zu tun gehabt. Sie blickte zu dem Schildknappen hinüber, der die Szene mit großen Augen verfolgte. »Frayne, du setzt dich an das Kopfende«, sagte sie zu dem Jungen. Dann ging sie gemeinsam mit Norma an ihr schwieriges Werk.

Der rechte Arm war gebrochen, wobei die beiden Knochen des Unterarms die Haut durchbohrt hatten. Er hatte eine klaffende Wunde an der Stirn, und außerdem war eines der beiden Augen zugeschwollen. Kopfverletzungen waren stets eine sehr heikle Angelegenheit. Da würde sie nicht viel tun können, außer ihm einen Breiumschlag gegen die Schwellung zu machen und für ihn zu beten.

Aber diese schreckliche Wunde auf der rechten Seite …

»Das war eine Lanze – die hat die Rüstung durchbohrt und ihn aus dem Sattel geworfen«, murmelte der Schildknappe. Seine Lippen zitterten, als die Erinnerung an die Schlacht zurückkehrte.

Linnea preßte die Lippen zusammen und versuchte, das schauerliche Bild aus ihren Gedanken zu verdrängen. Sie sah kämpfende, fluchende Männer vor sich, sie sah Blut und fühlte unbeschreiblichen Schmerz, und sie sah Männer, die niedergemäht wurden und starben.

Sie hatte ihren Bruder nie sehr gut leiden können, aber an diesem Tag hatte er für sie alle gekämpft – auch für sie. Sie würde es nicht zulassen, daß er starb. Sie würde dafür sorgen, daß er am Leben blieb!

Doch all das war so schrecklich, daß es ihr schwerfiel, nicht die Fassung zu verlieren. In ihrer Verzweiflung suchte sie nach einer inneren Kraft, die – wie sie wußte – nur im Zorn entwickeln konnte.

»Hast du gesehen, wie es passiert ist?« fragte sie den Knappen. »Weißt du, wer der Schurke war, der ihn so zugerichtet hat?«

»O ja. Das war der neue Herr selbst.«

Linnea blickte auf, nachdem sie gerade begonnen hatte, die klaffende Wunde an Maynards Brustkorb zu reinigen. Der neue Herr. Axton de la Manse. Das hieß also, daß er mit dem Schwert, das er umgegürtet hatte … Der Gedanke ließ sie erschaudern. Er hatte Maynard um ein Haar getötet. Nun würde er Beatrix heiraten. Aber das würde Gott hoffentlich nicht zulassen!

Sie warf dem Schildknappen einen finsteren Blick zu, weil der Junge fast so etwas wie Ehrfurcht für den Mann zu empfinden schien, der versucht hatte, seinen Herrn zu töten. »Der Tag wird kommen, an dem Maynard sich rächen wird«, sagte sie voller Inbrunst. »Er wird es diesem Schuft schon zeigen …«

»Verzeiht, Lady Beatrix, aber der Mann ist furchtbar stark. Ich glaube nicht, daß irgendein Ritter von Maidenstone ihn aus dem Sattel werfen kann.«

Wenn Maynard nicht plötzlich zusammengezuckt wäre – Linnea hatte soeben die schmutzige Kruste von der Wunde entfernt, so daß das nackte Fleisch sichtbar wurde –, hätte sie dem Jungen wohl eine Ohrfeige verpaßt. Wie konnte er es wagen, die Fähigkeiten dieses Ungeheuers auch noch zu rühmen! Das klang ja gerade so, als würde er diesen Schuft auch noch bewundern!

Während der folgenden Minuten waren sie zu beschäftigt, um zu sprechen. Maynard war zwar nicht wirklich wach – er dämmerte eher vor sich hin –, aber dennoch hatten die vier alle Hände voll zu tun, um ihn ruhig zu halten, während Linnea seine Wunden behandelte. Sie reinigte die Wunde am Oberkörper und bestrich sie mit der Lindensalbe, ehe sie das Ganze mit einem sauberen Tuch verband. Sie würde die Wunde später nähen. Fürs erste genügte es, daß sie sauber war und daß die Blutung gestillt war.

Als nächstes kam sein verstümmelter Arm an die Reihe, und Linnea war nahe daran, sich zu übergeben, als sie die Wunde genauer untersuchte. Norma reinigte die zerfetzte Haut und entfernte Knochensplitter, während Linnea überlegte, was zu tun war.

Ihm den Arm abzunehmen, war völlig ausgeschlossen. Das hätte sie ganz einfach nicht gekonnt. Außerdem konnte es ja sein, daß der Arm wieder heilte.

Sie zwang sich, ihre Unsicherheit zu überwinden. »Norma und Frayne, ihr haltet ihn an den Schultern fest. Setzt euch auf ihn, wenn es sein muß, aber haltet ihn ruhig.« Und zu dem Stallmeister gewandt, fuhr sie fort: »Und du mußt an seinem Handgelenk ziehen – egal, wie sehr er auch schreit. Währenddessen füge ich die Enden der Knochen wieder zusammen.«

Das sagte sich so einfach, doch es war furchtbar schwer auszuführen. Maynard brüllte vor Schmerz. Er richtete sich auf seinem Lager auf, so als hätte man ihn mit einem Seil hochgezogen. Norma und der junge Frayne hatten Tränen in den Augen, während sie ihn wieder niederdrückten. Gleichzeitig zog der Stallmeister an Maynards Handgelenk, wobei er abwechselnd fluchte und betete.

Alles in Linnea sträubte sich gegen das, was sie ihrem Bruder antun mußte. Doch sie überwand ihre Skrupel und gab nicht nach. Aufs neue floß Blut aus der Wunde und strömte ihr über die Hände – dennoch hielt sie die Knochen fest und fügte sie wieder zusammen. Sie drang mit ihren Händen in sein Fleisch – und ließ sich nicht beirren.

Sie wußte genau – wenn sie jetzt aufhörte, würde sie nicht die Kraft aufbringen, noch einmal damit zu beginnen.

Schließlich trafen die Knochenteile mit einem leisen Knacken aufeinander, das sie mehr fühlte als hörte – wenngleich sich die Enden nicht wirklich glatt aneinanderfügten. Zum Glück war es mit dem zweiten Knochen etwas einfacher. Doch Linnea wußte, daß sein Arm nie mehr so sein würde wie zuvor, weil einige Stücke des Knochens fehlten. Aber mehr konnte sie unter diesen Umständen nicht für ihn tun, sagte sie sich.

Vorsichtig nahm sie ihre Finger aus der Wunde und fügte die durchtrennten Muskeln sowie die Haut zusammen, als ihr mit einemmal bewußt wurde, daß er zu schreien aufgehört hatte. Sie hörte Fraynes leises Schluchzen sowie den keuchenden Atem des Stallmeisters. Norma murmelte für sich: »*Pater noster, qui es in coelis ...*« – das einzige lateinische Gebet, das sie kannte. Doch Maynard lag da wie tot.

»Er ist bewußtlos«, sagte Norma, als Linnea einen Augenblick zögerte. »Wir sollten uns beeilen ...«

Wie sie den Rest noch hinter sich brachten, hatte Linnea selbst nicht sagen können. Während der Stallmeister und Norma eine Schiene an den Arm anlegten, um den Knochen stabil zu halten, nähte Linnea die Haut zusammen und beschmierte sie mit Salbe. Dann entfernten sie den Verband am Brustkorb, und Linnea nähte auch diese Wunde.

Währenddessen blieb Maynard ohne Bewußtsein, wobei sein Atem nur sehr flach und unregelmäßig ging. Aber es war schon viel, daß er überhaupt atmete. Schließlich legten sie ihm einen frischen Verband um den Brustkorb an.

Als letztes blieb ihnen noch seine schwere Kopfverletzung, und Linnea wußte, daß sie hier nur sehr wenig ausrichten konnte. Über dem linken Auge stellte sie eine Delle im Knochen fest – doch durch die Schwellung war nicht zu erkennen, ob noch größerer Schaden entstanden war. Sie nähte die Wunde, damit sie schöner verheilen würde – doch Linnea fürchtete, daß Narben das letzte waren, was ihrem Bruder im Augenblick Sorgen bereitete.

Als sie ihre Aufgabe beendet hatte und sich langsam erhob, schmerzte ihr Rücken; außerdem war sie voller Blut und Stroh und schwitzte am ganzen Körper. Sie schwankte einen Augenblick, und wenn Frayne sie nicht am Arm festgehalten hätte, dann wäre sie wohl umgekippt.

»Gut gemacht, Mylady«, sagte der Junge. Diesmal galt seine Ehrfurcht ihr.

»Ja, wirklich, großartige Arbeit«, pflichtete auch der Stallmeister bei.

Linnea hätte selbst gerne daran geglaubt – doch sie verstand genug von der Heilkunst, um zu wissen, daß es keinerlei Gewißheit gab. Es konnte sein, daß er überlebte – doch die Chancen standen alles andere als gut.

Norma deckte Maynard mit einem Bettuch sowie einer Decke zu, ehe sie zu Linnea trat. »Wir sollten jetzt zurück in den Saal gehen, Lady Beatrix«, sagte sie.

Linnea blinzelte ein wenig verwirrt. Ach ja, sie war Beatrix. Das hätte sie beinahe vergessen. Ja, es war tatsächlich Zeit, zur echten Beatrix zurückzukehren.

Doch im nächsten Augenblick hörten sie von draußen Stimmen.

»Wo ist er?« war Lady Harriets zornige Stimme zu hören. Und schon waren sie und Sir Edgar bei ihnen, gefolgt von Pater Martin, Ida und Sir John, dem Seneschall. Vier Soldaten von de la Manse begleiteten sie.

Linnea trat beiseite, als ihre Großmutter und ihr Vater an Maynards Lager niederknieten.

»Er lebt. Er lebt«, sagte Lady Harriet immer wieder. »Er lebt!«

»Mylady Beatrix hat unseren jungen Herrn gerettet«, sagte der Stallmeister. »Sie hat seinen Arm wieder zusammengefügt und seine Wunden genäht ...«

»Sein rechter Arm«, murmelte Sir Edgar. »Wird er je wieder kämpfen können?« Er blickte zu Linnea auf.

Sie schüttelte den Kopf. »Ich weiß nicht, Vater. Ich weiß es wirklich nicht. Ich kann dir nicht einmal versprechen, daß er überleben wird«, fügte sie im Flüsterton hinzu.

»Oh, er wird bestimmt überleben. Ganz bestimmt«, stellte Lady Harriet fest. In dem Blick, den sie Linnea zuwarf, lag entschiedene Gewißheit – und sogar so etwas wie Stolz. Sie war stolz auf sie, Linnea!

Die alte Frau stand langsam auf, wobei sie sich an Idas kräftigem Arm festhielt. Aber ihr Blick ruhte weiter auf ihrer Enkeltochter. »Ich habe es immer schon gewußt, daß du ein wahrer Segen für uns bist. Schon als du geboren wurdest, habe ich es gewußt. Und heute hast du Maynard gerettet.«

Sie öffnete die Anne, um ihre Enkeltochter zu umarmen, und wenngleich Linnea zögerte, konnte sie schließlich nicht widerstehen, und noch weniger vermochte sie der alten Frau die Wahrheit zu sagen.

Sie war nicht Beatrix, aber wie gern wäre sie ihre Schwester gewesen, als ihre Großmutter sie in die Arme schloß. Wie schön wäre es, so geliebt und geachtet zu werden!

Im nächsten Augenblick schämte sie sich, daß sie ihre Schwester so sehr beneidete, und auch, daß sie die Anerkennung ihrer Großmutter so sehr zu brauchen schien – und brach in Tränen aus.

3

Axton de la Manse saß auf dem kunstvoll geschnitzten Stuhl des Herrn von Maidenstone und ließ den Blick über den großen Saal schweifen. Er hatte ihn bedeutend größer in Erinnerung, und auch die einst hochaufragenden Tragbalken erschienen ihm heute um einiges niedriger. Er erinnerte sich an die vielen langen Tische und massiven Bänke. Hatten nicht er und William sowohl auf diesen Tischen als auch darunter manch einen Kampf ausgefochten? Mit Spielzeugwaffen hatten sie lange und erbitterte Schlachten gegen jene Feinde geschlagen, die ihrer Fantasie entsprangen. Daneben hatte es auch jene kurzen, aber um so heftigeren Raufereien gegeben, die die beiden Brüder miteinander austrugen, wobei stets irgendeine Beleidigung oder Kränkung der Anlaß war.

Nie hatte er gegen William die Oberhand behalten. Zumindest nicht damals in den Tagen der Kindheit. William war einen Kopf größer und um einiges schwerer gewesen – und darüber hinaus war er um vier Jahre klüger. Auch Yves war älter und größer als er, aber er war schon damals als Junge kein großer Kämpfer gewesen. Wie oft hatte sich Yves nach oben ins Kinderzimmer geflüchtet, während William und Axton übereinander herfielen?

Es gab ihm einen Stich, als er an Yves dachte, der in seinem kurzen Leben keine Möglichkeit hatte, seine Fähigkeiten zu entfalten. Als Soldat war er bestimmt nicht überragend – dafür wäre er vielleicht ein sehr guter Schreiber geworden, vielleicht auch ein guter Priester oder Seneschall. Aber als Stephen den Thron an sich riß – und de Valcourt Maidenstone in die Hand bekam –, da hatte Yves keine andere Wahl, als ebenfalls in den Krieg zu ziehen, für die Königin und das Vaterland und nicht zuletzt auch für ihr Zuhause.

Yves war der erste von ihnen, der starb. Dann folgte Allan de la Manse, und kurz nach ihm auch William. Axton und Peter waren die einzigen, die noch lebten – und ihre Mutter.

Aber nun hatte das Kämpfen ein Ende, dachte Axton, während er den Saal betrachtete, der in all den Jahren geschrumpft zu sein schien. Der Krieg war vorüber, denn die Familie der de la Manse war zurückgekehrt, um für immer auf Maidenstone Castle zu bleiben.

Er blickte auf, als das Gepolter von schweren Schuhen auf der Treppe erklang. Er war nicht überrascht, Peter zu sehen, der die letzten Stufen hinuntersprang, dicht gefolgt von Moor, seinem Wolfshund.

»Warum kann ich denn nicht eine Kammer im Hauptturm haben?« fragte der Junge geradeheraus. »Da oben sind vier Zimmer. Und ein weiter Flur, der wie ein Vorzimmer ist, wo Moor Wache halten könnte.«

»Du schläfst mit den anderen Schildknappen – es sei denn, ich benötige deine Dienste. Dann schläfst du im Vorzimmer, wo du Wache hältst«, antwortete er mit strenger Miene. Vielleicht hätte er dem Jungen doch nicht so große Sonderrechte einräumen sollen. Immerhin durfte er die Standarte der de la Manse tragen, die Gespräche zur Übergabe der Burg führen und an der Spitze der Truppen in Maidenstone Castle einreiten. Dies fand Axton nur recht und billig – immerhin hatte der Junge noch nie einen Fuß in die Burg setzen können. Leider schienen ihm diese Vorrechte ein wenig zu Kopf gestiegen zu sein.

Aber Axton wußte, wie er ihn wieder auf den Boden der Wirklichkeit zurückholen konnte. »Wenn du Zeit genug hast, um die ganze Burg zu erkunden, dann hast du offensichtlich zu wenig zu tun. Räum doch gleich einmal das Zimmer des ehemaligen Burgherrn aus und bring meine Sachen hinein. Und beim Abendessen möchte ich mein rotschwarzes Gewand tragen – sorge dafür, daß es bis dahin ausgebürstet ist. Außerdem müssen diese Wandteppiche mit dem Wappen der de Valcourts entfernt werden und unsere an ihre Stelle gesetzt werden.«

»Meinst du nicht auch, daß Mutter sich riesig freuen wird, daß wir ihr altes Zuhause zurückgewonnen haben?« meinte Peter, dem die zeitaufwendigen Aufgaben, mit denen sein Bruder ihn betraut hatte, gar nichts auszumachen schienen. »Sollten wir ihr nicht schreiben?«

»Ich habe den Brief schon aufgesetzt. Aber ich möchte, daß alles geregelt ist, wenn sie ankommt. Das bedeutet, daß du keine Zeit hast, um herumzusitzen und dich am Schicksal unserer Feinde zu weiden. Na los, an die Arbeit«, fügte er in keinem sehr brüderlichen Ton hinzu.

Peter war sehr wohl geneigt, sich manche Freiheit bei seinem Bruder herauszunehmen – doch sich seinen Anordnungen zu widersetzen, so weit wollte er nun doch nicht gehen. Er murmelte ein paar mißmutige Worte vor sich hin, während er sich aufmachte, um seine Aufgaben zu erfüllen. Der riesige Hund trottete gutmütig hinter ihm her.

Axton lehnte sich in dem schweren Eichenholzstuhl zurück und betrachtete mit düsterer Miene sein wiedergewonnenes Zuhause.

Woher kam nur diese Unzufriedenheit? Er sollte gutgelaunt mit seinen Männern feiern und mit ihnen trinken, nachdem sie ihm all die Jahre so treu zur Seite gestanden waren. Dann sollte er sich eine hübsche Maid aussuchen, die darauf erpicht sein würde, das Wohlwollen des neuen Herrn zu gewinnen. Statt dessen hatte er seine Männer mit irgendwelchen Aufgaben weggeschickt, so daß nur noch einige Diener im Saal waren, die die Tische für die Siegesfeier heute abend aufstellten. Sir Reynold war damit beschäftigt, die Burgwache neu zusammenzustellen, wobei die Schlüsselpositionen mit ihren eigenen Männer besetzt wurden. Danach wurde bestimmt, welche Männer aus der alten Wache dem neuen Herrn den Treueeid schwören sollten, und welche als potentielle Unruhestifter ausgemustert wurden.

Sir Maurice besprach sich mit Sir John, dem Seneschall, über die Führung des Haushalts. Natürlich würde Axtons Mutter diese Aufgabe übernehmen, sobald sie hier war.

Oder sollte er vielleicht seine neue Ehefrau damit betrauen?

Axton hatte seit seinem kurzen Zusammentreffen mit Lady Beatrix nicht mehr an sie gedacht. Er hatte sie ganz bewußt aus seinen Gedanken verbannt. Aber nun gestattete er es sich, an jenen Augenblick der ersten Begegnung zu denken.

Sie war eine Schönheit. Es hatte keinen Sinn, es zu leugnen. Die Farbe ihrer Augen erinnerte ihn an eine stürmische See, und ihr Haar leuchtete wie ein Sonnenuntergang im Herbst. Sie war hochgewachsen und schlank, was ihr Auftreten noch hochmütiger erscheinen ließ. Kein Zweifel, was das Aussehen betraf, hatte er wohl großes Glück gehabt. Wie es schien, würde es ihm keine große

Überwindung kosten, Henrys dringendem Rat nachzukommen und die älteste – in diesem Fall die einzige – Tochter des Hauses zu heiraten. Doch sie war trotz allem eine de Valcourt.

Ihr Vater war zutiefst erschrocken, als Axton seine Absicht klargemacht hatte. Er zitterte geradezu vor Wut – doch es war eine ohnmächtige Wut, denn der Mann wußte genau, daß er verloren hatte.

Wenn der Feigling ihn doch nur herausgefordert hätte. Diesen de Valcourt im Kampf zu töten – das hätte ihm die Genugtuung verschafft, die er so schmerzlich vermißte.

Aber der Alte würde sich hüten, ihn herauszufordern, dachte er, während sein ruheloser Blick durch den Saal schweifte. Seine Kampfeslust war noch lange nicht gestillt – doch an diesem Tag würde er wohl kein Ventil mehr finden. Er würde sich damit zufriedengeben müssen, diesen Mann von Maidenstone zu verbannen und zu wissen, daß sein Sohn nie wieder würde kämpfen können – falls er überhaupt überlebte.

»Verdammt!« stieß er hervor und schlug mit der Faust auf den Tisch, daß der leere Becher, der vor ihm stand, fast umgekippt wäre. Sogleich erschien eine Magd, um den Becher erneut mit Bier zu füllen.

Doch es war nicht Bier, wonach es ihn verlangte. Nein, nur Rache hätte diesen Durst stillen können. De Valcourt zu verbannen und seinen Sohn am Boden zerstört zu sehen – das war bei weitem nicht genug, um das Feuer der Wut zu löschen, das in achtzehn Jahren genährt worden war. Er brauchte mehr als das. Er brauchte einen Feind, den er bekämpfen konnte, doch es war weit und breit keiner mehr in Sicht.

Die Frauen der Familie brachten ihm mehr Widerstand entgegen als die Männer. Dieses alte Weib würde ihn ohne mit der Wimper zu zucken im Schlaf ermorden, wenn sie die Gelegenheit dazu bekäme. Und die junge ...

Die junge Lady würde schon bald seine Frau sein. Schon morgen würde er sie heiraten und das Bett mit ihr teilen.

Er bewegte sich unruhig in seinem Stuhl. Der bloße Gedanke, dieses hochnäsige Weibsbild in seinem Bett zu haben, trieb ihm das Blut in die Lenden. Vielleicht würde das seinen Durst stillen. Da war etwas in diesen stürmischen grünen Augen, das ein feuriges Temperament erahnen ließ. Er würde sie zähmen und zu einer gefügigen Ehefrau machen – und vielleicht würde ihm das die langersehnte Genugtuung verschaffen.

Außerdem war es ohnehin lange her, daß er sich derartige Freuden gegönnt hatte. Daß ausgerechnet de Valcourts Tochter sie ihm verschaffen würde, kam ihm gerade recht.

»Wir könnten ihn vergiften. Mit ein wenig Tollkirsche oder Bittersüß könnten wir uns ihn und die anderen Bastarde vom Hals schaffen.« Lady Harriet schritt im Zimmer auf und ab, wobei sie ihren Gehstock wütend auf den Holzfußboden knallen ließ. »Wir könnten es ihm ins Bier mischen. Er wird noch ordentlich zu leiden haben, bevor er stirbt – auf dem Boden wird er sich winden in Krämpfen und Zuckungen-«

Linnea und Beatrix schmiegten sich aneinander, während ihre Großmutter weiter ihren Fantasien nachhing. Sie saßen in der Fensternische, Linnea trug immer noch das – nunmehr mit Blutflecken übersäte – Kleid ihrer Schwester. Zuerst hatten sie keine Zeit gehabt, ihre Kleider wieder zu tauschen, und nun war es nicht möglich, weil Lady Harriet bei ihnen war. Die alte Frau tobte geradezu. Sogar Sir Edgar mied dann seine Mutter, wenn sie in einer solchen Stimmung war.

»Wenigstens wird Maynard überleben, Gott sei Dank.« Lady Harriet starrte Linnea an, die sie für Beatrix hielt. »Das hast du wirklich gut gemacht. Aber das wundert mich auch gar nicht. Du warst immer schon ein wahrer Segen für diese Familie.«

Linnea saß entgeistert da und wußte nicht, wie sie reagieren sollte. Als der durchdringende Blick ihrer Großmutter jedoch auf Beatrix fiel, wobei sie die gewohnte Abneigung erkennen ließ, zuckte Linnea zusammen und drückte die Hand ihrer Schwester fest.

Doch zum Glück konzentrierte sich Lady Harriets Zorn zu sehr auf Axton de la Manse, um sich mit ihrer zweiten Enkeltochter abzugeben. Sie ging erneut auf und ab, ehe sie plötzlich ihren Sohn mit einem finsteren Blick bedachte. »Und du – hast du gar nichts zu sagen? Hast du keinen Vorschlag, wie wir uns dieser gemeinen Bande entledigen können?«

»Was soll ich denn tun?« murmelte Sir Edgar. »Maynard wird vielleicht sterben. Und selbst wenn er überleben sollte, wird er mit seinem Arm nie mehr richtig kämpfen können.«

»Deshalb habe ich ja Gift vorgeschlagen! Beatrix, was meinst du? Tollkirsche oder Bittersüß?«

Linnea spürte, wie Beatrix sich neben ihr regte. Sie zog sie rasch am Ärmel, um sie daran zu hindern, zu antworten. Statt dessen wandte sich Linnea selbst ihrer Großmutter zu. »Bittersüß würde ihn zwar töten, aber er würde es wohl am Geschmack erkennen. Und Tollkirsche haben wir nicht hier.«

»Verdammt! Es muß doch irgend etwas geben, mit dem wir ihm den Garaus machen können.«

»Vielleicht wäre es besser, wenn wir warten, bis er Beatrix heiratet«, schlug Sir Edgar vor.

»Wie bitte?« rief seine Mutter außer sich. »Wir sollen warten, bis er ihr die Unschuld geraubt hat?« Lady Harriet fuchtelte wild mit dem Stock herum und zeigte damit ihren Unmut über seinen Vorschlag. Das graue Haar hing ihr wirr ins Gesicht, so daß sie aussah, als hätte sie völlig den Verstand verloren. Das flackernde Licht der Fackeln verlieh ihr einen rotgoldenen Schimmer und warf gespenstische Schatten auf ihr zerfurchtes Gesicht.

Linnea war so in die Auseinandersetzung zwischen ihrem Vater und ihrer Großmutter vertieft, daß sie die Reaktion ihrer Schwester auf die niederschmetternde Neuigkeit nicht vorhersah.

»Er will mich heiraten?« stieß Beatrix fassungslos hervor, als ihr die volle Bedeutung dessen zu Bewußtsein kam, was ihre Großmutter soeben gesagt hatte.

Lady Harriet warf ihr einen vernichtenden Blick zu. »Nicht dich, du dummes Ding. Beatrix will er heiraten. Warum sollte er ausgerechnet dich heiraten wollen …«

Plötzlich hielt sie inne. Linnea hatte das Gefühl, daß ihr Herz zu schlagen aufhörte. Die alte Frau war ihnen auf die Schliche gekommen. Beatrix' Reaktion hatte ihr die Augen geöffnet.

Die beiden Schwestern saßen wie versteinert da, während Lady Harriet auf sie zukam. Die eine trug ein schlichtes Kleid und ein Kopftuch, so daß sie eher wie eine der Mägde aussah. Die andere hingegen trug ein Kleid aus feiner Wolle, das trotz der Blutflecken im Licht der Fackeln glänzte. Als die alte Frau vor ihnen stehenblieb, blickte sie zwischen ihnen beiden hin und her, so daß Beatrix heftig errötete, während Linnea kreidebleich wurde.

Nun half wohl nichts mehr, dachte Linnea und bereitete sich innerlich darauf vor, geschlagen zu werden. Es war schon schlimm genug, daß sie als ihre Schwester aufgetreten war, aber daß sie ihre Großmutter hinters Licht geführt hatte, das würde ihr die alte Frau wohl nicht verzeihen.

Lady Harriet packte Linnea unerwartet schroff am Kinn und hob ihr Gesicht ins Licht, um es nach irgendeinem Merkmal abzusuchen. Linnea blickte kurz zu ihrem Vater hinüber, doch es war offensichtlich, daß ihn die Angelegenheit gar nicht interessierte. Seine Töchter waren ihm seit jeher viel weniger lieb gewesen als seine Söhne. Er hatte seinen Sohn Edgar schon vor zehn Jahren verloren, und kurz danach auch noch seine geliebte Frau. Nach diesem Verlust zählte nur noch Maynard. Beatrix hatte er nie so geliebt, wie seine Mutter es tat, während er andererseits Linnea nie so tief gehaßt hatte. Und nun, da das Leben seiner beiden Töchter eine dramatische Wendung zu nehmen drehte, schien es ihm völlig gleichgültig zu sein.

Lady Harriets prüfender Blick wanderte immer noch

zwischen den beiden Schwestern hin und her, bis er plötzlich auf der echten Beatrix haften blieb. »Welche bist du?« fragte sie. »Du siehst aus wie Linnea, aber ...«

Erneut hielt sie inne. Mit einer raschen Bewegung riß sie das schlichte Kleid hoch, das Beatrix trug, um ihre Beine abzusuchen. Im nächsten Augenblick stieß sie einen heiseren Schrei aus und wandte sich Linnea zu.

»Du!« Sie riß Linneas Kleid hoch, das in Wirklichkeit Beatrix gehörte, um ihre Beine zu entblößen. Sie packte ihren Knöchel und drehte ihn herum, ohne sich Gedanken zu machen, ihrer Enkeltochter vielleicht weh zu tun. »Du Teufelin!« rief sie empört, als sie das Mal an Linneas Bein entdeckte – jenes Kennzeichen, an dem die Zwillingsschwestern zu unterscheiden waren. »Wie kannst du es wagen, mich zu täuschen! Wie kannst du es wagen, dich als Beatrix auszugeben!«

Sie holte aus, doch ehe sie Linnea ins Gesicht schlagen konnte, packte Beatrix ihren Arm und ließ ihn nicht mehr los. »Sie hat es für mich getan! Um mich zu schützen! Du kannst sie doch nicht dafür bestrafen!«

»Sie hatte kein Recht, das zu tun und uns alle zu täuschen. Pfui! Sie sagt, sie hat es für dich getan – aber ich kenne sie genau! Sie ist voller Heimtücke! Und jetzt laß mich los ...«, stieß sie hervor und blickte Beatrix so finster an wie sonst nur ihre Schwester.

»Du tust ihr Unrecht, Großmutter.«

»Und du warst immer schon viel zu nachsichtig mit ihr!«

Linnea wußte nicht, was sie tun sollte. Beatrix hatte ihr immer schon auf diese oder jene Weise geholfen, hatte ihr Süßigkeiten zukommen lassen – aber alles nur, wenn ihre Großmutter es nicht sah. Daß sie Lady Harriet jedoch so offen zu widersprechen wagte, war etwas völlig Neues. Linnea wußte nicht, ob sie sich darüber freuen sollte, oder ob sie sich um ihre Schwester sorgen sollte.

»Sie hat dich beeinflußt«, stieß Lady Harriet wütend hervor. Sie wandte ihr zorniges Gesicht ihrem Sohn zu. »Sie hat einen schlechten Einfluß auf Beatrix! Ich habe es dir ja schon immer gesagt, du dummer Kerl! Ich wußte von Anfang an, daß sie eines Tages die ganze Familie in den Untergang treiben würde!«

»Es ist ja nichts passiert«, erwiderte Sir Edgar in jenem beschwichtigenden Ton, in dem er so oft mit seiner Mutter sprach.

»Nichts passiert, sagst du? Und was ist mit deinem Sohn? Wer weiß, was sie ihm angetan hat! Glaubst du wirklich, daß er wieder gesund wird ...«

»Du hast selbst gesagt, daß sie ihre Sache gut gemacht hat«, fiel ihr Beatrix ins Wort. »Als du noch gedacht hast, sie wäre ich, hast du gesagt, sie hätte Maynard sehr gut behandelt ...«

Eine kräftige Ohrfeige von Lady Harriet brachte Beatrix zum Schweigen. In der lähmenden Stille, die darauf folgte, erwachte Linnea schließlich aus ihrer Erstarrung.

»Sie trifft keine Schuld. Es war meine Idee ... und ich wollte ihr damit nur ersparen, daß sie Maynards schreckliche Wunden behandeln muß.«

Lady Harriet wandte sich ihr zu, als wolle sie sie ebenfalls schlagen – doch Linnea bot ihr die Stirn, die Fäuste vor Entschlossenheit geballt. »Ich habe Maynard behandelt – so gut, wie es mir überhaupt möglich war, wenn man bedenkt, wie übel dieser de la Manse ihn zugerichtet hat. Ich habe ihn gerettet ...«, fügte sie mit einer Zuversicht hinzu, die sie nicht wirklich empfand. »Und ... wenn du Beatrix vor diesem grausamen Mann schützen willst, der unser Zuhause an sich gerissen hat, dann ... kann ich auch ihr helfen.«

Linnea zögerte. Sie mußte Verstand verloren haben, einen solchen Vorschlag zu unterbreiten! Doch sie würde wohl alles tun, um ihre geliebte Schwester zu schützen und sich die Anerkennung und Dankbarkeit ihrer Großmutter und ihres Vaters sowie aller Bewohner von Maidenstone Castle zu erwerben.

»Laßt mich ihn heiraten – als Beatrix. Dadurch wird sein Anspruch auf Maidenstone geschwächt ...«

»Nein, Linnea!« rief Beatrix aus. Sie faßte ihre Schwester an den Armen und drehte sie zu sich herum. »Das kann ich nicht zulassen.«

»Sei still, Beatrix.« Lady Harriet schob Beatrix von Linnea weg und blickte ihrer jüngeren Enkeltochter prüfend in die Augen. »Du würdest diesen Mann heiraten, der in unser Zuhause eingedrungen ist? Warum?« Sie packte Linneas Gesicht mit einer Hand. »Was erhoffst du dir davon?«

Linnea wußte nicht, was sie sagen sollte. Wie sollte sie das dieser Frau erklären, die ohnehin immer nur das Schlimmste von ihr erwartete? »Ich liebe meine Schwester«, antwortete sie schließlich.

»Du liebst deine Schwester«, wiederholte ihre Großmutter verächtlichem Ton. »Ich glaube eher, es würde dir gefallen, die Herrin auf Maidenstone zu spielen.«

»Nein! Nein, ich tue es allein für Beatrix, nicht für mich.«

Lady Harriet stieß ein ungläubiges Schnauben aus. Doch bevor die alte Frau etwas sagen konnte, meldete sich Sir Edgar zu Wort.

»Das ist eine gute Idee«, pflichtete er seiner Tochter bei. Seine Unterstützung kam für Linnea unerwartet, aber durchaus gelegen. »Es ist für uns alle besser, wenn *sie* de la Manse heiratet, fuhr er fort. »Für Beatrix wird sich bestimmt einmal ein würdigerer Mann finden.«

Lady Harriet blickte ihn geringschätzig an. Doch plötzlich blitzte es in ihren Augen verschlagen auf. Linnea zitterte, als die kalten Augen der alten Frau sich wieder auf sie richteten.

»Wenn *sie* ihn heiratet und ihm das gibt, was er möchte, während Maynard wieder gesund wird ... oder stirbt ...« – die alte Frau überhörte den Laut des Entsetzens, den Edgar hervorstieß und fuhr fort –, »dann haben wir genügend Zeit, einen passenden Ehemann für Beatrix zu finden, einen mächtigen Ritter, der de la Manses geschwächten Anspruch auf Maidenstone anfechten kann und die Burg für uns zurückgewinnt.« Lady Harriet lächelte, was Linnea jedoch noch keineswegs beruhigte. »Ja, Linnea ist die letzte in der Erbfolge. Wenn de la Manse sie heiratet, wird sein Anspruch nicht allzu stark sein. Und wir haben genug Zeit, um einen Plan gegen ihn zu schmieden. Außerdem«, fügte sie hinzu, »wenn er sie als Beatrix heiratet, dann ist die Ehe eigentlich ungültig. Wir können später eine Aufhebung der Ehe erwirken.«

Linnea starrte ihre Großmutter voller Angst an. Daß die Alte plötzlich soviel Gefallen an dieser Idee fand, machte sie ziemlich nachdenklich. Wie hatte sie doch gesagt – Linnea würde ihm das geben, was er wollte? Erst jetzt kam ihr zu Bewußtsein, was sie eigentlich vorgeschlagen hatte. Sie sollte diesen Mann heiraten, der ihren Bruder beinahe getötet hätte. Sie sollte das Bett mit diesem furchteinflößenden Mann teilen, der sie mit so kalten Augen angestarrt hatte. Sie sollte die Frau dieses Ungeheuers werden, das ihnen ihr Zuhause geraubt hatte.

Die Angst, die in ihr hochstieg, ließ ihre Knie erzittern. Wenn Beatrix sie nicht am Arm festgehalten hätte, dann wäre sie wahrscheinlich umgekippt.

»Das kannst du nicht machen, Linnea«, warf ihre Schwester ein. »Ich hatte ohnehin schon das Glück, als erste zur Welt zu kommen, während du als Zweitgeborene nur Nachteile hattest. Du kannst mir nicht auch das noch abnehmen. Damit muß ich allein fertig werden.«

»Warum sollte sie es nicht tun?« warf Lady Harriet ein. »Das ist ihre Chance, endlich etwas für diese Familie zu tun. Auf diese Weise kann sie sich bewähren und für ihre verdorbene Seele Buße tun.«

Beatrix wollte erneut protestieren, doch Linnea hielt sie mit einem eindringlichen Blick davon ab. Sie war alles andere als glücklich, an Beatrix' Stelle zu treten. Diese Vorstellung machte ihr große Angst. Aber wieviel schlimmer wäre es, wenn Beatrix selbst all das durchmachen müßte. Linnea glaubte es ertragen zu können, aber sie war sich nicht sicher, ob ihre Schwester auch dazu in der Lage wäre. Und dann dachte sie noch an die Worte ihrer Großmutter –

sie konnte sich endlich beweisen und etwas tun, wofür sie ihr alle dankbar sein würden.

»Großmutter hat recht«, sagte Linnea schließlich zu ihrer Schwester. »Mein Vorschlag ist zwar ganz spontan gekommen, aber jetzt, da Vater alles erläutert hat, bin ich mehr denn je zu diesem Schritt entschlossen.«

»Aber er wird ...« Beatrix beendete den Satz zwar nicht doch Linnea wußte genau, was sie meinte.

Sie biß die Zähne zusammen. »Die Frauen mußten zu allen Zeiten das Bett mit ihrem Ehemann teilen. Darum werde ich es auch ertragen.«

»Aber ... was ist, wenn du schwanger wirst?«

»Es gibt Mittel und Wege, das zu verhindern«, warf Lady Harriet ein. »Außerdem – was soll schon sein, wenn sie ein Kind bekommt? Sein Vater wird ohnehin nicht lange leben. Es wird nicht einmal nötig sein, die Ehe aufheben zu lassen – und das Kind können wir fortschicken, irgendwohin ...«, meinte sie achselzuckend. »Aber genug davon. Es gibt viel zu tun, wenn wir es schaffen wollen.«

Ohne auch nur anzuerkennen, daß Linneas Idee wirklich gut war und daß auch ihr Sohn einen nützlichen Gedanken zur Rückgewinnung von Maidenstone geäußert hatte, begann Lady Harriet sogleich mit den Planungen für das gewagte Vorhaben. Niemand sollte in den Plan eingeweiht werden – außer Norma und Ida. Linnea sollte in allem Beatrix' Rolle übernehmen, während die echte Beatrix von der Bildfläche verschwand. Sie würden Beatrix als Magd verkleiden, ihr blondes Haar unter einem Tuch verstecken und ihr schönes Gesicht mit Ruß unkenntlich machen. Dann würden sie Pater Martin damit betrauen, sie aus der Burg zu schaffen, vielleicht in das Kloster von Ramsey, das sich auf der Straße nach Winchester befand.

»Pater Martin wird dir nicht glauben, daß du Linnea von hier verschwinden lassen willst«, warf Linnea ein. Es fiel ihr nicht ganz leicht, von sich selbst in der dritten Person zu sprechen – doch es blieb ihr nichts anderes übrig, wenn sie voll und ganz in ihre Rolle als Beatrix schlüpfen wollte.

Sie mußte in allem ihrer Schwester gleichen; das bedeutete auch, daß sie stiller und zurückhaltender als bisher würde sein müssen, was ihr im Moment so gut wie unmöglich erschien.

Lady Harriet blickte sie immer noch mit der gewohnten Abneigung an. »Mit Pater Martin werde ich schon reden.«

Es war also beschlossene Sache. Während sie alle sich auf das bevorstehende Zusammentreffen mit Axton de la Manse vorbereiteten, vertiefte sich Linnea in die Einzelheiten des Plans. Sie würde Maynard wie bisher betreuen – und zwar als Beatrix. Und sie würde dem neuen Herrn von Maidenstone als Lady Beatrix, seine zukünftige Gemahlin, gegenübertreten. Sie würde das Ehegelübde als Beatrix sprechen, und als Beatrix würde sie auch das Ehebett mit ihm teilen.

Irgendwie bereitete ihr die Vorstellung, den Erzfeind ihrer Familie so hinters Licht zu führen, auch eine gewisse Genugtuung. Aber als seine Frau das Bett mit ihm zu teilen ... bei dieser Vorstellung brach ihr der Angstschweiß aus.

Denn egal, wie gut sie ihre Rolle als Beatrix auch spielen würde – Tatsache war, daß die Frau, die mit ihm ins Bett ging, Linnea war. Niemand anderer als Linnea.

4

Es gab an diesem Tag kein Abendessen im Saal – zumindest nicht für die de Valcourt und ihre Gefolgsleute. Sie hielten sich in ihren Zimmern auf – oder vielmehr waren sie in den beiden Zimmern ganz oben im Hauptturm eingesperrt. Sir Edgar, Sir John sowie Kelvin, der Diener ihres Vaters, befanden sich in dem einen Zimmer, Lady Harriet, Norma, Ida, Linnea und Beatrix hielten sich im anderen auf. Beatrix war gut verkleidet und spielte die Rolle einer Magd von Lady Harriet. Sir Reynold, der Hauptmann von de la Manses Soldaten, hatte ihnen keinerlei Fragen über sie gestellt. Er ließ lediglich das Zimmer nach Waffen durchsuchen und zwei Mann vor der Tür Wache stehen, bevor er wieder verschwand. Man brachte ihnen Brot, Bier und Gemüsesuppe und ließ sie dann allein.

Unten fand eine ausgelassene Siegesfeier statt. Linnea hörte betrunkene Soldaten grölen und lachen. Nachdem die Dorfbewohner wieder nach Hause zurückgekehrt waren, wimmelte es nun im Burghof von Soldaten, wie Linnea vom Fenster aus beobachten konnte.

Sie fragte sich, wie es wohl den Bewohnern der Burg jetzt erging. Sie hatte immer wieder Berichte darüber gehört, wie es im Krieg zuging, und daß die Sieger stets die Besiegten ausraubten und die Frauen schändeten. Geschah das auch jetzt irgendwo in den verborgenen Winkeln der Burg? Wurde vielleicht Hilda von der Meierei in diesem Augenblick geschändet? Oder passierte es Mary und Anna, den beiden hübschen Töchtern der Schankwirtin?

Sie bemühte sich, in dem von Fackeln und Laternen erleuchteten Hof etwas zu erkennen. Doch statt irgendwelcher Zeichen von Gewalt sah sie nur Soldaten, die tranken, einander Geschichten erzählten, oder in irgendeinem Winkel ihre Notdurft verrichteten. Mit Fortdauer des Abends gab es immer wieder auch welche, die sich in ihren notdürftigen Betten übergaben. Aber nirgends sah sie jemanden, der einer Frau Gewalt antat. Es gab lediglich kleinere Handgemenge zwischen den Soldaten selbst.

Als Linnea in ihrem behelfsmäßigen Bett in der Fensternische endlich einschlief, war die Morgendämmerung nicht mehr fern. Und als die ersten Sonnenstrahlen auf ihr Gesicht fielen, wachte sie sogleich wieder auf und rief sich in Erinnerung, was am Tag zuvor geschehen war.

Dies schien auch Lady Harriet zu tun, denn sie war auch bereits auf und saß auf einem einfachen Stuhl, den Blick ins Leere gerichtet. Gewiß arbeitete sie an ihrem Plan.

»Wache!« rief sie so plötzlich, daß Linnea erschrak und die anderen unsanft geweckt wurden. »Wache!«

Ein junger Riese mit verschlafenen Augen sowie ein grauhaariger Alter traten zu ihnen ins Zimmer. »Was ist denn los?«

»Ich will meinen Enkel sehen. Ich möchte mich um seine Wunden kümmern und für ihn beten. Seht zu, daß ihr eine Eskorte für mich auftreibt.«

Der ältere der beiden blickte sie mit finsterer Miene an. »Sir Axton hat befohlen, daß Ihr hier drin bleiben müßt.«

»Ich habe heute viel zu erledigen. Würdet Ihr wirklich die Waffe gegen eine alte Frau wie mich erheben, wenn sie ihren Enkel besucht, der im Sterben liegt?«

Linnea betrachtete ihre Großmutter aufmerksam. In ihrer Stimme war zwar immer noch die alte Autorität herauszuhören, doch es gelang ihr, noch älter als sonst auszusehen, so daß sie einen völlig harmlosen Eindruck machte. Der Wachmann raunte seinem Begleiter etwas zu, der daraufhin wegging. Der Ältere, der bei ihnen blieb, erklärte daraufhin: »Wenn Mylord Axton sagt, daß Ihr gehen könnt, dann könnt Ihr gehen. Wenn nicht, dann bleibt Ihr eben hier.«

In weniger als einer Minute war der junge Mann wieder zurück. Dies bedeutete wohl, daß Axton de la Manse ganz in der Nähe war – möglicherweise im Zimmer des Burgherrn, das sich direkt unter diesem Zimmer befand. Linnea starrte auf die abgenutzten Fußbodendielen hinunter. Er war vielleicht hier unten und schlief in dem Bett, das sie schon bald mit ihm würde teilen müssen.

Sie schluckte angesichts dieser Vorstellung und strich sich nervös mit den Fingern durch das Haar. Es war ihre eigene Idee gewesen, ihn zu heiraten, sagte sie sich. Im übrigen war es ein Schicksal, mit dem sich die meisten Frauen abfinden mußten – einen Mann zu heiraten, den sie nicht gewählt hatten und den sie auch nicht zurückweisen durften.

Wenigstens hatte sie es selbst so gewählt, wenn man das eine Wahl nennen konnte. Doch sie fand auch in diesem Gedanken keinen Trost.

»Er sagt, Ihr könnt gehen. Ich werde Euch selbst hinbringen.«

Lady Harriet nickte wie eine gütige, aber schon sehr schwache alte Dame. »Komm, Beatrix. Komm, Norma, und auch ihr – Ida und Dorcas«, sagte sie, wobei letztere niemand anderer als Beatrix war. »Ihr geht mit mir.«

»Moment mal! Ihr habt gesagt, *Ihr* wollt gehen. Ihr habt nichts von euch allen gesagt!«

Lady Harriet schenkte ihm ein nachsichtiges Lächeln. »Lady Beatrix wird den Verletzten behandeln. Ich selbst bin nur eine alte Frau, die um ihren Enkel betet. Und was die anderen betrifft – nun, wenn Ihr in einem besseren Haus aufgewachsen wärt, dann wüßtet Ihr, daß eine Lady niemals ohne Diener oder Gefolgschaft irgendwohin geht. Norma, Ida und Dorcas begleiten mich überallhin.«

Der Mann kratzte sich unschlüssig am Kopf. »Ich weiß nicht, ob das geht.«

»Nun, dann fragt eben Euren Herrn noch einmal«, warf Linnea ein – in der Hoffnung, daß die beiden ihren Herrn nicht noch einmal im Bett stören würden.

»Was meinst du, Fergie?« wandte sich der ältere an seinen Begleiter.

Dieser machte kein allzu glückliches Gesicht. »Wenn du ihn fragen willst, dann mußt du schon selber gehen. Ich klopf nicht noch einmal bei ihm an.«

Linnea mußte sich ein Lächeln verbeißen. Selbst Lady Harriet schien erheitert, als die beiden sich erneut absprachen, was zu tun war, ehe sie sie schließlich mit einer Handbewegung zum Gehen aufforderten.

»Ich möchte, daß auch der Priester uns begleitet«, teilte Lady Harriet dem geplagten Wächter mit, der vor ihnen die Treppe hinabstieg. »Schickt einen Jungen los, damit er Pater Martin holt. Wahrscheinlich wird er in seinem Quartier bei der Kapelle sein und sich auf die Morgenmesse vorbereiten.«

Danach wurde nicht mehr gesprochen, wenn man von einigen gemurmelten Worten absah, die der unrasierte

Kerl von sich gab. Ansonsten war nur das leise Tapsen der ledernen Sohlen auf dem kalten Steinboden zu hören. Lady Harriet führte die Gruppe an, gefolgt von der echten Beatrix und Ida; Linnea und Norma bildeten das Ende der Kette. Als sie am Zimmer des Burgherrn vorbeikamen, beschleunigten sie ihre Schritte. Sogar Lady Harriet wollte es offensichtlich vermeiden, Axton de la Manse über den Weg zu laufen. Nur Linnea hielt einen Moment inne, um einen kurzen Blick in das Vorzimmer zu werfen.

Dort drin war er jetzt, entweder allein oder mit irgendeiner armen Frau, die das Pech hatte, ihm aufgefallen zu sein. Doch bald schon würde sie die Unglückliche in seinem Bett sein ...

»Kommt schon, Linnea ... ich meine, Lady Beatrix«, korrigierte sich Norma rasch.

Sie brauchte es Linnea nicht zweimal zu sagen – doch gerade als sie sich anschickte weiterzugehen, öffnete sich die Tür zu seinem Zimmer, und der Mann, der sie heiraten wollte, der Schrecken ihrer ganzen Familie, trat heraus.

Er war gerade dabei, den breiten Gürtel über dem knielangen roten Obergewand anzulegen, so daß er sie nicht gleich sah. Als Norma sie leicht mit dem Ellbogen anstieß, und sie beide weitereilten, um zu den anderen aufzuschließen, blickte er plötzlich auf.

Ihre Blicke trafen sich für einen kurzen Augenblick, und Linnea war erleichtert, als sie die Treppe erreichten. Im großen Saal hatten sie Mühe, sich zwischen den Soldaten, die hier ihren Rausch ausschliefen, einen Weg zu bahnen, um zu den Gesindehäusern hinüberzueilen. Doch der kurze Blick, den sie mit Axton de la Manse gewechselt hatte, ging Linnea nicht mehr aus dem Sinn.

Als sie ihn gestern zum erstenmal gesehen hatte, hatte er müde und abgespannt gewirkt; sein kurzgeschnittenes, schmutziges Haar klebte ihm am Kopf. Er hatte einen triumphierenden, aber trotzdem grimmigen Ausdruck auf dem Gesicht. Doch heute morgen erschien er sauber und erfrischt. Sein pechschwarzes Haar glänzte im Licht der

Fackeln, die an den Wänden befestigt waren. Seine klaren Augen leuchteten hell.

Er war ein recht gut aussehender Mann, wie sie sich widerwillig eingestehen mußte. Er hatte etwas Rauhes, Hartes an sich und war doch auf seine Weise attraktiv. Selbst ihr Bruder Maynard strahlte keine solche Härte aus wie dieser Mann. Und Linnea mußte sich eingestehen, daß er in diesem kurzen Augenblick, in dem sie ihn gesehen hatte, durchaus wie der Herr von Maidenstone wirkte und auftrat. Er hatte sie mit der Selbstsicherheit eines Mannes angeblickt, der über alles um sich herum herrschte – auch über sie.

Vor allem über sie.

Es war, als hätte sein eiskalter Blick sogar ihre Kleider durchdringen können. O Gott, noch an diesem Tag würde sie ihm tatsächlich ausgeliefert sein.

Ihre Beine waren wie gelähmt vor Angst, als sie hinter Lady Harriet den Flur des Gesindehauses entlangstolperte. Was wäre nur gewesen, wenn er sie zuvor angesprochen hätte? Er hätte sie für Beatrix gehalten, die Frau, die er zu heiraten beabsichtigte. Wenn er ihr mit diesem einen kurzen Blick schon eine derartige Angst eingejagt hatte, dann hätte sie ihm womöglich in ihrer Panik die Wahrheit gestanden.

Linnea hielt kurz vor dem Vorhang inne, hinter dem sich Maynard befand. *Du darfst jetzt nicht den Kopf verlieren,* sagte sie sich. *Du siehst mehr in ihm, als er tatsächlich ist. Schließlich ist er auch nur ein ganz gewöhnlicher Sterblicher.* Und sie war die letzte Hoffnung ihrer Familie, wenn es darum ging, ihr Zuhause doch noch zu retten. Sie war auch die einzige Hoffnung von Beatrix, nicht diesem furchtbaren Ritter in die Hände zu fallen, der sie dazu benutzen wollte, seinen Anspruch auf Maidenstone abzusichern. Sie, Linnea, die von allen geschmähte zweite Tochter, hatte diese Chance bekommen, sich zu bewähren. Sie war nun die einzige Hoffnung der Familie, und sie durfte sich einfach nicht von ihrer Angst davon abhalten lassen, ihre Mission zu erfüllen.

»Beatrix! Wo bleibst du denn? Dein verwundeter Bruder braucht dich!«

Linnea reagierte gar nicht auf die scharfen Worte ihrer Großmutter, so sehr war sie in ihrer Angst gefangen. Erst als Dorcas alias Beatrix, sie am Ärmel zog, wurde ihr bewußt, daß ihre Großmutter *sie* gemeint hatte, und nicht ihre Zwillingsschwester. Sie mußte sich daran gewöhnen, daß sie jetzt Beatrix war.

»Ja, Großmutter. Ich komme schon.«

»Er ist immer noch bewußtlos. Was hast du ihm bloß gegeben, daß er nicht mehr zu sich kommt?«

Linnea beugte sich über ihren Bruder. Maynard hatte die Augen geschlossen, ein Auge war geschwollen und dunkelblau verfärbt. Als sie den Kopfverband abnahm, spürte sie sofort, wie heiß er war. »Ich brauche Wasser – mehrere Eimer –, um ihm Kühlung zu verschaffen.« So als hätte Frayne, der Knappe, nur auf eine Gelegenheit gewartet, diesen bedrückenden Ort verlassen zu können, sprang er auf, um den Auftrag auszuführen; immerhin hatte der Junge die ganze Nacht an der Seite seines Herrn verbracht. Linnea begann Maynards Wunden zu untersuchen, doch noch bevor sie irgend etwas unternehmen konnte, spürte sie die knochigen Hände ihrer Großmutter wie die Klauen eines Raubvogels auf ihren Schultern. »Wird er überleben?« fragte sie.

Linnea blickte zu ihr auf. »Ich hoffe es«, antwortete sie, sie war heute weitaus weniger davon überzeugt war als am Tag zuvor. »Aber er wird unsere Gebete brauchen«, fügte sie hinzu.

Das war nicht die Antwort, die die alte Frau erwartet hatte, doch in diesem Augenblick trat Pater Martin zu ihnen, der ihre Aufmerksamkeit von Linnea ablenkte.

Linnea wies Norma an, Maynard zu waschen, wobei jeweils nur ein Glied seines Körpers entblößt sein sollte. Währenddessen kümmerte sie sich um seinen übel zugerichteten Arm. Doch mit einem Ohr lauschte sie dem Gespräch ihrer Großmutter mit dem Priester.

»Wir brauchen dringend Eure Hilfe, Pater«, flehte sie. »Nachdem Ihr hier für Maynard gebetet habt, möchte ich, daß Ihr mit mir in der Kapelle betet. Auch wenn diese Heiden über uns hergefallen sind, werde ich nicht auf meine tägliche Messe verzichten.«

Pater Martin blickte sie lange an; gewiß spürte er, daß sich hinter ihren Worten irgendeine Absicht verbarg. Er antwortete langsam und bedächtig, so als würde er sich jedes Wort gut überlegen. So wie alle anderen auf Maidenstone, war auch Pater Martin darauf bedacht, nicht den Ärger von Lady Harriet auf sich zu ziehen.

»Wie Ihr wünscht, Mylady. Aber ... wenn ich mir einen Vorschlag erlauben darf – auch wenn Ihr Linneas medizinische Fähigkeiten nicht sehr hoch einschätzt, meine ich doch, daß sie vielleicht besser geeignet wäre ...«

»Ja, aber sie ist nun mal nicht hier, oder?« fiel Lady Harriet ihm ins Wort. Sie hatte dem Priester die Hand auf den Arm gelegt und drückte ihn nun etwas fester. »Sprecht jetzt Eure Gebete, dann begleite ich Euch in die Kapelle. Dorcas, du kommst mit mir.«

Er öffnete den Mund, wie um etwas einzuwenden, ließ es dann aber doch sein. Der Wächter, der sie aus dem Hauptturm begleitet hatte, stand zusammen mit zwei anderen von de la Manses Leuten dicht hinter ihnen. Mit ausdruckslosem Gesicht trat der Priester zu Maynard hin und legte die Hand auf den Kopf des Bewußtlosen.

»In Nomine Patris, et Filii, et Spiritu Sancti ...«

Während der Priester, der schon viele Jahre hier auf Maidenstone tätig war, für den schwerverwundeten Sohn der Familie betete, konzentrierte sich Linnea auf ihre Aufgabe. Der leiernde Ton, in dem der Priester seine Gebete sprach, hatte etwas Tröstendes an sich. Sie blickte kurz auf und sah, daß alle außer ihr und Norma den Kopf zum Gebet gesenkt hatten, sogar der junge Frayne. Doch die Blicke der drei Soldaten waren auf sie allein gerichtet.

Weil sie glauben, daß ich Beatrix bin. Weil sie wissen, daß ihr Herr mich bald heiraten wird.

In ihrer Panik blickte sie rasch zu ihrer Schwester hinüber. In diesem Augenblick kam ihr etwas noch Schlimmeres zu Bewußtsein. Sie würde Beatrix nun wohl für sehr lange Zeit nicht mehr sehen. Dabei war sie bisher noch nie von ihrer Zwillingsschwester getrennt gewesen. Beatrix war stets ihre einzige Stütze gewesen – der einzige Mensch, der für sie da war.

Als Pater Martin sein Gebet beendet hatte und die gesenkten Köpfe sich hoben, wurde sie von einer ungeheuren Panik ergriffen.

Geh nicht! hätte sie am liebsten ausgerufen. *Bitte, Beatrix, laß mich nicht allein!*

So als hätte sie den stummen Schrei ihrer Schwester gehört, nahm auch Beatrix' rußiges Gesicht einen verzweifelten Ausdruck an. Sie wurden auseinandergerissen und hatten nicht einmal Gelegenheit, sich richtig voneinander zu verabschieden.

Linnea erhob sich, um zu ihr zu gehen, doch Lady Harriet mußte ihren Wunsch vorausgeahnt haben, denn sie trat zwischen die beiden Schwestern und hinderte sie so daran, noch einmal miteinander zu sprechen. »Während du Maynards körperliche Wunden behandelst, Beatrix, werden Pater Martin und ich uns um sein Seelenheil kümmern. Wenn du hier fertig bist, komm zu mir in meine Kammer.« Dann drehte sie sich um und schritt – auf die Magd Dorcas gestützt – wie eine Königin aus dem Zimmer hinaus.

Diesen Morgen sah alles noch schlimmer aus als am Tag davor, dachte Linnea, als sie ihrem Bruder den letzten Verband angelegt hatte. Gestern noch war über allem eine dunkle Wolke aus Angst und Unsicherheit geschwebt. Aber heute herrschte nur noch tiefe Verzweiflung. Fast beneidete Linnea ihren Bruder, der bewußtlos vor sich hin dämmerte.

Schließlich zwang sie sich, ihr Selbstmitleid hinter sich zu lassen. Wie konnte sie nur ihr eigenes Leid über das seine stellen! Im Gegensatz zu dem armen Maynard war sie wenigstens gesund.

Gott sei Dank eiterten seine Wunden nicht. Doch das war nur ein schwacher Trost, zumal er sich immer noch in tiefem Schlaf befand. Außerdem fühlte er sich immer noch sehr heiß an. Auch wenn sie es niemandem anvertraut hätte – sie fürchtete, daß seine Chancen zu überleben nur sehr gering waren. Aber vielleicht würden ihm ja die Gebete ihrer Großmutter und ihrer Schwester helfen.

Wo war wohl Beatrix in diesem Augenblick, fragte sie sich immer wieder.

Sie streckte ihren schmerzenden Rücken und versuchte ihren Nacken zu entspannen. Vielleicht wußte ihre Großmutter, wo sie sich aufhielt. »Bleib bei ihm und laß mich holen, wenn er aufwacht oder zu schwitzen beginnt«, wies sie Frayne an. »Ich komme später wieder, aber ich hoffe immer noch, ich kann diesen de la Manse überreden, daß wir Maynard in sein Zimmer bringen können.«

Frayne gab keine Antwort und warf statt dessen einen besorgten Blick zu den beiden Männern hinüber, die seinen Herrn bewachten. Da wurde ihr bewußt, daß sie vor diesen Männern nicht so offen hätte sprechen dürfen. Wie dumm von ihr, dachte sie, während sie mit Norma zum Hauptturm zurückkehrte. Immerhin waren es ja *seine* Männer. Aber so übermüdet und verzweifelt, wie sie war, hatte sie das ganz vergessen.

»Jetzt sieht es hier wieder einigermaßen geordnet aus«, stellte Norma fest, als sie den Burghof erreichten. Sie hatte recht – der Hof war nicht mehr mit Soldaten und deren Ausrüstung überfüllt, wenngleich ihre Anwesenheit immer noch überall deutlich spürbar war. Wenigstens arbeitete James, der Waffenschmied, wie gewohnt in seinem offenen Schuppen – er war dabei, Schwerter und andere Waffen zu schärfen, als sie den Hof überquerten. Zwei Ritter waren damit beschäftigt, mehrere Knappen im Kampf Mann gegen Mann auszubilden. Währenddessen standen die Wäscherinnen über ihre riesigen Waschtröge gebeugt und gingen ihrer Arbeit nach. Ein halb ausgewachsenes Hündchen sprang übermütig hinter einer wildfauchenden Katze her.

Linnea rieb sich die müden Augen. Es hatte fast den Anschein, als wäre gar nichts geschehen – als wäre nicht von einem Tag auf den anderen ihr ganzes Leben auf den Kopf gestellt worden.

Ach, wenn doch alles nur ein Traum gewesen wäre!

Aber es war bittere Wirklichkeit. Es war ein Alptraum, der plötzlich wahr geworden war. Im nächsten Augenblick sah sie den Urheber dieser Katastrophe den Wehrgang an der Burgmauer entlanggehen. Axton de la Manse. Zusammen mit diesem widerwärtigen Jungen war er dabei, die Burg *ihrer* Familie zu besichtigen. Wobei Sir Hugh und einige andere Männer die beiden begleiteten.

Es war einfach ungeheuerlich! Und das Schlimmste war, daß sie nichts dagegen tun konnte – zumindest nicht im Augenblick.

Aber irgendwann, wenn Beatrix schließlich einen Mann heiraten würde, der de la Manse fordern konnte …

»Heiliger Josef«, murmelte Norma. »Er hat es recht eilig, sich hier häuslich einzurichten, nicht wahr? Oh, Mylady, wenn ich mir vorstelle, daß Ihr und er …«

Linnea brachte sie mit einem Fluch zum Schweigen. »Dann denk nicht daran. Und um Himmels willen, sprich nicht davon – und schon gar nicht mit mir!«

Linnea seufzte. Jetzt benahm sie sich schon wie ihre Großmutter; sie warf den Menschen um sich herum Dinge vor, für die sie absolut nichts konnten. »Verzeih mir, Norma. Du bist ja nicht schuld an der ganzen Situation, und ich habe wirklich kein Recht, dich so anzufahren. Nun, gehen wir rasch zu Lady Harriet. Ich muß unbedingt wissen, ob Bea–, ich meine, ob Dorcas in Sicherheit ist.«

Lady Harriet und Lord Edgar saßen an einem leeren Tisch im Saal und nahmen ein spätes Frühstück zu sich, während die Diener bereits alles für das Mittagessen vorbereiteten. Als Linnea und Norma sich zu ihnen gesellten, gab Lady Harriet Norma mit einer ungeduldigen Geste zu verstehen, daß sie sich etwas von den Speisen nehmen und sie dann allein lassen solle. Dann zog sie Linnea zu sich, damit sie sich neben sie setzte.

»Er demütigt uns vor unseren eigenen Leuten!« zischte die alte Frau ihr zu – so leise, daß nur Linnea und Sir Edgar es hören konnten. »Daß wir hier am unteren Ende der Tafel essen müssen!«

»Hat Dorcas schon Maidenstone verlassen?« fragte sie.

»Pater Martin bricht morgen zum Kloster von Romsey auf. Die Magd wird ihn begleiten«, bestätigte Lady Harriet.

»Gott sei's gedankt«, flüsterte Linnea.

»Ja, und auch mir könnt ihr danken, daß ich mir diesen Plan ausgedacht habe.«

»Es ist ein wirklich guter Plan«, stimmte Linnea zu, wenngleich es sie wurmte, daß ihre Großmutter nicht bereit war, zuzugeben, daß es eigentlich Linneas Idee war – doch sie schluckte ihren Ärger hinunter, zumal sie erleichtert war, daß ihre Schwester sich in Sicherheit befand.

»Nun«, sagte Lady Harriet. »Wir müssen uns absprechen. Sollten diese Kerle von irgend jemandem erfahren, daß es noch eine zweite Tochter gibt, dann sagen wir einfach, daß sie während des Angriffs fortgelaufen ist. Wir sagen, daß Linnea schon immer ein Fluch für die Familie war und uns auch jetzt im Stich gelassen hat. Sie *müssen* einfach glauben, daß du Beatrix bist.« Sie fixierte Linnea mit ihrem durchdringenden Blick. »Vielleicht erfährt er es ja gar nicht – aber wenn doch, dann müssen wir alle das gleiche sagen. Linnea war schon immer wild und unberechenbar. Es hat uns gar nicht überrascht, daß sie sich allein davon gemacht hat.«

Linnea bemühte sich, genauso hart und unnachgiebig wie ihre Großmutter zu sein – doch angesichts ihrer grausamen Worte fiel ihr das schwer. Mußte die Frau sie denn wieder als derart treuloses, verkommenes Geschöpf hinstellen? Als jemanden, der so feige war, vor seiner Pflicht davonzulaufen. Als eine Frau, die gleich ihre Familie verließ, sobald irgendwelche Schwierigkeiten auftauchten.

In ihrem Schmerz blickte sie zu ihrem Vater hinüber. Sie sah, daß sein Blick bereits auf ihr ruhte – einen verblüfften Ausdruck auf dem müden Gesicht.

»Du bist Linnea?« fragte er ungläubig. »Nicht zu fassen ...«

»Gib acht, du Narr!« fuhr Lady Harriet ihn an, und selbst die Diener blickten erschrocken zu ihr herüber. »Gib acht, was du sagst, Edgar«, wiederholte sie etwas leiser. »Du darfst den Namen nicht laut aussprechen. Niemals. Sie ist jetzt Beatrix – und zwar so lange, bis der richtige Moment gekommen ist, um es rückgängig zu machen. Sie ist Beatrix, vergiß das nicht.«

Er nickte und wischte sich mit der Hand über die Stirn. Erneut kam Linnea der Gedanke, daß er noch älter als seine Mutter wirkte – und im Gegensatz zu ihr nicht in der Lage schien, mit der Situation fertig zu werden.

Doch sie hatte keine Zeit, noch länger über die Veränderung ihres Vaters nachzudenken, denn ihre Großmutter nahm sie am Arm, um sich ihre ungeteilte Aufmerksamkeit zu sichern.

»Wie geht es Maynard?« wollte sie wissen.

Linnea seufzte. »Unverändert. Wenn ich gegessen habe, werde ich wieder nach ihm sehen. Was meinst du, kann es sein, daß er es zuläßt, daß wir Maynard in sein Zimmer bringen können?«

Lady Harriet trommelte ungeduldig mit den Fingern auf den Tisch. Es war nicht nötig, zu erklären, wen Linnea mit ihm meinte. »Vielleicht ... Wenn er heute nacht mit dir zufrieden ist, dann kann es ja sein, daß er dir den Wunsch erfüllt.«

»Mit mir zufrieden?« fragte Linnea und erinnerte sich an den prüfenden Blick, mit dem er sie heute morgen angesehen hatte. »Was soll ich denn tun, damit er mit mir zufrieden ist?«

Lady Harriet warf ihr einen verschlagenen Blick zu. »Er

wird dich noch heute abend heiraten. Ich schätze, daß du ihm in Beatrix' Kleid ganz gut gefallen wirst. Und wenn du dich ihm als liebevolle und gehorsame Frau zeigst ...«

»Liebevoll? Gehorsam?« stieß Linnea völlig fassungslos hervor.

Erneut blickten einige der Anwesenden zu ihnen herüber – doch das kümmerte Linnea nicht. Es war schon schlimm genug, daß sie ihn heiraten und sich von ihm anfassen lassen mußte. Aber daß sie auch noch so tun sollte, als würde es ihr gefallen, das war einfach zuviel!

Sie erhob sich von der Bank – oder versuchte es zumindest, denn Lady Harriet hielt sie am Ärmel zurück.

»Du hast gesagt, du willst deine Schwester retten«, zischte die alte Frau ihr mit zornfunkelnden Augen zu. »Du hast gesagt, du willst deine Familie retten. Aber ich weiß schon, was du wirklich willst. Du willst nur beweisen, daß ich unrecht habe. Du willst beweisen, daß dein Leben doch irgendeinen Sinn hat. Nun, das ist deine Chance. Es wird deine einzige Möglichkeit bleiben. Erfülle deine Aufgabe – oder sag es gleich, daß du es dir nicht zutraust und daß ich von Anfang an recht hatte, wie ich dich einschätzte und über dich dachte!«

Sie ließ Linneas Arm los, so als würde es sie schon Überwindung kosten, eine so widerwärtige Kreatur auch nur zu berühren. Doch obwohl Linnea am liebsten vor den grausamen Worten ihrer Großmutter weggelaufen wäre, brachte sie es nicht fertig.

Es stimmte ja – es war tatsächlich ihr Ziel, zu beweisen, daß ihre Großmutter unrecht hatte. Allen wollte sie etwas beweisen – aber ihrer Großmutter ganz besonders. Wenn sie so reinen Herzens gewesen wäre wie ihre Schwester Beatrix, dann hätte sie allein danach gestrebt, ihre Familie zu retten. Aber sie war selbstsüchtig und vor allem an dem Ruhm interessiert, den sie vielleicht erobern konnte.

Voller Scham senkte sie den Kopf. Sie sollte das alles nur für ihre Familie tun. Und wenn es nötig war, daß sie diesen Mann heiratete, sich ihm unterwarf und ihren Körper auf unvorstellbare Weise opferte, dann würde sie auch das tun. Denn hatte nicht Maynard auf seine Art dasselbe getan? Auch er hatte seinen Körper geopfert, um sie zu schützen – und teuer dafür bezahlen müssen. Doch er hatte nicht gezögert zu kämpfen. Mußte sie nicht den gleichen Mut aufbringen wie er?

Linnea dachte an Maynard, der in diesen Stunden mit dem Tod rang. Sie würde sich immer wieder dieses Bild vor Augen halten, um den Mut nicht zu verlieren. Wenn selbst Maynard, der so boshaft und gemein sein konnte, zu einer solchen noblen Tat fähig war, dann würde auch sie dazu in der Lage sein.

»Ich werde es tun«, sagte sie schließlich und blickte zu ihrer Großmutter auf. »Ich werde es tun, aber …«

»Was *aber?*«

»Aber ich …« Sie schluckte und blickte verlegen zu ihrem Vater hinüber. »Aber ich weiß nicht … was ich … tun muß … um eine liebevolle und … gehorsame Frau zu sein.«

Ihr Vater räusperte sich und schaute weg. Aber Lady Harriet war von der Frage keineswegs peinlich berührt, sondern lachte nur. »Du weißt nicht, wie man es macht? Du bist doch so oft ins Dorf verschwunden – da hätte ich doch erwartet, daß du einiges mitbekommen hast.«

Linnea wich zurück, empört, daß ihre Großmutter so etwas denken konnte. Doch zu ihrer Empörung mischte sich auch Schmerz. Gleichgültig, was sie auch tat – immer stellte ihre Großmutter es so hin, als wäre es falsch und verwerflich. Selbst ihre Unschuld – die Tatsache, daß sie nicht so sündig war, wie alle dachten – schien nun ein Mangel zu sein.

»Laß uns allein, Edgar.« Lady Harriet schickte ihn mit einer knappen Geste ihrer knochigen Hand hinaus. »Ich muß mit deiner Tochter reden, damit sie ihre Aufgabe richtig erfüllen kann.«

Sie mußte es ihm nicht zweimal sagen. Doch als er sich erhob und langsam zu seinem Zimmer trottete, sah Linnea, daß ein Wächter ihm folgte.

Sie waren Gefangene im eigenen Haus und konnten sich zwar frei bewegen – aber stets unter dem wachsamen Auge ihrer Peiniger. Und genauso würde sie die Gefangene ihres Ehemannes sein – zumindest bis zu dem Tag, an dem das Geheimnis gelüftet werden konnte.

»Nun, hör mir gut zu, Mädchen«, begann ihre Großmutter. »Wenn er heute abend mit dir in sein Schlafzimmer geht, dann mußt du gut darauf achten, in welcher Stimmung er ist. Manche Männer wollen, daß ihre Frau Angst vor ihnen hat. Sie sind sehr grob, und die Tränen der Frau beflügeln nur ihre Lust. Nachdem er dich als seinen Feind betrachtet, kann es sehr leicht sein, daß er sich so benimmt. Das ist nichts anderes als Vergewaltigung, wenn auch innerhalb der Ehe, und deshalb erlaubt.«

Lady Harriet preßte die Lippen zusammen, und trotz des Zorns, den Linnea für die Frau empfand, und trotz des Abscheus, den ihre Worte bei ihr hervorriefen, spürte sie doch, daß ein – wenn auch schwaches – Band der Gemeinsamkeit zwischen ihnen bestand. Für einen Augenblick waren sie nicht Großmutter und Enkeltochter, sondern nur zwei Frauen, die um ihr Schicksal wußten. Es geschah allzuoft, daß Frauen von Männern benutzt wurden. Und zum ersten Mal in ihrem Leben fragte sich Linnea, wie wohl ihr Großvater gewesen sein mochte, der gestorben war, lange bevor Linnea zur Welt kam. Vielleicht hatte auch er seine Frau so grob behandelt.

»Doch es gibt auch Männer, die es mögen, wenn eine Frau ihnen zeigt, daß sie das alles gern tut.«

»Aber wie soll ich erkennen, was er für ein Mann ist?« wollte Linnea wissen.

»Wenn er dich aufs Bett wirft und dich bespringt wie ein brünftiger Hengst, dann weißt du es. Wenn das der Fall ist, dann brauchst du deine Angst nicht zu verbergen und deine Tränen nicht zurückzuhalten – denn genau das will er sehen. Aber wenn er dich mit zärtlichen Küssen überhäuft, dann bedeutet das, daß er auch Liebkosungen von dir erwartet. So einfach ist das. Wenn er grausam ist, dann kannst du vor Angst zittern. Wenn er zärtlich ist, dann mußt du ihm das Gefühl geben, daß es dir gefällt.«

Doch für Linnea war die Sache bei weitem nicht so einfach. »Wie kann ich ihm denn das Gefühl geben, daß es mir gefällt?« flüsterte sie.

Lady Harriet rutschte ein wenig verlegen auf der Bank hin und her. Es war offensichtlich, daß sie nun tiefer in die Sache eindrangen, als ihr lieb war. »Dumme Frage! Tu einfach, was er von dir will – und lächle dazu! Deine Augen sollten halbgeschlossen sein, und deine Lippen leicht geöffnet. Und wenn er sich dir zeigt, dann solltest du beeindruckt wirken«, fügte sie hinzu.

»Wenn er sich mir zeigt?«

»Wenn du sein Ding siehst«, zischte sie ungeduldig. »Sein Geschlecht. Er wird es in dich stoßen wollen, Mädchen. Es wird ganz lang und hart, und dann will er in dich eindringen, um seinen Samen in deine Grotte zu ergießen. Hast du denn niemals den Hunden zugesehen?«

Linnea starrte sie verständnislos an. So wie bei den Hunden sollte es sein? Du lieber Gott! Das war es, was er mit ihr tun wollte?

»Es kann sein, daß er dich nackt sehen und deinen Körper berühren will«, fuhr ihre Großmutter mit einem Ausdruck des Ekels auf den Lippen fort. »Dann vor allem deine Brüste.«

Linnea beugte sich unwillkürlich vor und verschränkte die Arme schützend vor der Brust. Ihre Brüste? Sie konnte sich nicht vorstellen, sich von ihm berühren zu lassen – oder das andere Spiel zuzulassen, das ihre Großmutter erwähnt hatte.

Als könne sie Linneas Widerstand spüren, beugte sich Lady Harriet näher zu ihr und griff ihr ans Kinn. »Du wirst ihn das alles tun lassen, und noch mehr als das, Mädchen. Einfach alles, was er sich vorstellt. Du brauchst dich deswegen nicht mißbraucht zu fühlen. Das ist nun einmal das Schicksal von uns Frauen in dieser Welt. Vielleicht wirst du noch überlegen, ob du ihm nicht doch die Wahrheit sagen sollst, um alldem zu entgehen. Aber vergiß eines nicht: Eines Tages *wirst* du heiraten – da ist es doch gleichgültig, ob *er* es ist oder ein anderer. Wenn du uns heute nacht im Stich läßt, dann schwöre ich dir bei allem, was mir heilig ist, daß ich dich mit dem gemeinsten und grausamsten Kerl verheirate, den ich auftreiben kann. Du wirst uns heute nicht im Stich lassen, Linnea. Du wirst ihn heiraten und das Bett mit ihm teilen, und du wirst seine Erwartungen zufriedenstellen. Wenn nicht, dann wird es dir noch leid tun, daß ich dich nicht am Tag deiner Geburt ertränkt habe!«

5

Die wenigen Bissen, die Linnea hinuntergebracht hatte, lagen ihr wie Steine im Magen. Ihre Großmutter war nach der kurzen und beängstigenden Lektion, die sie Linnea gegeben hatte, aufgestanden und – auf ihren Gehstock gestützt – davongetrottet. Doch Linnea war nicht imstande, sich von der Stelle zu rühren. Ihre Beine schlotterten vor Angst. Ihr Magen krampfte sich zusammen, und sie konnte kaum noch einen klaren Gedanken fassen.

Am liebsten wäre sie aufgesprungen und weggelaufen, um vor den schrecklichen Dingen zu fliehen, die ihr bevorstanden. Doch ihr Stolz ließ das nicht zu. Dann hätte Beatrix an ihrer Stelle die Schmach erdulden müssen. Und dann würden all jene recht behalten, die sie schon immer als unwürdig angesehen hatten.

Sie schloß die Augen und ließ den Kopf hängen, während sie vor Panik erbebte. Würde er grausam oder sanft mit ihr umgehen? Würde es ihm gefallen, wenn sie sich in ihrer Angst vor ihm wand, oder erwartete er, daß sie vor Leidenschaft schrie?

Welches von beiden würde schlimmer sein?

Die Angst würde sie ihm wenigstens nicht vorspielen

müssen. Aber Leidenschaft ... Sie würde wohl nicht imstande sein, ihm Leidenschaft vorzuspielen!

Sie war so in ihr Elend versunken, daß sie die Männer gar nicht hörte, die den Saal betraten. Mit Sorgenfalten auf der Stirn saß sie da und überlegte, an welchen Heiligen sie sich in ihrer Not wenden sollte. Sebastian? Nein, er war ja der Schutzheilige der Bogenschützen. Paula? Nein, sie war für die Witwen zuständig. Auch Bartholomäus und die heilige Lucia kamen nicht in Frage.

Da fiel es ihr plötzlich ein. Natürlich. Judas Thaddäus, der Schutzpatron für alle Hoffnungslosen, für Menschen in aussichtslosen Situationen. Wenn jemals eine arme Seele hoffnungslos gewesen war, dachte sie mit geschlossenen Augen, dann war das sie. *Bitte, heiliger Judas Thaddäus. Erhöre mein Gebet und rette mich. Bitte,* flehte sie bei sich. *Rette mich.*

»Lady Beatrix?«

Linnea schreckte augenblicklich hoch. Hatte der heilige Judas Thaddäus ihre Gebete erhört? Er antwortete ihr ...

Noch bevor ihr erschrockener Blick auf Axton de la Manse fiel, wurde ihr der Irrtum bewußt. Wie dumm von ihr, zu glauben, daß der Heilige direkt zu ihr sprechen würde!

Und noch dümmer war es wohl, allein hier im Saal zu sitzen, wo es kein Wunder war, auf Axton de la Manse zu treffen.

Nie zuvor hatte Linnea sich so verletzlich gefühlt wie in diesem Augenblick. Nie war sie sich so entsetzlich allein vorgekommen.

Sie blickte zu diesem bedrohlich wirkenden Mann auf, der die Absicht hatte, sie zur Frau zu nehmen – und ihr letztes Quentchen Mut verließ sie. Er war stark und mächtig und herrschte über sie und über jeden anderen in der Burg. Er hielt alle Macht in seinen Händen, und sie und ihre Familie waren ihm hilflos ausgeliefert.

Er blickte sie an, und sie hatte nicht die Kraft, sich abzuwenden, auch wenn sie das noch so gerne getan hätte. Gebannt starrte sie ihn an.

»Lady Beatrix«, wiederholte er ohne jede Gefühlsregung. »Ich möchte, daß Ihr mir an meinem Tisch Gesellschaft leistet.«

Er hielt ihr die Hand entgegen, so als wäre es kein Befehl, sondern eine höfliche Bitte. Und vielleicht war es das für ihn ja auch. Für Linnea jedoch wirkte es so, als hätte er sie aufgefordert, von den Zinnen der Burg in das faulige Wasser des Burggrabens zu springen. Ihm die Hand zu reichen – ihm, der ihr Feind war und bald auch ihr Ehemann –, das war wie der erste Schritt ins Verderben. Was half es ihr, daß die Ehegelübde erst am Abend gesprochen wurden? Er war jetzt schon hier und hielt ihr die Hand entgegen, und er erwartete von ihr, daß sie seiner Aufforderung folgte.

»Ihr weigert Euch?«

Linnea schluckte erst einmal und spürte erneut den Klumpen in ihrem Bauch. »Ich … ich habe andere Pflichten …«

»Ihr seid *mir* verpflichtet«, erwiderte er mit einem Blick, der so hart war wie die steinernen Mauern, die die Burg umgaben. Im nächsten Augenblick schien er sich fast zu zwingen, ein wenig höflicher zu wirken. »Kommt, Lady Beatrix, ich werde Euch nicht beißen.«

Noch nicht.

Er würde sie noch einmal verschonen, dachte Linnea mit einer Bitterkeit, die ihr neue Kraft verlieh. Noch würde er sie nicht beißen, doch wenn sie seiner Aufforderung nicht Folge leistete, dann würde sich das rasch ändern.

Sie nahm ihre ganze Willenskraft zusammen und reichte ihm ihre zitternde Hand. Es würde ja nicht für immer sein, rief sie sich in Erinnerung, als wäre es eine Zauberformel, die sie gegen ihn schützte. Es war nur so lange nötig, bis ihre Familie jemanden gefunden hatte, der diesen Eindringling beseitigen konnte. Bis dahin würde sie schon durchhalten.

Dann schloß sich seine Hand um die ihre, und ihre Hoffnung löste sich in nichts auf. Axton de la Manses Hand war groß und kräftig und gab ihr das bestürzende Gefühl, tatsächlich in seiner Hand zu sein.

Während er sie festhielt, strahlte er eine beängstigende Energie aus. Er umfaßte zwar nur ihre Finger, doch sie spürte seine Berührung auch in den Armen, in der Brust und sogar in den Beinen.

»Heiliger Judas Thaddäus«, flüsterte sie. »Steh mir bei.«

Axton hörte ihr unwillkürliches Flehen und wußte, was es bedeutete. Sie fügte sich in ihr Schicksal. Dennoch hoffte sie immer noch auf ein Wunder – oder eben darauf, daß der heilige Judas Thaddäus ihr zu Hilfe eilen möge. Ihr Flehen verschaffte ihm Genugtuung. Ja, sollte sie ruhig um Rettung beten! Er wußte aus eigener leidvoller Erfahrung, wie wenig Gebete meist halfen. Hatte er nicht selbst zehn Jahre und mehr darum gebetet, daß seine Familie ihr altes Zuhause wiedererlangen möge? Erst als er zu beten aufhörte und das Schwert in die Hand nahm, kehrte das Glück wieder auf ihre Seite zurück.

Sein Vater und seine Brüder waren im Kampf für Matilda gefallen, wofür die Familie mit einer Burg bei Caen belohnt wurde. Doch jetzt war er endlich in das angestammte Zuhause der Familie zurückgekehrt, und seine Braut stand an seiner Seite, wenn sie auch zitterte, als würde sie jeden Augenblick in Ohnmacht fallen. Ja, sie sollte ruhig zu ihrem Judas Thaddäus beten, aber ändern würde es ja doch nichts. Er würde sie noch diesen Abend heiraten und noch heute nacht mit ihr schlafen; und er würde dafür sorgen, daß sie möglichst bald ein Kind von ihm in sich trug. Er würde sein Zuhause gegen alle Ansprüche verteidigen, auch wenn das bedeutete, daß er die Tochter seines ärgsten Feindes heiraten mußte. Und vielleicht würde ja sie ihm jene Genugtuung verschaffen, die ihm ihr Vater und ihr Bruder nicht hatten geben können.

Er führte sie zu dem niedrigen Podium und nahm sie durchaus mit all seinen Sinnen wahr. Sie war relativ groß für eine Frau und schlank. Soweit man das unter ihrem zerknitterten Kleid erkennen konnte, schien sie wohlgeformt zu sein. Sie verwendete keinerlei Parfum – lediglich ein feiner Duft von Heilkräutern umgab sie. Auf ihrem Gesicht war kein Puder zu erkennen, und sie trug auch keinen Schmuck. War sie denn überhaupt nicht eitel – oder gönnte de Valcourt seiner Tochter nicht die Ringe und Armreife und all die anderen Schmuckstücke, die Frauen ihrer Stellung üblicherweise trugen?

»Wart Ihr schon einmal mit einem Mann verlobt?« wollte er wissen, während er ihr höflich den Stuhl der Burgherrin anbot.

Ohne ihn anzublicken nahm sie Platz. »Ich habe Sir Clarence of Mercer abgewiesen«, antwortete sie nach einer Weile.

Er betrachtete sie aufmerksam, während er sich neben sie setzte. Ihre Gesichtszüge waren so vollkommen, wie ein Mann es sich nur wünschen konnte: Sie hatte eine schmale gerade Nase, volle, schön geschwungene Lippen, ein schmales Kinn und eine Haut, die so zart wie die eines Kindes wirkte. Es erstaunte ihn selbst, daß er das Bedürfnis empfand, wieder in ihre Augen zu blicken. Warum nur? Nun, um zu sehen, ob sie tatsächlich so tiefgrün waren, wie sie ihm in jenem kurzen Moment erschienen waren, als sie vorhin zu ihm aufgeblickt hatte. Das war alles.

Vielleicht war es aber doch etwas mehr als das. Lust etwa? Und wenn schon. Er wollte nicht nur ihre Augen sehen, sondern auch ihr Haar, wie es offen über ihre Schultern fiel.

»Warum habt Ihr ihn zurückgewiesen? Warum hat Euer Vater Euch das gestattet?«

Er sah, wie sie ihre vollen Lippen aufeinanderpreßte, doch sie vermied es, ihn anzuschauen. »Er war ein Schwein. Das ist er immer noch.«

Axton lachte laut über ihre unerwartet ehrliche Antwort, und zum Lohn wandten sich ihre großen Augen ihm zu. Ja, es stimmte. Sie waren grün wie eine stürmische See. Er versuchte die Gelegenheit zu nutzen. »Ein Schwein, sagt Ihr? Verratet mir den Grund Eurer Abscheu. Kann er etwa beim Essen nicht genug bekommen? Oder könnte es sein, daß er einfach nicht reich genug ist, um Euch reizen zu können?«

Er sah den Zorn in ihren meergrünen Augen. »Er war steinreich, doch dafür ließ er es an anderen Dingen fehlen – zum Beispiel an Reinlichkeit, Manieren und Taktgefühl.«

Genau wie du, lautete der unausgesprochene Vorwurf, der zwischen ihnen beiden stand.

Er lachte erneut. Sie war schon ein besonderes Exemplar. Ein wenig verwöhnt von einem Vater, der alles gestohlen hatte, was er ihr schenkte. Es kam Axton zu Bewußtsein, daß nun er alles besaß, was sie als ihr Eigentum betrachtete – einschließlich ihres Kleides samt Gürtel.

Zum erstenmal an diesem Tag verspürte er so etwas wie Genugtuung, daß er gesiegt hatte. Was ihr Vater und sein Sohn ihm nicht hatten geben können – nämlich das Gefühl, gesiegt zu haben –, das würde sie ihm vielleicht vermitteln. Denn Beatrix de Valcourt war nicht nur hübsch anzusehen – sie hatte zweifellos auch Temperament. Auch wenn sie vor Angst noch zitterte, was sie trotz aller Mühe, die sie sich gab, nicht verbergen konnte – so war sie dennoch alles andere als feige. Vielleicht würde er die Wut, die immer noch in ihm brodelte, an ihr abreagieren können. Schließlich würde sie ja seine Frau sein. Sie war attraktiv, hübsch und begehrenswert, davon war er jetzt überzeugt.

Plötzlich hatte er das Gefühl, es kaum noch erwarten zu können, und er war froh, daß er seine Kräfte nicht an irgendeine Hure vergeudet hatte.

»Hatte Euer Vater denn keine anderen Verehrer für Euch, die Euch gereizt hätten?« stichelte er weiter.

Sie wandte den Blick von ihm ab. »Er hat mit anderen verhandelt«, antwortete sie mit kühler, distanzierter Stimme. »Bis Euer Henry beschlossen hat, uns anzugreifen. In letzter Zeit hatte mein Vater andere Sorgen, als sich um meine Freier zu kümmern«, fügte sie hinzu.

»Das kann ich mir vorstellen«, gab Axton trocken zurück. Er lehnte sich in seinem Stuhl zurück, wobei ihm sehr wohl bewußt war, daß sie nie jemand anderen als ihren Vater auf diesem Stuhl gesehen hatte. Doch jetzt war er der Herr hier, und sie würde rasch verstehen, was das bedeutete. »Hat man Euch gesagt, daß wir bereits heute abend heiraten?«

Ihr Kinn zitterte einen Augenblick – zumindest kam es ihm so vor. Ein kurzes Kopfnicken war ihre einzige Reaktion. »Ihr betrachtet mich zweifellos auch als ein Schwein«, sagte er, um ihre Gefühle zu erkunden. Dann beugte er sich näher zu ihr hin und flüsterte ihr mit heiserer Stimme zu: »Ich hoffe, meine schöne Braut, daß Ihr mir morgen früh schon etwas freundlicher gesinnt seid.«

Sie schluckte – er sah es genau. Kein Zweifel, sie empfand großes Unbehagen. Das ließ ihn jedoch nicht innehalten – im Gegenteil. Er wollte sie völlig verletzlich sehen. »Ich darf Ihnen versichern, schöne Beatrix, daß ich als Ritter sehr wohl auf Sauberkeit achte, und daß ich es auch an Manieren und Taktgefühl nicht fehlen lasse – es sei denn, jemand ist so unvorsichtig, mich zu reizen.«

Sie saß schweigend da, das Gesicht abgewandt, und er griff nach dem Ärmel ihres Kleides. »Und ich kann Euch das geben, was man von einem Mann erwartet. Ihr braucht keine Angst zu haben, Beatrix, daß ich meine ehelichen Pflichten nicht erfüllen würde.

Sie zuckte zusammen, wie er es erwartet hatte. Doch als sie ihm ihr angsterfülltes Gesicht zuwandte, faßte er sie ans Kinn und hielt sie fest.

Er betrachtete bewundernd ihre schönen Gesichtszüge und ihre makellose Haut. Rotgoldene Löckchen traten unter ihrem Schleier hervor, und er stellte sich vor, wie die Fülle dieses Haares sich über ihre Schultern und um ihn selbst ergoß.

»Der Teufel soll mich holen«, murmelte er und ließ ihr Gesicht los. Er lehnte sich zurück, als ihn ein unerwartet starkes Verlangen überkam. Dafür würde in der kommenden Nacht Zeit genug sein. Er war kein grüner Junge mehr, der sein Begehren nicht beherrschen konnte. Es war ihm durchaus willkommen, eine so attraktive Frau zu ehelichen, doch er durfte nicht vergessen, daß sie eine de Valcourt war. Sie hatte während der vergangenen achtzehn Jahre hier auf Maidenstone gelebt, und aller Luxus, den sie genossen hatte, war mit dem Leben seines Vaters und seiner Brüder erkauft worden.

Und er würde sich nicht von seinem Verlangen leiten lassen.

Er war fast erleichtert, als ein lauter Ruf seine Gedanken unterbrach.

Auch Linnea war froh, daß er sich von ihr abwandte. Er hatte sich ein Vergnügen daraus gemacht, sie zu quälen – und sie Närrin hatte ihm auch noch den Gefallen getan, ihm von den Freiern ihrer Schwester zu erzählen.

Aber ihr Verstand war wie gelähmt gewesen vor Angst, besonders als er von seinen Pflichten als Ehemann sprach.

Sie schob den Stuhl zurück, so leise sie konnte, während sie stets mit einem Auge zu ihm hinüberschielte. Der heilige Judas Thaddäus hatte ihre Gebete erhört und war ihr zu Hilfe gekommen, indem er diese Ritter schickte, die soeben den Saal betraten. Einer von ihnen, ein kräftiger Kerl mit rotem Schnurrbart, blickte ein wenig verlegen zu ihr herüber, bevor er zu sprechen begann. De la Manse verstand sein Zögern sofort – genauso wie Linnea. Diese Männer wollten nicht, daß ihr Gespräch vom Feind mitangehört werden konnte – auch wenn der Feind schon in wenigen Stunden das Bett des Herrn teilen würde.

De la Manse brachte eine höfliche Entschuldigung vor, bevor er sie verließ – als würde er sie mit seinem Weggehen enttäuschen. Dieser eitle Narr! Nun, da seine ganze Aufmerksamkeit den Männern galt, nahm sie die Gelegenheit beim Schopf. Doch auch wenn sie im stillen über ihn spottete, vergaß Linnea nicht, wie gefährlich es war, ihn zu betrügen. Wenn er herausfinden sollte, wer sie wirklich war … Ein kalter Schauer lief ihr über den Rücken. Darüber wollte sie jetzt lieber nicht nachdenken.

Sie blickte zu dem schweren Vorhang hinüber, hinter dem sich die Vorratskammer befand. Dorthin würde sie sich retten. Doch als sie hastig an dem Vorhang vorbei eilen wollte, stieß sie mit dem Fuß gegen etwas Festes und verlor das Gleichgewicht. Das Jaulen, das im nächsten Moment ertönte, verriet ihr, daß es sich um einen Hund handelte, der es sich hier bequem gemacht hatte. Doch sie konnte sich nicht mehr fangen und fiel auf das Tier, das daraufhin wütend knurrte.

»Bleibt ruhig und rührt Euch nicht, sonst beißt er Euch den Kopf ab«, rief eine jugendliche Stimme ihr zu. Linnea kam seiner Aufforderung nach, wenn auch widerwillig, denn es war dieser Junge, der ihr zugerufen hatte. Kein anderer Kerl hier in der Burg hätte es gewagt, derart respektlos mit ihr zu sprechen. Dazu war nur Peter de la Manse, der Bruder ihres schrecklichen Bräutigams, in der Lage. Wer sonst wurde auf Schritt und Tritt von einem riesigen Hund begleitet? Wer sonst machte sich einen Spaß daraus, sie zu ärgern, wann immer er konnte? Es konnte nur dieser ungezogene Bengel sein.

»Sitz, Moor, ist ja gut«, befahl er dem Tier in seiner etwas krächzenden Stimme. »So etwas kann uns doch nicht aus der Ruhe bringen, was?«

Der Hund hatte Linnea tatsächlich von sich abgeschüttelt, als wäre ihr Gewicht für ihn gar nicht der Rede wert. Sie lag wie benommen auf dem Boden der Vorratskammer, während der riesige Hund mit aufgestellten Nackenhaaren über ihr stand, die großen gelben Zähne gefletscht, als wolle er sie jeden Moment angreifen.

»Sitz«, rief der Junge erneut, wenn auch in eher vergnügtem als befehlendem Ton. Schließlich griff er nach dem Halsband des mächtigen Tiers, so daß Linnea wieder zu hoffen wagte, doch noch mit dem Leben davonzukommen.

»Macht Ihr das immer so, daß Ihr ohne zu schauen irgendwo hineinrennt? Mir scheint, es wäre für uns alle ein wenig sicherer hier, wenn wir Euch ein Glöckchen um den

Hals hängen, damit man Euch schon von weitem kommen hört.«

Linnea stand langsam vom Boden auf. Ihr Schleier hatte sich bei dem Sturz gelöst und hing nun schief, so daß sie ihn ganz herunterriß und wütend in der Hand zerknüllte. Dann strich sie sich das zerzauste Haar über die Schulter zurück und blickte dem grinsenden Jungen in die Augen.

»Wenn Ihr mich jetzt vorbeilassen wollt«, murmelte sie, wobei sie Mühe hatte, sich deftigere Worte zu verbeißen.

»Geht dahin, wo Ihr hergekommen seid«, sagte er in selbstgefälligem Ton. »Es sei denn, Ihr flieht vor etwas – oder vor jemandem. Vielleicht gar vor meinem Bruder? Habt Ihr etwa Angst, daß er etwas mit Euch anstellen könnte?« fügte er in jener anzüglichen Art hinzu, in der Jungen seines Alters nur zu gerne sprachen. Bis zu diesem Tag hatte Linnea solche Anspielungen kaum verstanden, doch seit ihre Großmutter sie auf so beängstigende Weise darüber aufgeklärt hatte, was Männer und Frauen zusammen taten, und seit Axton de la Manse ebenfalls – darüber gesprochen hatte, verstand sie mehr, als ihr lieb war.

»Euer Bruder ist mit einem seiner Männer beschäftigt«, stieß sie hervor.

»Mit einem seiner Männer? Nein, Ihr irrt Euch gewiß. So ist er nämlich ganz bestimmt nicht veranlagt – ich übrigens auch nicht«, fügte er in prahlerischem Ton hinzu.

Linnea blickte ihn zornig an. Was sollte das nun wieder heißen? Nein, sie wollte gar nicht über seine Worte nachdenken, denn fürs erste hatte sie wirklich genug von den rüden Scherzen der Männer. »Laß mich jetzt vorbei, Junge«, zischte sie hervor, unfähig, ihre Wut noch länger zu beherrschen. Sie raffte ihre ungewohnt schweren Röcke hoch und schickte sich an, an ihm vorüberzueilen. Doch plötzlich sprang der Hund auf sie zu, so daß sie erschrokken zurückwich. Der Junge verfolgte die Szene mit höhnischem Gelächter.

»Junge, sagst du? Nun, ich bin Manns genug, dieses

mächtige Tier im Zaum zu halten, und ich kann auch dich bändigen, wenn es darauf ankommt.«

Heilige Maria, das hatte ihr gerade noch gefehlt. Zuerst war seinem Bruder, diesem Flegel, nichts Besseres eingefallen, als ihr mit seinen Pflichten als Ehemann zu drohen – und jetzt kam ihr auch noch dieser Bengel in die Quere mit seinem gemeingefährlichen Vieh. »Weißt du eigentlich, wie leicht es ist, einen Hund wie ihn zum Schweigen zu bringen?« zischte sie ihm in ihrer Wut zu. »Man braucht bloß einen Hammelknochen mit ein wenig Tollkirschenöl zu bestreichen und ihn dieser Mißgeburt von einem Hund hinzuwerfen – und schon ist es um ihn geschehen. Das Ganze wäre ein Kinderspiel für mich.« Sein erschrockener Gesichtsausdruck gab ihr neuen Mut. »Du tätest gut daran, mir in Zukunft aus dem Weg zu gehen. Das gilt auch für dieses Vieh.«

Dann nahm sie all ihren Mut zusammen, um an ihm vorüberzueilen – schließlich war ihr auch der Weg zurück in den Saal versperrt, wo sie wahrscheinlich wieder mit seinem Bruder zusammengetroffen wäre. Und so trat sie entschlossen auf ihn zu und ging an ihm vorbei, wobei sie einen möglichst großen Abstand zu seiner Bestie einhielt, die er immer noch am Halsband festhielt.

Zum Glück ließ er sie gehen, und sie lief rasch den kurzen Gang entlang, der den Saal mit den Wirtschaftsräumen verband. Trotz ihrer Eile fiel ihr die Unordnung auf, die hier herrschte; die Bücher lagen aufgeschlagen auf dem Tisch, und auch die Geldkassette war geöffnet – und leer.

Zum Teufel mit diesem Gesindel. Räuber und Diebe waren sie allesamt, daß sie ihrer Familie all ihre Rechte und auch ihren Besitz wegnahmen. Sie zögerte einen Augenblick, unschlüssig, wohin sie sich wenden sollte. Gab es denn noch irgendeinen Ort hier in der Burg, der Trost versprach? Ihre Schwester war fort. Ihr Vater war keine Hilfe mehr. Und ihre Großmutter bedeutete mehr Qual als Trost.

Die Glocke der Kapelle läutete zum Gebet, was ihr wie

eine Antwort in ihrer tiefen Verzweiflung erschien. Vielleicht war es wiederum Judas Thaddäus, der ihr zu Hilfe eilte. Linnea wußte, daß Pater Martin ihrer Schwester bei der Flucht helfen sollte. Vielleicht war Beatrix ja in der Kapelle versteckt. Aber selbst wenn dem nicht so war, hatte der Priester vielleicht eine Nachricht von ihr für Linnea. Oder er würde bereit sein, eine Botschaft an Beatrix weiterzuleiten.

Sie fand Pater Martin in der kleinen Altarnische, die der Familie des Herrn von Maidenstone vorbehalten war – doch leider war ihre Großmutter bei ihm. Linnea vermochte nicht zu sagen, ob ihre geflüsterten Worte Gebete waren, oder ob es um den geheimen Plan um Beatrix' Flucht ging. Auch hier würde Linnea keinen Trost finden, so daß sie wieder umkehrte, bevor man auf sie aufmerksam wurde. Sie blickte sich vorsichtig im Quartier des Priesters sowie in den angrenzenden Lagerräumen um – doch von Beatrix war weit und breit nichts zu sehen. Schweren Herzens kehrte Linnea schließlich zum Gesindehaus zurück. Dort konnte sie wenigstens bei Maynard sitzen und für ihn beten – nicht nur für ihn, sondern für sie alle. *Heiliger Judas Thaddäus,* flehte sie, *bitte, verlaß uns nicht.*

Zu ihrer Überraschung saß bereits jemand an Maynards Seite, um für ihn zu beten – doch Linnea konnte nicht erkennen, wer die weibliche Gestalt war, die bei ihm kauerte und die sogleich hochschreckte, als Linnea eintrat.

»Was macht Ihr hier?« fragte Linnea in scharfem Ton, da sie um die Sicherheit ihres Bruders fürchtete. Wo war sein Knappe geblieben?

»Schon gut, Schwester«, kam die Antwort. »Ich bin's … Linnea«, sagte sie, wobei sie warnend zu ihrem Bruder hinunterblickte, der ausgestreckt auf seinem Lager lag.

Gott sei Dank! Linnea eilte sofort zu ihrer Schwester hin, um sie zu umarmen. »Oh, ich hatte solche Angst um dich …«

»Beatrix«, ertönte eine schwache, heisere Stimme. Es war Maynard. Beide Schwestern wandten sich ihm zu. Beatrix strahlte vor Freude, während Linnea nur Erleichterung empfand.

»Beatrix«, wiederholte er. »Ich bin verwundet ... mein Kopf ... Warum liege ich denn hier ... auf dem Stroh?«

»Das hat der neue Herr befohlen«, antwortete Beatrix.

»Ich habe mit Beatrix gesprochen!« fiel ihr Maynard ins Wort. Selbst in all seinem Leid vergaß er nicht, welche der beiden Schwestern die Erstgeborene war.

Die Zwillingsschwestern tauschten einen kurzen Blick aus, worauf Beatrix zurücktrat und Linnea den Vortritt ließ, die sich an der Seite ihres Bruders niederkniete. Er wirkte schwach und benommen, doch an seinem Charakter schien sich wenig geändert zu haben. »Du bist schwer verwundet«, sagte Linnea, »aber mit Gottes Hilfe wirst du es überleben. Du brauchst jetzt aber viel Ruhe, damit deine Wunden heilen können.«

Er starrte sie an – und in seinem Blick waren Schmerz und Verzweiflung abzulesen. Wie oft hatte sie Spott und Hohn in seinen Augen gesehen, auch Bosheit und Wut – aber nie hatte sie ihn so verletzlich erlebt. Er war eben auch nur ein Mensch, genauso wie ihr Vater. Aber er war auch ein Ekel, so wie Peter, dieser Flegel.

Doch jetzt, in diesem Augenblick, da er verwundet daniederlag, hatte sie Macht über ihn, genauso wie sie zuvor für einige Momente Macht über Peter gehabt hatte, nachdem sie gedroht hatte, seinen Hund zu vergiften. Wie angenehm war doch dieses Gefühl der Macht, dachte sie, während sie Maynard die Hand auf die Stirn legte, um zu sehen, ob er Fieber hatte. Kein Wunder, daß die Männer so verbissen um die Macht kämpften und alles taten, um sie nicht zu verlieren. Macht war auf alle Fälle dieser quälenden Hilflosigkeit vorzuziehen.

»Ich werde mich um dich kümmern, Bruder«, versicherte sie ihm.

»Und ich werde für dich beten«, murmelte Beatrix.

»Verschwinde, du!« stieß Maynard hervor und warf der verkleideten Beatrix einen wütenden Blick zu. »Durch deinen Fluch ist das alles erst passiert. Dir verdanke ich es, daß ich hier liege. Au, verdammt, mein Arm!«

Er brach in heftiges Schluchzen aus und klagte immer wieder über seinen verstümmelten Arm. Doch Linneas Mitgefühl galt mehr ihrer Schwester – und ihr selbst. Sogar in dieser großen Not, die die Familie heimgesucht hatte, gaben sie alle einem unschuldigen Menschen die Schuld an dem Übel. Sie machten allein Linnea – oder wen immer sie für Linnea hielten – für die Katastrophe verantwortlich.

Sie drehte sich zu ihrer Schwester um und sah in ihr kreidebleiches Gesicht. Nie zuvor hatte sie Beatrix so bestürzt gesehen. Sie war es einfach nicht gewohnt, so gemein behandelt zu werden. Linnea nahm sie in die Anne. »Geh jetzt«, flüsterte sie ihrer geliebten Schwester zu. »Du mußt dich in Sicherheit bringen. Du weißt ja, ich bin in Gedanken immer bei dir.«

»Ich kann dich nicht allein lassen«, schluchzte Beatrix. »Es ist nicht richtig. Das dürfen wir dir einfach nicht antun.«

»Mach dir keine Sorgen«, erwiderte Linnea, die aus diesem unerwarteten Zusammentreffen mit ihrer Schwester neue Kraft schöpfte. »Es wird sicher alles gut, du wirst schon sehen.«

Beatrix schien nicht sehr überzeugt davon zu sein, doch schließlich nickte sie und wischte sich die Tränen mit dem Ärmel ab.

»Geh jetzt«, wiederholte Linnea, wenngleich ihr nichts lieber gewesen wäre, als ihre Schwester für immer bei sich zu haben.

»Ich werde versuchen, daß ich heute abend in die Kapelle kommen kann«, flüsterte Beatrix. »Und ich werde die ganze Nacht für dich beten.« Linnea küßte sie zum Abschied und drängte sie zu gehen, denn sie wußte genau, daß es ihr immer schwerer fallen würde, sich von Beatrix zu trennen.

Tränen liefen ihr die Wangen hinunter, als sie sich schweren Herzens wieder ihrem Bruder zuwandte. Wenn er jetzt auch nur ein abfälliges Wort über ihre Schwester von sich gab, die er für sie selbst hielt, dann hätte Linnea ihren Ärger nicht mehr bezähmen können.

Aber einmal mehr trat der heilige Judas Thaddäus in Erscheinung, wie er es an diesem endlos scheinenden Tag wohl schon mehrmals getan haben mußte – denn Maynard fiel wieder in einen unruhigen Dämmerzustand, in dem er zwar unzusammenhängende Worte stammelte, die aber zum Glück nichts mit seinen Schwestern zu tun hatten.

Als Frayne wieder auftauchte und sich schuldbewußt im Hintergrund hielt, war Linnea zu erschöpft, um ihn wegen seiner unerlaubten Abwesenheit zur Rede zu stellen. Maynard ging es tatsächlich besser. Es sah ganz so aus, als würde er sich erholen. Vielleicht sollte sie seine Pflege ab nun ihrer Großmutter überlassen, zumal sie selbst wirklich genug andere Probleme hatte.

»Du kannst ihm jetzt etwas von dem Sonnentau geben«, wies sie Frayne an. »Aber gib acht, daß er es auch wirklich schluckt«, fügte sie hinzu und reichte ihm ein kleines Fläschchen mit der Medizin. »Und vergiß nicht, daß du ihm ungefähr jede Stunde ein klein wenig Wasser gibst. Und ruf mich, wenn er unruhig werden sollte oder Fieber bekommt.«

Der Junge nickte und starrte sie mit großen Augen an. »Was ist, wenn Ihr …« Er hielt inne und wandte den Blick von ihr ab. »Verzeiht, Lady Beatrix, aber ich habe reden gehört, daß Ihr und der neue Herr …«

Als sein neugieriger Blick auf ihr ruhte, drehte sie das Gesicht verschämt zur Seite. Jeder hier wußte Bescheid. Und alle Hoffnungen auf eine friedliche oder auch nur halbwegs erträgliche Zukunft ruhten auf ihren Schultern. Alles hing anscheinend davon ab, wie gut sie heute nacht ihre ehelichen Pflichten erfüllte.

»Vielleicht wäre es klüger, wenn du meine Großmutter rufst«, stammelte sie verlegen.

»Lady Harriet?« fragte er bestürzt. »Ich habe eigentlich gedacht, daß … nun, daß Eure Schwester vielleicht besser geeignet wäre.«

»Nein! Nicht ... Linnea. Sie ist nicht mehr hier – und es darf auch nicht mehr von ihr gesprochen werden – kein Wort, hast du mich verstanden, Frayne? Du darfst Linnea nie mehr erwähnen, wenn du Wert auf deine Stellung hier legst.«

Sie hielt inne – erschrocken über ihre eigene Hysterie. Sie bedeckte ihre Augen mit einer Hand und zwang sich, ein wenig zur Ruhe zu kommen, bevor sie weitersprach. »Hier auf Maidenstone ist nichts mehr so, wie es einmal war. Uns bleibt nichts anderes übrig, als das Beste daraus zu machen. Meine Schwester ist für uns verloren. Es ist am besten, wenn wir so tun, als hätte es sie nie gegeben.«

6

Als sich die Abenddämmerung über die sanften Hügel von Wessex zu senken begann, brach ein heftiger Sturm über die Burg und das Dorf herein. Der Wind pfiff durch den uralten Eschenwald, daß selbst die mächtigen Bäume zu schwanken schienen. Die Schafe verkrochen sich schutzsuchend unter den Bäumen oder den Schuppen, die an die Gebäude des Dorfes angebaut waren. Der Weizen wurde von Wind und Regen niedergedrückt, und kaum einer der Dorfbewohner wagte sich aus seinem strohgedeckten Häuschen.

Nur in der Burg ging das Leben wie gewohnt weiter – die geplante Hochzeit war auch durch einen Sturm nicht aufzuhalten.

Drei Mägde sowie Norma und Ida waren damit beschäftigt, Linnea anzukleiden, und ihre Großmutter verfolgte das Ganze mit finsterer Miene von ihrem gepolsterten Stuhl am Kamin aus. Auch das Feuer im Kamin konnte nicht verhindern, daß in dem Zimmer und in der ganzen Burg eine spürbare Kälte herrschte, für die jedoch nicht nur das kalte Wetter verantwortlich war.

»Du hast hoffentlich nicht vergessen, was du zu tun hast«, mahnte Lady Harriet.

»Nein, Großmutter. Ich habe es nicht vergessen. Ich habe den ganzen Tag an kaum etwas anderes denken können«, antwortete Linnea.

Eine der Mägde weinte – nicht laut, sondern mit einem leisen Schluchzen, das Linnea im Innersten berührte. Doch auch in ihrer Angst und ihrem Kummer war ihr bewußt, daß die Tränen des Mädchens Beatrix galten und nicht ihr. Hätte sie auch geweint, wenn sie die Wahrheit gekannt hätte? Oder würde sie sich über das Täuschungsmanöver freuen, so wie Lady Harriet, die nichts dabei fand, daß ein unschuldiges Mädchen geopfert wurde?

Linnea suchte Normas Blick. Die gute Norma, die heute müde und alt aussah, empfand zwar eine größere Zuneigung zu Beatrix, doch sie hatte Linnea nie mit Absicht schlecht behandelt. Normas Augen waren rot gerändert, aber sie weinte nicht. Von allen Dienstboten war sie zusammen mit Ida die einzige, die die Wahrheit kannte. Die anderen Mägde waren nie dabeigewesen, wenn Linnea gebadet hatte, so daß sie das Mal an ihrem Bein hätten sehen können.

Und nun trug Linnea das allerfeinste Kleid ihrer Schwester und ihren kostbarsten Schmuck. Das Haar war frisch gewaschen und gelockt, mit Lavendelöl parfümiert und sorgfältig gebürstet, so daß es einen goldfarbenen Glanz angenommen hatte. Sie trug keine Kopfbedeckung, nur einen verzierten Stirnreif. Ihr dichtes langes Haar fiel in goldenen Locken über die Schultern bis zur Hüfte hinunter.

Es war ein erlesenes Kleid, das sie trug – und Linnea konnte sich noch gut erinnern, daß man es ihr nicht gestattet hatte, daran mitzuarbeiten. Es hätte Beatrix' Hochzeitskleid sein sollen, und Lady Harriet hatte es ebenso wie Dagmar, die Näherin, als böses Omen angesehen, wenn Linnea das Kleid auch nur berühren würde.

Linnea blickte auf das blaugrüne Seidenkleid hinunter, das sich sanft an ihre Körperformen anschmiegte, um schließlich in verspielten Falten ihre Knöchel zu umspielen. Sie fuhr mit den Fingerspitzen über den reich bestickten Saum des linken Ärmels. Jede einzelne Perle hatte sie selbst angenäht – Beatrix hatte darauf bestanden. Bei Mondschein war sie am Fenster gesessen und hatte die Perlen angenäht, bis ihr Rücken schmerzte und ihre Augen brannten. Beatrix hatte gewußt, wie sehr es Linnea kränken mußte, daß sie nicht mithelfen durfte – und so hatte sie in ihrer stillen, aber hartnäckigen Art einen Weg gefunden, den Befehl ihrer Großmutter zu umgehen.

Linnea verspürte einen Kloß im Hals, als sie an ihre Schwester dachte. *Oh, Beatrix. Du allein hast dich um mich gekümmert. Jetzt kann ich etwas für dich tun. Ich werde diesen Mann heiraten und das Bett mit ihm teilen, und ich werde ihn glauben machen, daß ich Beatrix bin, so lange bis du einen Ehemann gefunden hast, der ihm den Anspruch auf Maidenstone Castle streitig machen kann.*

Und wenn es soweit war, würden Beatrix und ihr Mann ihren Platz als Lord und Lady von Maidenstone einnehmen, und sie würden Linneas Tat würdigen, und jeder hier auf Maidenstone würde sie schließlich respektieren.

»Dreht Euch bitte um, Mylady«, sagte die Magd, die zuvor geweint hatte, mit leiser Stimme. Sie legte Linnea einen weißen seidenen Gürtel um die Hüften, den sie vorne mit einer schweren goldenen Spange, die mit Amethysten und Aquamarinen verziert war, befestigte.

»Dein Bräutigam hat dir einen Schlüssel geschickt«, sagte ihre Großmutter, die wie ein schwarzer Vogel auf ihrem Stuhl saß; ihre Kleidung paßte eher für eine Beerdigung als für eine Hochzeit. Linnea wünschte, sie könnte auch Schwarz tragen. Sie hatte manch einer Beerdigung mit größerer Begeisterung beigewohnt als dieser Hochzeit, die ihr bevorstand. Aber sie konnte schlecht Trauerkleidung tragen, da sie doch die Aufgabe hatte, die Wünsche ihres Ehemannes zu erfüllen.

»Hier.« Lady Harriet warf ihr den Schlüssel achtlos zu und gab ein gackerndes Lachen von sich, als Linnea keine

Anstalten machte, ihn aufzufangen. »Mir scheint, das ist der Schlüssel zu seinem Herzen.«

Mühsam ob ihrer Leibesfülle beugte sich Norma hinunter, um den Schlüssel aufzuheben und ihn Linnea zu übergeben. »Den tragt Ihr am Gürtel«, erklärte sie ihr. »Er ist ein Symbol der Macht, die Euch als Gemahlin des Burgherrn zukommt. Als Herrin von Maidenstone.«

Linnea nahm ihr das kalte Stück Eisen aus der Hand. Herrin von Maidenstone. Stets war es ihre Großmutter gewesen, die diese Position innehatte – und die Bewohner der Burg sahen sie auch dann noch in dieser Rolle, als ihr Sohn schon längst geheiratet hatte. Aber der neue Herr würde ihr diese Stellung nicht länger zugestehen. Nein, mit dieser Heirat würde tatsächlich Linnea zur Herrin von Maidenstone werden.

Sie hob ihren Blick langsam zu ihrer Großmutter empor, wobei ihr angesichts dieser Tatsache fast schwindelig wurde. Erneut verspürte sie dieses seltsame Gefühl der Macht, wie schon zuvor, als sie den Jungen bedroht hatte, oder später, als sie an Maynards Lager stand und ihr bewußt wurde, daß es in ihrer Hand lag, ob er gesund wurde oder starb. Es war wundervoll und beängstigend zugleich. Es gab ihr ein Gefühl von Freiheit, aber auch von Verantwortung, die auf ihr lastete.

Wenn *sie* die Burgherrin war, dann würde ihre Großmutter keine Macht mehr über sie haben – im Gegenteil, dann würde sie selbst das Sagen haben.

So als hätte sie Linneas Gedanken erraten, blickte Lady Harriet mit finsterer Miene zu ihr hinüber. »Laßt uns allein«, befahl sie den Dienstmägden, wobei ihr harter Blick auf Linnea ruhte. Als die fünf Mägde draußen waren, richtete sie ihren Gehstock vorwurfsvoll auf ihre Enkeltochter.

»Komm ja nicht auf dumme Gedanken, Mädchen, und vergiß nicht, wer du bist!« Der Stock zitterte in ihrer knochigen Hand, doch er war ehrfurchtgebietend genug, daß Linnea keinen Muckser machte. »Glaub ja nicht, daß du für alle Zeiten Beatrix de Valcourt bleiben kannst – und damit die Herrin von Maidenstone. Dieser Titel steht mir allein zu – und zwar so lange, bis ich ihn entweder auf Beatrix oder auf Maynards Ehefrau übertrage, wenn er einmal heiratet. Du ...« Sie ließ den Stock auf den Holzboden niedersausen, daß es knallte. »Du bist nur die Stellvertreterin deiner Schwester – und das nur so lange, wie es eben nötig ist. Es ist deine Chance, dir die Achtung deiner Familie zu erwerben.«

Sie erhob sich und stützte sich auf den Stock. Die Autorität, die sie ausstrahlte, wurde dadurch in keiner Weise geschmälert. »Vergiß nicht, daß ich jederzeit deine wahre Identität preisgeben kann. Glaubst du vielleicht, daß de la Manse das gefallen würde? Und ich glaube, daß er nicht lange zögern würde, die Ehe für ungültig erklären zu lassen; ein Mann wie er regelt solche Dinge mit dem Schwert. Dann würde er Beatrix zur Frau nehmen, und alles wäre umsonst gewesen. Denk darüber nach, Mädchen. Spiel deine Rolle und verhalte dich still. Und komm vor allem nicht auf den Gedanken, selbst die Macht auf Maidenstone zu übernehmen. Dann wäre es mir lieber, daß er dich tötet, bevor so etwas geschieht!«

Die alte Frau zeigte auf die Tür. »Es ist Zeit gekommen. Dein Bräutigam wartet, und ich will erleben, wie sich mein Plan verwirklicht.«

Linnea hatte schweigend und mit gesenktem Haupt die Drohungen ihrer Großmutter über sich ergehen lassen, bis sie sich aus ihrer Erstarrung löste und zur Tür ging. Sie war es seit jeher gewohnt, den Befehlen ihrer Großmutter zu gehorchen – egal, ob sie es voller Angst, im Zorn oder schweren Herzens getan hatte. Als sie zur Tür gelangte, hielt Lady Harriet sie zurück, indem sie ihr mit dem Stock, der wie ein verlängerter Arm war, den Weg versperrte. »Du weißt, was du zu tun hast, Mädchen. Tu deine Pflicht.«

Linnea nickte und hielt mit Mühe die Tränen zurück. Sie würde ihre Pflicht tun, auch wenn das bedeutete, daß sie sich dem Feind unterwerfen, sich von ihm vergewaltigen und in jeder Weise benutzen lassen mußte. Aber sie würde es nicht tun, weil ihre Großmutter ihr drohte, und nicht einmal aus Pflichtbewußtsein ihrer Familie gegenüber. Nein, sie tat es einzig und allein für Beatrix.

Es war ganz und gar nicht so, wie sie sich ihre Hochzeit einst vorgestellt hatte – auch wenn sie sich nie allzu viele Gedanken darüber gemacht hatte. Für die Familie war immer nur wichtig gewesen, daß Maynard heiratete, und auch Beatrix – aber von ihrer Heirat war nie die Rede gewesen.

Wenn sie über ihre Zukunft nachgedacht hatte, dann hatte sie sich stets an der Seite eines einfachen Mannes gesehen, eines Händlers oder Soldaten, der sie um ihrer selbst willen heiratete, und nicht weil er sich irgendeinen Gewinn dadurch erhoffte. Denn es gab einfach nichts zu gewinnen, wenn man die zweite Tochter von Maidenstone zur Frau nahm – keine Mitgift, nicht einmal Wohlwollen. Sie würde nur sich selbst in diese Ehe mitbringen.

Aber selbst das blieb ihr nun verwehrt.

Eine Stufe nach der anderen ging sie langsam hinter ihrer Großmutter die Treppe hinunter. Sie heiratete als Beatrix, und ihr Feind würde glauben, Beatrix in seinen Armen zu halten. Das einzig Wertvolle, das sie besaß – ihre Unschuld –, würde sie noch an diesem Tag opfern müssen, so daß ihr nichts mehr blieb, was sie ihrem echten Ehemann einmal würde geben können.

Die Treppe war dunkel, doch unten fiel schon etwas Licht vom großen Saal auf die Stufen. Der Saal war nicht nur hell erleuchtet, er war auch von Geräuschen erfüllt. An einem Abend wie diesem hätte er ein angenehmes, warmes Refugium in dem Sturm sein können, der draußen tobte. Doch Linnea zitterte, als wäre sie dem beißenden Wind ausgesetzt, der draußen die Bäume schüttelte – und die Fackeln an den Wänden, die ein flackerndes goldfarbenes Licht bis hinauf zu den Dachbalken schickten, schienen ihr den Weg in die Hölle zu weisen.

Als Lady Harriet den Saal betrat, wurden die Stimmen ringsum sofort etwas leiser. Als Linnea hinter ihr eintrat, wurde es völlig still ringsum. Wie erstarrt blickte sie auf die vielen Gesichter hinunter, so als könne sie sich nicht entscheiden, ob sie weitergehen oder die Flucht ergreifen sollte. Nicht weit von ihr entfernt erblickte sie ihren Vater – in Saphirblau und Silber, den Farben der de Valcourt, gekleidet. Trotz des prächtigen Gewandes wirkte er nicht mehr wie der stolze Burgherr, der er noch vor kurzem war. Seine Haltung und sein Gesichtsausdruck machten sichtbar, daß er am Boden zerstört war. Selbst Linneas Opfer, das ihm Zeit gab, zum Gegenschlag auszuholen, genügte anscheinend nicht, um ihm neuen Mut zu verleihen.

Linnea schloß die Augen, um diese Tatsache nicht wahrhaben zu müssen. Plötzlich trat jemand auf sie zu – sie fühlte es ganz deutlich und öffnete die Augen.

Es war Axton de la Manse – in einem Gewand, das nicht ganz so fein war wie das ihres Vaters. Zumindest waren die Farben nicht so auffällig. Doch seine Haltung machte deutlich, daß er jetzt der Herr im Hause war. Nur ein Narr hätte das bestritten. Und nur ein Narr hätte es gewagt, sich gegen ihn aufzulehnen.

Er ging ein paar Schritte auf sie zu und blieb dann stehen. Er strahlte eine ungebrochene Kraft und Selbstsicherheit aus. Auf eine etwas grobe Art war er eine gute Erscheinung. Er wartete auf sie und zwang sie somit, die letzten Schritte ihm entgegenzukommen.

Sie wußte selbst nicht, wie sie sich schließlich dazu überwinden konnte. Doch sie ging die letzten Stufen hinunter und trat dann langsam auf ihn zu.

Er trug keine Kopfbedeckung, und sein kurzgeschnittenes Haar, das so schwarz war wie sein Gewand, glänzte im hellen Licht der vielen Fackeln. Seine Augen unter den schwarzen Brauen waren von einem blassen Farbton.

Linnea schluckte, als sie ihn so vor sich sah. Er würde also ihr Ehemann sein – dieser Mann, der sie mit völlig ausdruckslosem Gesicht anblickte, so als sehe er durch sie hindurch. Sie hätte am liebsten das Gesicht abgewandt, so unangenehm war ihr sein starrer Blick. So als wäre er ein

Raubtier und sie das Opfer. Es war, als gehe ein eigenartiger Zwang von ihm aus, der es ihr unmöglich machte, den Blick von ihm abzuwenden. Sie ging weiter auf ihn zu, wobei sie alles um sich herum wahrnahm – die Stille im Saal ebenso wie das Rascheln ihrer schweren Röcke, den Luftzug, der durch den Saal wehte und der sich zuerst kühlend und dann warm auf ihren heißen Wangen anfühlte. Ein Geruch von Rauch und Bier lag in der Luft, und auch der würzige Duft von gebratenem Wildschwein.

Aber vor allem nahm sie ihn selbst wahr, diese dunkle, unbekannte, bedrohliche Gestalt. Als sie eine Armlänge vor ihm stehenblieb, hatte sie das Gefühl, all ihre Kräfte erschöpft zu haben. Sie fürchtete, vor ihm in Ohnmacht zu fallen. Er schien sie besiegt zu haben, noch bevor der eigentliche Kampf zwischen ihnen begann.

»Was habe ich doch für ein Glück«, sagte er in einem Ton, der durchaus ernst geklungen hätte, wäre da nicht dieses spöttische Lächeln auf seinen Lippen gewesen. Alle Anwesenden beugten sich vor, um zu hören, was er seiner etwas zögernden Braut zuraunte. »Endlich bin ich wieder in meinem alten Zuhause, nach achtzehn langen Jahren – und habe noch dazu das Glück, ein Mädchen zu heiraten, wie man es sich schöner nicht vorstellen kann.«

Kein Zweifel – er machte sich über sie lustig! Linnea empfand tiefe Abneigung, doch er schien es nicht zu bemerken. Er nahm ihre Hand und legte sie entschlossen in seine Armbeuge. Als sie versuchte, sich zu befreien, drohte er ihr mit seinen kalten Augen.

»Laßt uns unsere Gäste begrüßen, Lady Beatrix – all die Menschen, die uns Glück für unsere gemeinsame Zukunft wünschen.«

Dann führte er sie ungeachtet ihres Widerstrebens durch den Saal, um sie den Anwesenden zu präsentieren. Was erhoffte er sich nur davon, ihr ein derart unaufrichtiges Kompliment zu machen, ging es ihr in ihrem Zorn durch den Kopf. Aber nicht genug damit, daß er sie zwang, ihn auf dieser absurden Parade durch den Saal zu begleiten – er ließ sie auch noch an einigen seiner Gefolgsleute defilieren, wie vor Sir Reynold, seinem Hauptmann, sowie vor Sir John und Sir Maurice.

»Meine Braut, Lady Beatrix von Maidenstone«, stellte er sie jedesmal vor. »Darf ich vorstellen – mein Bruder, Peter de la Manse«, sagte er schließlich, als sie vor dem Bengel innehielten, der ihr vom ersten Augenblick an zuwider gewesen war.

»Willkommen in unserer Familie«, sagte der Junge mit ernstem Gesicht.

Obwohl er genauso groß war wie sie, hob Linnea ihr Kinn, um auf ihn hinabsehen zu können, entschlossen, ihn ihre Verachtung spüren zu lassen und ihm überdies das Gefühl zu geben, daß sie ihre Drohung durchaus ernst gemeint hatte.

»Komm, gib deiner neuen Schwester einen Kuß«, forderte Axton ihn auf und legte ihm die Hand auf die Schulter, um ihn zu sich zu ziehen.

Linnea sah den widerstrebenden Ausdruck in den blauen Augen des Jungen, was sie mit einer gewissen Schadenfreude erfüllte. Es gefiel ihr, daß sie ihm offensichtlich Angst eingejagt hatte.

Es fiel ihr nicht schwer, ihn kalt und drohend anzublikken. »Laß uns unsere kleinen Unstimmigkeiten *begraben*«, sagte sie, wobei sie das letzte Wort besonders betonte. Sie bot ihm die Wange, worauf er ihr einen hastigen Kuß gab. »Vielleicht stellst du mich morgen deinem Haustierchen vor. Dann bringe ich ihm einen schmackhaften Bissen mit, um mir seine Freundschaft zu sichern.«

Der Junge wich augenblicklich von ihr zurück, doch in seinem Gesicht flackerte Zorn auf. Er würde sich doch nicht so leicht einschüchtern lassen, dachte sie. Er würde sich wehren. Doch Linnea freute sich geradezu darauf, ihn zum Feind zu haben. Mit ihm konnte sie es aufnehmen. Ihn konnte sie besiegen. Seinen Bruder jedoch …

Sie spürte die Hand ihres Bräutigams auf ihrem Rücken – es war eine sehr besitzergreifende Geste, mit der er sie zum Weitergehen aufforderte. Sie ging rasch weiter, um zu vermeiden, sie auf so herablassende Weise zu behandeln. Plötzlich erblickte sie ein vertrautes Gesicht im Halbdunkel der Vorratskammer, ein schmutziges Gesicht, das zum Teil von einer Kapuze verdeckt war. Sie hielt augenblicklich inne.

Beatrix war also wirklich gekommen!

»Der Priester wartet.« Die Stimme ihres Bräutigams war so nah, daß sie seinen Atem in ihrem Haar spürte. Erneut faßte er sie um die Taille und ließ die Hand auf ihrer Hüfte ruhen.

Doch diesmal erschrak Linnea nicht mehr so sehr darüber, denn Beatrix' Blick war auf sie gerichtet und gab ihr neuen Mut. Eine Sekunde noch erwiderte sie den Blick ihrer Schwester, bevor sie sich – auch wenn es ihr schwerfiel – von ihr abwandte. Sie durfte einfach nicht riskieren, daß de la Manse oder einer seiner Männer auf die Gestalt aufmerksam wurde, die sich im Hintergrund verborgen hielt.

Dennoch – Beatrix war in der Nähe und dieser Gedanke war für sie schon tröstlich.

Sie wandte sich dem Priester zu und begleitete ihren Feind zu dem freien Platz in der Mitte des Saales, der von Rosenblüten und getrockneten Kräutern eingerahmt war. Der Augenblick war gekommen. Sie hatte ihre Entscheidung getroffen, und wenngleich sie furchtbare Angst vor den Konsequenzen hatte, gab es kein Zurück mehr. Sie würde ihre Schwester und ihre Familie nicht im Stich lassen.

»Introibo ad altare Dei«, begann Pater Martin, zu den beiden gewandt.

Es war ganz wie eine Messe, mit dem einen Unterschied, daß sie sich nicht in der Kapelle befanden. Norma hatte ihr erzählt, daß der neue Herr vor so vielen Menschen wie möglich heiraten wollte. Wenn das Wetter es zugelassen hätte, dann hätte die Hochzeit wohl im Freien vor der Kapelle stattgefunden. Doch auch so war das gesamte Burgvolk sowie viele Dorfbewohner im Saal versammelt, um der Zeremonie beizuwohnen.

Erst als der Priester aus den Briefen des Apostel Paulus zu lesen begann, schenkte sie seinen Worten Gehör. »... und wie sich die Gemeinde Christus unterordnet, weil sie ihn liebt, so sollen sich auch die Frauen in allem ihren Männern unterordnen. Und die zwei sind dann eins, mit Leib und Seele ...«

Mit Leib und Seele.

Die Ehe war ein heiliges Sakrament, und selbst die fleischliche Vereinigung war von Gott gesegnet. Und doch verspürte Linnea ein Unbehagen, das alles andere als ein Segen war. Es war schon schlimm genug, daß sie diesen Bären von einem Mann täuschte und belog – aber dazu kam noch, daß sie dieses Gelübde vor Gott ablegte, und Gott wußte, daß sie log.

»O heiliger Judas Thaddäus«, betete sie und senkte den Kopf, als ihr die Sünde zu Bewußtsein kam.

»Der heilige Judas Thaddäus kann dir nicht helfen.«

Linnea wandte sich erschrocken zu ihm hin und blickte in Axton de la Manses höhnisch lächelndes Gesicht. Pater Martin verlor für einen Augenblick den Faden, als er die spannungsgeladenen Blicke zwischen den beiden bemerkte, um die Zeremonie jedoch gleich wieder fortzusetzen.

»Willst du, Beatrix de Valcourt, diesen Mann zu deinem dir angetrauten Ehemann nehmen ...«

Linnea konnte dem Blick ihres Peinigers nicht ausweichen. Sie merkte gar nicht, daß der Priester auf ihre Antwort wartete.

»Eure Antwort, Beatrix«, forderte de la Manse sie auf.

»Seid Ihr bereit, mich zu heiraten, und dieses Versprechen vor Gott und allen Anwesenden zu machen?«

Seine Stimme klang gar nicht laut in der unheimlichen Stille des großen Saales, und doch war ihr bewußt, daß alle ihn hören konnten. Linneas Herz pochte so laut unter seinem durchdringenden Blick, daß sie das Gefühl hatte, es müsse im ganzen Saal zu hören sein.

Mylady?« flüsterte Pater Martin mit einem besorgten Ausdruck auf dem Gesicht.

Mit einemmal löste sich Linnea aus ihrer Erstarrung. Sie hatte ja keine andere Wahl, erinnerte sie sich. Sie mußte es tun. »Ja«, murmelte sie schließlich, auch wenn dieses kleine Wörtchen ihr unendliche Überwindung abverlangte.

Der Priester seufzte erleichtert auf. »Und willst du, Axton de la Manse, Lord von Maidenstone, diese Frau zu deiner dir angetrauten Ehefrau nehmen ...«

»Ja«, antwortete er, den Blick immer noch auf sie gerichtet. Das abschließende Gebet sowie den Segen, den der Priester ihnen erteilte, nahm sie kaum wahr. Als sie Seite an Seite niederknieten, waren die einzigen Worte, die sie bewußt hörte: »Im Namen Gottes, des Allmächtigen, erkläre ich euch zu Mann und Frau.«

Dann wurde sie an eine breite, kräftige Brust gedrückt, bis sie nichts anderes mehr sehen konnte als die grauen Augen ihres Ehemannes.

»Nun, meine Gemahlin, gib mir einen Kuß.«

Ein Raunen ging durch die Menge. Er wollte einen Kuß.

Natürlich, so mußte es ja kommen. Jetzt wollte er einen Kuß, und später würde er noch weit mehr von ihr verlangen. Sein Gesicht war dicht vor dem ihren, und seine kräftigen Hände mit den langen, schlanken Fingern hielten ihre Arme umschlossen.

»Einen Hochzeitskuß für meinen ... meinen Ehemann«, murmelte Linnea, ohne zu wissen, woher sie die Kraft für diese Worte nahm. Sie blickte in seine harten Augen und sah nichts von den Gefühlen darin, die ein frischvermählter Mann doch eigentlich empfinden sollte. Aber vielleicht waren es ohnehin eher triumphierende und besitzergreifende Gefühle, von denen die Männer erfüllt waren, wenn sie heirateten.

Sie schloß die Augen. Anders hätte sie das nicht durchgestanden. Dann stellte sie sich auf die Zehenspitzen, bis ihre Lippen die seinen berührten.

Für einen Augenblick hatte sie das Gefühl, daß es gar nicht so unangenehm war. Seine Lippen waren weicher, als sie erwartet hatte. Außerdem hatte er einen sauberen, frischen Duft an sich.

Dann verstärkte sich der Druck seiner Hände, und er drückte sie enger an sich. Sie zuckte zusammen, als sie plötzlich seinen heißen Atem spürte, und seine Zunge sich einen Weg zwischen ihren Lippen bahnte.

Heilige Maria, so etwas hatte sie nun wirklich nicht erwartet. Seine Zunge drang tief in ihren Mund ein und rieb auf ziemlich beunruhigende Weise gegen die Innenseite ihrer Lippen, um im nächsten Augenblick ihre Zunge zu berühren, was ihr für einen Moment schier die Sinne raubte. Er küßte sie, als wolle er sie verschlingen, und für einen Moment fürchtete sie, in Ohnmacht zu fallen.

Dann löste er plötzlich seine Lippen von den ihren und wich gerade weit genug zurück, um ihr in die Augen sehen zu können. Nie zuvor hatte jemand sie so angeblickt wie er in diesem Augenblick – und doch verstand sie instinktiv, was es bedeutete. Es dürstete ihn nach ihr. Er begehrte sie. In seinen Augen brannte ein Feuer, das keinen Zweifel zuließ.

Aber das Schlimmste war, daß er auch in ihr eine kleine Flamme entzündet hatte. Sie hatte genug Predigten über die Sünde der Wollust gehört, um zu wissen, wie dieses Gefühl sein mußte – und allein die Vorstellung, daß er solche Gefühle in ihr zu wecken vermochte, war geradezu erschreckend! *Lieber Gott! Heilige Jungfrau Maria! Bitte, heiliger Judas Thaddäus, das kann doch nicht sein!*

Doch es bestand kein Zweifel. Als er sie geküßt hatte, war tief in ihr etwas Sündhaftes zum Vorschein gekommen und hatte sie tatsächlich Lust empfinden lassen. Und er schien es zu wissen, denn er lächelte; es war das erste echte Lächeln, das er ihr schenkte.

Linnea ertrug es nicht, wie er sie anstarrte, und sie senkte die Augen. Eine schmähliche Hitze überzog die Wangen. Dieser Mund ... Welche Gefühle er mit diesen Lippen in ihr wachrief! Diese weichen Lippen. Diese Zunge, die genau zu wissen schien, wo sie sie berühren mußte.

Er kicherte, so als könne er ihre Gedanken erraten. Das machte die Situation nur noch schlimmer, denn Linnea spürte das Auf und Ab seines Brustkorbs an ihren Brüsten, was die unerwünschte Glut in ihr weiter verstärkte. »Oh, meine süße Braut. Dein Vater hat mir versichert, daß du noch unschuldig bist, und dein Kuß scheint das zu bestätigen. Doch deine Reaktion … Wenn ein Kuß dich schon so entflammen kann, dann frage ich mich, was für Freuden mich heute noch im Ehebett erwarten.«

Einer der Umstehenden, der seine Worte mitangehört hatte, begann schallend zu lachen. Erneut ging ein Raunen durch den Saal, und die Worte des neuen Herrn gingen von Mund zu Mund. Doch Linnea empfand kaum Zorn darüber, und selbst ihre Angst wurde verdrängt, so daß sie sich über die Maßen schämte.

Er hatte von den Freuden gesprochen, die ihn erwarteten; die Frage war nur, wie wollüstig sie selbst reagieren würde.

Er faßte sie um die Taille und wandte sie der Menge zu. »Meine Gemahlin, Lady Beatrix«, verkündete er der versammelten Schar.

Aber ich bin Linnea, dachte sie, während sie in ihrer Verwirrung in der jubelnden Menge ihre Schwester suchte. *Wie verkommen ich doch bin, daß ich einen Mann begehren kann, der mein Todfeind ist und den ich geschworen habe zu Fall zu bringen.* Es bestürzte sie zutiefst, diese Wahrheit über sich selbst zur Kenntnis nehmen zu müssen, so daß sie mehr als je zuvor den aufmunternden Blick ihrer Schwester gebraucht hätte, um neuen Mut zu fassen.

Doch Beatrix war nirgends zu sehen. Und daran würde sich auch für sehr lange Zeit nichts ändern, wie Linnea sich in ihrer Panik eingestehen mußte. Sie war jetzt ganz allein, allein mit diesem Mann, mit dem sie verheiratet war – und allein mit dem Gedanken, daß ihre Großmutter vielleicht doch recht gehabt hatte, wenn sie stets die Verderbtheit ihrer Seele anprangerte.

Er führte sie zu dem kleinen Podium, wobei er sie eng

an sich drückte. Sie spürte die Kraft in seinem Arm und seinem ganzen Körper, und bei jedem Schritt rieben sich seine muskulösen Beine gegen die ihren.

»Wir sollten uns mit dem Hochzeitsmahl beeilen«, flüsterte er ihr zu, wobei sie seinen heißen Atem an ihrem Ohr spürte.

Als sie Platz nahmen, blickte sie kurz zu ihm hinüber und sah erneut dieses Begehren in seinen Augen, so als wäre sie sein Hochzeitsmahl, an dem er sich bald schon sattessen würde.

»Ja«, sagte er, während er ihr Gesicht studierte, so als wären darin all ihre Gedanken zu lesen. Er strich mit dem Daumen über ihre Lippen. »Ich verspüre den gleichen Hunger wie du ... aber nicht nach Wildschweinbraten. Nein, mich hungert nach dir, mein Vögelchen. Und ich werde nicht genug von dir bekommen können, das verspreche ich dir ...«

7

Linnea aß zuwenig und trank zuviel. Ihr Vater und ihre Großmutter saßen am Tisch des Burgherrn, wenn auch nicht an ihren früheren Plätzen. Nun waren es Linnea und ihr Mann – ihr Ehemann! –, die die Plätze des Herrn sowie der Herrin von Maidenstone einnahmen, während Sir Edgar und Lady Harriet weiter unten an der Tafel saßen. Linnea hätte sie nur sehen können, wenn sie sich vorgebeugt hätte, um an der mächtigen Gestalt ihres Mannes vorbeizublicken, was sie jedoch vermied. Sie wollte keinen Trost bei ihren Angehörigen suchen – denn damit hätte sie gegenüber dem neuen Herrn Schwäche gezeigt. Außerdem hätten sie ihr ohnehin kaum Trost spenden können.

Die Stimmung war zunächst noch etwas gedrückt. Es verwirrte sowohl die Leute von Maidenstone als auch jene des siegreichen Heeres, den neuen sowie den alten Herrn von Maidenstone nur einen Tag nach der Übergabe der Burg am selben Tisch sitzen zu sehen. Doch als Wein und Bier zu fließen begannen, kam langsam Stimmung auf. Die Gespräche wurden lauter und angeregter, Gelächter ertönte von allen Seiten, und die derben Scherze, wie sie bei Hochzeitsfesten üblich waren, ließen nicht lange auf sich warten.

»Ob sie sich wohl so rasch ergibt wie ihr Vater?« rief einer von de la Manses Soldaten lachend in die Runde.

»Ich denke, sogar noch schneller.«

»Nein, nein. Sir Axton wird sicher ins Schwitzen kommen, ehe er seine Tochter bezähmen kann. Und das war nicht der Fall, als er ihren Vater bezwang!«

Linnea trank von dem Rotwein und stellte dann den Becher, den sie mit Axton de la Manse teilte, mit einem lauten Knall nieder. Wie konnten sie es nur wagen, so respektlos über ihren Vater zu sprechen? Sie beugte sich vor, um zu sehen, ob er die Schmähungen gehört hatte – doch ihr Ehemann beugte sich ebenfalls vor, um sie daran zu hindern.

»Er ist ein Mann – so heißt es wenigstens. Soll ihn doch seine Mutter beschützen, wenn er sich selbst nicht wehren kann. Es ist jedenfalls nicht *deine* Aufgabe, dich um ihn zu kümmern.«

Sie warf ihm einen bitterbösen Blick zu. »Er ist mein Vater, auch wenn ich gezwungen wurde, dich zu heiraten. Und er ist jetzt dein Schwiegervater«, fügte sie hinzu. »Wenn du auch nur einen Funken Ehrgefühl hättest, dann würdest du es nicht zulassen, daß man ihn so beleidigt!«

»Und wenn du nur einen Funken Verstand hättest, dann würdest du ihn nicht auch noch verteidigen«, entgegnete er in scharfem Ton.

Linnea erschrak, doch sie ließ es nicht zu, daß sie erneut von ihrer Angst überwältigt wurde. »Ein schönes Paar sind wir beide – du ohne Ehre, und ich ohne Verstand.«

Die letzten Worte waren weithin zu hören, denn angesichts ihrer lauten Stimme war es still im Saal geworden. Ihre Brust bebte vor Empörung, doch sie fragte sich auch voller Bangen, wie er auf ihre beleidigenden Worte reagieren mochte. Sie wartete genauso gespannt wie die Hochzeitsgäste auf seine Antwort.

Er schwieg einen Augenblick, und sie hoffte bereits im stillen, daß er die Beleidigung ungestraft lassen würde. Dann streckte er die Hand aus und strich ihr mit dem Knöchel eines Fingers sanft über die Lippen. »Du wirst schon noch Gelegenheit haben, dein Temperament zu zeigen, Beatrix.«

Sie preßte den Kopf gegen die Lehne des Stuhles, konnte aber seiner Hand nicht ausweichen. Obwohl die Berührung nur ganz leicht war, hatte sie eine verheerendere Wirkung als ein Schlag ins Gesicht. Seine Beherrschung wirkte viel bedrohlicher auf sie als ein Wutausbruch.

»Nimm dir noch ein Stück von dem Wildbret«, forderte er sie auf, während er sie mit seinem Raubtierblick beobachtete.

»Ich will nichts mehr essen«, gab sie zurück, wenn auch nicht mehr in so scharfem Ton wie zuvor.

»Gut.« Er lehnte sich zurück mit einem Lächeln auf den Lippen, während sich viele der Anwesenden in ihren Stühlen vorbeugten, um das Gespräch mitanhören zu können. »Peter«, rief er seinem Bruder zu, der, wie sie mittlerweile wußte, seinem großen Bruder als Knappe diente. »Bring doch meine Braut in meine Gemächer.«

Wieder hob an mehreren Tischen ein Gemurmel an, doch Linnea hörte nichts als das Rauschen des Blutes in ihren Ohren. *Nein, nein, nicht jetzt schon,* dachte sie voller Entsetzen.

Er lächelte ihr zu. »Ich komme gleich nach, meine Liebe – keine Sorge.«

Sie wußte nicht, wie sie es schaffte, sich zu erheben. Der Junge hatte ihren Stuhl zurückgezogen, während ihr Gemahl in dem seinen lümmelte und sie mit einem blasierten, besitzergreifenden Gesichtsausdruck ansah, so wie man einen neuerworbenen Falken oder ein neues Streitroß ansah. Oder eine Hure.

»Komm jetzt mit«, forderte der Junge sie in ungeduldigem Ton auf.

Linnea zwang sich, den Blick von ihrem selbstgefällig grinsenden Gemahl abzuwenden. Sie blickte sich im Saal um, ob nicht doch von irgendwoher Hilfe zu erwarten war. Doch ihr Vater blickte an ihr vorbei zur Wand hinüber, wo auf dem Wandteppich die Wappentiere der de la Manse, zwei riesige kämpfende Bären, zu sehen waren. Ihre Großmutter starrte den neuen Herrn mit einem Gesichtsausdruck an, in dem Haß und auch ein wenig Angst zu lesen war. Auch die beiden konnten ihr nun nicht mehr helfen.

In ihrer Verzweiflung wandte sich Linnea schließlich dem Jungen zu.

Seine Abneigung stand ihm deutlich ins jugendliche Gesicht geschrieben. Doch angesichts ihrer Angst und Pein zeigte er keine Schadenfreude, wie sie es erwartet hatte. »Komm mit«, wiederholte er nun in etwas höflicherem Ton. »Es nützt doch nichts, sich ihm zu widersetzen.«

»Hör auf ihn, meine liebe Gemahlin.« Der neue Herr stand auf und hob den Becher in die Runde, worauf alle Anwesenden sich ebenfalls erhoben.

»Auf meine Gemahlin, Beatrix de la Manse.«

»Auf Lady Beatrix ...«

»... Beatrix de la Manse.«

Die Trinksprüche dröhnten ihr in den Ohren, doch auch sie spendeten keinerlei Trost – im Gegenteil, sie entfachten eine Panik in ihr, die ihr durch und durch ging.

Der Junge nahm sie schließlich an der Hand und hätte sie auch hinausgeführt, wenn nicht ihr Ehemann plötzlich vor sie hingetreten wäre.

»Wir brauchen keine Magd heute abend. Ich werde mich selbst um dich kümmern. Wir werden in unseren Privatgemächern allein sein«, fügte er hinzu, wobei er seinen Männern einen warnenden Blick zuwarf. »Auch keine Wachen draußen vor der Tür. Es genügen zwei Männer unten an der Treppe. Alle anderen Zimmer ringsum bleiben heute nacht leer.« Dann blickte er Linnea direkt in die Augen, und obwohl er etwas leiser weitersprach, waren seine Worte doch weithin zu hören. »Wir werden während der nächsten Tage vielleicht alle Zimmer für uns allein brauchen.«

Linnea hastete von ihm weg. Der Junge führte sie nicht – er lief lediglich hinter ihr her. Sie eilte die Stufen hinauf, auch wenn dort oben der Untergang auf sie wartete. Aber was blieb ihr denn anderes übrig? Erst als sie vor der massiven Tür stand, die zum Zimmer des Herrn von Maidenstone führte, hielt sie zögernd inne.

»Geh nur hinein. Er wird gleich dasein.«

Linnea schluckte erst einmal. Sie brachte es einfach nicht über sich. Sie wußte, daß es sein mußte, doch sie konnte sich einfach nicht überwinden.

»Geh schon«, forderte der Junge sie erneut auf und schob sie sanft an, um sie zum Gehen zu bewegen.

»Rühr mich nicht an!« fuhr sie ihn an. In diesem Ton hätte sie mit seinem mächtigen Bruder reden sollen. Aber das wäre ihr wohl nicht gut bekommen. Dennoch tat es gut, ihre Wut an dem Jungen auslassen zu können; schließlich war er ja auch ein de la Manse.

Er blickte sie finster an. »Ich bin froh, daß ich dich nicht berühren *muß*, du Hexe. Wenn ich einmal heirate, was noch gar nicht sicher ist, dann such ich mir eine sanfte und gute Frau, nicht eine wie du, die einem die Augen auskratzen will.«

Sie starrten einander eine Weile schweigend und mißtrauisch an. »Geh jetzt«, forderte Linnea ihn schließlich auf. Sie fühlte nichts als tiefe Hoffnungslosigkeit in sich. »Geh weg und laß mich allein.«

Er schickte sich an, zu gehen, hielt aber noch einmal inne und blickte ihr ins Gesicht. »Er wird dir nicht weh tun, wenn es das ist, was dir angst macht. Er tut dir sicher nicht weh – es sei denn, du bist so dumm und wehrst dich ...«

Linnea hob ihr Kinn eine Spur höher. »Ich glaube kaum, daß du eine Ahnung von den Schmerzen hast, die die Männer den Frauen zufügen – vor allem, wenn sie eine Frau als ihren Feind betrachten. Schließlich bist du ja noch ein Junge.«

Ihre Worte beleidigten ihn offensichtlich, was auch durchaus in ihrer Absicht lag. Doch anstatt sie seinerseits zu beschimpfen, erwiderte er mit einem durchtriebenen Blick: »Du bist nicht unbedingt häßlich – also wenn du ihm zulächelst und nett zu ihm bist, dann wirst du sehen, daß er ein gerechter Mensch ist. Er würde dir nicht weh tun.«

»Und du erzählst mir das alles, um mich zu beruhigen, habe ich recht?« entgegnete sie mit höhnischer Miene.

Er blickte sie genauso kalt an wie sein Bruder zuvor. »Wenn du nicht hören willst und dich unbedingt unglücklich machen willst, nur zu. Mir kann es ja gleichgültig sein.« Er drehte sich um und ging zur Treppe hinüber.

Linnea hielt ihn nicht zurück, auch wenn sie am liebsten nach ihm gerufen hätte; doch sie brachte es nicht über sich, obwohl sie seine Gesellschaft dem Alleinsein vorgezogen hätte. Nach und nach verebbte das Geräusch seiner Schritte auf den Stufen. Jetzt war sie allein mit sich und der Furcht vor der Ungewißheit. Mit Peter de la Manse zu streiten, war wenigstens eine Ablenkung gewesen.

Sie holte tief Luft, um sich zu beruhigen; doch es war vergeblich. Um nicht völlig die Nerven zu verlieren, nahm sie sich den Reif von der Stirn und schaute sich um. Das Vorzimmer war ziemlich unverändert, außer daß der Wappenschild der de Valcourt über der Tür zum Zimmer des Burgherrn entfernt worden war. Statt dessen zeigte eine blasse Stelle in der Form eines Schildes, wo er gehangen war – und das, so lange Linnea zurückdenken konnte.

Zitternd wankte sie zur Tür, durch die sie nicht mehr gegangen war, seit dem Tod ihrer Mutter vor acht Jahren. Sie quietschte kaum, als Linnea sie öffnete. Drinnen war alles ordentlich aufgeräumt. Das riesige Bett mit den schweren Vorhängen nahm den größten Teil des Zimmers ein. Im Kamin brannte das Feuer ruhig und gleichmäßig und strahlte gerade genug Wärme aus, damit man nicht frieren mußte. Zwei Kerzenhalter standen auf den niedrigen Tischen links und rechts von der Tür, so daß das Zimmer in ein warmes goldenes Licht getaucht war. Dachte er wirklich, daß ein wenig Kerzenlicht genügte, um sie zu verführen?

Sie blickte sich weiter um und sah im hinteren Teil des Raumes eine Truhe, zwei bemalte Stühle und einen hohen Schrank; an den Kleiderhaken, die an einer Wand angebracht waren, hingen mehrere Obergewänder, die sie noch nie gesehen hatte und die folglich Axton gehören mußten.

Sie hielt inne. War er jetzt schon ›Axton‹ für sie? Nein, für sie würde er weiterhin de la Manse bleiben. Oder Mylord. Oder eben ihr Gemahl.

Nein, als ihren Gemahl würde sie ihn auch nicht bezeichnen, denn vor Gott waren sie nicht wirklich verheiratet, weil sie sich ja als Beatrix ausgab. Sie hatte schließlich auch das Ehegelübde unter falschen Voraussetzungen gesprochen.

Doch daran wollte Linnea im Augenblick nicht denken.

Sie ließ ihren Blick unruhig durch das Zimmer schweifen, bis sie jene Gegenstände erblickte, die zu seiner Ausrüstung als Ritter gehörten: Kettenhemd, Panzerhandschuhe und Helmkappe. Bestimmt besaß er auch verschiedene Waffen. Zum Beispiel einen Dolch, den sie leicht hier irgendwo verstecken könnte.

Sie ging zum Schrank hinüber und suchte zwischen den sauberen Strümpfen und leinenen Hemden nach einem Gegenstand, mit dem sie sich im Notfall in verteidigen konnte. Sie würde den Anforderungen nachkommen, die er als Ehemann an sie stellte – aber wenn er ihr weh tun sollte ...

Sie stieß auf kalten Stahl, und sie wich augenblicklich zurück. Als sie schließlich nach dem Gegenstand griff und ihn hervorzog, stellte sie fest, daß es sich um einen Dolch mit kurzer Klinge handelte.

Als sie mit dem Daumen die Klinge berührte, merkte sie sofort, daß sie alles andere als stumpf war. Aber wo sollte sie die Waffe verstecken?

Sie blickte zu dem riesigen Bett hinüber. Das Versteck mußte irgendwo in Reichweite des Bettes sein, beschloß sie, und ein Angstschauer jagte ihr über den Rücken.

Sie schloß den Schrank und trat auf das Bett zu, das für sie etwas unerhört Bedrohliches an sich hatte. Im nächsten Augenblick erschrak sie zutiefst, als sie draußen Stimmen und Schritte näherkommen hörte. Er war schon da!

Ohne lange zu überlegen, schob sie den Dolch zwischen die mit einem Fell bedeckte Matratze und das mit Schnitzereien verzierte Kopfbrett. Dann wirbelte sie herum, als die Tür auch schon aufging und ihr Ehemann vor ihr stand.

»Nun, meine Gemahlin«, sagte er, während er in der Tür stand und den ganzen Raum mit seiner bedrohlichen Präsenz erfüllte. »Endlich sind wir allein.«

Linnea trat unwillkürlich einen Schritt zurück, so daß sie mit dem Rücken gegen den Bettpfosten stieß. Ihr Herz pochte so heftig, daß sie fürchtete, es würde ihr aus dem Leib springen. Sie waren allein. Nun gab es wirklich kein Entrinnen mehr.

Er trat in das Zimmer – mit der Gewißheit eines Raubtiers, das sich seiner Beute sicher sein konnte – und schloß die Tür hinter sich.

Er machte sich nicht einmal die Mühe, sie zu verriegeln. Aber das war wohl auch nicht nötig.

»Sag mir, Beatrix«, begann er und trat langsam auf sie zu. »Wieviel hat deine Großmutter dir über deine Pflichten als Ehefrau erzählt? Ich habe die Erfahrung gemacht, daß englische Mädchen viel weniger kundig sind, als die jungen Französinnen.« Er stellte sie vor sich hin und wartete auf ihre Antwort.

Linnea hob den Kopf, entschlossen, seinem Blick zu begegnen … und ihre Furcht zu verbergen. »Sie hat mir genug darüber gesagt.«

»Aha.« Er musterte aufmerksam ihr Gesicht. »Nun gut, dann können wir ja beginnen.«

Linnea stand regungslos da und wartete. Am liebsten hätte sie die Augen geschlossen, um nicht mitansehen zu müssen, was nun geschehen würde. Aber sie blickten einander in die Augen, und sie wollte nicht als erste den Blick abwenden.

Als er jedoch keine Anstalten machte, etwas zu unternehmen, spürte sie, wie ihr der Schweiß zwischen den Brüsten hinunterlief.

»Nun?« fragte er. »Fang an, meine Gemahlin. Erfülle deine Pflichten gegenüber deinem Gemahl.«

Ihre Pflichten? Aber womit sollte sie bloß anfangen? Was sollte sie nur tun? Sie hatte gedacht, ihre Pflicht bestünde darin, alles zu ertragen, was er tat ... aber nein, da sie hatte sich offensichtlich geirrt. Verzweifelt dachte sie nach, während sie sich nervös über die Lippen leckte. Sie sah, daß er diese kleine Bewegung sehr wohl bemerkte, was sie auf einen Gedanken brachte.

Ein Kuß. Sie könnte mit einem Kuß beginnen.

Sie gab sich einen Ruck, beugte sich zu ihm und stellte sich auf die Zehenspitzen – doch er war zu groß für sie und kam ihr auch nicht entgegen, indem er sich hinunterbeugte.

Zornig darüber, daß er es wagte, mit ihr zu spielen, legte sie eine Hand um seinen Nacken und zog ihn zu sich herunter.

Kurz entschlossen drückte sie ihre Lippen auf die seinen; er legte eine Hand um ihre Taille und drückte sie so fest an sich, daß sie seinen ganzen Körper fühlte. Sie lächelte ein wenig, während er sich offensichtlich vor Lachen schüttelte.

Er lachte über sie!

Tief verletzt wandte sie den Kopf zur Seite. Doch als sie versuchte, sich aus seinem Griff zu befreien, hielt er sie unerbittlich fest.

»Du liebe Güte, du gehst ja ordentlich zur Sache. Aber meinst du nicht auch, daß alles viel einfacher wäre, wenn wir uns zuerst ausziehen? Hat deine Großmutter dir denn nicht gesagt, daß das üblicherweise der erste Schritt ist?«

Als er sie losließ, taumelte sie ein paar Schritte zurück,

und die Schamröte stieg ihr ins Gesicht. Sie wußte, daß er sich über sie lustig machte, und es war ihr überaus peinlich zu denken, wie lächerlich sie auf ihn wirken mußte.

»Vielleicht sollte ich dir ein paar Dinge beibringen, Beatrix, damit es zwischen uns keine Mißverständnisse gibt. Komm her«, sagte er und bedeutete ihr mit einer Geste, ihm zu einem der schweren Stühle beim Fenster zu folgen. Er setzte sich, die Beine ungezwungen ausgestreckt und die Ellbogen auf die Armlehnen gestützt, wobei er die Hände auf dem Bauch ruhen ließ.

»Drei Dinge erwarte ich von dir«, sagte er schließlich und hob einen Finger hoch. »Erstens, daß du dich persönlich um meine Kleider kümmerst. Du mußt sie flicken, waschen lassen und dafür sorgen, daß sie immer in Ordnung sind.«

Er hob einen zweiten Finger hoch. »Zweitens erwarte ich, daß du allein mein Bad vorbereitest und mir dabei behilflich bist. Sorg dafür, daß eine große Wanne hier hereingebracht und ans Feuer gestellt wird. Und natürlich brauchen wir auch gute Seifen. Und drittens«, fuhr er schließlich mit etwas verändertem Gesichtsausdruck fort, »will ich, daß du das Bett oder jeden anderen Platz bereitwillig mit mir teilst. Diese drei Dinge verlange ich von dir – und vielleicht auch noch, daß du dich stets sauber hältst und gut duftest. Wirst du das tun können? Und zwar bereitwillig?« fügte er hinzu und blickte sie durchdringend an.

Manche Männer wollen, daß die Frau ihre Wünsche gerne erfüllen, hatte ihre Großmutter ihr gesagt. Und es hatte ganz den Anschein, als würde er genau das von ihr erwarten. Sie mußte ihm das Gefühl geben, gern mit ihm zusammenzusein.

Sie sollte froh sein, daß er nicht grausam war, dachte sie, doch was er da von ihr verlangte, war für sie noch beängstigender. Sie zitterte unter seinem Blick. Erst als sie sich daran erinnerte, daß sie das alles für ihre geliebte Schwester und ihre Familie tat, konnte sie ihm antworten.

»Ja, ich kann es«, versprach sie ihm mit ängstlicher Stimme.

Er musterte sie aufmerksam und lehnte sich dann in seinem Stuhl zurück. »Nun gut. Es ist nicht schlimm, daß du noch nichts weißt, außer wie man küßt. Du wirst das Vergnügen schon noch früh genug lernen.«

Er streckte seine Beine weit von sich und bedeutete ihr mit einer Handbewegung, näherzukommen. »Komm zu mir, damit wir mit dem Unterricht beginnen können.«

Kaum jemals waren ihr diese Schritte so schwergefallen. Doch sie dachte an Maynard und die Wunden, die er im Kampf für seine Familie erlitten hatte – und so brachte sie schließlich den Mut auf, zu ihm zu gehen. Es waren genau sieben Schritte.

Ein spöttisches Lächeln erschien auf seinen Lippen. »Komm etwas näher.«

Sie machte noch einen Schritt, wenn auch einen ganz kleinen, so daß sie direkt vor seinen großen Stiefeln stand. »Soll ich dir die Stiefel ausziehen?« fragte sie, wohl um so lange wie möglich Distanz zu ihm bewahren zu können. Es war dumm von ihr, das Unvermeidliche hinauszögern zu wollen, doch sie konnte einfach nicht anders.

»Wenn du damit beginnen möchtest, na schön. Du ziehst mir die Stiefel aus – dafür ziehe ich *dir* etwas aus – sagen wir, dein Kleid.« Er zog eine seiner dunklen Augenbrauen fragend hoch, doch sie wußte, es war nicht wirklich eine Frage. Er hatte es ganz einfach darauf abgesehen, sie zu quälen. Und ihr blieb nichts anderes übrig, als es zu erdulden.

»So machen wir es«, stellte er fest. »Wir ziehen uns gegenseitig aus, bis wir beide nackt sind. Dann wenden wir uns der nächsten Lektion zu.«

Linnea kniete sich auf den Fußboden. Sie haßte ihn in diesem Augenblick – mehr als sie jemals einen Menschen gehaßt hatte. Aber gleichzeitig fürchtete sie ihn. An die nächste Lektion durfte sie gar nicht denken.

Ihre Hände zitterten, als sie nach dem dunkelbraunen

Stiefel griff. Sie zog fest an, ohne auf ihn Rücksicht zu nehmen. Sie wollte ihm den Schuh so rasch wie möglich ausziehen, um wieder einen Schritt von ihm entfernt zu sein.

Als sie ihm beide Stiefel ausgezogen hatte, wackelte er mit den Füßen. »Die Strümpfe. Zieh mir auch meine Strümpfe aus.«

Sie hätte ihn am liebsten angespuckt, hütete sich aber, es zu tun. Statt dessen zog sie ihm die Strümpfe aus. Der Anblick seiner schwarz behaarten muskulösen Waden weckte gemischte Gefühle in ihr. Sie verspürte so etwas wie Neugier auf seinen Körper, die ihr selbst völlig unverständlich war. Nun, ihre Neugier galt wohl dem männlichen Körper im allgemeinen, beruhigte sie sich. Männer waren offensichtlich stärker behaart als Frauen. Ob er wohl … überall Haare hatte? Der Gedanke ließ ihr die Röte in die Wangen steigen.

»Jetzt bin ich an der Reihe«, sagte er. Er beugte sich vor und zog sie an den Armen näher zu sich heran. Dann stand er plötzlich auf und hob sie hoch, als wäre sie nicht schwerer als eine Feder, um sie im nächsten Augenblick auf den Stuhl zu stellen. Mit den Händen hielt er ihre Taille umfaßt, während er zu ihr aufblickte.

»Jetzt bin ich an der Reihe«, sagte er noch einmal und blickte ihr unverwandt in ihr erschrockenes Gesicht. Dann wanderte sein Blick von ihren Augen zu ihren Lippen und schließlich zu ihren Brüsten hinunter.

Linnea erstarrte förmlich unter seinem Blick. Nein, rief alles in ihr. Sie wollte zurückweichen, doch der Stuhl hinderte sie daran.

»Ich öffne zuerst die Spange des seidenen Gürtels«, sagte er. »Und jetzt das Kleid.« Er blickte ihr wieder in die Augen, während seine Hände langsam die Schnüre des Kleides lösten.

Er spürte wohl, wie sie zitterte, denn er hielt kurz inne und blickte erneut zu ihr auf. »Du hast doch gesagt, du wärst bereit dazu«, erinnerte er sie. »Hast du es dir etwa anders überlegt?«

Linnea biß die Zähne zusammen. Sie durfte jetzt keine Angst zeigen. »Ich habe es mir nicht anders überlegt, aber ...« Sie vermied es, ihm in die Augen zu sehen.

»Aber du bist noch unerfahren und hast deshalb Angst«, sprach er den Satz für sie zu Ende.

Sie gab keine Antwort, so daß er schließlich hinzufügte: »Ich frage mich, ob du wirklich bereit dazu bist.« Er ließ seine Hände an ihren Seiten auf und ab wandern, eine seltsame Wärme durchrieselte ihren Körper. »Ich fürchte, daß du wie eine Tote neben mir liegen wirst. So ein Verhalten kann man nicht unbedingt ›bereitwillig‹ nennen. Ich glaube, ich muß dir erklären, was ich von dir erwarte.«

Er hob ihr Kleid bis zu den Brüsten hoch, so daß ihre Knie und Schenkel entblößt waren und er sie im Unterkleid sah. Dann zog er ihr das Kleid über den Kopf und warf es achtlos beiseite, bevor er wieder ihre Taille umfaßte.

Linnea hatte Angst, in Ohnmacht zu fallen. Als er ihre Hüften und Schenkel ganz leicht streichelte, und seine Hände dann wieder hinauf bis zu ihren Brüsten wanderten, bibberte sie so heftig, als hätte der Sturm, der draußen tobte, sie erfaßt.

»Kein Zweifel, du wehrst dich gegen mich. Was sollte man von einer Tochter von Edgar de Valcourt auch anderes erwarten. Aber jetzt bist du eine de la Manse, gleichgültig, ob wir beide es wollten oder nicht. Ich werde dich erobern, Beatrix de la Manse. Ich werde deinen Widerstand brechen und ein solches Verlangen in dir wecken, daß es dir selbst zuwider ist. Du wirst die Wollust genießen.«

Er umfaßte sie und drückte sie an sich, so daß ihr Bauch gegen seine Brust gepreßt wurde und sein Gesicht gegen ihre Brust.

»Nein!« rief sie entsetzt und packte ihn an den Schultern in dem Versuch, ihn zurückzustoßen. Aber er ließ nicht von ihr ab und ihr Widerstand ließ sie seine bedrohliche Nähe nur noch stärker empfinden.

»Halt still, Beatrix«, forderte er sie auf, während er sein Gesicht zwischen ihren Brüsten ruhen ließ.

»Das ... das gehört sich aber nicht«, stieß Linnea keuchend hervor.

»Zwischen zwei Eheleuten gibt es nichts, was sich nicht gehört. Sag mir die Wahrheit, Mädchen – gefällt dir das?« Er rieb seine große Hand an ihrem Hinterteil, und sie zuckte vor Scham zusammen.

»Oder vielleicht wird dich das mehr erregen.« Er küßte die Brüste durch das Leinenunterkleid und befeuchtete die Brustspitzen mit der Zunge. Sie versuchte, ihn zurückzuschieben, doch er war stärker. Als er die steifgewordenen Brustspitzen ganz sacht zwischen die Zähne nahm und im nächsten Augenblick an ihnen saugte, stöhnte sie empört auf. Sie spürte immer noch seine Hände an ihren Hinterbacken, während seine Lippen ihre Brüste quälten, bis die Empörung vor einer stärkeren Empfindung wich. Es erinnerte sie an den Hochzeitskuß, als er mit seiner Zunge etwas Unzüchtiges in ihr zum Leben erweckt hatte. Genau das tat er jetzt wieder – und sie ließ es auch noch zu.

Mit größter Mühe gelang es ihr schließlich, sich aus seiner unzüchtigen Umarmung zu befreien. Sie stolperte, doch er fing sie auf, bevor sie stürzte, und im nächsten Augenblick hatte er sie schon wieder hochgehoben. Sie spürte einen seiner Arme am Rücken, während der zweite sie unterhalb der Knie festhielt. Ihr Unterrock wurde hochgeschoben, so daß ihre Beine und auch andere Körperteile entblößt wurden.

Zum Glück konnte niemand sie sehen, niemand außer Axton. Er legte sie auf das schwarze Fell, das über das Bett ausgebreitet war, trat dann zurück, um sich des Obergewandes und des Leibrocks zu entledigen. In diesem Augenblick wurde ihr klar, wie unklug es war, ihm irgend etwas verwehren zu wollen. Er würde es sich ohnehin nehmen.

Linnea versuchte sich zu beruhigen, während er sich entkleidete. Doch der Anblick seines breiten Brustkorbs und seiner kräftigen Gestalt war zuviel für sie. Sie wich auf dem dicken Bärenfell zurück und drückte sich gegen das Kopfbrett, die Knie angezogen und die Arme schützend um die Beine gelegt. Als er schließlich auch die Unterhosen auszog, schloß sie die Augen. Sie wollte ihn auf keinen Fall nackt sehen.

Sie hörte sein leises Kichern, bis sie spürte, wie er sich zu ihr aufs Bett setzte. »Das muß auch noch weg«, sagte er ungeduldig und zog an ihrem Unterkleid. Wie zu Stein erstarrt saß sie da, die Augen fest geschlossen, während sie zuließ, daß er ihre Arme anhob und ihre Beine streckte, um sie auch noch dieses letzten Kleidungsstücks zu berauben.

Erst als sie seine Finger in ihrem Haar spürte, das er ihr über die nackten Schultern breitete, wagte sie es schließlich, ihn anzublicken.

»Ich nehme es dir nicht übel, daß du Angst hast«, murmelte er, und sie war überrascht, wie ernst er sie auf einmal ansah. Er wickelte sich eine goldfarbene Haarsträhne um den Finger. »Aber ich werde es nicht zulassen, daß meine Frau auf der Seite meines Feindes steht. Ich will, daß du ganz mein bist, Beatrix, und ich werde deinen Willen brechen, wenn es sein muß. Wage es nicht, dich mir zu widersetzen«, drohte er. »Das würde Konsequenzen haben, die dir sicher nicht gefallen.« Er zog sachte an der Haarsträhne in seiner Hand. »Und jetzt werde ich dir die Freuden des Ehelebens zeigen.«

Sie würde sich ihm nicht widersetzen, sagte sie sich, als er sie an den Fußknöcheln nahm und auf dem Bett ausstreckte. Das riesige Bärenfell unter ihr verursachte ihr ein seltsames, ziemlich unzüchtiges Prickeln auf der Haut. Der Blick, mit dem er sie ansah, verstärkte diese Empfindung noch. Sie drehte sich zur Seite, weil sie sich schämte, unverhüllt gesehen zu werden – doch er drehte sie wieder auf den Rücken und beugte sich über sie, auf Arme und Knie gestützt.

»Das erstemal wird es weh tun«, sagte er, während er ihre Beine auseinanderdrückte. »Aber wir bringen das rasch hinter uns, damit du es nachher um so mehr genießen kannst.«

Mit diesen Worten setzte er sich auf die Fersen zurück und ließ seine Hände ihre Beine hinaufgleiten, bis sie ihre Hüften und den Bauch erreichten. Es war ganz eigenartig, von ihm berührt zu werden. Etwas in ihr war empört, auch verängstigt; aber da war auch etwas, das seine Berührung als gar nicht unangenehm empfand. Er streichelte sie, so wie man ein unruhiges Pony streichelte, um es wieder zu beruhigen.

Erneut traute sie sich, ihn zu betrachten – sein Gesicht, seine breite behaarte Brust und den flachen muskulösen Bauch. Im nächsten Augenblick hielt sie schockiert und gleichzeitig fasziniert inne, als sie jenen Körperteil zwischen seinen Beinen sah, der eine erschreckende Größe erreicht hatte.

Es wird ganz lang und hart, hatte ihre Großmutter ihr gesagt. Aber *so* lang ..., fragte sie sich in ihrer Angst.

Noch bevor sie reagieren konnte, wanderte seine Hand direkt zwischen ihre Beine, wo dieses beängstigende Ding in sie eindringen würde. Er liebkoste sie, und sie starrte ihn ungläubig an. Linnea hatte plötzlich das Gefühl, daß eine Glut in ihr entfacht wurde, von der sie nicht gewußt hatte, daß es sie gab.

Es war nicht viel mehr als ein kleines Flämmchen, das in ihr brannte – aber als er seinen Finger ein Stück weit in sie hineingleiten ließ, sprang sie fast aus dem Bett.

»Nein! Nicht!« rief sie und versuchte die Beine zusammenzupressen, doch seine Knie hinderten sie daran. Sie wollte zurückweichen, doch er hielt sie mit einer Hand an ihrer Hüfte zurück.

»Das erstemal mache ich es sehr schnell«, versprach er und beugte sich im nächsten Augenblick über sie. »Es ist gleich vorüber. Und danach ...«

Linnea hörte nicht mehr, was danach sein würde, denn sie spürte dieses riesige Ding auf ihrem Bauch, das sie an ein brennendes Holzscheit erinnerte. Er wich ein Stückchen zurück, bis sie die Spitze des Dings an der gleichen Stelle spürte, wo er sie vorsichtig mit dem Finger liebkost hatte.

»Warte – nein!« rief sie in ihrer Angst, wobei sie an nichts anderes mehr denken konnte, als ihm zu entgehen. »Ich bin die falsche ...«

»O nein, du bist die Richtige für mich«, entgegnete er mit heiserer Stimme, so daß sie ihm nicht beichten konnte, wer sie wirklich war. Im nächsten Augenblick war er ganz in ihr.

Er machte es sehr schnell, wie er gesagt hatte, doch der Schmerz war dennoch erheblich. Es brannte höllisch und sie blutete auch – doch sie schrie nicht. Sie wollte sich wenigstens ihr letztes bißchen Stolz bewahren. Die Tränen, die sie nicht zurückhalten konnte, verloren sich in ihrem Haar und in dem schwarzen Bärenfell.

Während sie versuchte, ruhig zu bleiben, bewegte er sich in einem langsamen Rhythmus in ihr, aber jedes neue Eindringen verursachte ein unangenehmes Gefühl und jedes Zurückweichen gewährte eine nur allzu kurze Verschnaufpause.

Als er ihr schließlich ins Gesicht blickte, sah Linnea weg und biß entschlossen die Zähne zusammen. Sie würde es schon überleben.

Seine Bewegungen wurden immer schneller, und er atmete immer schwerer – und sie stellte zu ihrer Überraschung fest, daß der Schmerz nachließ. Er zog sich fast ganz aus ihr zurück, um dann ganz langsam wieder einzudringen.

»Oh«, entfuhr es ihr, und sie preßte die Lippen zusammen. Als er dasselbe wiederholte, fühlte es sich gar nicht mehr wie ein brennendes Holzscheit an, sondern wie etwas Feuchtes und Samtiges, wenn es auch nach wie vor sehr hart war.

»Heiliger Judas Thaddäus«, flüsterte sie, als ein Wonneschauer sie durchzuckte.

Axton drang ganz in sie ein und zog sich wieder zurück. »Antwortet der heilige Judas auf deine Bitten? Oder ist es dein Ehemann, der deine Wünsche erfüllt?«

Als er sich wieder schneller bewegte, konnte sich Linnea dem Rhythmus nicht entziehen. Und je heftiger er zustieß, um so stärker wurde ihr Verlangen, sich gegen ihn zu pressen.

Plötzlich ging ein Ruck durch ihn durch, so als hätte ihn jemand geschlagen. Sie spürte das Beben seiner schweißnassen Schenkel an den ihren, und seine Arme, die sie umklammert hielten, fühlten sich so hart wie Eisen an.

Er stieß noch ein-, zweimal zu, ehe er sich mit seinem vollen Gewicht schwer atmend auf sie sinken ließ.

Linnea wußte nicht, was sie tun sollte. Sie zog ihre Hände von seinen Armen zurück, die sich wieder entspannten – doch das änderte nichts an dem Gefühl der Peinlichkeit, das sie beschlich.

Er hatte sie sehr erregt – zumindest jenen Teil in ihr, der sündig war und den sie so sehr zu verdrängen versucht hatte. Ganz offensichtlich war er fertig – und es stimmte durchaus, was er über diesen Vorgang gesagt hatte. Nun jedoch verursachte sein erschöpfter Körper, der auf ihr lag, seltsame Empfindungen in ihr – so als hätte er etwas begonnen, das nicht ganz zu Ende geführt worden war. Doch es bestand kein Zweifel, daß er selbst sein Ziel erreicht hatte.

Was sollte nun geschehen?

Als er wieder tief atmete, hatte sie das Gefühl, als schliefe er. Sie versuchte sich unter ihm zu drehen, was ihr jedoch nicht gelang. Im nächsten Augenblick regte er sich wieder, stützte sich auf einen Ellbogen und schaute auf sie.

»Nun, meine Gemahlin, das Schlimmste haben wir hinter uns.«

Linnea blickte zu ihm auf – es ließ sich nun einmal nicht vermeiden. Es war etwas unerhört Intimes, wie sie so ineinander verschlungen dalagen und sein Geschlecht immer noch in ihr war. Doch auf der anderen Seite war es ihr unerträglich, seinem durchtriebenen Blick zu begegnen. Wie konnte sie nur hoffen, daß er nicht hinter ihr Geheimnis kam? Es war ihr, als bräuchte er ihr nur lange genug in die Augen zu sehen, um die Wahrheit zu erkennen.

Sie schloß die Augen und hätte auch das Gesicht abgewandt, wenn er sie nicht am Kinn festgehalten hätte.

»Schau mich an«, forderte er sie auf. Seine Stimme klang weder gutgelaunt noch nachsichtig.

Linnea tat, was er von ihr verlangte, denn sie hörte sehr wohl den Zorn, der in seinen Worten mitschwang, wenngleich sie den Grund dafür nicht kannte. Hatte sie denn nicht alles getan, was er von ihr verlangt hatte? Doch sein Blick war hart und unnachgiebig, während sein Körper sich spürbar anspannte.

»Du wirst dich nicht von mir abwenden, Beatrix. Ist dir eigentlich klar, daß deine Familie achtzehn Jahre lang mir und meiner Familie unser rechtmäßiges Zuhause verwehrt hat? Aber Maidenstone gehört jetzt wieder mir. Niemand wird uns mehr von hier abweisen – und auch du wirst mich nicht abweisen, jetzt, da wir verheiratet sind. Du wirst mir Genugtuung verschaffen, hier in diesem Bett ...«

Mit diesen Worten drückte er ihre Beine auseinander und drang tiefer in sie ein, doch obwohl es diesmal nicht weh tat, hatte Linnea noch größere Angst als zuvor. Er war zornig, und er tat es, um sie dafür zu bestrafen, was ihr Vater ihm angetan hatte. Sie wußte nur wenig darüber, was in einer Ehe vor sich ging – aber sie war überzeugt, daß es falsch war, den anderen auf diese Weise zu bestrafen.

»Nein! Du kannst doch nicht ... Halt!« rief sie und wand sich in seinem Griff, was jedoch nichts nützte, so daß sie schließlich nach ihm schlug und ihn am Arm, an den Schultern und sogar am Kopf traf.

Aber er war wie eine Statue aus Stein, der man nichts anhaben konnte. Das machte Linnea noch verzweifelter. Zuvor war es schon schlimm genug gewesen, doch er hatte sie wenigstens nicht grausam behandelt. Nun jedoch ...

Sie schlug ihn hart mit der Faust gegen das Ohr – doch er stieß ihre Hand zur Seite, so daß sie schmerzhaft gegen das Kopfbrett prallte. Da erinnerte sie sich in ihrer Verzweiflung an den Dolch.

Der Dolch!

Er begann sich im gleichen Rhythmus wie vorher zu bewegen, doch Linnea war zu verzweifelt um Vergnügen daran zu haben. Er tat es allein, um ihr weh zu tun.

Ihre Finger schlüpften tastend zwischen die Matratze und das Holz und suchten nach der Waffe. Sie würde sich wehren. Sie würde seinem beleidigenden Treiben ein Ende setzen.

Endlich spürte sie das kalte Metall und den Griff aus Elfenbein. Sie packte den Dolch mit der linken Hand und stieß fest zu – in der verzweifelten Hoffnung, ihn dadurch zu stoppen.

»Lieber Himmel!« Kaum daß der Dolch auf ihn zukam, wich er auch schon zur Seite – wenn auch nicht schnell genug –, und bevor Linnea erneut zustoßen konnte, hatte er sie schon am Handgelenk gepackt und drückte ihre Hand gnadenlos auf das Bärenfell nieder.

»Du Miststück!« stieß er wütend hervor. Linnea wußte, daß sie so gut wie tot war. Er würde sie töten für das, was sie soeben getan hatte. Aber zuerst würde er sie leiden lassen, befürchtete sie. Herzlos und grausam, wie er war, würde er bestimmt dafür sorgen, daß sie Höllenqualen litt, weil sie es gewagt hatte, sich gegen ihn zu wenden.

Sie bemühte sich, seinen finsteren Blick zu erwidern – doch die Tränen in ihren Augen hinderten sie daran. Im ungünstigsten Augenblick kamen sie und ließen sich nicht zurückdrängen.

»Mit Tränen erreichst du gar nichts bei mir«, knurrte er. »Sie werden dich auch nicht vor deiner Strafe bewahren, genausowenig wie deine armselige Waffe.«

»Deine Waffe ist es, die so armselig ist«, schleuderte sie ihm entgegen, denn es war ihr gleichgültig, ob sie ihn damit weiter erzürnte. Sie wußte nur, daß sie ihm die Stirn bieten mußte – denn ihr Schicksal war so oder so besiegelt.

»Meine Waffe? Armselig?«

Obwohl er überaus empört schien, stichelte Linnea weiter: »Ja. Armselig. Und du bist ein Narr, daß du sie im Schrank liegen hast lassen, wo ich sie leicht finden konnte.«

Er starrte wortlos auf sie hinunter. Im nächsten Augenblick begann er völlig überraschend und ohne erkennbaren Grund zu lachen. Zuerst war es nur ein Kichern, doch nach und nach wurde es immer heftiger, so daß nicht nur sie, sondern das ganze Bett bebte.

»Meine armselige Waffe«, stieß er zwischen jeder Lachsalve immer wieder hervor. »Meine armselige Waffe!«

War er jetzt völlig übergeschnappt? Hatte es jemals einen Mann gegeben, der so verrückt war wie er? Linnea konnte ihn nur wortlos anstarren. Sie verstand zwar nichts, war aber erleichtert, daß er sie nun offenbar doch nicht erwürgen würde – zumindest nicht sofort.

Er lag immer noch auf ihr und sorgte mit seinem Gewicht und seiner Kraft dafür, daß sie sich nicht bewegen konnte. Er hielt immer noch ihr Handgelenk umfaßt, und sie hatte auch noch den Dolch in der Hand. Von seiner rechten Schulter floß Blut an seinem Arm herab.

»Was wirst du jetzt tun?« wollte Linnea wissen, als sie die Ungewißheit nicht mehr ertrug.

»Was ich jetzt tun werde? Jetzt will ich doch sehen, was ich mit meiner armseligen Waffe ausrichten kann.«

Linnea hatte das Gefühl, daß ihr Herz stehenblieb. Heiliger Judas Thaddäus, dachte sie, ihre Lage war nie hoffnungsloser gewesen als in diesem Augenblick.

Er rollte sich von ihr herunter, wobei er ihr Handgelenk nicht losließ, um sie im nächsten Augenblick über sich zu ziehen, so daß sie rittlings auf ihm saß.

»Jetzt bist du an der Reihe«, forderte er sie auf. Er zog ihre Hand näher zu sich und küßte zuerst ihr Handgelenk und dann ihre Finger, die immer noch den Dolch festhielten. Doch er blickte ihr dabei unverwandt in die Augen. »Na los. Jetzt kannst du dich mit meiner armseligen Waffe vergnügen.«

Er mußte völlig den Verstand verloren haben, dachte Linnea. Im nächsten Augenblick ging ein Ruck durch sein Geschlecht, und sie begriff endlich. Seine armselige Waffe? Dieses riesige Ding?

Er lachte und hob sie ein Stückchen hoch, um in sie eindringen zu können. »Wenn sie tatsächlich armselig ist, dann nur deshalb, weil sie in letzter Zeit ein wenig aus der Übung gekommen ist. Aber das wird sich ja jetzt alles ändern, nicht wahr?«

Und mit diesen Worten umfaßte er ihre Taille und zog sie nieder, so daß sie auf ihm saß und er ganz in ihr war. Dann begann er neuerlich ihre Hand zu küssen, wobei der Dolch sich gefährlich seinem Hals näherte.

Konnte sie ihn denn töten, fragte sich Linnea. Konnte sie schnell genug zustoßen? Hatte sie den Mut, es überhaupt zu versuchen?

Doch er bewegte sich in ihr auf und ab, und der langsame Rhythmus, den er einschlug, nahm sie allzusehr in Anspruch, um noch länger daran denken zu können, ihn zu ermorden. Während er mit seiner männlichen Waffe ihr Inneres streichelte, liebkoste er mit Lippen und Zunge ihre Hand. Und mit seinem Blick streichelte er alles andere an ihr – ihre Brüste, ihren Bauch und ihr Gesicht.

Ihr volles langes Haar umhüllte sie beide wie ein Mantel. Es war wie ein geheimnisvolles, gefährliches Spiel, dem sie sich hingaben, und jeder von ihnen besaß seine Waffe. Doch es war nun nicht mehr Schmerz oder Angst, was Linnea empfand. Er beanspruchte ihren Körper nun nicht mehr im Zorn, sondern auf mehr spielerische Weise. Sie saß rittlings auf ihm und hielt einen Dolch nahe an seinem Hals.

Auch wenn ihr klar war, daß er die Rollen jederzeit wieder vertauschen konnte, wenn er wollte, so empfand sie doch ihre momentane Situation als nicht ganz unangenehm. Ja, das Feuer, das zwischen ihnen loderte, verschaffte ihr ungeahnte Wonnen, die sich steigerten, wenn sie sich auf ihm bewegte. Zu ihrer Überraschung stellte sie fest, daß sie selbst es war, die die Führung in diesem wunderbaren, gefährlichen Spiel innehatte.

Als er ihr Handgelenk schließlich losließ und ihre Hüften mit beiden Händen umfaßte, hatte sie den Dolch bereits völlig vergessen. Seine Berührung trieb sie zu einem immer schnelleren Rhythmus an, bis irgend etwas in ihr zu zerspringen schien, um sich einen Weg ins Freie zu bahnen – und sie schrie auf, als sie diesen unerhörten Ausbruch gewähren lassen mußte.

Doch er hörte nicht auf. Er stachelte sie immer weiter an, bis die Wonne fast in Schmerz umschlug und er schließlich mit einem Schrei zusammenzuckte und seine flüssige Glut in sie ergoß.

Linnea sank auf ihn nieder und rang nach Luft. Sie spürte das wilde Pochen seines Herzens an ihrer Brust, doch vor allem spürte sie *ihn.* Sie nahm seine Hand wahr, wie er sie auf das Bett hinunterrollte, wobei ihre Beine ineinander verschlungen blieben und ihr Bauch den seinen berührte. Sie fühlte seinen Atem auf ihrer Haut und nahm den scharfen Duft wahr, der von ihrem intimen Zusammensein kündete.

Nur den Dolch nahm sie nicht mehr wahr, den sie irgendwann, ohne es zu wissen, auf den Fußboden hatte fallen lassen. Sie sah auch die Kerzen nicht mehr, die auf den Tischen standen und das Zimmer in ein goldfarbenes Licht tauchten.

Als sich ihre Augen schlossen und sie in einen tiefen, entspannten Schlaf fiel, bekam sie nicht mehr mit, wie verwirrt ihr frisch angetrauter Ehemann sie anblickte.

8

Axton erwachte und griff instinktiv nach der Waffe. Nicht nötig, sagte er sich, als er erkannte, daß er sich in einem Bett befand und eine Frau an seiner Seite lag.

Er holte tief Luft und atmete langsam aus, um sich zu entspannen. Dann erst fiel ihm ein, wie er hierhergekommen war. Das Bett stand im Zimmer des Herrn von Maidenstone Castle. Und die Frau war die Tochter von Edgar de Valcourt.

Sie war seine Frau.

Während er sich in der beginnenden Morgendämmerung räkelte, spürte er die Schlafende dicht neben sich. Einer ihrer Füße lag an seinem Unterschenkel, ihr Hinterteil berührte seine Hüfte, und eine Strähne ihres langen Haars hatte sich in seine Armbeuge verirrt.

Er hätte sie vergangene Nacht bestrafen sollen, sagte er sich, als er sich alles in Erinnerung rief, was passiert war. Er hätte ihr klarmachen sollen, daß es ihr nicht zustand, sich gegen ihn zu wenden. Sie hatte ihn sogar verletzt …

Doch anstatt sie zu bestrafen, hatte er sie geliebt, als wäre sie die einzige Frau auf der Welt für ihn und diese Nacht seine einzige Chance, mit ihr zusammenzusein.

Es hatte ihn nicht wenig erstaunt, daß sie als Jungfrau in der Lage war, eine solche Erfüllung zu finden. Noch mehr erstaunte ihn, daß er überhaupt darüber nachdachte.

Und absolut unverständlich war ihm, daß er sie jetzt, in diesem Augenblick, schon wieder begehrte.

Doch die wachsende Erregung, die er verspürte, brachte alle anderen Argumente zum Schweigen. Sie war seine Frau, und er begehrte sie. Er brauchte keine Entschuldigungen oder Erklärungen. Er konnte tun mit ihr, was er wollte, und niemand konnte ihn daran hindern.

Schon gar nicht sie, dachte er voller Selbstgefälligkeit.

Er drehte sich auf die Seite und schlug das schwere Bärenfell zurück, mit dem sie beide zugedeckt waren. Er hatte die Absicht gehabt, seine ganze Wut, die sich in ihm angestaut hatte, an ihr auszutoben – doch aus irgendeinem Grund war die Wut irgendwann verraucht.

Als sie die Augen geschlossen hatte, um ihn nicht mehr sehen zu müssen, hatte er gebebt vor Zorn. Und als sie dann noch mit dem Dolch auf ihn losging, hätte er sie erwürgen können. Aber irgend etwas – vielleicht ihr Mut, ihre Tränen, oder auch ihre unfreiwillige Anspielung auf seine armselige Waffe – hatte seine Wut zu purer Leidenschaft werden lassen.

Er spürte ihre leichte Gänsehaut und sog den Duft in

sich auf, der von ihr ausging – ein Duft, der von ihrer Liebesnacht gesättigt war und der seine Erregung mit jedem Augenblick wachsen ließ.

Seine Finger wanderten zu dem Spalt zwischen ihren wohlgeformten Hinterbacken hinunter. Zwei Grübchen befanden sich am oberen Ende der sanften Rundung. Wenn er nicht achtgab, dann würde sie bald mit ihm machen, was sie wollte – so heftig fühlte er sich zu ihr hingezogen.

Mit einem Stirnrunzeln zog Axton die Hand zurück. Er mußte ihr zeigen, wer hier der Herr war. Und wenn er es nicht dadurch erreichte, daß sie Angst vor ihm hatte, dann mußte es eben durch die Leidenschaft geschehen. Das Geheimnis eines jeden Kampfes bestand darin, die Schwäche des Gegners zu erkennen und gnadenlos auszunutzen. Das hatte schon bei ihrem Vater Erfolg, und es würde auch bei ihr das richtige Mittel sein. Sie war eine Frau von großer Leidenschaft – die er zu seinem Vorteil ausnutzen mußte.

Ja, er würde sie mit Hilfe ihrer eigenen Leidenschaft an sich binden. Er würde sie zur Sklavin ihres Verlangens machen, bevor sie ihn zum Sklaven machte. Auf diese Weise würde er sie im Bett bezwingen – und an jedem anderen Ort, wo es ihm beliebte.

Er lächelte bei dem Gedanken. Wenn er sie in der Küche oder der Waschküche oder auch im Kräutergarten antreffen sollte, würde er einfach alle Anwesenden wegschicken und ihren Körper genießen, wie es ihm gefiel. Es schadete gar nicht, wenn alle in der Burg wußten, welche Genüsse sie ihm bescherte, und welchen Genuß sie von ihm empfing.

Auf diese Weise würde man sehen, daß sie sich von ihrem Vater löste – und das würde Axton jene Genugtuung verschaffen, die er sich wünschte. Er würde seine widerspenstige Frau an sich binden. Vielleicht würde er sie sogar dazu bringen, ihn zu lieben.

Mit einem Gefühl des Triumphs drehte Axton sie auf den Rücken und betrachtete ihre sanften Rundungen. Ihr zerzaustes Haar war wie goldene Seide. Nicht der geringste Makel war an ihrer alabasterweißen Haut zu erkennen. Wie wunderbar sie gebaut war, mit ihrer schmalen Taille und den vollen Brüsten …

Linnea erwachte mit Gefühlen, für die sie keinen Namen hatte. Es war wie das Sonnenlicht, das sie von innen her wärmte, obwohl es gerade erst zu dämmern begann. Es war wie die saftige Fülle reifer Pfirsiche und gleichzeitig so gewaltig wie ein heftiges Gewitter.

Sie streckte sich, und es war ihr, als wäre sie selbst ein süßer, saftiger Pfirsich – so voll und reif …

Da spürte sie eine Hand, die an ihrem Körper entlangglitt – eine Berührung, die für Linnea etwas Beunruhigendes an sich hatte. Im nächsten Augenblick nahm sie ein sanftes Ziehen an ihren Brustwarzen wahr …

»O nein!« Sie wich zurück – oder versuchte es zumindest. Doch eine riesige dunkle Gestalt drückte sie auf das Bett nieder. Es war nicht *ihr* Bett, in dem sie lag. Dieses Bärenfell gehörte ganz bestimmt nicht ihr.

Sie schlug die Augen auf, und obwohl es noch dunkel im Zimmer war, erkannte sie ihn. Axton de la Manse. Ihr Ehemann.

»Heiliger Judas Thaddäus …«, murmelte sie wieder und wieder, während er ihre Brüste liebkoste. Er sollte das nicht sooft tun – und sie sollte sich nicht so bereitwillig diesen Empfindungen hingeben.

Doch es fiel ihr nun einmal nicht leicht, diesen Genüssen zu widerstehen, und das wußte er genau.

Er hielt ihre Brüste mit seinen großen Händen fest und bedeckte sie abwechselnd mit feurigen Küssen. Eine sanfte Glut erwachte tief in ihr, die rasch anwuchs und ganz von ihr Besitz ergriff.

Das durfte einfach nicht sein. Es war bestimmt unzüchtig, was er da tat – dennoch reagierte sie nicht so darauf, wie es sich gehört hätte. Als er in sie eindrang, preßte sie ihm unwillkürlich ihre Hüften entgegen. Er nahm ihr Gesicht in beide Hände und mit jedem Stoß fühlte sie, wie ihr letzter Widerstand allmählich gebrochen wurde.

Die Vereinigung ihrer Körper war intimer als alles, was sie je kennengelernt hatte. Doch daß sie einander dabei in die Augen blickten ...

Sie spürte wieder dieses unerhörte Gefühl, das tief in sie drang und das unweigerlich in eine ungeheure explosionsartige Erschütterung münden würde. Unbeirrt trieb er sie auf diesen Höhepunkt zu, und in seinem Blick war deutlich zu erkennen, daß er genau das beabsichtigte.

Linnea schloß die Augen, als sie seinen Blick nicht mehr ertrug. Doch sie wußte, daß seine Augen nach wie vor auf ihr ruhten. Gewiß bemerkte er die Röte auf ihren Wangen und ihr atemloses Keuchen, bis sie schließlich den Atem anhielt und mit einem Schrei zur Erfüllung gelangte.

Da erbebte auch er am ganzen Körper und stieß einen erstickten Schrei aus. Im nächsten Augenblick rollte er sich von ihr herunter.

Eine Weile lagen sie schweigend da – im selben Bett, doch meilenweit voneinander entfernt. Beide waren sie schweißgebadet und dennoch durch einen Abgrund der Kälte voneinander getrennt. Zuerst diese Intimität ... und jetzt diese unerklärliche Einsamkeit. Linnea zitterte und schämte sich ihrer Nacktheit.

»Warte«, befahl er, als sie von ihm wegstrebte und sich im Bett aufsetzte. Er packte sie am Handgelenk und drehte sich zu ihr, um sie aufmerksam zu betrachten. Wenngleich es noch dunkel im Zimmer war und ihr langes Haar ihren Rücken vor seinem Blick verdeckte, fühlte sie sich doch entblößt.

»Ich ... ich muß hinaus ...«, stammelte sie. Sie brachte es nicht über sich, ihm zu sagen, daß sie auf das stille Örtchen mußte. Zu ihrer Erleichterung ließ er ihre Hand los.

»Komm nachher wieder ins Bett zurück. Ich bin noch nicht fertig mit dir.«

Sie wandte sich ruckartig zu ihm um. »Nicht fertig? Aber ... aber ...« *Wie konnte es denn sein, daß sie noch nicht fertig waren!* »Aber es wird ja schon Tag«, flüsterte sie fassungslos.

»Bei Tageslicht ist es sogar noch schöner«, erwiderte er grinsend. »Da kann ich den schönen Körper meiner Frau besser sehen.«

Linnea sprang aus dem Bett und griff rasch nach ihrem Unterkleid. »Ich hatte doch angenommen, daß du genug … *davon* gehabt hast.«

»Ein Mann bekommt nie genug … *davon*«, sagte er, indem er sie nachäffte. »Vor allem, wenn man eine Frau hat, die so hübsch und wohlgestaltet ist. Du bist wie geschaffen für die Liebe mit deiner zarten Haut, deinen vollen Brüsten und deinem seidenweichen Haar. Obwohl du noch Jungfrau warst, hast du ein Temperament, wie ich es von einer de Valcourt nicht erwartet hätte.«

Es war, als reagiere ihr ganzer Körper auf seine anerkennenden Worte. Sie spürte ein eigenartiges Prickeln auf der Haut, ihre Brüste spannten sich und selbst ihre Haare schienen sich zu regen. Am meisten aber sprach jene Grotte zwischen ihren Beinen auf seine lobenden Worte an. Sie war sowohl von der Erinnerung an das Erlebte als auch von einer gewissen Vorfreude erfüllt. Als er jedoch ihren Familiennamen aussprach, waren all diese Empfindungen wie ausgelöscht.

Sie war gewiß die einzige in ihrer Familie, die so empfänglich für seine Wünsche und Forderungen war. Beatrix hätte sich ihm bestimmt nicht so ohne weiteres hingegeben. Aber sie war eben nicht Beatrix. Sie war die Zweitgeborene, die Böse von ihnen beiden. Hätte sie gewußt, daß sie auf sein Drängen mit solcher Leidenschaft reagieren würde, dann hätte sie einen so unsinnigen Vorschlag überhaupt nie gemacht. Aber jetzt war es nicht mehr rückgängig zu machen.

»Ich habe heute einige Dinge zu tun«, brachte sie mühevoll hervor und schlüpfte in ihr Unterkleid.

»Du hast vor allem für mich dazusein. Für meine Wünsche und Bedürfnisse.«

»Aber … irgend jemand muß sich doch um die Küche kümmern.«

»Das kann deine Großmutter tun.«

»Aber … was wird aus meinem Bruder? Ich muß nach seinen Wunden sehen.« Sie starrte ihn fast verzweifelt an; es verlangte sie danach, sich dem Einfluß seines eindringlichen Blicks und seines imposanten nackten Körpers zu entziehen. Selbst in dem noch schwachen Licht, das durch die beiden Fenster hereindrang, konnte sie mehr von seinem Körper erkennen als ihr lieb war. Sie sah seine breite Brust mit dem dunklen Haar, die schmalen Hüften sowie die kräftigen Schenkel. Und natürlich dieses schier unersättliche Ding zwischen seinen Beinen, diese Waffe, dachte sie, als sie sich an die vergangene Nacht erinnerte. Nein, als armselig konnte man dieses Ding wirklich nicht bezeichnen, denn es war wohl die mächtigste Waffe, über die er ihr gegenüber verfügte.

Als ihr bewußt wurde, welchen Körperteil sie so eindringlich anstarrte, blickte sie schnell zu seinem Gesicht auf. Er lächelte nur, so als könnte er ihre Gedanken lesen.

»Nun?« fragte sie in der Hoffnung, das Gespräch in etwas andere Bahnen zu lenken. »Kann ich jetzt zu meinem Bruder gehen?«

Er überlegte einen Augenblick, ehe er zu ihrer Überraschung nickte. »Aber beeil dich und komm bald zu mir zurück. Ich verspüre einen Hunger, den ich unbedingt stillen möchte, noch bevor ich mein Frühstück zu mir nehme.«

Seine Worte trieben ihr die Röte in die Wangen, doch Linnea gelang es irgendwie, einen kühlen Kopf zu bewahren. Wenn er sie so sehr begehrte, dann würde er vielleicht zustimmen, Maynard an einen etwas angemesseneren Ort zu verlegen. »Wenn … wenn du mir eine Frage gestattest, Axton …«, begann sie, »darf ich meinen Bruder in ein besseres Zimmer bringen lassen?« Sie hielt den Atem an, während sie auf seine Antwort wartete.

Das Lächeln verschwand aus seinem Gesicht. »Du kannst ihn meinetwegen aus dem Gesindehaus fortschaffen – und in den Schuppen verlegen«, fügte er mit kalter Stimme hinzu.

»O bitte«, platzte es aus ihr heraus. Sie rang die Hände und trat zu ihm hin. »Er braucht einen sauberen, ruhigen Ort, wo seine Wunden besser heilen können.«

Axton setzte sich im Bett auf; es schien ihm nichts auszumachen, daß er völlig nackt war. »Wenn du mich überreden willst, solltest du dir ein anderes Argument einfallen lassen. Was sollte ich davon haben, daß er gesund wird? Es würde mir nur gelegen kommen, wenn er stürbe.«

Als er ihren entsetzten Blick sah, schenkte er ihr ein Lächeln. »Ich habe nicht die Absicht, ihn zu töten, Beatrix. Sonst hätte ich es längst getan.«

Linnea atmete zitternd aus. Gott sei Dank. Doch sie mußte ihn irgendwie dazu überreden, Maynard verlegen zu dürfen. Nachdenklich blickte sie ihn an. Er wollte also, daß sie ihn überzeugte – oder es zumindest versuchte. Nun, was würde wohl Beatrix in diesem Moment sagen?

Linnea zwang sich, ihn besonders liebenswürdig anzusehen. »Ich danke dir dafür, daß du ihn am Leben läßt.« *Auch wenn du es warst, der ihm seine schrecklichen Wunden zugefügt hat.* »Wenn du mir diesen einen Wunsch erfüllst, so verspreche ich dir, daß ich dir eine gute Ehefrau sein werde ...«

»Das hast du ohnehin schon versprochen – vor Gott und der Kirche und vor allen Menschen hier auf Maidenstone.«

Linnea verbiß sich eine scharfzüngige Bemerkung. Statt dessen trat sie einen Schritt auf ihn zu, die Hände vor Aufregung gefaltet. »Bitte ... betrachte es als kleines Hochzeitsgeschenk für mich«, sagte sie, wobei ihr bewußt war, daß ihre kleine List recht wagemutig war.

»Ein Hochzeitsgeschenk«, murmelte er und sah ihr eindringlich in die Augen. Dann lächelte er plötzlich. »Ach ja, wo wir gerade davon sprechen – ich habe tatsächlich ein Hochzeitsgeschenk für dich. Komm zu mir.«

Linnea erstarrte förmlich. Ein Hochzeitsgeschenk? Wenn das wieder einer dieser derben Scherze war, wie Männer sie *so* gern machten, und es in Wirklichkeit um seine ›Waffe‹ ging ...

Zu ihrer Überraschung stand er auf und hob sein Obergewand vom Fußboden auf. »Komm zu mir«, sagte er noch einmal.

Als er sich wieder aufrichtete, hielt er einen kleinen Beutel in der Hand. Wenngleich Linnea zögerte, sich ihm zu nähern – schließlich war es ihm zuzutrauen, daß er sie erneut an sich zog und mit seinen Liebkosungen betörte –, trat sie widerwillig zu ihm hin. Als sie direkt vor ihm stand, öffnete er den Beutel und zog eine filigrane Goldkette hervor.

Selbst in dem schwachen Licht des frühen Morgens konnte Linnea erkennen, daß es sich um ein besonders schönes Schmuckstück handelte. Es war eine unerhört zarte goldene Kette, die mit leuchtendroten Edelsteinen besetzt war. Und dieses Schmuckstück sollte ihr gehören. Nie hatte sie irgendeinen Schmuck getragen. Nicht einmal Beatrix hatte je etwas so Auserlesenes besessen.

Linnea blickte von der langen Kette zu ihm auf. »Sie ist wunderschön«, sagte sie.

»Ja, das ist sie«, antwortete er mit funkelnden Augen. »Heb dein Unterkleid hoch.«

»Wie bitte?« Linneas Augen weiteten sich vor Schreck, doch im nächsten Augenblick spürte sie nur noch Zorn. »Wie ... wie kannst du es wagen!« stieß sie empört hervor. »Ich bin doch keine Hure, daß ich mir auf diese Weise Edelsteine verdiene!«

Er lachte laut auf, was ihre Wut nur noch steigerte. »Du bist widerlich! Hat dir dein Vater das beigebracht? Hat er deine Mutter auch so behandelt?«

Seine gute Laune schwand augenblicklich. Linnea war alles andere als erfreut, als sie die Härte in seinen Augen wahrnahm. »Ich werde dir deine scharfzüngigen Bemerkungen schon noch abgewöhnen. Ich warne dich – sprich niemals wieder von meinem Vater oder meiner Mutter. Weder zu mir noch zu sonst jemandem. Das werde ich nicht dulden!«

Er blickte sie mit finsterer Miene an. »Und jetzt heb dein Unterkleid hoch.«

Als sie nur stumm dastand – nicht weil sie sich ihm widersetzen wollte, sondern weil sie einfach wie erstarrt war angesichts seiner Drohung –, zerrte er ihr Unterkleid selbst hoch. Linnea hörte, wie irgend etwas zerriß, und wäre beinahe gestolpert. Doch sie ließ es widerspruchslos über sich ergehen. Sollte er nur tun, was ihm beliebte. Es war ihr ohnehin lieber, wenn er ihr Gewalt antat, als daß er je wieder ein Verlangen in ihr hervorrief. Auf diese Weise würde es ihr viel leichter fallen, ihn zu hassen!

Doch er nahm sie nicht mit Gewalt. Während sie sich auf das Schlimmste einstellte, spürte sie nichts als seine Hände an ihren Hüften sowie das kühle Metall auf ihrer Haut. Er legte ihr die Kette um die Taille!

Er hatte nichts anderes gewollt, als ihr die juwelenbesetzte Kette umzulegen, dachte sie und schämte sich ihrer Empörung und der beleidigenden Worte, die sie ihm an den Kopf geschleudert hatte.

Sein Kopf war nach unten gebeugt, während er die Kette zumachte, und Linnea strich ihm – einem Impuls folgend – über sein schwarzes Haar. Augenblicklich hob er den Kopf, und sie sah den Zorn in seinem Gesicht.

»Ich ... ich wußte nicht ...«, begann sie, sprach aber nicht weiter. Er war immer noch ihr Feind. Sie sollte sich nicht bei ihm entschuldigen. Doch sie wollte einfach nicht ungerecht sein – nicht einmal ihm gegenüber. Sie war selbst oft genug schlecht behandelt worden, um zu wissen, wie das war.

»Selbst wenn ich das von dir gewollt hätte und dich dafür mit Edelsteinen belohnt hätte, wäre es deine Pflicht gewesen, es hinzunehmen. Du bist für mich Ehefrau und Hure und alles, was dazwischenliegt. Daran solltest du dich sehr bald gewöhnen, Beatrix, damit du dich mir nie mehr widersetzt.« Dann führte er eine zweite Kette zwischen ihren Beinen hindurch, um sie an der Kette um ihre Taille zu befestigen.

Linnea blickte hinunter auf die Kette, die ihre Taille umschloß, und sah, daß die zweite Kette von hinten zwischen ihren Beinen hindurchführte und über ihren Bauch nach oben verlief, wo sie auf die erste traf. Diese zweite Kette baumelte nun zwischen ihren Beinen.

Ziemlich verwirrt blickte sie ihm ins Gesicht. Es hatte etwas seltsam Betörendes zu spüren, wie das kalte Metall sich nach und nach an ihrer nackten Haut erwärmte und die Innenseite ihrer Schenkel berührte.

Er fixierte sie mit seinem dunklen, harten Blick. »Du wirst mein Geschenk immer tragen, Beatrix. Es sind zwei Halsketten – aber ich denke, daß sie viel zweckdienlicher sind, wenn du sie auf diese Weise trägst.«

Mit einem Finger folgte er dem Verlauf der ersten Kette, die um ihre Taille führte und vorn am Bauch leicht durchhing. Dann folgte er auch dem Verlauf der zweiten Kette, die über ihre dichten goldenen Löckchen zur Innenseite ihrer Schenkel führte.

Linnea hielt den Atem an, als sein Finger innehielt. Wie schaffte er es nur, so etwas mit ihr anzustellen? Doch während sie sich diese Frage stellte, stand ein anderer Teil ihrer selbst ganz im Bann des eigenartigen Zaubers, den er auf sie ausübte. Es war müßig, sich zu fragen, wie er es anstellte – er war einfach dazu in der Lage, und das genügte vollauf.

Als er plötzlich aufstand und ihr Unterkleid nach unten fallen ließ, zitterte sie wie ein junger Baum im Wind.

»Geh und sieh nach deinem Bruder. Laß ihn dorthin bringen, wo du willst, jedoch nicht in den Hauptturm. Hier will ich ihn auf keinen Fall haben. Und, Beatrix«, fügte er hinzu, während sein harter Blick von ihrem Gesicht bis hinunter zu jener Stelle wanderte, wo unter dem dünnen Leinen ihres Unterkleides die Kette zwischen ihren Beinen hing, »denk an mich, wenn du die Kette spürst. Vielleicht scheuert sie manchmal auf deiner Haut, aber sie wird dich immer wieder daran erinnern, welche Freuden ich dir schenken kann.«

Als sie in seine Augen blickte, fand sie dort etwas von dem Zauber, den er bisweilen auf sie ausübte, und er schien sich dessen auch bewußt zu sein.

Sieh nach deinem Bruder, hatte er gesagt. Und genau das würde sie nun auch tun. Sie schnappte sich ihr Kleid und die Schuhe und ging langsam zur Tür, nicht ohne noch einen Blick auf diese männliche Gestalt zu werfen, die regungslos auf dem Bett saß. Ihr Ehemann.

Erst als sie im Vorzimmer angelangt war, konnte sie wieder atmen.

O Gott. Heilige Jungfrau. Heiliger Judas Thaddäus – sie war in ernsten Schwierigkeiten!

Irgendwie gelang es ihr, das Kleid anzulegen und in die weichen Schuhe zu schlüpfen. Ihr Haar war völlig zerzaust, so daß sie sicher einen furchtbaren Anblick bot. Alle Diener würden sie anstarren. Es würde einiges Gerede geben.

Aber all das war Linnea gleichgültig. Als sie die Treppe hinuntereilte und den Saal durchquerte, um zu ihrem Bruder zu gelangen, nahm sie nichts anderes wahr als die goldene Kette, die bei jedem Schritt die Innenseite ihrer Schenkel berührte. Das Hochzeitsgeschenk, das sie bei jeder ihrer Bewegungen streichelte.

Oh, sie war wirklich eine unglaubliche Sünderin, daß ein solches Ding – und der Mann, der es ihr geschenkt hatte – sie derart zu erregen vermochte. Sie war die größte Sünderin von allen.

Und sie war mit dem Teufel selbst verheiratet!

9

Wahrscheinlich würde alles nun mit jedem Tag schlimmer werden, dachte Linnea eine Stunde später. Zuerst war die Burg den Angreifern in die Hände gefallen, und schon am nächsten Tag fiel sie selbst einem Mann in die Hände, der ihr Feind war. Eigentlich hätte man annehmen sollen, daß nun nichts Schlimmeres mehr geschehen konnte – doch Linnea hatte das unbestimmte Gefühl, daß ihr Leidensweg erst seinen Anfang genommen hatte.

Sie hatte feststellen müssen, daß Maynard Fieber bekommen hatte – ein schlechtes Zeichen. Das hatte es um so dringender gemacht, ihn baldmöglichst au einen Ort zu verlegen, wo sie ihn ständig betreuen konnte. Sie hegte zwar kaum geschwisterliche Gefühle für ihren Bruder, doch er war für sie zu einem Symbol geworden. Es war nicht genug, daß sie ihre Schwester vor Axton bewahrt hatte, sie mußte auch ihren Bruder retten. Und heute schien es wirklich nicht gut um ihn bestellt.

Sie hatte Frayne und Norma sowie zwei Diener damit beauftragt, ihn in Pater Martins Zimmer direkt bei der Kapelle zu bringen. Sie hatte seine Wunden gereinigt und angeordnet, daß man ihm Gemüsebrühe und Brot mit Ziegenmilch gab, wenn er es hinunterschlucken konnte.

Doch trotz ihrer Aufgaben konnte Linnea die goldene Kette zwischen ihren Beinen nicht vergessen. Es war fast so, als wäre Axton selbst nahe bei ihr, um ihr mit dem Finger über die Haut zu streichen. Sie wollte den Schmuck vergessen – ebenso wie den Mann, an den sie gebunden war –, um all ihre Energien auf Maynard zu richten. Am liebsten hätte sie sich das Ding vom Leib gerissen und es in den Burggraben geworfen.

Nein, noch besser wäre es gewesen, die Kette zu zerreißen und die einzelnen Glieder an die Ärmsten im Dorf zu verschenken, damit die abartigen Neigungen ihres neuen Herrn wenigstens etwas Gutes bewirkten. Sie könnten die goldenen Glieder der Kette und auch die Rubine verkaufen und sich davon bei den fahrenden Händlern neue Schuhe oder Töpfe kaufen. Sie könnten auch den Jahrmarkt besuchen, der immer im Frühling in Romsey abgehalten wurde. Mit einem Lächeln dachte sie an die beiden jungen Schafhirten, Osborn und Siward, die sich gewiß über neue feste Schuhe freuen und es genießen würden, nach Herzenslust Bonbons zu lutschen und den Jongleuren, Akrobaten und Feuerschluckern zuzusehen.

Doch so erfreulich dieser Gedanke war – sie wußte doch, daß sie es nicht wagen würde, das Hochzeitsgeschenk ihres Mannes zu verschenken, auch wenn es ihr noch so zuwider war. Denn es war ihr tatsächlich zuwider, sagte sie sich, während sie vorsichtig die Decke über Maynards verwundeten Arm breitete.

»Nicht berühren!« murmelte er im Fieber und stöhnte vor Anstrengung, die das Sprechen ihm bereitete. »Verdammt!«

»Was soll denn das?« Lady Harriets beißende Stimme ließ Linnea erschrocken hochfahren. »Warum hat man Maynard hierher gebracht?«

»Hier ist es warm und gewiß behaglicher als in den Gesindehäusern«, antwortete Linnea und wich unwillkürlich zurück, wie sie es immer getan hatte, wenn ihre Großmutter sich ihr näherte. Sie vergaß, daß sie jetzt Beatrix war – doch Lady Harriet war sich auch in diesem Augenblick dessen bewußt.

»Warum ist er nicht im Hauptturm?« wollte die alte Frau wissen. »In seinem Zimmer?«

Hinter Lady Harriet stand Linneas Vater, still und in sich gekehrt. Während ihre Großmutter sie eindringlich anstarrte, vermied ihr Vater es offenbar, sie auch nur anzublicken.

Weil ich entehrt bin, dachte Linnea niedergeschlagen. Sie war nicht wirklich mit Axton de la Manse verheiratet – also war sie entehrt.

Und wenn sie wüßten, was zwischen ihr und Axton vorgefallen war ... Sie spürte erneut die Kette zwischen den Beinen, die ein leichtes Brennen verursachte.

»Nun?« sagte Lady Harriet ungeduldig und pochte mit dem Stock auf den Boden. »Was soll das? Zu mehr hast du ihn nicht überreden können? Das Zimmer des Priesters. Hast du ihn denn nicht zufriedengestellt, wie ich es dir gesagt habe?«

»Großmutter, bitte«, flehte Linnea zutiefst gedemütigt. Auch die Dienstboten starrten jetzt neugierig zu ihr herüber.

»Ach!« stieß Lady Harriet angewidert hervor und trat an Maynards Lager. »Wie geht es dir?«

»Ich ... ich sterbe«, krächzte er und stöhnte gequält auf. Tränen traten aus seinen fest geschlossenen Augen.

»Ist das wahr?« fragte die Alte, zu Linnea gewandt.

»Nein. Nein, das glaube ich nicht«, antwortete Linnea und betete darum, daß es stimmte. »Aber ... nun, es wird lange dauern, bis er wieder gesund ist.«

»Und der Arm?«

Linnea blickte zu ihrem Vater hinüber. Für einen Ritter war der Verlust des Armes natürlich der schwerste Schlag, der ihn treffen konnte. Es gab wohl kaum einen Ritter, der nicht den Tod auf dem Feld der Ehre einem Leben als Krüppel vorgezogen hätte.

»Ich glaube nicht, daß er jemals wieder ein Schwert führen kann«, sagte sie, fast um Entschuldigung bittend, obwohl sie doch nichts dafür konnte. Vielleicht, wenn sie etwas vorsichtiger gewesen wäre und die Knochen besser aneinandergefügt hätte ... Auf jeden Fall war jetzt schon an der Form der Schwellung zu sehen, daß der Arm nicht gerade zusammenwachsen würde und er seine gewohnte Stärke nicht wiedererlangen könnte.

Maynard hatte seine letzte Schlacht als Ritter gekämpft – und er hatte sie verloren. Jetzt lag es an Beatrix, einen Mann zu heiraten, der es den de Valcourt ermöglichen würde, die Macht auf Maidenstone wiederzuerlangen. Und Linneas Aufgabe war es, ihre Rolle so lange zu spielen, bis es soweit war.

»Ich würde diesen Mann dem Teufel vorwerfen, wenn ich es könnte!« stieß Lady Harriet zornbebend hervor. Sie schritt in dem kleinen Zimmer auf und ab, worauf die Dienstboten erschrocken zur Seite wichen.

Linnea gab den Dienern ein Zeichen, sich zurückzuziehen. Als nur noch Familienangehörige anwesend waren, wandte sie sich ihrer Großmutter zu. »Was ist mit Bea ...« Sie hielt inne und blickte rasch auf Maynard hinunter. Er schien in einen tiefen Schlaf gesunken zu sein – dennoch wollte sie nichts sagen, was er vielleicht aufschnappen und später im Fieber wiederholen konnte. »Was ist mit … ihr?« fragte sie schließlich.

Lady Harriet sah sie eindringlich an. »Sie ist in Sicherheit; mehr brauchst du nicht zu wissen. Was unseren Plan betrifft – nun, wir sind dabei, uns nach einem geeigneten Ehemann für sie umzusehen. Doch jetzt sag mir – wie ist es dir in der Hochzeitsnacht ergangen? War er grausam oder nicht?«

»Ich … er …«, stammelte Linnea mit hochrotem Gesicht. »Ich …«, begann sie erneut, brach aber wieder ab, als sie den verlegenen Gesichtsausdruck ihres Vaters sah.

»Laß uns allein, Edgar«, herrschte Lady Harriet ihn an. »Das ist Frauensache.« Im nächsten Augenblick stöhnte Maynard laut auf. »Nein, du bleibst hier bei deinem sterbenskranken Sohn, während ich mich mit meiner Enkeltochter unterhalte. Komm mit«, forderte sie Linnea auf.

Sie saßen ausgerechnet in der Kapelle, wo Jesus am Kreuz hing und die Heilige Jungfrau aus ihrer Nische in der Wand auf sie herabblickte. »Nun?« fragte Lady Harriet. »Sag, was ist zwischen euch vorgefallen? Was weißt du über ihn? Wo ist sein schwacher Punkt?«

»Er … er hat keinen schwachen Punkt«, murmelte Linnea, wobei sie dem eindringlichen Blick ihrer Großmutter tunlichst auswich.

»War er grausam?«

»Nein. Nun, ein wenig vielleicht.« Sie brachte kaum ein Wort hervor. Mußte sie denn wirklich alles haargenau berichten?

»Hat er dir weh getan?«

Da war ein seltsamer Ton in ihrer Stimme, der fast so etwas wie Mitgefühl erkennen ließ. Linnea konnte es kaum glauben. »Er mag es nicht, wenn man sich ihm widersetzt. Er hat es nicht gern, wenn ich nein sage. Solange ich tat, was er wollte, war er ganz … erträglich.«

Die alte Frau sann einen Augenblick nach, ehe sie sich

mit neugieriger Miene an Linnea wandte. »Ist er ein guter Liebhaber? Groß und stark mag er ja sein, aber es gibt genug Männer, die nicht … sagen wir … das halten, was sie versprechen.«

Linnea blickte sie verständnislos an. Wovon sprach sie bloß?

Oh!

Ihre Augen weiteten sich. Sie wollte tatsächlich wissen, wie es mit ihm war? »Er ist … ein stattlicher Mann«, stotterte sie und errötete heftig.

»Aha.« Lady Harriet nickte. »Und hat es ihm Vergnügen bereitet? Hat er es mehr als einmal getan?«

Linnea konnte es nicht mehr ertragen. Sie sprang auf. »Ich kann nicht darüber sprechen. Es … es gehört sich nicht.«

Lady Harriet saß regungslos auf der Bank. »Es ist ja keine wirkliche Ehe, vergiß das nicht. Es gehört alles zu unserem Plan, auch, was er für dich empfindet. Darum frage ich dich noch einmal: Hat es ihm Vergnügen bereitet?«

»Ja!« platzte es aus Linnea heraus. »Ja! Er hat es *dreimal* getan, und es hat ihm Vergnügen bereitet!« *Und mir auch, so wahr mir Gott helfe!*

Die Kette aus Gold und Rubinen brannte auf ihrer Haut, und Linnea hatte das unsinnige Gefühl, daß ihre Großmutter von ihrem Hochzeitsgeschenk wußte. Als die alte Frau schließlich ein wissendes Kichern von sich gab, wäre Linnea am liebsten vor Scham im Erdboden versunken.

»Dreimal! Ein Wunder, daß er dich heute morgen überhaupt hat fortgehen lassen. Was macht er denn jetzt?«

Linnea fühlte sich völlig schutzlos angesichts der bohrenden Fragen ihrer Großmutter. Sie starrte auf den Fußboden hinunter, der wieder einmal gekehrt werden mußte. »Er war im Schlafzimmer, als ich ging.«

»Ich verstehe. Und wo gehst du anschließend hin?«

Mit kaum hörbarer Stimme antwortete Linnea: »Zu ihm zurück.«

Lady Harriet kicherte erneut – was sich wohl kaum mit

dem geweihten Ort vertrug, an dem sie sich aufhielten. »Dann geh zu ihm, Mädchen. Mach die Beine breit und sorge dafür, daß er an nichts anderes mehr denken kann.«

Genauso plötzlich, wie sie zu lachen begonnen hatte, hörte sie auch wieder damit auf. Mit einer Hand griff sie nach Linneas Kinn und sah ihr dabei fest in die Augen. »Gib ihm, was er will, Linnea, aber vergiß dabei nicht, was *du* willst. Zeig uns, daß du mehr bist als das wertlose Geschöpf, als das wir dich angesehen haben. Zeig uns, daß du für deine Familie ein Opfer bringen kannst.«

Sie ließ Linneas Kinn los und erhob sich, auf ihren Stock gestützt. »Geh zu ihm und gib ihm das Gefühl, daß du ihm gehörst. Aber vergiß nie, wer du wirklich bist.«

Linnea ließ es sich nicht zweimal sagen. Mit zitternden Beinen eilte sie aus der Kapelle, hielt aber gleich wieder inne, als sie draußen war. Wohin sollte sie gehen? Ihr Gemahl erwartete sie, und auch die Pflicht ihrer Familie gegenüber verlangte, daß sie zu ihm zurückkehrte. Aber sie brauchte eine Weile für sich allein, um mit all dem fertig zu werden, was so plötzlich über sie hereingebrochen war.

Ihr Blick fiel auf die Treppe, die zum Burghof hinunterführte, und die Leiter, über die man zum Wehrgang gelangte. Vielleicht würde sie dort oben ein Plätzchen finden, wo niemand sie störte, zumindest für ein Weilchen. Wenn sie sich einfach vom Wind umwehen lassen würde und ihre Augen schloß ... dann würde sie vielleicht in all dem Durcheinander, das sie umgab, ein wenig Ruhe finden.

Im Burghof ging jedermann seinen alltäglichen Verrichtungen nach, so als hätte nie ein Machtwechsel stattgefunden. Drei Ritter übten sich auf dem Turnierplatz im Schwertkampf. Zwei Kinder zerrten einen vollbepackten Korb zur Küche. Ein Hund bellte, als ein Holzkarren vorüberfuhr, der von einem Pony gezogen wurde. Es war ein ganz alltägliches Bild – doch an diesem Tag schien es ihr irgendwie unwirklich.

Sie eilte die Treppe hinunter und dann die Leiter hinauf, wobei sie hoffte, daß niemand sie sah. Wäre sie noch

Linnea gewesen, dann hätte sich kein Mensch nach ihr umgedreht. Aber nun war sie Beatrix. Sie trug immer noch das prachtvolle Kleid, in dem sie getraut worden war. Ihr goldfarbenes Haar wallte über ihre Schultern bis zu den Hüften hinunter. Jeder im Hof, der sie sah, blieb kurz stehen und blickte ihr nach. Als sie endlich den Wehrgang erreichte, war es völlig still im Hof geworden, und sie spürte, wie Blicke auf sie gerichtet waren.

Du lieber Gott, würde sie denn nie wieder einen Augenblick des Alleinseins genießen können? Es war ihr zwar auch zuvor nicht viel davon vergönnt gewesen, aber dieses Gefühl, ständig beobachtet zu werden … Es war noch schlimmer, als ignoriert zu werden, und beinahe so schlimm, wie verachtet zu werden.

Sie fand schließlich ein Plätzchen in der Südwestecke hoch oben zwischen zwei Zinnen. Der Zwischenraum war an der Innenseite der Mauer ziemlich schmal, verbreiterte sich aber nach außen hin, so daß sie einigermaßen Platz in der Nische fand. Sie setzte sich hinein, mit dem Rücken an eine der Zinnen gelehnt, umfaßte ihre Knie mit beiden Armen und blickte auf das Land hinaus, das sich in südlicher Richtung zum Meer hin erstreckte.

Nur Wälder und Felder, soweit das Auge reichte. Der Himmel war von schweren, tiefhängenden Wolken bedeckt. Die Welt schien unermeßlich, und sie wußte nur sehr wenig darüber, was in ihr vor sich ging. Dennoch schien jene unbekannte Welt dort draußen viel sicherer zu sein als diese neue Welt, in der sie lebte.

Sie schloß die Augen und ließ den Kopf auf die Knie sinken. Nein, sie würde nicht weinen; das wollte sie nicht, wenngleich sie sich die Tränen verbeißen mußte.

Was sollte sie nur tun?

Es konnte nur eine Antwort geben – sie mußte ihre Rolle weiterspielen und darauf warten, daß Beatrix eines Tages zurückkam.

Aber wie sollte sie das schaffen? Wie sollte sie Ruhe bewahren, wenn Axton de la Manse sie dermaßen verwirrte?

Wie sollte sie auch nur einen klaren Gedanken fassen, wenn diese verdammte Kette sie auf Schritt und Tritt daran erinnerte, was er mit ihr angestellt hatte – und wieder mit ihr anstellen würde? Sogar jetzt spürte sie dieses Ding, obwohl sie ganz still dasaß und sich nicht rührte. Fast glaubte sie, es wäre seine Hand, die sie auf ihrem Schenkel spürte …

Im nächsten Augenblick stieß sie einen Schrei aus und riß erschrocken den Kopf hoch. Es war *er*, den sie da spürte, nicht diese Kette! Es war seine Hand, die sie auf so empörende Weise berührte, daß man ihn noch einen Tag zuvor dafür ausgepeitscht hätte. Aber heute war ein anderer Tag, und er konnte ungestraft mit ihr machen, was immer ihm beliebte.

Ihre Blicke trafen sich. So wie er sie ansah, schien er die Absicht zu haben, es hier und jetzt mit ihr zu tun.

Ihr Herz pochte wie wild, während Angst und Scham, aber auch ein gewisses Vorgefühl in ihr aufstiegen und um die Vorherrschaft rangen. Das Schlimmste war, daß sich das Vorgefühl durchzusetzen begann …

Axton konnte den Blick nicht von dem geröteten Gesicht seiner Gemahlin wenden. Ihre Augen waren voller Angst, aber gleichzeitig von ganz anderen Empfindungen erfüllt. Ihre Lippen waren leicht geöffnet, und ihr Atem kam in kurzen, flachen Stößen.

Genau wie in jenen Momenten, als sie unter ihm gelegen hatte.

Plötzlich lehnte er sich weiter zwischen die Zinnen hinaus. Er hatte sie nur gefunden, weil einer seiner Männer schweigend zur Leiter gezeigt hatte. War es denn so offensichtlich, daß er sie suchte? Er hatte vorgehabt, ihr eine ordentliche Szene zu machen, wenn er sie fand; er wollte ihr befehlen, ins Schlafzimmer zurückzukehren – und zwar auf eine Weise, daß alle Welt es mitbekam. Aus irgendeinem sonderbaren Grund, den er selbst nicht verstand, drängte es ihn, ihr zu zeigen, daß er über sie verfügen konnte. Er wollte, daß sie ihm aufs Wort gehorchte und völlig in seiner Hand war. Und er wollte, daß jeder wußte, daß sie ihm gehörte – so wie alles andere auf Maidenstone.

Aber er hatte nicht erwartet, sie hier zu finden – hoch oben auf der Burgmauer, über dem fauligen Wasser des Burggrabens. Ihre Niedergeschlagenheit verletzte seinen Stolz auf eine Weise, wie er es nicht für möglich gehalten hätte. Hatte er denn nicht dafür gesorgt, daß auch ihr Verlangen gestillt wurde? Er hatte doch selbst ihre Schreie der Verzückung gehört und gespürt, wie sie vor Leidenschaft gebebt hatte.

Was für ein Recht hatte sie, niedergeschlagen zu sein, nachdem er ihr eine solche Nacht bereitet hatte?

Er war zornig, als er ihr Kleid hochschob – weil er das Gefühl hatte, von ihr hintergangen worden zu sein. Er schalt sich selbst einen Dummkopf, weil er etwas anderes von ihr, einer de Valcourt, erwartet hatte. Als sie nach seiner Hand griff und ihre Röcke wieder über ihre Beine streifen wollte, gebot er ihr mit einem einzigen Wort Einhalt.

»Nicht.«

Sie blickte zu ihm auf – ein verwundbares Geschöpf, das vor seinem Jäger gestellt worden war und keine Möglichkeit hatte, zu entkommen. Steinmauern auf zwei Seiten, der Abgrund auf der dritten und er, der gekommen war, um sich von ihr zu holen, was er wollte. Er spürte den Wind, der auf- und wieder abflaute und die Wolken am Himmel vor sich hertrieb. Aus dem Inneren der Burg waren hin und wieder Stimmen zu hören, doch hier oben waren sie völlig allein. Die Menschen, von denen sie umgeben waren, schienen weit weg zu sein.

Er schob ihre schweren Röcke über ihre angewinkelten Knie, so daß ihre Beine völlig entblößt waren.

Das gefiel ihm noch besser, als wenn er sie im Burghof gefunden hätte, ging es ihm durch den Kopf, während ein überwältigendes Verlangen ihn durchströmte. Er hatte eigentlich vorgehabt, sie an der Hand zu packen und direkt ins Ehebett zu zerren, wobei er seine Leute gewarnt hätte, ihn ja nicht zu stören. Doch jetzt würde er es gleich hier tun. Niemand würde ihn sehen können, wenn er sich hier oben zwischen die Zinnen zwängte. Aber es würde natürlich einiges Gerede geben, und insbesondere allen, die noch eine gewisse Treue gegenüber de Valcourt hegten, klar sein, daß de Valcourts Tochter sein eigen war. Ja, alles was de Valcourt einmal sein eigen genannt hatte, gehörte jetzt ihm, und er konnte damit machen, was er wollte – und vor allem wollte er eines: daß ihr vor Verlangen nach ihm die Sinne schwanden.

Er beugte sich vor, doch sie ergriff seine Hand, als er sie zwischen ihre warmen Schenkel gleiten ließ. »Nein«, flehte sie und starrte zu ihm auf. »Ich komme ja mit. Ich … ich wollte nur einen Augenblick allein sein …«

»Es gefällt mir nicht, daß du unglücklich darüber bist, meine Frau zu sein, Beatrix.«

Seine Worte ließen sie erschaudern, und sie wandte sich ab, um auf das weite Land hinauszublicken. Im Augenwinkel hatte sie eine Träne. Er sah es, und es machte ihn wütend. Wenn er sie mißhandelt hätte, dann hätte er ihre Tränen noch verstehen können. Aber er war geduldig und aufmerksam gewesen, mehr als jeder andere Mann an seiner Stelle es gewesen wäre.

Er öffnete ihre Schenkel und ließ seine Hand an ihre intimste Stelle gleiten. Sie war so wann und weich … Er ließ sich nun auch von ihren Tränen nicht mehr zurückhalten – im Gegenteil, daß sie weinte, trieb ihn nur noch weiter an. Er würde schon dafür sorgen, daß sie damit aufhörte. Bald würde sie nicht mehr schluchzen, sondern nur noch vor Lust stöhnen!

Er drang mit einem Finger in sie ein und hörte mit Genugtuung, wie sie einen leisen Seufzer ausstieß. Sie war feucht und bereit, trotz ihrer Tränen.

Er streichelte sie zuerst langsam und dann immer schneller, bis er spürte, wie der Widerstand ihrer Schenkel nachließ und ihr schwerer Atem ihre vollen Brüste anhob. Wenn er sich ebenfalls in die Nische zwischen den Zinnen hätte zwängen können, hätte er ihre Brüste mit Küssen bedeckt. Er hätte sie geküßt und mit ihnen gespielt, bis ihr letzter Widerstand sich in nichts aufgelöst hätte. Doch er konnte nur einen Arm und eine Schulter in die enge Öffnung zwängen, so daß ihm nichts anderes übrigblieb, als sie weiter zu streicheln.

Als sie ihren Kopf zurückwarf und ihm in die Augen blickte, stöhnte er vor Erregung auf. Verdammt, diese Frau brachte ihn um den Verstand! Er spürte, daß sie bereit war – und eine unbändige Vorfreude durchströmte ihn. Sie hielt sich mit beiden Händen an der Zinne über ihrem Kopf fest. Ihr rechter Fuß glitt über den Rand der Mauer hinaus und baumelte in der Luft, während sie sich seiner Hand entgegenstreckte.

Plötzlich schreckte sie mit einem lauten Aufschrei hoch. Er packte sie am Handgelenk, da sie Gefahr lief, von der Mauer zu stürzen. Doch als er sich ruckartig vorbeugte, um sie zu fassen, stieß er mit seinem harten Geschlecht schmerzhaft gegen die Ecke der Zinne.

»O Gott!« rief er aus. Der Schmerz war so heftig, daß ihm schwarz vor Augen wurde. Er hätte sich am liebsten gekrümmt, doch er hielt sich aufrecht und ließ sie nicht los, bis er schließlich wieder zu Atem kam und der Schmerz nachließ.

»Habe ich dir nicht gesagt, daß du ins Schlafzimmer zurückkehren sollst?« fuhr er sie an und zog sie zu sich. »Habe ich dir denn nicht klar genug gesagt, was ich von dir erwarte?«

Sie drückte sich gegen die Mauer, wobei sie zwischen seinen Armen gefangen war. Ihre Wangen waren gerötet, und ihre Augen glänzten von dem Verlangen, das er in ihr entfacht hatte. Sie konnte kaum sprechen, weil sie immer noch nach Luft rang.

Wie hinreißend sie doch in diesem Augenblick aussah! Seine Schmerzen waren rasch vergessen, und seine Erregung wuchs erneut. Er hätte sie am liebsten auf der Stelle genommen, wenn ihnen nicht alle Welt hätte zusehen können. Es störte ihn nicht, wenn die Leute darüber tuschelten, was zwischen dem Lord und der Lady vor sich ging. Das war in allen Burgen so Sitte. Aber er würde sie nicht in aller Öffentlichkeit nehmen, so als wäre sie nichts als eine kleine Hure. Sie war seine Gemahlin, wie auch immer die Umstände sein mochten, und sie würde einmal die Mutter seiner Kinder sein. Er würde sie nicht öffentlich erniedrigen. Dennoch mußte er sie auf der Stelle haben.

»Geh in unser Schlafzimmer und zieh dich nackt aus. Leg dich mit dem Bauch auf das Bärenfell und warte auf mich.«

Dann löste er sich von ihr und verschwand, wobei er versuchte, es sich nicht anmerken zu lassen, wie ungeheuer erregt er war. Fünf Minuten gab er ihr, nicht mehr. Er würde es keine Sekunde länger aushalten.

Linnea blickte Axton entgeistert nach. Sie wußte nicht, ob sie ihm böse sein oder ihn bitten sollte zurückzukommen – ob sie über die ganze absurde Szene lachen oder in Tränen ausbrechen sollte. Sie war offensichtlich mit einem Verrückten verheiratet, der sie gleichzeitig haßte und über die Maßen begehrte!

Sie ließ sich gegen die Mauer sinken. Ja, ein Verrückter. Aber auch sie mußte verrückt sein, denn trotz ihrer Angst bebte sie jedesmal vor Verlangen, wenn er sie berührte.

Er wollte, daß sie sich nackt auf das Bärenfell legte. *Du lieber Gott. Heilige Maria. Heiliger Judas Thaddäus, bitte helft mir.* Sie sah ihm nach, wie er den Wehrgang entlangging und schließlich im Torhaus verschwand. Verrückt mochte er vielleicht sein, doch er wußte sehr genau, wie er – der große Krieger – seine Kraft und Raffinesse einsetzen mußte, um sie zu erobern. Sie fühlte sich einfach wehrlos gegen ihn – schlimmer noch, sie genoß es sogar. Obwohl sie ihm in diesen Augenblicken völlig ausgeliefert war, empfand sie doch eine ungeheure Freiheit darin, ein Gefühl, das die Fesseln ihrer Ängste und Sorgen sprengte.

Wenn er sie zuvor nicht festgehalten hätte, wäre sie wohl in die Tiefe gefallen – sie hatte ohnehin schon das Gefühl gehabt, zu fliegen. Du lieber Himmel, war sie denn schon völlig vernarrt in diesen Mann? Dabei war er doch ihr Feind!

Dieser Gedanke ernüchterte sie wieder, wenngleich er die Flamme nicht löschen konnte, die tief in ihr loderte. Es schauderte sie angesichts ihrer eigenen Verderbtheit. Er hatte sie aufgefordert, in *ihrem* Schlafzimmer auf ihn zu warten; er betrachtete es also tatsächlich als ihr gemeinsames Schlafzimmer. Wollte er denn, daß sie es mit ihm teilte? Selbst ihr Vater hatte bei aller Liebe zu ihrer Mutter das Schlafzimmer nicht mit ihr geteilt.

Andererseits hätte sie ohnehin nicht erwartet, daß ihr Ehemann ihrem Vater in irgendeiner Weise ähnlich war.

Sie strich ihre Röcke zurecht, so gut sie konnte, und holte tief Luft. Zwar konnte sie sich nicht wirklich beruhigen, sie setzte sich aber dennoch in Bewegung, um von der Mauer hinunterzuklettern. Als sie die Leiter hinabstieg, spürte sie mit jedem Schritt die Kette auf ihrer Haut. Oh, dieser Mann war wirklich pervers. Sie war so versunken in die Empfindungen, die die Kette in ihr auslöste – und die er selbst zuvor in ihr ausgelöst hatte, daß sie all die Blicke gar nicht bemerkte, die auf sie gerichtet waren. Erst als sie wieder im Hauptturm war und das Vorzimmer des Herrn von Maidenstone erreichte, wurde sie aus ihren beunruhigenden Gedanken gerissen.

»Peter«, stieß sie überrascht hervor.

Der Bruder ihres Ehemannes blickte von dem Stuhl auf, auf dem er saß. An der Wand hinter ihm hing ein neuer Teppich, auf dem William der Eroberer dargestellt war, wie er den Ärmelkanal überquerte. Peters riesenhafter Hund lag zwischen seinen Beinen und genoß es, daß sein Herrchen ihn kraulte.

»Sieh an, die Gemahlin meines Bruders. Er ist schon ein strammer Kerl, nicht wahr?« stichelte er.

Seine Worte trieben ihr die Schamröte ins Gesicht. Sie fühlte sich in diesem Augenblick ganz und gar nicht dazu in der Lage, mit diesem Jungen zu streiten.

»Du scheinst ja mächtig beeindruckt von ihm zu sein,

was?« fügte er angesichts ihrer Verlegenheit lachend hinzu. Doch als sie mit gesenktem Blick an ihm vorbeieilte, um sich in die Abgeschiedenheit ihres Zimmers zurückzuziehen, sprang er plötzlich auf. Auch der Hund war augenblicklich auf den Beinen, um sich jedoch gleich wieder niederzulassen und sich hinter dem Ohr zu kratzen.

»Sieh an«, stichelte der Junge weiter. »Gar keine wütenden Blicke? Keine Drohungen, mich oder Moor zu vergiften? Sag bloß, Axton hat dir dein Temperament ausgetrieben?« Er versperrte ihr den Weg, indem er eine Hand auf das eiserne Türschloß legte. »Wenn auch du jetzt schon zahm geworden bist, was bleibt mir denn dann noch für eine Abwechslung hier an diesem langweiligen Ort?«

Sie hätte zornig auf seine herablassenden Worte reagieren sollen – doch sie brachte es einfach nicht fertig. Vielleicht hatte er ja recht. Axton hatte ihr wohl wirklich all ihr Temperament ausgetrieben – oder er hatte bewirkt, daß es nur noch unter ganz bestimmten Umständen zum Vorschein kam.

Sie errötete noch heftiger. »Laß mich vorbei.«

Er betrachtete sie aufmerksam und runzelte die Stirn angesichts der Bedrücktheit in ihrer Stimme. »Bist du müde? Aber ja, natürlich. Ich kann mir schon denken, wovon du so milde bist.«

Er kicherte vor sich hin, doch auch das konnte Linneas Zorn nicht wecken. Sie hatte ganz andere Sorgen als die Sticheleien dieses Flegels.

»Laß mich vorbei«, sagte sie noch einmal. Sie packte ihn am Handgelenk und stieß seinen Arm beiseite, öffnete die Tür und eilte ins Zimmer.

Doch Peter folgte ihr.

»Verschwinde! Laß mich in Ruhe!«

Aber er war anscheinend genauso dickköpfig wie sein Bruder, denn er verschränkte lediglich die Arme und blickte sie an. »Ist irgend etwas nicht in Ordnung?« fragte er.

Linnea lachte hysterisch auf. »Was nicht in Ordnung ist, willst du wissen? Du solltest mich lieber fragen, was überhaupt noch in Ordnung ist, denn das wäre mit einem Wort zu beantworten: Nichts. Nichts ist mehr in Ordnung! Gar nichts!«

Sie drehte sich von ihm weg, als könne sie dadurch verbergen, wie aufgewühlt sie war. Doch auf diese Weise fiel ihr Blick auf das Bett. Und auf das Bärenfell.

Sie spürte jedes einzelne Glied der Kette auf ihrer Haut, und jeden einzelnen Rubin.

»Wenn du deine Schadenfreude genug ausgekostet hast, kannst du ja endlich verschwinden«, murmelte sie. »Aber beeil dich, denn Axton wird gleich da sein.«

»Er hat dich hierhergeschickt, damit du auf ihn wartest? Schon wieder?« Der offensichtlich unstillbare Appetit seines Bruders schien ihm gewaltig zu imponieren.

Linnea gab ihm keine Antwort. Tatsache war, daß auch sie von seiner verdammten Männlichkeit ziemlich beeindruckt war.

»Man erzählt sich, du wärst mit dem Dolch auf ihn losgegangen.«

Linnea wirbelte herum und sah ihm in die Augen. Woher wußte er das bloß?

»Dann stimmt es also?« Er machte ein finsteres Gesicht, wodurch er seinem Bruder recht ähnlich sah. »Ich hoffe, er hat dich dafür geschlagen, denn wenn nicht, so werde ich es tun.«

Linnea lachte erneut laut auf, doch diesmal war sie den Tränen nahe. »Ob er mich geschlagen hat? Ja, das hat er. Aber nicht so, wie du denkst. Wenn du Einzelheiten wissen willst, solltest du ihn selbst fragen. Er wird bestimmt gern damit prahlen und dir alles erzählen, was du wissen willst. Dann könnt ihr beide so richtig über mich lachen. Zwei große, starke Männer, die ein Mädchen in die Knie zwingen. Wie stolz ihr doch sein müßt!«

Peter wollte ihr mit einer beißenden Bemerkung antworten, doch aus irgendeinem Grund brachte er es nicht fertig. Zwei große, starke Männer … Sie schienen sie tatsächlich in die Knie gezwungen zu haben – aber warum konnte er sich so gar nicht darüber freuen? Warum kam er sich plötzlich grausam und gemein vor?

Verwirrt blickte er sie an. Sie erschien ihm nicht mehr als die Hexe, die gedroht hatte, seinen Hund zu vergiften. Selbst sein Zorn darüber, daß sie es gewagt hatte, die Waffe gegen seinen Bruder zu erheben, verflog angesichts ihres Elends.

Wie gelähmt stand er da und wußte nicht, was er sagen sollte. Obwohl sie ungefähr so groß war wie er, wirkte sie mit einemmal klein und schwach, wie ein junges Bäumchen, das dem heftigen Sturm nicht standhalten konnte. Er wußte nur zu gut, daß sie den Sturm, der rund um sie tobte, nicht verursacht hatte. Sie versuchte bloß, irgendwie zu überleben.

Er räusperte sich und trat von einem Fuß auf den anderen. »Lady Beatrix …«

»Laß mich endlich allein!« stieß sie hervor und blickte ihn wütend an. Er war erleichtert, daß ihr Temperament nun doch wieder zum Vorschein kam. »Geh endlich! Laß mir wenigstens einen Augenblick Ruhe, bevor mein Gemahl kommt.«

Peter ging hinaus und schlug die Tür zu. Dann blieb er stehen, worauf Moor zu ihm gelaufen kam, um von ihm einen kleinen Leckerbissen zu ergattern. Geistesabwesend griff Peter in den Beutel, den er am Gürtel trug, und gab seinem Hund ein hartes Stück Brot. Während Moor sich darüber hermachte, starrte Peter auf die Tür zum Schlafzimmer seines Bruders.

Er stand immer noch in Gedanken versunken da, als Axton plötzlich ins Vorzimmer gestürmt kam.

»Was machst du denn hier?«

»Ich … ich habe mit Moor einen kleinen Spaziergang gemacht.« Peter blickte von seinem Bruder zu der geschlossenen Tür hinüber und dann wieder zu ihm zurück. »Sie ist … ich meine … Was ist …«

Axton brachte ihn mit einer zornigen Geste zum Schweigen. »Wenn du nichts Besseres zu tun hast, als hier herumzulungern, werde ich mir eine Aufgabe für dich überlegen müssen. Und jetzt verschwinde.«

Er kümmerte sich nicht mehr darum, ob Peter seiner Aufforderung Folge leistete, sondern durchschritt mit ungeduldigen Schritten das Vorzimmer und riß die Tür auf, um sogleich einzutreten und die Tür hinter sich heftig zuzuknallen.

Peter stand nach wie vor regungslos da und starrte auf die Tür. Er war zutiefst betroffen. Denn als die Tür für einen Augenblick offen gestanden hatte, hatte er etwas gesehen, was er lieber nicht gesehen hätte. Er hatte das Bett sehen können, mit dem riesigen Bärenfell darauf. Und auf dem Fell lag Beatrix – splitternackt.

Es war nur ein kurzer Moment gewesen, doch das Bild hatte sich ihm unauslöschlich eingeprägt. Sie war völlig nackt gewesen – ihre milchweiße Haut und ihr goldenes Haar auf dem riesigen schwarzen Fell ... Und sie hatte auf dem Bauch gelegen. Er hatte ihre schmale Taille gesehen, die sanfte Rundung ihrer Hüften und ihres Hinterteils. Und auch ihre wohlgeformten langen Beine bis hinunter zu den Sohlen ihrer zarten Füße.

Er hatte von heidnischen Opferritualen gehört – und das Bild, das er soeben gesehen hatte, erinnerte ihn stark an ein solches Opfer. Was ihn vor allem beunruhigte, war die Tatsache, daß sie auf dem Bauch lag – denn es war offensichtlich gewesen, daß sie Angst hatte.

Was, um alles in der Welt, hatte Axton nur mit ihr gemacht? Und was tat er jetzt in diesem Augenblick mit ihr?

Er ging zur Tür, doch er konnte keine lauten Geräusche, keine Schreie hören – nichts, was auf Gewalt hindeutete.

Er zögerte. Sie war die Gemahlin seines Bruders. Axton war ihr Ehemann und hatte somit das Recht, mit ihr zu machen, was ihm beliebte – außer natürlich, sie zu töten oder zu verstümmeln. Und so etwas würde Axton niemals tun, sagte er sich und schob alle Zweifel an seinem Bruder beiseite.

Er dachte an seine Eltern und daran, wie sehr sie sich

geliebt hatten, bis sein Vater eines Tages in einer Schlacht bei Caen getötet wurde. Doch die Liebe seiner Mutter hatte den Tod ihres Gemahls überdauert. Peter hatte sich noch nie darüber Gedanken gemacht zu heiraten, doch jetzt wußte er, daß es aus Liebe sein mußte. Er wollte nicht, daß seine Frau voller Angst im Bett auf ihn wartete.

Der Gedanke, daß einst auch seine Eltern so intim miteinander gewesen waren, trieb ihm die Schamröte ins Gesicht. Aber er war überzeugt, daß sie die wenigen Male, die sie wohl auf diese Weise zusammengewesen waren, sich in Liebe begegnet waren, und nicht im Zorn und voller Angst, wie es bei Axton und seiner Frau jetzt der Fall war.

Trotzdem ... das Ganze ging ihn im Grunde nichts an. Axton würde es alles andere als schätzen, wenn er sich in seine Angelegenheiten einmischte, und auch Beatrix schien davon nichts zu halten. Doch es war ihm schwer ums Herz, als er schließlich Moor am Halsband nahm und mit ihm hinausging.

Sie waren nach Maidenstone Castle zurückgekehrt, doch er fühlte sich hier ganz und gar nicht zu Hause.

10

Als sie erwachte, war sie allein. Sie wußte es einfach, auch wenn sie in der Dunkelheit nichts erkennen konnte. Irgendein verborgener Sinn sagte ihr, daß Axton fort war.

Linnea drehte sich auf den Rücken. Sie war immer noch nackt, als sie sich in das dichte Bärenfell kuschelte. Axton hatte den Bären an einem Ort namens Gisors erlegt, wie er ihr in einem der kurzen Augenblicke der Ruhe erzählt hatte, als sie dalagen, um wieder zu Atem zu kommen und sich zu erholen, ehe alles von neuem begann.

Linnea schloß bestürzt die Augen. Ein leiser Schrei der Verzweiflung entrang sich ihren Lippen. Sie konnte sich gar nicht mehr entsinnen, wie oft sie auf diese Weise zusammengewesen waren.

Sie hatte nur wenig davon gewußt, was im Ehebett vor sich ging, doch ihr war klar, daß manche Frauen genossen und andere es nur sehr widerwillig über sich ergeben ließen. Es gab bei der Heirat keine Gewißheit, daß es angenehm werden würde, und deshalb hatte Linnea vermutet, daß es die Liebe sei, die das Zusammensein zwischen Mann und Frau im Bett zu etwas Schönem mache – zumindest für die Frau.

Aber jetzt wußte sie, daß das nicht stimmte. Sie hatte es sehr wohl genossen. Sie hatte es nur allzu sehr genossen. Sie liebte diesen Mann nicht – wie sollte sie auch? Er war ihr Feind, und außerdem kannte sie ihn ja kaum. Aber sie hatte mit ihm der Leidenschaft gefrönt, als wäre er ihr Geliebter. Sie wußte nun Dinge über ihn, die sie gar nicht wissen wollte. Und er wußte einiges über sie ...

Er wußte zum Beispiel, daß sie kitzlig war, und sie wußte, daß er es nicht war. Sie wußte, daß die Narbe auf seiner Brust von dem Bären stammte, dessen Fell sie nun wärmte. Er wiederum wußte, daß sie das Mal an ihrem Bein schon seit ihrer Geburt hatte. Sie wußte, daß er achtundzwanzig Jahre alt und auf Maidenstone zur Welt gekommen war – und zwar hier in diesem Zimmer. Und er wußte, daß sie zehn Jahre jünger war als er und in dem Zimmer gegenüber geboren worden war.

Doch er wußte nicht, daß sie eine Schwester hatte. Er wußte auch nicht, daß sie eigentlich Linnea hieß. Und er ahnte auch nicht, daß sie in dieser Nacht sehr nahe daran gewesen war, ihm die Wahrheit zu gestehen.

Linnea zog sich das Bärenfell bis ans Kinn und fühlte sich, als wäre sie eine Heidin aus einer längst vergangenen Zeit. An all den Stellen, an denen sie jetzt das Fell spürte, hatte er sie zuvor berührt. Er hatte sie geküßt und mit der Zunge liebkost und, so kam es ihr vor, jedes Fleckchen ihres Körpers gekostet.

Und sie hatte es genossen.

Sie hatte zuerst große Angst gehabt, und mindestens genauso groß war ihr Zorn gewesen. Auch er war unglaublich wütend gewesen, wenngleich sie den Grund dafür nicht kannte. Schließlich war er es doch gewesen, der sie draußen auf der Burgmauer, wo sie leicht jemand hätte beobachten können, gedemütigt hatte. Die Tatsache, daß niemand sie beide gesehen hatte, war kein Trost; es reichte schon, daß er sie der Gefahr dieser Schande aussetzte. Als er ins Zimmer gekommen war, war er dennoch sehr wütend gewesen, und sie hatte sich auf das Schlimmste gefaßt gemacht. Deshalb hatte sie auch getan, was er ihr befohlen hatte, um ihn auf diese Weise ein wenig zu besänftigen.

Nachdem Peter fort war, hatte sie sich entkleidet und auf das Bärenfell gelegt. Sie hatte sich darauf gefaßt gemacht, von ihm geschlagen zu werden. Sie hätte es gewiß ertragen, denn sie hatte schon vor Jahren gelernt, Schmerzen zu erdulden, ohne mit der Wimper zu zucken, zumal sie wußte, daß derjenige, der die Schläge austeilte, ein um so größeres Vergnügen empfand, wenn man seine Qualen zeigte. Und so hatte sie sich innerlich darauf vorbereitet, seinen Zorn zu spüren zu bekommen.

Sie hatte tatsächlich etwas zu spüren bekommen, aber es war nicht sein Zorn gewesen, sondern etwas ganz anderes. Er war zwar nicht allzu zärtlich gewesen, aber weh getan hatte er ihr nicht.

Doch hatte er ihr deutlich zu verstehen gegeben, daß sie ihm gehörte. Genauso, wie er einst den Bären erlegt hatte und jetzt die Wärme seines Fells genoß, so hatte er auch sie in die Knie gezwungen. Er hatte sie besiegt und sich auf eine Weise mit ihr vergnügt, daß ihr immer noch schwindlig wurde, wenn sie nur daran dachte.

Er hatte sie zunächst einmal geküßt und sanft gebissen – und das am ganzen Körper, von den Fußsohlen über die Beine und ihr Hinterteil, bis hinauf zu ihrem Rücken und ihrem Hals. Dann hatte er ihren Körper angehoben, bis sie kniete, ihre Beine auseinandergedrückt und war in sie eingedrungen.

Und sie hatte vor Wonne geschrien.

»Heiliger Judas Thaddäus«, flüsterte sie in die nächtlichkühle Luft. Sie hatte jeden Augenblick mit ihm genossen.

Danach waren sie in einen Schlaf der Erschöpfung gefallen. Er war als erster erwacht und hatte sich sofort wieder etwas einfallen lassen, um sie aufs neue zu erregen. Er hatte jedes Glied der Kette, die er ihr geschenkt hatte, geküßt. Es war ihr zunächst unangenehm gewesen, doch er hatte gemeint, daß diese Zärtlichkeiten Ausdruck der größten Intimität wären.

Sie war ziemlich schockiert gewesen und hatte versucht, ihn davon abzuhalten, doch mit Hilfe seiner Körperkraft hatte er sich schließlich durchgesetzt. Er hatte zu ihr gesagt, daß er wüßte, was er täte, und daß es ihr gefallen würde.

Natürlich hatte er recht behalten. Es war einfach unvergeßlich; sie bebte immer noch, wenn sie daran dachte. Alles in ihr schien zu schnurren wie eine rundum zufriedene Katze – eine Katze, die etwas höchst Außerordentliches erlebt hatte …

Doch auch das war noch nicht das Ende gewesen. Sie waren erneut in tiefen Schlaf gesunken, und diesmal war sie diejenige gewesen, die als erste erwachte. Sie hätte die Gelegenheit nutzen sollen, um ihm zu entkommen, zumindest für eine Weile. Statt dessen hatte sie ihn ausführlich betrachtet, wie er in seiner ganzen Männlichkeit ausgestreckt dalag.

Er war schon ein Prachtexemplar von einem Mann. Sie mochte naiv und unschuldig sein, was Männer anbelangte, doch soviel wußte sie auf jeden Fall. Er hatte kräftige Arme und Beine und einen breiten Brustkorb. Sein Bauch war flach und muskulös. Und fast überall waren feine dunkle Haare zu sehen.

Sie hatte ihn berührt und voller Staunen entdeckt, daß sein Körper an manchen Stellen rauh und behaart war und sich an anderen völlig glatt anfühlte. Ganz behutsam hatte sie ihn mit den Fingerspitzen erkundet.

Bis er schließlich aufgewacht war. Wenig später hatte entdeckt, daß sie kitzlig war, und sie daraufhin gekitzelt, bis ihr fast die Tränen gekommen waren. Dann war er ohne Vorwarnung in sie eingedrungen und hatte sie in kürzester Zeit zur Erfüllung gebracht. In diesem Moment wäre sie beinahe gestorben. Zumindest war es ihr so vorgekommen. Aber jetzt wußte Linnea nicht, was sie von allem halten sollte.

Wenigstens war er nicht hier bei ihr, so daß sie Zeit hatte, sich ein wenig Klarheit zu verschaffen – wenngleich irgend etwas in ihr sich sträubte, über all das nachzudenken. Es war leichter, einfach alles so zu nehmen, wie es kam, einfach zu tun, was er von ihr verlangte.

Doch er war nicht hier, und Linnea wußte, daß sie froh darüber sein sollte.

Mit einem Seufzer schob sie das Bärenfell beiseite. Sie spürte, daß sie fast am Verhungern war. Konnte es sein, daß sie den ganzen Tag nichts gegessen hatte? Und er? War er vielleicht in diesem Augenblick in der Küche, um für sie beide etwas zu essen zu holen, damit sie wieder zu Kräften kamen und sich erneut ihren Ausschweifungen hingeben konnten?

Dieser Gedanke ließ sie augenblicklich aufstehen. Sie konnte nicht jede Minute ihres Ehelebens mit ihm im Bett verbringen, auch wenn er ihr Ehemann war. Sie mußte einfach … etwas anderes tun, auch wenn sie im Augenblick nicht wußte, was.

Sie hob ihr zerknülltes Unterkleid auf und schlüpfte hinein. Man hatte ihr die Kleider ihrer Schwester hierher ins Schlafzimmer gebracht, und sie zog rasch das erstbeste Kleid an, das ihr unterkam. Es war ein eher schlichtes blaues Kleid mit engen Ärmeln, das am Ausschnitt mit einer Borte aus Kaninchenfell versehen war. Sie zog einfache Wollstrümpfe an und schlüpfte in ihre Lederschuhe.

Ihr zerzaustes Haar band sie zurück und bedeckte es mit einem dünnen Schleier, den sie mit einer Haarnadel befestigte.

Das mußte genügen, dachte sie und band sich noch rasch den Gürtel um, an dem sich auch der Schlüssel befand, den Axton ihr gegeben hatte. Dann eilte sie ins Vorzimmer hinaus.

Sie lauschte kurz, um sich zu vergewissern, ob jemand draußen auf der Treppe war. Vom großen Saal drangen Stimmen herauf, die sie jedoch nicht erkannte. Sie wollte Axton nicht unbedingt über den Weg laufen, aber sie mußte es wohl riskieren und hinuntergehen, wenn sie etwas zu essen haben wollte.

Doch mit jedem Schritt kam ihr deutlicher zu Bewußtsein, daß sie sich selbst etwas vormachte, wenn sie glaubte, ihm entkommen zu können. Es gab einfach kein Entrinnen. Schon allein die Kette, die sie an ihren Schenkeln spürte, erinnerte sie ständig an diese Tatsache.

Im Saal war es noch dunkel. Alle Fackeln waren niedergebrannt, außer der einen, die sich neben der Tür zum Hof befand. Am anderen Ende des Saales knisterte ein Feuer im Kamin und verbreitete ein fast gespenstisches rötliches Licht. Ein paar brennende Kerzen standen auf einem Tisch, an dem immer noch einige Männer beieinander saßen.

Einer von ihnen lag auf der Bank, die Arme über der Brust verschränkt. Sein leises Schnarchen verriet Linnea, daß er schlief. Ein anderer Mann saß mit gesenktem Kopf am Tisch und starrte in seinen Bierkrug – es konnte aber auch sein, daß er im Sitzen schlief. Linnea kannte ihn – es war Sir Reynold, Axtons Hauptmann.

Aber wo war Axton selbst?

»Es wäre mir lieber, wenn ich sie alle los wäre.«

Linnea schreckte augenblicklich zusammen. Obwohl die Worte nicht laut gesprochen wurden, trafen sie sie doch unvorbereitet, und sie drückte eine Hand an die Brust, wie um ihr pochendes Herz zu besänftigen. Der Mann am Tisch hob den Kopf und wandte sich zur Seite. Linnea folgte seinem Blick und erschrak, als sie ihren Gemahl auf seinem Stuhl sitzen sah. Sie hatte ihn nicht gleich gesehen, weil der Stuhl dem Feuer zugewandt war. Doch es konnte nur er sein – kein anderer würde es wagen, auf dem Stuhl des Burgherrn zu sitzen.

Es war, als beginne ihr Herz zu tanzen, als sie ihn sah – und sie sagte sich, daß das wohl die Aufregung war und keinesfalls Erwartung oder Vorfreude; schließlich konnte es ja wohl nicht sein, daß sie schon wieder *daran* dachte. Man hätte schon ausgesprochen wollüstig sein müssen, um noch mehr zu wollen!

»Es wäre wirklich am besten, wenn wir sie alle los wären«, sagte er erneut. »Den Vater, seinen Sohn und auch die Alte.«

»Aber die Tochter möchtest du gewiß behalten.« Es war keine Frage, was Sir Reynold äußerte, sondern eine Feststellung.

Axton gab ein Schnauben von sich, das ein wenig höhnisch klang, doch er verzichtete auf eine Antwort.

Sein Schweigen schien Sir Reynold weiter anzustacheln. »Wie es scheint, gefällt dir die Kleine wirklich. Man spricht in der ganzen Burg davon, daß du den Tag lang mit ihr im Bett verbracht hast.« Er lachte. »War die Hochzeitsnacht denn so ein Mißerfolg, daß du den ganzen Tag gebraucht hast, um es gutzumachen? Oder ist es so, daß sie einfach langsam lernt?«

Linneas Ohren wurden heiß vor Scham. Axton de la Manse mußte seine Männlichkeit nicht erst beweisen. Aber sie ... sie wußte von alldem gar nichts. Fand er etwa, daß sie langsam lernte? War er am Ende enttäuscht von ihr?

Axton erhob sich von seinem Stuhl und trat ans Feuer. Er war mit einem einfachen Obergewand bekleidet und trug weder Waffe noch Gürtel. Doch obwohl er kaum besser als ein Knappe gekleidet war, wirkte er dennoch ganz wie ein Herr. Linnea verstand sich selbst nicht, doch in diesem Augenblick empfand sie so etwas wie Stolz. Er war *ihr* Ehemann. Sie war es, mit der er verheiratet war.

»Der Sohn wie auch der Vater bleiben meine Gefangenen, bis Henry etwas anderes anordnet. Die Alte jedoch lassen wir in das Kloster von Romsey bringen«, sagte Axton.

»In das Kloster von Romsey. Nun, schade, daß du das nicht früher gesagt hast. Der Priester ist nämlich bereits dorthin aufgebrochen. Sie hätte ihn begleiten können, wenn ich gewußt hätte, was du planst.«

Axton wandte sich seinem Hauptmann zu. »Der Priester hat die Burg verlassen? Warum? Und warum ist er auf dem Weg zum Kloster? Wer hat ihm die Erlaubnis dazu gegeben?«

»Du selbst«, antwortete er lächelnd. »Aber ich glaube, du hast gerade deine Braut angestarrt, als wir davon sprachen, wäre es möglich, daß du mit den Gedanken ganz woanders warst?« fügte er grinsend hinzu.

Axton strich sich mit beiden Händen durch das Haar. »Sieht fast so aus. Wann ist er denn aufgebrochen?«

»Noch vor Tagesanbruch. Warum? Spielt das eine Rolle für dich?«

Linnea hielt den Atem an. Die echte Beatrix war mit Pater Martin aufgebrochen. Ob Axton Verdacht schöpfte? Ahnte er etwa, daß sie irgend etwas gegen ihn im Schilde führten? Wußte er gar, wer sie wirklich war?

»Ich bin eben ein wenig mißtrauisch«, erwiderte Axton achselzuckend. »Schick ein paar Männer los, um die Alte ins Kloster zu bringen – je früher, desto besser. Und sieh zu, daß de Valcourt ständig von zwei Männern bewacht wird; für den Sohn genügt einer.«

»Und was ist mit der Tochter? Wer behält sie im Auge?« fragte Sir Reynold heiter.

Axton nahm ihm seine scherzhafte Bemerkung keineswegs übel. Die beiden Männer waren wohl eng miteinander befreundet. Und Axton schien durchaus Spaß zu verstehen.

»Mit meiner Frau komme ich schon klar …«

Axton hielt inne, und Linnea wußte augenblicklich, warum. Er hatte sie gesehen, obwohl sie immer noch in einem dunklen Winkel des Saales stand. Sie spürte seine Augen auf sich ruhen, und es war wie ein vertrauter Schock, der ihr in die Glieder fuhr.

»Mit meiner Frau komme ich schon klar«, wiederholte er, doch diesmal richtete er die Worte direkt an sie und nicht an Sir Reynold. Dieser mußte die Veränderung in seiner Stimme bemerkt haben, denn er blickte sich um und lächelte, als er sie sah.

»He, Maurice. Komm her und begrüße deine Herrin. Aber komm ihr nicht zu nah mit deinem fauligen Atem.« Sir Reynold trat mit dem Fuß gegen die Bank, und mit einem erstickten Fluch landete der Mann auf dem Fußboden.

»Verdammter Bastard!« murmelte der Mann und sprang augenblicklich auf. Seine Hand glitt zu dem Dolch, den er am Gürtel trug, ohne ihn jedoch zu ziehen. Fast schien es, als hätte er plötzlich vergessen, was er mit einem Dolch wollte. Ziemlich verwirrt und ein wenig schwankend stand er da.

Der Mann war betrunken.

Ob auch Axton betrunken war? Linnea blickte rasch zu ihrem Mann hinüber. Hatte er vielleicht mit seinen Männern getrunken und ihnen in allen Einzelheiten erzählt, was zwischen ihm und seiner Frau vorgefallen war? Immerhin war sie nicht nur seine Frau, sondern auch sein Feind. Sie errötete angesichts dieser demütigenden Vorstellung. Doch sie würde es nicht zulassen, daß er auch hier mit ihr machte, was er wollte. Jetzt war nicht der richtige Zeitpunkt, um vorzugeben, wie Beatrix zu sein. Sie würde mehr ihrer Großmutter nacheifern und nichts als Stolz an den Tag legen.

Sie trat ins Licht und dachte nicht mehr daran, wie hungrig sie soeben noch gewesen war. »Wenn es dir recht ist, mein Gemahl, dann würde ich meine Großmutter gern hierbehalten. Es ist doch nicht nötig, eine alte Frau fort von ihrem Zuhause zu schicken ...«

Sie hielt inne, als sie den Zorn in seinen Augen sah. »Maidenstone ist nicht ihr Zuhause«, gab er in scharfem Tonfall zurück. Er klang weniger betrunken als vielmehr wütend.

Linnea unterdrückte einen Seufzer und biß sich auf die

Unterlippe. Wie dumm von ihr. Sie hätte wissen müssen, wie wütend es ihn machte, wenn sie ihre Familienangehörigen verteidigte. Aber der Schaden war nun einmal angerichtet. »Sie ist eine alte Frau«, sagte sie mit leiser, fast flehender Stimme. »Das ist doch das einzige Zuhause, das sie noch hat.«

Sie konnte seinen Gesichtsausdruck nicht erkennen, denn er stand mit dem Rücken zum Feuer. Doch sie die Spannung in seinem Körper, als er langsam auf sie zukam. Zu spät wurde ihr bewußt, daß sie sich nicht hätte einmischen sollen.

»Das Schicksal von jedem einzelnen de Valcourt liegt in meiner Hand.« Er beugte sich vor, so daß sein hartes Gesicht nur noch eine Handbreit von dem ihren entfernt war. »Sie leben oder sterben ... oder liegen nackt in meinem Bett – ganz wie ich es will.«

Seine Worte klangen so gehässig, daß Linnea entsetzt einen Schritt zurückwich. Sie traute ihren Ohren nicht. Das sollte der Mann sein, der sie mit Liebkosungen nur so überschüttet hatte und sie mit einer Leichtigkeit zu erregen vermochte, daß sie sich selbst nicht mehr verstand? Er war in der Lage, sie im nächsten Augenblick zu vernichten, wenn er es für nötig erachtete. Wie hatte sie sich nur einbilden können, daß er anders sei?

Linnea nahm all den Mut zusammen, den ihr Zorn ihr verlieh. Sie vermied es, die beiden anderen Männer anzublicken, aus Angst, sie höhnisch grinsen zu sehen. Doch *ihn* starrte sie so finster an, wie sie nur konnte.

»Was für ein tapferer Mann mein Gemahl doch ist. Er zwingt Frauen genauso in die Knie wie alte Männer und schwer Verwundete.«

Er hob eine Augenbraue und erwiderte mit beißendem Hohn: »Er war nicht schwer verwundet, als ich auf ihn traf.«

Hätte Linnea eine Waffe bei sich gehabt, dann hätte sie sich auf ihn gestürzt. Wie konnte er es wagen, auch noch mit seiner verwerflichen Tat zu prahlen! Wie konnte er es wagen, ihren Bruder um ein Haar zu töten, ihren Vater einzukerkern, ihre Großmutter fortzuschicken und mit ihr zu schlafen – und dann auch noch so zu tun, als müsse sie ihm dankbar sein!

»Ich verachte dich!« stieß sie zitternd vor Wut hervor. »Ich verachte dich und …« Sie suchte nach Worten, um ihm einen Schlag zu versetzen, so wie er es mit ihr derart leichtfertig getan hatte. »Und mir wird übel, wenn ich nur daran denke, daß ich mich von dir berühren lassen muß. Wenn du wüßtest, wie mich davor ekelt. Du widerst mich an!«

Die Selbstgefälligkeit verschwand aus seinem Blick. Doch ihre Genugtuung darüber war nur von kurzer Dauer; seine Augen waren voll unbändiger Wut. Sie zuckte zusammen, als er die Faust gegen sie erhob. Er würde sie niederschmettern; mit einem einzigen Schlag würde er sie töten.

Einer seiner Männer stieß einen erschrockenen Laut aus, während der andere den Arm seines Herrn packte, bevor er zuschlagen konnte.

»Schnell, verschwindet von hier«, knurrte Sir Reynold ihr zu.

Er brauchte es ihr nicht zweimal zu sagen. Sie wich zurück, wobei sie den Blick nicht von ihrem Ehemann wandte. Es war eine solche Wut in seinen Augen, daß die Angst vor ihm alles andere in ihr zudeckte. Er würde sie töten. Und wenn er sie am Leben ließ, dann würde ihre Großmutter es tun. Denn es war nicht vorgesehen, daß sie so mit ihrem Mann umging. Es war ihre Aufgabe, sich seinen Wünschen zu beugen – doch statt dessen hatte sie ihn immer weiter gereizt.

Axton befreite sich aus Sir Reynolds Griff. Der Mann wagte es offensichtlich nicht, seinem Herrn ein zweites Mal in die Quere zu kommen. Als Axton wutentbrannt auf Linnea zuging, verfolgte Sir Reynold die Szene, ohne einzugreifen.

»Ob du dich vor mir ekelst oder nicht, ist mir völlig gleichgültig. Du bist meine Ehefrau, und ich kann mit dir tun und lassen, was ich will. Mich interessiert nur, was ich selbst möchte, nicht, was du willst.« Er durchbohrte sie förmlich mit seinem eiskalten Blick. »Und jetzt geh in mein Zimmer und warte, bis ich komme«, sagte er so verächtlich, daß es ihr durch und durch ging.

Linnea wollte ihm widersprechen, denn was sollte ihr noch Schlimmeres geschehen als das, was er ohne Zweifel mit ihr vorhatte? Aber sie konnte es nicht. Sie hatte zu große Angst, um irgend etwas anderes zu tun, als den Kopf einzuziehen und das Weite zu suchen. Sie haßte sich selbst dafür, daß sie so feige war. Maynard war kein Feigling, und sie sollte es ebensowenig sein. Aber sie brachte es nun einmal nicht fertig und eilte hinaus, ohne lange zu überlegen. Draußen hielt sie einen Augenblick inne. Nein, sie hatte zu große Angst, um in ihr Schlafzimmer zu gehen und dort auf ihn und seinen Wutausbruch zu warten.

Es war nicht Mut, was sie dazu bewog, sich seinem Befehl zu widersetzen, sondern nackte Angst. Sie wußte nicht, wo ihre Großmutter sich im Augenblick aufhielt, aber sie mußte sie unbedingt finden. Auch Lady Harriet würde sehr wütend auf sie sein, doch sie würde ihr wenigstens helfen, einen Ausweg zu finden. Linnea freute sich nicht gerade darauf, ihrer Großmutter gegenüberzutreten, aber sie war die einzige Verbündete, die sie noch hatte. Es war immer noch besser, sich dem Zorn von Lady Harriet auszusetzen als der kalten, unbändigen Wut ihres Mannes.

Als Axton in das Zimmer stürmte, traute er seinen Augen nicht. Er war betrunken, das wußte er selbst. Aber daß er seine Frau nirgends sah, lag gewiß nicht an dem vielen Rotwein, den er getrunken hatte – nein, sie war tatsächlich nicht hier! Diese kaltherzige kleine Hexe war nicht hier!

Er durchschritt das Zimmer, riß das Bärenfell zur Seite und packte die Daunenmatratze, um sie quer durch das Zimmer zu schleudern. Ein Schrank kippte um, so daß Kleider und andere Gegenstände auf dem Boden landeten.

Er schob ihre Truhe beiseite und riß einen Teppich von der Wand. Sie war tatsächlich nicht hier!

Wenn er sie fand, würde er sie umbringen! Bei Gott und allen Heiligen, er würde sie umbringen!

Er trat gegen das Bett, und als es sich nicht bewegte, warf er sich mit seinem ganzen Gewicht gegen einen der Pfosten, als wolle er das schwere Bett durch die Wand hindurchschieben. Irgend etwas zerbrach, und das Bett fiel krachend in sich zusammen, ohne sich jedoch von der Stelle zu rühren, was ihn nur noch wütender machte. Er wirbelte herum und suchte nach seinem Schwert. Er würde sie schon finden, und dann gnade ihr Gott ...«

Vor seinen Augen begann alles zu verschwimmen, und er griff nach dem Bettpfosten, um sich festzuhalten. Diese Hexe hatte nur darauf gewartet, daß er sich betrank, um ihn zutiefst zu demütigen. Auf den Pfosten gestützt, versuchte er einen klaren Gedanken zu fassen. Sie hatte gewartet, bis er trunken war vor Verlangen nach ihr und natürlich von dem vielen Wein. Mit seinen Freunden hatte er einen Becher nach dem anderen darauf getrunken, was für ein Glückspilz er doch war, mit einer so leidenschaftlichen Frau verheiratet zu sein. Sie hatte ihn eingelullt und ihn dann mit ihrer spitzen Zunge getroffen, so als hätte sie ihn mit seinem eigenen Dolch erstochen.

Es ekelte sie vor ihm. Angewidert war sie von ihm.

Er hätte aufschreien können vor Wut. Es drängte ihn, sie zu finden und zu zwingen, ihre Worte zurückzunehmen. Er wollte ihr zeigen, daß es nicht stimmte, was sie gesagt hatte. Aber sie war nicht hier.

Er blickte um sich und sah die Verwüstung, die er angerichtet hatte – und so plötzlich, wie er explodiert war, beruhigte er sich wieder. Es war besser, daß sie nicht hier war. Wenn sie hiergewesen wäre – egal ob in ängstlicher oder kampflustiger Stimmung –, hätte sie ihn nur noch wütender gemacht. Sie hatte etwas an sich, das extreme Gefühle in ihm hervorrief – in der Leidenschaft wie auch im Zorn.

Seine Knie gaben nach, und er sank auf den Fußboden.

Sie rief eine so ungeheure Leidenschaft in ihm hervor – doch er widerte sie nur an.

Und jetzt wußte es jeder hier in der Burg.

Er stöhnte und ließ den Kopf in seine Hände sinken. Er hatte sein Zuhause zurückerobert, seine Feinde waren in seiner Hand. Doch seine Frau verschmähte ihn. Es ekelte sie vor ihm, hatte sie gesagt.

Alles in ihm krampfte sich zusammen. Nun verspürte er selbst einen solchen Ekel, daß er sich am liebsten übergeben hätte. Aber das würde er nicht tun. Er war schließlich keine Frau, daß er sich von seinen Gefühlen niederdrücken ließ. Sie war seine Ehefrau. Er war ihr Ehemann. Sie würde ihm gehorchen und seinen Wünschen Folge leisten, und wenn es sie noch so sehr vor ihm ekelte.

Morgen würde er ihr genau das sagen. Aber jetzt ... jetzt würde er sich erst einmal hinlegen und überlegen, wie er weiter vorgehen sollte.

Peter warf einen vorsichtigen Blick in das Zimmer seines Bruders. Er hatte sehr wohl gehört, was da vor sich ging, die wüsten Flüche und das Krachen zertrümmerter Möbeln. Bestimmt ging es wieder einmal um diese Frau. Niemand sonst konnte Axton dermaßen leicht reizen. Nicht einmal ihr Vater, den Axton seit langem zutiefst haßte, konnte ihn auf diese Weise zur Weißglut bringen. Edgar de Valcourt rief in erster Linie kalte Rachegefühle in Axton hervor; doch Beatrix konnte ihn, wie es schien, zum Kochen bringen.

Auch wenn Peter ihr noch so gern die Schuld an dem momentanen Zustand seines Bruders gegeben hätte, fiel ihm das nicht leicht, vor allem wenn er daran dachte, wie sie nackt auf dem Bett gelegen hatte – ein Bild, das ihm nicht mehr aus dem Kopf ging. Sie war viel zu schwach, um Axtons Wut standhalten zu können – oder seiner Leidenschaft. Sie war einfach zu verletzlich.

Dies war auch der Grund, warum er an diesem Abend im Hauptturm geblieben war und sich in der Vorratskammer einen Platz zum Schlafen bereitet hatte. Er hatte jedes Wort mit angehört, das im Saal gesprochen wurde. Zuerst hatte sein Bruder nicht ohne Stolz auf die Fragen der Männer nach seiner Frau geantwortet. Dann war Linnea gekommen, und sie hatte die Dummheit begangen, ihre Familie ihm gegenüber in Schutz zu nehmen, worauf Axton sie beleidigt hatte, was sie sich nicht hatte gefallen lassen. Er hatte auch gesehen, wie sein Bruder die Faust gegen sie erhob, worauf Reynold ihn gerade noch hatte zurückhalten können. Er hatte auch gesehen, wie Beatrix sich hastig aus dem Staub gemacht hatte, worauf sein Bruder sich maßlos betrunken hatte und dabei in eine noch größere Wut geraten war.

Er hatte all das voller Sorge mitverfolgt. Er wollte Axton nicht folgen, als dieser schließlich aufbrach – aber als er dann wieder daran dachte, wie wehrlos und nackt sie ihm ausgeliefert gewesen war, konnte er einfach nicht anders. Seine Erleichterung war groß, als sich herausstellte, daß sie nicht da war – auch wenn die Konsequenzen bitter sein würden.

Aber morgen würde Axton wieder nüchtern sein. Und vielleicht würde auch ihre Mutter bald eintreffen. Bestimmt wäre sie dazu in Lage, ihren ältesten Sohn wieder zur Vernunft zu bringen, dachte Peter hoffnungsvoll, als er Axton neben den Überresten seines Bettes liegen sah.

Er hielt die Fackel, die er bei sich hatte, hoch und betrachtete den Bruder, den er stets so bewundert hatte. Das Ganze verwirrte ihn maßlos. Nie hatte er Axton so zornig gesehen wie in dieser Nacht – und auch nicht dermaßen betrunken. Und das alles nur wegen *ihr*.

Ratlos schüttelte er den Kopf. Am besten sah er nach, wo sie steckte. Sie würde doch wohl hoffentlich nicht so dumm sein, aus der Burg zu fliehen – denn dann konnten sich alle auf etwas gefaßt machen. Nach seinem Benehmen der vergangenen Stunden zu schließen, würde Axton keinen Stein auf dem anderen lassen, bis er sie gefunden hatte.

11

Linnea hatte Tränen in den Augen, und ihre Wange brannte – aber sie zuckte nicht zurück, als ihre Großmutter ihr eine Ohrfeige gab. Doch diesmal – das wußte Linnea – war sie selbst schuld, daß sie sich den Zorn ihrer Großmutter zugezogen hatte.

»Wußte ich's doch, daß du unfähig bist und deine Familie im Stich lassen würdest! *Einmal* habe ich dich um etwas gebeten – und was kommt dabei raus? Nichts. Du bist der Untergang dieser Familie!«

Linnea fühlte sich elend, wie sie da vor ihrer Großmutter stand. Es wäre ihr lieber gewesen, wenn sie sie noch einmal geschlagen hätte – daran war sie gewöhnt. Aber das hier ... Jeder einzelne Vorwurf traf sie wie ein Keulenschlag und schmerzte sie mehr, als eine Ohrfeige es vermocht hätte.

Es stimmte ja – sie hatte ihren Gefühlen freien Lauf gelassen und sich äußerst dumm benommen, wo es doch darum ging, einen kühlen Kopf zu bewahren. Und jetzt fürchtete sie, daß sie diesen Fehler nie mehr würde gutmachen können. Ihr Gemahl würde ihre Großmutter fortschicken, ihren Vater in den Kerker werfen und dem armen Maynard Gott weiß was antun. Und das alles war allein ihre Schuld.

Ihre Großmutter ging in der engen Kammer, die man ihr zugewiesen hatte, auf und ab. Es war das Zimmer der Köchin und hinter der Küche gelegen. Ihr Vater mußte sich mit Maynard im Zimmer des Priesters aufhalten. Sie war die einzige in der Familie, die noch im Hauptturm wohnte. Axton wollte, daß alle vier Zimmer frei blieben, damit niemand ihre Privatsphäre störte. Doch anstatt das zu ihrem Vorteil auszunutzen, hatte sie mit einem einzigen Wutanfall wahrscheinlich alles zunichte gemacht.

»Hat er gesagt, was er mit Maynard und Edgar vorhat?« stieß die alte Frau zornig hervor.

»Er hat gesagt, sie würden seine Gefangenen bleiben, bis Henry, der Herzog der Normandie, eintrifft.«

»Er kommt hierher? Henry von Anjou kommt hierher?«

»Das hat er gesagt«, antwortete Linnea vorsichtig.

»Und er will, daß ich ins Kloster von Romsey gehe.« Ihre Großmutter schritt aufgeregt im Zimmer auf und ab, wobei sie wütend mit dem Stock auf den Steinboden pochte. Mit einemmal drehte sie sich zu Linnea um. »Vielleicht ist es besser so. Wir leben in unsicheren Zeiten. Es gibt kaum einen Adligen in England, der nicht Henrys Wohlwollen gewinnen möchte. Es kommt nur darauf an, auf der richtigen Seite zu stehen ... Nun, ich glaube, Pater Martin ist nicht listig genug, um die Interessen der de Valcourt zu vertreten. Aber wenn ich erst selbst dort im Kloster bin, kann ich mich besser darum kümmern, einen geeigneten Ehemann für sie zu finden. Und du ...« Die Nachdenklichkeit verschwand aus ihren Augen, und sie blickte Linnea erneut vorwurfsvoll an. »Du bleibst hier und bist deinem Gemahl eine sanfte und gehorsame Frau. Du wirst ihn um Vergebung bitten, wenn das nötig sein sollte, um ihn zu beschwichtigen. Du bietest ihm deinen Körper als Gegenleistung dafür, daß dein Vater und Maynard ungeschoren bleiben – verstehst du mich, Mädchen?« fügte sie mit drohendem Unterton hinzu.

Während er sich zur Türe schlich, hörte Peter nur noch die letzten Worte, die die Alte sprach. Er biß die Zähne zusammen, um sich die Kraftausdrücke zu verkneifen, die ihm auf der Zunge lagen. So war das also. Die junge Hexe sollte auf Geheiß der alten seinen Bruder hintergehen. Er hätte sie am liebsten beide erwürgt. Männer kämpften von Angesicht zu Angesicht. Aber Frauen ... Frauen lächelten einem ins Gesicht, während sie hinterrücks ihre Ränke schmiedeten.

Gewiß, nicht alle Frauen waren so, korrigierte er sich, wobei er an seine Mutter dachte, die seinem Vater stets ehrlich und treu zugetan war. Aber diese Frauen aus der Familie der de Valcourt waren mit seiner Mutter nicht zu vergleichen.

Er preßte sich eng an die Wand, um nicht gesehen zu

werden. Es war Neumond und stockdunkel, so daß es nicht schwer war, sich zu verstecken. Doch andererseits war es auch nicht leicht gewesen, die Frau seines Bruders zu finden. Er war gerade noch rechtzeitig gekommen, um den Befehl ihrer Großmutter mit anzuhören.

Sie sollte ihm ihren Körper als Gegenleistung dafür bieten, daß ihr Vater und ihr Bruder ungeschoren blieben. Das mußte er Axton sagen.

Im nächsten Augenblick wurde er nachdenklich. Axton würde nicht gerade erfreut sein, das zu hören. Er würde ungemein wütend werden – und zwar nicht nur auf sie, sondern auf jeden, der ihm über den Weg lief, auch auf seinen jüngeren Bruder. Er würde sich fragen, was Peter veranlaßt haben mochte, ihr zu folgen, und daraufhin vermuten, daß sein kleiner Bruder einiges von dem mit angehört haben mußte, was im Saal gesprochen worden war.

Peter rieb sich nachdenklich die Stirn. Axton würde es gar nicht schätzen, daß sein Bruder wußte, was Beatrix über ihr Eheleben ausgeplaudert hatte. Aber was konnte er denn auch anderes erwarten, wenn er dem Mädchen eine solche Angst einjagte?

Erneut hatte er das Bild vor Augen, wie sie sich in ihrer Angst in dem Bärenfell vergrub, als Axton in das Zimmer gestürmt kam. War es da nicht erstaunlich, daß sie noch den Mut fand, Axton im Saal so entschlossen gegenüberzutreten? Man konnte ihr vielleicht einiges vorwerfen – aber tapfer war sie, das mußte er sich widerwillig eingestehen. Entweder tapfer oder ziemlich dumm. Du liebe Güte, wie verwirrend das alles doch war! Eigentlich wäre er es seinem Bruder schuldig gewesen, ihm zu erzählen, was seine Frau im Schilde führte. Aber mehr noch als das schuldete er seinem Bruder vielleicht, daß er sich ganz aus dieser Angelegenheit heraushielt und es ihm überließ, wie er seine Frau behandelte. Zudem hatte es ja wirklich nicht den Anschein, daß aus den Plänen der Frauen irgendein Schaden entstehen könnte. Das Schicksal von Edgar de Valcourt und seinem Sohn lag allein in Henry Plantagenets Händen.

Beatrix' kleine Ränke würden daran nicht das geringste ändern.

Außerdem wäre es ja möglich, daß sie sich mit der Zeit doch noch für Axton erwärmte. Manche Frauen waren überaus heißblütig, so hatte er zumindest gehört. Andere wieder waren kalt wie Eis. Vielleicht mußte Axton ganz einfach selbst herausfinden, was in seiner Lage das beste war. Ganz bestimmt würde er es nicht schätzen, wenn sein jüngerer Bruder sich in seine Angelegenheiten mischte.

Vielleicht war es am besten, die Frau seines Bruders ein wenig im Auge zu behalten. Sobald die Alte erst einmal fort war, würde Beatrix schon etwas umgänglicher werden.

Und selbst wenn das nicht der Fall sein sollte, so dachte er, war sie trotz allem ja nur eine Frau. Sie mochte seinen Bruder zur Weißglut treiben, aber das würde sich schon noch legen. Auf längere Sicht war sie ganz einfach nicht von Bedeutung.

Linnea stieg langsam die Treppe hinauf. Im großen Saal waren bereits einige Diener damit beschäftigt, Feuer zu machen und die Tische aufzustellen. Oben jedoch war kein Laut zu hören.

Bevor sie ihre Großmutter verließ, hatte sie ihr versprechen müssen, reumütig zu ihrem Ehemann zurückzukehren und ihn um Vergebung zu bitten. Und sie würde die Reue nicht einmal spielen müssen – sie schämte sich tatsächlich, daß sie ihre Rolle als Beatrix so leicht hatte vergessen können. Mittlerweile bereute sie ihren Temperamentsausbruch und war bereit, alles zu tun, was nötig war, um ihre Familie zu retten – auch wenn dies bedeutete, daß sie ihm ihren Körper anbieten mußte, wie ihre Großmutter es von ihr verlangt hatte. Schließlich hatte Maynard genau das gleiche getan, indem er für Maidenstone in die Schlacht gezogen war. Und er hatte letztlich einen hohen Preis für seinen Einsatz bezahlt.

Nun, jetzt war es an ihr, der Familie zu helfen.

Doch als Linnea ins Vorzimmer des Herrn von Maidenstone spähte, zitterte sie am ganzen Körper. Was würde Axton wohl tun, wenn er sie sah? Gewiß würde er sie in seinem Zorn hart bestrafen. Aber ebensosehr Strafe fürchtete sie die anderen Dinge, die er mit ihr anstellen würde. Denn nie fühlte sie sich ihm mehr ausgeliefert als dann, wenn er all die unbeschreiblichen Gefühle in ihr weckte.

Wahrscheinlich wäre es sogar besser für sie gewesen, wenn er sie letzte Nacht geschlagen hätte. Dadurch wäre ihre Entschlossenheit, ihre Aufgabe zu erfüllen, nur gewachsen. Doch er hatte sie nicht geschlagen. Gewiß, einer seiner Männer hatte ihn zurückgehalten. Sie fragte sich, ob er tatsächlich zugeschlagen hätte. Schließlich war er bei aller Leidenschaft immer sehr zärtlich zu ihr gewesen.

Sie trat vorsichtig ins Vorzimmer und spürte das beunruhigende Reiben der Goldkette an ihren Schenkeln. Tief in ihr regte sich die Erinnerung an die Augenblicke der Leidenschaft, die sie mit ihm erlebt hatte.

Was war dieser Mann doch für eine unglaubliche Mischung aus Krieger, Liebhaber, Ehemann und Feind! Würde es zwischen ihnen beiden wohl immer so sein?

Sie schüttelte den Kopf angesichts dieses dummen Gedankens. Hatte sie denn schon wieder vergessen, daß sie lediglich eine Rolle spielte? Sie würden wohl nicht lange genug verheiratet sein, daß sie herausfinden konnte, wie er wirklich war.

Schon deshalb war es nicht besonders klug von ihr, sich allzu viele Gedanken über ihn zu machen. Ihre Aufgabe war es, ihn zu besänftigen, um Vergebung zu bitten und zufriedenzustellen. Mehr nicht.

Am besten fing sie gleich damit an.

Sie holte tief Luft und trat schließlich auf die Schlafzimmertür zu. Sie würde nicht allzu furchtlos und kühn auftreten, aber andererseits auch nicht überängstlich. Nun, vielleicht war ein wenig Angst durchaus angemessen, zumal das ohnehin ihrer augenblicklichen Gemütslage entsprach.

Die Tür klemmte ein wenig, ehe sie mit einem Quietschen aufging. Sie hielt den Atem an und riskierte – als sich nichts rührte – einen Blick ins Innere. Das Zimmer glich einem Trümmerhaufen. Er mußte außer sich vor Wut gewesen sein – mehr, als sie in ihren schlimmsten Befürchtungen für möglich gehalten hatte. Sogar den Kleiderschrank hatte er umgeworfen, so daß seine Hemden und ihre Kleider – eigentlich die von Beatrix – auf dem Fußboden verstreut lagen. Und auch das Bett schien einiges abbekommen zu haben. Die Matratze lag auf dem Fußboden – und auf ihr hatte Axton es sich bequem gemacht und schlief!

Um ein Haar hätte die Tür wieder zugeschlagen und wäre davongelaufen. Doch ihr war klar, daß das überhaupt nichts genützt hätte. Er lag regungslos da und schnarchte leise vor sich hin. Schließlich nahm sie all ihren Mut zusammen und ging hinein ins Schlafzimmer.

Als sie ihren schlafenden Ehemann betrachtete, stellte sie fest, daß er im Schlaf weitaus weniger bedrohlich wirkte. Er hatte offensichtlich all seine Wut an der Einrichtung ausgelassen, bis sie verraucht war und er in einen friedlichen Schlaf sank. Genauso war es auch oft bei Maynard oft gewesen, als er noch ein kleiner Junge war.

Sie beugte sich über ihn und stellte anhand seines Atems fest, daß er wohl eine ordentliche Menge Wein zu sich genommen haben mußte. In dieser Hinsicht erinnerte er sie an ihren Vater.

Linnea seufzte tief. Wie sich die Männer in manchen Dingen glichen! Sie benahmen sich bisweilen wie große Raubtiere, polterten brüllend und fluchend durch die Gegend, aber wenn sie zuviel tranken, wurden sie letztendlich ganz zahm. Und den Frauen blieb es vorbehalten, das Trümmerfeld, das sie hinterließen, aufzuräumen.

Ein wenig zuversichtlicher blickte sie sich im Zimmer um. Sie konnte ja schon einmal damit beginnen, die Kleider sowie die kleineren Gegenstände aufzuheben. Doch den Schrank aufzustellen und das Bett zu reparieren – das würde sie allein nicht schaffen.

Und was Axton betraf … er würde bestimmt ein Bad

brauchen, dachte sie, wobei sie sich an die Anweisung erinnerte, die er ihr gegeben hatte. Offensichtlich legte er Wert auf Reinlichkeit. Außerdem würde sie dafür sorgen, daß er ein reichhaltiges Frühstück bekam – mit frischem Brot und kaltem Fleisch. Sie würde einfach versuchen, ihn zu verwöhnen, denn Männer waren – nachdem sie getrunken und sich ausgetobt hatten – ein wenig wie schlechtgelaunte Kinder. Sie hoffte, daß er sich von ihr besänftigen ließ.

Vielleicht, wenn sie so tat, als hätte es die vergangene Nacht gar nicht gegeben ... Vielleicht hatte der Wein ihn vergessen lassen, was vorgefallen war und wie sehr sie ihn erzürnt und beleidigt hatte. Oh, wie sehr sie sich das wünschte!

Linnea machte sich an die Arbeit. Sie war froh, daß sie etwas zu tun hatte. Die Untätigkeit und Ungewißheit wären einfach unerträglich gewesen. Sie eilte zurück in den Saal, wo sie einer Dienstmagd befahl, eine Wanne ins Vorzimmer zu schaffen, dazu viel heißes Wasser und die beste Seife, die sie finden konnte. Einer anderen Magd trug sie auf, ein reichhaltiges Frühstück zu bringen und es ebenfalls im Vorzimmer abzustellen. Sie selbst würde ihrem Gemahl zunächst einmal allein gegenübertreten. Sollte er wie ein grober, ungehobelter Betrunkener reagieren, mußte es ja nicht gleich alle Welt mitbekommen.

Sie kehrte ins Schlafzimmer zurück und begann die verstreut umherliegenden Kleider in ihre Truhe zu schichten. Anschließend legte sie seine Kleider fein säuberlich auf den verzierten Deckel der Truhe. Sie hob auch das Bettzeug auf und versuchte auf diese Weise, wieder ein wenig Ordnung im Zimmer zu schaffen.

Als sie damit fertig war, fand sie es an der Zeit, ihn zu wecken. Während sie mit aufräumen beschäftigt war, hatte Linnea es tunlichst vermieden, ihn anzusehen – doch jetzt ließ es sich nicht mehr vermeiden.

Er lag da, als hätte er zuvor an der Wand gelehnt und wäre dann in seiner Benommenheit einfach umgekippt. Doch selbst in dieser etwas eigenartigen Position bot der

Mann ein eindrucksvolles Bild; sein kräftiger, schlanker Körper war gestählt von all den Jahren, die er als Krieger verbracht hatte. Und doch hatte er, wie er so dalag, auch etwas von einem kleinen Jungen an sich.

Sie verzog das Gesicht über diesen dummen Gedanken und öffnete eines der schmalen Fenster, um das Licht des anbrechenden Morgens hereinzulassen. Sie betrachtete ihn erneut und sah, daß sein schwarzes Haar ihm in die Stirn fiel. Sein sonst oft sehr harter Mund wirkte entspannt, und auch auf seiner Stirn war keine einzige Falte zu sehen. Sie mußte zugeben, daß er wirklich gut aussah. Aber nur, weil er schlief, sagte sie sich. Nur, weil für kurze Zeit die Härte aus seinen Gesichtszügen verschwunden war.

Nach dem Trinkgelage mußte er gewiß heftige Kopfschmerzen haben, dachte sie und war keineswegs unglücklich darüber. Es geschah ihm ganz recht, daß er selbst einmal litt, wo er doch alle anderen so leiden ließ.

Mit diesem Gedanken begann sie ihn mit dem Fuß an seinem Stiefel anzustoßen.

»Mylord. Mylord, es ist Morgen. Es gibt viel zu tun heute. Axton!« fügte sie schließlich mit etwas mehr Nachdruck hinzu, als er keine Reaktion zeigte.

Schließlich drehte er sich um, ohne jedoch aufzuwachen. Linnea blickte ihn finster an. »So ein Ochse«, murmelte sie. »Was würdest du bloß tun, wenn man die Burg angreift? Würdest du einfach weiterschlafen, bis die Schlacht vorüber ist?«

Während sie ihn so betrachtete, sah sie plötzlich den Dolch, den er am Gürtel trug. Wenn sie ihn im Schlaf entwaffnete, würde er zwar wütend sein, aber schließlich einsehen, daß er ihr vertrauen konnte – vor allem, wenn sie ihm sagte, wo sie die Waffe verwahrt hatte.

Sie trat näher zu ihm heran, auch wenn es sie einige Überwindung kostete. Aber er schien so tief zu schlafen, daß das Dach über ihm hätte einstürzen können und er es wahrscheinlich nicht gemerkt hätte.

Als sie sich über ihn beugte, kam ihr zu Bewußtsein,

wieviel größer und stärker als sie er doch war. Axton war eben der geborene Krieger. Im nächsten Augenblick spürte sie seine Kette an ihrem Schenkel, und sie mußte sich widerwillig eingestehen, daß er zudem der geborene Liebhaber war. Er brachte seine Kraft, die ihm im Kampf gegen seine Feinde so überaus zugute kam, auch bei seiner Frau zum Einsatz – die ebenfalls sein Feind war, wie sie sich in Erinnerung rief.

Sie zwang sich, all die beunruhigenden Empfindungen, die seine Nähe in ihr auslöste, zu verdrängen, und konzentrierte sich auf den Dolch. Es war eine größere Waffe als die, die sie in seinem Schrank gefunden hatte. Vorsichtig begann sie den Dolch aus der Scheide zu ziehen, als sie plötzlich gegen seinen Ellbogen stieß.

Er rührte sich, und sein Arm fiel auf ihre Hand und preßte sie gegen seine Hüfte, so daß Linnea erschrocken den Atem anhielt. Heiliger Judas Thaddäus, jetzt war es wohl um sie geschehen!

Doch anstatt die Augen zu öffnen und sie finster anzustarren, murmelte er nur einige unzusammenhängende Worte und seufzte, ehe ein Lächeln auf seine Lippen trat. Während ihr Herz wie wild pochte, lag er da und hatte offensichtlich süße Träume!

Sie mußte es irgendwie schaffen, ihm den Dolch abzunehmen, ehe sie ihn weckte, damit er sein Bad nehmen konnte. Er würde sehen, daß sie eine gefügige Ehefrau war, der er vertrauen konnte, so daß es ihr schließlich gelingen würde, ihre Aufgabe zu erfüllen, auch wenn es sie oder ihn das Leben kostete!

Bei diesem Gedanken hielt sie inne. Was immer in den kommenden Wochen auch geschehen würde – sie wollte auf keinen Fall, daß Axton sterben mußte. Sie wollte, daß Beatrix einen geeigneten Ehemann fand, um Maidenstone für ihre Familie zurückzugewinnen. Aber sie wollte nicht, daß Axton dabei sein Leben ließ.

Was würde geschehen, wenn er beschloß, gegen Beatrix' Gemahl zu kämpfen?

Linnea schüttelte den Kopf und schob den Gedanken beiseite. Darauf hatte sie keinen Einfluß. Es lag nicht in ihrer Macht, Axton de la Manse an irgend etwas zu hindern. Sie schaffte es ja nicht einmal, den Mann zu wecken!

Sie schob seinen Arm zur Seite und zog den Dolch aus der Scheide, um sogleich einige Schritte zurückzutreten. Sie tat auch gut daran – denn kaum war sie außerhalb seiner Reichweite, fuhr er plötzlich hoch und schlug mit den Armen um sich. Die Tatsache, daß er auf keinerlei Widerstand traf, ließ ihn schließlich erwachen.

»Ich bin es nur, deine Frau«, sagte Linnea und wich so weit wie möglich zurück. »Erinnerst du dich an mich?« fügte sie hinzu, als er sie mit großen Augen anstarrte. Er war noch nicht völlig wach, auch wenn er aufrecht und offensichtlich kampfbereit vor ihr stand.

Im nächsten Augenblick begann sich sein Gesichtsausdruck zu verändern. Falten bildeten sich auf seiner Stirn, so daß er wieder so aussah, wie sie ihn kannte. Widerwillig stellte Linnea fest, daß sie dies bedauerte; aus irgendeinem Grund schien sie sich zu wünschen, daß er sie so entspannt anlächelte, wie er zuvor im Schlaf gelächelt hatte. Doch das war eben im Schlaf gewesen.

Sie zwang sich, einen reumütigen Gesichtsausdruck aufzusetzen. »Ich habe versucht, dich zu wecken, damit du ein Bad nehmen kannst«, erklärte sie ihm. Sie legte den Dolch auf einen der kleinen Tische. »Du hast in deinen Kleidern geschlafen. Komm, ich zieh dir die Stiefel aus.«

Sie trat zu ihm hin, auch wenn sie vor Angst zitterte. Ob er sich noch daran erinnerte, was sie zu ihm gesagt hatte – vor allem, daß sie sich von ihm angewidert fühlte? Ob er sich noch erinnerte, wie zornig er daraufhin geworden war? Sie kam zu dem Schluß, daß es am besten war, die Dinge direkt anzusprechen.

»Wir haben gestern gestritten, und da dachte ich mir, ich könnte etwas tun, damit die Dinge wieder ins Lot kommen.« Sie griff nach seinem Gürtel und begann die Schnalle zu öffnen, wobei sie es vermied, ihm in die Augen zu sehen. Mit ihren zitternden Fingern hatte sie Mühe, den Gürtel zu öffnen, doch wenigstens ließ er sie gewähren.

»Ich hoffe ... ich hoffe, daß du die Einrichtung nicht jedesmal kurz und klein schlägst, wenn du dich über mich ärgerst, fuhr sie fort, in der Hoffnung, daß ihr Geschwätz ihn besänftigen würde. »Während du im Vorzimmer dein Bad nimmst, werde ich dafür sorgen, daß jemand kommt, um das Bett zu reparieren und den Schrank aufzustellen ...«

»Ich hoffe, daß du nicht vorhast, mich allzuoft zu ärgern.«

Linnea schluckte und nahm ihm schließlich den Gürtel ab. »Ich werde mir Mühe geben, Mylord.«

Mit einem Finger hob er ihr Kinn an und sah ihr direkt in die Augen. Er war mittlerweile völlig wach, aber in was für einer Stimmung er sich befand, vermochte sie nicht zu sagen. »Wohin bist du gestern nacht gegangen?«

»Zu meiner Großmutter. Ich hatte Angst vor dir«, fügte sie etwas vorwurfsvoll hinzu.

Er schien über ihre Worte nachzudenken, während er sie unverwandt anblickte, als wolle er ihre Gedanken lesen. Dann seufzte er und ließ seine Hand sinken. »In Zukunft werde ich mich besser beherrschen. Trotzdem solltest du keinen Streit mit mir suchen, vor allem nicht, wenn es um deine Familie geht.«

»Ich fürchte aber, wir stehen da vor einem kleinen Problem, Mylord. Denn ich kann meine Familie genausowenig vergessen wie du die deine.«

Einen langen Augenblick fürchtete sie, mit dieser Bemerkung erneut seinen Zorn auf sich zu ziehen, denn er sah sie zuerst ungläubig und dann immer finsterer an. Doch gerade als sie sich schon auf einen Wutausbruch gefaßt machte, warf er den Kopf zurück und lachte, um jedoch sogleich aufzustöhnen und sich mit beiden Händen an den Kopf zu fassen. Er verzog das Gesicht vor Schmerz. »Wie es scheint, habe ich eine richtige Kämpferin geheiratet, die über keine anderen Waffen verfügt als ihre spitze

Zunge und ihr schönes Gesicht und die trotzdem zu gewinnen hofft.«

Er stöhnte erneut und rieb sich die Augen. Doch es folgte kein Wutausbruch, worüber Linnea zutiefst erleichtert war. Wie es schien, war es bei ihrem Ehemann tatsächlich die beste Methode, die Dinge stets direkt anzusprechen.

Es kostete sie keine große Mühe, ein Lächeln zustandezubringen. »Ich habe angeordnet, daß man ein Bad und das Frühstück für dich vorbereitet, wenn es dir recht ist.«

Er neigte seinen Kopf vor und zurück, wie um zu überprüfen, ob er noch fest auf den Schultern saß, und blickte sie dann mit einem etwas gequälten Lächeln an. »Ich begebe mich ganz in Ihre Hände, Madame. Jetzt sind deine Fähigkeiten als Ehefrau wirklich gefragt, damit es mir bald wieder bessergeht. Aber eines möchte ich dir noch sagen«, fügte er mit heiserer Stimme hinzu. »Gewisse andere Fähigkeiten, die du hast, haben wirklich großen Eindruck auf mich gemacht.« Er warf einen Blick zu dem ziemlich ramponierten Bett hinüber, ehe er ihr wieder in die Augen sah. »Wenn das Zimmer wieder soweit in Ordnung ist, können wir uns ja daranmachen, es erneut in einen Trümmerhaufen zu verwandeln.« Seine Miene verfinsterte sich mit einemmal, so als wäre ihm soeben etwas eingefallen. »Oder ist dir der bloße Gedanke daran zuwider?«

Linnea spürte, wie ihr Mund trocken wurde. Sie hatte gehofft, er hätte ihre beleidigenden Worte vergessen. Was sollte sie jetzt nur tun?

»Das ... das hätte ich nicht sagen sollen«, stammelte sie aufgeregt.

»Das ist keine Antwort auf meine Frage. Ekelt dich vor mir?«

»Nein. Nein«, murmelte sie zerknirscht. »Ich war ... wütend. Du hast häßliche Dinge zu mir gesagt, und da ... da wollte ich dir auch weh tun.«

Sie blickten einander lange in die Augen, was keineswegs zu ihrer Beruhigung beitrug. Sie wußte nicht, in welche Richtung sich seine Gedanken hinter der steinernen

Maske seines Gesichts bewegten. War er ihr tatsächlich noch wenige Minuten zuvor freundlich und jungenhaft erschienen? Davon war jetzt nichts mehr zu spüren – er war wieder ganz der harte, stets mißtrauische Krieger.

»Vielleicht«, begann sie, als ihr die Anweisung ihrer Großmutter einfiel, »vielleicht sollten wir heute ganz neu beginnen, ohne Groll und ohne Mißtrauen.«

Ein freudloses Lächeln erschien auf seinen Lippen. »Ich kann mir vorstellen, daß du das möchtest.« Dann seufzte er, und sie spürte einen kleinen Hoffnungsschimmer. »Ich werde jetzt mein Bad nehmen, und dann werden wir ja sehen, was der Tag uns bringt. Hoffentlich endet er besser als der vergangene.«

Linnea atmete erleichtert auf. *Danke, heiliger Judas Thaddäus.* »Ich werde nach dem Wasser sehen.«

»Nein. Bleib hier.« Er griff nach ihrer Hand, bevor sie verschwinden konnte. »Überlaß das den Mägden. Dein Platz ist hier bei mir. Ich möchte erst einmal einen richtigen Gutenmorgengruß von meiner Gemahlin«, fügte er hinzu, ehe er die Hand um ihre Taille legte und sie langsam zu sich zog.

Linnea hielt den Atem an. Sie hatte erwartet, daß er wenigstens daran für eine Weile kein Interesse haben würde – nachdem er soviel getrunken hatte. Aber dem schien nicht so zu sein, so hart, wie er sich anfühlte.

»Bitte, Mylord«, murmelte sie und griff nach seinen Händen, mit denen er sie überall gleichzeitig zu berühren schien. »Die Mägde sind …«

»Ach ja?« Mit einem Finger folgte er dem Verlauf der goldenen Kette an ihrem Hinterteil nach, was sie im Innersten erbeben ließ. »Sag mir, meine süße Beatrix, sorgt mein Geschenk dafür, daß du mich nicht vergißt?«

Beatrix. In diesem Augenblick wäre Linnea nur zu gern aus dem Schatten ihrer Schwester getreten, um die Frau für ihn zu sein, die sie tatsächlich war. Nur zu gern hätte sie die Anweisungen ihrer Großmutter und den Namen ihrer Schwester vergessen. Sie konnte einfach nicht anders – sie war ganz von diesem eigenartigen Verlangen durchdrungen, sich zu offenbaren.

Aber was würde sie dadurch gewinnen? Oder vielmehr – was würde sie dadurch verlieren?

Die Antwort war nicht schwer: alles.

Diese ernüchternde Erkenntnis ließ sie ihre Absicht, sich ihm zu erkennen zu geben, schnell wieder vergessen. Sie wand sich aus seiner Umarmung. »Ich habe es weniger als ein Geschenk verstanden als eine Drohung«, erwiderte sie mit zornbebender Stimme. Daß ihr Zorn sich mehr gegen sich selbst als gegen ihn richtete, spielte dabei keine Rolle. Er nahm an, daß ihr Zorn ihm galt, denn seine Augen verengten sich, und auf seinen Lippen erschien ein grimmiges Lächeln.

»Du kannst es halten, wofür du willst. Meine Frage war: Sorgt die Kette dafür, daß du mich nicht vergißt?«

Linnea blickte ihn finster an, bis es ihr gelang, ihre Gefühle im Zaum zu halten. Sie sollte doch gefügig sein. Sie sollte ihm ihren Körper anbieten, um ihre Ziele zu erreichen.

Sie schluckte die bitteren Gefühle hinunter, die ihr in der Kehle steckten. »Ja, mein Gemahl. Sie erinnert mich an dich.«

Das gefiel ihm, zumindest ließ sein selbstgefälliges Lächeln diesen Schluß zu. »Ich würde mir sehr gern ansehen, wie die Kette auf deiner Haut aussieht.« Kurz entschlossen zog er seinen Leibrock aus. Nur mit der Unterhose und den schwarzen Stiefeln bekleidet, blickte er sie an. »Komm mit mir in die Wanne, dann können wir uns gegenseitig waschen.«

Als er ihr verdutztes Gesicht sah, fing er an zu lachen – doch Linnea konnte ihm weder ihre Zustimmung noch Ablehnung zeigen, so verblüfft war sie angesichts seines absurden Vorschlags. Es war ohnehin schon schwer genug, dazustehen und seinen unglaublichen Körper vor sich zu sehen, aber dann auch noch aufgefordert zu werden, das Bad mit ihm zu teilen – das war mehr, als sie ertragen konnte. Meinte er denn tatsächlich, daß sie sich genauso schamlos entblößen sollte wie er, um mit ihm ins Wasser zu steigen? Sie hatten ja schon so manchen intimen Augenblick miteinander erlebt – aber ein gemeinsames Bad erschien ihr sogar noch intimer.

»Die Wanne ... die Wanne ist ... zu klein«, stotterte sie und hob sein Hemd vom Boden auf, um sich irgendwie zu beschäftigen.

In diesem Augenblick ging die Tür auf, und Norma steckte den Kopf herein. Die ängstlichen Blicke der beiden Frauen trafen sich. »Mylady, das Bad ist fertig.«

Norma. Gott sei Dank. Wenigstens war Norma noch auf ihrer Seite. »Komm, mein Gemahl.« Linnea ging sogleich zur Tür, um die willkommene Störung auszunutzen. »Komm, solange das Wasser warm ist.«

Er kam, ohne ein Wort zu sagen, und Linnea hegte die Hoffnung, daß sie dieses eine Mal gesiegt hatte. Sie war sich bewußt, daß es zu ihrer Rolle gehörte, seinen Wünschen nachzukommen – doch sie wußte auch, daß sie es nicht über sich bringen würde, mit ihm zu baden.

Im Vorzimmer gossen zwei junge Pagen die letzten Eimer heißen Wassers in die große hölzerne Wanne. Eine Magd kam mit einem vollbeladenen Tablett herein, auf dem sich Brot und Fleisch befanden, und eine zweite Magd brachte einen Krug sowie zwei Becher. Norma zeigte ihnen, wo sie alles hinstellen sollten, während Axton schweigend zur Wanne ging und prüfend die Hand ins Wasser hielt. Dann setzte er sich auf den Rand und blickte zu Linnea hinüber.

»Schick die Dienstboten hinaus. Wir brauchen sie nicht mehr.«

»Aber ... aber ...«, stammelte Linnea. Sie hielt inne, als er drohend eine Augenbraue hob. Wenn sie sich wirklich Mühe geben wollte, eine gefügige Ehefrau zu sein, dann mußte sie jetzt gleich damit beginnen. Mit einer seltsamen Mischung aus Angst und Neugier – ja, fast Vorfreude – deutete sie mit einem Kopfnicken ihre Zustimmung an.

»Ich werde mich selbst um Mylord Axton kümmern,

Norma. Sieh nach, ob im Saal alles in Ordnung ist oder ob sonst irgendwo etwas zu tun ist. Aber bleib hier in der Nähe«, sagte sie, einer plötzlichen Eingebung folgend. »Ich möchte ein paar Dinge mit dir besprechen, wenn ich hier fertig bin. Falls es gestattet ist, mein Gemahl«, fügte sie – zu Axton gewandt – hinzu.

Er blickte ihr lange in die Augen, ehe er zu ihrer Erleichterung kurz nickte. Vielleicht war ihr heute sogar ein Hauch von normalem Alltagsleben beschieden.

Sie sah den Mägden nach, deren neugierige Blicke sie sehr wohl bemerkte. Immer noch bestand ihr Gemahl darauf, daß alle Zimmer rund um das Schlafzimmer zu ihrer alleinigen Verwendung frei blieben. Mit Sicherheit tuschelte man im ganzen Schloß darüber, *wofür* sie die Räume verwendeten.

Sie schob diese Gedanken beiseite, denn im Moment stand ihr Schlimmeres bevor – das gemeinsame Bad. Mittlerweile war sie mit ihrem Mann im Vorzimmer allein. Obwohl der Raum nicht durch eine Tür vom Treppenschacht abgetrennt war, so daß leise Geräusche aus dem Saal heraufdrangen, waren sie doch allein. Niemand würde es wagen, ungebeten hier oben aufzutauchen, zumal der neue Herr ganz klar zum Ausdruck gebracht hatte, daß er nicht gestört werden wollte.

Linnea holte tief Luft und atmete langsam aus. Da er es anscheinend schätzte, wenn man offen mit ihm sprach, würde sie auch weiterhin offen zu ihm sein. Sie würde ihm ihre Gefühle und Gedanken in aller Aufrichtigkeit mitteilen, zumindest soweit ihr dies möglich war.

Manches würde sie natürlich für sich behalten – etwa ihren wirklichen Namen.

»Möchtest du zuerst baden oder frühstücken, mein Gemahl?« fragte sie, wie man es von einer treusorgenden Frau erwarten konnte, wenngleich ihr Ton so nüchtern wie der einer tüchtigen Haushälterin war. Sie wartete ungeduldig auf seine Antwort, wobei sie sich in sicherer Entfernung von ihm hielt.

»Ich will nichts essen«, murmelte er und rieb sich den Kopf, worauf er vor Schmerz das Gesicht verzog. »Ich will zuerst baden.«

»Ich könnte einen Trank aus Lavendel, Flohkraut und Waldmeister für dich zubereiten – gegen dein Unwohlsein«, schlug sie vor.

Er betrachtete sie aufmerksam. »Hilft das gegen die Kopfschmerzen *und* gegen diese Übelkeit?« fragte er.

»Es hilft gegen beides«, antwortete Linnea. »Ich habe den Trank schon oft zubereitet – für meinen …« Sie hielt inne, als ihr plötzlich einfiel, daß jede Erwähnung ihrer Familie ihn wütend machte. Sie hatte nicht die Absicht, ihn erneut gegen sich aufzubringen.

Doch er mußte ihre Gedanken gelesen haben, während er sie aufmerksam betrachtete. »Für deinen Vater?«

Sie erwiderte seinen Blick. »Und für meinen Bruder.«

Sie sahen einander lange in die Augen – doch diesmal war es ein wenig anders als sonst, wenn er sie anstarrte. Diesmal war er nicht das Raubtier, das seine Beute fixierte. Es war, als würden sie durch seine vorübergehende Schwäche auf der gleichen Stufe stehen, und diese Gelegenheit wollte sie nicht ungenutzt verstreichen lassen.

»Wenn die Männer von Maidenstone allzusehr dem Wein zusprachen, habe ich ihnen mit meinen Kräutern geholfen, sich schneller zu erholen. Soll ich den Trank für dich zubereiten?«

Er nickte, doch sie bemerkte den etwas verdutzten Ausdruck auf seinem Gesicht. Sie beschloß, seine Frage zu beantworten, noch bevor er sie aussprach. »Weißt du, ich möchte, daß zwischen uns Friede ist.«

»Friede«, sagte er. »Sag mir die Wahrheit, Beatrix. Möchtest du auf diese Weise erreichen, daß deine Großmutter hier auf Maidenstone bleibt?«

Sie dachte einen Augenblick nach. Vergangene Nacht hätte sie diese Frage mit Ja beantwortet. Doch Lady Harriet selbst zog es vor, die Burg zu verlassen, um sich so noch besser ihrem geheimen Kampf gegen Axton widmen zu können. Linnea suchte fieberhaft nach den richtigen Worten.

»Nun, heute scheint es mir für alle Beteiligten besser zu sein, wenn sie im Kloster von Romsey lebt. Hier würde sie ja doch kein Glück mehr finden. Aber was hast du mit den anderen Mitgliedern meiner Familie vor?«

»Die Männer der Familie werden auf Henry Plantagenet warten müssen. Bitte mich nicht darum, sie freizulassen«, warnte er sie. »Denn diese Bitte kann ich dir nicht gewähren.«

Linnea senkte den Blick. »Ich verstehe. Aber ich möchte dich ersuchen, daß du auf jede weitere Rache verzichtest. Du hast dein Ziel erreicht. Füge ihnen kein weiteres Leid mehr zu, jetzt, wo sie sich überhaupt nicht mehr wehren können.«

»Falls du es nicht bemerkt haben solltest, meine Gemahlin, am meisten hast du selbst unter meiner Wut zu leiden gehabt.«

Linnea blickte zu ihm auf – verblüfft über seine offenen Worte. Sie konnte in seinem Gesichtsausdruck keinen Schmerz mehr erkennen, nur noch unverhülltes Verlangen. Sie trat an die Rückseite der Wanne. »Du warst nicht immer zornig, wenn wir … zusammen waren.«

Ein amüsiertes Lächeln erschien auf seinen Lippen. »Du auch nicht, sonst hätte ich schon mehr als nur diese eine Wunde an der Schulter«, sagte er und rieb sich über den Schorf, der sich über der Wunde gebildet hatte. Im nächsten Augenblick wurde sein Blick wieder ernst. »Ich kann dir genausowenig versprechen, stets ein nachsichtiger und beherrschter Ehemann zu sein, wie du mir nicht versprechen kannst, eine sanftmütige und gefügige Ehefrau zu sein. Aber irgendwie werden wir schon zurechtkommen.«

Er zog seine Stiefel aus und wandte sich dann seiner Unterhose zu. Einmal mehr war Linnea überwältigt von dem Anblick seines imposanten Körpers. »Ich möchte jetzt baden«, sagte er. »Und dann ins Bett.«

Linnea konnte ihn nur anstarren, während er sich seiner Hüllen entledigte. Erst als er die kurze weite Hose über seine Hüften streifte und schließlich völlig nackt war, wandte sie den Blick ruckartig von ihm ab.

»Das … das geht nicht … Das Bett ist kaputt.«

»Dann ruf jemanden, der es repariert.« Sie hörte seine Schritte auf dem Fußboden und dann das Plätschern von Wasser, als er sich mit einem Seufzer in die Wanne gleiten ließ.

Das Bett reparieren. Besser, sie kümmerte sich darum, als diesen nackten Körper anzustarren. Und so wich sie zurück, während sie weiterhin seine kräftige breite Brust bewunderte. Ja, sie würde sogleich jemanden rufen, der sich um das Bett kümmerte. Und danach würde sie den Trank für ihn zubereiten.

»Gut, also … ich kümmere mich dann um das Bett«, murmelte sie.

»Warte, Beatrix!«

Doch Linnea hörte nicht auf ihn. Wieder einmal wurde ihr Verstand von ihren Gefühlen besiegt, die sie in diesem Fall zur sofortigen Flucht drängten. Wie jedesmal jagte ihr der Anblick seines nackten Körpers eine ungeheure Angst ein. Sie verließ fluchtartig das Zimmer und stolperte die Treppe hinunter, immer noch das Bild vor Augen, das er ihr zuletzt geboten hatte. Er hatte aufrecht in der Wanne gestanden, und das Wasser war an seinem Körper hinabgelaufen. Dieser Mann war ihr Gemahl – doch trotz der intimen Momente, die sie miteinander erlebt hatten, konnte sie den Anblick seines nackten Körpers immer noch nicht ertragen; und es schien ihr, als würde sie nie dazu in der Lage sein.

Gewiß, sie würde ihm schon bald wieder unter die Augen treten müssen. Aber vielleicht hatte sie bis dahin ihre Ruhe wiedergefunden. Möglicherweise würde sie sich besser beherrschen können, dachte sie voller Hoffnung, während sie sich an ihre Aufgaben machte.

Doch insgeheim fürchtete sie, daß dieser Mann ihr

längst ihre Beherrschung und ihre Ruhe geraubt hatte. Und nicht einmal der heilige Judas Thaddäus würde sie ihr wiedergeben können.

12

Linnea kehrte mit einer ganzen Armee von Handwerkern zurück. Axton würde wohl etwas verärgert sein, fürchtete sie. Aber der Trank würde ihn schon besänftigen. Und vielleicht würde er allmählich doch etwas mehr in ihr sehen als nur einen weiblichen Körper, dessen man sich bediente, wann immer man Lust darauf hatte.

Aber warum machte sie sich überhaupt darüber Gedanken? Warum sollte sie Wert darauf legen, daß er ihre Fähigkeiten als Hausfrau zu schätzen wußte? Wenn der Plan ihrer Großmutter aufging, würde er ohnehin bald von Maidenstone verschwunden sein, und an seiner Stelle würde der Gemahl von Beatrix stehen, wer immer das auch sein mochte. Was Axton von ihren Fähigkeiten hielt, würde völlig belanglos sein angesichts des Hasses, den er dann für sie empfinden würde.

Diese Aussicht war für sie nicht wirklich erfreulich – denn sie mußte sich eingestehen, daß sie durchaus gute Seiten an Axton fand; so war er etwa trotz seines gelegentlichen Jähzorns ein viel ausgeglichenerer und gerechterer Mensch als beispielsweise ihr Bruder Maynard. Auch wenn sie es nicht leicht mit ihm hatte, so empfand sie doch keinen tiefen Haß gegen ihn. Er behandelte sie im großen und ganzen recht anständig, und sie hatte sogar aus irgendeinem Grund, den sie selbst nicht verstand, das Bedürfnis, von ihm anerkannt zu werden.

Natürlich, er hielt sie für Beatrix – und selbst Maynard behandelte Beatrix anständig. Wenn Axton wüßte, daß sie nicht Beatrix war, wäre er weit weniger gut zu ihr, dachte Linnea. Nein, wenn er es wüßte, würde sie wohl seine ganze Wut zu spüren bekommen. Schon vergangene Nacht hatte er sie beinahe geschlagen, und wenn er die Wahrheit herausfand, dann ... Sie schauderte bei dem bloßen Gedanken daran.

Aber dieser Tag war noch fern, sagte sie sich. Und in der Zwischenzeit würde sie ihre Rolle spielen, egal ob sie ihn mochte oder ihn haßte. Sie mußte sich ihm als pflichtbewußte und liebende Frau präsentieren und dadurch ihren Wert für die Familie beweisen.

»Wird Ida Lady Harriet nach Romsey begleiten?« fragte sie Norma, während sie die Treppe hinaufgingen.

»Ja. Mylady. Sie brechen schon sehr bald mit einer kleinen Eskorte auf.«

Linnea war in gewisser Weise sogar erleichtert, daß ihre Großmutter Maidenstone verließ. Aber ihre Abreise würde natürlich auch Probleme mit sich bringen. »Ich hoffe, daß mein Vater ohne sie nicht noch niedergeschlagener sein wird.«

Norma schüttelte den Kopf »Das ist wirklich eine traurige Angelegenheit. Aber bei seinem Vater war es ganz genauso. Er war so ein starker und gesunder Mann, bis ihn eines Tages ein unglückliches Schicksal beugte und er nur noch ein Schatten seiner selbst war.«

»Hat er sich denn nie mehr erholt?«

Norma schüttelte traurig den Kopf

Linnea hatte gewußt, daß sie von ihrem Vater nicht allzuviel Unterstützung erwarten konnte – doch daß er gar nicht mehr in der Lage wäre zu helfen, traf sie hart. »Ich hoffe, meine Großmutter muß die Reise nach Romsey nicht mit dem Pferd machen.«

»Sie wird in einer Pferdesänfte reisen. Mylord Axton hat es so angeordnet.«

Linnea blieb stehen und blickte Norma verblüfft an. Axton hatte also tatsächlich daran gedacht, die Reise für die alte Frau so wenig beschwerlich wie möglich zu machen? Dabei hatte Lady Harriet aus ihrem Haß für ihn nie ein Hehl gemacht.

So sehr sie die Sache mit ihrem Vater betrübte, so sehr freute sie sich über die Nachsicht, die Axton gegenüber ihrer Großmutter walten ließ. Als Linnea das Vorzimmer betrat und er angesichts der vielen Handwerker, die mit ihr kamen, das Gesicht verzog, schenkte sie ihm ein ehrliches Lächeln.

»Sie werden nicht lange brauchen, mein Gemahl. Sie reparieren nur das Bett …« Sie hielt inne. Das Bett, in das sie sich schon bald wieder zurückziehen würden. Sie mochte ein peinliches Zusammensein in der Badewanne vermieden haben – aber auf Dauer konnte sie ihm wirklich nicht entkommen.

Er betrachtete sie, wie sie auf ihn zukam, den Becher mit der Medizin in der Hand. Er streckte sich in der Wanne aus, wobei seine nackten Schultern in der Morgensonne glänzten. Er war bis zur Brust von Wasser bedeckt, doch sie sah weit mehr von seinem nackten Körper, als ihr lieb war. Obwohl er sich im Moment ziemlich elend fühlen mußte, sah er dennoch umwerfend aus.

»Was ist denn das für ein Gebräu?« fragte er und beschnupperte mißtrauisch die dunkle Flüssigkeit, die sie ihm reichte.

»Eine Mischung aus Lavendel, Flohkraut und Waldmeister«, antwortete sie. »Ich nehme gern einen Schluck, wenn du willst.«

Seine Hand schloß sich um die ihre, und er hob den Becher an seine Lippen. Seine Berührung verursachte ihr einen heißen Schauer. Die Kette schien an ihren Schenkeln zu brennen.

»Das ist nicht nötig«, murmelte Axton. »Ich schätze, daß du dich viel zu sehr auf die Belohnung freust, als daß du denjenigen töten würdest, von dem du sie erhältst.« Mit diesen Worten nahm er einen tiefen Schluck. Seine Augen blieben jedoch auf sie gerichtet.

Linnea ärgerte sich über seine Selbstgefälligkeit und hatte nur den einen Wunsch, sich ihm möglichst rasch zu entziehen. Sie entriß ihm ihre Hand, wobei ein Teil des Tranks ins Badewasser verschüttet wurde. Er kicherte nur, was ihren Ärger weiter anstachelte.

»Willst du etwa abstreiten, daß du unser Zusammensein genießt?« fragte er, wobei es ihm nicht das geringste auszumachen schien, daß ein wahres Aufgebot an Dienstboten und Handwerkern anwesend war. »Antworte mir, meine Gemahlin. Du brauchst nun wirklich nicht so schüchtern zu sein.«

»Vielleicht könnten wir dieses Gespräch im großen Saal führen«, gab sie bissig zurück, »damit uns wirklich *alle* Bewohner von Maidenstone hören können. Das möchtest du doch, oder?«

Sein leises Kichern ließ sanfte Wellen in der Wanne entstehen, während auch die Wogen ihrer Gefühle in Bewegung gerieten. »Niemand soll mir nachsagen können, daß ich die Gefühle meiner Gemahlin nicht respektieren würde. Komm, mein reizendes, widerspenstiges Weib. Während die Handwerker einen Teil von dem reparieren, was ich in meiner Wut zerstört habe, kannst du dich um den anderen Teil kümmern.«

Sie wußte nicht recht, was er damit meinte, und blieb zögernd stehen, während er die Hand nach ihr ausstreckte. »Keine Angst. Ich werde meine niederen Triebe beherrschen und dich lediglich bitten, daß du mir den Rücken schrubbst – zumindest solange die Handwerker hier sind.«

Linnea vermied es, ihm in die Augen zu blicken. Wie kam es bloß, daß er sie so leicht aus der Fassung bringen konnte? Sie war kurz zuvor noch so erfreut über die Rücksicht gewesen, die er gegenüber ihrer Großmutter zeigte, doch schon im nächsten Augenblick hatte er sie mit seinem nackten Oberkörper völlig verwirrt, um sie gleich darauf mit seinen Bemerkungen in Rage zu bringen. Es war einfach pervers. *Sie* war pervers.

Sie schluckte und zwang sich, so gut es ging die Ruhe zu bewahren. »Wie du wünschst«, murmelte sie und trat zu ihm an die Wanne.

Er saß regungslos da, den Blick unverwandt auf sie gerichtet, während er die Arme entspannt auf dem Rand der Wanne ruhen ließ.

Sie tauchte den Waschlappen in das heiße Wasser und rieb ihn mit der Olivenölseife ein, die ihre Großmutter auf dem letzten Jahrmarkt in Chichester gekauft hatte. Als die Seife zu schäumen begann, war der Zeitpunkt gekommen, ihn einzuseifen. Aber wie sollte sie bloß damit beginnen? Und wo?

So als könne er ihr Dilemma spüren, hob Axton einen Fuß aus dem Wasser, und sie begann mit ihrer Arbeit.

Seine Füße waren groß und wohlgeformt. Die Knöchel waren stark und die Waden überaus muskulös. Sie seifte seine Beine ein und schrubbte fester als nötig, doch er ließ es widerspruchslos über sich ergehen.

Als nächstes kamen seine Arme an die Reihe – zuerst die langen Finger, die breiten Handflächen und schließlich die wohlgeformten Arme, die hart wie Eisen zu sein schienen. Wenn diese Hände sie berührten, war sie imstande, alles um sich herum zu vergessen, alles außer ihm.

»Soll ich aufstehen, damit du den Rest einseifen kannst?«

Linnea ließ vor Schreck den Waschlappen ins Wasser fallen. Und doch schien irgend etwas in ihr ganz und gar nicht abgeneigt. »Nein … noch nicht«, brachte sie hervor. Sie wandte den Blick von ihm ab und starrte auf das Badewasser hinunter. Irgendwo da unten neben seiner Hüfte mußte wohl der Waschlappen liegen – und sie mußte ihn irgendwie herausholen.

Sie schloß die Augen und langte ins Wasser. Seine Haut fühlte sich glatt und fest an. Behaarte Stellen wechselten mit unbehaarten. Ihr Herz begann heftig zu schlagen, bis sie nach einigen quälenden Sekunden endlich den Waschlappen fand.

Doch bevor sie ihn herausziehen konnte, spürte sie Axtons Hand in ihrem Nacken. »Komm zu mir in die Wanne«, flüsterte er mit rauher Stimme. »Ich möchte mit dir dasselbe tun, was du mit mir gemacht hast.«

»Ich ... ich kann mich selbst waschen ...«

»Davon spreche ich ja gar nicht«, fiel er ihr ins Wort. Mit der anderen Hand umfaßte er ihr Handgelenk und zog es ins Wasser, um ihre Hand gegen sein hartes Geschlecht zu pressen, das im Wasser verborgen war.

Ihre Blicke trafen sich, und Linnea wußte, daß er sehr wohl spürte, wie er auf sie wirkte. Sie hätte protestieren und sich wehren können, doch da sie im Grunde sein Verlangen teilte und man ihr das wohl auch an den Augen ansah, mußte er einfach die Wahrheit erkennen. Er war zwar durch die Umstände, unter denen sie einander begegnet waren, ihr Feind, doch irgend etwas in ihr war nur zu willig, das zu vergessen, sobald sie ihm nahe kam.

Sie wollte bei ihm in der Wanne sein – und das wußte er auch.

»Was ist mit den Bettüchern, Mylady? Sollen wir sie wechseln ...?« Als Norma die beiden sah, blieb sie in der Türe stehen. »Verzeiht, Mylord. Ich wußte nicht ... äh ... ich meine ...«

Linnea entriß ihm ihre Hand so heftig, daß das Wasser nur so spritzte. Der nasse Waschlappen machte ihre Schuhe und auch den Fußboden naß, doch sie schien es gar nicht zu bemerken. Ihre Wangen waren hochrot, und sie wäre am liebsten im Erdboden versunken, so sehr schämte sie sich.

Axton jedoch schien die Situation ganz und gar nicht peinlich zu sein. »Laß die Bettücher dort, wo sie sind. Und sorg dafür, daß die Handwerker verschwinden.«

»Ja, Mylord.« Norma verließ unter Verbeugungen den Raum. »Sie sind fast fertig, Mylord. Sie werden gleich weg sein.«

Linnea starrte zu Axton hinunter. Sie sollte mit Schaudern dem entgegenblicken, was sie erwartete – doch sie konnte es nicht. Sie brachte es einfach nicht fertig.

Hilf mir, Herr, betete sie. *Heiliger Judas Thaddäus, heilige Maria.* Sie zwang sich, ihren Gedanken eine andere Richtung zu geben, und trat schnell an das obere Ende der Wanne. »Tauch den Kopf unter«, forderte sie ihn auf und griff erneut nach der Seife. Zu ihrer Erleichterung kam er ihrer Aufforderung nach, und als er wieder auftauchte, begann sie seinen Kopf einzuseifen und seine rabenschwarzen Haare zu waschen.

Die Handwerker näherten sich geräuschvoll dem Vorzimmer, so als wollten sie ihr Kommen ankündigen, um dann still und leise das Zimmer zu durchqueren. Als letzte ging Norma hinaus. In der Tür hielt sie kurz inne, doch als Linnea nur still den Kopf schüttelte und sich Axton wieder zuwandte, verließ auch sie die beiden.

Linnea war mit ihrem Gemahl allein. Ihrem Gemahl, der so rücksichtsvoll zu ihrer Großmutter gewesen war und der in gewisser Weise auch sie selbst anständig behandelte.

»Tauch noch einmal unter«, sagte sie. Als er wieder auftauchte und sich das Wasser aus den Augen rieb, war sie einen Schritt zurückgetreten.

Er strich sich das Haar aus der Stirn und blickte sich nach ihr um. »Komm her«, sagte er.

»Ich ziehe die Schuhe aus, mein Gemahl.«

Er sah zu, wie sie ihre Röcke hochhob und dann die Schuhe abstreifte. »Bin ich tatsächlich dein Gemahl, den du achtest und den du stets zufriedenstellen willst?«

Die Kette brannte auf ihrer Haut, und sie trat unruhig von einem Fuß auf den anderen. »Ja.«

»Komm her.«

Linnea kam ein wenig näher. »Sollte ich nicht ... das Kleid ausziehen?« fragte sie und begann die Bänder an den Handgelenken zu öffnen.

»Nein.« Er setzte sich gerade auf und griff nach ihrer Hand, so daß sie das Gleichgewicht verlor und sich am Rand der Wanne festhalten mußte.

»Aber wie ... ich meine, das Kleid ...«

»Das Kleid ist unwichtig«, murmelte er und griff nach ihrer anderen Hand, so daß sie geradewegs in das schäumende Wasser fiel, direkt an seine Brust, so daß nur noch ihre strampelnden Beine aus der Wanne ragten.

Sie versuchte verzweifelt, sich aufzurichten, wobei sie nur noch tiefer sank. Das Wasser schwappte über den Rand hinaus und ergoß sich über den Fußboden, während er sie über sich zog. Er faßte sie um die Taille, und ehe sie sich versah, lag sie auf ihm, wobei ihr nasser Rock sich um sie beide legte.

»Ah. Viel besser«, murmelte Axton und zog sie noch näher. »Und nun, meine emsige kleine Gemahlin, beende die Arbeit, die du begonnen hast.«

Es war einfach schockierend ... aber die Frau in Linnea fand es ungeheuer aufregend. Das Kleid störte etwas, und die Wanne war außerdem zu klein für das, was er vorhatte. Aber irgendwie gelang es ihm doch. Kaum spürte sie ihn in sich, als sie auch schon einen gemeinsamen Rhythmus fanden, der sie im ständigen Geben und Nehmen verband.

»O Gott«, stöhnte Axton. Seine Finger krallten sich um ihre Taille. Wieder und wieder zog er sie zu sich hinunter, bis Linnea jene unendliche Glut in sich hochwallen fühlte. Sie schrie auf und wollte sich zurückziehen, doch er hielt sie fest und trieb sie immer weiter, bis auch er die Erfüllung fand – in einem heiseren Schrei, mit dem er zugleich über sie triumphierte und sich ihr ergab.

Dann war es vorüber, und sie sanken in das Badewasser – besser in jenen Rest, der in der Wanne verblieben war. Linnea preßte ihre Wange an seine feuchte Schulter. Seine Arme umfaßten ihren Rücken, während sein Geschlecht tief in ihr ruhte.

Während sie still dalagen und nur ihr keuchender Atem zu hören war, mußte Linnea sich eingestehen, daß sie sich die Ehe ganz anders vorgestellt hatte. Sie hatte Liebe erwartet und nicht an die körperliche Seite der Ehe gedacht. Sie hatte sich einen Mann ausgemalt, der zärtlich und gütig war und den sie vor allem als einen Freund betrachten konnte.

Statt dessen hatte sie einen Mann geheiratet, den sie fürchten und hassen mußte – und hatte dabei dennoch eine

Form des körperlichen Genusses entdeckt, die sie selbst nicht verstand. Die Tatsache, daß wahrscheinlich jedermann hier in der Burg wußte, was sie miteinander taten und wie sehr sie es genoß, machte das Ganze nicht gerade einfacher.

Trotz dieser quälenden Gedanken blieb sie in seinen Armen liegen, erschöpft von ihrem Zusammensein. Sie hatte immer noch das völlig durchnäßte Kleid an, über das gewiß die ganze Burg noch tagelang hinter vorgehaltener Hand sprechen würde – so lange, bis sie beide den Leuten mit einer weiteren Eskapade neuen Gesprächsstoff boten.

Gott allein wußte, was ihrem Gemahl als nächstes einfallen würde, doch Linnea war jetzt schon überzeugt, daß es überwältigend sein würde.

Axton betrachtete seine Gemahlin, die vor ihm die Treppe hinabstieg.

Seine junge Frau war wirklich bemerkenswert. Sie war ganz und gar nicht so, wie er es erwartet hatte. Er hätte nicht gedacht, eine so schöne und vor allem feurige Frau zu bekommen. Doch was ihn noch mehr erstaunte, war die heftige Art und Weise, in der er auf sie reagierte, wenn er sie sah oder bloß an sie dachte. Er hatte von Anfang an auf ihre schöne, wohlgeformte Gestalt angesprochen – aber das wäre wohl jedem Mann so ergangen. Das Seltsame – und für ihn etwas Beunruhigende – war die Heftigkeit, mit der er sie begehrte. Es war ganz einfach so, daß er nicht genug von ihr bekommen konnte.

Er ging hinter ihr die Treppe zum Saal hinunter, wobei er den Blick nicht von ihren runden, wiegenden Hüften wenden konnte, die unter dem schlichten Kleid verborgen waren, das sie anstelle der durchnäßten Sachen angelegt hatte. Diese Frau war eine Verführerin, ohne es zu wollen. Und es gab Augenblicke, in denen sie ihn so wütend machte, daß er sie hätte erwürgen können.

Es schauderte ihn bei dem Gedanken, daß er sie vergangene Nacht beinahe geschlagen hätte – und das nur deswegen, weil sie ihre Familie verteidigen wollte. Daß sie zu ihrer Familie stand, war durchaus lobenswert. Er wünschte sich nur zu sehr, daß sie genauso zu ihm stehen würde. Er wollte, daß ihre Welt sich um *ihn* drehte, nicht um ihre Familie. Er wollte eine neue Familie mit ihr gründen.

Dieses Bedürfnis hatte er nicht vorhersehen können.

Als sie unten angekommen waren, blieb er stehen und sah ihr nach. Es war verrückt, aber er wünschte sich in diesem Augenblick, daß sie sich zu ihm umdrehen möge. Sie wußte, daß er da war. Bitte, dreh dich um, forderte er sie im stillen auf.

Als sie schließlich am Kamin stehenblieb und ihm tatsächlich den Gefallen tat, konnte er sich ein zufriedenes Lächeln nicht verkneifen. Sie erwiderte sein Lächeln und blickte ihn fast staunend an, wobei sie vielleicht mehr von ihren Gefühlen für ihn verriet, als ihr selbst bewußt war. Offensichtlich war sie von der unerwarteten Anziehung zwischen ihnen beiden ebenso verwirrt wie er selbst, was ihm eine große Genugtuung bereitete. Sie konnte ihre Gefühle für ihn nicht verbergen – eine gute Eigenschaft bei einer Frau. Wenngleich er das zwischen ihnen beiden nie erwartet hätte, war es ihm plötzlich wichtig, daß sie einander auf ehrliche Weise begegneten.

»Sieh an, Bruderherz«, unterbrach Peters etwas spöttische Stimme ihn in seinen Gedanken. »Als ich dich zum letztenmal gesehen habe, warst du bei weitem nicht so wohlauf und vergnügt wie jetzt.«

Axton verzog das Gesicht. Also wußte auch Peter, was vergangene Nacht vorgefallen war. Dennoch lächelte er dem Jungen nachsichtig zu, ehe er wieder zu seiner Frau hinübersah.

Peter folgte seinem Blick. »Man erzählt sich, daß du letzte Nacht weitaus weniger mit ihr zufrieden warst.«

Axton wurde augenblicklich ernst. Was sein Bruder da sagte, klang nun gar nicht mehr scherzhaft, sondern eher verärgert. Axton wandte sich ihm zu. »Letzte Nacht war ich betrunken. Heute bin ich nüchtern.«

»Dann hat sie dir wohl verziehen.«

Axton blickte ihn finster an. »Keine zwei Tage ist es her, da hast du Beatrix noch verachtet. Jetzt kommt es mir beinahe so vor, als wolltest du sie ihn Schutz nehmen. Du willst damit doch wohl nicht andeuten, daß sie vor ihrem eigenen Gemahl in Schutz genommen werden muß.«

Mit seiner finsteren Miene schien er seinem Bruder nahezulegen, die Angelegenheit auf sich beruhen zu lassen – doch Peter ließ sich diesmal nicht so leicht einschüchtern. »Wenn ihr Gemahl sie schlagen will, nur weil sie es gewagt hat, ihm einmal zu widersprechen – dann ja ...«

»Ich habe ihr doch nichts getan!«

»Aber das hättest du!« gab Peter zurück. »Wenn Reynold dich nicht zurückgehalten hätte, dann hättest du sie niedergeschlagen. Zum Glück hat sie sich danach versteckt, sonst hättest du sie wahrscheinlich hart bestraft.«

»Meine Gemahlin geht nur mich etwas an«, stieß Axton in kaltem Ton hervor. Als Peter sich davon nicht eingeschüchtert zeigte, wurde er noch wütender. »Ein Mann hat das Recht, seine Frau zu bestrafen, wenn es sein muß. Es ist sogar seine Pflicht. Gewiß ist es keine schwere Sünde, ihr eine Ohrfeige zu geben, wenn sie es verdient hat.«

»Ich kann mich aber nicht erinnern, daß unser Vater unsere Mutter einmal geschlagen hätte.«

Axton traute seinen Ohren nicht. Es waren nicht Peters Worte, die ihn dermaßen schockierten. Er wußte genausogut wie Peter – ja, sogar noch besser als er –, daß ihr Vater nie die Hand gegen ihre Mutter erhoben hatte. Er hatte sie verehrt und geachtet und sie geliebt. Nein, was Axton nicht glauben konnte, war, daß Peter überhaupt einen solchen Vergleich zog, wo doch die Umstände seiner eigenen Heirat so völlig anders waren als bei ihren Eltern. Er hatte die Tochter seines Feindes geheiratet und nicht seine Jugendliebe. Außerdem hatte er sie ja nicht wirklich geschlagen!

»Deine Sorge ist wirklich rührend, mein kleiner Bruder. Aber Beatrix ist meine Ehefrau, und ich werde mit ihr umgehen, wie ich es für richtig halte. Du brauchst sie ja nur anzusehen, um zu erkennen, daß sie mit ihrem Schicksal durchaus zufrieden ist.«

»Ach, wirklich?« entgegnete Peter mit einem kalten Lächeln. »Könnte es nicht sein, daß sie dir etwas vorspielt – ihrer eigenen Sicherheit zuliebe?«

»Verdammt! So geht es wirklich nicht. Wenn dir deine Stellung hier etwas bedeutet, dann hältst du dich aus dieser Sache raus!«

Axton starrte ihn so bitterböse an, daß Peter schließlich den Blick abwandte und zu der Tür hinübersah, durch die Beatrix hinausgegangen war. »Sie ist wohl zu ihrer Großmutter gegangen, um ihr auf Wiedersehen zu sagen.«

Axton war erleichtert, daß sein Bruder das Thema endlich ruhen ließ. Obwohl er sein eigenes Verhalten so vehement verteidigt hatte, machte ihm Peters Vorwurf durchaus zu schaffen. Er wußte, daß er nicht richtig gehandelt hatte – aber das war vorbei und vergessen. Er würde sich nicht noch einmal so von ihr provozieren lassen. Zu seinem Bruder gewandt, sagte er: »Es ist sicher am besten, wenn die Alte von hier verschwindet.«

»Und was ist mit Sir Edgar und seinem verwundeten Sohn?«

Axton seufzte. Die Familie seiner Gemahlin war eine lästige Bürde. So viele Jahre lang hatte er sie gehaßt und sich nach Rache gesehnt – doch jetzt wollte er einfach nur, daß sie aus seinem Leben verschwanden.

»Henry wird bald eintreffen. Er wird über sie richten, und damit sind wir die Familie de Valcourt für immer los. Dann werden wieder Frieden und Wohlstand hier einkehren, und du wirst dir auch keine Sorgen mehr darüber machen müssen, wie ich meine Frau behandle.«

»Deine Frau ist eine de Valcourt. Mich wundert, daß du das so schnell vergißt.«

»Jetzt irrst du dich aber, Bruderherz. Sie *war* einmal eine de Valcourt. Jetzt ist sie eine de la Manse. Beatrix de la Manse – meine Gemahlin und Herrin von Maidenstone. Und sie steht zu mir – genauso, wie ich zu ihr stehe.«

Axton nickte seinem Bruder kurz zu, als er Sir Maurice erblickte und zu ihm hinüberging. Doch Peters Worte hinterließen ein unangenehmes Gefühl in ihm. Er hatte sich auf diese Ehe mit de Valcourts Tochter eingelassen und beabsichtigt, sie kraft ihrer eigenen Leidenschaft an sich zu binden. Letzte Nacht hatte er sich wie ein Idiot benommen – das gestand er sich selbst durchaus ein. Aber heute morgen hatte er es wohl wiedergutgemacht. Daß Beatrix die Sache so bereitwillig vergessen hatte, zeigte ihm doch, daß sein Plan, sie auf seine Seite zu ziehen, durchaus Erfolg zu haben schien.

Aber Peters Zweifel daran, daß sie ihre Ehe tatsächlich akzeptierte, gab ihm doch zu denken.

Er verbrachte den Tag damit, sich auf Maidenstone wieder einzugewöhnen und Dutzende von Entscheidungen zu treffen, so daß er kaum Zeit hatte, an seine Frau zu denken. Aber irgendwo in seinem Hinterkopf war sie immer gegenwärtig.

Als er Sir Maurice ins Dorf begleitete, um die niedergebrannten Vorratsschuppen zu begutachten und den Wiederaufbau zu befehlen, fragte er sich, ob sie wohl jemals hiergewesen war. Im Haus von Wascom, dem inoffiziellen Bürgermeister des Dorfes, bewirtete man sie mit Käse und Bier, wobei die Möglichkeit besprochen wurde, einen Jahrmarkt hier im Dorf abzuhalten. Dabei fragte sich Axton insgeheim, ob Beatrix sich wohl über einen erlesenen Seidenstoff freuen würde – denn gewiß würde auch ein Tuchhändler den Markt besuchen. Es mußte ein tiefgrüner Stoff sein – jene Farbe, die ihre Augen hatten, wenn sie sich liebten.

Als die Abenddämmerung hereinbrach und er sich mit Maurice auf den Heimweg machte, war er fest entschlossen. Wenn sie ihm tatsächlich nicht so ergeben sein sollte, wie er dachte – und genau das hatte Peter angedeutet –, so würde er dafür sorgen, daß sie es bald war. Er würde sie an sich binden, und zwar mit Hilfe ihres eigenen feurigen Temperaments.

Er trieb sein Pferd zu größerer Eile an und fieberte bereits dem Augenblick entgegen, wo er sie wieder ganz für sich haben würde. Die Großmutter war fort; der Vater und der Bruder würden ebenfalls nicht mehr lange hiersein. Dann würde sie endlich ihm gehören.

13

Wenn Maynard stirbt, dann bist du unsere letzte Hoffnung.

Den ganzen Tag über gingen Linnea diese Worte durch den Kopf, die ihre Großmutter vor ihrer Abreise in das Kloster von Romsey zu ihr gesagt hatte. Wenn Maynard stirbt …

Linnea war sofort zu ihm gegangen, nachdem ihre Großmutter Maidenstone verlassen hatte. Maynard stand nicht länger unter Bewachung; es waren nur noch einige Mägde in seiner Nähe, die ihm Fleischbrühe einflößten und die Medizin verabreichten, die Linnea zubereitet hatte. Doch als Linnea nun in dem düsteren Quartier des Priesters bei ihm saß, hatte sie das Gefühl, daß ihre Medizin nicht mehr ausreichte.

Maynard lag im Bett des Priesters – so blaß wie die sonnengebleichten Leintücher. Sein Atem kam langsam und flach und rasselte. Sein Gesicht fühlte sich kalt und feucht an, und seine Augen waren tief in die Höhlen gesunken. Er hatte seit dem Morgen des vorigen Tages nicht mehr gesprochen.

Linnea seufzte tief und betete inbrünstig um seine Heilung. Sie wollte nicht, daß er starb. Sie wollte nicht die letzte Hoffnung ihrer Familie sein.

Sie wollte auch nicht länger Beatrix sein.

Falten erschienen auf ihrer Stirn, so sehr vertiefte sie sich in ihre Gebete. *Heiliger Judas Thaddäus, es war nicht recht von mir, das zu tun. Es war nicht recht von mir, Axton zu täuschen.*

Aber wenn sie es nicht getan hätte, wäre Beatrix seine

Frau geworden. Dann wäre ihre Schwester diejenige, die das Bett mit ihm teilen würde. Mittlerweile kam es ihr nicht unbedingt mehr so vor, als hätte sie Beatrix vor einem schrecklichen Schicksal bewahrt.

Ein leises Geräusch weckte ihre Aufmerksamkeit. »Was willst *du* denn hier?« zischte sie, als sie Peter de la Manse in der offenen Türe stehen sah.

Der Junge trat zu ihr in das enge Zimmer. Im schwachen Licht der einzigen Kerze wirkte sein Gesicht sehr ernst und keineswegs frech und eingebildet, wie sie es erwartet hatte. Wenigstens war er nicht gekommen, um sich schadenfroh über das Unglück ihres Bruders zu zeigen.

»Ich wollte kurz mit dir sprechen«, antwortete er. Er stand ihr gegenüber auf der anderen Seite des Bettes.

»Was gibt es denn?« fragte sie. Sie war nicht in der Stimmung, mit ihm zu streiten. Solange er sich gesittet benahm, würde auch sie höflich bleiben.

Er trat von einem Fuß auf den anderen und ließ seine Kappe von der linken Hand in die rechte wandern und wieder zurück. »Ich … nun, nach der vergangenen Nacht und … und dann heute morgen, da … also ich möchte mich wirklich nicht einmischen, aber du und Axton …«

»Zwischen uns ist alles geklärt, wenn es das ist, worauf du hinauswillst«, entgegnete Linnea kurz angebunden. Ihr Gesicht rötete sich ein wenig, und sie bedauerte es jetzt schon, daß sie ihn aufgefordert hatte zu sprechen. Würde ihre Beziehung zu ihrem Gemahl immer eine solche Aufmerksamkeit auf sich ziehen? Sie war peinlich berührt und gleichzeitig verärgert über seine Worte.

»Nun, das freut mich zu hören«, sagte er. Im nächsten Augenblick wirkte er nicht mehr wie ein unbeholfener Junge, sondern wie ein junger Mann mit einiger Erfahrung. »Die Möbel im Schlafzimmer würden es nämlich nicht lange aushalten, wenn es weiterhin so stürmisch zuginge.«

Linneas Gesicht verfärbte sich dunkelrot. »Was meinst du damit?« stieß sie verärgert hervor.

»Ich meine das Bett, was sonst? Axton hat es ruiniert …

Oh!« Seine Augenbrauen hoben sich, und ein Lächeln umspielte seine Lippen. Für einen Augenblick sah er seinem Bruder sehr ähnlich, was ihn jedoch nicht sympathischer machte.

»Oh«, fuhr er grinsend fort. »Ich hatte angenommen, daß Axton das Bett in einem Wutanfall so zugerichtet hat. Aber vielleicht wart ihr es ja beide – und es geschah weniger aus Wut denn aus Leidenschaft. Jedenfalls hatten die Handwerker alle Hände voll zu tun.«

Linnea hätte ihn am liebsten geohrfeigt. Jedesmal, wenn er sich einigermaßen zivilisiert zu benehmen schien, dauerte es nicht lange, und er wurde wieder so grob und ungehobelt, wie es bei jungen Männern anscheinend üblich war.

»Du kümmerst dich etwas zu sehr um die Angelegenheiten deines Bruders. Und um meine.«

Er zuckte mit den Schultern, und sein Lächeln verschwand. Nachdenklich blickte er auf Maynard hinunter, ehe er wieder zu ihr aufsah. »Wenn zwischen euch alles geklärt ist, dann ist es ja gut. Aber was ist, wenn dein Bruder stirbt? Wird dann wieder alles in die Brüche gehen?«

Seine Worte ließen Linnea erzittern. »Ich ... ich bete dafür, daß er wieder gesund wird.«

»Und – glaubst du daran?«

Linnea senkte den Kopf und schloß die Augen. Sollte sie ausgerechnet diesem Jüngling ihre tiefsten Ängste anvertrauen? Nun, sie hatte es bitter nötig, mit jemandem aufrichtig zu sprechen, so daß sie ihre Bedenken beiseite schob.

»Ich fürchte, daß er nicht mehr lange unter uns weilt«, antwortete sie mit zitternder Stimme.

Er schwieg einen Augenblick, ehe er sagte: »Ich habe selbst zwei Brüder im Krieg verloren. Und auch meinen Vater. Es tut mir leid, daß du so viel erdulden mußt.«

Linnea nickte. Sie war nicht in der Lage zu antworten. Sie hatte viel mehr verloren als nur ihren Bruder, der sie ohnehin immer nur schäbig behandelt hatte. Peter hatte von alldem natürlich keine Ahnung – trotzdem waren seine Worte ein gewisser Trost für sie.

»Aber ich muß dich dennoch eines fragen«, fuhr er fort. »Wie wirst du zu Axton stehen, wenn – ich meine natürlich, *falls* – dein Bruder stirbt? Wird dann zwischen euch weiterhin alles in Ordnung sein? Oder werden die Handwerker wieder anrücken müssen?«

Linnea sah mit kummervoller Miene zu ihm auf. Er schien es durchaus ehrlich zu meinen. Er wollte ganz einfach, daß auf Maidenstone Frieden herrschte, wurde ihr in diesem Augenblick bewußt. Er wollte, daß sie mit ihrer Ehe zufrieden war und daß die Verbindung zwischen den Familien de la Manse und de Valcourt erfolgreich war.

Sie wünschte sich von Herzen, daß es so sein könnte!

Aber das war wohl kaum möglich. Jetzt nicht mehr. Hätte sie doch nie diesen Vorschlag gemacht! Wenn sie es zugelassen hätte, daß Beatrix Axton geheiratet hätte, so, wie er es beabsichtigt hatte, dann hätte zwischen den beiden Familien irgendwann Frieden herrschen können. Aber das war nun nicht mehr möglich. Wenn sie Axton die Wahrheit gestand … Sie wollte gar nicht daran denken, wie er darauf reagieren würde. Und wenn er nicht seinen ganzen Zorn an ihr ausließ, würde Beatrix für sie büßen müssen. Dazu kam noch, daß sie die Vorstellung, Beatrix würde auf dieselbe Weise mit ihm zusammensein wie sie, kaum ertragen konnte. Und für diese Eifersucht haßte sie sich ganz besonders.

Sie preßte die Lippen aufeinander. Nein, es gab kein Zurück mehr. Und es war kein Friede zwischen den beiden Familien möglich.

»Du hast meine Frage nicht beantwortet«, unterbrach er ihre trüben Gedanken. »Würde der Tod deines Bruders den wackeligen Frieden zwischen dir und Axton zerstören?«

Linnea betrachtete ihn aufmerksam. Er war noch kein Mann, aber der Tag war nicht mehr fern, wo er Axton um nichts nachstehen würde. Er würde ein genauso grimmiger Krieger sein und seiner Familie stets die Treue halten.

Sie drängte ihren Kummer über die ausweglose Situation beiseite und rief sich die Aufgabe in Erinnerung, die sie nun einmal übernommen hatte. »Es wird nicht leicht zu ertragen sein … wenn es soweit kommt. Und ich werde auch nicht so einfach vergessen können, wer ihm die Wunden geschlagen hat.«

»Ich habe nicht gefragt, ob du es vergessen kannst, sondern ob du darüber hinwegkommen wirst.«

»Du meinst, ob ich es ihm verzeihen kann? Ob ich es Axton verzeihen kann, daß er meinen Bruder in den Tod geschickt hat?« sagte sie, unfähig, ihre Gefühle zu beherrschen. Warum nur mußte sie das alles durchmachen, dachte sie. Es war einfach nicht gerecht.

»Es war ja kein Mord – schließlich ist es im Kampf passiert. Kannst du ihm vergeben?« beharrte er.

Linnea wandte den Blick zur Seite. Es konnte nicht gutgehen, wenn sie weiter mit ihm sprach und dabei ihren Gefühlen freien Lauf ließ. »Ich werde schon einen Weg finden, um damit fertig zu werden. Darin haben wir Frauen ja große Übung. Uns ist noch nie etwas anderes übriggeblieben, als mit dem Schicksal fertig zu werden, das andere uns bereitet haben.«

Sie blickte wieder zu Peter hinüber, der aufrecht dastand und im Vergleich zu ihrem sterbenden Bruder nur so vor Leben zu strotzen schien. »Wenn Frauen das Land regieren würden, gäbe es keine Kriege. Und auch nicht diesen ständigen Kampf um die Macht, um Ländereien und Besitz…«

Sie hielt inne, als ihre Stimme zu zittern begann. Doch ehe sie das Zimmer verlassen konnte, hielt er sie am Arm zurück. Er war bestimmt nicht größer als sie, doch sein Griff war fest und entschlossen.

»Ich bin aus einem ganz bestimmten Grund zu dir gekommen.«

»Dann sprich und laß mich anschließend allein, damit ich … ein wenig Ruhe finde und für meinen Bruder beten kann.«

»Meine Mutter kommt nach Maidenstone.«

Linnea erstarrte augenblicklich. Hatte sie zuvor noch Mühe gehabt, ihre widerstreitenden Gefühle zu bändigen, so fühlte sie nun nichts anderes mehr als eine große Unsicherheit. Die Mutter von Axton und Peter würde kommen. Würde sie Linnea verachten, so wie Linneas Familie Axton verachtete? Würde sie ebenfalls einen Plan gegen sie aushecken, so wie Linneas Familie es gegen Axton getan hatte?

»Sie ist eine sehr gütige Frau.«

Linnea starrte Peter mit großen Augen an. »Gütig genug, um diesen ganzen Krieg zu vergessen?«

»Es wird sicher nicht leicht für sie, wenn sie in ihr altes Zuhause zurückkehrt«, antwortete Peter stirnrunzelnd. »Aber wenn du Geduld mit ihr hast und ihr Zeit gibst, ihre innere Ruhe zu finden …«

»Du meinst, sie wird erst einmal um all das trauern, was sie verloren hat, seit sie das letztemal hier war?« Linnea schüttelte seine Hand ab, die er auf ihren Arm gelegt hatte, und starrte auf das Stückchen Himmel hinaus, das durch das schmale Fenster zu sehen war. Der Himmel war grau und wolkenverhangen. Das paßte ohnehin besser, als wenn es ein strahlend schöner Tag gewesen wäre. Es bestand nun einmal kein Anlaß zu großer Freude. Wenigstens in diesem einen Punkt würde Axtons Mutter ihr wohl zustimmen, dachte Linnea bitter.

Sie holte tief Luft, um sich zu beruhigen. »Ist sie denn schon hier?«

»Nein, aber es kann höchstens noch eine Stunde dauern«, antwortete er, um gleich darauf hinzuzufügen: »Sie wird dich nicht schlecht behandeln, Beatrix.«

Wie immer rief der Name ihrer Schwester sie augenblicklich in die Wirklichkeit zurück. Sie schluckte und richtete sich auf. »Ich muß mich um ihr Zimmer kümmern …« Sie hielt inne und blickte ihn fragend an. »Meinst du, daß Axton es nicht einmal ihr gestattet, im Hauptturm zu wohnen?«

Peter lächelte ihr zu. »Axton mag zwar zwei Köpfe größer sein als sie, aber er wird es bestimmt nicht wagen, Lady Mildred das zu verweigern, was ihr zusteht. Wenn du es möchtest, lasse ich ihm mitteilen, daß du alles vorbereitest, um deine neue Schwiegermutter gebührend willkommen zu heißen.«

Linnea nickte. Es war ihr klar gewesen, daß diese Frau irgendwann kommen würde. Sie hätte besser darauf vorbereitet sein sollen. Aber andererseits bezweifelte sie, daß sie sich jemals gebührend darauf hätte vorbereiten können, Axtons Mutter gegenüberzutreten.

Sie wußte, sie schuldete Peter Dank dafür, daß er gekommen war, um sie sozusagen zu warnen.

»Danke«, sagte sie schließlich mit leichtem Stirnrunzeln, denn sie verstand den Jungen nicht ganz. Sie hatte ihn zu Beginn überhaupt nicht ausstehen können, und sie war sich sicher, daß es ihm mit ihr ebenso ergangen war. Aber seltsamerweise gab es bisweilen Augenblicke, in denen er ihr einziger Verbündeter zu sein schien. »Danke, daß du mir die Möglichkeit gegeben hast, mich darauf vorzubereiten.«

Er trat einen Schritt zurück und drehte sich zur Seite, so daß sie nur sein Profil sah. »Ich habe es nicht für dich getan, sondern für sie«, erwiderte er in etwas schrofferem Tonfall. Dann neigte er den Kopf ein wenig zur Seite und fixierte sie mit einem Blick, der sie stark an seinen Bruder erinnerte. »Ich möchte nicht, daß ihre Ankunft noch schwerer für sie wird, als es ohnehin schon der Fall ist. Ich möchte nicht, daß du sie als deinen Feind betrachtest.«

Leider sind wir aber Feinde. Und wir befinden uns in einem Krieg, von dem ihr alle noch nichts wißt. Aber das behielt Linnea tunlichst für sich. Sie zwang sich statt dessen, zustimmend zu nicken. »Ich werde mein Bestes versuchen.«

Doch sie fürchtete, daß sie die Frau mehr beleidigte, wenn sie ihr freundschaftlich begegnete, als wenn sie den Feind in ihr gesehen hätte. Was sie auch zu tun gedachte – es schien irgendwie das Falsche zu sein. Es war von vornherein falsch gewesen, in diese Rolle zu schlüpfen, und mit jedem verstreichenden Augenblick wurde alles nur noch schlimmer.

Sie spürte die Kette an ihrem Schenkel, aber noch stärker spürte sie in diesem Moment das Mal an ihrer Wade – das Zeichen ihrer Sünde, wie ihre Großmutter es oft genannt hatte.

Heute schien es zu pochen und ihr zu sagen, daß in den Worten ihrer Großmutter ein Körnchen Wahrheit steckte. Sie selbst hatte mit diesem furchtbaren Manöver begonnen. Doch daß sie es mittlerweile bereute, hatte jetzt keine Rolle mehr zu spielen. Sie mußte ihr Versprechen erfüllen, auch wenn sie sich dadurch verabscheuungswürdiger fühlte als je zuvor in ihrem Leben.

Wo war er nur? Linnea blickte sich im Hof nach Axton um. Seine große, imposante Gestalt war für gewöhnlich leicht auszumachen, jedoch nicht an diesem Nachmittag. Er muß irgendwo anders sein, sagte sie sich, vielleicht im Dorf. So blieb es ihr allein vorbehalten, seine Mutter zu empfangen.

Das Zimmer war schon vorbereitet. Das Bett war frisch bezogen, im Kamin brannte ein Feuer, und sogar ein duftendes heißes Bad wartete bereits auf Lady Mildred. Linnea hoffte nur, daß sie sich gleich in ihr Gemach zurückziehen würde und nicht den Wunsch hatte, die Burg zu besichtigen oder mit Peter den Saal aufzusuchen – denn dann wäre es Linneas Pflicht gewesen, sie zu begleiten. Linnea verfügte zwar über keinerlei Erfahrung als Burgherrin, aber sie hatte ihre Großmutter und auch ihre Schwester des öfteren beobachtet. Wenn der Burgherr abwesend war, fiel die gesamte Verantwortung für die Burg seiner Gemahlin zu. Auch wenn es keine angenehme Aufgabe war, mußte Linnea sich ihr stellen.

Sie blickte sich noch einmal im Burghof um. Wo steckte Peter bloß? Doch ehe sie ihn erspähen konnte, war von draußen auf der Zugbrücke Hufgetrappel zu hören, und im nächsten Augenblick ritten mehr als ein Dutzend Männer in den Hof ein, gefolgt von zwei großen Pferdewagen, von denen einer erst bei den Stufen zu Halten kam, die zum Turm hinauf führten.

Linnea hielt den Atem an. Im nächsten Augenblick tauchte aus dem Wagen das Gesicht einer Frau auf. Sie wirkte traurig und erschöpft – und ganz und gar nicht triumphierend und herablassend, wie Linnea es erwartet hatte. Als sie das sorgenvolle Gesicht der Frau sah, nahm sich Linnea augenblicklich vor, so freundlich wie nur möglich zu ihr zu sein. Egal, wieviel Unheil noch drohend über ihnen allen schwebte – Lady Mildred war eine Frau, die in ihrem Leben viel durchgemacht hatte. Daß sie die Schuld an ihren Leiden vor allem Linnea und ihrer Familie geben würde, war im Augenblick nicht entscheidend. Es war gewiß nicht einfach für sie, wieder nach Hause zu kommen. Linnea würde versuchen, ihr nicht noch mehr Schmerz zu bereiten.

Sie trat die Stufen hinunter und zwang sich, freundlich dreinzublicken, auch wenn ihre Knie unter den Röcken zitterten. Für einen kurzen Augenblick trafen sich ihre Blikke, und Linnea konnte erahnen, wie tief der Schmerz sitzen mußte, den diese Frau empfand. Dann wurden sie von einem lauten Ruf abgelenkt, und Peter kam auf sie zugelaufen.

»Mutter! Willkommen! War die Reise beschwerlich? Bist du müde oder hungrig, oder brauchst du sonst irgend etwas ...«

Lady Mildred zog ihn an sich und schloß ihn in die Arme. »Peter«, flüsterte sie, gerade laut genug, daß Linnea es hören konnte. Dieses eine Wort weckte in Linnea eine Flut von Gefühlen. Lady Mildred liebte ihre Kinder. Sie hatte bereits zwei Söhne verloren. Während der vergangenen Monate des Krieges zwischen Henry und König Stephen mußte sie krank vor Sorge um Axton und Peter gewesen sein.

Linnea betete zu Gott, daß sie selbst nur Töchter zur Welt bringen würde und keine Söhne, die in den Krieg ziehen würden. Und sie würde darauf achtgeben, daß ihre Töchter einmal Männer heirateten, denen sie in Liebe zugetan waren.

»Ich bin gesund und munter, Mutter. Keinen einzigen Kratzer habe ich abbekommen – abgesehen von denen, die Axton mir zugefügt hat.« Peter löste sich aus der Umarmung seiner Mutter – doch seine Verlegenheit darüber, daß sie ihn wie ein Kind behandelte, wurde von der Freude aufgewogen, seine Mutter endlich wiederzusehen.

Erst als er zu Linnea aufblickte, wurde sein Lächeln ein wenig schwächer. »Mutter, da Axton nicht hier ist, kommt es wohl mir zu, dich … dich mit Lady Beatrix von Maidenstone bekannt zu machen.« Er hielt einen Augenblick inne, als der Blick seiner Mutter von ihm zu Linnea und wieder zurück wanderte. »Sie ist Axtons Gemahlin«, fügte er leise hinzu.

Als Lady Mildred erneut mit großen Augen zu Linnea hinüberblickte, wurde es offensichtlich, daß sie nichts von der Heirat ihres Sohnes gewußt hatte. »Seine Gemahlin?« stieß sie verblüfft hervor. »Seine Gemahlin? Eine de Valcourt?« Sie starrte Linnea ungläubig an.

»Sie ist jetzt Beatrix de la Manse. Axton ist sehr zufrieden mit ihr«, fügte Peter mit sanfter Stimme hinzu. »Aber komm doch, Mutter. Beatrix hat ein gemütliches Zimmer für dich vorbereitet.«

Peter warf Linnea einen auffordernden Blick zu, der sie aus ihrer Erstarrung löste. Während er seine Mutter die Treppe hinaufführte, lächelte Linnea ihr zögernd zu. »Seid willkommen auf Maidenstone Castle …«

»Danke«, murmelte Lady Mildred. Dann wandte sie den Blick von der Gemahlin ihres Sohnes ab und stützte sich auf Peters Arm. »Ich bin müde und möchte mich ein Weilchen ausruhen.«

Linnea ließ den beiden den Vortritt und folgte ihnen die Treppe hinauf, quer durch den Saal und dann weiter hinauf zu den Zimmern hoch oben im Turm. Lady Mildred hielt ihren Kopf gesenkt und wirkte besonders niedergeschlagen, als sie am Zimmer des Herrn von Maidenstone vorbeigingen. Linnea hatte eben aus diesem Grund beschlossen, sie ein Stockwerk höher unterzubringen, damit sie nicht ständig an die Zeit erinnert wurde, in der sie selbst noch mit ihrem Gemahl diese Räumlichkeiten geteilt hatte. Im Augenblick machte sich Linnea jedoch mehr Sorgen darüber, ob die Frau noch die Kraft hatte, das nächste Stockwerk zu erreichen.

Als sie in Vorzimmer ihres Gemaches ankamen, drang plötzlich Axtons Stimme zu ihnen herauf.

»Mutter! Du bist schon da!«

Mit seinen schweren Stiefeln kam er polternd die Steintreppe heraufgelaufen, so daß er in wenigen Augenblicken bei ihnen war. Ein zweites Mal konnte Linnea einem rührenden Wiedersehen von Mutter und Sohn beiwohnen. Axton trug sein Reitgewand; seine Stiefel waren voller Schlamm, und der Schweiß lief ihm die Stirn hinunter. Aber auf diese Weise wirkte er auf Linnea nur noch männlicher, noch lebendiger und attraktiver. Auch seine Mutter schien zu neuem Leben zu erwachen, als sie ihn sah.

»Wie viele Stunden habe ich darum gebetet ...« Sie konnte nicht weitersprechen, da er sie in seine Arme schloß.

»Jetzt bist du wieder zu Hause. Deine Gebete sind erhört worden.«

Lady Mildred blickte zu ihrem Sohn auf. »Nicht um Maidenstone habe ich gebetet, sondern um dich und Peter.« Dann sah sie plötzlich zu Linnea hinüber, und es folgte eine peinliche Stille, in der Axton und Peter sich ebenfalls Linnea zuwandten.

Linnea erwiderte den Blick der Frau, der es ganz gewiß nicht gefiel, daß ihr Sohn eine Tochter Edgar de Valcourts geheiratet hatte. Noch viel weniger würde ihr allerdings gefallen, welche Ziele diese Tochter insgeheim verfolgte, wie Linnea sich bestürzt eingestand.

»Ich nehme an, du hast Lady Beatrix bereits kennengelernt«, sagte Axton.

Lady Mildred nickte. Sie blickte ihren Sohn schweigend an, doch Linnea sah die vielen unausgesprochenen Fragen in ihren Augen. Dies schien auch Axton nicht zu entgehen, denn er winkte Linnea herbei.

»Ich weiß, daß meine schnelle Heirat dich überraschen muß. Aber auf diese Weise können jedenfalls keine Zweifel mehr aufkommen, wer der rechtmäßige Besitzer der Burg ist. Was immer Stephen und Henry auch für eine Übereinkunft treffen, Maidenstone wird auf jeden Fall uns gehören. Meine Ehe mit Beatrix garantiert das ein für allemal.« Er nahm Beatrix an der Hand und zog sie zu sich. »Und ich freue mich, sie zur Frau zu haben. Wenn du sie erst einmal näher kennengelernt hast, wirst du dich hoffentlich für mich freuen.«

Es sprach für Lady Mildred, daß sie sich zwang, Linnea zuzulächeln. Eine wärmere Begrüßung brachte sie jedoch nicht zustande. Linnea stellte fest, daß Peter die blauen Augen seiner Mutter hatte. Axton wiederum hatte von ihr die gerade, stolze Nase. Sie war keine schöne Frau, doch zweifellos mußte sie in ihrer Jugend sehr hübsch gewesen sein. Heute jedoch war ihr Gesicht müde und von Falten gezeichnet, und sie wirkte niedergeschlagen – von der Tatsache, daß ihr Sohn so schnell geheiratet hatte, wie auch von all den furchtbaren Schicksalsschlägen, die sie in den vergangenen achtzehn Jahren hatte erdulden müssen.

Linnea versuchte ein Lächeln zustande zu bringen. »Wenn ich Euch noch irgend etwas bringen kann …«

»Nein, nicht nötig«, erwiderte Lady Mildred. »Das Zimmer ist in Ordnung, so wie es ist.« Sie holte tief Luft, so als nehme sie all ihre Kraft zusammen. »Ah, da ist ja auch meine Magd – und meine Truhe. »Wenn ich mich jetzt einige Stunden ausruhen dürfte?«

Linnea kam ihrem Wunsch sogleich nach und zog sich zurück. Wenngleich auch Axton und Peter nur noch wenige Minuten bei ihrer Mutter standen, hatte Linnea doch das Gefühl, von den allerwichtigsten Dingen ausgeschlossen zu sein, die in der Familie der de la Manse erörtert wurden. Zweifellos mußte Axton seiner Mutter eine Reihe von Fragen beantworten. Auch wenn sie es nicht offen aussprach, war doch klar zu erkennen, daß sie von der Frau, die er geheiratet hatte, nicht begeistert war – und aus irgendeinem Grund machte das Linnea sehr zu schaffen. Sie wußte selbst nicht, warum – doch es war nun einmal so.

Aber auch das paßte in diese ganze vertrackte Situation, und je mehr sie darüber nachdachte, um so komplizierter wurde alles. Tatsache war, daß sie immer mehr das Bedürfnis hatte, von ihren Feinden akzeptiert zu werden – während ihr die Anerkennung ihrer eigenen Familie immer unwichtiger wurde. Wenn ihre Schwester nicht gewesen wäre, für die sie das alles tat ...

Der Gedanke an Beatrix ließ sie innehalten. Ihre Schwester war der einzige Mensch auf der Welt, der Linnea liebte. Das war schon immer so gewesen. Axton und Peter würden sie vielleicht mit der Zeit akzeptieren und sie neben sich dulden. Vielleicht würde auch ihre Mutter sich eines Tages mit ihr abfinden. Aber Beatrix allein liebte sie, und Linnea liebte ihre Schwester.

Sie blickte sich im großen Saal um, wo die Vorbereitungen für das Abendessen bereits in vollem Gang waren. Tische und Bänke wurden aufgereiht, und zwei Jungen waren damit beschäftigt, genügend Weinkrüge auf die Tische zu stellen.

Als Kinder hatten sie und Beatrix hier oft gespielt. Sie hatten sich unter den Tischen versteckt und waren zwischen ihnen herumgetollt. Während sie heranwuchsen, wurde der Burghof der Schauplatz ihrer Abenteuer, und nach und nach eroberten sie jeden Winkel und jeden Spalt der Burg für sich. Stets war Beatrix ein Teil von ihr gewesen – und sie ein Teil von Beatrix. Und jetzt mußte sie alles tun, was in ihrer Macht stand, damit Maidenstone Castle nach Maynard auf Beatrix übergehen würde.

Es wäre am besten gewesen, wenn Beatrix selbst Axton geheiratet hätte, das war Linnea mittlerweile klar. Aber dafür war es nun zu spät. Sie mußte Beatrix schützen, damit sie heiraten konnte und Maidenstone durch das Geburtsrecht zurückgewann – auch wenn sie damit im Widerstreit mit Axton stehen würde, der sich ebenfalls im Recht glaubte.

Aber sie durfte nicht an Axton denken – nicht, wenn das Wohl von Beatrix auf dem Spiel stand. Und hier ging es nun einmal allein um Beatrix – das durfte sie nie aus den Augen verlieren.

Es ging allein um Beatrix, ihre geliebte Schwester.

14

Linnea suchte ihren Vater auf. Beatrix und Lady Harriet waren fort, und Maynard rang mit dem Tod; somit war Sir Edgar – auch wenn er sich noch so sehr verändert hatte – die einzige Verbindung zu ihrer Familie.

Sie fand ihn in den Stallungen, wo er dem Hufschmied beim Beschlagen der Streitrösser zusah, auf denen die Ritter in die Schlacht zogen. In der knappen Woche, seit Axtons Streitkräfte die Burg eingenommen hatten, war er ein völlig anderer Mensch geworden. Er wirkte am Boden zerstört, genauso wie Maynard – wenngleich in Sir Edgars Fall die Verwundung nicht körperlicher, sondern seelischer Art war. Maynard kämpfte um sein Leben, auch wenn sein Körper ihn im Stich zu lassen drohte. Doch ihr Vater schien jeden Lebenswillen verloren zu haben, und sein Körper beugte sich dieser inneren Schwäche.

Sie zwang sich, Haltung zu bewahren und Stärke zu zeigen – für ihn ebensosehr wie für sich selbst. »Vater, ich habe dich gesucht. Ich möchte mit dir sprechen.«

Zuerst schien er sie gar nicht zu hören. Er sah schweigend dem Hufschmied zu, der den mächtigen Vorderfuß eines Pferdes zwischen seinen Oberschenkeln festhielt und kleine Steine entfernte, die Verletzungen verursachen könnten. Erst als der Hufschmied in seiner Arbeit innehielt und ihr einen verständnisvollen Blick zuwarf, schien Sir Edgar aus seiner Trance zu erwachen.

»Beatrix?« sagte er und blickte zu ihr hinüber. »Beatrix?« wiederholte er, so als wäre er überaus erleichtert, sie zu sehen. »Irgend etwas stimmt nicht. Derek will Vasterling nicht für mich satteln. Dabei möchte ich doch ausreiten – aber er meint, das ginge nicht.«

»Ich bin überzeugt, daß er nur seinen Befehlen Folge leistet«, murmelte Linnea und warf Derek einen besorgten Blick zu.

»Aber ich habe ihm befohlen, mich ausreiten zu lassen«, entgegnete ihr Vater gereizt. »Ich habe ihm befohlen, mein Pferd zu satteln.«

»Aber Lord Axton hat Derek befohlen, dich nicht aus der Burg zu lassen.« Linnea nahm ihn am Arm und führte ihn weg, wobei der Hufschmied ihnen mitfühlend nachblickte. Sie hatte ihren Vater aufgesucht, um Trost zu finden, doch sie wußte jetzt, daß es dumm von ihr gewesen war, sich solches zu erhoffen. Er war nicht mehr in der Lage, sie zu trösten, da *er* es war, der dringend Trost brauchte. Sie würde ihn nicht so ohne weiteres in seiner Verwirrung allein lassen, und sie würde es auch nicht zulassen, daß man ihn begaffte wie ein seltenes Tier.

»Aber ich bin der Herr hier!« fuhr er sie an und riß sich von ihr los. »Mein Wort ist Gesetz auf Maidenstone! »

Einige Dienstboten drehten sich nach ihm um, als sie seine zornige Stimme hörten. Linnea griff erneut nach seinem Arm und zwang ihn, ihr ins Gesicht zu sehen.

»Du bist nicht mehr Herr hier. Erinnerst du dich denn nicht?« redete sie ihm zu. »Axton de la Manse hat das frühere Zuhause seiner Familie wieder in Besitz genommen, und ich bin mit ihm verheiratet ...«

»Beatrix? Du bist Beatrix?«

Linnea hielt erschrocken den Atem an. Ihr Vater blickte sie verwirrt an, während der Hufschmied aus einiger Entfernung die Szene verfolgte. Auch die Schankwirtin und ihre Gehilfin sahen bereits zu ihnen herüber, und auch zwei Ritter und mehrere Knappen waren auf sie aufmerksam geworden. Linnea war sprachlos vor Angst, daß ihr Vater ihr Geheimnis verraten könnte.

»Du bist meine Tochter …«

»Natürlich bin ich das«, fiel Linnea ihm ins Wort. »Ich bin Beatrix. Wir sind auf Maidenstone Castle, und …« Sie suchte fieberhaft nach irgend etwas, das ihn von ihr ablenken würde. »Und Maynard, dein Sohn, ist schwer verwundet. Erinnerst du dich nicht mehr, Vater?«

Linneas Herz pochte wie wild, als er sie wortlos anstarrte. Sie wußte, daß sie ihm Kummer bereitete, indem sie ihn an all das erinnerte, was er verloren hatte – vor allem an seinen geliebten Sohn und Erben. Aber sie konnte einfach nicht tatenlos zusehen, wie er am Ende in aller Öffentlichkeit preisgab, wer sie wirklich war. Es tat weh, mit anzusehen, wie seine Verwirrung langsam der schmerzlichen Erinnerung wich. In seinem Gesicht war nichts als tiefe Verzweiflung zu sehen.

»Beatrix«, murmelte er, und seine Augen verdunkelten sich, während er sich an die Einzelheiten zu erinnern versuchte. »Einen Augenblick lang habe ich gedacht, du wärst …«

»Sie ist fort«, unterbrach ihn Linnea, ehe er ihren Namen laut aussprechen konnte. »Sie ist verschwunden, bevor die Burg belagert wurde. Ich bin Beatrix«, redete sie ihrem Vater im Flüsterton ein, damit die Umstehenden es nicht hören konnten. »Ich bin Beatrix. Du und ich und Maynard – wir müssen jetzt zusammenhalten, denn wir sind die einzigen von unserer Familie, die noch da sind.«

Im nächsten Augenblick schien alle Energie aus ihm zu weichen, wie Wein, der aus einem löchrigen Schlauch sikkert. Er sackte regelrecht in sich zusammen. Mit gesenktem Kopf sagte er: »Wir haben alles verloren, nicht wahr?« Er blickte zu ihr auf wie ein Kind, das Trost und Zuspruch sucht. Doch sie wußte nicht, wie sie ihn trösten konnte.

Sie spürte, wie auch sie von Verzweiflung gepackt wurde, derselben Verzweiflung, die einen stolzen Burgherrn in einen gebrochenen alten Mann verwandelt hatte. Sie war zu ihrem Vater gekommen, weil sie sich neuen Mut holen wollte – doch wie sich zeigte, war er noch um vieles mutloser als sie selbst.

»Komm, Vater«, murmelte sie und zwang sich, die Niedergeschlagenheit zu überwinden. »Gehen wir zu Maynard. Er braucht jetzt unsere Gebete. Komm mit mir.«

Er folgte ihr widerspruchslos wie ein kleines Kind, und Linnea führte ihn zum Hauptturm, hinter dem sich das Quartier des Priesters befand, wo Maynard lag. Doch als sie die Treppe hinaufstiegen, ging die Tür auf, und Axton kam ihnen entgegen.

Seine Augen ruhten zunächst auf ihr und verfinsterten sich dann, als er ihren Vater erblickte. Linnea sah den Haß in seinen Augen.

»Wo wollt ihr hin?« Er verschränkte die Arme und blickte auf sie hinunter; sein ganzer Körper schien sich anzuspannen, während sein Gesichtsausdruck immer grimmiger wurde.

Linnea spürte, wie die Muskeln am Arm ihres Vaters sich unter ihrer Hand strafften. Er mochte noch vor wenigen Augenblicken nicht gewußt haben, wie es wirklich stand – doch nun war die Erinnerung offensichtlich zurückgekehrt. »Wir besuchen meinen Bruder«, gab sie Axton zur Antwort und hoffte, daß sie weitergehen konnten, ehe ihr Vater irgend etwas Unkluges sagte.

Axton musterte sie einen Augenblick. »Er darf sich nicht mehr frei in der Burg bewegen«, stellte er fest und deutete mit einer Kopfbewegung auf ihren Vater.

Sie starrte ihn verständnislos an. »Willst du damit sagen, er darf seinen eigenen Sohn nicht mehr sehen?«

»Ich möchte nicht, daß meine Mutter sich aufregen muß, weil sie vielleicht zufällig dem Mann begegnet, der ihr nicht nur ihr Zuhause, sondern auch ihren Gemahl und ihre Söhne genommen hat.«

Sie wollte ihm schon mit einer bissigen Bemerkung antworten, ließ es dann aber sein. Was hätte sie ihm auch erwidern sollen? Daß seine Mutter es ihrem Vater nicht übelnehmen sollte, daß er soviel Leid in ihr Leben gebracht hatte? Daß sie sich in ihr Schicksal fügen sollte? Daß sie ihn nicht mehr hassen und nicht betrübt sein sollte, wenn sie ihn sah?

Es war nun einmal eine traurige Wahrheit, daß der Mensch immer wieder das begehrte, was andere besaßen, und daß er all jene haßte, die das begehrten, was er selbst besaß. Axton hatte Maidenstone ihrem Vater abgenommen. Ihr Vater wiederum hatte die Burg Axtons Vater abgenommen. Zweifellos hatte auch Axtons Vater sie irgend jemandem entrissen …

»Wie ist denn deine Familie in den Besitz dieser Burg gekommen?«

Er runzelte die Stirn angesichts ihrer unerwarteten Frage. »Mein Großvater hat sie von William Rufus erhalten.«

»Als Belohnung?«

»Er hat ihm während der Feldzüge in der Normandie das Leben gerettet. Das war vor dem ersten Kreuzzug.«

»Wer war davor hier der Herr? Vor deinem Großvater?«

Er nickte, als verstünde er plötzlich, worauf sie hinauswollte.

Ein Lächeln umspielte seine Lippen, wenngleich ihm offensichtlich ganz und gar nicht zum Lachen zumute war. »Damals war die Burg nur eine kleine, unbedeutende Festung.«

»Aber es gab einen Herrn hier, nicht wahr? Einen Mann mit einer Familie, der die Burg als sein Zuhause betrachtete.«

»Er war ein verräterischer Narr. Aber das spielt jetzt keine Rolle. Maidenstone gehört mir, und mein Wort ist Gesetz. Halte ihn von meiner Mutter fern, denn wenn sie unter seiner Gegenwart leidet, bleibt mir nichts anderes übrig, als ihn in den Kerker zu werfen!«

Ihr Vater hatte während dieses Wortwechsels schweigend zugehört. Doch Axtons kalte Drohung ließ ihn einen Schritt zurückweichen.

»Was macht *Ihr* hier? Ich verwalte diesen Ansitz im Namen meines Lehnsherrn, Stephen von Blois, König von England ...«

»Er wird nicht mehr lange König sein!« stieß Axton hervor und trat auf Sir Edgar zu, so als wollte er ihn auf der Stelle töten.

Ohne zu überlegen, trat Linnea zwischen die beiden und legte ihre Hände auf Axtons Brust. Er packte sie an den Armen, so als wollte er sie beiseite schieben, doch sie ließ ihn nicht los und zwang ihn, ihr zuzuhören.

»Bitte, Axton. Du darfst ihn nicht bestrafen, ich bitte dich!«

Er hielt ihre Arme mit eisernem Griff fest, während er über ihren Kopf hinweg ihren Vater anstarrte. Doch er stieß sie nicht zur Seite, um auf Sir Edgar loszugehen.

»Es wird nicht mehr lange dauern, dann ist Henry König von England. Ihr solltet Euch langsam damit abfinden, alter Mann. Henry ist der Herr über England, und ich bin der Herr auf Maidenstone. Und der Gemahl Eurer Tochter ...«, fügte er hinzu, während er Linnea in seine Arme nahm.

Axton hielt sie so fest umschlossen, daß sie nicht sehen konnte, wie ihr Vater auf seine Worte reagierte. Deshalb kam seine Antwort völlig unerwartet für sie.

»Laßt sie los!« brüllte Sir Edgar. »Nehmt Eure dreckigen Finger von meiner Tochter!«

»Nein!« Linnea hielt Axton fest, da sie sicher war, daß er auf ihren Vater losgehen würde. »Er weiß nicht mehr, was er sagt ...«

Es war ihr Vater, der sie grob zur Seite stieß. Sie stolperte und fiel mehrere Stufen hinunter. Doch sie nahm den Schmerz kaum wahr, der in ihrem Knie aufflammte. Sie mußte ihren Vater vor Axton retten.

»Ich werde Euch töten!« schrie Sir Edgar ihn an. »Aufspießen werde ich Euch, nein, vierteilen!«

Kaum hatte Linnea sich aufgerafft, als plötzlich Axton bei ihr war und sie stützte. »Hast du dir weh getan?« fragte er mit angespannter Stimme.

»Wagt es ja nicht, sie zu berühren!« brüllte Sir Edgar.

Einer von Axtons Männern kam herbei, die Hand am Schwertknauf. Die Menschen im Hof hatten längst alles liegen- und stehengelassen und verfolgten nun gebannt die Auseinandersetzung zwischen dem alten und dem neuen Herrn.

Axton übergab Linnea in die Obhut des Ritters, der herbeigeeilt war, und wandte sich dann seinem zornbebenden Gegner zu. Linnea sah die tödliche Ruhe, zu der er sich zwang, und wußte augenblicklich, daß ihr Vater in größter Gefahr schwebte. Was bedeutete es schon, daß sie vielleicht Maidenstone für Beatrix zurückgewann, wenn sie nicht einmal das nackte Leben ihres Vaters retten konnte?

Sie riß sich von dem Mann los, der sie stützte, und rannte zu Axton hin, der langsam auf ihren Vater zuging. Obwohl Sir Edgar eine Stufe über ihm stand, waren ihre Augen auf gleicher Höhe.

»Laß ihn gehen!« flehte sie.

»Halt dich da raus«, befahl ihr Axton.

»Er begreift das alles doch gar nicht!«

»Er hat mich herausgefordert. Und ich bin mehr als bereit, die Herausforderung anzunehmen.«

»Ich bin hier der Herr!« brüllte Sir Edgar und stachelte Axton damit weiter an. Sein Gesicht hatte sich dunkelrot verfärbt, seine Augen waren weit aufgerissen, und die Adern an seinem Hals traten hervor.

Er hat den Verstand verloren, dachte Linnea. So mußte es sein, denn sonst würde er Axton nicht so offen gegenübertreten. Dennoch konnte sie ihn nicht einfach dem Zorn ihres Gemahls überlassen.

»Axton. Hör mir zu. Ich bitte dich!«

Die beiden Männer standen einander direkt gegenüber – nur Linneas Arm auf Axtons Brust war noch zwischen ihnen. Sie spürte die unerhörte Spannung in seinem Körper, die Bereitschaft, auf den Feind loszugehen.

»Geh zur Seite, Tochter …«

»Sei still, Vater!« gab sie in scharfem Ton zurück. Mit einer Hand stieß sie ihn zurück, und zu ihrem Erstaunen gab er tatsächlich nach. Erneut drängte sie sich zwischen die beiden. »Vater, hast du vergessen, daß Sir Axton jetzt der Herr hier ist? Er ist mein Ehemann. Ich kann es doch nicht zulassen, daß du mit meinem Ehemann streitest ...« Sie hielt inne, als sie sah, daß seine finstere Miene erneut der Verwirrung wich und sich eine tiefe Traurigkeit in seinen Augen zeigte. Es schmerzte sie, Zeugin seiner unendlichen Hoffnungslosigkeit zu sein. Er war immerhin ihr Vater, und wenngleich ihr stets bewußt gewesen war, daß all seine anderen Kinder ihm viel wichtiger waren als sie, so verdankte sie ihm doch ihr Leben – und das in doppelter Hinsicht; sie hatte sehr wohl die Geschichten gehört, die man sich von ihrer Geburt erzählte – daß ihre Großmutter von ihm verlangt hatte, das zweite Kind zu töten, und daß ihr Vater das nicht zugelassen hatte.

Sie mußte sich die Tränen verbeißen. Es tat weh, seinen Verfall mitanzusehen. »Vater, das nützt uns doch nichts, was du da tust. Komm, ich bringe dich in dein Zimmer.«

Er zitterte am ganzen Körper, wobei sich seine immense Wut nun offensichtlich in einen ebenso großen Kummer verwandelt hatte. Er wandte sich dem Hauptturm zu, als wolle er sich in das Zimmer des Herrn von Maidenstone zurückziehen.

»Hier entlang, Vater«, flüsterte sie und bemühte sich, der Verzweiflung zu trotzen, die in ihr aufstieg. Sie nahm ihn an der Hand. »Hier entlang.«

Linnea führte ihn die Treppe hinunter und blickte Axton an, als sie an ihm vorübergingen. Seine Gesichtszüge wirkten wie aus Granit gehauen. Kein Zweifel, er hatte gegen ihren Vater kämpfen wollen. Er wollte seinen Feind tot sehen.

»Axton«, murmelte sie, als sein undurchdringlicher Blick auf ihr ruhte. Sie wollte die Hand auf seine Brust legen, doch ihr Vater zog sie mit sich. Wenigstens hatte er das Leben ihres Vaters geschont, dachte sie, als sie mit ihm zum Quartier des Priesters ging. Er hätte ihn töten können, aber er hatte es nicht getan.

Irgend jemand forderte die Umstehenden auf, weiterzugehen. Es war wohl Sir Reynold, dachte sie. Nach und nach lösten sich die kleinen Gruppen von Zuschauern, die sich gebildet hatten, auf, wobei die Burgbewohner ihnen verdutzt nachstarrten, als Linnea und ihr Vater an ihnen vorüber schritten.

Sie wußte nicht, wohin Axton ging. Während ihr Vater in einem Winkel der Kapelle Platz nahm, fragte sie sich, was er wohl tat und wie er sich jetzt fühlte. Ihr Vater lehnte sich gegen eine Säule und barg das Gesicht in beiden Händen. Sie hätte nicht sagen können, ob er weinte – wenn, dann waren es stille Tränen.

Linnea trat zu einer Mauernische hin, in der sich eine hölzerne Marienstatue befand, und begann zu beten.

Ich weiß nicht mehr, was ich tun soll. Bitte führe mich. Hilf mir. Sag mir, was ich tun soll. Wie soll ich mich gegenüber meinem Vater verhalten – und gegenüber meinem Gemahl, der eigentlich gar nicht mein Gemahl ist?

Axton ging zum Turnierplatz. Niemand wagte es, ihn anzusprechen oder ihm zu nahe zu kommen. Man sah ihm von weitern an, wie wütend er war.

Er hätte jetzt eine Schlacht gebrauchen können, um sich im harten, erbitterten Gefecht abzureagieren – doch es war nun einmal keine Schlacht in Aussicht. Der einzige Gegner, den er im Augenblick hatte, war ein alter Mann, den er beim besten Willen nicht töten konnte, auch wenn er es noch so sehr wollte. Und so gab es weit und breit niemanden, mit dem er sich messen konnte, um seinem Ärger Luft zu machen. Trotz seiner Wut vermied er es, einen seiner Männer zu einem Übungsgefecht zu rufen, denn möglicherweise hätte er die Kontrolle über sich selbst verloren.

Er trat in die Waffenkammer und griff nach dem erstbesten Schwert, das ihm unterkam. Es war ein schweres Schwert, das mit beiden Händen geführt: wurde. Noch ehe die Tür zu dem Schuppen hinter ihm zufallen konnte, stürmte er wieder ins Freie.

Die Puppe, die zu Übungszwecken im Hof aufgehängt war, bekam seinen ganzen Zorn ab. Er sah niemand anderen als Edgar de Valcourt vor seinem inneren Auge, als er auf den mit Spreu gefüllten Sack losging und ihn total in Fetzen hieb.

Falls jemand ihn beobachtete, wie er mit seinem stummen Gegner kurzen Prozeß machte, dann tat er es aus sicherer Entfernung. Niemand wagte sich in die Nähe des Turnierplatzes. Der gesamte Burghof schien viel zu leer für einen sonnig-warmen Nachmittag im April. Die Schankwirtin, der Waffenschmied und der Bienenzüchter – alle sollten sie doch im Freien an der Arbeit sein.

Hatte denn keiner hier in der Burg auch nur einen Funken Pflichtbewußtsein? dachte Axton voller Zorn. Mußte er denn jeden einzelnen zwingen, seiner Arbeit so nachzugehen, wie es sich gehörte?

Mit einem letzten mächtigen Hieb trennte er die Puppe von dem Holzrahmen, in dem sie hing. Sie landete mit einem dumpfen Laut auf dem Boden und wirbelte eine Staubwolke auf. Axton starrte auf die Überreste der Puppe. Seine Arme zitterten von der Anstrengung, und seine Brust hob und senkte sich, während er langsam wieder zu Atem kam. Doch er verspürte immer noch keine wirkliche Befriedigung.

Beatrix hätte sich nicht einmischen sollen.

Dann schüttelte er den Kopf. Selbst er mußte zugeben, daß sie nicht einfach dastehen und zusehen konnte, wie ihr Ehemann ihren Vater niedermetzelte. Aber sie hätte nicht mit dem alten Mann weggehen und *ihn* allein im Hof zurücklassen sollen. Sie war jetzt seine Frau. Er war es, dem sie sich verpflichtet fühlen sollte.

Er stach noch einmal mit dem Schwert auf die Puppe ein wie auf einen Gegner, den er aus dem Sattel gehoben hatte, und ließ die Waffe in dem mit Weizenspreu gefüllten Baumwollsack stecken. Er würde einiges mit ihr zu besprechen haben, dachte er, während er den Blick über den wie ausgestorben wirkenden Burghof schweifen ließ. Wenn sie ihren Vater schützte und ihm die Aufmerksamkeit schenkte, die eigentlich ihrem Gemahl gebührte, dann mußte sie noch einiges darüber lernen, was es hieß, die Gemahlin von Axton de la Manse zu sein.

Es war Peter, der schließlich zu ihr kam und ihr erzählte, was sie ohnehin schon wußte.

»Geh zu ihm und besänftige ihn, bevor noch ein Unglück geschieht und er seine Wut an uns allen ausläßt.«

Linnea sah zu ihrem Vater hinüber, doch er schien Peters Kommen nicht bemerkt zu haben. Er saß auf seiner Bank und starrte in die Luft. Sie seufzte und ging, ohne ein Wort zu sagen, zur Tür. Sie war so müde und erschöpft, und sie wünschte sich nichts sehnlicher, als daß all diese Spannungen, der Haß und die Lügen ein Ende hätten.

Doch es war eigenes Lügengespinst, das von allen das Schlimmste war. Und die Spannungen, die im Augenblick herrschten, waren nichts im Vergleich zu dem, was sie noch erwartete, wenn die Wahrheit ans Licht kam.

»Wo ist er denn?« fragte sie.

»Auf dem Turnierplatz.« Peter hielt ihr die Tür auf und ging dann neben ihr her. Linnea spürte, daß man sie verstohlen beobachtete. Das Gefühl, daß das Schicksal all dieser Menschen von ihr abhing, lastete wie eine schwere Bürde auf ihren Schultern. Doch was blieb ihr anderes übrig, als die Bürde zu tragen, bis sie ihr endlich eines Tages abgenommen werden würde.

Doch darüber wollte sie jetzt nicht nachdenken.

»Läßt er denn seine Wut an einem seiner Männer aus?« fragte sie.

Peter verzog das Gesicht. »Keiner würde es wagen, die Klinge mit Axton zu kreuzen, wenn er in einer solchen Stimmung ist.«

Linnea zitterte bei dem Gedanken, wie wütend er sein mußte. Doch, so dachte sie, das Ganze entbehrte nicht einer gewissen Ironie. »Seine mächtigsten Ritter haben Angst, ihm zu nahe zu kommen – und da wendest du dich ausgerechnet an mich?«

Sie stiegen die Stufen zum Hof hinunter. »Dir wird er nichts tun.«

Im stillen gab Linnea ihm recht. Zumindest *hoffte* sie, daß er recht hatte. Doch als sie den menschenleeren Hof sah, war sie sich nicht mehr so sicher. Weit und breit war keine Menschenseele zu sehen. Die Waschtröge standen verlassen da; der Wasserdampf, der von ihnen aufstieg, ließ jedoch darauf schließen, daß noch vor kurzem jemand hiergewesen sein mußte. Auch im Garten machte sich niemand zu schaffen; ein kleiner Handwagen war zu sehen, der zur Hälfte mit Unkraut gefüllt war. Nur ein alter Hund lag schläfrig in der Sonne. Er wedelte kurz mit dem Schwanz, als sie an ihm vorübergingen. Ansonsten regte sich weit und breit nichts.

Auch Axton rührte sich nicht von der Stelle. Regungslos stand er über einem alten Sack, in dem ein langes Schwert steckte. Linnea zögerte und blickte Peter fragend an – doch der zuckte nur mit den Schultern und ließ sie allein zu ihm gehen.

Da blickte Axton auf und sah sie kommen. Seine Augen verengten sich, und sein Zorn fand ein neues Ziel, doch in diesem Augenblick trat alles, was Linnea so große Sorgen bereitete, in den Hintergrund. Was sie nun in ihm wahrnahm, reichte tiefer als der Zorn, den er so unverhüllt zeigte. Er trauerte um seinen Vater und seine Brüder. Es war ihm versagt geblieben, seine ganze Wut, die in ihm brodelte, an ihrem Vater auszulassen – und so hatte eben dieser unschuldige Sack daran glauben müssen. Nun, wo das leblose Ding seine Schuldigkeit getan hatte, würde sich sein Zorn wohl gegen sie richten. Doch sie hatte sich ja selbst zum Opferlamm ihrer Familie gemacht – warum sollte sie also diese Rolle nicht auch für seine Familie übernehmen?

Doch sie spürte auch den Schmerz, den er tief in sich trug, dort, wo er niemanden hineinsehen ließ.

Sie ging direkt auf ihn zu, bis nur noch der mit Spreu gefüllte Sack zwischen ihnen war. Der Sack und das Schwert, das bedrohlich in die Höhe ragte.

»Wollen wir ein Stück zusammen gehen?« fragte sie, einer plötzlichen Eingebung folgend.

»Gehen?« In seinem Gesicht spiegelten sich immer noch die schmerzlichen Gefühle, die in ihm toben mußten. Es hatte ihm offensichtlich nicht viel Genugtuung bereitet, den Sack zu zerstören.

»Nun ...«, sagte Linnea zögernd. »Wenn du lieber etwas anderes tun würdest ...« Sie hielt inne, als sie spürte, wie ihr die Röte in die Wangen stieg. Doch sie wich seinem durchdringenden Blick nicht aus.

Zu ihrer Überraschung schien ihr Angebot ihn ein wenig zu verwirren. Er blickte kurz zu seinem Bruder hinüber, der immer noch auf der anderen Seite des Hofes stand, und wandte sich dann wieder ihr zu. »Möchte mein Bruder, daß ich meine Wut an dir auslasse, damit ich ihn und die anderen Männer verschone? Hat er dir nahegelegt, dich für alle anderen zu opfern?«

»Ich wäre auch zu dir gekommen, wenn er nichts gesagt hätte. Ich wollte nur meinen Vater zurückbringen ...«

Es war nicht klug, von ihrem Vater zu sprechen – das erkannte sie augenblicklich, als sie sah, wie sich alles in ihm anspannte. Doch da das Thema nun einmal angesprochen war, beschloß sie, offen mit ihm darüber zu reden. Das hatte sich bislang bei ihm immer noch als die beste Strategie erwiesen. Sie hob ihre Röcke ein wenig an und stieg über die Puppe und an dem Schwert vorbei, so daß sie dicht vor Axton stand.

»Laß uns ein wenig hinausgehen, in den Wald. Weg von diesem Ort, der dir so viel Kummer bereitet. Wir werden über meinen Vater sprechen und über das Leid, das er euch zugefügt hat. Und vielleicht finden wir ja einen Weg, daß Friede zwischen uns sein kann.«

Sie legte eine Hand an seine Brust und forderte ihn mit ihrem Blick auf, sie ebenfalls zu berühren. In diesem Augenblick dachte sie nicht an ihre Familie oder an irgendwelche Pläne, Maidenstone Castle zurückzugewinnen. Sie dachte auch nicht daran, daß er sie für Beatrix hielt oder daß sie beide keine wirkliche Zukunft als Mann und Frau hatten. Sie war von nichts anderem erfüllt als dem Wunsch, ihm über die Vergangenheit hinwegzuhelfen, die ihm so viel Schmerz bereitet hatte. Sie wollte, daß er wieder lächeln und vielleicht sogar mit ihr lachen konnte.

»Laß uns hinausgehen«, sagte sie noch einmal und hielt seinem durchdringenden Blick stand.

Plötzlich nahm er sie an beiden Armen, als wollte er sie hochheben und an sich drücken, damit sie hier und jetzt jene unerhörte Glut zum Leben erweckte, die zwischen ihnen bestand. Sie war sich nicht sicher, ob sie sich das wünschen sollte oder nicht. Doch er starrte sie nur wortlos an, und seine Augen waren von Gefühlen verschleiert, die er nicht in Worte zu fassen vermochte.

Er war ganz und gar ein Krieger. Das war gerade in diesem Augenblick deutlich zu spüren. Er war verschwitzt von seinem wütenden ›Kampf‹ mit der Puppe. Er zitterte vor Verlangen, das Blut seines Gegners fließen zu sehen. Doch *sie* betrachtete er nicht als seinen Feind. Nicht mehr. Sie konnte es ganz deutlich spüren.

Sie lehnte sich an ihn und ließ ihre Wange an seiner Brust ruhen. »Gehen wir für ein Weilchen fort von hier, Axton. Das wird uns beiden guttun, du wirst sehen.«

Lady Mildred weinte, als sie mit ansehen mußte, wie ihr ältester Sohn so wütend auf die Puppe einhieb. Sie wußte, was er fühlte, denn sie fühlte wie er.

Edgar de Valcourt hatte kein Recht, hier zu sein. Irgend etwas in ihr hatte sich gewünscht, daß Axton ihn erschlug. Erleichtert hätte sie mit angesehen, wie Axton ihn enthauptet hätte, und der Kopf, eine Blutspur hinter sich herziehend, die Stufen hinuntergepoltert wäre.

Doch de Valcourts Tochter hatte ihn vor Axton beschützt. Wenngleich Lady Mildred wußte, daß das Mädchen das Richtige getan hatte, ja, daß es gar nicht anders hätte handeln können, nahm sie es ihm übel. Und nun stand das Mädchen vor Axton und redete auf ihn ein, während zwischen ihnen das mächtige Schwert steckte.

Lady Mildred trat etwas näher an das offene Fenster, wobei sie achtgab, daß man sie nicht sah – sie war einfach nicht imstande, sich von der Szene abzuwenden. Die beiden jungen Leute unten im Hof schienen ohnehin keine Augen für sie zu haben, genausowenig wie für die vielen heimlichen Beobachter, die die Szene mit Sicherheit verfolgten.

Plötzlich trat das Mädchen näher an ihn heran, und Axton faßte es an den Armen.

Lady Mildred hatte Tränen in den Augen, und sie verspürte eine Traurigkeit, die anders war als der Kummer der vergangenen Jahre – doch ebenso schwer zu ertragen. Er ging mit ihr weg. Ihr Sohn, der geschworen hatte, den Tod seines Vaters und seiner Brüder zu rächen, hatte sich von dem Schwert abgewandt und ging mit seiner Frau zum Tor, um die Burg zu verlassen.

Sie wandte sich von der Szene ab, und ein Schluchzen entrang sich ihrer Brust. Sie stützte sich gegen die Wand und weinte die bittersten Tränen ihres langen, kummervollen Lebens. Die Rückkehr nach Maidenstone hätte ein Triumph werden sollen. Ein bittersüßer Triumph vielleicht, aber doch eine große Genugtuung, da ihre Feinde all das zurückgeben mußten, was sie ihrer Familie gestohlen hatten.

Doch statt dessen stahlen sie ihr neuerlich etwas, und noch dazu etwas, das ihr weitaus teurer war als die Burg. Etwas, von dem sie nicht angenommen hatte, daß man es ihr jemals würde wegnehmen können. Sie hatten ihr Axtons Herz gestohlen. Sie spürte es mit einer Deutlichkeit, die keinen Zweifel zuließ.

Sie sank gegen die Wand und weinte so heiße Tränen wie schon lange, lange nicht mehr. Nach William, Ives und ihrem geliebten Allan hatten sie ihr jetzt auch noch Axton weggenommen.

Sie glaubte nicht, diesen neuerlichen Verlust überleben zu können. Sie glaubte auch nicht, daß sie das überhaupt wollte.

15

Schweigend gingen sie nebeneinander her. Doch sobald sie die schmale Brücke über den Fluß hinter sich gelassen hatten, war es, als würden sie in eine völlig andere Welt eintreten. Linnea hatte das Gefühl, jenes Zauberschloß zu verlassen, von dem Norma ihr und Beatrix in ihrer Kindheit oft erzählt hatte. Auf dem Schloß selbst mochte ein schrecklicher Fluch lasten, doch außerhalb war alles von blühendem Leben erfüllt.

Linnea spürte Axtons Gegenwart in jedem Augenblick, auch wenn sie schweigend nebeneinander hergingen. Es war, als bestünde eine stille Verbindung zwischen ihnen.

Sie sah einen Otter von einem Stein aus in den Fluß tauchen, während eine Goldamsel einen aufgeregten Schrei ausstieß, als sie die beiden Eindringlinge in ihrem Reich wahrnahm. Auch eine Ente, die sich mit ihren Jungen zwischen blauen Schwertlilien tummelte, fühlte sich durch die beiden gestört und glitt mit ihren Küken ins Wasser.

Linnea hatte ganz vergessen, wie schön der April sein konnte. Die vergangenen Tage waren trüb und düster gewesen – zumindest war es ihr so erschienen. Sie hatte sich wie im tiefsten Winter gefühlt. Doch der Frühling war längst eingezogen, und sie war eine verheiratete Frau, die Seite an Seite mit ihrem Gemahl durch das Leben schritt.

»Ich bin froh, daß wir fortgegangen sind«, sagte sie, als sie die von Furchen durchzogene Straße verließen und in einen schmalen Pfad einbogen. »Ich könnte Blumen für den Tisch pflücken. Oder für das Zimmer deiner Mutter. Würde sie Blumen von mir annehmen?« fügte sie etwas unsicher hinzu.

Sie dachte schon, daß er gar nicht antworten würde, weil er so lange stumm blieb. Dann seufzte er tief, und sie hatte das Gefühl, daß er sich mit dem Seufzer gleichzeitig von einem Teil seines Zorns befreien konnte.

»Sie wird sie annehmen. Meine Mutter wird sich nicht so offen gegen dich wenden, wie deine Großmutter es mir gegenüber tut. Sie wird dir keine haßerfüllten Blicke zuwerfen oder dich verfluchen, kaum daß du ihr den Rücken zukehrst.«

»Aber wenn sie allein in ihrem Zimmer ist, wird sie die Blumen, die ich ihr schicke, zerdrücken?«

Er wandte sich ihr zu. »Mag sein. Macht es dir denn so viel aus?«

Linnea wandte den Blick von ihm ab. »Ich habe nicht die Absicht, ihr noch mehr Schmerz zuzufügen. Doch ich fürchte, daß ich durch meine bloße Anwesenheit genau das tue. Sie würde jede andere Frau auf der Welt lieber an deiner Seite sehen als ausgerechnet mich.«

Er wollte etwas antworten, ließ es dann aber sein. Linnea blieb im Schatten einer großen Platane stehen, die am Rande jenes schmalen Waldstreifens stand, der sich den Fluß entlang zog. »Du wärst ja selbst lieber mit einer anderen Frau verheiratet.«

Er wandte sich ihr zu, und ihre Blicke trafen sich. »Es war nicht mein Wunsch, dich zu heiraten, genausowenig wie es deiner war. Aber jetzt muß ich sagen, daß ich es nicht bereue.«

»Aber weil ich nun einmal eine de Valcourt bin, wirst du nie richtig glücklich sein können.« Linnea hätte nicht gedacht, daß es ihr einen derartigen Schmerz bereite, diese Wahrheit auszusprechen.

»Nun, du magst es *so sehen*, ich würde sagen, daß es mir ganz und gar nicht leid tut, dich zur Frau zu haben, trotz deines Namens.«

Immerhin waren seine Worte für Linnea ein gewisser Trost.

»Aber was ist mit dir?« fuhr er fort. »Wie schwer ist es

für dich, mit dem Mann verheiratet zu sein, der deinen Bruder verwundet hat und der dafür verantwortlich ist, daß dein Vater nur noch ein Schatten seiner selbst ist?«

Als sie den Blick abwenden wollte, hielt er ihr Kinn fest und zwang sie, ihm in die Augen zu sehen. »Es ... es ist mir zuerst sehr schwergefallen«, antwortete sie ihm wahrheitsgemäß. »Aber mittlerweile weiß ich, daß du ... kein so schrecklicher Ehemann bist, wie ich befürchtet habe.«

Der Hauch eines Lächelns erschien auf seinen Lippen, und die Falten auf seiner Stirn verschwanden. »Es wäre sicher einfacher gewesen, wenn wir uns auf neutralem Boden kennengelernt hätten«, gab er zu. Er legte seine Hand auf ihre Wange – eine zärtliche Geste, die ihr Herz schneller schlagen ließ.

Eigentlich wäre sie damit zufrieden gewesen, ihn von seinem Zorn abzulenken und in eine etwas friedlichere Stimmung zu versetzen. Doch hier an diesem Ort, wo die Vögel zwitscherten und allerlei winzige Insekten sich regten, wo der Wind berauschende Düfte mit sich trug, die von dem blühenden Leben um sie herum kündeten – da konnte sie nicht anders, als von der Burg zu sprechen und all dem, was mit ihr zusammenhing.

»Du hast mich einmal nach meinen einstigen Freiern gefragt. Aber was ist eigentlich mit den Mädchen, denen du den Hof gemacht hast? War denn keine darunter, die du hättest heiraten wollen?« Sie wollte die Antwort nicht wirklich hören, deshalb verstand sie nicht, warum sie die Frage überhaupt gestellt hatte. Dennoch wartete sie voller Ungeduld darauf, was er sagen würde.

»Ich war zu sehr damit beschäftigt, das Unrecht zu rächen, das meiner Familie angetan wurde, um daran zu denken, mir eine Frau zu nehmen. Auch meiner Mutter ist es nicht gelungen, eine Verbindung für mich in die Wege zu leiten, obwohl sie redlich bemüht war.«

Linnea fiel ein Stein vom Herzen. Es hatte also keine besondere Frau in seinem Leben gegeben. Doch ihre kindliche Erleichterung wurde sogleich von einer unwiderlegbaren Tatsache weggewischt, die ihr in den Sinn kam. »Aber du weißt alles darüber, was zwischen Mann und Frau ...« Sie hielt inne, als ihr bewußt wurde, daß sie laut nachdachte. Sie betete, daß er nicht verstand, was sie gemeint hatte, doch es war nur allzu deutlich, daß er sie sehr wohl verstanden hatte.

Erneut trat ein Lächeln auf seine Lippen. »Ein Mann muß nicht gleich an Heirat denken, um ... gewisse Erfahrungen zu machen.«

Auch wenn es dumm von ihr war – Linnea fühlte sich am Boden zerstört. »Du hast ... du hast *das* mit anderen Frauen getan. Mit vielen anderen Frauen«, zwang sie sich hinzuzufügen.

Sein Lächeln schwand. »Das hat nichts zu bedeuten. Genauso wie es nichts zu bedeuten hat, wenn ein Ritter noch soviel Übung hat; entscheidend ist, ob er sich auf dem Schlachtfeld bewähren kann.«

Linnea wußte selbst nicht, warum, aber dieser Vergleich gefiel ihr nicht besonders. Wollte er damit sagen, daß er mit anderen Frauen geübt hatte, um sich dann bei ihr, seiner Gemahlin, zu bewähren? »Uns Frauen ist eine solche Übung nicht gestattet«, murmelte sie.

»Eine Frau braucht auch nicht geübt zu sein, wenn es ihr Bräutigam ist.« Er nahm ihre Hand und führte sie an seine Lippen. Eingehend küßte er jeden einzelnen Knöchel, während er den Blick nicht von ihren Augen wandte. »Aber wir passen doch sehr gut zusammen. Meine Erfahrung und deine Unschuld ergeben etwas ungemein Anregendes.«

Linnea mußte angesichts seiner Bemerkung schlucken. Sie empfand auch jetzt in diesem Augenblick seine Nähe als ungeheuer anregend.

»Außerdem ist das doch alles Vergangenheit«, fuhr er fort. »Nur mit dir bin ich verheiratet. Nur dir habe ich eine Kette aus Gold und Rubinen geschenkt.« Er ließ eine Hand zu ihrer Taille wandern – und dann tiefer, an jene Stelle, wo die Kette ihre nackte Haut berührte. »Ich bedauere nichts, Beatrix. Und du?«

Beatrix. Linnea erstarrte, als sie den Namen ihrer Schwester hörte. Für einige kurze Augenblicke hatte sie sich gestattet, alles zu vergessen.

Plötzlich veränderte sich sein Blick, und sie wußte, daß er ihre plötzliche Ernüchterung spürte. Er löste seine Hände von ihr und wich einen Schritt zurück.

»Eine dumme Frage. Ich habe vergessen, daß dein Bruder daniederliegt, weil ich ihn verwundet habe, und daß deine Familie auseinandergerissen wurde, weil ich nach Maidenstone zurückgekehrt bin.«

Linnea wußte nicht, was sie antworten sollte. Warum mußte sie nur Beatrix sein? Warum? Alles, was er sagte, stimmte: Maynard rang mit dem Tod, und ihre Familie war auseinandergerissen – und das weit mehr, als er ahnte. Doch all das lastete nicht so schwer auf ihr wie die furchtbare Tatsache, daß sie ihn betrog. Sie blickte zu ihm auf und wünschte sich nichts sehnlicher, als ihm die Wahrheit zu sagen.

»Axton, ich ... ich muß dir etwas beichten ...«

»Nein. Sprich nicht mehr von deiner Familie. Wir sind noch nicht bereit, in Ruhe darüber zu reden. Dazu braucht es etwas mehr Zeit, als wir bis jetzt hatten.« Er strich sich mit den Händen durchs Haar und ließ den Blick über das bewaldete Flußufer schweifen. »Aber ich hoffe, daß der Tag dafür kommen wird. Pflück nur in Ruhe deine Blumen. Laß uns einfach durch die Gegend streifen und nicht mehr daran denken, was in der Burg auf uns wartet.«

Ihre Blicke trafen sich erneut, und in diesem Augenblick sah sie ihn nur noch als den Menschen, der er war – nicht als mächtigen Krieger oder Herrn von Maidenstone.

Wenn *er* bereit war, diese Rolle für eine Weile abzustreifen, dann konnte ja vielleicht auch sie für den Augenblick aufhören, Beatrix zu sein – nicht völlig, wie sie es zuvor beinahe getan hätte, aber zumindest in ihren Gedanken. Wenn sie ihm die ganze Wahrheit beichten würde, wäre jede Hoffnung auf Frieden zwischen ihnen zunichte. Sie wußte, daß sie das Unvermeidliche nur hinausschob, doch irgend etwas in ihr sehnte sich einfach danach, ihm abseits all dieser unangenehmen Dinge zu begegnen. Sie wollte zumindest für wenige Stunden das Gefühl haben, daß ihrer Ehe Glück beschieden sein konnte.

Doch in Wahrheit wollte sie das Gefühl haben, daß er sie liebte, weil sie … Sie erstarrte erneut – so unglaublich erschien ihr der Gedanke, der ihr soeben gekommen war. Sie wollte das Gefühl haben, daß er sie liebte, weil sie selbst anfing, ihn zu lieben.

Heilige Maria, sie war wirklich noch mehr durcheinander, als selbst ihre Großmutter angenommen hätte!

Tränen traten ihr in die Augen, und sie ließ den Blick auf den Weg vor ihr wandern, wo Farnkraut den Saum ihres Kleides berührte. Nein, es war Beatrix' Kleid.

Verschwinde, Beatrix! dachte sie. *Laß mich wenigstens jetzt in Ruhe!*

»Ja«, murmelte sie und hoffte, daß sie nicht allzu verwirrt klang. »Ja, du hast recht … Vergessen wir die Sorgen für eine Weile.«

Sie beugte sich hinunter und pflückte eine leuchtendgelb blühende Gartenraute. »Die hilft gegen Würmer«, erklärte sie ihm.

Er blickte sie mit ausdrucksloser Miene an. »Wachsen hier vielleicht auch ein paar Kräuter, die einem helfen zu vergessen?«

Voller Mitgefühl antwortete Linnea: »Baldrian soll Alpträume vertreiben. Aber Erinnerungen …« Sie blickte ihm ins Gesicht, als hätte sie ihn nie zuvor wirklich gesehen. »Ich glaube, nur die Zeit kann diese Art von Schmerzen lindern.«

»Ob es wohl auch etwas gegen den Hunger gibt?«

»Hunger? Nun, vielleicht finden wir wilde Erdbeeren oder Heidelbeeren.«

»Ich meine nicht diesen Hunger, Beatrix.«

Linnea schob den Namen ihrer Schwester beiseite und konzentrierte sich ganz auf das übrige. Sie wußte, welche Art von Hunger er meinte. Die Kette brannte auf ihrer Haut, als sie den gleichen Hunger in sich spürte.

»Es gibt Kräuter, die ... diesen Hunger abschwächen können.«

»Ich glaube, das ist nicht das, was ich will. Ich will einfach etwas, mit dem ich ihn stillen kann.« Er trat zu ihr hin – und sie wich in den Schatten der Bäume zurück. »Meinst du, es gibt hier in diesem Wäldchen etwas, das genießbar ist? Mein Hunger ist wirklich groß, weißt du?« fügte er hinzu und folgte ihr, während sie sich zwischen Buchen und Platanen einen Weg durch das Gestrüpp bahnte.

Ein Schauder der Vorfreude und des Verlangens durchfuhr sie. Sie hatte ihn oft als ein Raubtier betrachtet, wie den Bären, der sein Wappenschild und sein Bett zierte. Nein, es war jetzt auch ihr Bett. Stets hatte sie sich als seine wehrlose Beute gefühlt, und sie war voller Angst gewesen. In diesem Augenblick jedoch hatte die Vorstellung etwas ungeheuer Aufregendes an sich.

Sie zog sich in den Schatten der Buchen zurück. Die Burgmauern waren bei dem dichten Gestrüpp nicht mehr zu sehen. Auch aus dem nahe gelegenen Dorf war bei dem lauten Vogelgezwitscher nichts zu hören. Sie war ganz allein mit ihm hier im Wald.

Ihr Herz begann vor süßer Erwartung höher zu schlagen. Er konnte doch wohl nicht die Absicht haben, das mit ihr zu tun. Doch nicht hier! Doch sie drang noch tiefer in das Wäldchen vor und hoffte, daß er sie bald einholen würde, denn sie hatte immer mehr das Gefühl, daß sie jeden Augenblick zu brennen begann.

Axton erwischte seine hübsche, errötete Frau an einer Eibe, einem uralten knorrigen Baum, an dem gewiß schon viele Liebespaare gestanden hatten. Aber bestimmt war nie zuvor ein Mann hiergewesen, den es mit einer solchen Macht zu seiner Liebsten hinzog. Wie viele Jünglinge auch ihre Angebetete hierhergeführt haben mochten, um sie zu umwerben – keiner von ihnen konnte so tiefe Gefühle für seine Liebste empfunden haben wie er, kein so tiefes Begehren und auch keine so tiefe Liebe.

Liebe.

Axton tauchte in das unergründliche Grün ihrer Augen ein und traute den unglaublichen Gefühlen selbst nicht, die in ihm aufstiegen. Liebe? Nein, es war gewiß nur ein großes Verlangen, gepaart mit dem Wunsch, ein möglichst friedliches Leben mit ihr zu führen. Das war alles.

Und als er sie an dem kräftigen, geduldigen Baum nahm und ihren Duft und ihren Geschmack in sich einsog und schließlich auch ihr Seufzen, als sie die Erfüllung fand, da sagte er sich erneut, daß es nicht mehr war als der innere Frieden, den das Zusammensein mit einer Frau einem geben konnte. Jeder Mann in seiner Lage hätte das gleiche empfunden. Von Liebe konnte man in so einem Fall gewiß nicht sprechen, schon gar nicht zwischen ihm und de Valcourts Tochter.

Doch als er selbst den Höhepunkt erreichte, gestand er sich für einen Augenblick ein, daß er vielleicht mit der Zeit etwas Tieferes für sie würde empfinden können. Wenn sie bewies, daß sie zu ihm stand, und sich so verhielt, wie man es von einer guten Ehefrau erwarten konnte ... Wenn sie ihm ein Kind gebar und ihm weiterhin all diese Freuden schenkte ...

Nun, vielleicht würde er sie dann irgendwann sogar lieben können. Vielleicht.

Der Abend dämmerte bereits über Maidenstone, als sie zurückkehrten. Der Mond schwebte groß und hell über dem Horizont. Ein gutes Zeichen, hoffte Linnea.

Zumindest war der Tag bis zu dieser Stunde unerwartet gut verlaufen.

Sie strich eine Strähne ihres hoffnungslos zerzausten Haares zurück. Ihre Füße wie auch der Saum ihres Kleides waren feucht, und die grünen Flecken an ihrem Rock würden gewiß alle Welt erkennen lassen, wie sie und Axton die vergangenen Stunden verbracht hatten.

Doch sie war zufrieden, und auch er schien es zu sein, so zärtlich, wie er den Arm um sie gelegt hatte. Als sie aus dem Wäldchen auf die Straße zur Burg hinaustraten und die Fackeln am Tor sehen konnten, legte auch sie ihren Arm um seine Taille.

»Hast du Angst heimzukehren?« wollte er wissen.

»Angst?« stieß sie hervor. Nun, das konnte man wohl sagen angesichts der verworrenen Situation, in der sie sich befand. »Ich ... ich wünschte, es könnte endlich Friede auf Maidenstone Einzug halten.«

»Endlich? Herrschte kein Friede, bevor ich kam?«

Er blieb stehen und blickte sie an. »Wie war das Leben hier, bevor ich kam?«

Leer, hätte sie am liebsten gesagt. Bevor du in mein Leben kamst, war mein Leben einsam und leer.

Aber das stimmte nicht ganz. Sie hatte diese Gefühle ja nicht gekannt, sie hatte ja nicht gewußt, daß es so etwas gab. Aber jetzt wußte sie es. Jetzt, wo er in ihrem Herzen war, wußte sie, wie schrecklich ihr Leben vorher gewesen war. So sinnlos und öd erschien es ihr nun.

»Ach, es hat sich nie viel ereignet«, antwortete sie schließlich.

»Aber friedlich war es doch, oder?«

Als sie lediglich mit den Achseln zuckte, fuhr er fort: »Es wird der Tag kommen, Beatrix, wo alles wieder einfach und friedlich sein wird.«

»Aber ereignislos wird es nicht sein«, sagte sie, vor allem deshalb, weil der Name ihrer Schwester sie wie jedesmal hochschrecken ließ, und sie nicht wußte, was sie sonst sagen sollte.

Er nahm ihr Gesicht in beide Hände. Seine Lippen trafen die ihren zu einem innigen Kuß. Aber es war nicht so sehr Leidenschaft und Begehren, was sie darin spürte, sondern ... etwas anderes, wie sie ein wenig verwirrt feststellte.

Er hatte sie bisher nur sehr selten geküßt, kam ihr zu Bewußtsein, als er sich langsam von ihr löste. Bei der Trauung hatte er es getan, aber danach kaum jemals. Nicht einmal, wenn sie im Bett zusammen waren.

Aber heute hatte er sie geküßt, als sie an dem Baum standen, und dann wieder, als er sie in das Farnkraut legte.

Und jetzt wieder.

Irgend etwas war heute anders geworden zwischen ihnen. Ob er es auch fühlte? Ob er merkte, daß sie ihn liebte? Hatte sie es ihn auf irgendeine Weise schon erkennen lassen?

Ängstlich und gleichzeitig hoffnungsvoll suchte sie in seinem Gesicht nach irgendeinem Zeichen. Doch in diesem Augenblick zog ein lauter Ruf seine Aufmerksamkeit auf sich, und zu ihrer Enttäuschung sah sie drei Reiter auf sie zukommen, gefolgt von einem Hund. Es war Peters Hund, wie sie sogleich erkannte. Die Reiter waren Peter, Sir Maurice und ein anderer Ritter.

»Da bist du ja, Bruder!« rief Peter ihm zu, während sein Pferd sie aufgeregt umkreiste. »Wir dachten schon, irgendein Waldungeheuer hätte dich in seinen Klauen. Aber wie ich sehe, war es wohl eher eine Waldnymphe, die dich so lange in Beschlag genommen hat.«

»Kann schon sein«, erwiderte Axton und zog Linnea näher an sich. »Aber deine Sorge rührt mich«, fügte er in trokkenem Tonfall hinzu.

»Es war Lady Mildred, die uns aufgetragen hat ...«, wandte Sir Maurice ein und hielt inne, als Linnea förmlich erstarrte und Axtons Miene sich verfinsterte. »Sie fürchtete, das Abendessen müsse verschoben werden«, fügte der Mann schließlich hinzu.

»Willst du aufsteigen?« fragte Peter und reichte Linnea die Hand. Er blickte sie neugierig an, so als wollte er sie fragen, wie sie es geschafft hatte, mit Axtons Wut fertig zu werden. Statt einer Antwort lehnte sie den Kopf an Axtons Schulter, wenngleich sie fürchtete, daß das vielleicht eine allzu gewagte Geste war.

Doch Axton schien es nicht zu stören, und auf Peters Miene zeigte sich ein unverhohlenes Grinsen.

»Wir gehen zu Fuß«, erklärte Axton. »Reitet schon mal zurück und laßt uns in Ruhe heimkehren. Wir werden rechtzeitig zum Abendessen dasein.«

Sir Maurice und der andere Ritter nickten und ließen

ihre Pferde kehrtmachen und heimwärts galoppieren. Doch Peter umkreiste sie noch einmal, wobei er sein mächtiges Streitroß geschickt führte, während Moor sich auf der Suche nach irgendeinem Floh hinter dem Ohr kratzte.

»Soll ich deinen Männern verkünden, daß sie nicht länger befürchten müssen, du könntest sie zum Schwertkampf auffordern?«

Axton warf seinem Bruder einen drohenden Blick zu. »Sag ihnen das. Sollte ich heute dennoch den Wunsch verspüren, jemandem den Garaus zu machen, dann verspreche ich, daß du der erste sein wirst, den ich rufe.«

Doch Axtons Drohung konnte die gute Laune des Jünglings nicht beeinträchtigen, und er lachte vergnügt auf, ehe er sein Pferd herumwirbeln ließ und davongaloppierte, worauf Moor sich ihm augenblicklich anschloß.

Peter hatte allen Grund, guter Dinge zu sein, dachte Linnea, während sie zusammen mit Axton die breite staubige Straße entlangwanderte. Der Junge nahm wohl an, daß das Leben auf Maidenstone nun etwas ruhiger werden würde. Es stimmte schon, daß Axton nun bei weitem nicht mehr so angespannt und wütend war wie nach seinem Zusammentreffen mit Sir Edgar. Ihr Schäferstündchen im Wald hatte viel dazu beigetragen, seine Stimmung zu heben. Peter hatte recht getan, sie zu ihm zu schicken.

Doch der frischgeschmiedete Friede zwischen ihr und Axton machte – so unsinnig es auch klang – Linneas Situation nur noch schlimmer. Sie liebte ihn – daran gab es keinen Zweifel mehr. Dennoch mußte sie ihn hintergehen – und sie tat es bereits seit dem Augenblick, als sie vor dem Priester ihr Ehegelübde gesprochen hatte. Und sie hatte keine Möglichkeit, den Schaden abzuwenden, der aus all dem entstehen würde.

Daß sie ihn jetzt liebte, machte alles noch viel, viel schlimmer.

16

Während des Abendessens herrschte eine etwas eigenartige Stimmung. Den Soldaten der Familie de la Manse, allen voran Peter, schien durchaus zum Feiern zumute zu sein. Lady Mildreds Rückkehr in ihr altes Zuhause war der Höhepunkt ihres langen Kampfes und das Symbol ihres Sieges. Lady Mildred selbst gab sich alle Mühe, ihre Freude zu teilen. Doch Linnea saß nahe genug bei ihr, um zu erkennen, daß es sie große Mühe kostete, fröhlich zu wirken. Ihr Lächeln war gezwungen, ihre Hände zitterten, und nicht ein einziges Mal blickte sie ihre neue Schwiegertochter an.

Axton schien die ausgelassene Stimmung ebenfalls nicht unbedingt zu teilen. Er saß zwischen seiner Mutter und seiner Gemahlin, während Sir Edgar, der einstige Burgherr, nirgendwo zu sehen war. Linnea hatte dafür gesorgt, daß er in seinem neuen Quartier blieb. Trotz der Gelassenheit, die Axton nach außen hin zeigte, wußte Linnea doch genau, daß er erst dann wirklich zufrieden wäre, wenn Maynard und Sir Edgar die Burg verlassen hätten.

Das Abendmahl selbst umfaßte nicht weniger als zwölf Gänge – es gab unter anderem gebratenes Ferkel, gefüllten Schwan, gegrillten Aal sowie geröstetes und gedünstetes Gemüse und Früchte, außerdem Austern, Fleischpasteten und verschiedene Sorten Brot. Für die Unterhaltung sorgten Minnesänger, Musikanten und Akrobaten; sogar ein Feuerschlucker war da, um seine Künste zu zeigen.

Doch während die Anwesenden ringsum nach Herzenslust aßen und tranken, herrschte am Tisch des Burgherrn eine etwas gedrückte Stimmung. Lady Mildred zog sich als erste zurück, und Axton begleitete sie zu ihren Gemächern. Linnea wartete, bis er zurückkehrte, ehe sie sich ihrerseits zur Nachtruhe begab. Es war Peter, der sie nach oben geleitete. Er war ziemlich betrunken und grinste über das ganze Gesicht, so daß er weniger wie ein junger Mann, sondern eher wie ein ausgelassener Junge wirkte. Wie immer folgte ihm sein Hund auf dem Fuß.

»Ich habe meiner Mutter erzählt, daß du und Axton euch gut vertragt. Nach dem heutigen Tag wird wohl auch niemand mehr daran zweifeln.« Er stolperte über den Rand des Teppichs im Vorzimmer und konnte sich gerade noch rechtzeitig an Moor festhalten. Er kraulte den Hund zärtlich hinter den Ohren und grinste Linnea ein wenig einfältig an. »Heute ist es wirklich ein Vergnügen, ein de la Manse zu sein.«

Linnea blickte die Treppe hinauf, die zu den Gemächern im oberen Stockwerk führte, wo Peter und Axtons Mutter wohnten. »Ich glaube nicht, daß das alle in deiner Familie so sehen.«

»Sie wird sich schon noch mit dir anfreunden. Du mußt ihr nur ein wenig Zeit geben. Meine Mutter ist ein guter Mensch. Die ... *feinste* Lady, die ich je gesehen habe.« Während er sich mit einer Hand an Moors Halsband festhielt, vollführte er eine Verbeugung vor ihr. »Ich wünsche Euch eine gute Nacht, Mylady. Ich muß jetzt in den Saal zurückkehren, denn wir sind gerade dabei zu wetten ...«

Er hielt etwas verschämt inne, und Linnea hätte über seine plötzliche Verlegenheit gelächelt, wenn sie plötzlich nicht den Verdacht gehabt hätte, daß diese Wette mit ihr zu tun hatte. Mit ihr und Axton, wie ihr mit einemmal bewußt wurde.

»Peter?« sagte sie mit einem drohenden Unterton in der Stimme. »Um was für eine Wette geht es da?«

Doch er wich zurück, hochrot im Gesicht und dennoch mit einem schelmischen Glitzern in den Augen. »Ich gebe ihm nicht mehr als einen halben Humpen Bier, bevor er hier oben bei dir ist.«

»Peter!« rief sie empört. Doch er war schon fort. Sie hörte lautes Gepolter, so als wäre er auf der Treppe gestolpert, was ihr kein bißchen leid getan hätte. Sie wünschte ihm eine ordentliche Beule obendrein.

Doch insgeheim fragte sie sich selbst, wie lange es dauern würde, bis Axton zu ihr ins Schlafzimmer käme.

Und als er kam, war sie bereit, und er war es auch. Linnea dachte nicht mehr an die ältere Frau, die im Zimmer über ihnen schlief, als Axton zu ihr ins Bett kam. Sie dachte auch nicht an ihre Großmutter oder ihren Vater, nicht an ihren Bruder oder ihre Schwester, als sie beide in ihrer Umarmung Vergessen fanden. Lange würde es nicht mehr dauern, dachte sie, dieses selige Gefühl, jemanden zu lieben und selbst geliebt – oder zumindest sehr gemocht – zu werden.

Sie konnte die künftigen Geschehnisse nicht beeinflussen – doch sie hatte einen gewissen Einfluß auf das Hier und Jetzt, und sie war fest entschlossen, dieser Ehe, die unter einem so unglücklichen Stern stand, soviel Freude wie möglich abzutrotzen. So viel Freude, daß sie ein Leben lang davon zehren konnte. Denn die Erinnerung an ihre gemeinsamen Tage war wohl alles, was ihr für die Jahre der Einsamkeit, die vor ihr lagen, bleiben würde.

Die folgende Woche verlief durchaus friedlich. Der Alltag kehrte wieder auf Maidenstone ein, und das Leben unterschied sich nicht sehr von dem, das noch wenige Wochen zuvor auf Maidenstone geherrscht hatte. Doch nun war es Linnea, die entschied, was die Dienstboten zu tun hatten, und nicht ihre Großmutter. Linnea entschied, was gekocht wurde, und sie überwachte alle Arbeiten innerhalb der Burg. Sie hatte erwartet, daß Lady Mildred Anspruch auf diese Rolle erheben würde, doch dem war nicht so. Axtons Mutter verbrachte den Großteil des Tages in ihrem Zimmer, wobei nur ihre Magd ihr Gesellschaft leistete und ihre Söhne sie täglich besuchten.

Im Kreis ihrer Familie ließ sie sich meist nur beim Mittagessen und natürlich bei der Morgenmesse sehen. Sie behandelte Linnea durchaus freundlich, aber eher reserviert, und immer war es Linnea, die auf sie zuging, und nicht umgekehrt. Linnea erkundigte sich nach diesem und jenem – ob das Zimmer gemütlich sei, ob sie genügend Kerzen hätte, um sticken zu können, und ob die Mahlzeiten nach ihrem Geschmack gewürzt seien.

Auf all diese Fragen gab Lady Mildred stets jene Antwort, die das Gespräch am kürzesten hielt – ja, das Zimmer sei gemütlich, nein, sie brauche keine zusätzlichen Kerzen, ja, die Mahlzeiten seien gut gewürzt.

Falls Axton die Verlegenheit bemerkte, mit der seine Mutter und seine Gemahlin einander begegneten, so sprach er jedenfalls nicht darüber. Und Linnea war ebenfalls nicht versessen darauf, darüber zu reden. Doch sie empfand tiefes Mitgefühl für die alternde Frau. Lady Mildred war wieder zu Hause, doch sie hatte keine wirkliche Freude daran.

Linnea selbst jedoch freute sich sehr wohl ihres Lebens auf Maidenstone, auch wenn das Damoklesschwert der Wahrheit drohend über ihnen allen hing. Maynard schien immer schwächer zu werden, und sein Vater existierte nur noch in seinem dunklen Gedankengebäude. Aber auch Lady Mildred wirkte wie ein trauriges Gespenst, das irgendwo in der fernen Vergangenheit zu Hause war. Doch Linnea hatte Axton, und angesichts der Freude, die er in ihr Leben brachte, wurde alles andere bedeutungslos.

Ihr leidenschaftliches Zusammensein im Bett bedeutete ihr ebensoviel wie die zärtlichen Blicke, die er ihr bisweilen draußen im Burghof zuwarf. Diese Blicke und die gelegentlichen Berührungen waren es, die ihrem Leben Inhalt gaben. Obgleich sie wußte, daß es keinen Bestand haben würde und daß sie in einer Traumwelt lebte, war es doch so, daß sie immer mehr von Axton wollte, je mehr sie von ihm bekam.

Auch wenn es dumm von ihr war, so konnte sie doch nicht anders, als sich ein Kind von ihm zu wünschen. Sie kannte ihren Mann noch keine zwei Wochen – wobei er zu Beginn ihr erbitterter Feind gewesen war –, und dennoch war es ihr größter Wunsch, ihm ein Kind zu gebären, das einen dauerhaften Frieden auf Maidenstone und auch zwischen ihm und ihr besiegeln würde.

Doch sie wußte, sie machte sich etwas vor – ein Kind würde alles nur noch schlimmer machen. Letzten Endes würde es als uneheliches Kind gelten, falls Lady Harriet es überhaupt am Leben ließ.

Linnea schauderte bei dem Gedanken und drückte ihre Hand gegen den Bauch. Eines wußte sie genau: Sie würde ihre Großmutter nicht in die Nähe des Kindes lassen. Sie würde wie eine Löwin um ihr Kind kämpfen.

Doch sie bemühte sich, den Wunsch nach einem Kind zu verdrängen, weil sie sich die kurze Zeit, die ihr mit Axton blieb, nicht durch weitere Sorgen verderben lassen wollte. Sie war entschlossen, sich des Zusammenseins mit ihm zu freuen.

Dann, an einem Freitag, dem Tag des heiligen Theodor, starb Maynard, und sie konnte nicht länger ignorieren, welche Folgen der Tod ihres einzigen Bruders für sie hatte.

»Er ist fort«, murmelte ihr Vater, hilflos in einer Ecke stehend, während Linnea sich darum kümmerte, Maynards sterbliche Überreste für die Bestattung vorzubereiten. »Er ist fort. Er ist fort.«

»Er war schon die ganze Zeit nicht mehr wirklich bei uns«, flüsterte Linnea, obwohl sie wußte, daß ihr Vater zu sehr in seinem Kummer versunken war, um sie zu hören. Sie rasierte Maynards kalte eingefallene Wangen, während Norma seine Arme und Beine wusch. Im Zimmer roch es nach Tod, wenngleich dieser Geruch schon seit mehr als einer Woche wahrzunehmen gewesen war. Vielleicht hätte sie ihm einen Gefallen getan, wenn sie ihn gleich hätte sterben lassen.

Ihre Hand zitterte, und sie rutschte ab, so daß sie ihm mit dem scharfen Rasiermesser einen Schnitt in die Wange zufügte. Die Tatsache, daß es nicht blutete, ließ ihr Zittern nur noch stärker werden.

»Ich kann das nicht tun.« Sie blickte Norma hilflos an. »Ich kann es einfach nicht.«

Norma nahm ihr das Rasiermesser ab. »Holt seine Kleider. Ich werde ihn vorbereiten.«

»Er ist fort. Er ist fort«, murmelte Sir Edgar weiter vor sich hin.

Irgendwie schafften sie es schließlich, Maynard vorzubereiten, obwohl Linnea befürchtete, daß das Jammern ihres Vaters sie noch um den Verstand bringen würde. Warum mußte er sie immer wieder daran erinnern? Sie wußte, daß Maynard fort war, und sie wußte auch, daß nun alles auf ihren Schultern lastete. Die ganze Verantwortung für ihren Vater, ihre Schwester und ihre Großmutter.

Doch wenn sie ständig daran dachte, würde sie unter der Last zusammenbrechen, und das konnte sie sich nicht leisten. »Bitte, bring ihn weg von hier«, wandte sie sich schließlich an Norma. »Gib ihm irgend etwas zu tun. Frayne kann dir ja dabei helfen.«

»Was soll mit Sir Maynard geschehen? Wo wird er bestattet?«

Linnea wischte sich die Hände an einem Tuch ab, doch das Gefühl von Tod und Untergang ließ sich nicht so einfach abstreifen. »Ich werde gleich mit Lord Axton darüber sprechen. Gib acht, daß mein Vater nicht meinem Gemahl über den Weg läuft«, fügte sie hinzu.

Sie fand Axton im großen Saal, wo er gerade Gericht hielt. Sie hatte ihn bisher noch nicht dabeibeobachten können, wie er mit den verschiedenen Streitfällen innerhalb der Burg umging, doch sie hatte schon mitbekommen, daß die Bewohner von Maidenstone keinen Grund hatten, sich über ihn zu beklagen. Norma hatte ihr erzählt, daß er den Gerber an den Pranger hatte stellen lassen, weil er stockbetrunken gewesen war und seine Frau, Normas Nichte, geschlagen hatte. Von Frayne wiederum wußte sie, daß Axton dem Dorf das Bauholz für den Wiederaufbau der niedergebrannten Vorratsschuppen zur Verfügung gestellt hatte. Und in der ganzen Burg erzählte man sich, daß die Frühlingsaussaat mit einem großen Fest gefeiert werden sollte.

Offensichtlich wußte Axton genau, wie man sich die Treue der Menschen sicherte – und auch die seiner Frau, dachte sie, als sie in der offenen Tür stehenblieb und ihm zusah.

Er saß auf seinem Stuhl vor dem Tisch, während die Leute, die sich mit ihren Anliegen an ihn wandten, in einer Reihe vor ihm standen. Er hörte gerade aufmerksam einem ergrauten Mann zu, der über und über weiß bestäubt war. Der Müller, kam es ihr sogleich zu Bewußtsein. Hinter ihm standen eine offensichtlich schwangere junge Frau und ein niedergeschlagen wirkender junger Mann. Der Müller sprach aufgeregt gestikulierend, wobei er immer wieder auf die beiden jungen Leute zeigte. Linnea wurde neugierig und trat ein wenig näher.

»... faul und verschwenderisch. Er kann nicht einmal die Heiratsgebühr bezahlen«, beklagte sich der Müller mit einem finsteren Blick auf den jungen Mann.

Axton lehnte sich in seinem Stuhl zurück und rieb sich mit dem Finger über das Kinn. »Du bist also nicht bereit, die Gebühr für deine Tochter und ihren Bräutigam zu entrichten?«

»Wenn er nicht bezahlen kann, dann ist er auch nicht in der Lage zu heiraten!« rief der Mann mit gerötetem Gesicht.

»Aber Papa ...«, wandte das Mädchen ein. Ihr Vater brachte sie jedoch mit einer zornigen Geste zum Schweigen. Linnea stand nahe genug, um die Tränen in ihren Augen zu sehen. Der junge Mann legte ihr tröstend den Arm um die Schulter, was den Müller nur noch mehr erboste. Dennoch fühlte Linnea augenblicklich mit den beiden jungen Menschen, deren Verbindung offensichtlich von ihrem Vater nicht gebilligt wurde und die darüber hinaus nicht in der Lage waren, die Gebühr zu bezahlen, die sie ihrem Burgherrn für die Heirat zu entrichten hatten.

Als sie Axton ansah, stellte sie fest, daß sein Blick bereits auf ihr ruhte. Falls er überrascht war, sie hier zu sehen, so ließ er es sich jedenfalls nicht anmerken. Im nächsten Augenblick wandte er sich wieder dem Müller und seiner unglücklichen Tochter zu.

»Wenn sie die Ehe bereits vollzogen haben, ohne verheiratet zu sein und ohne die Gebühr bezahlen zu können, dann gibt es nur eine Lösung. Sie werden beide einen Tag am Pranger verbringen – als Mahnung an alle, sich vor einer ähnlichen Sünde zu hüten –, und später noch einmal einen Tag, wenn sie hochschwanger ist – als abschreckendes Beispiel. Natürlich wird das Kind weggeschickt. Ein uneheliches Kind kann nicht …«

Der Rest seiner Worte ging in dem Wehklagen der jungen Frau unter.

»Nein! Nicht mein Kind! Ihr könnt mir doch nicht mein Kind wegnehmen!« Hätte ihr Bräutigam sie nicht aufgefangen, so wäre sie wohl auf der Stelle zusammengebrochen. Linnea war fast ebenso bestürzt wie die verzweifelte Frau. Sie starrte ihren Gemahl verständnislos an, weil sie nicht glauben konnte, daß er ein so herzloses Urteil sprach.

Axtons Blick war jedoch nicht auf die junge Frau gerichtet, sondern auf ihren Vater. Als Linnea ebenfalls zu dem stämmigen Kerl hinübersah, sie daß sein Gesicht aschfahl geworden war.

»Nun, Müller? Wenn alles geklärt ist, dann kann sie ja ihre Strafe verbüßen«, sagte Axton. »Aber nicht mehr heute, denn es ist schon Vormittag. Bring sie morgen zum Pranger, damit sie den ganzen Tag abbüßen kann – als abschreckendes Beispiel für alle jungen Mädchen, die ebenfalls versucht sind, eine solche Sünde zu begehen.«

Der Müller konnte nichts antworten. Welches Urteil er auch immer von seinem Lehnsherrn erwartet haben mochte – an so etwas hatte er jedenfalls nicht gedacht. »Aber … aber, Mylord …«, stammelte er und schwieg schließlich, so daß nur noch das Schluchzen der Frau im Saal zu hören war.

Linnea konnte es einfach nicht mehr ertragen. Sie ging auf Axton zu, dessen finsterer Blick ihr jedoch Einhalt gebot. Und bevor sie etwas sagen konnte, stieß der Müller plötzlich einen tiefen Seufzer aus. »Ich bezahle die Gebühr«, murmelte er schließlich.

Er sagte es mit leiser Stimme, dennoch konnten alle Anwesenden es hören. Seine Tochter blickte mit verweintem

Gesicht zu ihm auf. In den Augen des bleichen Bräutigams blitzte ein wenig Hoffnung auf.

Axton lächelte. »Nur die Hälfte, Müller. Du bezahlst nur die Hälfte. Der Bräutigam soll eine Zeitlang zusätzliche Arbeit leisten, damit er die andere Hälfte beisteuern kann.«

»Oh, habt Dank, Mylord. Vielen Dank«, sagte der junge Mann. Er stützte seine Braut, während er sich immer wieder vor Axton verbeugte. »Habt Dank.«

»Dank mir nicht zu früh, denn ich werde dafür sorgen, daß man dir nur die allerschwersten Arbeiten überträgt. Du sollst den Wert von ehrlicher Arbeit schätzenlernen und auch, was es heißt, Verantwortung zu übernehmen. Du hast bereits ein Kind gezeugt. Wenn du nicht von dir aus soweit bist, ihm ein gutes Beispiel zu geben, dann werde ich dafür sorgen, daß du es lernst.« Er hielt einen Augenblick inne. »Zwing mich lieber nicht dazu.«

Dann gab Axton dem Seneschall ein Zeichen, und die drei traten unter Verbeugungen zurück, wobei sie versprachen, ihrer Verantwortung gerecht zu werden.

Linnea blickte ihren Gemahl voller Bewunderung an. Er war sehr streng gewesen – vor allem mit dem jungen Mann –, doch keineswegs ungerecht. Er hatte den selbstgerechten Müller gezwungen, seinen Geiz zu überwinden, und hatte außerdem dem etwas ziellosen jungen Mann klargemacht, daß er Verantwortung übernehmen müsse. Sie wußte nun, daß er nie die Absicht gehabt hatte, eine Schwangere an den Pranger zu stellen.

War er nicht einfach großartig? dachte sie voller Freude und Stolz. Kein Wunder, daß sie ihn liebte.

Als er sie zu sich winkte, war sie voller Hoffnung, daß er das Anliegen, das sie ihm vorzubringen gedachte, mit der gleichen Umsicht behandeln würde. Axton war erfreut über den Besuch seiner Frau. Er war äußerst zufrieden damit, daß der geizige Müller sich zu dieser Geste des Mitgefühls gegenüber seiner Tochter hatte bewegen lassen und daß der etwas leichtsinnige Bräutigam die Jauchegrube der Burg ausräumen würde, um auf diese Weise den Wert ehrlicher Arbeit schätzenzulernen. Aber daß seine Frau diesen kleinen Triumph mitverfolgt hatte, bereitete ihm eine ganz besondere Freude. Sie wußte genau, was er soeben vollbracht hatte, und sie schien durchaus beeindruckt; zumindest ließen ihre geröteten Wangen und ihre großen, leuchtenden Augen diesen Schluß zu.

»Willst du dich zu mir setzen?« fragte er und zeigte auf den Stuhl neben sich.

»Nein, mein Gemahl. Ich will nicht lange stören.«

»Du störst nicht. Kann ich irgend etwas für dich tun?« Außer dem, was ich am liebsten würde, dachte er angesichts der Erregung, die ihn bei ihrem bloßen Anblick überkam. Zu seinem Glück verbarg der massive Tisch das deutlich sichtbare Anzeichen seiner Gefühle.

Zögernd trat sie zu ihm hin und senkte den Blick. Sie hatte die Hände ineinandergefaltet, und er spürte, wie aufgeregt sie plötzlich war. Ob sie fühlte, wie sehr er sie begehrte? Oder war sie so aufgeregt, weil sie sein Verlangen erwiderte? Er verspürte eine tiefe Zufriedenheit, als er sich vorbeugte und sich mit den Ellbogen auf dem Tisch aufstützte.

»Ich ... ich habe eine Bitte an dich ... die du hoffentlich genauso wohlwollend und gerecht behandeln wirst wie den Fall soeben.«

Axton schenkte ihr ein herzliches Lächeln. »Was gibt es denn? Was kann ich für dich tun?«

Sie atmete tief durch, wie um sich zu wappnen, und in diesem Augenblick wußte er plötzlich, daß er das, was sie zu sagen hatte, nicht gern hören würde. »Ich möchte meinen Bruder unter dem Altar bestatten, wie es einem Sohn von Maidenstone zusteht, der bei der Verteidigung der Burg gefallen ist ...«

»Nein!«

Er hatte sich keinen Augenblick Zeit genommen, um über ihre Bitte nachzudenken. Aber in diesem Fall gab es für ihn auch nichts zu überlegen.

»Nein«, stieß er noch einmal hervor. Er erhob sich und

schob den schweren Stuhl zurück, so daß die hölzernen Stuhlbeine geräuschvoll über den Steinboden schrammten. Seine Gemahlin wurde bleich angesichts seiner heftige Reaktion, und irgend etwas in ihm bedauerte das sogleich. Doch er war einfach außer sich vor Empörung, daß sie so etwas überhaupt fragen konnte. Maynard de Valcourt war schließlich sein Feind gewesen! Der Mann hatte mit allen Kräften versucht, Axton zu töten, so wie Axton ihn bis aufs Blut bekämpft hatte. Er war der Sohn jenes Mannes, der diese Burg unrechtmäßig an sich gerissen hatte, und er war um nichts besser als sein Vater. Zudem hatte er seinen Anteil daran, daß Axtons Vater und seine Brüder sterben mußten. Und jetzt, wo er tot war … Jetzt, wo er tot war, verspürte Axton nicht die Genugtuung, die er erwartet hatte, sondern höchstens ein wenig Erleichterung – was seinen Zorn nur noch steigerte. Würden diese verdammten de Valcourt denn nie aufhören, ihn wütend zu machen? Auch wenn es niemanden mehr gab, der den Anspruch der de la Manse auf Maidenstone anzweifeln konnte, änderte das nichts an dem, was einst geschehen war. Axton würde seinem Feind nicht die Ehre erweisen, ihn in der Kapelle von Maidenstone beizusetzen.

Er beugte sich über den Tisch, starr vor Haß auf die Familie seiner Frau – und in diesem Augenblick auch auf sie. Würde sie denn niemals aufhören, sich gegen ihn zu stellen? Würde sie denn niemals begreifen, daß ihre Zukunft in seiner Obhut lag?

»Wenn du um ihn trauern willst, dann tu es nicht in meiner Gegenwart. Such dir, um ihn zu begraben, irgendein ödes Stück Land, das für nichts anderes genutzt wird – nicht als Acker und auch nicht als Weide. Ich dulde ihn auf keinen Fall an dem Ort, wo eigentlich mein Vater und meine Brüder liegen sollten!«

Bei den letzten Worten zitterte er vor Wut. Alles im Saal blickte nur auf ihn, während er Linnea mit seinen zornerfüllten Augen fixierte. »Und jetzt will ich kein einziges Wort mehr über diese Angelegenheit hören. Nie wieder!«

Obwohl noch einige Burg- und Dorfbewohner mit ihren Anliegen warteten, wandte er sich um und stürmte aus dem Saal.

Währenddessen stand Lady Mildred in der Nähe der Vorratskammer und verfolgte die Szene aus einiger Entfernung. Die schwere Eichentür erzitterte, als er sie zuschlug. Sie verstand ihn nur zu gut. Wenn sie in diesem Augenblick eine Tür vor sich gehabt hätte und nicht den Vorhang, der den Saal von der Vorratskammer trennte, dann hätte sie sie wohl ebenso heftig zugeknallt.

Das mußte man sich einmal vorstellen! Ein de Valcourt, der auf Maidenstone bestattet werden sollte. Das war mehr, als sie ertragen konnte!

Doch bei all ihrer Empörung über die unverschämte Bitte des Mädchens konnte Lady Mildred doch den Blick nicht von ihm wenden. Es stand immer noch regungslos da in seinem grünen Kleid, mit seinem langen goldenen Haar. Es wirkte ziemlich verloren in dem großen Saal.

Die anderen Anwesenden – Diener, Leute aus dem Dorf sowie Burgbewohner – verließen nach und nach den Saal. Keiner ging zu Linnea, um sie zu trösten, weil ihr Gemahl sie so harsch zurechtgewiesen hatte, oder um sein Mitgefühl über den Tod ihres Bruders zum Ausdruck zu bringen. Sie stand nur still da, währen all die Menschen, die sie schon so lange kannte, die aber nun einem anderen Herrn zu gehorchen hatten, sie im Stich ließen. Es war, als schwankte sie ganz leicht, und ihre lebendigen grünen Augen füllten sich mit Tränen.

Lady Mildred konnte es nicht mit ansehen. Sie hielt sich an dem schweren Vorhang fest, wie um sich selbst zurückzuhalten, doch das nutzte nichts. Sie haßte die weinende junge Frau dort draußen im Saal und all das, was sie verkörperte, doch sie hatte selbst einst genau den gleichen Schmerz verspürt, und sie wußte, wie weh es tat.

Lady Mildred stieß einen leisen Fluch aus, weil sie sich selbst nicht verstand, schritt aber trotzdem in den Saal hinaus. Die Stille war so erdrückend, daß selbst die weichen

Sohlen ihrer Schuhe gut zu hören waren. Das Mädchen blickte auf und erstarrte förmlich, so als würde es noch mehr Schmerz erwarten. Doch es wandte sich nicht ab, sondern sah der neuen Bedrohung tapfer ins Auge. Es versuchte erst gar nicht, seinen Kummer und seine Tränen zu verbergen.

Es berührte Lady Mildred zutiefst, daß diese Frau so verletzlich und gleichzeitig so tapfer sein konnte. Als sie schließlich vor der jungen Gemahlin ihres Sohnes stand, war sie bereits voller Mitgefühl für sie.

»Soll ich dich in deine Gemächer begleiten?« bot Lady Mildred an. Aus der Nähe konnte sie sehen, daß das Mädchen vor Schmerz zitterte. »Es tut mir leid ...« Sie hielt inne, denn sie wollte nichts sagen, was sie nicht wirklich empfand. Doch angesichts des Kummers, der diese junge Frau erfüllte, stellte Lady Mildred fest, daß es nicht gelogen war, was sie zu sagen beabsichtigte. »Es tut mir leid, daß deine Familie soviel erdulden muß, seit wir nach Maidenstone zurückgekehrt sind. Es wäre alles soviel leichter gewesen, wenn es keinen Krieg gegeben hätte. Wenn du und Axton in Frieden hättet heiraten können, anstatt ...« Doch statt den Satz zu Ende zu sprechen, zuckte sie nur mit den Schultern.

Das Mädchen starrte sie mißtrauisch an, als glaubte es kein Wort von alldem. Plötzlich war es für Lady Mildred sehr wichtig, daß sie es ihr glaubte. »Meine Schwester Anne wurde zum Zeichen des Friedens mit einem Mann verheiratet, den sie gar nicht kannte. Sie war die Älteste von uns, und so kam ihr diese Pflicht zu. Ich als Jüngere konnte einen Mann heiraten, den ich schon kennen- und liebengelernt hatte. Aber ich litt mit meiner Schwester Anne. Ihr Leben war hart, während das meine mir soviel Freude bescherte.« Sie hielt inne und fragte sich, warum sie diesem Mädchen, das wahrscheinlich nichts als Haß für sie empfand, Einzelheiten aus ihrem Leben erzählte. Doch sie zwang sich weiterzusprechen. »Ich möchte nicht, daß deine Verbindung mit Axton sich auf Haß gründet.«

Lady Mildred sah, wie von einem Augenblick auf den anderen der Haß aus Linneas Augen schwand; nun war nur noch Hoffnungslosigkeit darin zu erkennen. »Aber wie könnte da etwas anderes sein als Haß?«

Lady Mildred steckte ungeduldig ihre Hände in die weiten Ärmel. »Was nützt es, wenn du deinen Gemahl haßt, weil er deinen Bruder im Kampf getötet hat?«

»Aber es ist ja nicht so, daß ich *ihn* hasse!«

Lady Mildred sah sie verwirrt an. »Aber ... aber wo liegt dann das Problem?«

»Er haßt *mich!*« rief sie aus. »Er haßt mich und meine ganze Familie!«

»Nein ...« Lady Mildred blickte die junge Frau ein wenig verdutzt an. Axton hatte die de Valcourt tatsächlich gehaßt, so wie sie alle diese Familie gehaßt hatten – aber seine Frau haßte er ganz bestimmt nicht, das wußte sie instinktiv. Vielleicht wollte er sie hassen, aber fertig brachte er es nicht.

Einen Augenblick lang war sie sprachlos angesichts dieser Erkenntnis. Daß Axton, ihr Sohn, tiefe Gefühle für diese Frau hegte, die Tochter seines Feindes, war nicht leicht zu ertragen. Doch wenn es nun einmal so war ...

In der etwas peinlichen Stille wandte sich das Mädchen zum Gehen. Doch Lady Mildred hielt es am Arm zurück. »Warte. Ich möchte ... ich möchte ein paar Schritte mit dir gehen. Es gibt einiges, über das wir uns doch unterhalten sollten.«

Als ihre neue Schwiegertochter sie zögernd und etwas ängstlich anblickte, lächelte Lady Mildred ihr zu – und es fiel ihr bei weitem nicht so schwer, wie sie gedacht hatte. »Er haßt dich nicht. Da bin ich mir ganz sicher. Und wenn du ihn nicht haßt ... Nun, das wäre doch ein Anfang, nicht wahr?«

17

Maynard wurde in derselben Gruft bestattet, in der auch seine Mutter und sein Bruder ihre letzte Ruhestätte hatten, unter einem Stein neben dem Altar. Wie Lady Mildred das zuwege gebracht hatte, wagte Linnea sie nicht zu fragen. Es genügte, daß es so war. Auch die Tatsache, daß nur sie, ihr Vater, Norma und Frayne der schlichten Messe beiwohnten, konnte daran nichts ändern.

Es war Peter, der ihr die Nachricht überbrachte. Er wirkte sehr ernst und etwas bedrückt, als er sie in der Kapelle aufsuchte und ihr die Botschaft seiner Mutter übermittelte.

»Axton hat dem zugestimmt?« fragte Linnea erstaunt.

»Er hat nichts dagegen gesagt«, antwortete Peter achselzuckend.

»Das ist nicht dasselbe, nicht wahr?«

»Das kann dir doch wirklich egal sein«, schleuderte er ihr entgegen.

Doch Linnea wollte nicht mit ihm streiten und schwieg deshalb. Sie hatte die Erlaubnis, Maynard standesgemäß zu bestatten – das war mehr, als sie zu hoffen gewagt hatte. Dennoch blickte sie ihrem nächsten Zusammentreffen mit Axton mit einiger Unsicherheit entgegen.

Doch er kam nicht – weder zum Abendessen noch zu ihr ins Schlafzimmer. Er blieb die ganze Nacht weg und ließ sich auch am folgenden Tag, an dem die Beisetzung erfolgte, nicht blicken. Erst als der Abend bereits angebrochen war, teilte der Seneschall ihnen mit, daß Axton sich der Burg näherte.

Linnea blickte von ihrer Unterredung mit der Schankwirtin auf, erleichtert und andererseits auch ein wenig erschrocken. Wie auf Kommando sahen alle Anwesenden zu ihr hin; sie wußten von Axtons Wutausbruch und der Bestattung in der Kapelle. Doch Linnea blickte zu Lady Mildred hinüber und fand ein wenig Trost in dem Gesichtsausdruck der Frau.

Seit ihrem Gespräch am Tag zuvor hatten sie nicht mehr

über die Sache geredet. Als Linnea ihr für ihr Eingreifen hatte danken wollen, hatte Lady Mildred nur abgewunken. »Du brauchst mir nicht dafür zu danken, daß ich um das Glück meines Sohnes bemüht bin. Das ist die Pflicht einer Mutter. Eines Tages wirst du das verstehen.«

Linnea konnte sich nicht recht vorstellen, wie Maynards Bestattung in Maidenstone zu Axtons Glück beitragen konnte, doch sie war auf jeden Fall froh, daß sie diese Angelegenheit hinter sich hatte. Doch jetzt hieß es, Axton gegenüberzutreten. Sie hatte jedoch nicht vor, dies vor einem so großen und überaus neugierigen Publikum zu tun, wie es zu diesem Zeitpunkt im Saal anwesend war.

»Ich bin in meinem Zimmer«, sagte sie laut genug, daß man sie im ganzen Saal hören konnte. »Norma, richte doch bitte meinem Gemahl aus, daß ich auf ihn warte. Bereite auch gleich ein Bad für ihn vor. Ich werde mich persönlich um ihn kümmern.«

Ihre letzte Bemerkung rief einiges Geflüster im Saal hervor. Doch als Linnea erneut zu Lady Mildred hinüberblickte, wie um ihre Zustimmung einzuholen, sah sie in ihrem müden Gesicht vor allem eine große Traurigkeit.

Das ernüchterte Linnea, doch sie hatte keine andere Wahl mehr, als ihrem Plan zu folgen. Norma eilte hinter ihr her, als das Geflüster im Saal lauter zu werden begann.

»Vielleicht sollte ich bei Euch bleiben, Mylady«, stieß Norma keuchend hervor, während sie sich hinter Linnea die Treppe hochplagte.

»Das wird nicht nötig sein.«

»Aber er ist vielleicht sehr wütend...«

»Nein.« Linnea erreichte das Vorzimmer ihres Schlafgemachs und wandte sich zu Norma um. »Nein, er wird nicht wütend sein. Hier ist nichts geschehen, was er nicht gebilligt hätte. Ich habe keine Ahnung, warum er es gestattet hat, daß Maynard mit all den Ehren eines Sohnes von Maidenstone bestattet wird, aber ich weiß, daß er zugestimmt hat. Er wird nicht wütend sein.« *Höchstens, daß er einen gewissen Gram in sich trägt.* Aber Linnea schwor sich, einen

Weg zu finden, um seinen Gram zu lindem. Sie war froh, daß sie nun Gelegenheit dazu bekam.

Norma tätschelte ihren Arm und unterbrach sie in ihren Gedanken. »Eure Großmutter wäre stolz auf Euch – und das zu Recht. Ihr könnt Euch darauf verlassen, Mylady, daß ich ihr erzählen werde, wie großartig Ihr Eure Rolle spielt.«

Das war das letzte, was Linnea jetzt hören wollte – wie erfolgreich sie ihren Gemahl und seine Familie hinters Licht führte, wo sie doch nichts anderes wollten, als in Frieden zu leben. Als Norma sie schließlich mit einem aufmunternden Kopfnicken verließ, hatte Linnea Mühe, die Tränen zurückzuhalten.

Axton würde gleich bei ihr sein – jener Mann, den sie in nur zwei Wochen begonnen hatte zu lieben. Und doch verfolgte sie einen hinterhältigen Plan, der nur darauf abzielte, ihn zu Fall zu bringen.

Sie schreckte hoch, als sie Schritte auf der Treppe hörte. Doch es war nicht Axton. Noch nicht. Die Dienstboten kamen mit einer Wanne herein. Sie öffnete ihr Haar und setzte sich ans Fenster, während sie ihre rotgoldenen Locken kämmte. Wenn sich doch in ihrem Leben alles so mühelos glätten und entwirren ließe wie ihr Haar! Doch heute sollte sie froh sein, daß wenigstens ihr Haar glatt und seidenweich war, so wie es ihm gefiel. Und sie würde ihm das Gefühl geben, daß sie bereits auf ihn wartete, was ihm – wie sie wußte – ebenfalls sehr gefiel. Sie würde ihm auf jede erdenkliche Weise ihre Liebe zeigen, sagte sie sich. Während sie ihr hüftlanges Haar weiter kämmte, schwor sie sich, daß sie ihm zeigen würde, was sie für ihn empfand – denn es würde irgendwann der Tag kommen, an dem er alles in Frage stellen würde, was je zwischen ihnen gewesen war. Sie bezweifelte zwar, daß irgend etwas, was sie jetzt tat, seine Gefühle ihr gegenüber beeinflussen konnte, wenn er erfuhr, wer sie wirklich war – doch versuchen mußte sie es einfach.

Als sie unten am Burgtor laute Stimmen hörte, beugte

sie sich aus dem Fenster und sah ihn im nächsten Augenblick in den Hof reiten. Er trug keinen Helm, so daß sie ihn im orangefarbenen Licht der Fackeln deutlich erkannte – und eine solche Freude wallte in ihr auf, daß es fast schmerzte.

Dann blickte er zu ihr hinauf, zu dem Fenster des Zimmers, das sie beide teilten, und in diesem Augenblick wußte sie, daß er sie ebenfalls würde lieben können – wenn sie es nur zuließ. Vielleicht liebte er sie bereits.

Dieser Gedanke hätte sie eigentlich unerhört glücklich machen müssen, und zumindest für den Augenblick, in dem ihre Blicke sich trafen, war es auch so. Aber dann trat Sir John zu ihm, und Axton wandte seinen Blick von ihr ab; und im selben Moment verwandelte sich Linneas Glück in tiefstes Leid.

Wenn er sie liebte, dann wog ihr Betrug um so schwerer. Norma hatte gemeint, daß Lady Harriet stolz auf sie wäre, weil sie ihre Rolle so gut spielte. Oh, wenn Norma bloß wüßte! Ja, Lady Harriet würde tatsächlich stolz sein. Ihre ganze Familie würde stolz auf sie sein, und sie würde endlich den Makel loswerden, der ihr seit ihrer Geburt anhaftete. Doch um welchen Preis …

»Geht jetzt«, befahl sie den beiden Mägden, die Handtücher und Seifen bereitlegten. Kaum war sie allein, als sie auch schon Axtons Schritte auf der Treppe hörte.

Moor kam als erster hereingestürmt, gefolgt von Axton, der ein wenig finster dreinblickte, sowie Peter, der ziemlich besorgt wirkte.

»Schaff den Hund hier raus«, brummte Axton, als Moor neugierig an dem schwarzen Bärenfell auf dem Bett zu schnuppern begann.

»Mutter wollte noch mit dir sprechen«, entgegnete Peter.

»Das hat bis morgen Zeit.« Axton blickte Linnea, die immer noch still am Fenster stand, unverwandt an. Sie war barfuß, und ihr langes Haar fiel in goldenen Locken über ihr dunkelgrünes Kleid. »Ich werde morgen mit ihr sprechen.« Dann hielt er inne und sah seinen Bruder mit geduldiger Miene an. »Aber sag ihr, kleiner Bruder, daß niemand einen Wutausbruch von mir befürchten muß und daß man sich auch um das Wohl meiner Gemahlin keine Sorgen zu machen braucht.«

Peter nahm seine Worte mit sichtlicher Erleichterung auf, und die Falten auf seiner Stirn verschwanden. Er klopfte sich auf den Schenkel, um seinen Hund zu sich zu rufen, offenbar zufrieden mit dem, was er gehört hatte. »Komm schon, Moor, hier werden wir nicht mehr gebraucht.«

Er zwinkerte Linnea vergnügt zu, doch sie konnte seine gute Laune nicht teilen. Daß niemand um ihr Wohlergehen zu fürchten brauchte, war für sie keine Überraschung. Doch ihren tiefen Schmerz konnte das nicht lindern. Peter ging hinaus, und Axton schloß die Tür hinter ihm. Dann wandte er sich Linnea zu.

»Bist du jetzt zufrieden?«

»Zufrieden?« fragte sie.

»Ich habe es zugelassen, daß mein Feind innerhalb der Mauern meines Heims bestattet wird. Jetzt würde mich interessieren, ob du damit auch deine Feindseligkeit mir gegenüber begraben hast.«

»Ja. O ja«, antwortete Linnea, ohne auch nur einen Moment überlegen zu müssen. Dann trat sie direkt vor ihn hin. Sie erinnerte sich an jene erste Nacht, als sie ihn entkleidet hatte, doch damals war er der Jäger gewesen und sie das wehrlose Opfer. Diesmal würde es anders sein, davon war sie überzeugt.

Ohne ein Wort zu sagen, begann sie ihn auszukleiden – den Halsschutz seiner Rüstung, sein Obergewand, seinen Leibrock und seine Unterhose. Sie befreite ihn von all dem, was ihn als Krieger auswies, bis er nackt vor ihr stand und nur noch ein Mann war – ein Ehemann, der zu seiner Frau heimgekehrt war.

Sie badete ihn langsam und zärtlich. Diesmal hatte es nichts Verspieltes an sich; er zog sie auch nicht übermütig zu sich in die Wanne. Sie waren einander nahe, ohne ein Wort zu wechseln.

Als sie schließlich auf dem schwarzen Bärenfell seine Haut an der ihren spürte, war es die Vereinigung, von der sie ihr Leben lang geträumt hätte, wenn sie auch nur geahnt hätte, daß so etwas möglich war. Doch nun wußte sie es. Sie erreichten den Höhepunkt gemeinsam mit der Wucht und der Hingabe zweier Liebender, die mit ihrem ganzen Wesen aneinander hingen.

Nur eine winzige Kleinigkeit schmälerte das Glück. Auf dem Gipfel der Leidenschaft rief er ihren Namen. Doch es war nicht ihr Name. Wenngleich sie sich die Glückseligkeit des Augenblicks dadurch nicht verderben ließ, klang dieses eine Wort hinterher in ihr nach.

Als sie sich erschöpft in den Armen lagen und unter das schwere Fell schlüpften, sanken sie in einen tiefen Schlaf. Doch bevor der Schlaf sie umfing, hatte Linnea nur einen einzigen Gedanken. *Einmal* wollte sie hören, wie Axton ihren Namen ausrief – ihren Namen und nicht den ihrer Schwester. Das hätte ihr mehr bedeutet als alle Freuden, die die Welt zu bieten hatte. Dieses eine Wort, ausgerufen im Augenblick des höchsten Glücks: »Linnea«.

Sie erwachte mit dem festen Vorsatz, ihm alles zu sagen.

Aber Axton war nicht da. Nicht im Bett und auch nirgends im Zimmer. Linnea strich sich die Haare aus dem Gesicht und blickte verschlafen um sich. Es war schon hell, und gewiß war die Morgenmesse bereits vorüber. Auch die vielen kleinen Pflichten, die ihr als Burgherrin allmorgendlich zufielen, hatte sie wohl verschlafen; so wäre es zum Beispiel längst Zeit gewesen, den Mägden aufzutragen, was sie kochen sollten. Außerdem mußte heute die Bestandsaufnahme für die Vorräte gemacht werden. Darüber hinaus mußte dafür gesorgt werden, daß für die Ernte im Herbst genügend Säcke und Fässer zur Verfügung stünden.

Doch zuerst mußte sie mit Axton sprechen.

Sie wusch sich in aller Eile und kleidete sich an, wobei

sie sich kurz darüber wunderte, daß Norma nicht zu ihr gekommen war, nachdem Axton im Saal erschienen war. Es war zwar nicht so wichtig, doch es wäre ihr dennoch lieber, wenn ihr Haar möglichst schön wäre, wenn sie ihm gegenübertrat.

Doch was zählten jetzt Kleider oder schönes Haar, sagte sie sich. Was sie ihm zu sagen hatte, konnte auch durch solche Äußerlichkeiten nicht gemildert werden. Ihr war bewußt, daß sie an diesem wunderbaren, sonnigen Morgen das Schicksal herausforderte. Es war möglich, daß er sie hinterher haßte – nein, er würde sie sogar ganz bestimmt hassen, genauso wie Lady Mildred, Peter und sogar sein Hund Moor sie hassen würden. Doch ihr Haß würde noch gar nichts sein im Vergleich zu dem Haß, den ihre Großmutter ihr entgegenbringen würde.

Aber ihre Großmutter war für Linnea nicht mehr wichtig. Nicht einmal Beatrix, ihre geliebte Schwester, konnte mit Axton konkurrieren, wenn es um ihre tiefsten Gefühle ging. Es war nicht so, daß sie mit dem, was sie vorhatte, Beatrix hinterging, so sagte sie sich. Sie würde lediglich ehrlich zu Axton sein. Was auch immer daraus entstehen würde – es war auf jeden Fall besser, als weiterhin mit dieser Lüge zu leben.

Sie fand ihn schließlich im großen Saal. Was ihr jedoch sofort auffiel, war, daß es für einen Vormittag im Frühling erstaunlich leer hier war. Im Kamin brannte kein Feuer, und es waren auch keine Dienstboten zu sehen.

Besorgt runzelte sie die Stirn. Irgend etwas war nicht in Ordnung, dachte sie, als sie zu Axton hinüberblickte, der auf seinem Stuhl saß und mit fassungsloser Miene auf die Wand starrte, an der das Banner der de la Manse prangte. Als sie zögernd zu ihm hintrat, wandte er sich mit einemmal zu ihr um.

Irgend etwas mußte geschehen sein, dachte sie, und als sie das zerknitterte Stück Pergament in seiner linken Hand sah, war ihr mit einem Schlag alles klar.

Er wußte es!

»Axton«, flüsterte sie. Sie wußte nicht, wo sie beginnen sollte, doch ihr war klar, daß sie es ihm irgendwie begreiflich machen mußte. Er blickte sie jedoch mit einer solch kalten Verachtung an, daß sie ein paar Schritte zurückwich. Hätte er sie mit voller Wucht geschlagen, so hätte er sie damit nicht härter treffen können als mit diesem Blick.

»Ich habe eine Nachricht von Herzog Henry bekommen. Er teilt mir darin einige Dinge mit, die dich wahrscheinlich interessieren werden.«

»Axton ...« Sie trat noch ein Stück näher zu ihm hin, die Hände flehend erhoben.

»Nein! Du bist erst einmal still und hörst dir an, was ich dir zu sagen habe!« Er schob seinen Stuhl zurück und erhob sich, so daß er groß und drohend vor ihr stand. Der Herr von Maidenstone, der sich anschickte, sein Urteil über die Unwürdigste unter seinen Leuten zu sprechen.

Er hob das Pergament in die Höhe. »Englands König weicht dem jungen Herzog. Stephen muß ihm eine Grafschaft nach der anderen überlassen, bis schließlich das ganze Land in Henrys Hand sein wird; dann gehört die Krone ihm. Stephen ist so gut wie geschlagen, und er wird nicht mehr lange auf dieser Insel, die er unrechtmäßig an sich gerissen hat, der Herrscher sein.«

Axton faltete das Pergament zusammen und legte es auf den Tisch. Dann trat er von dem Podium herunter. Er schien sich gut beherrschen zu können, doch der starre, kalte Blick, mit dem er sie fixierte, war fast noch schwerer zu ertragen, als seine Wut es gewesen wäre.

Mit langsamen Schritten kam er auf sie zu und ging um sie herum, so als wolle er sie von allen Seiten betrachten und ihre Reaktion auf seine Worte genauestens verfolgen. »Aber das ist nicht alles, was Henry mir schreibt«, sagte er, während er dicht an ihr vorüberging. Als sie sich ihm zuwandte, war er bereits hinter ihr – wie ein gefährliches Raubtier, das mit ihr spielte, bevor es zuschlug.

Linnea nahm all ihren Mut zusammen und beschloß, sich nicht in die Rolle des hilflosen Opfers zu fügen. Während er dicht hinter ihr stand, starrte sie auf das Banner der de la Manse an der Wand. »Er hat dir einige Dinge über meine Familie mitgeteilt«, sagte sie.

Mit einer federleichten Berührung strich er ihr über das offene Haar. »Deine Familie«, murmelte er. »Ja, über deine Familie, von der ich schon glaubte, sie würde mir keinen Ärger mehr bereiten. Deine verfluchte Familie, die ich mit weitaus mehr Nachsicht behandelt habe, als sie je mir und den Meinen gegenüber gezeigt hat!« fügte er hinzu, wobei seine Stimme nun doch vor Zorn bebte.

Er packte sie und wirbelte sie zu sich herum, um sie in seinen eisernen Griff zu nehmen. »Erzähl mir doch von deiner *Familie*«, sagte er in einem Ton, der nichts als tiefste Verachtung ausdrückte. »Erzähl mir von deiner *Schwester!*«

Ihre Schwester. Ihr war längst klar, daß er die Wahrheit kannte. Die ganze Wahrheit. Dennoch trafen seine Wort sie wie ein Keulenschlag.

»Meine Schwester«, flüsterte sie, während sie fieberhaft nach Worten suchte, um ihm ihre Beweggründe für den furchtbaren Betrug, den sie begangen hatte, darzulegen.

»Ja. Erzähl mir von deiner Schwester. Von Beatrix, deiner älteren Zwillingsschwester. Von deiner Schwester, die die Absicht hat, Sir Eustace de Montfort zu heiraten, einen von Herzog Henrys Männern, der kraft seiner Ehe mit Sir Edgar de Valcourts ältester Tochter Anspruch auf Maidenstone erhebt!«

Axtons Blick war hart wie Granit. Falls die Geschehnisse ihn schmerzten, so war in seinen Augen nichts davon zu erkennen.

Linnea jedoch verstand es weit weniger gut, ihren Schmerz zu verbergen. Er trat nur allzu deutlich hervor, doch das kümmerte ihn nicht. Das einzige, was ihn kümmerte, war sein Zuhause, seine Mutter, seine Familie und sein Erbe. Was zählte, war allein die Tatsache, daß er von einer Frau hintergangen worden war, für die er – zumindest für einen kurzen Augenblick – etwas empfunden hatte.

Wie konnte sie sich nur einbilden, daß sie den Schaden, den sie angerichtet hatte, wiedergutmachen könnte?

»Vielleicht ... vielleicht wird Herzog Henry deinen Anspruch trotzdem gelten lassen ...«

»Er ist kein Mann, der sich viel um Gerechtigkeit schert. Er ergötzt sich an dem Streit zwischen mir und Eustace.« Er zog sie näher an sich, so als wolle er sie mit seinem unbarmherzigen Blick verschlingen. »Wie heißt du denn?« fragte er.

Linneas Herz pochte wie wild. »Ich bin ... ich ... ich bin Linnea ...«

»Die Zwillingsschwester der echten Beatrix. Die jüngere von euch beiden.«

Sie nickte.

»Wie nahe müßt ihr euch stehen, daß du dich für sie deinem Feind geopfert hast ...«

»Es war kein Opfer!« rief Linnea aus. Sie griff nach seinem Obergewand und klammerte sich an den silberfarbenen Wollstoff, so fest sie konnte. »Ich bin nicht unzufrieden mit meinem Schicksal ...«

»Du hast dich für sie zur Hure gemacht!« rief er und stieß sie von sich, so als ekelte ihn davor, sie auch nur zu berühren. »Du bist für sie und für deine ganze verdammte Familie zur Hure geworden!« Sein Gesicht war von grenzenloser Wut verzerrt, und seine Worte donnerten durch den leeren Saal. »Es widert mich an, daß sie dich auf diese Weise benutzt haben. Und auch, daß du mitgespielt hast ...« Er hielt inne, am ganzen Leib zitternd vor Wut. Seine Nasenflügel bebten, während er tief Luft holte, die Hände zu Fäusten geballt.

Dann wich er zurück, so als müsse er Abstand wahren, um nicht vollends die Beherrschung zu verlieren.

»Du hast mich geheiratet und mir vorgespielt, eine andere zu sein – und das alles, um meinen Anspruch auf Maidenstone zu vereiteln. Gib es zu, *Linnea.*«

Linnea. Zum erstenmal hatte er ihren richtigen Namen ausgesprochen. Doch es war ganz und gar nicht so, wie sie es sich erträumt hatte. Nein, es war der schlimmste Alptraum, den sie sich vorstellen konnte. Und das Furchtbarste war, daß es aus diesem Alptraum kein Erwachen gab. Der höhnische Ton in seiner Stimme, als er ihren Namen aussprach, war bittere Wirklichkeit. Die Verachtung in seinen Augen würde nicht mit dem Morgengrauen verschwinden. Das alles war kein Traum, sondern nackte Wahrheit.

»Ich ...« Sie schluckte, um gegen die Übelkeit anzukämpfen, die plötzlich in ihr hochstieg. »Ich hatte Angst um meine Schwester. Um Beatrix«, fügte sie im Flüsterton hinzu. »Ich liebe sie, und ich würde alles tun, um sie zu schützen ...«

»Dich zur Hure machen, zum Beispiel«, fiel er ihr ins Wort. Als sie den Kopf schüttelte angesichts seiner häßlichen Unterstellung, lachte er laut auf. »Eine solche Treue würde selbst ich nicht von meiner Schwester erwarten, wenn ich eine hätte.«

»Ich liebe sie!« beteuerte Linnea, da ihr nichts anderes einfiel, um ihn zu überzeugen.

Doch er lachte erneut, was in dem menschenleeren Saal fast gespenstisch klang. »Deine Liebe hat dir nichts als Verachtung eingebracht. Du bist mit deiner Aufgabe gescheitert, Linnea. Denn unsere Verbindung ist durch deine Lüge zerstört. Wir sind nicht wirklich verheiratet. Aber deine Schwester ...«

Er hielt inne, doch sie wußte augenblicklich, was er sagen wollte. Sie wußte es instinktiv. Als er weitersprach, zuckte sie zusammen. Sie glaubte, nicht ertragen zu können, was er ihr gleich sagen würde.

»Deine Großmutter ist gerissen genug, um sich nicht mit Henry anzulegen. Daß sie ausgerechnet de Montfort gewählt hat, ist wirklich schlau, denn Henry scheint viel von ihm zu halten. Doch noch hat er ihnen nicht die Erlaubnis zur Heirat gegeben. Sie werden alle gemeinsam hierher kommen, um meinen Standpunkt anzuhören.«

Er folgte ihr, während sie Schritt für Schritt zurückwich.

»Ich werde de Montfort zum Kampf um ihre Hand fordern. Ich war mit der falschen Beatrix verheiratet, und ich werde den Fehler ausmerzen. Ich werde die richtige Beatrix bekommen, und wenn ich dafür gegen jeden einzelnen von Henrys Günstlingen kämpfen muß. Ich kenne Henry, und ich weiß, daß er an solchen Auseinandersetzungen seinen Spaß hat. Und er wiederum kennt mich gut genug, um zu wissen, daß ich ihm den Gefallen tun werde.

Statt deiner Schwester habe ich dich bekommen, ihre Hure. Nun aber will ich *sie*. Du bist gescheitert, Linnea. Du bist gescheitert!«

Sie prallte mit dem Rücken gegen die Wand. Er beugte sich drohend über sie, während seine Worte sie wie Dolchstöße mitten ins Herz trafen. Das war nicht der Mann, den sie vergangene Nacht geliebt hatte. Das konnte einfach nicht sein!

Doch es half nichts – sie mußte der Wahrheit ins Auge sehen. Sie hatte ihn von seiner besten Seite kennengelernt, und nun mußte sie ihn von seiner schrecklichsten Seite erdulden. Aber sie hatte es nicht anders verdient. Jedes Wort, das er sagte, entsprach der Wahrheit. Sie konnte weder ihn noch sich selbst länger belügen. Es war ihre Schuld, daß sie nun seine Wut und seine Verachtung zu spüren bekam.

Und als er schließlich wegging und sie als ein Häufchen Elend zurückließ, empfand sie weder Haß gegen ihn noch Mitleid mit sich selbst. Das einzige, was sie fühlte, war ein unerhörter Neid auf ihre Schwester. Ihre geliebte Schwester Beatrix würde diesen Mann zum Gemahl bekommen; Linnea zweifelte nicht daran, daß Axtons Wut groß genug war, um jeden Gegner zu schlagen, der ihm in die Quere kam – und mochte er auch übermenschliche Kräfte besitzen. Axton würde diesen Sir Eustace de Montfort besiegen, und er würde Beatrix heiraten. Wenn sein Zorn erst verraucht war, würde er mit Beatrix eine Familie gründen, während sie selbst …

Langsam sank sie an der Wand nieder – am Boden zerstört.

Sie würden eine Familie gründen, während sie selbst die beiden einzigen Menschen verlor, die sie jemals geliebt hatte. Beatrix und Axton.

Den Verlust ihrer Schwester hätte sie vielleicht noch verkraftet.

Aber Axton zu verlieren … Axton zu verlieren war, als würde man ihr das Herz aus dem Leib reißen. Und ohne Herz konnte kein Mensch leben.

Am Wendepunkt

»Ich krönte sie mit Gold, sie mich mit Dornen …
Ich schenkt' ihr mein Herz – was sie mir brachte, war Leid.«

– Unbekannt

18

Es regnete. Zu Mittag hatte es zu regnen begonnen, und es regnete weiter, den ganzen Nachmittag über, bis in die Nacht hinein – so als weinte der Himmel um Maidenstone Castle, um seinen betrogenen Herrn und seine zutiefst beunruhigten Bewohner. Doch er weinte wohl nicht um die Frau, die der Herr aus seinem Schlafzimmer verbannt hatte. Das konnte einfach nicht sein, dachte Axton, sie verdiente kein Mitleid, nicht von ihm und auch nicht von den Mächten der Natur. Nicht einmal von Gott.

Er stand an einem offenen Fenster in einem Zimmer, das den Gemächern seiner Mutter gegenüberlag. Einzelne Regentropfen fielen ihm ins Gesicht, doch sie vermochten sein aufgewühltes Gemüt nicht zu kühlen. Unter ihm lagen der Hof, die Küche, der Kräutergarten, die Stallung – und jenseits der Burgmauern das dunkle weite Land. Er konnte nicht viel erkennen, nur das flackernde Licht der Fackeln am Tor sowie das eine oder andere Fenster, das noch erleuchtet war. Dennoch sah er alles genau vor sich, weil er es seit seiner frühesten Kindheit kannte. Hier war sein Zuhause, hier wollte er seine eigenen Kinder aufwachsen sehen.

Doch im Augenblick war es ein trüber Ort, an dem man sich nicht zu Hause fühlen konnte, weil an jeder Ecke Lug und Betrug lauerten. Er lehnte sich ein Stück weit aus dem Fenster und ließ den Regen in sein Gesicht klatschen. Warum hatte ihm niemand gesagt, daß es *zwei* Töchter gab? Warum hatte sich die jüngere der beiden so bereitwillig als Hure für die ältere zur Verfügung gestellt? Verdammt! Was für eine sonderbare Familie hatte jahrelang hier auf Maidenstone gehaust? Und worauf ließ er sich jetzt bloß ein? Er hatte die eine Tochter gehabt, dieses schamlose Weib. Hatte er wirklich den Wunsch, Kinder mit der anderen zu haben, die mindestens ein ebenso großes Miststück war?

Ein Blitz zuckte über den Himmel und erleuchtete für einen gespenstischen Augenblick die Welt draußen vor dem Fenster. Es war eine kalte und unfreundliche Welt, die sich seinem Auge darbot.

Wie hatte er nur annehmen können, hier wieder ein Zuhause zu finden? Er griff nach einem Weinkrug aus Zinn, der auf einem dreibeinigen Tisch stand, doch er war leer. Mit einem Aufschrei der Wut und Enttäuschung schleuderte er den Krug quer durch das Zimmer.

Dieses verdammte Miststück! Dieses verlogene kleine Miststück! Er haßte sie um so mehr, weil sie ihm das Gefühl gegeben hatte, daß ihm eine friedliche, glückliche Zukunft beschieden sein könnte!

Axton lehnte sich gegen den Fensterrahmen, die Arme angespannt, den Kopf vornübergebeugt, und atmete schwer und unregelmäßig. Doch die Wut, die in ihm tobte, verrauchte nach und nach in der Dunkelheit seiner einsamen Nachtwache.

Sie hatte ihn an sich gebunden, und er hatte sich bereitwillig in ihre Arme sinken lassen. Er hatte nicht die Absicht gehabt, jemals einem Menschen zu trauen, der den Namen de Valcourt trug – doch er hatte alle Vorsicht aufgegeben, und jetzt hatte er den Preis dafür zu zahlen.

Aber das würde ihm nicht noch einmal passieren, das schwor er sich. Niemals wieder würde er es zulassen, daß eine Frau ihn dermaßen hinterging. Diese Beatrix – die echte Beatrix – würde sein Bett wärmen, wenn ihm danach war. Und wenn sie tatsächlich die Zwillingsschwester der anderen war, dann würde er sie mit Sicherheit begehren. Doch abgesehen von diesen notwendigen, rein körperlichen Begegnungen würde es keinerlei tiefere Gefühle zwischen ihnen geben. Er würde um sie kämpfen, er würde sie gewinnen und sie schließlich heiraten. Und er würde dafür sorgen, daß sie ein Kind nach dem anderen bekam, bis er genügend Nachkommen hatte und er sie nicht mehr brauchte.

Aber was sollte er mit ihrer Schwester machen?

Ein zögerndes Klopfen an der Tür ersparte ihm die Qual, über diese Frage nachzudenken. »Wer ist da?« brummte er.

»Dein Bruder.« Die schmiedeeisernen Scharniere quietschten widerstrebend, als die Tür langsam aufging.

Das letzte, was Axton sich jetzt wünschte, war, mit irgend jemandem über diese jüngste Katastrophe zu sprechen, doch er wollte Peter andererseits auch nicht wegschicken. Ihm konnte Axton wenigstens vertrauen. Peter und seine Mutter waren die einzigen, die unter Beatrix' – nein, Linneas Verrat genauso litten wie er selbst.

Er blickte zu seinem Bruder hinüber. »Bevor ich sie heiratete, hattest du mich gewarnt, daß man ihr nicht trauen könne. Wie es scheint, ist der jüngere Bruder klüger als der ältere.«

Peter lächelte nicht über Axtons Bemerkung. »Ich wollte, ich hätte mich geirrt«, erwiderte er. »Ehrlich gesagt habe ich sie irgendwie gemocht. Und ihr auch vertraut«, fügte er hinzu.

»Dann haben wir uns beide täuschen lassen.« Axton wandte sich wieder der trüben Aussicht zu, die sich ihm vom Fenster aus bot.

Peter hob den zerbeulten Krug auf und stellte ihn auf einen Sims. »Was hast du jetzt vor?«

»Ich werde de Montfort zum Kampf fordern.«

»Und Beatrix?«

»Welche meinst du?«

»Nun, eigentlich beide.«

Axton fühlte erneut einen solchen Zorn in sich aufsteigen, daß er nicht in der Lage war, gleich zu antworten. »Ich würde sie am liebsten beide erwürgen.« Er holte tief Luft. »Aber das werde ich nicht tun. Eine von ihnen werde ich heiraten. Die andere ...«

Die andere würde ihn sein Leben lang quälen, fürchtete er. »Die andere werde ich ins Kloster schicken. Sie würde ohnehin nie heiraten, denn sie ist entehrt, und kein anständiger Mann würde sie zur Frau nehmen.«

Plötzlich sah er sie wieder vor sich, wie sie ihn letzte Nacht so voller Freude im Bett erwartet hatte. Er wandte sich von dem trüben Bild ab, das sich ihm draußen bot – aber auch von dem gefährlichen Bild, das in seiner Vorstellung entstand. »Vielleicht sollte ich sie in ein Freudenhaus stecken. Ich würde sicher einiges für sie bekommen. Aber nein«, fuhr er voller Sarkasmus fort. »Das wäre wohl keine Strafe für sie. Sie würde es bestimmt genießen.«

Als er Peters bestürzten Blick sah, lachte Axton voller Bitterkeit auf. »Mach dir keine Sorgen um sie – um diese Linnea. Sie verdient es nicht, daß du dich um sie sorgst.«

»Ich mache mir mehr Sorgen um dich. Ich würde dir gern helfen, wenn ich nur wüßte, wie.«

Alles in Axton spannte sich an. Er wollte Peters Hilfe nicht. Vor allem wollte er nicht sein Mitleid. Bestimmt würde ihn alle Welt bemitleiden. Oder sich über ihn lustig machen. Nein, er brauchte niemandes Mitleid. Das hätte ihm gerade noch gefehlt!

Axton blickte seinen Bruder mit einer Entschlossenheit an, die aus dem Schmerz und der Wut erwuchs. »Wenn du mir helfen willst, dann besorg mir eine Frau, oder besser gleich zwei Frauen«, sagte er. »Und morgen früh werde ich damit beginnen, mich auf den Kampf vorzubereiten. Du kannst dafür sorgen, daß sich Odo für einen Ringkampf bereithält; Reynold und Roger werden mit dem Schwert gegen mich antreten und Hugh mit der Lanze.«

»Und das alles an einem Tag?« warf Peter mit zweifelndem Blick ein.

»Ich habe nicht vor, gegen de Montfort zu verlieren«, stellte Axton in eisigem Tonfall fest.

Peter trat zwei Schritte zurück, doch er nickte schließlich zustimmend. »Wenn ich einen Vorschlag machen dürfte ...« Er hob die Hände, als Axton ihm einen finsteren Blick zuwarf. »Ich meine nur, daß du vielleicht auf die beiden Frauen verzichten solltest, da du dir für morgen soviel vorgenommen hast.«

»Schick mir zwei Frauen her«, beharrte Axton in einem Ton, der keinen Widerspruch duldete. »Und bete, daß sie ihre Aufgabe gut erfüllen und ich mich heute schon austoben kann – denn sonst kann es sein, daß ich morgen einige gespaltene Schädel auf dem Schlachtfeld zurücklasse.«

Peter ging hinaus, ohne ein Wort zu sagen, und Axton war darüber erleichtert. Sein Bruder war nicht der Auslöser seines Zorns, doch er wäre beinahe zu dessen Zielscheibe geworden. Es war besser, wenn er sich an zwei unbekannten Frauen austobte und später dann an seinen gut gepanzerten Männern, und nicht seine Wut an einem Jungen ausließ, der ihm doch nur helfen wollte.

Doch diejenige, die es am ehesten verdient hätte, seinen Zorn zu spüren zu bekommen, war am besten vor ihm geschützt.

Er blickte zur Tür hinüber und überlegte einen Augenblick, ob er sie nicht aufsuchen sollte. Er hatte sie in eine Vorratskammer hinter der Küche gesperrt. Doch die Tür, hinter der sie eingeschlossen war, schützte sie im Grunde vor ihm, wie ihm jetzt bewußt wurde. Er hatte sie bestrafen wollen, doch in Wahrheit blieb ihr dadurch seine Wut erspart.

Er eilte zur Tür, fest entschlossen, sie noch einmal zur Rede zu stellen. Doch da tauchte völlig unerwartet eine dunkle Gestalt im Vorzimmer auf.

»Linnea?« Er blieb wie angewurzelt stehen. Es war ihm

nicht einmal bewußt, daß er ihren Namen ausgesprochen hatte. Wie hatte sie nur hierherkommen können? Hatte Peter sie etwa freigelassen?

Dann trat die Frau in den schwachen Schein des Kerzenlichts und er erkannte seine Mutter. Die kurze Enttäuschung, die er verspürte, steigerte seine Wut nur noch mehr. Wie war es diesem verschlagenen Biest nur gelungen, eine solche Wirkung auf ihn auszuüben? Hatte sie ihn etwa verhext? Wenn es so war, dann würde er den Bann schon brechen!

»Was machst du denn hier, Mutter?«

»Ich habe soeben mit Peter gesprochen.« Sie trat in das Zimmer, wobei keine Einzelheit ihrem Blick zu entgehen schien – nicht der zerbeulte Krug, nicht das offene Fenster, durch das der Regen ins Zimmer strömte, und auch nicht sein ungepflegtes Äußeres. Sie wirkte klein und alt im flakkernden Kerzenlicht, aber keineswegs gebrechlich. Auch wenn seine Gedanken im Augenblick mit anderen Dingen beschäftigt waren, stellte er diese Tatsache anerkennend fest.

»Du wirst keine Frauen hier empfangen«, sagte sie mit strenger Miene.

Das war das letzte, was Axton von ihr zu hören erwartet hatte, und er starrte sie mit offenem Mund an.

»Wenn du schon mit irgendwelchen Weibern Unzucht treiben mußt, dann tu es woanders und nicht unter demselben Dach, unter dem ich wohne. Aber ich warne dich«, fügte sie in etwas sanfterem Ton hinzu. »Es wird dir keine Erleichterung bringen. Du mußt die Sache mit Linnea klären, mein Sohn, anstatt dir irgendwelchen billigen Ersatz zu suchen.«

»Da gibt es nichts zu klären. Nichts, das noch geklärt werden *könnte.*«

»Ich weiß, wie sehr sie dich verletzt hat …«

»Ich bin nicht verletzt«, widersprach er. »Nur wütend darüber, daß wieder einmal jemand von den de Valcourt versucht hat, unseren Anspruch auf Maidenstone zunichte zu machen. Aber sie wird keinen Erfolg damit haben – weder sie noch ihre Schwester.«

»Du wirst gegen Sir Eustace kämpfen.« Sie sagte es mit einer stillen Resignation, hinter der sich – wie er wußte – die ständige Angst um ihre Söhne verbarg. Doch ihre Angst hatte ihn noch nie an irgend etwas hindern können – das wußten sie beide genau.

»Geh schlafen, Mutter. Morgen werde ich mich auf den Kampf vorbereiten. Er wird uns unser Zuhause nicht nehmen, auch wenn die de Valcourt und sogar Herzog Henry ihn unterstützen. Verdammt, ich hätte den Burschen damals im Fluß ertrinken lassen sollen, als niemand da war, der ihn hätte retten können!«

Sie nickte, doch sie ging nicht weg, und als sie wieder zu ihm sprach, ging es nicht mehr um den jungen Herzog. »Ich hatte erwartet, daß ich sie hassen würde, aber ich kann es nicht. Und jetzt ... jetzt bin ich zwar empört über das, was sie getan hat – aber ich glaube, ich kann verstehen, was sie dazu getrieben hat.«

»Du kannst es verstehen?« rief er außer sich.

»Und ich glaube, wenn sie es wiedergutmachen könnte, dann würde sie es nur zu gerne tun.«

Axton stieß ein angewidertes Schnauben aus. »Es ist müßig, darüber zu spekulieren, weil sie es nämlich nicht wiedergutmachen kann. Geh jetzt schlafen, Mutter«, sagte er, »geh und bete dafür, daß ich de Montfort besiege.«

Sie blickte ihn unverwandt an. »Ich werde für dich beten, mein Sohn. Ich werde dafür beten, daß du Eustace de Montfort besiegst, und auch, daß du deinen Frieden findest. Aber ich werde auch dafür beten, daß du deinen Schmerz nicht mit irgendwelchen Frauen betäubst.«

Axton konnte es kaum glauben, daß seine zartfühlende Mutter über solche Dinge mit ihm sprach, und es gefiel ihm überhaupt nicht. »Du weißt nichts von den Bedürfnissen eines Mannes«, stieß er hervor.

»Und du weißt nichts von dem, was im Herzen einer Frau vor sich geht«, entgegnete sie.

Ob sie auf ihr eigenes oder auf Linneas Herz anspielte, hätte er nicht sagen können. Doch er fragte sie auch nicht danach, als sie sich umdrehte und leise in ihr Zimmer zurückkehrte. Linneas Herz ging ihn nichts mehr an. Wie sollte es auch, wenn ihr *sein* Herz völlig gleichgültig war?

Peter schickte zwei Frauen in Axtons Schlafzimmer. Die eine war ein junges, kesses Ding, das aber schon erstaunlich erfahren war, wie Peter selbst hatte feststellen können. Für eine Silbermünze konnte sie wahrhaft verblüffende Dinge mit einem Mann anstellen. Die andere war eine ältere Frau, die den gewaltigsten Busen hatte, den er je gesehen hatte. Man erzählte sich in der Burg, daß Reynold zwischen den beiden Hügeln beinahe erstickt wäre.

Doch Peter hatte kein gutes Gefühl, als er die Frauen zu Axton schickte. Er wußte nicht allzuviel über das, was zwischen Mann und Frau vor sich ging – doch er spürte instinktiv, daß das, was Axton vorhatte, falsch war. Obwohl Linnea – wie seltsam es doch war, sie so zu nennen –, obwohl Linnea Axton hintergangen hatte und seine Treue nicht verdiente, war Peter aus irgendeinem Grund überzeugt, daß Axton im Begriff war, etwas Unrechtes zu tun.

Dabei war auch er ziemlich wütend auf Linnea, und diese Wut war stärker als seine Bedenken wegen der beiden Frauen. Hatte sie denn irgendwelche Schuldgefühle – jetzt, wo sie in ihrem bequemen Gefängnis saß? Dachte *sie* daran, wie dem Mann zumute war, den sie geheiratet und verführt hatte? Denn es bestand ja wohl kein Zweifel daran, daß sie Axton verführt hatte, so daß er ihr regelrecht verfallen war. Sie war einfach ein hartherziges kleines Miststück.

Und so schickte er die beiden Frauen schließlich zu seinem Bruder hinauf. Doch sein Unbehagen ließ ihm keine Ruhe, und er blieb im großen Saal, wo er sich in eine Decke gehüllt auf den Boden setzte.

Die beiden blieben nicht lange oben. Sie kamen gemeinsam wieder herunter, zeigten ihm aufgeregt die Goldmünzen, die sie bekommen hatten, ehe sie im Dunkeln verschwanden.

Peter war ziemlich beeindruckt, was sein Bruder da offensichtlich in so kurzer Zeit geleistet hatte. Vielleicht war es ja auch besser so. Vielleicht hatte Axton auf diese Weise Erleichterung in seinem Schmerz gefunden.

Er legte die Decke zur Seite und ging erneut die Treppe hinauf. Er fand Axton in seinem Zimmer vor. Er lag mit dem Gesicht nach unten auf dem Bärenfell, jedoch völlig angekleidet.

Für einen Augenblick stand Peter da und starrte ihn an. Er hatte einst Linnea – damals war sie noch Beatrix – genauso liegen sehen. Völlig nackt hatte sie dagelegen und auf ihn gewartet, offensichtlich von großer Angst erfüllt. Jetzt war es Axton, der hier lag – und wenn er auch seine Kleider anhatte, so waren seine Gefühle doch genauso unverhüllt und lagen bloß wie damals die ihren.

Er trauerte um sie. Er trauerte um den Verlust seiner Frau. Er hatte diese Frauen nicht angerührt, da war Peter sich ganz sicher. Vielleicht hatte er es versucht, aber er hatte es wohl nicht über sich gebracht.

Gott im Himmel, empfand er wirklich so viel für diese betrügerische Hexe? Konnte es sein, daß er sie liebte?

Linnea hatte nicht einmal mehr die Kraft, in ihrem engen Gefängnis auf und ab zu gehen. Es war ein kalter, dunkler Raum ohne Fenster, der als Vorratskammer für das Mehl bestens geeignet war. Ihr blieb nichts anderes übrig, als die endlosen Stunden allein, mit nichts als Mehl um sich herum, über sich ergehen zu lassen. Da war körniges Mehl, dunkel und würzig, und feines Mehl, hell und pulverig. Die Säcke standen an einer der Wände und dämpften auch noch die wenigen Geräusche, die zu ihr hereindrangen.

Norma kam am Abend zu ihr und brachte ihr etwas zu essen. Am Morgen kam sie wieder und versuchte sie zu trösten, während zwei Knechte damit beschäftigt waren, das Mehl für den Tag zu holen.

»Nur nicht verzagen, Kind. Henry wird bald hier sein, vielleicht schon heute. Dann seid Ihr wieder frei und könnt zu Eurer Familie zurückkehren. Da bin ich mir ganz sicher.«

Leider bedeuteten ihre Worte für Linnea keinerlei Trost. »Wie geht es meinem Vater?« wollte sie wissen. »Behandelt man ihn schlecht für das, was ich getan habe?«

Norma stieß einen Seufzer aus. »Er wird weiterhin im Quartier des Priesters festgehalten. Was seine Gesundheit angeht ...« Sie schüttelte den Kopf. »Das ist schwer zu sagen. Er ißt, was man ihm vorsetzt. Er hat davon gehört, wie schlecht der neue Herr Euch behandelt, aber ... er sagt nichts dazu.« Sie seufzte erneut.

»Axton behandelt mich nicht schlecht«, flüsterte Linnea und wandte sich von der treuen Magd ab, um in die Dunkelheit ihres Gefängnisses zu blicken. Die beiden Knechte gingen erneut mit Mehlsäcken an ihr vorüber.

»Es ist Zeit ... wir müssen abschließen«, murmelte der ältere der beiden in freundlichem Ton, zu Norma gewandt.

Doch ehe Norma ihnen folgen konnte, hielt Linnea sie am Arm zurück. »Wie geht es ihm? Axton«, fügte sie hinzu, als Norma sie fragend anblickte.

»Er?« Die alte Frau machte ein finsteres Gesicht. »Er ist gesund und munter«, murmelte sie. Sie blickte kurz zu den beiden Männern hinüber, die draußen vor der Tür warteten. »Er verdient Eure Sorge nicht«, sagte sie im Flüsterton. »Er holt sich bereits andere Frauen in sein Bett. Und nicht bloß eine«, fügte sie hinzu.

Dann ging Norma hinaus, und die Tür fiel mit einem dumpfen Schlag ins Schloß, so daß Linnea mit sich und er furchtbaren Neuigkeit, die Norma ihr soeben überbracht hatte, allein war. Regungslos stand sie da – unfähig, sich von der Stelle zu rühren.

Andere Frauen. Und nicht bloß eine. Er hatte tatsächlich andere Frauen in ihrem gemeinsamen Schlafzimmer empfangen. Auf demselben schwarzen Bärenfell ...

Zuvor schon war ihr immer wieder der quälende Gedanke gekommen, daß Beatrix dieses Bett mit ihm teilen würde, wenn er erst einmal mit ihr verheiratet war. Aber keine Sekunde hatte sie daran gedacht, daß er auch andere Frauen dort empfangen würde. Frauen, für die er nichts empfand und mit denen er dennoch etwas so Intimes zu teilen bereit war ...

»O Gott!« rief sie aus tiefster Seele. Mehr denn je war ihr in diesem Augenblick bewußt, daß sie ihn liebte. Konnte es denn sein, daß für ihn eine Frau wie die andere war? Bedeutete sie ihm nicht mehr als die Frauen, die er jetzt zu sich rief? Und was war mit Beatrix? Würde auch sie nicht mehr für ihn sein als ein Objekt, an dem er seine Begierden ausleben konnte?

Sie wollte nicht weinen, doch sie konnte die Tränen nicht mehr zurückhalten. Sie fiel auf dem mehlbestäubten Holzfußboden auf die Knie und versuchte zu beten – doch sie konnte nichts anderes tun als weinen. Es war offensichtlich, daß sie ihm nichts bedeutete, während er zum Mittelpunkt ihres Lebens geworden war.

Nun brach ihre Welt rund um sie zusammen. Es zählte nicht mehr, was aus ihr werden würde, denn egal, ob sie in einem Schuppen leben würde oder in einer Burg, in der Einöde oder in der Stadt – stets würden Einsamkeit und Leere ihre Begleiter sein.

Es machte keinen Unterschied, ob sie ihre Tage draußen in der Welt beschloß oder hier in dieser dunklen Vorratskammer.

Dann dachte sie an ihre Schwester. Sie dachte an Beatrix, die wunderbare, großzügige Beatrix, die mehr verdient hatte, als mit einem Mann verheiratet zu sein, der sie haßte und für den sein Ehegelübde keinerlei Bedeutung hatte.

Sie wischte sich mit dem Handrücken die Tränen aus den Augen und trocknete ihr Gesicht mit dem Ärmel ihres Kleides.

Sie würde Beatrix vor ihm retten. Das war ohnehin von Anfang an ihr Ziel gewesen. Die Frage war nur, wie sie das zustande bringen sollte.

Sie wußte keine Antwort darauf, doch als sie aufstand und Axtons Kette an ihrem Schenkel spürte, verwandelte sich ihre Verzweiflung in grimmige Entschlossenheit. Mit einem Aufschrei der Wut hob sie ihre Röcke hoch, zerriß das zarte Geschmeide mit einem kurzen, heftigen Ruck und warf es in die Ecke.

Es war ein Fehler gewesen, Gefühle für diesen Mann zu entwickeln und zu glauben, daß er jemals etwas für sie empfinden könnte. Es war auch ein Fehler gewesen, eifersüchtig auf Beatrix zu sein, weil Axton nun sie heiraten würde.

Beatrix war die einzige, die ihr wirklich in Liebe zugetan war, und sie mußte jetzt alles tun, was in ihrer Macht stand, um ihre geliebte Schwester zu beschützen. Irgendwann würde sie dieses Gefängnis bestimmt verlassen können – und dann hieß es, bereit zu sein, um zu handeln. Axton durfte Beatrix nicht bekommen, auch wenn er seinen Anspruch auf Maidenstone gegen Eustace de Montfort durchsetzen sollte.

Sie hatte keine Ahnung, ob sie dieses Ziel erreichen konnte. Doch als sie sich in ihrer Niedergeschlagenheit und ihrer Wut auf den Mehlsäcken niederließ, war sie froh, ihre Gedanken auf die Zukunft und auf dieses Ziel richten zu können, anstatt in der schier unerträglichen Gegenwart zu verweilen. Die Sorge um ihre Schwester dämpfte ein klein wenig den Schmerz um ihr eigenes zerstörtes Leben – den Schmerz und die Verzweiflung darüber, daß sie den Mann verloren hatte, den sie immer noch liebte.

19

Am dritten Tag kam Norma so aufgeregt zu ihr, daß sie kaum in der Lage war zu sprechen.

»Sie kommen. Gleich werden sie alle hier sein. Schnell, wir müssen Euch vorbereiten.«

»Wer kommt? Herzog Henry?«

»Ja! Und Beatrix, und auch Sir Eustace. Sogar Lady Harriet ist mit dabei. Kommt, Mylady, wir haben nicht viel Zeit«, fügte sie hinzu und zog Linnea am Arm.

Auch wenn Linnea sich noch so sehr wünschte, aus ihrem dunklen Kerker befreit zu werden, verspürte sie doch eine schreckliche Angst. »Was soll denn mit mir geschehen? Axton will mich wohl benutzen, um meiner Familie zu schaden, nicht wahr?«

Norma blickte sie mit kummervoller Miene an. »Ach, Kind, es ist nicht Lord Axton, der angeordnet hat, daß Ihr freigelassen werdet, sondern diese gute Lady, seine Mutter. Sie will nicht, daß Ihr Euch so zerzaust und voller Mehl den Besuchern zeigen müßt. Kommt mit«, forderte sie Linnea auf, »wir haben keine Zeit zu verlieren, denn Mylord Axton wird bald wieder zurück sein. Bis dahin sollt Ihr im Gemach von Lady Mildred sein.«

Linnea folgte Norma ins Freie, wo das Tageslicht ihr in den Augen schmerzte. Doch so erleichtert sie auch war, ihr Gefängnis verlassen zu können, so unwohl fühlte sie sich hier draußen. Denn in ihrer Abgeschiedenheit hatte sie nur mit der *Angst* vor ihrer Zukunft leben müssen – jetzt hingegen hieß es, sich dem Unbekannten zu stellen.

Als sie den Saal durchschritten, waren die Blicke aller Umstehenden auf sie gerichtet. Die Dienerschaft war damit beschäftigt, die Burg für die Ankunft der hohen Besucher vorzubereiten. Doch als Linnea kam, hielten sie für einen Augenblick in ihrer Arbeit inne, um ihr nachzusehen – der Frau, die nicht nur ihren neuen Herrn, sondern sie alle getäuscht hatte. Es gab keinen unter ihnen, der sie nicht für Lady Beatrix gehalten hatte. Wenigstens das war ihr also geglückt, dachte Linnea. Sie hatte ihnen allen etwas vorgemacht. Sie zwang sich, eine aufrechte Haltung anzunehmen, auch wenn es ihr in Wirklichkeit an Mut fehlte.

Irgendwie schaffte sie es, den Saal hinter sich zu lassen und die Treppe hinaufzusteigen. Als sie am Zimmer des Herrn vorüberkam, konnte sie nicht anders, als einen kurzen Blick zur Tür zu werfen. Sie stand weit offen, und im nächsten Augenblick kam eine Frau mit schmutziger Bettwäsche heraus.

Linnea mußte wohl einen erschrockenen Laut von sich gegeben haben, denn die Magd blieb augenblicklich stehen. Norma blickte sich um, da Linnea ihr nicht folgte, und kehrte zu ihr zurück.

»Nicht sie!« zischte die alte Frau ihr zu, die Linneas Gedanken zu erraten schien. »Es war nicht *sie.*«

Das Gesicht der jungen Frau lief dunkelrot an, während Linnea immer blasser wurde. Auch wenn sie überaus erleichtert war, daß diese Magd nicht zu den Frauen gehörte, die Axton in sein Bett geholt hatte, so war es doch offensichtlich, daß die Frau wußte, wovon Norma sprach. Sie wußte, was Axton getan hatte. Wahrscheinlich wußte es bereits jeder hier in der Burg.

Norma nahm sie an der Hand, und sie gingen gemeinsam in das obere Stockwerk hinauf Lady Mildreds Kammer war warm und hell – zwei Wandleuchter und ein Kerzenhalter neben einer Wanne sorgten für genügend Licht. Die Wanne war mit duftendem heißem Wasser gefüllt. Auf dem Bett lagen ein vornehmes Kleid aus lachsfarbenem Leinen sowie einige andere Kleidungsstücke.

Lady Mildred selbst saß auf einer gepolsterten Bank am Fenster.

Sie schickte Norma mit einer knappen Geste weg. »Brauchst du jemanden, der dir beim Baden behilflich ist?« fragte sie Linnea, als sie beide allein waren.

»Nein.«

Es gefiel Linnea nicht besonders sich vor der Frau entkleiden zu müssen. Doch die Gelegenheit, sich endlich wieder gründlich zu waschen, konnte sie sich einfach nicht entgehen lassen. Sie betrachtete Lady Mildred aufmerksam, während sie zur Wanne trat.

»Warum habt Ihr mich holen lassen? Weiß Euer Sohn davon?«

»Ich habe meine Gründe dafür«, antwortete die Frau. »Nein, er weiß nichts davon, daß du hier bei mir bist.«

»Ihr wißt, daß meine Familie gemeinsam mit Henry von Anjou hierherkommt.«

Die Augen der Frau verengten sich, doch sie antwortete nicht auf Linneas Bemerkung. »Beeil dich mit dem Bad. Axton wird bald zurück sein – dann wird er dich vielleicht sehen wollen. Wenn er dich nicht findet, wird er wahrscheinlich ganz Maidenstone auf den Kopf stellen. Wenn du nicht willst, daß er dich hier beim Baden antrifft, dann solltest du dich wirklich beeilen. Aber vielleicht macht es dir ja auch nichts aus.«

Linneas Gesichtszüge spannten sich an. »Ich versichere Euch, das ist das letzte, was ich mir wünsche!« Sie begann ihr Kleid zu öffnen.

Lady Mildred lachte kurz über ihre Bemerkung. »Würdest du mir verraten, wieviel du für meinen Sohn wirklich empfindest?«

Linnea warf ihr einen Blick zu, während sie zuerst Schuhe und Strümpfe und dann Kleid und Unterkleid auszog. »Ich mag Peter sehr gern«, gab sie mit einigem Sarkasmus zurück.

Lady Mildred lächelte. »Er mag dich auch. Und was ist mit Axton?«

Obwohl ihr Herz einen Sprung machte, antwortete Linnea so ruhig wie möglich: »Axton mag mich nicht. Ja, ich glaube, er kann mich ganz und gar nicht ausstehen.«

Lady Mildred lächelte und schüttelte den Kopf »Ich habe fast das Gefühl, du weichst meiner Frage aus.« Ihr Lächeln verschwand. »Was empfindest du für meinen Sohn Axton?«

Linnea schwieg. Um ein wenig Zeit zu gewinnen, nahm sie einen Waschlappen und stieg in die Wanne, um sich in das heiße Wasser sinken zu lassen.

»Ah«, seufzte sie unwillkürlich auf. Sie öffnete ihr Haar und tauchte völlig im Wasser unter, ehe sie sich erneut der Frage stellte, die immer noch im Raum stand. Ja, was empfand sie tatsächlich für Axton?

»Wir waren wie Mann und Frau«, begann sie ein wenig unsicher.

»Du hast ihn absichtlich hintergangen.«

»Um meine Schwester vor einem Mann zu bewahren … von dem wir alle glaubten, daß er sie schlecht behandeln würde.«

»Und du wolltest ihr das Leid ersparen, das sie getroffen hätte.«

Linnea hatte mit ausdruckslosem Gesicht den hölzernen Rand der Wanne angestarrt – doch nun blickte sie zu Axtons Mutter hinüber. Diese Frau wußte mehr, als ihr recht war. Sie hatte gewiß mit Norma gesprochen!

»Ich liebe meine Schwester. Ich würde alles für sie tun«, erwiderte sie.

»Du bist als zweite von euch beiden zur Welt gekommen.« Da Linnea nicht antwortete, fuhr die Frau fort: »Es ist ein alter und sehr dummer Aberglaube, daß auf dem zweiten Kind ein Fluch lastet. Ich verstehe nun, daß du das alles getan hast, um deine Familie von deinem Wert zu überzeugen. Und ich schätze, das ist dir auch gelungen. Aber du scheinst nicht allzu glücklich über deinen Erfolg zu sein.«

Sie stand auf, trat zur Wanne hin und reichte Linnea eine Schüssel mit Seife. »Du hast alles erreicht, was du dir vorgenommen hast. Du hast uns in Sicherheit gewiegt, während deine Familie insgeheim alles unternommen hat, um uns wieder von Maidenstone zu vertreiben. Und du hast meinen Sohn getäuscht – einen Mann, der trotz des Widerstands seiner Familie tiefe Gefühle für dich zu hegen begann …«

»Das stimmt nicht! Wie kann er je etwas für mich empfunden haben, wenn er es so eilig hat, andere Frauen in sein Bett zu holen!«

»Männer sind nicht unbedingt immer die treuesten Geschöpfe – das heißt aber nicht, daß sie nicht zu tiefen Gefühlen fähig sein können …«

»Mein Vater hat meine Mutter geliebt. Als meine Mutter starb, hat er nie mehr …«

»Und mein Gemahl hat mich geliebt!« wandte sie ein

und beugte sich zu Linnea hinunter, so daß ihre Gesichter nur noch eine Handbreit voneinander entfernt waren. »Mein Gemahl hat mich geliebt, und ich habe ihn geliebt und sein Andenken stets in mir bewahrt. Aber hier geht es um deinen Gemahl, und er ist der Sohn meines Gemahls und mein …«

Sie hielt inne und wich zurück. Doch Linnea wußte, was Lady Mildred hatte sagen wollen – und auch wenn sie es nicht glauben *konnte*, so wollte sie es doch nur allzu gern glauben.

»Was … was soll das heißen?«

Lady Mildred sah sie nachdenklich an. »Dein Gemahl – auch wenn er nicht wirklich dein Gemahl ist, weil du ihn unter falschem Namen geheiratet hast –, er ist kein Mann, dessen Gefühle sprunghaft sind. Er ist ein sehr treuer Mensch. Deshalb trifft ihn jede Art von Verrat so tief. Die Art und Weise, wie du ihn verraten hast, ist für ihn nur schwer zu verzeihen.«

Linnea starrte sie verblüfft an. »Verzeihen? Aber Ihr glaubt doch nicht – nein. Er wird mir das nie vergeben. Er kann es gar nicht – schließlich muß er alles tun, um Maidenstone zu behalten.«

Lady Mildreds Miene verfinsterte sich. »Ja, das ist das größte Problem bei der Sache.«

Linnea ließ sich bis zum Kinn ins Wasser sinken. »Nichts bedeutet ihm so viel wie Maidenstone.«

Lady Mildred ging unruhig im Zimmer auf und ab und schwieg eine Weile, so daß Linnea die Gelegenheit ergriff, sich zu waschen. Als sie sich schließlich den nach Lavendel duftenden Seifenschaum aus dem Haar spülte, ruhte Lady Mildreds Blick erneut auf ihr.

»Erzähl mir von deiner Schwester.«

Linnea betrachtete sie mißtrauisch. »Sie ist ein sanfter, unschuldiger Mensch, und sie ist leicht einzuschüchtern. Sie hat Euren Zorn nicht verdient. Es war alles ganz allein meine Idee. Ich möchte Euch bitten, für sie einzutreten, falls Axton grausam zu ihr sein sollte.«

»Sieht sie dir sehr ähnlich?« fragte Lady Mildred, so als hätte sie Linneas Bitte nicht gehört.

Linnea überlegte einen Augenblick, ehe sie seufzend antwortete. »Wir gleichen uns aufs Haar – bis auf eine Kleinigkeit.« Sie hob ihr Bein aus dem Wasser. »Dieses Muttermal hier ist das einzige, woran man uns unterscheiden kann.«

Lady Mildred betrachtete das Mal, ehe sie Linnea in die Augen blickte. Dann wandte sie sich ab und trat ans Fenster. Eine Weile herrschte Stille im Raum, und Linnea fröstelte plötzlich – das Wasser wurde langsam kühl. Sie sollte ihr Bad beenden und sich auf die unangenehme Situation vorbereiten, die vor ihr lag. Lady Mildred schwieg, während Linnea sich abtrocknete und ankleidete. Erst als sie sich an den Kamin setzte und ihr Haar zu kämmen und zu trocknen begann, schien die Frau wieder aus ihren tiefen Gedanken zu erwachen.

»Also wird Axton mit der echten Beatrix genausoviel Freude haben wie mit der falschen.«

Linnea wurde kreidebleich im Gesicht. Wie hatte sie auch etwas anderes von dieser Frau erwarten können! Schließlich war es stets Lady Mildreds Ziel gewesen, das Beste für ihren Sohn zu erwirken. Dennoch schien sie immerhin noch mit der Möglichkeit zu spielen, daß er Linnea vergeben könnte – aber vielleicht hatte Linnea sie einfach mißverstanden, denn sie schien mit einemmal durchaus zufrieden damit zu sein, daß Axton die echte Beatrix heiratete.

»Mißfällt dir die Vorstellung etwa?« fragte Lady Mildred, wobei sie Linnea aufmerksam betrachtete. »Möchtest du etwa lieber mit ihm verheiratet bleiben?«

Linnea widmete sich weiter ihrem Haar, doch sie spürte kaum mehr den Schmerz, als sie mit einem jähen Ruck einen Knoten in ihrem Haar durchtrennte. »Mit ihm verheiratet zu bleiben … das ist unmöglich. Er verachtet mich.«

»Aber du verachtest *ihn* nicht.«

Im nächsten Augenblick erhob sich Lady Mildred. »Ich

muß jetzt gehen. Es gibt noch einiges für mich zu tun. Aber du solltest hierbleiben. Trockne dein Haar und schlaf ein wenig, wenn du willst. Ich lasse dir etwas zu essen bringen. Aber ich rate dir dringend, hier zu bleiben, bis ich dich rufen lasse. Oder bis Axton dich rufen läßt.«

Dann ging sie hinaus, und Linnea war allein mit ihren Gedanken über ihr Schicksal. Sie wußte einfach nicht, was sie von ihrem seltsamen Gespräch mit Lady Mildred halten sollte. Eines jedoch wußte Linnea ganz sicher: Axton würde sie nicht rufen lassen. Sie bezweifelte, ob er sie überhaupt jemals wiedersehen wollte.

»Wo ist sie?«

Peter lief hinter Axton her, als dieser über den dicht bevölkerten Burghof stürmte. Die Umstehenden – Soldaten, Knechte, Bauern und Kinder – hatten es eilig, ihm aus dem Weg zu gehen. Sein Bruder hatte Mühe, mit ihm Schritt zu halten. »Sie kann einfach nicht entwischt sein! Das ist völlig unmöglich!«

»Wo, in Gottes Namen, steckt sie dann?« brüllte Axton und stürmte in den großen Saal.

Augenblicklich legten alle ihre Arbeit nieder, um ihn verstohlen zu beobachten. Lady Mildred, die mit einer der Frauen aus der Burg sprach, wandte sich ihm zu und sah ihm mit ernster Miene in die Augen. »Sie ist in meiner Kammer.«

Er stieß einen wüsten Fluch aus und eilte ohne zu zögern zur Treppe hinüber.

Linnea hörte ihn, wie er die Treppe heraufgestürmt kam. Sogar wenn sie schwerhörig gewesen wäre, hätte sie ihn gehört. In den Sekunden, die er brauchte, um zu ihr zu gelangen, trat sie ans Fenster – so weit weg von der Tür wie nur möglich. Sie war tadellos gekleidet und gekämmt, doch sie zitterte wie ein junges Bäumchen im Frühlingswind, und ihre Handflächen waren feucht vor Schweiß.

Die Tür ging mit einem heftigen Ruck auf und schlug gegen die Wand. Dann war er bei ihr, und sie vergaß augenblicklich all ihre Angst. Er schien ein wenig müde und verschwitzt von der Arbeit des Tages zu sein – dennoch sah er einfach umwerfend aus. Er blickte sie mit finsterer Miene an, und sie wußte, daß er sie hassen mußte. Doch sie hegte keinen Haß für ihn. Sie hatte ihn hintergangen – er hatte also allen Grund, sie zu hassen. Aber sie war so froh, ihn zu sehen, daß sie nichts als diese fast schon absurde Freude empfinden konnte – ein Gefühl, das ihr durch und durch ging.

Er starrte sie lange mit zorniger Miene an, wobei die heftigen Gefühle, die zwischen ihnen hin und her sprangen, fast zum Greifen waren. Nach einer Weile schienen sich die Wogen der stummen Regungen zu glätten, und er blickte sie ohne jeden Zorn an.

Axton trat einen Schritt zurück, so als wolle er plötzlich vor ihr weglaufen. Doch Linnea hob fast flehend eine Hand, wie um ihn zurückzuhalten.

»Ich ... ich habe gehofft, dich noch einmal zu sehen, auch wenn ich es nicht erwarten durfte.« Sie schluckte, als ihr erneut zu Bewußtsein kam, daß sie tatsächlich vor ihm stand. »Ist das jetzt unser Abschied?«

Alles in Axton krampfte sich zusammen, als ihn plötzlich ein so heftiges Verlangen überkam, daß er glaubte, es nicht ertragen zu können. Er war vor Zorn außer sich gewesen, als er gehört hatte, daß sie nicht mehr in ihrem Gefängnis war. Auch ein wenig Angst war dabei gewesen. Doch als er sie hier fand, erwuchs aus diesen beiden Empfindungen etwas noch viel Schlimmeres.

Er wollte sie. Er empfand ein unbändiges körperliches Verlangen nach ihr, doch er sehnte sich gleichermaßen danach, daß sie jeden Abend auf ihn wartete, wenn er nach Hause kam. Er sehnte sich danach, daß sie ihm dieselben Gefühle entgegenbrachte, die er mit solcher Leidenschaft für sie empfand.

»Zum Teufel!« fluchte er, angewidert von der Heftigkeit, mit der er auf ihre Gegenwart reagierte. Sie hatte ihn verraten und hintergangen – und dennoch hatte er keinen anderen Wunsch, als sie an sich zu drücken und alles andere zu vergessen!

Er wich noch einen Schritt zurück und bemühte sich, das wilde Pochen seines Herzens zu besänftigen und das unerhörte Verlangen zu bezähmen, von dem er erfüllt war. »Herzog Henry trifft bald ein, gemeinsam mit deiner Schwester und ihrem Bräutigam, der das jedoch nicht mehr lange sein wird. Der Ausgang dieses Kampfes steht so gut wie fest – was aber nicht feststeht, ist, was mit dir geschehen soll.«

Er hielt plötzlich inne. Was redete er denn da? Sollte er es vielleicht ihr, der Ursache all seines Leids, überlassen, über ihr Schicksal zu entscheiden?

Er strich sich die feuchten Haare aus der Stirn und zwang sich, keinerlei Schwäche zu zeigen. »Willst du noch irgend etwas sagen, bevor ich über dein Schicksal entscheide?«

Sie schüttelte verneinend den Kopf, doch in ihren verschleierten Augen schimmerten Tränen, so daß er sich überwinden mußte, grausam zu sein – so grausam, wie sie zu ihm gewesen war.

»Glaub nicht, daß du mit diesem kummervollen Blick bei Henry irgend etwas erreichst. Du brauchst auch nicht darauf zu hoffen, daß er dir seinen Schutz anbietet oder einen geeigneten Gemahl für dich sucht. Du hast nun keinen Wert mehr«, fuhr er fort, wobei er mit jedem Wort zorniger wurde. »Du hast keine Mitgift, und jetzt hast du auch deine Unschuld verloren. Du kannst für Henry – oder irgendeinen anderen Mann – nur noch eines sein!«

Er hielt inne, als ihm die volle Bedeutung seiner Worte zu Bewußtsein kam. Es war verrückt, was ihm in diesem Augenblick in den Sinn kam – und doch schien es ihm die einzig mögliche Lösung in diesem Wirrwarr zu sein, das sie ausgelöst hatte.

Er trat zu ihr hin und packte sie an den Armen. Die Tränen, die in ihren Augen schimmerten, liefen ihr nun die Wangen hinab. Er verstand sich selbst nicht, daß er es sogar jetzt, nach all dem, was geschehen war, nicht ertragen konnte, sie weinen zu sehen.

»Ich werde dich behalten«, murmelte er und blickte in ihre großen Augen. »Ich werde dich an einem Ort einsperren, wo kein Mann außer mir zu dir kann.«

Er zog sie fest an sich, so daß er die Wärme ihres Bauches und die weiche Fülle ihrer Brüste spürte. Sie war sein, und er würde sie nehmen – auf der Stelle.

Entschlossen hob er sie hoch. Es kam ihm sehr gelegen, daß direkt neben ihnen ein Bett stand. Sie wehrte sich, ohne jedoch etwas gegen ihn ausrichten zu können.

»Halt still«, knurrte er. Er drückte sie auf das Bett hinunter und hielt sie unter sich gefangen.

»Nein, ich werde nicht ... deine *Hure* sein«, flüsterte sie so leise, als wäre es schon anstößig, das Wort auch nur auszusprechen.

Doch ihr Widerstand stachelte seinen Zorn nur noch mehr an und machte ihn noch entschlossener. »Genau diese Rolle hast du übernommen, als du den Namen deiner Schwester angenommen hast. Du bist für deine Familie zur Hure geworden – und du hast es auch noch genossen«, fügte er hinzu. Er preßte seinen Unterleib gegen ihren weichen Bauch und drückte mit dem Knie ihre Beine auseinander. »Du wirst nie mehr ein tugendhaftes Leben führen können. Nachdem du deine Keuschheit verloren hast, kannst du nicht mehr heiraten. Und du hast auch kein Geld, um dir einen Platz im Kloster zu erkaufen.«

»Nein! Nein, das ist nicht wahr ...«

»Du hast keinen anderen Platz auf dieser Welt als in meiner Obhut«, beharrte er. Er spürte, wie ihr Widerstand allmählich nachließ. Ihre Hände stemmten sich gegen seine Brust, doch mit verminderter Kraft. Ihre Lippen, die sie zornig zusammengepreßt hatte, begannen zu beben.

Auch wenn er wußte, daß er sie dort traf, wo sie am verwundbarsten war, drängte er doch all seine Gewissensbisse beiseite. Er hatte die Absicht, dieses kleine Duell zu gewinnen. Er hatte die Absicht, sie als sein eigen zu behalten, gleichgültig ob er sie haßte oder … »Nein!«

Er schüttelte den Kopf, um den völlig absurden Gedanken zu verdrängen, der ihm in den Sinn kam. Egal, was für Gefühle er noch für sie hegen mochte – es spielte keine Rolle mehr. Sie hatte keine andere Wahl, also würde er sie behalten.

Die eine Schwester würde er heiraten, und die andere würde das Bett mit ihm teilen.

»Dir bleibt nichts anderes übrig – es sei denn, du willst dich als Hure durchschlagen. Du solltest dankbar sein, daß ich dich vor einem solchen Schicksal bewahre.«

Linnea wußte genau, was er meinte – und er hatte recht. Dennoch konnte sie sich nicht in ein so schmähliches Los ergeben. Sie liebte ihn. Es war nicht ihre Absicht gewesen, ihm Schmerz zuzufügen.

Doch sie hatte ihm Schmerz zugefügt, und jetzt rächte er sich an ihr.

Auf einen Ellbogen gestützt, öffnete er seine Hose und schob ihre Röcke hoch, so daß sie seine Haut auf der ihren spürte. Er war hart und bereit, und sie … sie war es trotz allem auch. Sie liebte ihn trotz der schmerzlichen Geschehnisse, die sich zwischen sie beide gedrängt hatten. Sie würde sich nicht gegen ihn wehren.

Er drang in sie ein, und sie schloß die Augen; doch sie bekam noch mit, wie seine Züge sich zu entspannen begannen. Gewiß hatte er bemerkt, daß sie bereit war und daß sie ihn immer noch begehrte. Und vielleicht spürte er auch, daß sie noch mehr für ihn empfand. Hatte seine Mutter ihm gegenüber irgendeine Andeutung gemacht, oder hatte sie gar selbst ihre Gefühle verraten?

Er begann sich in einem Rhythmus zu bewegen, der sie völlig in seinen Bann schlug. Sie begab sich ganz in seine Hand, um sich mit ihm forttreiben zu lassen. In der Glut ihres Zusammenseins vergaß Linnea all ihre Sorgen. Sie würde mit allem, was er mit ihr vorhatte, einverstanden sein. Er stöhnte auf, und ein heftiger Schauer lief durch seinen ganzen Körper.

Linnea verlor den letzten Rest ihrer Zurückhaltung. Für einen wunderbaren, lichtvollen Augenblick verschmolzen sie zu einer Einheit, wie sie vollkommener nicht sein konnte.

Dann war alles vorüber, und sie waren nur mehr zwei Menschen, die in einem Bett lagen und Mühe hatten, zu Atem zu kommen. Erneut traten ihr Tränen in die Augen.

Axton wich zurück und blickte sie fragend an. »Hat es weh getan?«

Sie schüttelte den Kopf. Er hatte nach körperlichen Schmerzen gefragt – doch ihr Schmerz war nicht körperlicher Art.

Er rollte sich von ihr hinunter und starrte zum Baldachin des Bettes hinauf, während sein Atem sich allmählich wieder beruhigte. »Tränen werden an deinem Schicksal auch nichts ändern. Du solltest sie dir für jemand anderen aufheben. Wenngleich du auch bei Henry nichts damit erreichen wirst«, fügte er beißend hinzu.

Linnea drehte sich zur Seite. Sie konnte es nicht ertragen, ihn so höhnisch reden zu hören.

Sie zog ihre Röcke hinunter, um ihre Beine zu bedecken. Axton wandte sich ihr wieder zu und stieß plötzlich einen wüsten Fluch aus. Er riß ihre Röcke hoch, so daß sie bis zur Taille entblößt war.

»Wo ist die Kette?«

20

Er zerrte sie die Treppe hinunter, durch den großen Saal und quer über den Burghof. Er hatte immer schon ein großes Spektakel aus ihrem Zusammensein gemacht – aber was er jetzt trieb, war für Linnea das Schlimmste, was sie je mit ihm erlebt hatte.

Sosehr sie sich auch gegen diese Behandlung wehrte und dagegen protestierte – er zerrte sie durch die ganze Burg wie ein widerspenstiges Kind – an etlichen neugierigen Zuschauern vorbei. Unterwegs hatte er sich eine kleine Fackel geschnappt, und als sie die Vorratskammer erreichten, stieß er sie hinein und folgte ihr.

»Los, hol sie!«

Linnea prallte gegen die Mehlsäcke, worauf sich eine Wolke aus feinem weißem Staub erhob.

»Such die Kette!« brüllte er. Er trat auf sie zu und hielt die Fackel hoch, so daß die enge Kammer in einem gespenstischen Licht erstrahlte. »Such sie, verdammt noch mal. Du kommst hier nicht raus, bevor du sie nicht wieder trägst, das schwöre ich dir!«

Das war mehr, als sie aushalten konnte.

Er erschien ihr in diesem Augenblick wie der Teufel selbst, wie ein Ausbund an Bosheit und Gemeinheit. Das Licht der Fackel warf gespenstische Schatten an die Wände, die sie jedoch kaum wahrnahm; sie sah nur Axton. Im nächsten Augenblick stürzte sie sich mit einem Schrei der Wut und der Verzweiflung auf ihn.

Es war, als wäre sie gegen eine Wand gelaufen. Er rührte sich nicht von der Stelle. Dennoch kam ihr Angriff für ihn völlig unerwartet, denn er ließ die Fackel fallen, was Linnea jedoch nicht zur Kenntnis nahm; Axton allein war es, dem ihre Aufmerksamkeit galt – der Mann, der sie so tief verletzte, wie niemand es je getan hatte.

Sie bearbeitete ihn mit Fausthieben in den Bauch, obwohl es sie bis in die Schulter hinauf schmerzte. Doch sie konnte einfach nicht aufhören, bis er sie schließlich an den Armen packte.

»Hör auf damit. Verdammt, Linnea, hör auf damit!«

Doch sie schlug immer weiter auf ihn ein, bis ihre Anne schließlich erlahmten und sie seiner überlegenen Kraft nichts mehr entgegenzusetzen hatte.

Er hielt sie fest umklammert. Irgendwie hatte er es geschafft, die Flamme der Fackel mit dem Fuß zu ersticken, ehe sie einen der Mehlsäcke in Brand stecken konnte. Und so standen sie eng aneinandergepreßt in der Dunkelheit, so als würden sie sich umarmen, was jedoch keineswegs der Fall war.

Tränen liefen ihr über die Wangen – doch es waren Tränen der Wut. Sie hatte nicht die Absicht, jemals wieder aus irgendeinem anderen Gefühl heraus um ihn zu weinen.

Sie versuchte sich aus seinen Armen zu befreien, doch er hielt sie fest.

»Wenn du die verdammte Kette haben willst, dann laß mich los«, murmelte sie in den glatten Wollstoff seines Gewands.

Im nächsten Augenblick erschrak sie zutiefst, als sie spürte, daß er erregt war. Und das Schlimmste war, daß sie, kaum daß sie es bemerkte, ihrerseits eine gewisse Erregung verspürte.

Nein! Das durfte einfach nicht sein! Erneut versuchte sie sich von ihm loszureißen. Zu ihrer größten Erleichterung ließ er sie diesmal tatsächlich los.

Sie wich vor ihm zurück, bis sie mit dem Rücken gegen einen Turm aus Mehlsäcken stieß. Mißtrauisch betrachtete sie ihn, während sie langsam wieder zu Atem kam. Auch er starrte sie schweigend an, und obwohl sie einander in der dunklen Kammer kaum erkennen konnten, spürte sie doch, daß sich seine Stimmung irgendwie verändert hatte.

»Los, mach schon«, sagte er in einem Ton, der keinerlei Gefühlsregung erkennen ließ. »Such die Kette.«

Ohne zu antworten, machte sie sich auf die Suche. Sie wußte, sie hatte die Kette in den hintersten Winkel der Vorratskammer geschleudert – und nachdem sie den Boden einige Minuten abgetastet hatte, fand sie sie tatsächlich.

»Hier.« Sie warf sie ihm zu.

Die Kette flog gegen seine Brust und landete schließlich vor seinen Füßen.

»Da wir nicht mehr verheiratet sind – zumindest nicht aus der Sicht der Kirche – kannst du dein widerwärtiges

Geschenk zurückhaben.« Durch sein Schweigen ermutigt, fügte sie hinzu: »Ich habe das Ding ohnehin gehaßt.«

Schweigend beugte er sich hinunter und hob die Kette auf. Trotz der Dunkelheit konnte Linnea das Glitzern der goldenen Glieder sowie der blutroten Steine erkennen, und es schmerzte sie, denn sie hatte die Kette nicht so sehr gehaßt, wie sie ihn nun glauben machen wollte.

Axton ließ die Kette einen Augenblick spielerisch durch seine Hände gleiten und trat dann auf sie zu. Sie wich jedoch keinen Schritt vor ihm zurück. Als sie nur noch eine Handbreit voneinander entfernt waren, blieb er stehen und hob die Kette hoch, so daß sie zwischen ihnen baumelte.

»Du hast das Ding also gehaßt«, sagte er. »Nun, mag sein. Aber seinen Zweck hat es jedenfalls erfüllt. Wir werden ja sehen, ob es bei deiner Schwester genauso wirkungsvoll ist«, fügte er hinzu.

Hätte er sie mit voller Wucht ins Gesicht geschlagen, so hätte er sie damit nicht härter treffen können als mit dieser Bemerkung. Sprachlos wich Linnea einen Schritt zurück, wobei ihr gar nicht bewußt war, daß sie einen Laut des Entsetzens von sich gab.

Doch Axton hatte es sehr wohl gehört, und er sah auch den Schmerz in ihrem Gesicht. Er sah, wie sehr er sie getroffen hatte, und schämte sich augenblicklich dafür. Heiliger Judas Thaddäus, würde dieser Wahnsinn zwischen ihnen beiden denn nie ein Ende nehmen?

Er ertrug es keinen Augenblick länger, ihr gegenüberzustehen, so daß er sich umdrehte und das Weite suchte. Doch mit jedem Schritt, den er sich von ihr entfernte, hatte er immer mehr das Gefühl, sich wie ein Feigling benommen zu haben. Angesichts ihrer Tapferkeit und ihres Kummers kam er sich wie ein schäbiger Halunke vor.

Auf seinem Weg zum großen Saal zurück waren die Blikke der Umstehenden auf ihn gerichtet, doch sie wandten sich sogleich wieder ihrer Arbeit zu, als sein drohender Blick sie traf. Es war totenstill, als er vorüberging, doch er wußte, daß sie hinter seinem Rücken sogleich wieder über ihn tuscheln würden. Er hatte sich von einer Frau zum Narren machen lassen – noch dazu vom niedrigsten Mitglied der Familie seines Erzfeindes. Von seiner jüngeren Tochter!

Er preßte die Kette in seiner Hand so fest zusammen, daß ihm die Steine ins Fleisch schnitten. Zur Hölle mit dieser Frau!

Er stürmte in den Saal und die Treppe hinauf, wobei er drei Stufen auf einmal nahm. Als er das Schlafzimmer erreichte, schlug er die Tür hinter sich zu, worauf sein Blick auf das Bett fiel, das vor ihm stand. Diesmal würde nichts davon übrigbleiben. Diesmal würde er es völlig zertrümmern.

Doch die Kette in seiner Hand ließ ihn innehalten. Er blieb plötzlich stehen und starrte das zarte Geschmeide an. Es war ihm sehr wohl bewußt, daß er ihr die Kette gerade deshalb geschenkt hatte, um sie damit zu quälen. Konnte er es ihr da verdenken, daß sie das Ding haßte? Genau das hatte er ja beabsichtigt.

Axton stöhnte auf und wandte sich von dem Bett ab. Zu Beginn hatte er gewollt, daß sie ihn haßte und sich ihm dennoch ergeben mußte. Aber allzu rasch waren seine Rachegefühle verflogen, und er hatte sich nur noch eines gewünscht – daß sie wirklich etwas für ihn empfand. Doch dazu war es nicht gekommen. Von ihrer Seite aus war alles nur ein abgekartetes Spiel gewesen.

Was sollte er jetzt nur tun? Er wußte, er würde Eustace de Montfort herausfordern und die echte Beatrix heiraten. Dieser Teil der Angelegenheit war völlig klar, und er zweifelte nicht daran, daß er es schaffen würde – auch wenn es ihn wurmte, daß er gezwungen war, etwas zurückzugewinnen, was ihm ohnehin gehörte.

Aber was war mit Linnea? Was sollte er nur mit ihr anfangen? Auf diese Frage wußte er keine Antwort. Es war ein Problem, vor dem er völlig ratlos stand.

Mehr als alles andere wünschte sich Linnea, aus ihrem verhaßten Gefängnis zu entfliehen. Dabei gab es nun nicht einmal mehr eine versperrte Tür, die sie aufgehalten hätte. Ja, selbst wenn sie aus der Burg hätte flüchten wollen, so wäre ihr das – so vermutete sie – wahrscheinlich auch gelungen. Es erschien ihr durchaus verlockend, einfach wegzugehen, im Wald zu verschwinden und nie mehr wieder den Namen Maidenstone hören zu müssen. Und auch nicht den Namen Axton de la Manse.

Wenn es nur möglich gewesen wäre! Aber sie konnte ihre Schwester einfach nicht im Stich lassen. Außerdem hätte sie ohnehin nicht gewußt, wohin sie sich hätte wenden sollen.

Sie blieb noch eine Weile in der Vorratskammer, um sich ein wenig zu beruhigen. Außerdem mußte sie sich überlegen, wie sie sich weiter verhalten sollte.

Sie zwang sich erst einmal, ruhiger zu atmen und ihr wild pochendes Herz zu besänftigen. Doch ihre Tränen konnte sie nicht so leicht zurückdrängen. Auch wenn sie sich geschworen hatte, nie mehr um ihn zu weinen, so genügte es doch, an irgendein zärtliches Wort zu denken, das er einmal zu ihr gesagt hatte, oder an einen besonders aufregenden Augenblick zwischen ihnen beiden – und schon hatte sie aufs neue mit den Tränen zu kämpfen.

»Du Närrin!« schalt sie sich selbst – doch auch diese Selbstvorwürfe brachten ihr keinen Trost.

Als sie sich schließlich zwang, die dunkle Kammer zu verlassen, beschloß sie, ihren Vater aufzusuchen. Er war ihr einziger Verbündeter, wenngleich Axtons Mutter ... Sie hielt augenblicklich inne. Lady Mildreds Absichten waren ihr ein mindestens ebenso großes Rätsel wie diejenigen ihres Sohnes.

Sie war jedenfalls fest entschlossen, die Vorratskammer hoch erhobenen Hauptes zu verlassen, doch als sie zur Tür kam, stieß sie plötzlich mit dem Fuß gegen irgend etwas, das sich sehr klein und hart anfühlte. Das Ding prallte gegen die Wand und blieb in der Nähe der Tür liegen. Es war ein winziger, funkelnder Edelstein.

Linnea blickte das Juwel erschrocken und gleichzeitig

fasziniert an. Es war ein Rubin aus der Goldkette. Er mußte sich gelöst haben, als sie ihm das widerwärtige Ding gegen die Brust geschleudert hatte.

Aber gar so widerwärtig war es nicht, wandte irgend etwas in ihr ein.

Nach einem Augenblick des Zögerns hob sie den Rubin auf, wobei ihre Hand so sehr zitterte, daß sie ihn fast wieder fallen gelassen hätte. Den wunderschönen Stein in ihrer Hand zu fühlen ließ sie in ihrer Entschlossenheit sofort wieder schwanken. Doch sie zwang sich schließlich, tapfer zu ihrem Vorhaben zu stehen.

Sie wußte, daß Axton den Stein vermissen würde. Spätestens wenn er Beatrix die Kette überreichte, würde er feststellen, daß eine der goldenen Fassungen keinen Rubin enthielt.

Aber er würde ihn niemals finden, das schwor sie sich. Niemals! Sie würde den Rubin behalten und ihn, wenn es soweit war, dazu verwenden, diesen Ort für immer zu verlassen. Und sie würde Beatrix mitnehmen. Mit dem Rubin würde sie für sich und ihre Schwester einen Platz in einem Kloster erkaufen können.

Es war kein großartiger Plan, das wußte sie. Aber er gab ihr immerhin ein Ziel, den Gedanken an eine mögliche Zukunft. Jetzt aber mußte sie erst einmal ihren Vater aufsuchen und auf die Ankunft von Herzog Henry sowie dem Rest ihrer Familie warten.

Peter saß auf der Brustwehr und ließ die Beine von der Mauer baumeln, während er auf das Dorf hinunterblickte. In einer Ecke hatte sich ein Stückchen Mauerwerk gelöst, und so war er jetzt damit beschäftigt, die einzelnen Steinchen in die Tiefe zu werfen und zuzusehen, wie sie geräuschlos im dunklen Burggraben verschwanden. Nur an den Kreisen, die sich auf der Wasseroberfläche bildeten, war zu erkennen, daß die Steine im Wasser gelandet waren. Er saß zu hoch über dem Graben, um ihr Aufplatschen hören zu können.

Aber es ging ja auch bloß darum, sich irgendwie die Zeit zu vertreiben. Dieser Tage war das Leben auf Maidenstone nun einmal nicht sehr unterhaltsam. Er warf einen weiteren Stein in die Tiefe. Was hätte er auch sonst tun sollen?

»Hier bist du also.«

Er drehte sich um, als er die Stimme seiner Mutter hörte. »Du hättest nicht heraufklettern sollen«, sagte er mit einem leichten Vorwurf in der Stimme, als er ihr gerötetes Gesicht sah. »Du hättest eine Magd losschicken können, um nach mir zu suchen.«

»Ich bin vielleicht alt, aber gebrechlich bin ich noch lange nicht. Es gibt keinen Winkel von Maidenstone, den ich nicht erreichen könnte.« Sie lehnte sich gegen die Zinne zu seiner Linken und schwieg für einen Augenblick. »Ich erinnere mich noch, wie zufrieden dein Vater war, als die Mauern der Burg endlich standen. Dies hier war der letzte Teil, der fertig wurde«, sagte sie und ließ ihre Hand über den rauhen Stein gleiten, so als fände sie darin Trost. »Wie sehr er diesen Ort geliebt hat.«

Peter seufzte. Er erinnerte sich nicht mehr allzu deutlich an seinen Vater. Er war noch ein kleines Kind gewesen, als Allan de la Manse in der Schlacht gefallen war. Aus diesem Grund war Axton so etwas wie ein Vater für ihn geworden.

»Axton liebt Maidenstone genauso wie unser Vater.«

Lady Mildred blickte ihn aufmerksam an. »Heißt das, daß du die Burg nicht so sehr liebst?«

Peter zuckte mit den Schultern. »Es ist eine wunderbare Festung, das will ich gar nicht abstreiten. Mir kommt es nur so vor, als würde uns die Burg nicht gerade Glück bringen. Da ist mir unsere Festung in Caen doch bedeutend lieber.«

Seine Mutter lächelte. »Das trifft sich gut, denn schließlich wird Castell de la Manse bald dir gehören.«

»Mir?« stieß Peter überrascht hervor und war im Nu auf den Beinen, wobei er gar nicht darauf zu achten schien, daß sein Standort hoch auf den Zinnen der Burg nicht ganz ungefährlich war. »Wirklich, Mutter?« Er hielt einen Augenblick inne. »Was meint Axton dazu?«

»Er ist einverstanden. Er weiß ja, daß die Burg für dich dein wahres Zuhause ist, genauso wie Maidenstone *seine* Heimat ist.«

Peter verzog das Gesicht. »Er mag Maidenstone vielleicht als sein Zuhause ansehen, aber Glück hat es ihm bis jetzt noch keines gebracht. Ich frage mich, ob sich das jemals ändern wird.«

Er mußte seinen Einwand nicht näher ausführen, denn sie wußte genau, was er meinte. Seine Mutter drehte sich um und blickte auf den Hof hinunter. »Ich sage das sonst niemandem, nur dir, mein Sohn – aber es gefällt mir gar nicht, daß er gegen Sir Eustace kämpft, und wenn ihm etwas zustößt ...« Sie stockte kurz, und Peter sah, daß ihr Kinn zitterte. »Wenn ihm etwas zustößt, dann werde ich ihr das nie verzeihen. Aber selbst wenn er Eustace besiegt, dann fürchte ich, daß es ihm nicht die Genugtuung bringt, die er sucht.«

»Er liebt sie«, sagte Peter, einigermaßen verblüfft, daß er und seine Mutter zu der gleichen unglaublichen Schlußfolgerung gekommen waren.

»Das glaube ich auch«, pflichtete sie ihm bei.

Peter sprang von der Brustwehr herunter. »Vielleicht wird er ihre Schwester eines Tages genauso lieben. Es heißt ja, daß sie einander wie aus dem Gesicht geschnitten sein sollen.«

Seine Mutter lächelte über seinen Gedanken. »Nun, äußerlich mögen sie wirklich nicht zu unterscheiden sein. Aber für die Liebe ist nicht unbedingt das Gesicht entscheidend, sondern etwas, das viel tiefer geht. Wenn er so etwas für dieses Mädchen empfindet ...« Sie hielt inne, und ihr Lächeln schwand.

Eine ganze Weile standen sie schweigend auf der Burgmauer. In der Ferne war Donnergrollen zu hören. Der Himmel hing tief und grau über ihnen, und der Wind wurde immer heftiger. Da sahen sie plötzlich in der Ferne einen Reiter, der in vollem Galopp auf die Burg zugeritten kam.

»Herzog Henry kommt«, murmelte Lady Mildred. »Ich schätze, ich werde noch einmal die Kapelle aufsuchen, bevor er hier ist.«

Sie drehte sich um, und Peter sah ihr nach, wie sie langsam fortging. Sie ist alt, dachte er, und sie hat in ihrem Leben viel erdulden müssen. Aber sie war immer noch eine Lady, die selbst ihre Feinde mit Höflichkeit zu behandeln wußte; denn Linnea war gewiß ein Feind ihrer Familie.

Er runzelte nachdenklich die Stirn. Falls er jemals heiraten sollte, dachte er, um sich gleich darauf zu korrigieren, denn als zukünftiger Ritter und Besitzer einer prächtigen Burg würde er ja wohl heiraten müssen und einen Erben zeugen – also wenn er eines Tages heiraten würde, dann hoffte er, daß es eine Frau sein würde, die so edel und fein war wie seine Mutter.

Während er noch an seine Mutter dachte, erspähte er plötzlich Linnea auf dem Burghof, wie sie von den Vorratsräumen der Küche zu den Gesindehäusern hinüberlief. Er hatte gehört, daß sie nicht länger eingesperrt war. Wahrscheinlich lief sie zu ihrem Vater, um ihm von dem bevorstehenden Kampf um die Burg zu berichten.

Seine Miene verfinsterte sich. Sie war anscheinend wirklich eine Kämpfernatur. Er mußte zugeben, daß sie eine Schönheit war, aber für seinen Geschmack war sie eindeutig etwas zu wild. Sie hätte einiges von seiner Mutter lernen können – zum Beispiel, wie man sich als Lady zu benehmen hatte, wie man sich um seinen Gemahl kümmerte, oder auch wie man für Ordnung sorgte, wenn rundherum alles im Chaos versank.

Der Wind wehte ihm die Haare in die Augen, als er Linnea nachblickte, wie sie hinter der Kapelle verschwand. Für kurze Zeit hatte es so ausgesehen, als wäre sie zufrieden damit, Axtons Frau zu sein. Aber mittlerweile hatte sich ja herausgestellt, daß sie ihnen allen etwas vorgespielt hatte.

Peter schüttelte den Kopf. Armer Axton. Er schien sie gerade gezähmt zu haben, als er plötzlich erfahren mußte, daß es ganz und gar nicht so war. Jetzt mußte er eben das gleiche mit ihrer Schwester tun.

Und Gnade ihr Gott, dieser Zwillingsschwester, wenn sie genauso verschlagen war wie diese Linnea!

21

Henry Plantagenet, Herzog der Normandie, hielt mit dem Prunk eines Königs Einzug auf Maidenstone. Schließlich erhob er auch keinen geringeren Anspruch, als König von England zu sein, um in die Fußstapfen seines Großvaters, Henry I., zu treten, der Jahre zuvor das Land regiert hatte. Henry Plantagenets Mutter Matilda hatte gegen Stephen gekämpft, der den Thron nach dem Tode Henrys I. an sich gerissen hatte – doch erst ihrem Sohn, der trotz seiner neunzehn Jahre bereits ein brillanter Stratege war, gelang es nun, den Thron wiederzugewinnen. Wie ein Sturm war er mit seinen Truppen über England hinweggefegt, um mit erstaunlich geringem Blutvergießen die Macht an sich zu reißen.

Dafür schien er um so begieriger darauf zu sein, auf Maidenstone Blut fließen zu sehen, ging es Axton durch den Kopf. Er mochte zwar von einem ganz gewöhnlichen Wettkampf sprechen – doch in Wirklichkeit ließ er es zu, daß zwei seiner besten Männer sich vor seinen Augen bis aufs Blut bekämpften, um ihren Anspruch auf die Burg geltend zu machen. Es war überhaupt Henrys größte Stärke, die Edelmänner, die er um sich scharte, in ständigem Streit untereinander zu halten, so daß ihre Treue einzig und allein ihm selbst galt.

Axton bereitete sich innerlich auf die kommenden Stunden vor. Am schwersten würde es ihm fallen, Eustace und Beatrix mit Höflichkeit zu begegnen, während Henry das

Schauspiel amüsiert verfolgen würde. Er hoffte, den Kampf mit Eustace möglichst rasch austragen zu können, damit die ganze Sache ein für allemal erledigt war.

Doch Henry würde es sich nicht nehmen lassen, die Spielregeln selbst zu bestimmen, denn als Axtons Lehnsherr war er es, der das Sagen hatte.

Als Henrys milchweißer Hengst über den Hof getrabt kam, ging Axton ihm schließlich entgegen.

»Willkommen auf Maidenstone Castle, Mylord«, sagte Axton und ergriff die Hand seines Lehnsherrn in der vorgeschriebenen Geste der Ehrerbietung.

Henry blickte sich im Burghof um, wobei seinem aufmerksamen Auge kein Detail entging. »Ich freue mich, die stolze Burg zu sehen, auf die zwei meiner fähigsten Edelmänner Anspruch erheben.« Mit einem Achselzucken sah er auf Axton hinunter. »Es ist eine wehrhafte Burg, ein wenig düster vielleicht – aber bei weitem nicht so düster wie der Tower in London, wo Stephen jetzt sein Dasein fristet«, fügte er mit einem boshaften Lächeln hinzu. »Kommt, führt mich zu Tisch, ich bin am Verhungern.«

Henry stieg vom Pferd, während hinter ihm ein großgewachsener Ritter auf seinem Roß herangetrabt kam und ebenfalls abstieg. »De la Manse«, murmelte der Mann seinen Gruß mit einem widerwilligen Kopfnicken und einem durchdringenden Blick.

»De Montfort«, gab Axton zurück. Doch bevor er sich von ihm abwenden konnte, richtete der Mann erneut das Wort an ihn.

»Ihr seid Lady Beatrix noch nicht begegnet – meiner Braut«, fügte er in höhnischem Tonfall hinzu.

Axton hatte die schlanke Gestalt auf dem cremefarbenen Pferd bereits erspäht. Ihr blaßgoldener Umhang schien mit dem prächtigen Tier eine Einheit zu bilden, so daß sie wie ein Fabelwesen, ein Zentaur, wirkte – halb Mädchen und halb Pferd. Doch er hatte sich sofort wieder von ihr abgewandt. Etwas in ihm sträubte sich dagegen, diese Frau anzusehen, für deren Besitz er bereit war, einen Mann zu töten.

Doch jetzt blieb ihm nichts anderes übrig, als sie anzublicken.

»Kommt, meine Liebe«, sagte Eustace und hielt ihr seine behandschuhte Hand entgegen. Ein Page führte die Frau auf ihrem Pferd zu Sir Eustace hin. Sie hatte Axton den Rücken zugekehrt, so daß er nur ihr schlanken Arme und Hände sah, als sie Eustaces Hand ergriff, um sich von ihm herunterhelfen zu lassen. Doch dann blickte sie für einen kurzen Augenblick über ihre Schulter zurück – und Axton war zutiefst verblüfft.

Er hatte gewußt, daß sie Zwillinge waren und einander sehr ähnlich sahen, doch so etwas hatte er nicht erwartet. Er glaubte, Linnea vor sich zu sehen. Dabei wußte er, daß es Beatrix war. Für einen Augenblick war er völlig sprachlos, was auch Herzog Henry nicht verborgen blieb.

»Ja, sie ist wirklich eine Schönheit, nicht wahr, Axton? So jung und unschuldig. Sie ist der Siegespreis, um den Ihr und Eustace kämpfen werdet. Aber wo ist ihre Schwester? Ich möchte das Mädchen sehen, das es geschafft hat, einen meiner fähigsten Männer zu übertölpeln.« Er lachte laut auf, so daß Axton alle Beherrschung aufbieten mußte, zu der er fähig war, um die Beleidigung schweigend hinzunehmen. Er zwang sich statt dessen mühsam zu einem Lächeln.

»Ich wage zu behaupten, daß selbst Ihr, Mylord, Mühe hättet, die beiden auseinanderzuhalten.«

Henry blickte ihn mit einem verschlagenen Grinsen an. »Aber es gibt trotzdem etwas, an dem man sie unterscheiden kann, nicht wahr? Doch leider werdet nur Ihr – oder Eustace – jemals sagen können, welche von den beiden noch Jungfrau ist. Also, wo ist dieses ungewöhnliche Geschöpf, das für ihre Schwester zur Hure geworden ist? Ich möchte sie für ihre unglaubliche Treue belohnen – auch wenn sie vielleicht etwas zuweit gegangen ist.«

Axton wußte sehr wohl, daß Henry es genoß, ihn ein wenig zu reizen – und mit dieser Bemerkung war ihm das auch voll und ganz gelungen; Axton wußte nämlich sehr gut, was der junge Mann meinte. Für jemanden, der so sehr von sich selbst eingenommen war wie Henry, war es eine großzügige Belohnung, wenn eine Frau das Bett mit ihm, dem Herzog der Normandie, dem Grafen von Anjou und zukünftigen König von England, teilen durfte. Er war ein Mann, der in zu jungen Jahren zu so großem Erfolg gelangt war, ein Mann, der sich selbst und seinen Wünschen keinerlei Schranken setzte. Gewiß würde er Linnea zu sich in sein Bett holen, wenn ihn dann nicht irgend jemand daran hinderte.

Irgend jemand. Er vielleicht?

Axton gelang es, völlig ausdruckslos dreinzublicken. Henry sah ihn mit einem etwas spöttischen Gesichtsausdruck an, doch Axton ließ sich seinen Zorn und seine plötzliche Verwirrung nicht anmerken. Warum sollte es ihm etwas ausmachen, was mit ihr geschah? Warum, um alles in der Welt, kam ihm plötzlich der Gedanke, daß er sie vor Henrys Gelüsten in Schutz nehmen mußte?

»Sie ist ein wirklich schönes Mädchen«, sagte Axton schließlich, auch wenn seine Stimme nicht allzu überschwenglich klang. Er betrachtete ihre Schwester, jenes Mädchen, das der Grund für Linneas Opfer gewesen war. Ob es nicht irgendein äußeres Merkmal gab, an dem man die beiden unterscheiden konnte?

Doch es schien nichts dergleichen zu geben. Ihre Haut war genauso zart wie die von Linnea, wenngleich sie im Augenblick etwas blaß wirkte. Ihre niedergeschlagenen Wimpern waren genauso dicht wie die ihrer Schwester, ihre Nase genauso schmal und gerade und ihre Lippen genauso voll und schön geschwungen. Selbst ihr goldfarbenes Haar wirkte so seidenweich wie Linneas.

Als er sie so betrachtete, faßte Eustace sie um die Taille und zog sie besitzergreifend an sich. Erschrocken blickte sie zu Axton auf, um sich gleich wieder Sir Eustace zuzuwenden, dessen finsterer Blick auf seinen Widersacher gerichtet war.

»Glaubt nur nicht, daß Ihr jemals mehr bekommen werdet als die Ehre, sie betrachten zu dürfen«, knurrte Sir Eustace mit drohender Stimme.

Doch Axton ignorierte die Drohung und blickte Beatrix unverwandt an. Da war ein gewisser Unterschied in den Augen! Er hatte es bemerkt, obwohl ihre Blicke sich nur für einen kurzen Moment begegnet waren. Ihre Augen waren von einem ebenso schönen blaugrünen Farbton wie die ihrer Schwester, doch es war eine große Angst in ihnen zu erkennen – Angst vor ihm, Axton. Er spürte instinktiv, daß sie völlig am Boden zerstört sein würde, wenn sie seinen Zorn zu spüren bekäme oder er sich ihr im Bett nähern würde.

Bei Linnea war das anders gewesen. In ihren Augen war auch dann noch ein gewisser Kampfgeist zu erkennen gewesen, wenn sie vor Angst zitterte. Er spannte die Muskeln seiner rechten Schulter an, wo die Wunde vernarbte, die sie ihm zugefügt hatte. Die echte Beatrix hätte niemals einen Dolch im Bett versteckt. Sie hätte sich niemals gegen ihn erhoben, wie ihre Schwester es getan hatte.

Wenngleich dieser Unterschied zwischen den beiden Zwillingsschwestern ihn in gewisser Weise erleichterte, so machte er die Sache doch um nichts einfacher.

Er blickte zu Eustace hinüber, der ihn immer noch wütend anstarrte. »Es ist mir überhaupt keine Ehre, sie zu heiraten, sondern ein Fluch, den ich erdulden muß, um mein Zuhause wiederzugewinnen. Und ich *werde* es wiedergewinnen«, sagte er voller Überzeugung.

Beatrix wich erschrocken zurück, während Eustace erzürnt einen Schritt vortrat. Doch Henry stellte sich entschlossen zwischen die beiden Männer. »Halt! Dieser Streit wird nicht mit den Fäusten ausgetragen werden!« sagte er in scharfem Ton. Dann lachte er plötzlich laut auf und klopfte Axton auf die Schulter. »Kommt und zeigt mir Euer nettes Häuschen, von dem Ihr mir schon erzählt habt, als ich noch ein kleiner Junge war. Zeigt mir seine Pracht und seine Verteidigungsanlagen, aber führt mich, zuerst zur Schankwirtin und dann zu Tisch, denn ich habe Hunger.

Ich möchte unseren Triumph bei Bier und Wein feiern. Morgen ist noch genug Zeit, um diesen Streit zwischen euch zu klären.«

Von ihrem erhöhten Platz in der Kapelle aus beobachtete Linnea voller Unbehagen das Zusammentreffen zwischen Axton und Beatrix. Die arme Beatrix.

Der arme Axton!

Sie machte ein finsteres Gesicht angesichts dieses sonderbaren Gedankens. Der arme Axton? Nein, er verdiente wirklich kein Mitleid oder sonst irgendwelche freundlichen Gefühle ihrerseits. Dennoch beugte sie sich vor, soweit es ging, um irgendein Wort von dem aufzuschnappen, was draußen im Hof gesprochen wurde. Sie hätte nur zu gern gewußt, in welcher Stimmung die vier Menschen da draußen waren und welche Absichten sie hegten.

Sie hatte den jungen Herzog sofort erkannt – an seiner hochmütigen Haltung ebenso wie an seinem purpurnen Umhang und dem silbernen Helm. Auch Beatrix erspähte sie sogleich – in ihren creme- und goldfarbenen Kleidern, mit denen sie wie ein Engel aussah, der zur Erde herabgestiegen war. Der großgewachsene Ritter, der Beatrix vom Pferd half, mußte wohl der Mann sein, der sie heiraten wollte. Der Mann, den Axton besiegen mußte.

Plötzlich machte der Mann einen Satz nach vorn, und Linnea erschrak. Doch der Herzog trat zwischen die beiden Ritter, woraufhin sie nach einer Weile zum Hauptturm schritten.

Linnea sank förmlich in sich zusammen, wie sie so am Fenster der kleinen kalten Kapelle stand. Was würde nun geschehen? Wann würde Axton gegen seinen Rivalen kämpfen? Und wann würde sie ihre Schwester endlich sehen können?

Dann beobachtete sie, wie eine gebrechlich wirkende Gestalt von einer Pferdesänfte gehoben wurde; worauf Linnea von einer neuen Angst erfaßt wurde. Es war ihre Großmutter. Die gebeugte Gestalt mit dem unvermeidlichen

Stock konnte einfach niemand anderes sein. Und wie eine dunkle, mächtige Hexe, die jeden Winkel der Burg kannte und genau wußte, wo ihre Opfer sich verborgen hielten, schaute sie zielsicher zu dem Fenster der Kapelle hinauf, hinter dem Linnea stand – und es kam ihr so vor, als blickte die alte Frau direkt in ihr Herz. Auf ihrem Gesicht war ein boshaftes, triumphierendes Lächeln zu sehen, so daß Linnea das Gefühl beschlich, daß die Alte genau wußte, wie sehr sie Axton, aber auch Beatrix liebte, und wie zerrissen sie sich nun fühlen mußte.

Mit einem Aufschrei der Verzweiflung wich sie vom Fenster zurück. Sie verschränkte die Arme vor der Brust, wie um sich zu schützen und zu verhindern, daß sie von ihren eigenen widerstrebenden Gefühlen in tausend Stükke zerrissen wurde.

»Sind sie da?« fragte ihr Vater mit müder Stimme. Daß er wieder wußte, was vor sich ging, war immerhin etwas, doch Linnea konnte daraus keine Freude schöpfen. Sollte dieser Sir Eustace den bevorstehenden Kampf gewinnen, so würde ihr Vater möglicherweise seine alte Zuversicht wiedergewinnen. Seine Mutter würde auf jeden Fall außer sich vor Freude sein. Doch Linnea selbst konnte sich kaum etwas Schlimmeres vorstellen. Und ob nun Eustace oder Axton der Sieger sein würde, ihr Schicksal war so oder so besiegelt.

»Ja, sie sind da«, antwortete sie schließlich, wobei sie sich bemühte, ihre Gefühle zu verbergen. »Der Herzog der Normandie, Großmutter, Beatrix und … und der Mann, der sie heiraten will.«

Sie hatte erwartet, daß die Nachricht ihn aufmuntern würde, doch das war nicht der Fall. Er wirkte sogar noch gebeugter als zuvor. In den vergangenen Wochen hatte er deutlich an Gewicht verloren, so daß sein tiefblaues Gewand ihm plötzlich zu weit war. Und die Haut in seinem Gesicht wirkte genauso schlaff wie sein Gewand.

Sie verstand selbst nicht, warum – aber seine Niedergeschlagenheit weckte ihren Zorn. »Solltest du dich nicht freuen? Ist es denn nicht das, was du wolltest? Daß sich jemand findet, der das Unrecht, das Axton de la Manse dir angetan hat, rächt – auch wenn dieser Ritter ebenso wie Axton ein Gefolgsmann von Henry ist? Aber immerhin hat Axton deinen Sohn getötet, eine deiner Töchter entehrt, und er hat nun sogar die Absicht, die zweite Tochter zu heiraten. Doch das Schlimmste ist, daß er dir die Burg entrissen hat, die du ihm zuvor weggenommen hast. Du hast doch wirklich Grund, froh zu sein, Vater. Du könntest dir zufrieden die Hände reiben und dich darauf freuen, sein Blut fließen zu sehen!«

Angesichts des Wortschwalls, der aus ihr hervorbrach, schien er nur noch mehr in sich zusammenzusinken. Erst als er mit Tränen in den Augen zu ihr aufsah, hielt sie inne und schämte sich ihres Wutausbruchs. Er war einfach ein Mensch, der sich nicht mehr wehren konnte. Gerade sie sollte doch wissen, wie es war, völlig wehrlos zu sein – doch statt Mitgefühl zu zeigen, hackte sie auf ihm herum.

Sie trat unsicher auf ihn zu, um ihn irgendwie zu trösten, doch er schüttelte nur den Kopf und hob die Hände, wie um ihr Mitleid abzuwehren. Seine Hände zitterten, als er schließlich zu sprechen begann.

»Es ist alles so … wie es kommen mußte.« Eine Träne lief ihm die Wange hinunter. »Wenn nur meine Ella noch hier wäre.«

Ella? Ein Schauer lief Linnea über den Rücken. Es war Jahre her, seit er zum letztenmal von seiner Frau gesprochen hatte. Linnea war zutiefst betroffen, ihn den Namen ihrer Mutter aussprechen zu hören.

»Ich vermisse sie auch, Vater.« Sie blickte in seine feuchten Augen und sein von Alter und Schmerz gezeichnetes Gesicht.

»Sie hätte mich nicht verlassen sollen«, flüsterte er so verzweifelt wie ein kleines Kind. »Sie wollte nicht gehen, aber Gott hat sie mir genommen.« Er schüttelte bestürzt den Kopf. »Ich habe mich bemüht, rechtschaffen zu sein. Aber ich …« Sein Kinn zitterte, während die Tränen ihm über die Wangen liefen. »Ich habe zu viele seiner Gebote gebrochen.«

Er blickte an ihr vorbei auf eines der Wandgemälde, das die Kapelle schmückte. Linnea folgte seinem Blick und sah, daß er Moses anstarrte. Moses mit den Tafeln in der Hand, auf denen die Zehn Gebote geschrieben standen.

»Ich habe getötet. Ich habe gelogen. Ich habe meines Nächsten Gut begehrt ...«

Ihm brach die Stimme, so daß Linnea ihrerseits die Tränen kamen. »Vater, es hilft doch nichts, wenn du jetzt alle Fehler aufzählst, die du jemals begangen hast.«

Doch er sah nur Moses vor sich an der Wand und schien sie gar nicht zu hören. »Ich habe meines Nächsten Weib begehrt«, stieß er schließlich hervor. »Und ich habe auch meine Mutter nicht geehrt, wie ich hätte sollen.« Er wandte sich wieder ihr zu. »Sie wollte, daß wir dich töten, aber ...« Er hielt inne, während seine Brust sich im Aufruhr seiner Gefühle hob und senkte.

Linnea wußte, daß ihre Großmutter sie am Tag ihrer Geburt hatte töten wollen. Daraus hatte die alte Frau nie ein Geheimnis gemacht. Doch sie hatte nie erfahren, warum sie verschont worden war.

»Ella ist für dich eingetreten«, sagte ihr Vater, als hätte er ihre Gedanken gelesen. »Sie wollte, daß du am Leben bleibst – und ich konnte meiner Ella keinen Wunsch abschlagen. Aber das ist noch nicht alles«, fuhr er verstört fort. »Ich habe dich zwar verschont, aber dafür habe ich dich mit einem Brandmal gezeichnet – und Ella ...« Diesmal verstummte er völlig.

Ein Brandmal? Aber wo? Im nächsten Augenblick war Linnea alles klar. Es war gar kein Muttermal, was sie da an der Wade hatte, sondern ein Brandmal, das er ihr zugefügt hatte. Ihr eigener Vater!

Die kleine, etwas erhabene Narbe an ihrer Wade begann zu pochen, wie um ihr zu sagen: »Er hat es getan. Er hat es getan.«

Sie wich einen Schritt zurück. »Du hast ... das getan?

Du warst das?« machte sie der inneren Stimme Luft, die in ihr aufbegehrte.

»Es war der Wunsch meiner Mutter ...«, sagte er schluchzend. Im Grunde war es doch völlig gleichgültig, sagte sich Linnea, denn der Schmerz, der ihr durch dieses Brandmal zugefügt wurde, war gar nichts im Vergleich zu dem, was sie in all den Jahren danach erdulden mußte, als sie ohne jede Liebe aufwuchs.

Doch es *war* ihr nicht gleichgültig. Er hatte seiner eigenen Tochter eine Wunde zugefügt, einem unschuldigen Kind, das nicht das kleinste Unrecht begangen hatte, außer dem, als zweites zur Welt gekommen zu sein. Als zweites Kind! Als ob das irgendeine Bedeutung hätte!

Sie wäre jetzt am liebsten allein mit ihrer Wut gewesen, doch in diesem Augenblick ging die Tür mit einem Knarren auf, und das Pochen eines Gehstocks verriet ihr, daß Lady Harriet die Kapelle betreten hatte. Linnea wirbelte herum – es war ihr, als würde sie ihrem Feind gegenübertreten; und genauso war es ja auch. Denn diese Frau hatte sie vom Augenblick ihrer Geburt an gehaßt. Sie hatte sie verachtet und keine Gelegenheit versäumt, ihr das Leben zur Hölle zu machen.

Daß sie ihren Vater veranlaßt hatte, ihr ein Brandmal zuzufügen, war in Wahrheit noch das geringste Unrecht, das ihre Großmutter ihr angetan hatte. Doch es war dasjenige, das für Linnea das Faß zum Überlaufen brachte.

Sie starrte Lady Harriet haßerfüllt an, doch die alte Frau lächelte nur. »Das hast du wirklich großartig gemacht, Mädchen. Du hast dich bewährt. Ich gebe zu, daß ich es dir nicht so recht zugetraut habe«, sagte sie. »Aber nun ist es an mir, dich dafür zu loben. Obwohl du noch ein junges Mädchen bist, warst du ungeheuer tapfer und hast deiner Familie die Möglichkeit gegeben, unseren Feind bald zu besiegen.«

Der Stock pochte auf den Fußboden, als sie auf Linnea zukam. »Komm her, Mädchen. Laß dich küssen. Denn du hast dich ohne jeden Zweifel bewährt.«

Linnea stand wie versteinert da. War sie soeben noch von Haß und Wut erfüllt gewesen, so spürte sie nun nichts anderes mehr als tiefste Verzweiflung.

Sie hatte sich bewährt. Endlich lächelte ihre Großmutter ihr zu und nahm sie als würdige Enkeltochter an. Doch als Lady Harriet mit ihrer knochigen Hand ihre Schulter umfaßte und sie küssen wollte, wich Linnea entsetzt zurück.

»Nein«, murmelte sie und befreite sich aus dem Griff der Alten. »Nein«, wiederholte sie mit noch größerer Bestimmtheit.

Sie stolperte einige Schritte zurück, bis sie die Wand hinter sich spürte, an der das Bild von Moses prangte.

Lady Harriets Augen verengten sich, so daß sie Linnea an eine Eidechse oder eine Schlange erinnerte. Sie schauderte angesichts des kalten, reptilienartigen Blicks der Frau. »Was ist denn los mit dir?« fragte die Alte in bissigem Ton, ehe ein verschlagener Ausdruck in ihr Gesicht trat. »Aha. Ich glaube, ich weiß Bescheid. Es geht um dieses Ding, mit dem er sich über dich hergemacht hat. Ich glaube fast, du hast es allzusehr genossen, dich ihm hingeben zu müssen.« Sie stieß ein häßliches Lachen aus. »Keine Sorge, Mädchen. Einer ist so gut wie der andere. Habe ich nicht recht, Edgar?«

Sir Edgar war näher an Linnea herangetreten, so als wolle er sie vor der Grausamkeit seiner Mutter beschützen. Doch Lady Harriet gebot ihm mit einem finsteren Blick Einhalt.

»Jeder Mann kann leicht durch irgendeinen anderen ersetzt werden, genauso wie jede Frau die Stelle irgendeiner anderen einnehmen kann, habe ich nicht recht?« fuhr Lady Harriet fort und sah ihn drohend an, damit er es ja nicht wagte, ihr zu widersprechen.

Als er schließlich geschlagen den Kopf senkte, wandte sich die alte Frau triumphierend Linnea zu. »Siehst du, Mädchen? Was immer er für Ella empfunden haben mag, es hat ihn nicht daran gehindert, anderen Frauen nachzulaufen. Genauso ist es mit diesem Bären von einem Mann, den du dummerweise zu lieben glaubst. Das ist nicht Liebe!« stieß sie hervor, wobei ihr spöttischer Ton plötzlich in Zorn umschlug. »Sie lieben nicht wirklich, und wir sollten es auch nicht tun! Auch du nicht!« sagte sie und schwieg einen Augenblick, um dann mit ruhigerer Stimme hinzuzufügen: »Du hast ihn mit deiner Schlauheit besiegt. Jetzt wird Eustace ihn mit dem Schwert besiegen.« Sie trat erneut auf Linnea zu, bis ihre Gesichter nur noch eine Handbreit voneinander entfernt waren. »Er ist nicht länger mit dir verbunden – wenngleich er das ohnehin niemals war. Deine Zukunft liegt im Schoße deiner Familie. Du gehörst zu mir und Edgar und Beatrix. Und Eustace«, fügte sie hinzu. »Komm, gib mir einen Kuß zur Versöhnung.«

Sie hielt Linnea an der Schulter fest und küßte sie auf beide Wangen. Linnea konnte ihren Kuß jedoch nicht erwidern. Sie brachte es einfach nicht über sich.

Sie wußte nicht, ob Lady Harriet es bemerkt hatte – und ob es ihr etwas ausmachte. Die alte Frau starrte Linnea nur lange mit ihren undurchdringlichen, greisen Augen an. Für einen Augenblick meinte Linnea Angst darin zu erkennen. Doch dieser Eindruck schwand sogleich wieder. Was hatte Lady Harriet von ihrer entehrten Enkeltochter schon zu befürchten?

Die Alte pochte mit dem Gehstock auf den Boden. »Kommt, ihr beiden. Herzog Henry will das Mädchen sehen, das einen der mächtigsten Ritter hinters Licht geführt hat. Es amüsiert ihn außerordentlich, daß ein Mann, den alle fürchten, von einer Frau getäuscht wurde, die keine andere Waffe hatte als ein Gesicht, das dem ihrer Schwester zum Verwechseln ähnlich sieht. Kommt«, sagte sie erneut. »Er wartet schon.«

Sir Edgar setzte sich in Bewegung wie ein folgsames Kind; genau das war er wohl auch, kam es Linnea in den Sinn. Sie stieß sich von der Wand ab, vor der sie stand. Alles war ihr recht, wenn sie nur fort von diesem düsteren Ort kam – und von ihrer boshaften Großmutter. Doch Lady

Harriet hielt sie an der Tür zurück. Ihre Augen funkelten mit einemmal vor Neugier.

»Bist du etwa schwanger?« fragte sie. Wie ein Geier starrte sie Linnea an, so als wollte sie ihr Gehirn auseinandernehmen, um all ihre Geheimnisse zu erfahren. Ihre knochigen Finger bohrten sich in Linneas Arm. »Sag mir die Wahrheit, Mädchen. Bist du schwanger?«

In diesem Augenblick hätte Linnea alles gegeben, wenn sie mit Ja hätte antworten können. Wirklich alles hätte sie dafür gegeben. Die Gründe für diesen Wunsch waren wirr und absurd – doch an ihrem Wunsch selbst bestand kein Zweifel. Wie gern hätte sie mit Ja geantwortet.

»Ich weiß es nicht«, antwortete sie wahrheitsgemäß, aber niedergeschlagen.

Sie hätte nicht sagen können, ob Lady Harriet die Nachricht mit Genugtuung aufnahm oder nicht. Linnea selbst fühlte sich jedenfalls am Boden zerstört.

Sie hatte ihre Chance gehabt, einen Gemahl an ihrer Seite zu haben und ein Kind von ihm zu bekommen. Eine zweite Chance würde sie gewiß nicht erhalten, denn es gab wohl keinen Mann, der sie jetzt noch nehmen würde.

Doch das war nicht einmal das Schlimmste. Das Schlimmste war, daß sie ohnehin keinen anderen Mann mehr haben wollte – jetzt nicht, und auch nicht in hundert Jahren.

22

Sie waren versammelt wie Schauspieler, Minnesänger oder Akrobaten, die bereit waren, ihre Kunst zum besten zu geben, um anschließend die Bühne wieder zu verlassen. Doch Linnea fürchtete, daß sie sich bei dieser Vorstellung nicht sehr gut unterhalten würde.

Henry Plantagenet, Graf von Anjou und Herzog der Normandie, saß auf dem Stuhl des Burgherrn, wie es dem

Lehnsherrn von Maidenstone Castle zukam. Zu seiner Rechten saß der gutaussehende Ritter Eustace de Montfort, zu seiner Linken Axton sowie seine Mutter und Peter. Lady Mildreds Gesichtszüge verrieten große Anspannung. Sie blickte dem bevorstehenden Kampf offensichtlich voll Sorge entgegen. Peter machte ein finsteres Gesicht, so als wäre er jederzeit bereit, es selbst mit Sir Eustace aufzunehmen. Neben Sir Eustace saß Beatrix; die beiden nächsten Stühle waren leer – hier würden wohl Linneas Vater und ihre Großmutter Platz nehmen.

Aber wo sollte sie selbst sich hinsetzen?

Nirgendwo, wie es schien, denn im nächsten Augenblick winkte sie der Herzog mit seiner reich beringten Hand zu sich.

Ihr wurde klar, daß sie keinen Verbündeten hier im Saal hatte. Zumindest keinen, der über eine gewisse Macht verfügte. Doch Beatrix war auf ihrer Seite, wie ihr ein Blick in ihr vertrautes, im Moment sehr besorgt wirkendes Gesicht zeigte. Als ihre Blicke sich trafen, spürte Linnea sogleich neuen Mut in sich aufkeimen. Beatrix liebte sie immer noch, und das hieß, daß sie zumindest nicht schlimmer dran war als früher.

Sie holte tief Luft und hob ihr Kinn an. Erst dann sah sie zu Axton hinüber.

Er wirkte wie eine Statue, aus kaltem Stein gehauen. Sogar der Blick seiner klaren grauen Augen, in denen bisweilen eine solche Glut war, bisweilen aber auch eine Eiseskälte – selbst sein Blick war undurchdringlich und hart wie Stein.

Erst als ihre Großmutter sie kräftig anstieß, trat sie zum Tisch hin. Es waren sonst keine Gäste im Saal anwesend, nur drei Pagen, die sich vor allem bemühten, jenen Mann zufriedenzustellen, der bald ihr König sein würde.

Linnea trat langsam an den Tisch heran. »Mylord.« Sie vollführte einen Knicks vor dem jungen Mann, der mit dem Schicksal aller Anwesenden spielte. Es war Linnea immer noch lieber, in sein amüsiertes Gesicht zu schauen, als Axtons niederschmetternden Blick ertragen zu müssen.

Der junge Herzog betrachtete sie anerkennend. »Nun, ich muß schon sagen – es war nicht übertrieben, was man mir erzählt hat. Sie ist kein bißchen weniger hübsch als Lady Beatrix. Kein Wunder, de la Manse, daß Ihr alles geglaubt habt, was sie Euch erzählt hat.« Er lächelte und zuckte mit den Schultern. »Aber natürlich fehlt ihr leider das gewisse Etwas, das zwei meiner fähigsten Edelmänner dazu bewegt, um die schöne Beatrix zu kämpfen. Denn sie ist nun einmal die jüngere der beiden.« Er hielt inne, und Linnea mußte erneut seinen neugierigen Blick über sich ergehen lassen. »Außerdem ist sie natürlich entehrt.«

Jemand stieß einen Laut des Erschreckens aus. War es Beatrix? Oder war sie selbst es gewesen? Seine grausamen Worte verletzten sie zutiefst. Sie haßte Henry Plantagenet, kaum daß sie ihn kennengelernt hatte. Zuvor hatte sie ihn nur gefürchtet. Doch nun haßte sie ihn.

»Ich bin mir jedoch ganz sicher, daß irgend jemand …« Henry hielt erneut inne, so als würde er einen Augenblick überlegen. »Ja, irgend jemand wird bestimmt einen Platz für sie in seinem … Haus haben.«

Linneas Wangen verfärbten sich purpurrot. Doch ehe sie etwas sagen konnte, erhob sich Axton von seinem Stuhl. »Ihr beleidigt mich, wenn Ihr andeutet, daß ich diese Frau entehrt hätte.«

Henry blickte zu Axton auf. Linnea hätte nicht sagen können, ob ihm vielleicht ein wenig unbehaglich zumute war, weil ein so gefürchteter Ritter wie Axton sich dermaßen erzürnt gegen ihn wandte – jedenfalls ließ er sich nichts dergleichen anmerken. »Es war nicht meine Absicht, Euch zu beleidigen, mein treuer Freund. Ich wollte nur zum Ausdruck bringen, wie sehr sie sich durch ihren Betrug selbst geschadet hat.«

Es herrschte eine angespannte Stille im Saal, während die beiden Männer einander kühl anblickten. In diesem heiklen Augenblick trat Linnea vor. »Ich glaube, ich bin es, der die Beleidigung gilt.« Sie sah dem mächtigen jungen Mann in die Augen und beobachtete erleichtert, daß der amüsierte Ausdruck in sein Gesicht zurückkehrte. Axton konnte es sich nicht leisten, ihn zum Feind zu haben. Sie jedoch hatte nichts mehr zu verlieren.

»Wie Ihr meint«, antwortete Henry. Linnea wußte jedoch genau, daß ihre Meinung nicht im geringsten von Belang war. Dann beugte er sich vor und blickte ihr geradewegs in die Augen. »Wart Ihr unberührt, als Ihr ihn geheiratet habt?«

Linnea nickte und haßte ihn mit jedem Wort, das er sagte, nur noch mehr. Er hob fragend eine Augenbraue. »Ich nehme an, daß Euer Gemahl in den zwei Wochen Eurer Ehe doch sicher seine ehelichen Rechte in Anspruch genommen hat.«

Sie gab keine Antwort, zumindest nicht in Worten; doch ihre Wangen brannten vor Scham. Sie schämte sich nicht dafür, daß sie sich Axton hingegeben hatte, nein, das hätte sie niemals bereut. Peinlich war ihr allein, daß das Ganze jetzt zu einem öffentlichen Spektakel wurde. Was würde Henry als nächstes verlangen – einen detaillierten Bericht über alles, was sich zwischen ihnen ereignet hatte?

Henry lachte über ihr beharrliches Schweigen. »Ich kenne Axtons Appetit recht gut. Ich schätze, sie kann ihrer Schwester einige gute Ratschläge für die Hochzeitsnacht mitgeben – wer auch immer schließlich ihr Ehemann sein wird.«

Er lachte erneut, doch als niemand in sein Lachen einstimmte, blickte er mit nachsichtiger Miene um sich. »Kommt schon. Laßt uns doch nicht so trübsinnig sein. Wenn einer von euch beiden nicht kämpfen will, so braucht er nur ein Wort zu sagen. Ich selbst würde mich am meisten darüber freuen, keinen meiner allertreuesten Ritter zu verlieren.«

Axton hatte den Wortwechsel zwischen Linnea und Henry im Stehen verfolgt. Nun war er es, der sich an seinen Lehnsherrn wandte. »Wann wird diese Angelegenheit bereinigt werden? Ich sehe keinen Grund, es lange hinauszuschieben …«

»Morgen ist immer noch früh genug«, antwortete Henry mit einem gutmütigen Lächeln. »Setzt Euch wieder, Axton. Setzt Euch und seid mir ein guter Gastgeber, denn morgen … nun, wer weiß, was der morgige Tag uns bringt?«

Er wartete, bis Axton wieder Platz genommen hatte. Dann hob er seinen reich mit Juwelen verzierten Becher, den er mitgebracht haben mußte; Linnea wußte, daß dieses Stück nicht von Maidenstone stammte. Einer der Pagen füllte den Becher mit tiefrotem Wein. Dann wandte sich Henry lächelnd den angespannt wirkenden Anwesenden zu. »Trinken wir auf … Maidenstone. Mögen sein Herr und seine Herrin hier in Frieden leben und England – wie auch mir – die Treue halten!«

Alle folgten seinem Trinkspruch und tranken – außer Linnea, der man keinen Becher gebracht hatte. Doch selbst diesen Umstand nutzte Henry aus, um sich auf ihre Kosten zu amüsieren. Er winkte sie zu sich heran.

»Kommt. Trinkt von meinem Becher, schöne Linnea. Es ist nur recht und billig, daß eine Frau, die sich so selbstlos für die Ehre ihrer Familie geopfert hat, von meinem Becher trinken darf. Ich habe selbst mein ganzes Leben damit zugebracht, Opfer für meine Familie zu bringen. Und ich habe gut daran getan. Heute stehe ich an der Schwelle des größten Triumphes. Auch Euch winkt der Erfolg – wenn Sir Eustace über Sir Axton die Oberhand behält. Wenn nicht …« Er zuckte die Achseln. »Kommt, trinkt von meinem Becher«, befahl er ihr.

Linnea trat zu dem Mann hin, der bald über ganz England herrschen würde. Er bestimmte schon jetzt über das Schicksal jener kleinen Gruppe, die in dem düsteren, stillen Saal versammelt war. Sie blieb vor dem Tisch stehen und blickte in sein grinsendes Gesicht. Er hielt ihr den schweren Becher hin. Als sie danach griff, ließ er ihn jedoch nicht los. Sie mußte sich vorbeugen, um einen

Schluck nehmen zu können, und als seine Finger die ihren umschlossen, mußte sie auch noch seine Berührung über sich ergehen lassen, auch wenn es sie noch so sehr anwiderte.

Als sie getrunken hatte, wollte sie den Becher schnellstmöglich loslassen, so daß er beinahe zu Boden gefallen wäre. Doch Henry hielt ihn fest und drehte dann das kostbare Gefäß so, daß er seine Lippen genau an die Stelle setzte, wo zuvor die ihren gewesen waren; auf diese Weise trank er den Becher leer.

Im nächsten Augenblick wurde ein Stuhl mit lautem Geräusch zurückgeschoben – es war wieder Axton, der sich erhoben hatte. »Ich möchte jetzt schon gegen de Montfort kämpfen. Auf der Stelle!«

»Morgen«, antwortete Henry. Er sah Axton finster an, ehe er sich wieder Linnea zuwandte. »Ich möchte zuerst meinen Hunger stillen – und nicht nur den nach Nahrung«, fügte er mit einem vielsagenden Blick hinzu.

Linnea hielt es keinen Augenblick länger aus. Ohne ihn erst um Erlaubnis zu fragen, ob sie sich zurückziehen dürfe, vollführte sie einen raschen Knicks und eilte fort. Sie vermied es, in Henrys Gesicht zu blicken, um das lüsterne Grinsen nicht sehen zu müssen, mit dem er ihr gewiß nachblickte. Auch Axton konnte sie nicht in die Augen sehen, denn dort würde sie wohl nichts als Verachtung finden. Statt dessen blickte sie zu Beatrix hinüber.

Doch der bestürzte Blick ihrer Schwester vermochte Linnea ebenfalls nicht aufzumuntern; es war ihr lediglich der kleine Trost beschieden, daß es zumindest einen Menschen gab, der mit ihr fühlte. Es war jedoch offensichtlich, daß Beatrix nicht verstand, was der junge Herzog meinte. Wie sollte sie auch? Sie wußte nichts über Männer und ihre Begierden. Doch die übrigen Anwesenden hatten alles genau verstanden – ihr Vater und ihre Großmutter ebenso wie Lady Mildred und Peter, und keinem von ihnen machte es etwas aus.

Linnea verließ hastig den Saal, wobei sie beinahe mit

dem Seneschall und seiner Frau zusammengestoßen wäre, die draußen vor der Tür warteten.

»Wünscht er, daß das Essen jetzt aufgetragen wird?« fragte Sir John aufgeregt.

»Ja«, antwortete Linnea, denn es gab keinen Zweifel, wen der Seneschall meinte. »Er wünscht, daß aufgetragen wird.«

Aber seine Wünsche galten nicht dem Essen allein. Und sie fürchtete, daß er alles bekommen würde, was er begehrte – einschließlich einer entehrten jungen Frau voller Angst, deren Treue er in aller Öffentlichkeit rühmte, deren Ehre er ihr aber im stillen Kämmerchen zu rauben beabsichtigte.

Axton blickte Linnea mit wachsendem Zorn nach. Henry hatte also tatsächlich die Absicht, sie in sein Bett zu holen – genaugenommen in Axtons Bett. Er trank seinen Wein aus und stellte den Becher geräuschvoll nieder. Sogleich erschien ein Page, der ihm erneut einschenkte, worauf Axton den Becher in einem Zug leerte.

Der Page zögerte einen Augenblick, ehe Axtons ungeduldiger Blick ihn bewog, den Becher ein drittes Mal zu füllen. Bevor Axton ihn jedoch an die Lippen führen konnte, spürte er die Hand seiner Mutter auf seinem Arm.

»Auf diese Weise wirst du nichts gewinnen«, murmelte sie leise, so daß Henry es nicht hören konnte. »Nicht diesen Kampf, und auch nicht den morgigen.«

Doch Axton wollte keine Ratschläge hören – von wem sie auch kamen. »Du kannst mir glauben, daß ich sehr gut weiß, wie ich mit all den Schurken fertig werde, die mir mein rechtmäßiges Erbe streitig machen wollen.«

»Ich mache mir auch weniger wegen des Schurken Sorgen, als vielmehr wegen des Mädchens.«

Er blickte sie verständnislos an. »Du machst dir Sorgen um dieses … dieses Miststück?«

Sie blickte ihn dermaßen traurig an, daß ihm seine Bemerkung augenblicklich leid tat. »Ich mache mir mehr Sorgen um dich als um sie. Ich sehe ja, was sie mit dir gemacht hat. Ach, wären wir nur in Caen geblieben«, fügte sie noch leiser hinzu.

Axton gab ihr keine Antwort. Was hätte er ihr auch Tröstliches sagen sollen? Die Speisen wurden aufgetragen, und Axton aß und trank und antwortete gerade so viel auf Henrys Fragen, wie notwendig war, um den jungen Mann nicht zu beleidigen, den er kannte, seit er ein Junge war. Er hatte sich, was Henry betraf, noch nie etwas vorgemacht. Henry war bis zu einem gewissen Grad sein Freund. Darüber hinaus war er Matildas Sohn und König Henrys Enkelsohn. Er war der zukünftige König von England. Da waren Jugendfreundschaft und lebenslange Treue zweitrangig.

Henry hatte bald genug von Axtons Verdrossenheit und wandte seine Aufmerksamkeit Eustace zu. Eustace genoß es außerordentlich, im Mittelpunkt zu stehen, und warf Axton gelegentlich einen selbstgefälligen Blick zu, während man sich den verschiedenen Gängen der Mahlzeit widmete, dem Spanferkel, den Austern, dem Hering, dem Käse, den Birnen und dem Kuchen. Doch Axton hatte den Eindruck, daß Henry dem Mann nur etwas Mut machte, um ihn anschließend völlig unvermutet wie eine heiße Kartoffel fallenzulassen.

»Ich würde gern ein Wörtchen mit Lady Beatrix sprechen, unter vier Augen«, sagte Axton schließlich, als die drei Musikanten ihr Repertoire ausgeschöpft hatten. Er sprach laut genug, daß alle ihn hören konnten.

Henry wandte sich ihm zu, und an seinem Grinsen erkannte Axton, daß er recht gehabt hatte. Henry liebte es geradezu, sich auf Kosten seiner treuesten Männer zu amüsieren. Vorhin war Axton sein Opfer gewesen, nun war wohl Eustace an der Reihe.

Henry legte einen Finger nachdenklich ans Kinn, so als wäge er Axtons Wunsch sorgfältig ab. Doch Axton wußte, daß er in Wahrheit längst entschieden hatte. Der junge Herzog beugte sich vor und stützte sich auf die Ellbogen, um an Eustace vorbei zu der verschreckt bleichen Lady Beatrix hinüberzublicken.

»Mir erscheint der Wunsch durchaus begründet«, sagte er schließlich.

Eustaces Miene verfinsterte sich zusehends. Er öffnete den Mund, so als wolle er etwas einwenden, überlegte es sich jedoch gleich wieder anders. Axton brauchte Henrys Gesicht nicht zu sehen, um zu wissen, wie drohend er den Ritter soeben angesehen hatte.

Als Eustace mit zornigem Blick zu ihm herüberblickte, konnte er sich ein selbstgefälliges Lächeln nicht verkneifen. Es würde ihm eine große Genugtuung bereiten, diesen Mann, der ihm Maidenstone entreißen wollte, zu besiegen.

»Ich bin müde«, verkündete Henry schließlich, nachdem alle verstummt waren. Als er sich erhob, taten die Anwesenden es ihm gleich. »Sprecht kurz mit Lady Beatrix«, sagte er zu Axton und unterstrich seine Worte mit einer nachlässigen Geste. »Ihre Großmutter soll als Anstandsdame dabeisein, um zu gewährleisten, daß nichts Unschickliches geschieht«, fügte er hinzu, worauf Eustaces Miene sich weiter verdüsterte.

Sie verließen den Saal, wobei Eustace, Lady Mildred und Peter in Henrys Gefolge die Treppe hinaufgingen, während Edgar de Valcourt ein wenig verwirrt von dannen zog, so als wisse er nicht recht, wohin er sich wenden sollte. Nur Beatrix und die alte Frau blieben bei Tisch sitzen. Axton schickte auch die drei Pagen weg. Er wollte durch nichts abgelenkt sein, während er die Frau kennenlernte, die er unter Einsatz seines Lebens zu heiraten gedachte.

Das Feuer im Kamin war fast niedergebrannt und warf tanzende Schatten in den leeren Saal. Keine der beiden Frauen sagte ein Wort, als er aufstand und zu ihnen trat. Beatrix sah ihn mit angsterfüllten Augen an. Der Blick der Alten hingegen war voller Haß und Verachtung. Plötzlich kam ihm ein seltsamer Gedanke: Wenn man aus diesen beiden Frauen einen Menschen machen könnte, so würde wohl Linnea dabei herauskommen.

Der Gedanke erschien ihm zwar lächerlich, doch er spürte, daß etwas Wahres daran war. Die atemberaubende Schönheit der einen, gepaart mit dem unbeugsamen Temperament der anderen. Ohne dieses Temperament konnte Beatrix unmöglich so sein wie die Frau, die er zuvor geheiratet hatte.

Und doch war dieses bleiche, verängstigte Geschöpf die Frau, die er um jeden Preis heiraten mußte.

Er drängte jede Erinnerung an Linnea beiseite. »Werdet Ihr mir eine treue Gemahlin sein und zu mir stehen, auch wenn Ihr Euch dadurch gegen Eure eigene Familie stellen müßt?«

»Die Frage ist völlig überflüssig«, warf die Alte ein. »Es wird nicht nötig sein, daß sie sich gegen ihre Familie ...«

»Ich habe *sie* gefragt«, fiel Axton ihr ins Wort. »Könnt Ihr nicht selbst für Euch sprechen?« wandte er sich an das zitternde Mädchen. Er blickte Beatrix unverwandt in die angsterfüllten Augen, die sich zu seiner Genugtuung plötzlich mit Tränen füllten. »Hat es Euch die Sprache verschlagen?« beharrte er.

»Mit ... mit wem ich auch verheiratet sein werde«, antwortete schließlich mit zitternder Stimme, »ich werde ihm eine würdige Gemahlin sein.«

Wenigstens kämpfte sie gegen die Tränen an, dachte Axton. Dennoch, wenn er Linnea zu dieser Antwort gedrängt hätte, dann hätte in ihrer Stimme gewiß etwas Herausforderndes, etwas Drohendes mitgeklungen, auch wenn sie vermutlich dieselben Worte gebraucht hätte wie ihre Schwester.

»Ihr seid anders als Eure Schwester.«

Warum hatte er das bloß gesagt? Sie blickte ihn verständnislos an, denn immerhin wußte jeder um die verblüffende Ähnlichkeit zwischen ihr und Linnea. Und doch war da etwas ...

Für einen Augenblick dachte er daran, noch länger auf dem Thema zu beharren, um herauszufinden, worin der Unterschied genau bestand, ließ es dann aber doch sein.

Die Unterschiede zwischen den beiden waren nicht von Bedeutung, wenn man einmal von der Tatsache absah, daß dieses Mädchen nicht so verschlagen zu sein schien wie seine Schwester. Nein, ihm sollte es mehr um die Ähnlichkeiten zwischen den beiden gehen.

Mit einer ruckartigen Bewegung riß er sie von ihrem Stuhl hoch, so daß sie vor ihm stand. Die alte Frau protestierte und verlangte, daß er sie losließ, doch ihre schrillen Drohungen waren wie fernes Donnergrollen, das keine wirkliche Gefahr darstellte.

Axton hielt Beatrix an den dünnen Armen fest, wobei er bemerkte, daß sie ihm körperlich ebensowenig Widerstand entgegensetzen konnte wie ihre Schwester.

Dennoch war sie anders als ihre Schwester. Irgendwie schien sie nicht Linneas Kraft zu haben. Sie fühlte sich anders an, und sie roch auch anders. Was immer es war – der Unterschied war jedenfalls deutlich zu spüren.

»Verdammt!« fluchte er und stieß ein leises Knurren der Enttäuschung aus, ehe er sie mit einem jähen Ruck hochhob und küßte.

Es war kein zärtlicher Kuß – nein, er verschlang sie geradezu und stieß seine Zunge zwischen ihre Lippen. Er küßte sie mit der Wildheit eines Mannes, der sich stets nahm, was er begehrte.

Erst als er ihre salzigen Tränen spürte, stieß er sie schließlich von sich.

»Elender Mistkerl! Schurke!« kreischte die alte Frau. Sie schlug mit ihrem Stock nach ihm, was jedoch genauso wirkungslos blieb wie ihre Schimpftirade. Axton betrachtete das schluchzende Mädchen, das die Großmutter tröstend in ihre knochigen Arme schloß.

Er drängte den Gedanken beiseite, daß er selbst fast genauso verzweifelt war wie sie. Doch es gab kein Zurück mehr – er würde sie zur Frau nehmen, und das sofort nachdem er de Montfort, diesen Narren, besiegt hatte. Dann würde Henry ihm zugestehen müssen, daß sowohl die Frau als auch die Burg ihm gehörten.

Mit geballten Fäusten verließ er hastig den Saal. Das Weinen des Mädchens sowie die wüsten Flüche der Alten verfolgten ihn, bis er den Hof erreichte. Doch seinen Gedanken konnte er nicht entfliehen.

Sie fühlte sich ganz und gar nicht so an, wie es sein sollte. Aber er würde sich schon an sie gewöhnen, redete er sich ein. Irgendwann würde auch ihre Berührung ihn erregen. Sie unterschied sich schließlich nicht so stark von ihrer Schwester. Außerdem war eine Frau ohnehin so gut wie die andere. Er hatte sein ganzes Leben lang so gedacht. Kein Grund, jetzt plötzlich anderer Ansicht zu sein.

Doch noch während er sich das einzureden versuchte, wußte er bereits, daß er Linnea finden mußte. Er mußte sie finden und entscheiden, was er mit ihr tun sollte – und das noch bevor der neue Tag anbrach.

Und vor allem bevor Henry sie fand.

23

Linnea huschte von Schatten zu Schatten. Gott sei Dank war es keine mondhelle Nacht. Doch ihr Herz pochte so laut, daß sie fürchtete, jemand könnte es hören und sie entdecken.

Von der Brustwehr ertönte eine Stimme, und hinter den Stallungen waren Schritte zu hören. Herzog Henrys Leute waren überall, genau wie Axtons Männer. Eustace de Montforts Leute hingegen hatten ihre Zelte außerhalb der Burg aufschlagen müssen. All die vielen bewaffneten Männer erzeugten eine bedrohliche Stimmung, und Linnea hoffte, daß Henry Plantagenet, so sehr sie ihn auch haßte, in der Lage sein würde, den Frieden in der Burg zu bewahren, sobald der Kampf zwischen den beiden Rittern vorüber war.

Doch heute abend hatte sie ganz andere Sorgen; es galt, Henry aus dem Weg zu gehen und Beatrix zu finden. Sie hatte keinerlei Zweifel an den Absichten, die der junge

Herzog ihr gegenüber hegte, doch auch das Risiko, in seinem Bett zu landen, konnte sie nicht davon abhalten, ihre Schwester aufzusuchen, sobald es ihr möglich war.

Wie lange würde Beatrix noch im Saal bleiben müssen?

Das Warten kam ihr endlos vor, obwohl in Wirklichkeit noch nicht soviel Zeit vergangen sein konnte; der Wachmann in ihrer Nähe, der immer wieder dieselbe Melodie pfiff, war soeben zum drittenmal fertig geworden. Er sprach kurz mit einem anderen Mann, worauf sie beide ausgelassen lachten – und zwar über eine Frau namens Creamy. Dann begann er erneut zu pfeifen.

Nach wenigen Takten kam Axton in den Hof gestürmt. Er blieb stehen, so als müsse er sich erst einmal orientieren, und raufte sich schließlich mit einer ungeduldigen Geste die Haare. Sie sah nicht viel mehr als die Umrisse seiner Gestalt, soweit das schwache Licht der Fackel neben der schweren Eichenholztür es zuließ. Doch sie spürte nur zu gut den Ärger und die Enttäuschung, die ihn innerlich aufwühlten.

Es tut mir leid. Es tut mir so unendlich leid. Wie gern wäre sie einfach zu ihm hingelaufen, um ihn, um Vergebung zu bitten und ihn zu trösten. Aber das wäre sinnlos gewesen. Er würde es ihr nie verzeihen, daß sie ihn derart hintergangen hatte, und folglich würde ihre Gegenwart ihm keinerlei Trost spenden können. Und als hätte sie ihm nicht schon genug angetan, würde sie vielleicht auch noch schuld daran sein, daß er sterben mußte. Die Vorstellung war einfach unerträglich. Er durfte nicht sterben! Aber was sollte *sie* tun, um es zu verhindern?

Sie machte sich so klein, wie sie nur konnte, und preßte sich gegen die rauhe Mauer der Bierschenke.

Als er schließlich weiterging – sie wußte nicht, wohin –, verspürte sie jedoch keine Erleichterung, sondern nichts als Leere und Enttäuschung. *Ich liebe dich,* rief sie stumm zu ihm hinüber. *Auch wenn du nicht vergessen kannst, wie sehr ich dich verraten habe – so sollst du trotzdem wissen, daß ich dich liebe.*

Sie wartete erneut eine ganze Weile, ehe endlich eine der schweren Türen aufging und ein Kopf herausgestreckt wurde. Dann huschten zwei Frauen ins Freie und die Treppe hinunter – eine der beiden auf einen Gehstock gestützt, der beinahe so groß war wie sie selbst. Linneas machte vor Freude einen Sprung. Beatrix! Endlich konnte sie mit ihrer geliebten Schwester sprechen!

Sie lief sogleich zu den beiden hin und sah erst jetzt, daß Beatrix in Tränen aufgelöst war. »Ich kann es nicht!« schluchzte sie. »Ich kann ihn nicht heiraten. Lieber bringe ich mich um!«

»Jetzt sei doch nicht so dumm!« zischte Lady Harriet ihr zu. Dann erblickte sie Linnea und stieß Beatrix in ihre Richtung. »Vielleicht kannst *du* sie zur Vernunft bringen«, sagte sie zu Linnea. »Der Mann ist noch nicht geboren worden, der es wert wäre, daß man seinetwegen stirbt!«

Beatrix ließ sich mit einem erleichterten Schluchzen in Linneas Arme sinken. »Du bist hier! Du lebst und bist gesund! Oh, ich hätte es niemals zulassen dürfen, daß du dich opferst, daß du diesem … diesem Kerl in die Hände fällst.« Erneut brach sie in Tränen aus.

Linnea stützte ihre verzweifelte Schwester, und irgendwie gelang es ihr, sich mit ihr in jenen abgelegenen Winkel zurückzuziehen, wo die Außenmauer mit dem Dach der Bierschenke zusammentraf. Dann legte sie die Arme um ihre Schwester, um sie zu trösten – so wie Beatrix sie so oft in ihrem Leben getröstet hatte.

»Schscht«, flüsterte sie. »Weine nicht, Schwesterherz.« Sie hielt sie fest, als wollte sie sie nie wieder loslassen. »Schscht. Hör mir doch erst mal zu!«

»O Linnea, was habe ich nicht für dich gebetet«, flüsterte Beatrix an Linneas Hals. »Aber es war vergeblich.«

»Nein«, erwiderte Linnea. »Das stimmt nicht. Wenn du für mich gebetet hast, dann siehst du ja jetzt, daß es geholfen hat – ich bin wohlauf. Mir ist nichts geschehen, und auch dir wird nichts geschehen. Axton ist kein grausamer Mensch. Er …«

»Er wird morgen sterben, also spielt das alles überhaupt keine Rolle«, warf ihre Großmutter ein. Doch trotz ihrer harten Worte wirkte sie klein und niedergeschlagen. Auf ihren Stock gestützt, stand sie da, als sie plötzlich von einem schweren Hustenanfall geschüttelt wurde.

Linnea blickte die alte Frau wütend an. »Dir kann es doch egal sein, ob es Axton oder Sir Eustace ist, der sie heiratet. Sie sind beide Henrys Männer ...«

»Hast du denn deinen Bruder schon vergessen?« entgegnete Lady Harriet. »Meinst du nicht, daß du ihm Dank dafür schuldest, daß er sein Leben auch für dich geopfert hat?«

Nicht für mich, hätte Linnea am liebsten erwidert. Doch statt dessen ignorierte sie ihre Großmutter und wandte sich ihrer Schwester zu. »Was immer morgen auch passiert, du wirst gewiß nicht darunter zu leiden haben. Ich kenne diesen Sir Eustace nicht, so wie du ihn kennst, aber dafür kenne ich Axton.«

Beatrix wich ein wenig zurück, um ihrer Schwester ins Gesicht sehen zu können. Auch wenn es rings um sie dunkel war, hatten sie doch das Gefühl, einander deutlich erkennen zu können.

»Du solltest ihn nicht auch noch verteidigen«, warf Lady Harriet mit krächzender Stimme ein. »Sie hat schon miterlebt, wie grausam er ist.« Sie trat näher zu den beiden Schwestern hin und umfaßte Beatrix' Arm mit ihrer knochigen Hand. »Sag ihr nur, wie grob er zu dir war! Erzähl es ihr!« Die alte Frau zitterte vor Wut. »Erzähl es ihr, damit sie sich nicht mit ihm zusammentut, um Eustace zu besiegen und deine letzte Hoffnung auf ein glückliches Leben zunichte zu machen!«

»Er würde ihr ein guter Ehemann sein«, entgegnete Linnea mit finsterer Miene. »Du kennst ihn lange nicht so gut wie ich.«

Die alte Frau schnaubte verächtlich. »Nein. Du kennst ihn tatsächlich von einer Seite, von der ich ihn nicht kenne. Aber genau diese fleischliche Erfahrung möchte ich deiner Schwester ersparen!« fügte sie mit schriller Stimme hinzu.

Linneas Herz wurde von den unterschiedlichsten Gefühlen hin und her gerissen: Einerseits wußte sie, daß sie zu Axton und Beatrix stehen mußte, andererseits konnte sie jedoch den Gedanken nicht ertragen, Axton mit irgend jemandem teilen zu müssen – auch nicht mit ihrer Schwester. Sie wollte Axton ganz für sich allein haben.

Sie lachte verzweifelt auf, doch es klang eher wie ein Schluchzen. Selbst wenn es möglich wäre, ihn zu behalten, so wäre er doch niemals dazu bereit. Er haßte sie. Sie wünschte, ihm helfen zu können, sein Zuhause zu behalten, um das er so hart hatte kämpfen müssen. Doch auch das stand nicht in ihrer Macht.

Linnea drückte ihre Wange an die tränenfeuchte Wange ihrer Schwester und spürte die Furcht, von der sie erfüllt war. »Du brauchst keine Angst vor ihm zu haben«, flüsterte sie. »Du wirst schon noch sehen, daß ich recht habe.«

Doch Beatrix wich verzweifelt zurück. »Ich werde die ganze Nacht beten, daß Eustace ihn besiegt. Auf den Knien werde ich Gott anflehen«, stieß sie mit einer Vehemenz, hervor, wie Linnea sie nie zuvor an ihrer Schwester beobachtet hatte. Doch als Beatrix das bestürzte Gesicht ihrer Schwester sah, taten ihr ihre heftigen Worte leid. »Ich wünsche ihm nichts Böses. Aber … aber ich kann ihn nicht heiraten. Ich kann es nicht!«

Sie begann neuerlich zu weinen, doch diesmal fehlten Linnea die Worte, um sie zu trösten. Wie hatte das nur geschehen können? Wie konnte es nur sein, daß die eine von ihnen einen Mann wollte, den sie nicht bekommen konnte, während die andere genau diesen Mann verschmähte, der sie jedoch unbedingt haben wollte?

»Wenn du deine Schwester liebst«, wandte Lady Harriet ein, »dann wirst du alles tun, was in deiner Macht steht, damit dieser Mann morgen verliert. Schwäche ihn mit irgendeinem Trank – oder raube ihm auf andere Weise seine Kraft, wenn dir das lieber ist. Aber verrate uns nicht jetzt, wo deine Bemühungen kurz vor dem krönenden Abschluß stehen.« Sie langte mit einer Hand nach Linneas Gesicht.

Linnea zuckte zurück, doch die alte Frau verzog den Mund zu einem Lächeln und tätschelte ihr die Wange. »Du hast deine Aufgabe wirklich großartig gelöst, Linnea. Und du wirst uns auch jetzt nicht enttäuschen.«

Linnea konnte nicht antworten – die Gefühle, die in ihr aufstiegen, schnürten ihr förmlich die Kehle zu. Sie sah Beatrix an, die sich in die Anne ihrer Großmutter geflüchtet hatte, doch sie brachte kein Wort heraus. Es brach ihr einfach das Herz. Rund um sie schien die Welt in sich zusammenzufallen. Die Zukunft stand düster und bedrohlich vor ihr.

Verzweifelt wirbelte sie herum, um wegzulaufen, egal wohin. Sie wußte, daß Flucht kein Ausweg war – außerdem hätte sie ohnehin nicht flüchten können, denn eine stämmige Gestalt stand plötzlich vor ihr, eine Gestalt, die sie auch in der Dunkelheit sofort wiedererkannte. Es war Peter, und es war offensichtlich, daß er sie suchte. Genauso offensichtlich war die Verachtung, die er für sie empfand.

»Trefft ihr drei euch etwa immer noch, um Intrigen gegen meine Familie zu schmieden? Ihr könnt es wohl gar nicht mehr erwarten, daß euer Plan aufgeht, was?« Mit geballten Fäusten trat er auf sie zu.

Beatrix und Lady Harriet wichen einen Schritt zurück. In diesem Augenblick sah er so sehr wie Axton aus, daß Linnea ihn nur reglos anstarren konnte. Als er direkt vor ihr stand, sagte er in höhnischem Ton: »Bist du wirklich Linnea, die Tapfere, aber nicht allzu Kluge, oder bist du die ängstliche Beatrix?«

»Ich … ich bin Linnea.«

Er starrte sie unverwandt an, ehe sein Blick auf Beatrix fiel. »Beweist es mir«, sagte er schließlich mißtrauisch. »Ich habe gehört, daß die Zweitgeborene ein Teufelsmal hat, das der ersten fehlt.«

»Es ist kein Teufelsmal«, rief Beatrix empört.

»Also bist du Linnea!« stellte Peter fest.

»Nein, *ich* bin die, die du suchst«, warf Linnea ein. Sie griff nach seinem Arm, um ihn zurückzuhalten, als er auf Beatrix zugehen wollte. »Ich bin Linnea. Schau.« Sie hob ihren Rock, um ihm die Narbe auf ihrer Wade zu zeigen.

Er betrachtete sie einen Augenblick, um dann zu Beatrix hinüberzublicken. Seine ursprüngliche Streitlust hatte sich teilweise in Verwirrung verwandelt. Er musterte nun wieder Linneas Gesicht, um nach irgendeinem noch so kleinen Unterschied zu suchen, der vielleicht in der Form der Lippen oder der Augenbrauen bestehen mochte. Als er nichts dergleichen finden konnte, warf er ihr einen finsteren Blick zu.

»Komm mit.«

Er würde sie zu Henry bringen, nahm Linnea an. In sein Bett. Sie verspürte plötzlich eine quälende Übelkeit.

Er packte sie am Ellbogen und führte sie zum großen Saal zurück. Da riß sich Beatrix aus den Armen ihrer Großmutter los.

»Nein! Ihr könnt sie nicht mitnehmen. Hat Eure Familie denn nicht schon genug angerichtet! Ihr habt uns unser Zuhause weggenommen und unseren Bruder. Sogar meinen Vater ...« Beatrix brach in Tränen aus. Überraschenderweise schienen ihre Worte Peter irgendwie zu rühren – denn sein strenger Gesichtsausdruck verschwand, und Linnea sah, wie er schluckte. Dann nahm er sich zusammen und verstärkte seinen Griff um Linneas Arm.

»Ihr vergeßt, daß Eure Familie mir zwei Brüder und meinen Vater genommen hat. Wir schulden euch nichts.« Dann führte er Linnea mit einem jähen Ruck mit sich fort. Doch Beatrix' Schluchzen war noch zu hören, bis sich die schwere Tür hinter Linnea schloß.

Im Saal war alles still – nur das Schnarchen der schlafenden Dienerschaft war zu hören. Das Feuer im Kamin war ausgegangen, und nur wenige Scheite glühten noch. Dafür spendete eine Fackel ein schwaches Licht. Von der schrecklichen Anspannung, die die Burg ergriffen hatte, war nichts mehr zu spüren.

Peters Hand schloß sich noch fester um Linneas Arm, während er sie zur Treppe führte. Zuvor war sie so erstarrt gewesen, daß sie sich gar nicht gegen ihn gewehrt hatte; außerdem wäre Widerstand ohnehin zwecklos gewesen. Doch nun konnte sie sich nicht einfach so in ihr Schicksal fügen. Es war undenkbar, sich widerstandslos an Henry ausliefern zu lassen. Sie streckte den Arm aus, um sich an einem Mauervorsprung festzuklammern.

Peter drehte sich zu ihr um. »Ich weiß, daß du ein Miststück bist, aber jetzt sei nicht auch noch dumm«, stieß er hervor. Dann zog er sie mit sich die Treppe hinauf.

»Nein! Ich gehe nicht mit! Du kannst mich doch nicht ...«

»Sei still!« zischte er ihr zu und preßte ihr die Hand auf den Mund. »Willst du die ganze Burg aufwecken?«

Doch Linnea war es mittlerweile völlig egal, ob sie jemanden aufweckte oder nicht. Sie wehrte sich so verzweifelt gegen ihn, als hätte er die Absicht, sie zu töten. Denn für sie wäre es genauso schlimm wie der Tod, würde man sie zu Henry schicken. Irgend etwas in ihr würde sterben, sollte das geschehen.

»Verdammt!« fluchte er, als sie ihn in die Hand biß. Er stieß sie so heftig gegen die Wand, daß sie mit dem Kopf schmerzhaft dagegenschlug, was ihr für einen Moment den Atem raubte. »Miststück!« preßte er hervor und schüttelte seine schmerzende Hand. »Ich will dir doch helfen, verdammt! Meine Mutter ist so dumm, dich auch noch zu schützen ...«

»Das kann *ich* übernehmen«, ertönte eine Stimme hinter ihnen.

Axtons Stimme.

Nein, Linnea konnte es nicht glauben. Sie bildete es sich bestimmt nur ein, ihn zu sehen, weil sich in ihrem Kopf immer noch alles drehte.

Doch dann spürte sie noch eine Hand an ihrem Arm. Eine größere Hand, die fest zupackte, so daß Peter sie losließ und einen Schritt zurücktrat.

»Mutter hat mir gesagt, daß ich sie holen soll ...«

»Ihre Hilfe wird nicht nötig sein«, erwiderte Axton. Ohne Linnea auch nur die Zeit zu geben, ihn anzusehen, führte er sie die Treppe hinauf.

Linnea war zu verwirrt, um sich dagegen zu wehren. Peter wollte sie also zu Lady Mildred bringen und nicht zu dem jungen Herzog? Das war schon schwierig genug zu verstehen. Doch Axtons Erscheinen machte die Verwirrung komplett.

»Was hast du mit ihr vor?« fragte Peter im Flüsterton, während er hinter ihnen herging.

»Das, was ich will«, antwortete Axton knapp. Seine Worte waren jedoch weniger für Peter gedacht, als für sie, befürchtete Linnea.

Sie sträubte sich, als sie das Vorzimmer erreichten, was Axton jedoch keineswegs beeindruckte. Er zog sie nur noch enger an sich, so daß sie weder schreien noch sich wehren konnte. Er führte sie am Zimmer des Burgherrn vorbei, in dem Henry auf sie wartete, vorbei an einigen von Henrys Männern, die allesamt schliefen, bis sie in ein kleineres Zimmer gelangten, das Axton nun bewohnte. Sie konnte gerade noch Sir Reynold erkennen, bevor Axton die Tür zuschlug. Erst dann ließ er sie los.

Und erst jetzt erkannte sie die Gefahr, in der sie schwebte.

Er verriegelte die Tür. Für einen Augenblick stand er regungslos da und starrte die Tür an. Er atmete schwer. Dann begann er sich zu entkleiden, ohne sie anzublicken. Er legte sorgfältig seine Waffen nieder und stellte die Stiefel neben einen niedrigen Tisch. Sein Obergewand und den Leibrock legte er auf den Tisch und auch seine Strümpfe und seine Unterhose.

Er führte jede Handbewegung mit großer Sorgfalt aus, so als wäre sie gar nicht anwesend, und bereitete sich so wie immer auf das Zubettgehen vor. Doch sie wußte, daß er sie mit voller Absicht so behandelte, als wäre sie gar nicht da.

Sie ging um ihn herum zur Tür, auch wenn sie wußte, daß sie nicht flüchten konnte. Das wußte auch er, denn er drehte sich zwar zu ihr um, ohne jedoch auf sie zuzugehen. Statt dessen warf er ihr lediglich einen kühlen Blick zu.

»Du mußt wählen, Linnea. Willst du heute nacht Henrys Bett wärmen oder das meine?« Seine kalten, gefühllosen Worte trafen sie wie ein scharfes Schwert, das tief in ihre Brust drang. Linnea mußte erst einmal Luft holen. Das war also ihre Strafe – oder zumindest der Anfang davon. Es war klar, daß sie sich für Axton und gegen Henry entscheiden würde – doch daß er sie ohne jedes Gefühl nehmen wollte, war nur schwer zu ertragen. Es würde noch schlimmer sein als das letztemal im Zimmer seiner Mutter. Sie glaubte nicht, das auch noch hinnehmen zu können.

Er blickte sie lange und durchdringend an und gab ihr immer stärker das Gefühl, daß all das, was sie einmal miteinander geteilt hatten, Vergangenheit war. Er stand nackt vor ihr und betrachtete sie – ein Mann, der keine Erklärungen oder Entschuldigungen von ihr hören wollte, sondern nur daran interessiert war, ihren Körper zu nehmen.

Linnea begann am ganzen Leib zu zittern.

»Zieh dich aus.«

Sie mußte wohl den Kopf geschüttelt haben, oder vielleicht war es auch nur ihr Zögern, das ihren Widerwillen verriet.

»Zieh dich aus, und dann komm her zu mir.«

»Axton, nein ...«

»Du warst dir nicht zu schade, die Hure zu spielen – nur habe ich nicht gewußt, daß es so war. Wenn du jetzt diese Rolle übernimmst, dann weiß ich es wenigstens – das ist der einzige Unterschied zu früher. Und jetzt zieh dich aus«, forderte er sie in kaltem Ton auf.

Sie drückte sich gegen die Tür, doch sie spürte nichts als unnachgiebiges Holz, das sie in diesem Zimmer mit ihm einschloß. Sie wandte den Blick von ihm ab, doch nirgends zeigte sich der kleinste Hoffnungsschimmer, ihm zu entkommen ... Nur Möbel und kahle Wände. Und an einem Kleiderhaken hing die Goldkette.

Die goldenen Glieder und die blutroten Steine glitzerten im flackernden Kerzenlicht. Der Anblick der Kette war es, der ihr den Todesstoß versetzte.

Soweit war es also gekommen. Sie würde vergewaltigt werden – und zwar von dem Mann, den sie liebte. Von dem Mann, der sie vielleicht eines Tages hätte lieben können, wenn sie ihn schließlich nicht dazu gezwungen hätte, sie zu hassen.

Sie wandte sich wieder ihm zu, ehe sie sich langsam von der Tür abstieß.

Sie entfernte zuerst den Schleier von ihrem Haar. Dann öffnete sie ihre goldenen Locken, ehe sie sich dem Kleid zuwandte. Sie hielt den Blick auf ihn geheftet, während sie mit zitternden Händen das Kleid auszog. Dann stieg sie aus den Schuhen und trat zögernd auf ihn zu. Sie hatte nur noch das Unterkleid an, das jedoch so dünn war, daß es nahezu durchsichtig zu sein schien.

Als Axton sie nur unverwandt anstarrte, wußte sie, daß auch das Unterkleid wegmußte. Sie streifte es zuerst von den Schultern, um es dann über die Hüften hinunterzuziehen, bis es auf dem Fußboden lag.

Während sie sich auskleidete, blieb er völlig regungslos stehen. Er hatte sie nicht einmal richtig betrachtet, denn sein Blick war starr auf ihre Augen richtet. Aber sie nahm dennoch eine kleine Veränderung wahr. Er war erregt. Sein Geschlecht war bereits deutlich angewachsen.

Es war der Teil von ihm, den sie zuerst so gefürchtet, bald aber zu lieben begonnen hatte; jetzt fürchtete sie ihn von neuem.

Sie wandte den Blick zur Seite und sah die Waffen, die er so sorgfältig abgelegt hatte. Ob sie wohl schnell genug sein würde, um sich einen Dolch zu schnappen? Würde sie sich dann gegen ihn wehren können? Sie fürchtete, daß sie chancenlos war.

Sie hatte ja bereits einmal versucht, sich gegen ihn zu

wenden, als er sie im Zorn nehmen wollte. Sie hatte sich gewehrt. Doch dann … dann war alles ganz anders gekommen. Sie sah plötzlich einen kleinen Hoffnungsschimmer, als sie sich erinnerte, was anschließend geschehen war. Er hatte sie auf sich gesetzt und ihr die Initiative überlassen.

Vielleicht, wenn sie nun von sich aus die Initiative ergriff … vielleicht würde er dann nicht imstande sein, es zu etwas Häßlichem zu machen.

Linnea holte tief Luft, um sich zu beruhigen. Als seine Augen auf ihre Brüste fielen, faßte sie das als weiteren schwachen Hoffnungsschimmer auf. Sie holte noch einmal tief Luft.

»Leg dich aufs Bett«, befahl sie ihm und zwang sich, ihn offen anzuschauen. Als er ihr ins Gesicht blickte, verengten sich seine Augen.

»Leg dich aufs Bett«, wiederholte sie, bevor er etwas erwidern konnte. »Das ist es doch, was du möchtest, oder? Du willst, daß ich die Rolle spiele, die du mir zugewiesen hast«, fügte sie in bitterem Tonfall hinzu.

»Du selbst hast diese Rolle gewählt«, wandte er ein. Doch sie sah, daß sein Geschlecht sich weiter aufrichtete.

»Nun, dann laß mich meine Rolle spielen. Leg dich aufs Bett.«

Diesmal kam er ihrer Aufforderung nach. Er legte sich auf den Rücken, so daß das schwarze Bärenfell seine kräftige Gestalt umrahmte. Er selbst erschien ihr wie der Bär, auf dessen Fell er lag; es war gefährlich, ihm nahe zu kommen. Doch sie fühlte sich zu sehr von ihm angezogen, um Vorsicht walten zu lassen.

Sie trat zu ihm ans Bett und blickte für einen Augenblick auf ihn hinunter. Sie betrachtete diesen Körper mit seinen Muskeln und der glatten Haut, dessen Vollkommenheit nur von gelegentlichen Narben durchbrochen wurde, wie sie für einen Krieger wohl selbstverständlich waren. Doch das machte ihn nur noch anziehender. Er war wie ein von Narben übersäter Bär, der viele Male hatte kämpfen müssen, um sein Territorium zu verteidigen.

Selbst die Haare an seinen Beinen und auf seiner Brust waren so schwarz wie die des Bären.

In ihrem Bauch begann sich eine wohlbekannte Glut auszubreiten. Wenn er sie doch nur lieben würde ...

Er packte sie am Handgelenk und führte ihre Hand an sein Geschlecht, so daß sie sein unendliches Verlangen spüren konnte. Doch es war ein zorniges Verlangen, das ihr zeigte, wie sehr er sie hassen mußte. Sie glaubte nicht, daß sie mit ihm würde schlafen können, wenn er sie so sehr verachtete.

Er ließ ihre Hand auf und ab gleiten, und sie mußte sich zwingen, sie ihm nicht zu entreißen. Doch als sie in sein Gesicht blickte, verschwanden all ihre Befürchtungen. Da lag ein so gequälter Ausdruck in seinen Augen. Sein Gesicht war völlig ausdruckslos, doch seine Augen ...

Ohne zu überlegen, beugte sich Linnea zu ihm hinunter und küßte ihn auf die Lippen. Sie spürte, wie seine Erregung wuchs; das hatte er offensichtlich nicht erwartet, was sie nur noch weiter antrieb. Sie küßte ihn erneut – und mit einer solchen Leidenschaft, daß sie befürchtete, er würde ihre wahren Gefühle spüren. Ihre Liebe für ihn.

Sie hatten schon so viel Intimes miteinander geteilt, doch die Küsse waren für sie von allem stets das Intimste gewesen. Von dem Hochzeitskuß abgesehen, hatte er sie erst an jenem Tag im Wald richtig geküßt. Sie hatte es beinahe als eine Liebeserklärung aufgefaßt, zumindest aber als eine Versicherung, daß er etwas für sie empfand. Und jetzt offenbarte sie ihm die Tiefen ihrer geheimsten Gefühle, ihrer Liebe – wenn er die Zeichen zu deuten verstand.

Sie hörte ein Knurren, so als wollte er etwas einwenden. Doch als sie ihre Zungenspitze über seine Lippen gleiten ließ, öffnete er sie bereitwillig. Und als sie in seinen Mund eindrang und auf seine Zunge traf, fühlte sie den bittersüßen Triumph, daß ihr Vorhaben geglückt war.

Sie küßte ihn, und er erwiderte ihren Kuß und zog sie im nächsten Augenblick zu sich und über sich.

Es war eine wilde, leidenschaftliche Vereinigung, und sie ritt auf ihm und hatte ihn in ihrer Gewalt – und instinktiv spürte sie, daß er es auch so empfand. Er hatte vorgehabt, sie zu besitzen, doch nun war sie es, die die Zügel in der Hand hielt.

Als sie den Höhepunkt erreichten und er ihr alles gab, was er hatte, glaubte sie, auf ihm zu sterben vor Lust, und sie sanken einander erschöpft und zitternd in die Arme.

Erst dann löste Linnea ihre Lippen von den seinen, um ihr Gesicht an seinem Hals zu bergen.

Eine Weile waren sie beide völlig außer Atem. Mit einer Hand hatte er ihren Po umfaßt, während die andere auf ihrem Rücken lag. Als sie schließlich zur Ruhe kamen, ließ er die Hand ihren Rücken hinaufgleiten.

So hätte Linnea sterben können und wäre glücklich dabei gewesen – erfüllt von den Wonnen, die sie genossen hatten, in den Armen des Mannes, den sie liebte.

Doch dann hörte er plötzlich auf, ihren Rücken zu streicheln, und sie spürte die Veränderung, die in ihm vor sich ging. Es war, als wäre er aus einem dichten Nebel aufgetaucht und wüßte plötzlich wieder, wo er war. Und mit wem er zusammen war. Wäre ein plötzlicher schärfer Nordwind über sie hinweggefegt, hätte ihr nicht kälter sein können als in diesem Augenblick, wo sie die Anspannung wieder in seinen Körper zurückkehren fühlte.

Sie rollte sich sogleich von ihm herunter, doch er ließ sie nicht entkommen. Er packte sie an den Haaren und zwang sie, ihm ins Gesicht zu sehen. Was sie in seinen Augen sah, zerriß ihr das Herz.

»Was hast du bloß an dir, daß du mich so leicht verhexen kannst? Es muß irgend etwas Teuflisches sein …« Sein düsterer Blick bohrte sich in ihre Augen. »Hat der Teufel selbst dir diese Tricks beigebracht? Hat er dir seine schwarze Magie verliehen, die Fähigkeit, einen Mann zu verführen, auf daß er dir mit Leib und Seele verfällt?«

Mit seiner anderen Hand packte er ihr Bein und rieb mit dem Finger grob über ihr Brandmal. »Ist das das Mal des

Teufels? Hat er dich zu mir geschickt, um mich zu quälen, um mir die Hölle auf Erden zu bereiten?«

»Und was ist mit dir?« rief sie in ihrer Verzweiflung. »Bist du denn nicht genauso grausam zu mir?«

Doch er war zu wütend, um ihr zuzuhören. Mit einem Fluch wich er von ihr zurück. »Fort mit dir, du Hexe! Geh mir aus den Augen!« Linnea sah die Traurigkeit in seinem Blick, doch das konnte ihren Schmerz auch nicht lindern.

Ohne irgendeine Gefühlsregung zu zeigen, griff sie nach ihren Kleidern. »Du hast bekommen, was du wolltest – soll ich jetzt zu Henry gehen? Du als Herr von Maidenstone wirst doch gewiß alles tun, um die Wünsche deines Lehnsherrn zu erfüllen, nicht wahr? Es wäre also nur recht und billig, deine Hure mit ihm zu teilen.« Hastig schlüpfte sie in ihre Kleider, ehe sie ihm einen wütenden Blick zuwarf. »Aber sagt mir eines, Mylord. Soll ich die Spuren unserer Vereinigung abwaschen, bevor ich zu ihm gehe – oder hat er es gern, wenn die Frau noch feucht ist von dem Mann vor ihm?«

Dann eilte sie aus dem Zimmer, ohne auf seine Antwort zu warten.

24

Es kam nicht dazu, daß sie Henrys Bett wärmte. Das zumindest wußte Axton, denn als er halb angekleidet in Henrys Zimmer stürmen wollte, trat ihm Reynold in den Weg. »Sie ist nicht hier«, sagte er und zeigte mit dem Kopf zur Treppe hinüber.

Wohin sie sich geflüchtet hatte, um die Nacht zu verbringen, das wußte er nicht. Es war ihm auch egal – zumindest redete er sich das ein. Er wußte nur eines: Er würde sie nicht mit irgendeinem anderen Mann teilen – am wenigsten mit Henry. Darüber hinaus sollte sie ruhig tun, was sie wollte.

Er sagte sich das immer wieder und wieder während der endlosen Nachtstunden. Es kümmerte ihn nicht, ob sie weinte oder ob es ihr leid tat, daß sie ihn hintergangen hatte. Es kümmerte ihn auch nicht, ob sie in irgendeinem kalten Winkel schlief oder in den Armen ihrer ängstlichen Schwester. Ihm war nur wichtig, daß er sie fand, wann immer er sie begehrte.

Doch das würde wohl nicht ganz so einfach sein wie in jenen Tagen, als er sie noch für seine Frau gehalten hatte.

Verdammt, wenn er sie nur nicht so wahnsinnig begehren würde!

Doch es war mehr als nur Begehren, das wußte er ganz genau. Wenn es nur das gewesen wäre, so hätte er sich jetzt auch mit einer anderen Frau begnügen können. Doch es gelüstete ihn überhaupt nicht nach anderen Frauen, weder nach ihrer Schwester noch nach den beiden Weibern, die Peter ihm geschickt hatte. Er wollte nur Linnea – jene Frau, die die Ursache all seiner Leiden und dennoch die einzige war, die ihm Trost spenden konnte.

Was hatte diese Frau nur mit ihm angestellt! Doch er wußte, daß es sinnlos war, zu jammern und zu klagen, und zu fortgeschrittener Stunde fand er zumindest noch ein wenig Schlaf, wobei er von Kampfgetümmel träumte – und auch von Linnea, die mit ihrem zauberhaften Lächeln auf ihn wartete. Es war nicht Beatrix. Er konnte ganz deutlich den Unterschied zwischen den beiden erkennen. Nein, es war ganz sicher Linnea, die er im Traum gesehen hatte.

Es war Linnea, die stets verschwand, sobald er versuchte, zu ihr zu gelangen.

Er erwachte in denkbar schlechter Laune. Gerade richtig für einen Kampf, dachte er, als er sich hastig wusch. Peter kam, um ihm beim Ankleiden zu helfen, ehe sie beide in die Kapelle gingen. Die Burg war bereits zu vollem Leben erwacht, und überall, wo er hinkam, waren alle Blikke auf ihn gerichtet.

Ein jeder wußte, was dieser Tag bringen würde – nur

der Ausgang war völlig ungewiß. Von der niedrigsten Küchenmagd bis hinauf zum Ritter – alle sahen sie mit Spannung der bevorstehenden Auseinandersetzung entgegen. Axton wollte gar nicht daran denken, wie viele Menschenleben von dem Kampf abhingen. Er durfte sich auf nichts anderes konzentrieren als auf Eustace de Montfort, auf seine Stärken, doch vor allem auf seine Schwächen. Und seine größte Schwäche war wohl seine Arroganz.

Axton hatte Eustace bereits kämpfen gesehen, sowohl auf dem Schlachtfeld als auch auf dem Turnierplatz. Er verfügte über beachtliche Kräfte und große Ausdauer. Doch er ließ sich allzu leicht aus der Ruhe bringen.

Axton hatte vor, ihn zu reizen und dann kurzen Prozeß mit ihm zu machen. Aber so einfach der Plan klang, so schwer würde er wahrscheinlich auszuführen sein.

Henry stand spät auf und nahm sich viel Zeit, um ein ausgiebiges Bad zu nehmen. Als er in den Saal hinunterkam, um zu frühstücken, wurde in der Küche bereits das Mittagessen vorbereitet.

»Er zieht das ganze Spektakel auch noch in die Länge«, brummte Peter mißmutig, als Henry sich auf dem Stuhl des Burgherrn niederließ.

Doch Axton zuckte nur mit den Schultern. Henry war an diesem Tag nicht sein Gegner, was auch immer er sich noch ausdenken mochte, um ihnen das Leben schwerzumachen. Wichtig war allein, daß er endlich die Gelegenheit erhielt, mit Eustace um die Burg zu kämpfen.

Als Henry zu ihm herüberblickte, trat Axton direkt auf ihn zu. »Vielleicht ist es, weil Ihr Euch gerade erst hier niedergelassen habt«, begann der junge Herzog, »aber Ihr habt noch viel zu lernen, wie man einen König als Gast behandelt. In meinem Bett war es kalt.« Mit einem Lächeln fügte er hinzu: »Und einsam.«

Axton hörte sehr wohl den Vorwurf aus Henrys Worten heraus, und er wußte, daß es den Herzog noch immer nach Linnea gelüstete, doch er tat so, als würde er den Wink nicht verstehen. »Vielleicht solltet Ihr Eleanor kommen lassen. Ich bin sicher, sie sehnt sich genauso nach Euch, wie Ihr Euch nach ihr sehnt.«

Henrys Lächeln wurde noch breiter. »Sollte ich mich nach *einer* Frau sehnen, wenn so viele andere zugegen sind ...« Er zuckte mit den Schultern und blickte sich im Saal um. »Wo sind denn die anderen Teilnehmer an dem Drama, das wir heute erleben werden? Sagt bloß, Eustace hat sich letzte Nacht aus dem Staub gemacht.«

Axton legte die Hand ans Schwert. »Ich würde ihn nicht so einfach davonkommen lassen.«

Henrys Augen funkelten erwartungsvoll. »Gut. Ich hoffe, daß die Auseinandersetzung unterhaltsam wird – und daß keiner sein Leben läßt«, fügte er hinzu.

Diesmal konnte Axton seine Gefühle nicht im Zaum halten. »Ihr könnt uns doch nicht wie Hunde aufeinander hetzen und hoffen, daß kein Blut fließt!«

»Warum denn nicht?« Sein Lächeln verschwand, und er beugte sich ein wenig vor. »Keiner wird heute sterben. Ich kann es mir nicht leisten, meine besten Männer zu verlieren. Außerdem habt Ihr ja ohnehin eine reiche Belohnung zu erwarten – die wunderschöne Beatrix de Valcourt und all das hier«, fügte er mit einer weit ausholenden Geste hinzu. »Ach, übrigens, wo ist sie denn – und wo ist ihre nicht minder reizende Schwester?«

Linnea kleidete sich hastig an, wobei sie kaum einen Gedanken daran verschwendete, wie sie aussah. Beatrix hingegen ließ sich viel Zeit und fand immer wieder einen Grund, um dieses oder jenes Kleid doch nicht zu nehmen. Dann wieder wollte sie andere Schuhe oder einen anderen Schleier. Selbst Lady Harriet, die bislang ungewöhnlich geduldig gewesen war, hielt es schließlich nicht mehr aus.

»Jetzt mach schon«, forderte die alte Frau sie auf und pochte ungeduldig mit dem Stock auf den Fußboden. »Es nützt doch nichts, wenn du die Sache hinauszögerst. Selbst deine Schwester hat das eingesehen.«

Das entsprach durchaus der Wahrheit. Es gab ganz einfach nichts, was sie tun konnten, um die kommenden Ereignisse zu verzögern oder gar aufzuhalten. Beatrix würde der Siegespreis für einen der beiden Männer sein, die um sie kämpften. Was den anderen betraf, den Verlierer …

Sie wandte sich ihrer Großmutter zu. »Wird bis zum Tod gekämpft?«

»Natürlich«, gab die alte Frau zurück. »Der Verlierer muß um Schonung bitten, wenn er sein Leben retten will.«

»Aber wenn einer von ihnen um Schonung bittet, warum …« Doch Linnea wußte die Antwort bereits, bevor sie die Frage stellte.

»Keiner von ihnen wird um Schonung bitten«, sagte Lady Harriet. »Sie sind beide Krieger, die in den letzten Monaten in so mancher Schlacht gekämpft haben. »Glaubst du wirklich, daß sie vor dem tödlichen Hieb zurückschrekken würden …« Sie hielt inne, als Linnea erbleichte. »Hast du immer noch Angst um ihn? Ah, ich vergaß – du hast ja auch letzte Nacht noch die Hure für ihn gespielt …«

Linnea unterbrach die alte Frau mit einer schallenden Ohrfeige. Es war eine ganz und gar impulsive Reaktion auf die gemeine Bemerkung ihrer Großmutter. Auch als die alte Frau zurücktaumelte und sich am Fenstersims festhielt, bedauerte Linnea keinen Augenblick, was sie getan hatte. Außer sich vor Wut trat sie auf ihre Großmutter zu.

»Jeden Tag meines Lebens hast du mich gequält. Ich habe alles getan, um ein wenig Anerkennung von dir zu erhalten. Aber das ist jetzt vorbei! Was ich getan habe, habe ich allein für meine Schwester getan, für niemanden sonst. Schon gar nicht für dich! Ich bin keine Hure, und du wirst das nie wieder zu mir sagen!«

Linnea starrte drohend auf ihre Großmutter hinunter. Sie wußte selbst nicht, was für eine Reaktion sie von der alten Frau erwartet hatte – doch zu ihrem größten Erstaunen flackerte plötzlich Angst in Lady Harriets Augen auf Sie rieb sich die Wange und richtete sich langsam auf.

»Du hast deine Aufgabe … gut erfüllt«, sagte sie schließlich. »Ich werde dir nicht mehr vorhalten, was du dafür tun mußtest«, fügte sie widerstrebend hinzu.

Linnea starrte ihre Großmutter an und konnte nicht verstehen, wie sie so lange vor ihr hatte Angst haben können. Und in diesem Augenblick verrauchte ihre Wut. Doch sie empfand kein Gefühl des Triumphs. Eigentlich hätte es ihr eine enorme Genugtuung verschaffen müssen, ihre Großmutter eingeschüchtert zu haben. Sogar ihre Anerkennung, um die Linnea so lange gerungen hatte, war ihr letztendlich zuteil geworden. Doch all das hatte für sie keinerlei Bedeutung mehr. Es brachte ihr überhaupt nichts, wie sie jetzt einsehen mußte.

Sie wandte sich von der alten Frau ab und sah ihre verängstigte Schwester an. »Komm, Beatrix. Du mußt jetzt tapfer sein – was immer der Tag uns bringt.«

»Ich will ihn nicht heiraten. Er wird mich töten«, flüsterte sie, in Tränen aufgelöst. »Das weiß ich.«

Linnea nahm ihre Schwester am Arm und blickte ihr eindringlich in die Augen. »Das stimmt nicht. Im Moment ist er wütend – aber auf mich, nicht auf dich. Er ist ein gerechter Mensch. Mit der Zeit wirst du das schon selbst feststellen.«

Doch ihre Worte hatten auf Beatrix ganz offensichtlich nicht die geringste Wirkung. »Er mag ja *dich* ganz anständig behandelt haben. Aber mich …« Es schauderte sie bei dem bloßen Gedanken, ihn heiraten zu müssen. »Oh, ich bete darum, daß Eustace ihn besiegt!«

Linnea trat einen Schritt zurück und schüttelte den Kopf. »Nein, Axton sollte hier der Herr sein. Seine Familie hat länger hier gelebt als die unsere, und …«

»Dann heirate *du* ihn doch!« rief Beatrix aus. »*Du* solltest ihn heiraten. Man sieht ohnehin nur zu deutlich, wie du dich nach ihm verzehrst!«

Ich würde ihn ja heiraten, wenn er mich haben wollte. Aber er will mich nicht, zumindest nicht als Ehefrau. »Er … er will *dich*«, stieß Linnea mühsam hervor, um schließlich unter Aufbietung all ihrer Kräfte hinzuzufügen: »Wenn Axton de la Manse Eustace de Montfort besiegt, dann wirst du ihn heiraten und ihm eine gute Ehefrau sein.« Sie blickte Beatrix an, ihre geliebte Schwester, die jedoch nie im Leben gelernt hatte, mit schwierigen Situationen umzugehen. »Du bist eine de Valcourt. Vergiß das nicht. Du wirst deine Pflichten mit Würde erfüllen. Und du wirst es erreichen, daß dein Gemahl stolz ist, dich zur Frau zu haben!«

Beatrix wich einen Schritt zurück, als Linnea mit solchem Nachdruck auf sie einredete. Dann murmelte sie mit mürrischer Miene: »Ich hoffe trotzdem, daß er verliert.«

»Das wird er aber nicht«, erwiderte Linnea, drehte sich um und verließ das Zimmer.

Doch kaum war sie draußen, verließ sie ihre Sicherheit. O ja, sie hoffte, daß Axton siegen würde. Sie betete sogar dafür. Ihre Familie hatte ihm schon genug genommen. Trotz der Spannungen zwischen ihnen beiden konnte sie ihn einfach nicht hassen. Ja, sie konnte nicht einmal aufhören, ihn zu lieben.

Aber was war, wenn Eustace siegen würde? Wenn er Axton verwundete? Oder ihn gar tötete? Es erschien ihr zwar unvorstellbar, und doch ...

Dann würde sie noch so lange auf Maidenstone bleiben, bis sie sicher sein konnte, daß er wohlauf war. Wenn er verwundet wurde, so würde sie ihn pflegen. Doch dann würde sie Maidenstone verlassen. Sie könnte es einfach nicht ertragen, zusehen zu müssen, wie er Beatrix heiratete und mit ihr das Ehebett teilte. Sobald sie sicher war, daß es ihm gutging, würde sie aufbrechen.

Sie griff nach dem winzigen Rubin, den sie in einer Tasche ihres Kleides mit sich trug. Sie würde ihn als Erinnerung an Axton behalten. Im nächsten Augenblick wanderte ihre Hand unwillkürlich zu ihrem Bauch. War der Stein tatsächlich das einzige, was sie an ihn erinnern würde? Sie konnte es nicht sagen, doch sie betete, daß es nicht so war.

Der Burghof war zum Bersten gefällt. Axton überflog rasch die Menschenmenge, als er den Hof betrat. Da waren Bewohner der Burg sowie des Dorfes, aber natürlich auch seine Männer sowie die von Eustace. Und dazwischen hatten sich Henrys Männer verteilt. Auf diese Weise war sichergestellt, daß der Kampf zwischen ihm und Eustace nicht die ganze Burg in ein Schlachtfeld verwandeln würde. In dieser Hinsicht war Henry überaus umsichtig.

»Ihr werdet nur dreimal zu Pferd gegeneinander anrennen. Wenn keiner von euch aus dem Sattel geworfen wird, dann wird der Kampf mit dem Schwert fortgesetzt«, sagte Peter, während er neben Axton herging. Damit berichtete er seinem Bruder zwar nichts Neues, doch er war so aufgeregt, daß er nicht anders konnte, als unentwegt zu reden. Das hatte schon begonnen, als er Axton in die Rüstung half, und es änderte sich auch nicht, als er mit ihm auf den Hof hinaus ging. Axton blieb schließlich stehen und brachte seinen Bruder mit einer knappen Geste zum Schweigen. Dann winkte er Reynold und Maurice herbei.

»Ich habe nicht die Absicht, zu verlieren, aber ... aber wenn es doch passieren sollte, dann dürft ihr keine Dummheiten machen.«

»Du wirst nicht verlieren. Warum ...«

»Hör mir erst mal zu, Peter!« Er blickte seinem Bruder fest in die Augen. Der Junge war groß geworden und fast schon ein Mann, wie er anerkennend feststellte. Es wäre nur natürlich, wenn Peter danach trachten würde, seinen Bruder zu rächen. Hatte er nicht selbst Vergeltung gesucht, als sein Vater und seine Brüder in der Schlacht gefallen waren? Aber das war eine ganz andere Situation gewesen.

»Es wird heute keine Schonung geben, zumindest nicht für mich – weil ich nicht darum bitten werde. Ich kämpfe, um zu siegen. Aber sollte ich dennoch verlieren, dann wirst du zum Oberhaupt der Familie. Geh mit Mutter zurück nach Castell de la Manse. Die Burg wird ohnehin dir gehören, und ich glaube, auch sie fühlt sich wohler dort.« Er wandte den Blick nicht von dem Jungen, bis Peter schließlich widerwillig nickte. Dann fuhr er mit leiserer Stimme fort: »Ich habe noch eine Bitte an dich.« Er hielt inne und blickte zu dem großen Pavillon hinüber, der für Henry sowie die anderen wichtigen Gäste errichtet worden war, allen voran seine Mutter und die Familie der de Valcourt.

Linnea.

Er wandte sich wieder seinem Bruder zu. »Laß es nicht zu, daß Linnea Henry in die Hände fällt.«

»Wie bitte?« Peter sah ihn verblüfft an. »Warum kümmert es dich denn noch, was aus ihr wird?«

»Tu, was ich dir sage, Bruder. Schütze sie, so wie du unsere Mutter schützen würdest. Das ist meine letzte Bitte an dich.«

Er betrachtete Peter, in dessen Gesicht nach der anfänglichen Verwirrung so etwas wie Verstehen aufleuchtete. »Du liebst sie …«

Doch Axton ließ ihn nicht zu Ende reden. »Mit dem, was sie getan hat, wollte sie nur ihrer Familie helfen. Ich kann sie dafür nicht verurteilen. Eine solche Treue findet man nicht oft …« Er stockte und blickte erneut zu dem Pavillon der Ehrengäste hinüber, um nach der schlanken Gestalt mit dem goldenen Haar Ausschau zu halten – nicht nach ihrem blassen Ebenbild, ihrer Schwester.

»Eine solche Treue ist sehr selten – ob unter Brüdern, Freunden oder Eheleuten.«

Er wandte sich von Peter ab. »Es ist Zeit zu beginnen. Und Zeit, das Ganze zu Ende zu bringen.«

Linnea sah Axton in dem Moment, als er den Burghof betrat. Sogar mit verbundenen Augen hätte sie gewußt, daß er da war – sie konnte seine Nähe ganz einfach fühlen.

Als er den Hof betrat, ertönten Beifallsrufe von seiten seiner Männer sowie aus den Reihen der Burgbewohner. Linnea war darüber nicht sehr überrascht, hatte er sich doch den Menschen gegenüber als äußerst gerechter Burgherr erwiesen – etwas, das man von Maynard wohl nie hätte sagen können.

Sie spürte, wie Angst und Sorge ihr die Kehle zuschnürten. Bitte, laß ihn nicht sterben, betete sie. *Lieber*

Gott, Heilige Jungfrau, heiliger Judas Thaddäus, bitte gebt auf ihn acht!

Als Sir Eustace den Hof betrat, waren erneut Beifallbeskundungen zu hören, wenngleich auch etwas schwächer als zuvor für Axton. Auch Beatrix klatschte Beifall, als sie ihn sah.

»Da ist er. Schau ihn dir nur an. Er wird diesen de la Manse besiegen, da bin ich mir ganz sicher.«

Linnea wandte sich ihr zu. »Du sagst andauernd, wie sehr du hoffst, daß Axton verliert, aber hast du dir schon einmal überlegt, was geschieht, wenn de Montfort gewinnt? Bist du wirklich so versessen darauf, ihn zu heiraten, oder hast du ganz einfach Angst davor, daß Axton dein Mann wird?«

Beatrix wollte etwas antworten, drehte sich dann aber jäh zur Seite. Doch Linnea sah, wie ihr Kinn zitterte. Diesmal war sie jedoch nicht bereit, auf Beatrix' Gefühle Rücksicht zu nehmen, und so ließ sie ihren Gedanken freien Lauf. »Glaubst du, daß Eustace zärtlicher sein wird als Axton? Ich bin sicher, daß er als dein Gemahl genau dasselbe von dir verlangen wird, was Axton tun würde.«

Von einem Augenblick auf den anderen brach Beatrix in Tränen aus. Doch auch das konnte Linnea nicht milder stimmen. Beatrix wünschte sich, daß Axton starb! »Axton ist ein junger, gesunder Mann«, fuhr sie fort, wobei sie sich vor Eifersucht auf ihre Schwester verzehrte. »Er wird viel von dir verlangen – ich meine, im Bett –, aber er wird es dir zehnfach, nein hundertfach zurückgeben! Er wird…«

»Genug!« fiel Lady Harriet ihr ins Wort und kniff Linnea heftig in den Arm. »Genug davon! Henry kommt«, zischte sie ihr zu.

Irgendwie gelang es Linnea, sich die scharfe Bemerkung zu verkneifen, die ihr auf der Zunge lag. Beatrix wiederum zwang sich, ihr Schluchzen zu unterdrücken, und trocknete sich verstohlen die Tränen. Als Henry schließlich zu ihnen kam, um seinen Ehrenplatz einzunehmen, wirkten die drei Frauen zumindest äußerlich wieder sehr gefaßt.

Doch Linnea kochte immer noch vor Wut. Wie lange hatte sie ihren Groll schon unterdrücken müssen? Ihr ganzes Leben lang war sie stets geduldig und gehorsam gewesen. Doch in den vergangenen beiden Wochen waren mit einemmal all ihre verborgenen Gefühle zutage getreten. Und ihr wurde klar, daß keiner jemals auf ihre Gefühle Rücksicht genommen hatte. Ihr Vater genausowenig wie ihre Großmutter – und nicht einmal Beatrix, so schien es ihr nun.

Und auch Axton konnte sie von ihrer Anklage nicht freisprechen. Ja, er war vielleicht von allen am meisten schuldig, denn er hatte erreicht, daß sie sich in ihn verliebte, um dann diese Liebe achtlos wegzuwerfen. Er mochte ja tatsächlich einen Grund haben, ihr böse zu sein, aber er hätte auf jeden Fall erkennen müssen, was sie für ihn empfand!

Doch Axton war nicht bei ihr, und so war es Henry, der für Linnea zum Mittelpunkt ihres Zorns wurde. Denn er hatte zwar mit dem Drama, das sich zur Zeit auf Maidenstone abspielte, nichts zu tun, maßte sich aber an, ihnen allen seinen Willen aufzuzwingen.

Sein Blick wanderte zwischen ihr und Beatrix hin und her. Als er ihren kampflustigen Gesichtsausdruck sah, blieb sein Blick auf ihr haften. »Lady Linnea?«

Sie machte einen Knicks, wie es sich gehörte, verzichtete aber auf jeden weiteren Gruß. Dennoch lächelte er ihr zu. Er musterte sie mit unverhohlenem Interesse und begutachtete sie vom Kopf bis zu den Zehen, was sie nur noch wütender machte.

»Habt Ihr Euch schon Gedanken über Eure Zukunft gemacht?« fragte er. »Ich bin sicher, meine teure Gemahlin würde erfreut sein, Euch in ihrem Gefolge zu haben.«

In diesem Augenblick ertönte beifälliges Gemurmel, und bevor Linnea antworten konnte, trat Lady Mildred zu ihnen in das offene Zelt.

Axtons Mutter trug ein erlesenes Kleid aus weinroter Seide. Ihr Haar war von einem hauchdünnen, golden funkelnden Schleier bedeckt. Sie hatte die Haltung einer Königin, als sie Linnea mit einem Kopfnicken begrüßte. Danach warf sie Beatrix einen neugierigen Blick zu, während sie Lady Harriet völlig ignorierte. Zuletzt wandte sie sich Henry zu, und es war offensichtlich, daß sie ihm keineswegs so unterwürfig gegenübertrat wie die meisten anderen Anwesenden.

»Guten Morgen, Mylord. Seid Ihr also auch gekommen, um zuzusehen, wie Axton einen Eurer Männer besiegt?«

Henry richtete sich in seinem Stuhl auf. Linnea vermutete, daß Lady Mildred ihn schon als kleinen Jungen gekannt hatte. Wahrscheinlich hatte sie ihn auf ihren Knien geschaukelt, als er noch nicht laufen konnte. Zweifellos begegnete er ihr mit dem gleichen Respekt wie seiner eigenen Mutter.

»Es ist nur ein Zeitvertreib unter Männern«, erwiderte Henry und erhob sich, um die ältere Frau zu ihrem Platz zu führen.

»Ja, ein Zeitvertreib«, gab sie zurück. Dann wandte sie sich Linnea zu und blickte sie so eindringlich an, daß es fast den Anschein hatte, als warte sie auf irgendeine Reaktion. »Ich habe soeben durch Zufall Eure Frage an Lady Linnea mit angehört«, fuhr Lady Mildred fort. »Ich glaube aber, daß sie sich meinem Gefolge anschließen wird.«

Linneas Herz machte einen Sprung. Sie sollte sich Lady Mildred anschließen? Sie mochte die Frau wohl gut leiden, und ihr Angebot war in ihrer momentanen Situation das reinste Gottesgeschenk – doch annehmen konnte sie es auf keinen Fall. Sie würde es einfach nicht ertragen können, in Axtons Nähe zu leben, ohne seine Frau zu sein. Sie wollte schon den Kopf schütteln, doch ein eindringlicher Blick von Lady Mildred ließ sie innehalten.

»Ich werde nicht lange hier auf Maidenstone bleiben«, fuhr die Frau fort. »Ich habe vor, nach Caen zurückzukehren, sobald Axton hier alles in Ordnung gebracht hat.«

Henry beugte sich vor, um mit einem etwas gezwungenen Lächeln zu Linnea hinüberzublicken. »Caen. Wie nett. Ich bin oft in der Nähe. Meine Gemahlin weilt regelmäßig in Argentan – das ist nur einen Tagesritt entfernt. Vielleicht werden wir Gelegenheit haben … einander zu sehen, wenn ich in der Gegend bin.«

Linnea zwang sich zu einem Lächeln. »Vielleicht, Mylord.« *Aber nur, wenn ich nicht rechtzeitig erfahre, daß Ihr kommt.*

Da erschallte ein Horn, und ein Pferd näherte sich mit donnernden Hufen dem Pavillon, wodurch das etwas heikle Gespräch beendet wurde. Alles wandte sich Sir Eustace zu, der in schimmernder Rüstung auf seinem mächtigen, gelb und grün geschmückten Streitroß herangetrabt kam. Er grüßte den jungen Herzog der Normandie und anschließend alle anderen Anwesenden, außer Lady Mildred und Linnea. Als sich Henry erhob, um seinen Gruß entgegenzunehmen, lächelte Axtons Mutter Linnea zu, so als wollte sie ihr versichern, daß alles gut werden würde. Egal, was noch kommen würde – Linnea hatte in ihr eine Verbündete. So seltsam es auf den ersten Blick auch schien – es war tatsächlich so.

Dann galoppierte ein zweites Pferd heran, und die beiden Frauen wandten sich wie auf Kommando Axton zu.

Er trug wie sein Gegner eine schwere Rüstung mit einem Brustharnisch, wobei er den Helm, der mit einem scharlachroten Federbusch verziert war, vor sich im Sattel liegen hatte. Die Lanzen, die in dem Kampf verwendet wurden, waren abgestumpft, um tödliche Verwundungen zu vermeiden. Linnea befürchtete jedoch, daß das Risiko trotzdem noch ziemlich groß war.

Axton grüßte Henry, indem er die Lanze erhob, um sich danach seiner Mutter mit dem gleichen Gruß zuzuwenden. Die Frauen aus der Familie der de Valcourt wurden mit keinem so höflichen Gruß bedacht. Im Gegenteil – er starrte Linnea mit einer Eindringlichkeit an, die äußerst verwirrend war.

Er mußte sie wohl für Beatrix halten, dachte sie. Ja, so mußte es sein. Schließlich war es Beatrix, um die er kämpfte. Doch als er sich schließlich abwandte, um seine Position auf dem Turnierplatz einzunehmen, war sie sich dessen nicht mehr so sicher.

Obwohl der Hof nicht allzu groß war und die beiden Kämpfenden nicht weit von den Zuschauern entfernt waren, hatte Linnea doch das Gefühl, daß sie durch Welten von ihm getrennt war. Er war so nahe, daß sie das rhythmische Heben und Senken seiner Brust erkennen konnte, und doch fühlte sie sich weiter von ihm entfernt als jemals zuvor.

Im nächsten Augenblick vergaß sie ihre trüben Gedanken, denn das Horn gab das Signal zum Beginn des Kampfes. Augenblicklich wurde es still unter den Zusehern. Überall hatten sie Stellung bezogen, rund um den Hof ebenso wie auf den Mauern und in den Fenstern der Gebäude. Zwei Jungen hockten wie Eichhörnchen auf einem Maurergerüst. Selbst die Hunde waren still und gespannt, als wüßten sie, was auf dem Spiel stand.

Doch während es um sie herum still wurde, hatte Linnea das Gefühl, daß alles in ihr in Aufruhr geriet; ihr Herz pochte wie wild, das Blut dröhnte ihr in den Ohren, und sie atmete schwer.

Plötzlich setzten sich wie auf ein stilles Signal die beiden Streitrösser in Bewegung, und Linnea hielt den Atem an.

Staub wirbelte unter den Hufen der mächtigen Tiere auf, als sie wie wilde Stiere aufeinander losstürmten. Krachend trafen sie aufeinander.

Eines der Pferde wieherte laut auf und drehte ab. Beide Männer schwankten im Sattel, von der Wucht des Aufpralls durchgerüttelt. Doch irgendwie schafften sie es, im Sattel zu bleiben.

Linnea stieß einen Laut der Erleichterung aus, ebenso wie alle anderen Anwesenden im Pavillon – außer Henry. Er blickte nur grinsend in die Runde der Frauen, die um ihn versammelt waren. »Bravo! Wirklich gut gemacht!« rief er aus.

Linnea hätte dem jungen Mann, der sich an diesem gefährlichen Schauspiel ergötzte, am liebsten eine scharfe Bemerkung entgegengeschleudert. Ihrer Ansicht nach wäre es bedeutend unterhaltsamer gewesen, wenn man den jungen Herzog vor versammelter Menge gevierteilt hätte. Doch ihr blieb keine Zeit, sich weiter mit ihm zu beschäftigen, denn die beiden Reiter ließen ihre Pferde wenden, um mit neuen Lanzen aufeinander loszustürmen.

Linnea hielt den Atem an, als die schweren Rösser erneut lospreschten, daß die Erde zu beben schien. Sie schloß die Augen vor Angst um Axton. Dann prallten die Reiter aufeinander, und sie riß die Augen auf.

Eine Lanze brach, ein Mann schwankte und stürzte zu Boden. Linnea biß sich auf die Handknöchel, und ein erstickter Schrei entrang sich ihren Lippen.

Dann preschte eines der Pferde aus der Staubwolke hervor – und sie sah Axton heil im Sattel sitzen!

Diesmal war es Lady Mildred, die einen Aufschrei der Erleichterung von sich gab. Doch gleich darauf hielten beide Frauen erneut vor Angst den Atem an – denn Axton sprang vom Pferd, noch bevor es zum Stehen kam, und wandte sich wieder Eustace zu.

Bleib liegen, rief Linnea stumm dem gestürzten Ritter zu. Bleib liegen, du Narr! Doch mit Hilfe zweier seiner Männer richtete Eustace sich auf und nahm ein Schwert zur Hand.

Inzwischen war Peter herbeigelaufen, um auch Axton ein Schwert zu reichen. Daraufhin traten die beiden eisenbewehrten Männer, deren Rüstungen jedoch einem gut gezielten Schwerthieb nicht standhalten würden, aufeinander zu.

Eustace bewegte sich etwas langsamer als Axton – das sah Linnea sofort. Er schüttelte den Kopf, so als wäre er von dem Sturz immer noch ein wenig benommen, was gewiß ein Nachteil für ihn war.

Bitte, lieber Gott, laß das Ganze schnell vorübergehen, betete sie. Ich werde mich nicht mehr in Axtons Leben einmischen. Ich werde ihm nur das Beste wünschen, und meiner Schwester ebenfalls, wenn du ihn am Leben läßt.

»Laß es nicht zu, daß dieses Tier ihn tötet!« rief Beatrix

neben ihr aus, und für einen Augenblick erschien es Linnea, als würde sie damit genau das ausdrücken, was sie selbst soeben gedacht hatte. Doch im nächsten Augenblick wurde ihr klar, daß dies ein Irrtum war. Beatrix hatte Angst um Sir Eustace, nicht um Axton.

»Keine Angst, sagte Henry zu Beatrix. »Ich habe Axton den Befehl gegeben, keinen tödlichen Hieb auszuteilen.«

»Und habt Ihr Sir Eustace denselben Befehl gegeben?« wollte Lady Mildred wissen. Die Frau wirkte zwar äußerlich gefaßt, doch ihre weißen Knöchel verrieten, wie fest sie die Finger zusammenpreßte.

Henry wandte sich ihr zu. »Wäre das denn fair gewesen? Eustace muß doch einen kleinen Vorteil haben. Gott weiß, was für ein Kämpfer Axton ist.«

Obwohl Linnea den rücksichtslosen Kerl am liebsten erwürgt hätte, der zwei Männer zu seinem Vergnügen aufeinander hetzte, war ihr doch klar, daß er wußte, wovon er sprach. Sie hatte Axton noch nie kämpfen sehen, außer gegen die wehrlose Puppe, doch an der Art, wie Peter und die anderen Männer von ihm sprachen, war deutlich zu erkennen, was für ein gefürchteter Krieger er war.

Dennoch – Sir Eustace war gewiß nicht zu unterschätzen, und als die beiden Männer aufeinander zugingen, wurde deutlich, daß er seine Benommenheit abgelegt hatte. Er griff Axton an und hieb mit voller Wucht auf ihn ein, doch Axton konnte jeden seiner Hiebe parieren, wobei er jedoch einige Schritte zurückweichen mußte. Das Knurren und die gepreßten Flüche, die die Männer hervorstießen, waren bis zu den Zuschauern zu hören, die in gespannter Stille verharrten. Die Schwerter klirrten, und Linnea schickte ein Stoßgebet nach dem anderen zum Himmel. *Nein,* flehte sie still für sich. *Nein, nein, nein!*

Dann wagte Eustace einen stürmischen Angriff – doch Axton war bereits ausgewichen. Er sprang zur Seite und versetzte Eustace mit der flachen Seite des Schwertes einen Schlag gegen den Hinterkopf

Sir Eustace ging zu Boden, worauf Beifall von seiten der

Zuschauer zu hören war. Doch er war rasch wieder auf den Beinen und wirbelte herum, um seinem Feind erneut gegenüberzutreten. Er schien sich nun nur noch wütender und entschlossener auf Axton zu stürzen – doch seine Hiebe wurden immer wilder und unpräziser. Axton wiederum begnügte sich damit, seine Angriffe abzuwehren und auf eine Gelegenheit zu warten.

Dann stieß er urplötzlich vor und griff an, worauf Eustace auf ein Knie niedersank.

Ein Raunen ging durch die Menge, und Henry sprang von seinem Stuhl hoch. Es war, als spürte Axton die Anwesenheit seines Herrn, als er seinem Gegner das Schwert an die Kehle setzte – jene Stelle zwischen Helm und Brustharnisch, wo die Klinge auf keinen Widerstand stieß. Blut tropfte von Axtons Schwert; Linnea konnte es deutlich erkennen. Doch obwohl Eustace sich die rechte Schulter hielt und vor Schmerz stöhnte, ließ er seine eigene Waffe nicht sinken.

Er hielt sie weiter auf Axton gerichtet, auch wenn sein Arm aufgrund der verwundeten Schulter zitterte. Linnea wußte, daß Axton den Mann nicht töten würde – dafür hatte schon Henry gesorgt. Doch Eustace war immer noch in der Lage, Axton gefährlich zu werden.

Plötzlich warf Axton zu Linneas Entsetzen das Schwert beiseite, sprang auf Eustace zu und riß ihm das Schwert aus der Hand.

Ein Aufschrei des Jubels zerriß die Stille – Linnea erkannte Peters Stimme. Im nächsten Augenblick hob ringsum ein gewaltiges Getöse an. Jubel auf der einen Seite, Flüche auf der anderen, und eine unübersehbare Menschenmenge, die die beiden Kämpfer umringte.

Linnea verlor Axton aus den Augen. In den ersten Momenten der Erleichterung vergaß sie sogar, was sein Sieg bedeutete. Doch als ihr Blick auf ihre Schwester fiel, die völlig am Boden zerstört zu sein schien, war ihr schlagartig wieder alles bewußt.

Beatrix war in die Arme ihrer Großmutter gesunken.

Selbst Lady Harriet wirkte ziemlich niedergeschlagen, nachdem sich ihre letzte Hoffnung in nichts aufgelöst hatte. Doch die alte Frau war aus härterem Holz geschnitzt als Beatrix, so daß sie auch in der Stunde der Niederlage Haltung bewahrte.

»Mach uns keine Schande!« zischte sie Beatrix zu und schob sie von sich. »Deine Schwester war tapferer als du. Du kannst dir ein Beispiel an ihr nehmen.«

Lady Harriet blickte zu Linnea hinüber, und obwohl an ihrer Miene nicht zu erkennen war, was sie empfand, schien doch eine Art stiller Übereinkunft zwischen ihnen beiden zu bestehen. Sie beide waren aus dem gleichen harten Holz geschnitzt. Sie hatten gelernt zu kämpfen und auch unter schwierigen Bedingungen zu überleben. Doch Linnea würde es nicht zulassen, daß sie einmal so verbittert würde wie ihre Großmutter. Was ihr die Zukunft auch bringen mochte – sie würde kein starrsinniger und hartherziger Mensch werden.

»Ich gratuliere, Madame.«

Linnea drehte sich um, als sie Henrys Stimme hörte. Doch er hatte nicht sie gemeint, sondern Lady Mildred, die sich Mühe gab, ihre Freude nicht allzu offen zu zeigen, was ihr jedoch nicht ganz gelang. Man konnte nur zu deutlich erkennen, was für ein Stein ihr vom Herzen gefallen sein mußte, so daß selbst Linnea für einen Augenblick all ihre Trübsal vergaß.

Lady Mildred murmelte ein paar Worte des Danks, und als Henry wieder auf den Turnierplatz hinausblickte, trat sie zu Linnea hin und schüttelte ihr die Hand.

»Ich habe es ernst gemeint vorhin«, sagte sie mit leiser Stimme. »Ich würde mich freuen, wenn du mich nach Caen begleiten würdest. Peter wird ebenfalls mitkommen.«

Erneut senkte sich ein düsterer Schatten über Linneas Welt. »Ich … ich kann nicht. Ich glaube, ich muß weiter von Axton entfernt sein.« Sie schüttelte den Kopf angesichts der Hoffnungslosigkeit, von der sie erfüllt war.

In diesem Augenblick brach ringsum erneut lauter Jubel aus, und als sie beide aufblickten, sahen sie Axton auf das offene Zelt zukommen. Er blieb vor Henry stehen und blickte seinem Lehnsherrn direkt in die Augen. Erst als es still um sie herum wurde, begann er zu sprechen.

»Ich habe meinen Gegner besiegt, und ich habe sein Leben geschont, wie Ihr es verlangt habt. Ich möchte Euch, Henry Plantagenet, Graf von Anjou und Herzog der Normandie sowie rechtmäßiger König von Britannien, um die Erlaubnis bitten, die Tochter von Edgar de Valcourt zu heiraten.«

Linnea sah, wie sich seine Brust nach der Anstrengung immer noch hob und senkte. Der Schweiß troff ihm von der Stirn, und in seinem Gesicht zeichnete sich die Anspannung des Kampfes ab. Doch in seinen grauen Augen war ein triumphierendes Leuchten zu sehen.

Wenigstens hatte er sein Ziel erreicht. Er würde sein Zuhause wiederbekommen – und aufgrund seiner Heirat mit der Tochter von Edgar de Valcourt würde es niemanden mehr geben, der ihm diesen Anspruch streitig machen konnte. Wenn doch nur sie diese Tochter hätte sein können. Doch sie hatte für seinen Sieg gebetet, und jetzt mußte sie das einhalten, was sie versprochen hatte. Sie durfte ihm und seiner Braut nicht länger im Weg stehen.

Henry blickte auf Axton hinunter. »Sie gehört Euch«, sagte er schließlich. »Ich hoffe nur, daß Ihr Euch diesmal nicht täuschen laßt und die Richtige wählt.«

Axton blickte kurz zu Linnea hinüber, um sich im nächsten Augenblick der weinenden Beatrix zuzuwenden. Linnea sah, wie seine Gesichtszüge sich anspannten. »Es fällt mir nicht schwer, sie zu unterscheiden.«

»Na schön. Ich werde jedenfalls in einer Stunde abreisen; die Pflicht ruft mich nach Salisbury.« Er verzog das Gesicht zu einem Lächeln. »Wie es scheint, gibt es gar nicht so wenige Streitfälle um eine Burg – und ich muß sie alle schlichten.« Er wollte schon gehen, als sein Blick auf Linnea fiel, so daß er noch einmal innehielt. »Soll ich de Valcourt und die Frauen der Familie mitnehmen?«

Linnea hielt den Atem an. Bevor Axton antworten konnte, trat Lady Mildred einen Schritt vor. »De Valcourt und seine Mutter wären im Kloster von Romsey besser aufgehoben. Sie ist eine alte Frau, und er ist nicht mehr ganz bei Sinnen. Im Kloster wird man sich um sie kümmern.«

»Und Lady Linnea?« fragte der junge Herzog.

»Wie ich schon sagte, Mylord – ich möchte, daß sie mich nach Caen begleitet. Wenn es ihr dort nicht gefällt, werde ich einen Platz in einem guten Haus für sie finden.«

»Einen Platz?« fragte er in spöttischem Ton.

»Einen *guten* Platz, Mylord«, beharrte sie mit mütterlicher Strenge.

Henry zuckte mit den Schultern und ließ der langjährigen Freundin seiner Mutter ihren Willen. Lady Mildred deutete ein kleines Lächeln an, während Linnea erleichtert ausatmete.

War damit alles geregelt? Würde ihr Vater keine weitere Strafe über sich ergehen lassen müssen? Würde das Leben auf Maidenstone nun endlich wieder in geregelten Bahnen verlaufen, auch wenn die Familie der de Valcourt nicht mehr hier leben würde?

Es hatte zumindest den Anschein, denn nun, wo das Spektakel vorüber war, hatte Henry es offenbar eilig aufzubrechen. Während die Menge sich allmählich zerstreute, wurde der verwundete Eustace vom Turnierplatz getragen, um behandelt zu werden. Das Gefolge des Herzogs machte sich unterdessen zur Abreise bereit. Die Spannung, die seit Tagesanbruch überall in der Burg zu spüren gewesen war, legte sich. Die Köchin kehrte in die Küche zurück, und der Maurer vertrieb die Jungen von seinem Gerüst und ging wieder an die Arbeit. Einige Knaben waren damit beschäftigt, Wasser zum Garten hinüberzutragen.

Das Leben ging wieder seinen gewohnten Gang, außer für sie selbst und Beatrix – und vielleicht Axton, dachte sie, als sie ihn zusammen mit Henry weggehen sah. Ob er es wohl bedauerte, Beatrix heiraten zu müssen?

Sie schob den Gedanken augenblicklich beiseite. Warum sollte er es bedauern, wo es ihm doch seinen glühendsten Wunsch erfüllte? Hatte er denn nicht genau zu diesem Zweck gerade sein Leben aufs Spiel gesetzt?

Als Beatrix ihr wieder in den Sinn kam, wandte sie sich schweren Herzens ihrer Schwester zu. Sie saß kreidebleich auf einem Stuhl und starrte vor sich hin. Trotz ihres eigenen Kummers schmerzte es Linnea, ihre Schwester so bestürzt zu sehen.

Sie kniete sich vor Beatrix und hielt ihre Hände. »Es wird alles gut werden. In einer Woche wirst du vergessen haben, daß du jemals eine Träne deswegen vergossen hast.«

Beatrix schluckte und nickte schließlich, auch wenn sie den Worten ihrer Schwester offensichtlich nicht allzuviel Glauben schenkte. Linnea brachte ein bitteres Lächeln zustande. Dann erblickte sie plötzlich Peter und zog ihre Schwester an den Armen, um ihr aufstehen zu helfen. »Peter wird dir ein Freund und Verbündeter sein. Er wird noch eine Weile auf Maidenstone bleiben – und ich bin sicher, er ist für dich da, wenn du Hilfe brauchst.«

»Aber ich möchte, daß *du* dableibst, Linnea, *bitte*«, flehte sie. »Wenn du gehst, bin ich ganz allein.«

Die Verzweiflung ihrer Schwester ließ Linnea schwanken, doch sie wußte, daß sie in diesem Punkt nicht nachgeben durfte. »Ich kann nicht hierbleiben. Es geht einfach nicht ...«

Sie wußte nicht, wie sie es ihr erklären sollte – doch es war ihr einfach nicht möglich, auf Maidenstone zu bleiben oder nach Caen zu gehen. »Vielleicht werde ich Vater und Großmutter ins Kloster begleiten. Sie werden jemanden brauchen, der sich um sie kümmert. Du hast ja Norma hier. Und Peter ...« Sie drehte sich zu Axtons Bruder um, der sie beide ansah. »Peter, bitte hilf mir, sie zu trösten und ihr die Angst zu nehmen.«

Als Linnea ihn herbeiwinkte, trat Peter zu ihnen. Er hatte den beiden eigentlich seine Schadenfreude darüber zeigen wollen, daß ihr Plan so kläglich gescheitert war. Doch als er sie vor sich sah – die eine mit Tränen in den angsterfüllten Augen, die andere bleich vor Verzweiflung –, da brachte er es nicht fertig, seinen Triumph auszukosten. Sie waren einander so ähnlich – und doch so verschieden.

Er räusperte sich. »Mein Bruder ... mein Bruder ist ein anständiger Mensch. Er wird dich besser behandeln, als du es verdienst«, sagte er in mürrischem Ton.

»Er haßt mich. Er wird mich bestrafen und ...« Beatrix brach erneut in Tränen aus.

Er stieß einen wüsten Fluch aus und trat etwas näher heran. Linnea wich einen Schritt zurück. »Axton ist im Moment noch wütend, aber das wird sich legen. Linnea weiß, wovon ich spreche. Du wirst schon sehen – sein Zorn wird mit der Zeit von selbst verrauchen.«

Doch noch während er diese tröstenden Worte zu ihr sprach, zweifelte er, ob sie tatsächlich zutrafen. Ja, Linnea war in der Lage gewesen, Axtons Wut zu ertragen – aber würde auch ihre sanftmütigere Schwester es aushalten? Noch wichtiger bei dieser ganzen Sache waren Axtons Gefühle. Wenn er tatsächlich Linnea liebte, was Peter annahm, würde er sich dann je mit der ständig in Tränen aufgelösten Beatrix zufriedengeben?

Er betrachtete die neue Braut seines Bruders, ihr hübsches Gesicht, die goldenen Locken, die zarte Linie ihres Halses und ihre vollen Brüste.

»Verdammt!« fluchte er und fuhr sich mit der Hand durch das zerzauste Haar. Als ihm Beatrix einen fast flehenden Blick zuwarf, stieß er erneut einen Fluch aus. Was kümmerte es ihn, wie reizend sie war oder wie verzweifelt! Die Braut seines Bruders ging ihn nichts an, und er würde sich bestimmt nicht in die Sache einmischen.

»Ich kann ihr nicht helfen«, stieß er, zu Linnea gewandt, hervor. »Ich werde nach Caen zurückkehren. Sie wird schon allein mit meinem Bruder zurechtkommen müssen!« Er drehte sich um und ging hastig davon.

Doch noch während er sich abwandte, wurde ihm klar, daß er sich etwas vormachte. Er würde nicht zusehen können, wie Axtons neue Braut seiner Wut ausgeliefert war. Er hatte es schon bei seiner vorigen Braut nicht ertragen. Außerdem fürchtete er, daß Axtons Wut sich diesmal nicht so schnell legen würde. Es war nun einmal so, daß Axton sein Herz an Linnea verloren hatte. Solange er mit Beatrix verheiratet sein würde, so befürchtete Peter, würde er zornig und unzufrieden bleiben.

25

Es war Peter, der ihnen die Nachricht überbrachte. »Die Hochzeit wird morgen früh stattfinden.«

Die gesamte Familie der de Valcourt war in dem Zimmer der Braut versammelt, das Axtons Zimmer gegenüber lag. Edgar de Valcourt saß am Fenster und starrte ins Leere. Doch auch die anderen drei Anwesenden sprachen kein Wort.

»Als erstes möchte er allein mit seiner Braut zu Abend essen«, fuhr Peter fort. Er wandte sich Linnea zu. »Danach möchte er mit Euch sprechen, Lady Linnea.«

Linneas Vater rührte sich nicht von der Stelle, so als würden Worte längst nicht mehr zu ihm durchdringen. Dafür wandten sich Beatrix und Lady Harriet ihr zu. Beatrix' Gesicht drückte Furcht und Resignation aus. Auch Lady Harriet schien sich mit ihrer Niederlage abgefunden zu haben. Linnea spürte irgendwie, daß die Tage ihrer Großmutter gezählt waren – denn ohne Macht in ihren Händen würde sie nichts mehr haben, wofür es sich für sie zu leben lohnte.

Doch das war nicht Linneas größtes Problem. Ihre Gedanken kreisten vor allem um Peters Botschaft.

Sie räusperte sich und blickte ihn an. »Warum möchte er mit mir sprechen?«

Ihre Großmutter stieß ein verächtliches Schnauben aus, als sie das Wort *sprechen* hörte, und Linnea spürte, wie ihr die Röte in die Wangen stieg. Sogar Peter errötete. Es war nur allzu klar, was Axton von ihr wollte. Er betrachtete das zweifellos als Strafe. Zuerst würde er mit der einen Schwester zu Abend essen und danach mit der anderen schlafen. So stellte er es sich zumindest vor.

Sie zwang sich, weder Sehnsucht noch Schmerz in sich aufkommen zu lassen. »Ich muß mich heute abend um meine Familie kümmern – meine alte Großmutter und meinen kranken Vater.«

Als Peter etwas einwenden wollte, erhob sie sich. »Das ist mein letztes Wort.«

Er blickte sie stirnrunzelnd an und zog sie mit sich zur Tür. »Er wird kommen und dich holen«, flüsterte er.

»Dann gehe ich zu deiner Mutter. Sie wird mich vor ihm beschützen!«

»Das wird ihm egal sein!« zischte Peter. »Er wird dich trotzdem holen – wo du dich auch versteckst. Du hast ihn nicht gesehen, seit Henry und Eustace fort sind. Du hast keine Ahnung, wie wütend er ist!«

»Wütend?« Diesmal zog Linnea ihn mit sich, ins Vorzimmer hinaus. »Was, um alles in der Welt, hat er für einen Grund, wütend zu sein?«

»Ich weiß es nicht!« entgegnete er laut. »Ich weiß nur eines: Wenn du nicht zu ihm kommst, wird es hier drunter und drüber gehen!«

Sie antwortete nicht, sondern stürmte in das Zimmer zurück und schlug ihm die Tür vor der Nase zu. Doch als sie wieder im Kreise ihrer Familie war und alle Blicke auf sie gerichtet waren, wußte sie, daß sie in der Falle saß. Sie konnte nicht hierbleiben, doch sie fürchtete, daß er sie nicht gehen lassen würde. Er würde sie hierbehalten und sie quälen, bis sie schließlich an gebrochenem Herzen sterben würde. Sie konnte schon jetzt kaum mehr einen klaren Gedanken fassen, so tief saß der Schmerz über ihr Schicksal.

»Wie es scheint, hast du schnell gelernt«, sagte Lady Harriet und trat auf sie zu. »Ich weiß ja nicht, ob du dich ihm bereitwillig ergeben oder dich gewehrt hast – jedenfalls scheint er nicht genug von dir bekommen zu können.« Sie blickte Linnea mit verschlagener Miene an und fügte im Flüsterton hinzu: »Wenn du deiner Schwester verraten könntest, was er gern mag …«

»Nein. Nein!« rief Linnea und wich von der alten Frau zurück. »Ich werde bei euren Plänen, die ihr gegen ihn schmiedet, nicht mehr mitmachen!« Dann riß sie die Tür auf und stürmte hinaus, wobei sie weder auf die Zurufe ihrer Großmutter noch die ihrer Schwester hörte.

Sie mußte ganz einfach fort von hier! Sie durfte keine Zeit mehr verlieren. Sie mußte fort – und wenn es zu Fuß war und mit leeren Taschen. Sie mußte vor Axton flüchten, denn sonst würde sie unweigerlich wieder in seine Arme sinken.

Axton war zornig und verstört.

Er hatte vorgehabt, mit seiner Braut allein zu Abend zu essen, um herauszufinden, was für ein Mensch sich hinter der Angst verbarg, mit der sie ihm immerzu begegnete. Doch in Wirklichkeit wollte er dieses Abendessen möglichst rasch hinter sich bringen, um ihre Schwester treffen zu können. Linnea.

Es war der Gedanke, Linnea zu sehen, der ihn so unruhig machte, daß seine Hände feucht wurden und alles in ihm sich zusammenzog.

Sie würde sich zweifellos gegen ihn wehren, und sie würde viele Verbündete haben – vor allem seine Mutter und seinen Bruder, aber auch seine zukünftige Ehefrau.

Himmel, er mußte tatsächlich verrückt sein, daß er daran dachte, die eine Schwester zu heiraten und mit der anderen das Bett zu teilen! Doch er konnte sie nicht einfach gehen lassen. Noch nicht.

Da steckte Peter den Kopf zur Tür herein. »Sie wird gleich da sein.«

Axton erhob sich von seinem Stuhl. Er hatte die Wirtschaftsräume der Burg als Ort für das Abendessen mit Beatrix ausgesucht, weil er vor den neugierigen Blicken der

Burgbewohner geschützt sein wollte. Doch plötzlich wünschte er, er hätte einen weniger intimen Ort gewählt. Mit Linnea war er gern allein. Doch mit Beatrix …

»Himmel«, stieß er hervor und raufte sich das Haar. »Dann bring das Weib schon herein.«

Peter machte ein finsteres Gesicht. »Sie ist deine zukünftige Ehefrau. So respektlos, wie du von ihr sprichst, läßt das nichts Gutes für die Ehe ahnen.«

»Auch meine Verbindung mit ihrer Schwester hat nichts Gutes ahnen lassen!« entgegnete Axton. »Und sieh nur, was daraus geworden ist.«

»Eine Katastrophe?« meinte Peter mit einem gewissen Sarkasmus in der Stimme.

»Nein, verdammt! Ich war mit ihr mehr als zufrieden! Und so wird es auch mit ihrer Schwester werden. Sie werden sicher auch im Bett ganz ähnlich sein!«

»Sie sind grundverschieden!« wandte Peter ein, die Hände zu Fäusten geballt. »Linnea ist eine Kämpfernatur – und sie gewinnt immer«, fügte er in beißendem Tonfall hinzu. »Doch Beatrix wird nicht imstande sein, deine Wut zu ertragen.«

»Was meinst du damit – sie gewinnt immer? Sie hat doch nicht …«

»Sie hat dein Herz erobert! Und das, obwohl sie dich belogen und hintergangen hat«, fügte Peter mit etwas milderer Stimme hinzu. Stirnrunzelnd blickte er seinem Bruder in die Augen. »Es war dir nicht egal, was aus ihr werden würde, falls du gegen de Montfort verloren hättest. Aber jetzt, wo du gesiegt hast, was hast du nun mit ihr vor?«

Axton bebte vor Zorn. Doch er wußte, daß dieser Zorn nicht gegen seinen Bruder gerichtet war. Er war wütend auf sich selbst. Er war ein Narr, daß eine Frau eine solche Macht über ihn ausüben konnte. Warum gab er sich nicht einfach mit ihrer Schwester zufrieden, wo sie doch genauso schön war und sein Bett in kalten Nächten gewiß genauso wärmen konnte?

Weil sie nicht Linnea war. Der Unterschied zwischen den beiden war einfach zu groß. Dennoch – im Dunkeln war doch gewiß eine Frau so wie die andere, sagte er sich. Hatte er nicht immer so gedacht? Hatte sich das nicht unzählige Male bestätigt?

»Was hast du jetzt mit ihr vor?« wollte Peter wissen.

»Ich werde sie behalten«, antwortete Axton und blickte seinen Bruder finster an. »Ich werde sie behalten, so lange ich das will«, fügte er hinzu, um seinen Bruder zu reizen, auch wenn er genau wußte, wie sinnlos das war.

»Das kannst du doch nicht machen!«

»Das kann ich sehr wohl.«

»Du wirst ein Ehegelübde sprechen – vor Gott, vor deiner Familie und vor der ihren. Du willst das Gelübde sprechen, obwohl du die Absicht hast, es zu brechen?«

»Hat Linnea nicht das gleiche getan? Sie hat ebenfalls ein Gelübde gesprochen, aber es war eine Lüge.«

Doch Peter ließ sich nicht beirren und schüttelte den Kopf »Beatrix ist nicht Linnea, Axton. Sie hat nichts mit deinem Zorn auf Linnea zu tun.«

»Und ob sie damit zu tun hat! Sie ist die Ursache des ganzen Übels. Linnea liebt sie so sehr, daß sie für sie zur Hure geworden ist!«

Mit einem wütenden Aufschrei stürzte sich Peter auf Axton. Wenngleich um einiges kleiner als sein Bruder, gelang es ihm dennoch, ihn umzuwerfen. Doch Axton richtete sich gleich wieder auf und beförderte nun seinerseits Peter mit einem kräftigen Stoß auf den Boden.

Das konnte den Jungen jedoch nicht aufhalten. Er rappelte sich auf, die Hände zu Fäusten geballt. »Noch vor wenigen Stunden hast du ihre Treue bewundert. Du hast gemeint, das wäre etwas äußerst Seltenes. Und jetzt wirfst du es ihr wieder vor?«

Es schmerzte Axton, Peters Vorwürfe über sich ergehen lassen zu müssen. Ja, sein Bruder hatte recht – in allem, was er sagte. Dabei warf er Linnea nicht einmal so sehr ihre Treue gegenüber ihrer Schwester vor, sondern vielmehr die Tatsache, daß sie ihm diese Treue vorenthielt. Es schmerzte ihn, daß sie so bedingungslos zu ihrer Familie stand, ohne in gleicher Weise zu ihm zu stehen.

Doch das konnte er einfach niemandem sagen, nicht einmal seinem eigenen Bruder. Er blickte Peter mürrisch in die Augen. »Sie hat mich zum Narren gemacht. Ich habe ein Recht auf meinen Zorn. Außerdem geht es hier nicht um Linnea, sondern um Beatrix.«

»Ja, um Beatrix, die so freundlich und sanftmütig ist, daß ihre Schwester dieses unglaubliche Opfer für sie gebracht hat. Ist dir jemals der Gedanke gekommen, du Rindvieh, daß Beatrix dieses Opfer wert sein könnte? Daß es einen Grund gibt, warum Linnea sie so sehr liebt?«

Axton biß die Zähne zusammen. »Mir scheint, daß du genauso geblendet bist von diesem Weib wie ihre Schwester.«

»Und was soll ich deiner Meinung nach tun? Dabeistehen und zusehen, wie du dieses wehrlose Geschöpf zugrunde richtest? Sie wird sich nicht annähernd so gut behaupten können wie Linnea ...«

»Hör auf, von Linnea zu sprechen!«

»Na schön! Dann sprechen wir über Beatrix. Es kann einfach nicht sein, daß du deine Wut an ihr ausläßt, nur weil du Linnea nicht mehr vergessen kannst!«

Das war der Tropfen, der das Faß zum Überlaufen brachte. Unter wüsten Flüchen wandte sich Axton an seinen Bruder. »Ich kann sie nicht vergessen? Ach ja? Mir scheint, du bist es, der hier jemanden nicht mehr vergessen kann. Wenn diese Beatrix so wunderbar ist, verdammt ... dann heirate du sie doch!«

Axton verzichtete auf sein intimes Abendessen mit Beatrix. Statt dessen zog er sich an den einzigen Ort zurück, an dem er ungestört nachdenken konnte – die Kapelle. Hier fand er Ruhe, hier drang kein Laut durch die dicken Wände, während er verzweifelt auf einer Bank hockte und grübelte.

Dann heirate du sie doch.

Diese Worte, die er Peter an den Kopf geworfen hatte, gingen ihm nicht mehr aus dem Sinn. Er hatte sie im Zorn gesprochen, doch sie hatten etwas äußerst Verlockendes an sich – versprachen sie doch einen Frieden, den er verloren geglaubt hatte, nachdem jene unheilvolle Nachricht von Henry eingetroffen war.

Wenn Peter Lady Beatrix heiratete, dann könnte er …

Er schüttelte den Kopf und ließ ihn in seine Hände sinken. Wie konnte er auch nur daran denken, eine Frau zu heiraten, die alles getan hatte, um ihn von seinem Ziel abzubringen?

Weil er nicht anders konnte, als ihren Mut zu bewundern und die Treue, mit der sie zu ihrer Familie stand. Eine solche Frau an seiner Seite zu haben …

Erneut schüttelte er den Kopf. Nein, Peter hatte recht – er benahm sich wie ein Narr. Außerdem würde Linnea niemals zustimmen. Er hatte sie allzuoft grausam behandelt. Und dann blieb noch die Frage, ob Peter und Beatrix …

Er holte tief Luft und hob den Kopf. Er befand sich immerhin an einem heiligen Ort. Vielleicht, wenn er darum betete … Da kam ihm ein flüchtiger Gedanke, an den er sich klammerte. Vielleicht würde ihm ja der Heilige helfen, an den Linnea sich immer wandte – Judas Thaddäus, der große Schutzpatron für alle aussichtslosen Angelegenheiten …

Er schickte ein inniges Gebet zum Himmel. Dann verließ er die Kapelle, um seinen Bruder zu suchen.

Es war eine ganze Menge, was er Judas Thaddäus versprochen hatte, und er hatte vor, sein Versprechen zu halten. Doch vor allem wollte er Linnea behalten, auch wenn er Himmel und Hölle in Bewegung setzen mußte, um dieses Ziel zu erreichen.

Linnea verließ die Burg in Begleitung von vier Frauen aus dem Dorf sowie einigen Kindern. Sie trug ihr eigenes Gewand, ein altes, aber praktisches graues Kleid über einem einfachen wollenen Unterkleid. Sie hielt einen Beutel gegen ihre Brust gepreßt, und obwohl es recht warm war, trug sie einen Umhang und hatte sich die Kapuze über den Kopf gezogen. Sie ging leicht gebückt, so daß man sie durchaus für eine ältere Frau halten konnte, die nach der Arbeit eines langen Tages nach Hause zurückkehrte.

Doch sie kehrte nicht nach Hause zurück. Nein, sie lief von zu Hause fort.

Als sie die Burg hinter sich gelassen hatte, blieb sie immer weiter hinter den anderen zurück. Die Frauen blickten sich zwar gelegentlich neugierig nach ihr um, verzichteten aber zum Glück darauf, sie anzusprechen.

Als sie sich dem Dorf näherten, bog Linnea von der Straße ab und hielt auf den Wald zu, der sich den Fluß entlang erstreckte. Erst wenn sie diese Gegend verlassen hatte, würde sie sich wirklich sicher fühlen, wenngleich sie bezweifelte, daß sie je wieder glücklich sein würde.

Sie hatte keine Ahnung, wohin ihre Flucht sie führen würde. Das Kloster war der einzige Ort, der ihr einfiel, aber sie befürchtete, daß Axton sie dort leicht finden konnte, falls er nach ihr suchte. Doch auch wenn er sie nicht verfolgen würde, blieb immer noch das Problem, daß sie nicht wußte, wo das Kloster überhaupt lag. Und sie wagte nicht, jemanden im Dorf danach zu fragen.

Sie hielt Schatten einer alten knorrigen Eibe inne, die mit ihrem verdrehten Stamm ebenso zu leiden schien wie Linnea selbst. Eine Elster schimpfte auf sie herunter. Ein Amselpaar fühlte sich durch Linneas Eindringen in ihr Territorium gestört und flog ein Stück weiter.

Feigling, Feigling, schienen sie ihr zuzurufen. Du nimmst Reißaus und läßt deine Schwester im Stich. Und das Schlimmste war, daß sie selbst in diesem Augenblick daran dachte, welche Wonnen sie mit Axton hier im Wald genossen hatte.

Sie verließ die alte Eibe und drang tiefer in den Wald ein. Jetzt mußte sie wenigstens nicht mehr befürchten, erkannt zu werden. Sie beschloß, einfach flußaufwärts zu marschieren. Auf diese Weise würde sie gewiß irgendwann in ein Dorf kommen. Dort würde man ihr dann den Weg zum Kloster zeigen können – oder zu irgendeinem anderen Ort, der ihr Schutz bieten würde. Doch bis dahin mußte sie versuchen, möglichst schnell weiterzukommen.

Eine Stunde verging ohne Zwischenfälle. Sie sah keinen Menschen, während die Abenddämmerung hereinbrach. Einmal vernahm sie ein fernes Pfeifen, so als würde jemand seinen Hund zu sich rufen. Wo das Flußufer unbewachsen war, kam sie gut voran, doch wo sich dichtes Farngestrüpp ausbreitete, mußte sie sich mühsam einen Weg bahnen. Ihr Umhang behinderte sie dabei, so daß sie ihn schließlich abnahm. Auch ihre Röcke erschwerten ihr Vorwärtskommen, doch sie konnte nichts anderes tun, als sie hochzuheben, um sich besser bewegen zu können.

Und allmählich wuchs ihre Hoffnung, daß ihr die Flucht tatsächlich gelingen könnte. Ihr Herz pochte nun nicht mehr vor Angst, sondern eher vor Erschöpfung. Doch trotz ihrer Müdigkeit hatte sie vor, die ganze Nacht hindurch weiterzumarschieren – zumindest bis sie ein Dorf erreichte.

Sie holte ein Stück Brot aus ihrem Beutel hervor. Doch bevor sie davon abbeißen konnte, hörte sie plötzlich ein Pferd wiehern. Sie duckte sich augenblicklich in das hohe Gestrüpp. Der Boden war feucht, und sie spürte, wie die Nässe in ihre Schuhe kroch. Eine Grille sprang von einem Farnwedel und ließ sich kurz auf ihrem Arm nieder, um gleich wieder fortzuschwirren. Doch Linnea rührte sich nicht von der Stelle. Irgend jemand näherte sich ihr, auch wenn sie noch nicht genau wußte, aus welcher Richtung. Wer immer es auch sein mochte – sein Kommen ließ nichts Gutes erahnen. Es gab niemanden, der sie bei ihrer Flucht unterstützte; demnach konnte es nur ein Feind sein.

Sie versuchte, neben dem gleichmäßigen Rauschen des Wassers und dem Gesang von Lerche und Kiebitz irgendwelche Geräusche wahrzunehmen – doch es war kein donnernder Hufschlag mehr zu hören.

Sie blickte sich vorsichtig um. Wo war er nur? Und vor allem – *wer* mochte es sein, der ihr gefolgt war? Oder hatte sie sich das Geräusch nur eingebildet? Vielleicht war es gar kein Pferd gewesen, sondern ein Schaf, das sich im Wald verirrt hatte. Oder ein Wildschwein.

»Heiliger Judas Thaddäus«, murmelte sie. Mit Wildschweinen war nicht zu spaßen. Sie hatte einmal versucht, einen Waldbewohner zu behandeln, der von einem brünftigen Eber angegriffen worden war; er hatte nicht überlebt.

Plötzlich wurden die Vögel ringsum still. Als Linnea ein Rascheln hinter sich hörte, sprang sie augenblicklich hoch. Ohne sich umzusehen, lief sie auf den nächsten Baum zu.

Sie kletterte so hastig hoch, daß sie den Umhang und ihren Beutel verlor. Mühsam versuchte sie, an der rauhen Rinde der Esche Halt zu finden. Sie blieb mit dem Rock hängen, der schließlich zerriß, als sie sich auf einen stämmigen Ast schwang. War sie hoch genug? Konnte ein Wildschwein sie hier oben noch erreichen?

Linnea griff nach einem anderen Ast und streckte sich, um die Umgebung zu überblicken. Sie sah ihren Beutel, der mitten in die Heidelbeersträucher gefallen war. Wo ihr Umhang geblieben war, konnte sie jedoch nicht erkennen. Auch von einem Wildschwein war weit und breit nichts zu sehen.

Da hörte sie ein Geräusch, das von der anderen Seite des mächtigen Stammes kam, und sie murmelte einen Fluch. Wie sollte sie nur entkommen, wenn irgendein wildes Tier sie hier oben festhielt? »Heiliger Judas Thaddäus!«

Als sie schließlich voller Angst durch das dichte Laubwerk spähte, erschrak sie so heftig, daß sie beinahe den Halt verloren hätte und vom Baum gestürzt wäre. Denn es war Axton – Axton, der mit grimmigem Gesicht auf seinem Streitroß saß. Und er brauchte sich bloß zu strecken, um sie vom Baum zu pflücken wie einen reifen Apfel.

Er war ihr also doch gefolgt!

Sie wußte nicht, ob sie jubeln sollte vor Freude oder weinen vor Verzweiflung. Sie entschloß sich statt dessen, noch höher zu klettern.

Mit einer kaum wahrnehmbaren Bewegung lenkte er sein Pferd etwas näher an den Baum heran, so daß er sie besser sehen konnte, wie sie da oben in ihrem grünen Gefängnis hockte.

»Willst du jetzt bis in den Wipfel hinauf klettern, nur um mir zu entkommen?« fragte er. »Was erhoffst du dir bloß davon?«

»Verschwinde!« Linnea wollte ihrer Aufforderung einen besonders entschlossenen Ton verleihen, doch es klang eher wie eine Bitte. Auf jeden Fall schien er nicht gewillt, ihrem Wunsch zu entsprechen.

»Komm wieder runter, Linnea – bevor du noch herunterfällst und dich verletzt.«

»Verschwinde endlich«, sagte sie noch einmal, diesmal etwas entschlossener.

»Verdammt, es ist doch nur zu deinem Besten. Komm runter, damit wir reden können ...«

»Reden? Reden! So nennst du das also!« Obwohl sie von allen möglichen Gefühlen hin und her gerissen wurde, gelang es ihr, einen Ast über ihr zu erreichen und sich hochzuziehen.

Sie zwängte sich in eine Astgabel und blickte finster zu ihm hinunter. »Wenn du wirklich nur reden willst, dann kannst du das jetzt tun. Ich bleibe jedenfalls hier oben.«

Er verzog mißbilligend das Gesicht, doch nach einer Weile mußte er plötzlich lächeln.

»Wie du willst, Linnea. Wir werden uns unterhalten, so wie wir sind – du da oben und ich hier unten. Ich wollte dir Neuigkeiten von deiner Schwester mitteilen.«

Es gab ihr einen Stich ins Herz, als er von Beatrix zu reden begann. Wenngleich sie immer noch voll Sorge um ihre Schwester war und sie von Herzen liebte, wollte sie auf keinen Fall mit ihm über sie sprechen.

Sie gab keine Antwort, so daß er fortfuhr: »Ihre Hochzeit ist verschoben worden.«

Linnea war nun doch einigermaßen verblüfft. Sie beugte sich ein wenig hinunter, um ihn durch das dichte sommerliche Laubwerk besser sehen zu können. »Verschoben, wie das?«

Er zuckte die Schultern. »Ja. Bis Peter zum Ritter geschlagen worden ist.«

»Zum Ritter geschlagen?« murmelte sie verdutzt »Was hat das denn mit Beatrix zu tun, ob er ein Ritter ist oder nicht?«

»Sie werden in unserer Burg in Caen leben. Er fühlt sich in der Normandie wohler als in Britannien. Aber es ist gar nicht so weit entfernt – nur eine Tagesreise mit dem Schiff und zwei Tagesreisen über Land. Du kannst sie besuchen, sooft du willst. Und natürlich ist sie hier jederzeit willkommen, wenn sie dich besuchen will.«

Linnea schüttelte ungläubig den Kopf. Was er sagte, ergab ganz einfach keinen Sinn. Er würde Beatrix heiraten, nachdem Peter zum Ritter geschlagen worden war. Dann wollte er sie wieder wegschicken, damit sie mit Peter in Caen lebte?

Dann kam ihr plötzlich eine andere Möglichkeit in den Sinn – und sie hielt den Atem an.

»Gib acht!« rief er ihr zu.

Sie konnte sich gerade noch festhalten, um nicht vom Baum zu fallen.

»Verdammt, Linnea! Ich komme jetzt rauf und hol dich runter«, knurrte er.

»Warte!« rief sie und klammerte sich noch fester an den Ast. Sie wollte sich keine falschen Hoffnungen machen, aber dennoch ... »Warum kann Beatrix nicht heiraten, solange ... Peter nicht zum Ritter geschlagen ist?«

Er ließ sein Pferd noch etwas näher an den Baum heranrücken, bis er direkt unter ihr war. Wenn er die Hand ausgestreckt hätte, dann hätte er vielleicht ihren Fuß berühren können. Aber er versuchte es erst gar nicht. Er saß ganz einfach nur da und blickte zu ihr hinauf. Der Hauch eines Lächelns war auf seinen Lippen zu sehen gewesen, als er von Beatrix erzählt hatte. Nun jedoch war sein Gesichtsausdruck völlig ernst. Er wirkte sogar ein wenig besorgt.

»Ich will *dich* heiraten, Linnea, nicht deine Schwester.«

»Aber ... aber ...« Sie hörte seine Worte, doch glauben konnte sie sie nicht. Er wollte sie heiraten, sie, die zweitgeborene Schwester? »Aber du hast doch um Beatrix gekämpft. Du wolltest Maidenstone für dich gewinnen.«

Er nickte und runzelte die Stirn. »Und jetzt kämpfe ich um dich.«

»Aber ...« Linnea stockte kurz und bemühte sich, ihn zu verstehen und zu glauben, was er sagte. »Aber was wird aus Maidenstone Castle?«

»Die Burg wird weiter in den Händen unserer Familie bleiben. Wenn die beiden Söhne meines Vaters die beiden Töchter deines Vaters heiraten, kann niemand unseren Anspruch anfechten.« Nun hielt er einen Augenblick inne. »Heirate mich, Linnea, aber diesmal wirklich als Linnea. Als die Frau, die ich an meiner Seite haben muß, wenn ich jemals Ruhe finden will.«

Er meinte es tatsächlich ernst – das war nicht zu leugnen. Linnea war dermaßen bewegt, daß sie nicht in der Lage war zu antworten. Tränen traten ihr in die Augen – und sie konnte nichts anderes tun, als sich an ihrem Ast festklammem und warten, bis sie ihre Stimme wiederfand.

Als sie nicht antwortete, vertieften sich die Falten auf seiner Stirn. »Ich weiß, es muß dir schwerfallen zu glauben, daß ich kein schlechter Ehemann sein werde. Ich habe dich nicht gut behandelt. Ich habe dich wieder und wieder meinen Zorn spüren lassen. Ich habe im Zorn das Bett mit dir geteilt, und ich habe manchmal das Verlangen gehaßt, das ich für dich verspürte.«

»Du hast es gehaßt?« warf sie bestürzt ein.

Er schüttelte den Kopf. »Das habe ich nicht gemeint. Ich habe mich selbst gehaßt, weil ich dich so sehr begehrt habe.«

»Vielleicht ist das alles, was du für mich empfindest«, flüsterte sie, wenngleich allein die Vorstellung sie verzweifeln ließ. »Vielleicht ist es nur die körperliche Anziehung zwischen uns ...«

»Nein! Ich schwöre dir, Linnea, es ist mehr als das.«

»Das sagst du jetzt«, erwiderte sie, und ihre anfängliche Freude begann wieder zu schwinden, als ihr die ganze Situation zu Bewußtsein kam. »Wenn wir im Bett zusammen sind, dann vergißt du, daß ich dich hintergangen habe. Daß ich zur Hure geworden bin«, fügte sie hinzu, obwohl sie an dem Wort fast erstickte.

»Heiliger Judas Thaddäus!« stieß er hervor. »Ich war so ein Narr, das zu sagen. Aber jetzt weiß ich Bescheid, und ich bitte dich, mir zu vergeben.«

»Wie meinst du das – du weißt Bescheid?«

»Ich weiß jetzt mehr über dich, über den Fluch, der – wie deine Großmutter meinte – auf dir lastet, nur weil du die Zweitgeborene warst. Ich weiß auch, wie sehr du deine Schwester liebst und wie sehr sie dich liebt. Ich weiß«, fügte er langsam hinzu, »warum du dich für Beatrix geopfert hast und wie sehr du dir gewünscht hast, anerkannt und geliebt zu werden.«

Er streckte den Arm aus, und sie spürte seine Hand an ihrem Fuß. Er umschloß ihren Knöchel, aber nicht fordernd oder drohend, sondern zärtlich und sanft.

»Eines sollst du wissen, Linnea de Valcourt. Du wirst geliebt. Deine Schwester liebt dich. Aber mehr, als sie dich jemals lieben kann, liebe *ich* dich. Ich liebe dich von ganzem Herzen. Und ich möchte dich zur Frau haben, keine andere, nur dich, um dich zu lieben und zu ehren, so lange ich lebe und darüber hinaus.«

Linnea konnte nicht fassen, was er da sagte, so unerwartet trafen sie seine Worte. Es war ihr, als würde sich die Welt rund um sie herumdrehen.

Sie wischte sich mit dem Handrücken über die tränenfeuchten Augen. Er saß unter ihr auf seinem Roß, sein ernstes Gesicht ihr zugewandt. Er war ohne Helm ausgeritten, und sein Haar war vom Abendwind zerzaust.

Sie hatte vor allem einen Wunsch: Sie wollte die Hand ausstrecken und sein Gesicht berühren, und sie wollte ja sagen, auch wenn noch so viele Fragen offen waren. Sie schickte sich an hinunterzuklettern, doch er hielt ihren Fußknöchel fest.

»Sagst du ja?« fragte er, und sie hörte die Unsicherheit in seiner Stimme. Fürchtete er tatsächlich, daß sie nach dieser Liebeserklärung nein sagen könnte?

Doch es mußte wohl so sein, denn plötzlich packte er einen Ast und schwang sich hoch, und im nächsten Augenblick war er neben ihr und schloß sie in die Arme.

»Ich liebe dich, Linnea. Es ist mehr als das, was du mir im Bett gibst. Es ist …« Er hielt einen Augenblick inne und schüttelte den Kopf »Deine Schwester ist nicht so wie du. Sie könnte niemals so sein, jedenfalls nicht für mich. Und ich weiß, daß …« Erneut stockte er. »Ich weiß, daß Maidenstone mir keine Freude bereiten kann, wenn du nicht dort bist – an meiner Seite.«

Linnea unterbrach ihn mit einem Kuß. Sie konnte einfach nicht anders. Sie drückte sich an ihn, und für einen Augenblick schwankten sie bedrohlich auf ihrem Ast – doch Axton schaffte es, sie beide wohlbehalten nach unten zu bringen, so daß sie schließlich – ohne daß Linnea es so richtig mitbekam – sicher auf dem Rücken seines Pferdes landeten.

»Heißt das, du sagst ja? Du wirst mich noch einmal heiraten?« fragte er und zwang sie, ihn anzublicken.

Sie saß seitlich auf seinem Schoß und wandte sich ihm zu; sie blickte in das Gesicht des Mannes, den sie liebte. »Ja, wenn du es wirklich willst.«

»Ich will es wirklich.« Er küßte sie so innig, daß sich erneut die Welt um sie herum drehte. Linnea hatte keinen Zweifel mehr – er liebte sie tatsächlich.

Er liebte *sie*.

Sie löste sich aus ihrer Umarmung und starrte ihn ungläubig an. »Wie kannst du uns nur auseinanderhalten? Wie kannst du mich wählen, wo doch Beatrix …«

»Sie ist nicht wie du. Ich kann dir auch nicht sagen, woran ich es merke, aber ich sehe es auf den ersten Blick. Ich erkenne dich sofort.« Sie spürte seinen zärtlichen Blick auf ihrem Gesicht ruhen, und das Leuchten in seinen Augen verriet, was er für sie empfand.

»Du bist dir also ganz sicher?« fragte sie noch einmal.

»Ganz sicher.« Nach einem Augenblick des Zögerns fügte er hinzu: »Und du?«

Linnea lächelte, und in diesem Augenblick spürte sie, wie der letzte Rest seiner Anspannung sich löste. »Ja, ich bin mir auch sicher. Ich liebe dich, Axton.« Sie schüttelte den Kopf, unfähig, angesichts all der Gefühle, die in ihr hochwallten, weiterzusprechen. So lange Zeit war sie die zweitgeborene Schwester gewesen, die von niemandem geliebt wurde, außer von Beatrix. Und jetzt kam dieser Mann, der eigentlich Beatrix hätte heiraten sollen, und wollte *sie*. Er liebte *sie*.

So als verstünde er ihre Gefühle, zog er sie noch enger an sich. Für den Augenblick waren keine Worte zwischen ihnen nötig. Dann ließ er sein Pferd lospreschen, und sie flogen förmlich durch den Wald und die Straße entlang.

Sie war nicht sehr weit gekommen auf ihrer Flucht, wie sie jetzt feststellen mußte, denn zwischen den Bäumen war bald schon die Burg zu sehen. Doch sie wußte jetzt – selbst wenn sie jahrelang gelaufen wäre, hätte sie doch nicht vor diesem Mann flüchten können, so fest, wie sie mit ihm verbunden war. Als hätte er ihre Gedanken gelesen, flüsterte er ihr ins Ohr: »Wo wolltest du eigentlich hin?«

»Ich hatte kein bestimmtes Ziel vor Augen. Ich wollte einfach weg von dir. Nein, nicht von dir«, verbesserte sie sich. »Weg von der Vorstellung, daß du und Beatrix zusammen wärt.«

Er fühlte sich schuldig, als er ihr Eingeständnis hörte. Wieviel Leid hatte er ihr zugefügt! Er verdiente ihre Liebe nicht – um so dankbarer war er, sie doch für sich gewonnen zu haben.

Er hieß das Pferd stehenbleiben. Sie befanden sich auf der Spitze eines Hügels. Unter ihnen erstreckten sich die Felder, die rund um das Dorf und die Burg angelegt waren. Die Burgmauern schimmerten im Licht der untergehenden

Sonne. Der Himmel war in ein leuchtendes Rot getaucht; bald würde sich die Dunkelheit über das Land senken.

Dies war sein Zuhause. Und sie war seine Frau. Er barg sein Gesicht in ihrem offenen Haar, als wolle er sie einatmen. »Es tut mir leid, Linnea. Alles, was ich dir angetan habe, tut mir leid.«

»Nein. Nein. Ich war es ja, die dich hintergangen hat. Wenn ich nicht in die Rolle meiner Schwester geschlüpft wäre …«

Er unterbrach sie mit einem Kuß. »Sag das nicht. Sag nicht, daß du diese tapfere, diese verrückte Tat bedauerst, meine Liebe. Denn wie hätte ich dich sonst jemals finden sollen?«

Sie stimmte ihm mit dem verführerischsten Lächeln zu, das er je gesehen hatte. Dann wurde sie plötzlich sehr ernst. »Was ist mit deiner Mutter?«

»Sie gibt uns ihren Segen.«

»Und Peter?«

»Er ist auch einverstanden.«

Sie legte eine Hand an seine Brust. »Aber was ist mit Beatrix?«

Er kicherte. »Deine Schwester ist so erleichtert, daß sie mich nicht heiraten muß, daß sie jeden Stallburschen genommen hätte, nur um mir zu entgehen.«

»Wie dumm von ihr«, murmelte Linnea und schmiegte sich in seine Arme.

Sie hatte es nur so dahingesagt – doch es machte Axton so glücklich, wie er es nie für möglich gehalten hätte. Sie liebte ihn. Er hatte die Frau, die er liebte und außerdem sein Zuhause, um das er so lange gekämpft hatte.

Nur war dieses Zuhause ihm nicht halb soviel wert wie diese Frau. Jetzt, wo er Linnea hatte, konnte er auf Maidenstone glücklich werden. Aber ohne Linnea …

Er schüttelte den Kopf und drückte sie noch fester an sich. Er dankte Gott und allen himmlischen Mächten, einschließlich des heiligen Judas Thaddäus, daß er niemals mehr ohne Linnea sein mußte.

Anmerkung der Autorin

Die Haltung, die man im Mittelalter gegenüber Zwillingsgeburten einnahm, war von Ort zu Ort und von Jahrhundert zu Jahrhundert verschieden. Mancherorts war man der Ansicht, daß Mehrlingsgeburten nur zustande kommen konnten, wenn die Frau mit mehreren Männern – oder mit dem Teufel – verkehrte. In diesem Fall wurde die Mutter oft gleich nach der Geburt getötet – gemeinsam mit ihren unschuldigen Kindern. In anderen Kulturkreisen wiederum wurden Zwillinge als Kinder eines Gottes verehrt, so daß sie einen Segen für das ganze Dorf oder die Stadt darstellten.

Aber auch der Glaube, daß Zwillinge ein Symbol für Gut und Böse seien und daß sie im Mutterleib darum kämpften, als erstes zur Welt zu kommen, war verbreitet. Man glaubte auch, daß beide gemeinsam eine Seele besäßen und daß das erstgeborene Kind alles Gute in sich vereinte, während das zweite alles Böse dieser Seele mit auf den Weg bekäme. In diesem Fall, den ich auch in *Die Braut mit der Maske* geschildert habe, wurde das zweite Kind getötet. Es sei denn, es hatte Glück – so wie in dieser Geschichte.

Patricia Gaffney

Mitreißende Liebesromane vor historischem Hintergrund

04/221

Süßer Verrat
04/147

Im Schatten der Liebe
04/168

In den Armen der Leidenschaft
04/176

In den Armen der Liebe
04/178

In den Armen des Glücks
04/180

Wilde Herzen
04/221

Heyne-Taschenbücher